John Verdon

Ik weet wat jij denkt

ISBN 978-90-225-5618-4
NUR 330

Oorspronkelijke titel: *Think of a Number* (Crown Publishers, Random House)
Vertaling: Jeannet Dekker
Omslagontwerp en -beeld: HildenDesign, München
Zetwerk: Mat-Zet bv, Soest

Voor Naomi

Proloog

'Waar zat je?' vroeg de oude vrouw in het bed. 'Ik moest plassen, maar er kwam niemand.'

De jongeman stond stralend aan haar voeteneinde, onaangedaan door haar nare toon.

'Ik moest plassen,' herhaalde ze, nu wat onduidelijker, alsof ze opeens niet meer goed wist wat die woorden betekenden.

'Ik heb goed nieuws, moeder,' zei de man. 'Binnenkort zal alles in orde komen. Alles zal worden geregeld.'

'Waar ga je heen als je me alleen laat?' Haar stem klonk scherp en klaaglijk.

'Ik ga niet ver, moeder, je weet heel goed dat ik nooit ver ga.'

'Ik ben niet graag alleen.'

Zijn lach werd breder, bijna gelukzalig. 'Binnenkort zal alles in orde komen. Alles komt goed. Vertrouw me, moeder, ik weet nu hoe alles moet worden geregeld. Wie ooit nam, die moet ook geven wanneer hij krijgt wat hij ooit gaf.'

'Wat schrijf je toch mooie versjes.'

De kamer had geen ramen. Het licht van het lampje naast het bed, de enige lichtbron in het vertrek, viel van opzij over hen heen en benadrukte het dikke litteken op de keel van de vrouw en de schaduwen in de ogen van haar zoon.

'Gaan we dan dansen?' vroeg ze, en ze staarde langs hem heen naar de muur, alsof ze het zich zo beter kon voorstellen.

'Natuurlijk, moeder, alles komt goed.'

'Waar is mijn kleine Dickie Duck?'

'Ik ben hier, moeder.'

'Komt Dickie Duck naar bed?'
'Naar bedje toe, bedje toe, bedje toe.'
'Ik moet plassen,' zei ze bijna koket.

Deel een

Fatale herinneringen

1

Speurderskunst

Jason Strunk gold in alle opzichten als een onbeduidend persoon, een niets-zeggende dertiger die bijna onzichtbaar was voor zijn buren – en blijkbaar ook onhoorbaar, want niemand kon zich ook maar één uitspraak van hem herinneren. Ze wisten zelfs niet zeker of hij ooit wel eens iets had gezegd. Misschien had hij geknikt, gegroet, of een paar woorden gemompeld. Het was moeilijk te zeggen.

Iedereen gaf aanvankelijk blijk van passende verbazing of zelfs ongeloof toen aan het licht kwam dat de heer Strunk met een obsessieve toewijding besnorde mannen van middelbare leeftijd had vermoord en zich op bijzondere wijze van de lijken had ontdaan: hij had ze in handzame stukken gehakt en ze als een feestelijk verpakt kerstcadeau naar plaatselijke politieagenten gestuurd.

Dave Gurney staarde naar het uitgestreken, kleurloze gezicht van Jason Strunk – dat wil zeggen, naar de foto van Jason Strunk die na zijn arrestatie door de politie was gemaakt – dat vanaf het computerscherm naar hem terugstaarde. De foto was opgeblazen, zodat het gezicht op ware grootte op het scherm stond, en werd aan de randen omlijst door de gereedschaps-icoontjes van een fotobewerkingsprogramma dat Gurney net een beetje onder de knie begon te krijgen.

Hij sleepte een van de tools waarmee hij de helderheid kon veranderen naar de iris van Strunks rechteroog, klikte met zijn muis en keek aandachtig naar het kleine stukje dat hij lichter had gemaakt.

Beter, maar nog niet helemaal goed.

De ogen waren altijd het moeilijkst, de ogen en de mond, maar ze waren het belangrijkst. Vaak eindigde hij na urenlang experimenteren met de positie en het contrast van een enkele pixel alsnog met iets wat niet helemaal was zoals het moest zijn, een resultaat dat niet goed genoeg was om aan Sonya te laten zien en al helemaal niet aan Madeleine.

Het punt met de ogen was dat ze, meer dan wat dan ook, de spanning uitdrukten, de tegenstellingen: die nietszeggende onverstoorbaarheid met de zweem van wreedheid die Gurney zo vaak had gezien in de gezichten van moordenaars met wie hij enkele genoeglijke uurtjes had mogen doorbrengen.

Hij was erg tevreden over de arrestatiefoto van Jorge Kunzman (een vakkenvuller bij Walmart die de gewoonte had het hoofd van zijn meest recente afspraakje in zijn koelkast te bewaren totdat hij het door een verser exemplaar kon vervangen), die hij met een engelengeduld had bewerkt totdat hij op een verontrustende manier de diepe zwarte leegte naar voren had gehaald die in Kunzmans vervelde uitdrukking op de loer lag. Sonya's opgetogen reactie en haar stortvloed aan loftuitingen hadden hem in zijn oordeel gesterkt. Door die reactie, en door de onverwachte verkoop van het kunstwerk aan een verzamelaar uit Sonya's vriendenkring, was hij begonnen aan een hele reeks bewerkte foto's die zou worden getoond op de tentoonstelling 'Moordenaars in beeld gevangen, door de man die ze ving', die in Sonya's kleine maar prijzige galerie in Ithaca werd gehouden.

Op de vraag hoe een onlangs vervroegd gepensioneerde rechercheur van Moordzaken uit New York, met een sterke aversie tegen persoonlijke bekendheid en een grote desinteresse in kunst in het algemeen en hedendaagse kunst in het bijzonder, toch kon eindigen als het middelpunt van een chique kunsttentoonstelling die door de plaatselijke kunstpausen van het universiteitsstadje werd omschreven als 'een gewaagde symbiose van onverbloemd brute foto's, messcherp psychologisch inzicht en meesterlijke grafische manipulatie', waren twee heel verschillende antwoorden mogelijk. Dat van hem en dat van zijn vrouw.

Voor zover hij kon nagaan was het begonnen toen Madeleine hem had overgehaald haar te vergezellen naar een cursus kunstkritiek in het museum in Cooperstown. Ze probeerde hem altijd naar buiten te lokken, weg uit zijn studeerkamer, uit zijn huis, weg van hemzelf, gewoon wég. Hij had geleerd dat hij de controle over zijn eigen tijd het beste kon behouden door zich met enige regelmaat aan haar verzoeken te onderwerpen. Akkoord gaan met de cursus kunstkritiek was zo'n strategische zet geweest, en hoewel hij opzag tegen het idee dat hij al die lessen moest uitzitten, hoopte hij wel dat hij daardoor een maand of twee van verdere druk gevrijwaard zou blijven. Niet dat hij een luie bankhanger was, verre van dat. Hij kon op zijn zevenenveertigste nog steeds vijftig push-ups, vijftig chin-ups en vijftig sit-ups doen. Het was meer dat hij gewoon een beetje een huismus was.

De cursus bood echter een verrassing, of eigenlijk drie verrassingen. Hij had gedacht dat wakker blijven de grootste uitdaging zou vormen, maar hij bleek docente Sonya Reynolds, een galeriehoudster en in de regio bekende kunstenares, bijzonder opwindend te vinden. Ze was geen klassieke schoonheid, althans niet op de kenmerkende Noord-Europese manier à la Catherine Deneuve. Haar lippen waren te pruilend, haar jukbeenderen staken te ver uit en haar neus was te geprononceerd. Maar op een of andere manier werden al die onvolmaakte delen door haar grote, diepgroene ogen en haar volkomen ontspannen en natuurlijk sensuele manier van doen samengesmeed tot een aantrekkelijk geheel. Er zaten niet veel mannen in het klasje, slechts zes van de zesentwintig deelnemers, maar ze had de onverdeelde aandacht van alle zes.

De tweede verrassing was zijn positieve reactie op het thema van de lessen. Sonya besteedde veel aandacht aan een onderwerp waarvoor ze buitengewone belangstelling had: kunst gebaseerd op fotografie, op foto's die zo waren bewerkt dat de gemanipuleerde beelden indringender en sprekender waren dan het origineel.

De derde verrassing volgde in de derde week van de twaalf weken durende cursus, op de avond dat ze vol enthousiasme de zijdezeefdrukken van een hedendaagse kunstenaar behandelde. Toen Gurney naar de zeefdrukken keek die op gesolariseerde portretten waren gebaseerd, besefte hij dat hij kon putten uit een bron die voor anderen ontoegankelijk was en waaraan hij een eigen inzicht zou kunnen toevoegen. Het idee was op een ongewone manier spannend, en spanning was wel het laatste wat hij tijdens een cursus kunstkritiek had gedacht te ervaren.

Toen dat idee zich eenmaal in zijn gedachten had genesteld – het idee om arrestatiefoto's, met name foto's van moordenaars, zo te bewerken dat ze nog intenser, scherper en indringender zouden worden en zo de aard zouden tonen van het beest dat hij tijdens zijn carrière had bestudeerd, opgejaagd en gevangen – was hij er meer mee bezig dan hij zou willen toegeven. Hij was immers een voorzichtig man met oog voor alles: de keerzijde van elke vraag, het zwakke punt in elke redenering, en de naïviteit in elke vlaag van enthousiasme.

Toen Gurney op die onbewolkte oktobermorgen in zijn studeerkamer aan de arrestatiefoto van Jason Strunk zat te werken, werd de aangename uitdaging van dat proces verstoord door het geluid van iets wat achter hem op de vloer plofte.

'Ik laat dit hier liggen,' zei Madeleine Gurney op een toon die ieder ander misschien als achteloos zou interpreteren, maar die haar echtgenoot als gespannen herkende.

Hij keek over zijn schouder en kneep zijn ogen tot spleetjes toen hij een kleine jutezak zag die tegen de deur rustte. 'Wat laat je daar liggen?' vroeg hij, al kende hij het antwoord al.

'Tulpen,' zei Madeleine op dezelfde vlakke toon.

'Bollen, bedoel je?'

Het was een idiote verbetering, en dat wisten ze allebei. Het was zijn manier om aan te geven dat hij zich ergerde omdat Madeleine hem vroeg iets te doen waar zijn hoofd niet naar stond.

'Wat moet ik hier met die tulpen?'

'Je mag ze naar de tuin brengen en me helpen met planten.'

Even vroeg hij zich af of hij haar erop moest wijzen dat het niet logisch was om iets wat uiteindelijk in de tuin thuishoorde naar zijn studeerkamer te brengen, maar hij besloot het niet te doen.

'Zodra ik hiermee klaar ben,' zei hij een tikje ontstemd. Hij wist maar al te goed dat het geen straf was om op een prachtige nazomerdag bollen te planten in een tuin op een heuvel met uitzicht over een glooiend landschap van vuurrode herfstbladeren en smaragdgroene weiden onder een stralend blauwe lucht. Hij vond het alleen niet prettig wanneer hij tijdens zijn bezigheden werd onderbroken. En zijn reactie daarop, zo hield hij zichzelf voor, was een bijverschijnsel van zijn sterkste punt: zijn lineair denkende, logisch redenerende geest die hem tot zo'n succesvol rechercheur had gemaakt: een geest die op scherp kwam te staan bij de kleinste onregelmatigheden in het verhaal van een verdachte, en die haarscheurtjes kon ontwaren die verder niemand zag.

Madeleine tuurde over zijn schouder naar het beeldscherm. 'Hoe kun je nu op een dag als vandaag aan zoiets lelijks werken?' vroeg ze.

2

Een perfect slachtoffer

David en Madeleine Gurney bewoonden een robuuste negentiende-eeuwse boerderij aan het einde van een doodlopend weggetje in de heuvels van Delaware County, een kilometer of acht buiten het dorpje Walnut Crossing. Het lag weggestopt in een hoekje van een weide van vier hectare die werd omsloten door een bos van kersenbomen, esdoorns en eiken, en had zijn oorspronkelijke architectonische eenvoud behouden. De Gurneys woonden er nu een jaar en hadden de ongelukkige moderniseringen van de vorige eigenaar in oude stijl gerestaureerd: ze hadden bijvoorbeeld de ongenaakbare aluminium kozijnen vervangen door houten kozijnen met roeden, net als in vroeger tijden. Dat hadden ze niet gedaan vanwege een bezeten hang naar authenticiteit, maar omdat niet te ontkennen viel dat het oorspronkelijke uiterlijk op de een of andere manier klopte. Hoe een huis eruit hoorde te zien en welk gevoel het de bewoners moest geven waren een paar van de zaken waarover Madeleine en David het volledig eens waren. De laatste tijd had hij de indruk dat hij dat over weinig andere dingen kon zeggen.

Die gedachte had het grootste gedeelte van de dag hevig aan hem geknaagd, en werd opnieuw opgewekt toen zijn vrouw de opmerking maakte over de lelijkheid van het portret waaraan hij werkte. Terwijl hij die middag na het planten van de tulpenbollen in zijn geliefde Adirondack-stoel lag te soezen en merkte dat de gedachte nog steeds niet helemaal was verdwenen, werd hij zich bewust van Madeleines voetstappen, die ruisend door het enkelhoge gras naar hem toe kwamen. Toen ze voor zijn stoel ophielden, deed hij één oog open.

'Wat denk je,' zei ze op haar rustige, luchtige toon, 'is het al te laat om de kano naar buiten te halen?' Haar stem wist de woorden heel vaardig tussen een vraag en een uitdaging in te laten hangen.

Madeleine was een slanke, atletische vrouw van vijfenveertig die gemakkelijk voor vijfendertig kon doorgaan. Haar blik was open, kalm, schattend. Haar lange bruine haar was, met uitzondering van een paar losse plukjes, weggestopt onder de strohoed met de brede rand die ze tijdens het tuinieren droeg.

Hij beantwoordde haar vraag met de vraag die hem bezighield. 'Vind je het echt lelijk?'

'Natuurlijk,' antwoordde ze zonder aarzelen. 'Maar dat is toch ook de bedoeling?'

Fronsend dacht hij over haar opmerking na. 'Je vindt het onderwerp lelijk?'

'Wat dacht je dan dat ik bedoelde?'

'Dat weet ik niet.' Hij haalde zijn schouders op. 'Je deed een beetje neerbuigend over het hele project, over zowel de uitwerking als het idee erachter.'

'Het spijt me.'

Het leek haar niet te spijten. Net toen hij dat wilde zeggen, veranderde ze van onderwerp.

'Vind je het leuk om je oude studiegenoot weer te zien?'

'Niet echt.' Hij zette de verstelbare rugleuning van zijn stoel een standje lager. 'Ik hoef niet zo nodig herinneringen op te halen aan vroeger.'

'Misschien heeft hij nog een moordzaak voor je die je kunt oplossen.'

Gurney keek zijn vrouw aan, zag hoe dubbelzinnig haar uitdrukking was. 'Denk je dat het daarom gaat?' vroeg hij op neutrale toon.

'Daar heb je toch je bekendheid aan te danken?' Woede maakte haar toon onbuigzamer.

Van die emotie was hij de afgelopen maanden zo vaak getuige geweest dat hij dacht te begrijpen wat het probleem was. Ze hadden verschillende opvattingen over wat stoppen met werken precies inhield, over hoe dat hun leven samen zou veranderen, en vooral over hoe dat hém zou moeten veranderen. De laatste tijd uitte ze steeds vaker haar ongenoegen over zijn nieuwe bezigheid, het fotoproject dat zo veel van zijn tijd opslokte. Hij vermoedde dat Madeleines negatieve reactie daarop wellicht deels samenhing met Sonya's enthousiasme.

'Wist je dat hij ook beroemd is?' vroeg ze.

'Wie?'

'Die studiegenoot van je.'

'Niet echt. Aan de telefoon zei hij iets over een boek dat hij had geschreven, en dat heb ik even opgezocht. Ik geloof niet dat hij echt heel erg bekend is.'

'Twéé boeken,' zei Madeleine. 'Hij is de directeur van een of ander instituut in Peony en heeft een aantal lezingen gegeven die op PBS zijn uitgezonden. Ik heb de omslagen van zijn boeken op internet opgezocht en uitgeprint. Misschien moest je daar maar eens naar kijken.'

'Ik neem aan dat hij me alles zal vertellen over zichzelf en zijn boeken. Hij klinkt niet erg bescheiden.'

'Kijk maar wat je doet. Ik heb de printjes op je bureau gelegd, dus je kunt nog van gedachten veranderen. Trouwens, Kyle heeft nog gebeld.'

Hij keek haar zwijgend aan.

'Ik heb gezegd dat je terug zou bellen.'

'Waarom heb je me niet geroepen?' vroeg hij, gepikeerder dan zijn bedoeling was. Zo vaak belde zijn zoon niet.

'Ik vroeg of ik je moest roepen, maar hij zei dat hij niet wilde storen en dat het niet heel erg dringend was.'

'Zei hij verder nog iets?'

'Nee.'

Ze draaide zich om en liep door het vochtige, weelderige gras terug naar het huis. Toen ze bij de zijdeur aankwam en haar hand op de deurknop legde, leek ze zich nog iets te herinneren. Ze keek naar hem om en zei, overdreven verwonderd: 'Volgens de teksten op die omslagen is die oude studiegenoot van je in alle opzichten een heilige. Een goeroe met voorbeeldig gedrag. Ik kan me niet voorstellen waarom hij een rechercheur Moordzaken zou willen spreken.'

'Een voormalig rechercheur Moordzaken,' verbeterde Gurney.

Maar ze was al naar binnen gelopen en koos ervoor de dreun van de deur niet te verzachten.

3

Verstoorde idylle

De volgende dag was nog mooier dan de vorige. Het was het schoolvoorbeeld van een oktoberdag in New England, geknipt voor op een kalender. Gurney stond om zeven uur 's morgens op, trok een spijkerbroek en een lichte katoenen trui aan en dronk zijn koffie in een linnen stoel op het arduinen terras waaraan hun slaapkamer grensde. Het terras en de openslaande tuindeuren waren veranderingen die hij op aandringen van Madeleine had aangebracht.

Ze was goed in dat soort dingen, ze had een scherp oog voor wat mogelijk of gepast was. Het zei veel over haar: over haar positieve karakter, haar praktische verbeeldingskracht, haar goede smaak. Maar wanneer hij verstrikt raakte in kwesties waarover ze het niet eens waren – en dat waren er in de loop der tijd door hun beider toedoen steeds meer geworden – kostte het hem moeite om zich haar opvallende pluspunten te herinneren.

Hij moest niet vergeten Kyle terug te bellen. Hij zou nog drie uur moeten wachten vanwege het tijdverschil tussen Walnut Crossing en Seattle. Hij kroop dieper weg in zijn stoel en hield zijn warme mok koffie met beide handen vast.

Hij wierp een blik op het dunne mapje dat hij samen met zijn koffie mee naar buiten had genomen en probeerde zich voor te stellen hoe de studiegenoot die hij al vijfentwintig jaar niet had gezien er nu uitzag. De foto op het omslag dat Madeleine op de website van een onlineboekwinkel had gevonden en uitgeprint wekte niet alleen herinneringen aan het gezicht op, maar ook aan de persoonlijkheid, aan die stem met het timbre van een Ierse tenor en aan die onvoorstelbaar charmante glimlach.

Mark Mellery en hij hadden samen op Rose Hill gezeten, de campus van Fordham University in de Bronx. Mark was een wildebras geweest, wiens uitbarstingen van humor, oprechtheid en energieke ambitie werden gekleurd door iets wat veel duisterder was. Hij zocht graag grenzen op, hij was een voortdenderend genie dat roekeloos en berekenend tegelijk was en altijd op de rand van een neerwaartse spiraal balanceerde.

Volgens de biografie op zijn website had die spiraal hem na zijn studie in hoog tempo bergafwaarts gevoerd, maar was hij na zijn dertigste ten gevolge van een indrukwekkende spirituele verandering weer de goede kant opgegaan.

Gurney zette zijn mok op de dunne houten leuning van zijn stoel, sloeg het mapje op zijn schoot open en haalde het mailtje eruit dat hij een week eerder van Mellery had ontvangen. Hij las het nogmaals door, regel voor regel.

Hallo Dave,

Ik hoop niet dat je het vervelend vindt om na zo'n lange tijd weer iets van een oude studiegenoot te horen. Het is altijd de vraag wat een stem uit het verleden bij iemand oproept. Ik ben dankzij de alumni-vereniging op de hoogte gebleven van ons gedeelde academische verleden en heb in de loop der jaren het nodige boeiende nieuws vernomen over degenen die tegelijk met ons zijn afgestudeerd. Het deed me deugd meer dan eens te horen dat jij uitmuntende prestaties hebt geleverd en de nodige erkenning hebt mogen ontvangen. (Volgens een artikel in ons Alumni News ben je 'de meest onderscheiden rechercheur van het NYPD', en dat verbaast me niet, als ik aan de Dave Gurney denk die ik me uit mijn studietijd herinner!) Ongeveer een jaar geleden las ik dat je niet meer bij de politie werkt en naar onze contreien bent verhuisd, naar Delaware County. Dat trok mijn aandacht omdat ik zelf in Peony zit, 'een stukje verderop', zoals ze hier zeggen. Je hebt er vast nog nooit van gehoord, maar ik leid hier nu een soort bezinningsoord, het Instituut voor Spirituele Vernieuwing. Dat klinkt nogal verheven, ik weet het, maar er is niets zweverigs aan. In de loop der jaren heb ik vaak contact met je willen opnemen, en een verontrustend voorval heeft me er eindelijk toe aangezet om de daad bij het woord te voegen. Ik denk dat ik in dit geval heel veel aan jouw advies zou kunnen hebben en ik zou je graag eens komen opzoeken. Als je een half uur voor me kunt vrijmaken, kom ik naar jouw huis in Walnut Crossing, of ergens anders naartoe als je dat liever hebt.

Als ik aan onze gesprekken op de campus en de langere gesprekken in de Shamrock Bar denk, twijfel ik er niet aan dat jij, zeker door jouw uitmuntende vakkennis, de juiste persoon bent om mee van gedachten te wisselen over de buitengewoon vreemde kwestie die me bezighoudt. Het is een wonderlijk raadsel dat jou waarschijnlijk ook wel zal boeien. Je kon altijd veel beter dan wie dan ook twee en twee bij elkaar optellen; dat was je grote kracht. Wanneer ik aan jou denk, herinner ik me dat fantastische vermogen tot logisch en helder denken, en dat is iets wat ik nu goed zou kunnen gebruiken. Ik zal je over een paar dagen bellen op het nummer dat in de alumnigids vermeld staat; ik hoop dat dat nog steeds klopt.

Met talloze goede herinneringen,
Mark Mellery

PS: het zal me een genoegen zijn je weer eens te zien, ook als mijn probleem jou voor evenveel raadsels stelt en je me geen oplossing kunt bieden.

Het beloofde telefoontje was twee dagen later gekomen. Gurney had de stem meteen herkend; die was, afgezien van een verre trilling ten gevolge van de zenuwen, opvallend weinig veranderd.

Na een paar neerbuigende opmerkingen over zijn eigen onvermogen om contact te houden kwam Mellery ter zake. Kon Gurney ergens in de komende paar dagen afspreken? Hoe eerder hoe beter, want de kwestie was 'urgent'. Er was sprake van een 'ontwikkeling'. Telefonisch kon het niet worden besproken, zoals Gurney wel zou begrijpen wanneer ze elkaar zouden ontmoeten. Mellery moest hem het een en ander laten zien. Nee, het was geen zaak voor de plaatselijke politie, om redenen die hij nog zou uitleggen. Nee, het was ook geen zaak voor de rechter, of in elk geval nog niet. Er was geen misdrijf gepleegd, er was niemand daadwerkelijk bedreigd, althans niet voor zover hij kon bewijzen. Jezus, het viel niet mee om het er aan de telefoon over te hebben, dat zou onder vier ogen zo veel gemakkelijker gaan. Ja, hij wist dat Gurney geen privédetective was. Maar een half uurtje… Hij had toch wel een half uurtje tijd?

Gurney stemde in, ondanks de gemengde gevoelens die hij vanaf het begin had. Zijn nieuwsgierigheid won het vaak van zijn terughoudendheid, en in dit geval was hij nieuwsgierig vanwege de hysterische ondertoon in Mellery's gladde verhaal. En natuurlijk trok een raadsel dat om een oplossing vroeg hem altijd meer aan dan hij wilde toegeven.

Nadat Gurney het mailtje voor de derde keer had gelezen stopte hij het terug in het mapje en gaf zich over aan de herinneringen die het ergens diep in de krochten van zijn geheugen opriep: Mellery die 's morgens met een kater op college verscheen en zich zat te vervelen, maar in de loop van de middag weer een beetje mens werd en tot in de kleine uurtjes zijn vlijmscherpe bijdehante opmerkingen bleef maken, aangespoord door alcohol. Hij was een geboren acteur, de onbetwiste ster van de studententoneelvereniging: de gangmaker uit de Shamrock Bar kwam op het toneel pas echt tot leven. Hij was iemand die een publiek nodig had, een man die alleen tot bloei kon komen door de bewondering en aandacht van anderen.

Gurney deed het mapje open en keek nogmaals naar het mailtje. Mellery's beschrijving van hun verstandhouding zat hem dwars. Het contact tussen hen was minder veelvuldig, minder belangrijk en minder vriendelijk geweest dan Mellery's woorden suggereerden. Maar hij kreeg de indruk dat Mellery die woorden zorgvuldig had gekozen, dat de brief ondanks de eenvoudige toon een aantal keren was herschreven, na rijp beraad en veelvuldig wijzigen, en dat de vleierij een doel diende, net als alle andere elementen van het mailtje. Maar welk doel? Gurney overhalen tot een ontmoeting, luidde het voor de hand liggende antwoord, zodat hij kon helpen het 'raadsel' op te lossen, wat dat ook mocht zijn. Verder viel er erg weinig over te zeggen. Het probleem was ontegenzeggelijk belangrijk voor Mellery, en dat verklaarde de hoeveelheid tijd en aandacht die hij er blijkbaar in had gestoken om ervoor te zorgen dat de zinnen soepel liepen en de juiste mengeling van hartelijkheid en bezorgdheid overbrachten.

En dan was er nog dat PS. Dat maakte hem niet alleen op subtiele wijze duidelijk dat het raadsel, wat dat ook was, wellicht ook voor hem te hoog gegrepen zou zijn, maar moest blijkbaar ook voorkomen dat Gurney voor een gemakkelijke uitweg zou kiezen door te zeggen dat hij geen detective was en dus niet kon helpen. De woorden waren zo gekozen dat elke aarzeling om met zijn oude vriend af te spreken als niets anders dan een botte afwijzing kon worden opgevat.

O ja, het was allemaal uiterst zorgvuldig gedaan.

Zorgvuldig. Dat was nieuw. Zorgvuldigheid was zeker geen eigenschap waarop de Mark Mellery van vroeger zich had kunnen beroepen.

Die overduidelijke verandering wekte Gurneys interesse.

Als op bevel kwam Madeleine door de achterdeur naar buiten en bleef een paar meter bij Gurney vandaan staan.

'Je gast is er,' kondigde ze op vlakke toon aan.

'Waar is hij?'

'Binnen.'

Hij sloeg zijn blik neer. Een mier liep zigzaggend over de leuning van zijn stoel. Hij schoot hem met een snelle beweging van zijn vinger weg.

'Vraag maar of hij naar buiten komt,' zei hij. 'Het is veel te mooi weer om binnen te zitten.'

'Ja, dat is zo, hè?' zei ze. Ze liet de opmerking veelbetekenend en ironisch tegelijk klinken. 'Hij ziet er trouwens precies zo uit als op de foto op het boek, of eigenlijk nog veel meer.'

'Nog veel meer? Wat bedoel je daar nu weer mee?'

Maar ze liep al terug naar binnen en gaf geen antwoord.

4

Ik ken je zo goed dat ik weet wat je denkt

Mark Mellery liep met grote stappen door het lange gras en kwam op Gurney af alsof hij hem wilde omhelzen, maar iets deed hem van gedachten veranderen.

'Davey!' riep hij uit. Hij stak zijn hand uit.

Davey? vroeg Gurney zich verwonderd af.

'Mijn god!' ging Mellery verder. 'Je bent niets veranderd. Leuk je weer eens te zien, en je ziet er goed uit, zeg! Davey Gurney! Op Fordham zeiden ze altijd dat je net Robert Redford in *All the President's Men* leek, en dat is nog steeds zo. Je bent geen spat veranderd. Als ik niet had geweten dat je zevenenveertig bent, net als ik, dan zou ik je dertig schatten!'

Hij nam Gurneys hand tussen zijn beide handen, alsof het een kostbaar voorwerp was. 'Toen ik van Peony naar Walnut Crossing reed, dacht ik er nog aan dat je vroeger altijd zo rustig en beheerst was. Een emotionele oase, ja, dat was je, een emotionele oase. En zo kom je nog steeds over. Davey Gurney, kalm, koel en beheerst, en ook nog eens het slimst van iedereen. Hoe is het met je?'

'Ik mag me een gelukkig man prijzen,' zei Gurney, die zijn hand terugtrok en een toon bezigde die, in tegenstelling tot die van Mellery, van elke vorm van opwinding was gespeend. 'Ik mag niet klagen.'

'Gelukkig…' Mellery sprak de lettergrepen uit alsof hij zich de betekenis van een woord in een vreemde taal probeerde te herinneren. 'Je woont hier mooi. Erg mooi.'

'Madeleine heeft oog voor dat soort dingen. Zullen we gaan zitten?' Gurney gebaarde naar een stel Adirondack-stoelen die tegenover elkaar stonden tussen de appelboom en een vogelbadje.

Mellery liep in die richting en bleef toen staan. 'Ik had nog iets…'

'Dit misschien?' Madeleine kwam vanuit het huis naar hen toe gelopen en hield een elegante aktetas voor zich omhoog. De tas was ingetogen en duur, net als alle andere aspecten van Mellery's verschijning: van de handgemaakte (maar goed ingelopen en niet te overdreven gepoetste) Engelse schoenen tot het prachtige (maar enigszins gekreukte) kasjmieren, op maat gemaakte jasje. Het was een uiterlijk dat duidelijk moest maken dat hier een man stond die wist hoe hij geld moest gebruiken zonder dat het geld hem gebruikte; een man die succes had geoogst zonder het te verafgoden; een man die het geluk als vanzelfsprekend naar zich toe trok. De gejaagde blik in zijn ogen vertelde echter een heel ander verhaal.

'O, ja, bedankt,' zei Mellery, die de tas zichtbaar opgelucht van Madeleine overnam. 'Maar waar…'

'Je had hem op de salontafel neergelegd.'

'O, ja, natuurlijk. Ik ben vandaag wat afwezig, geloof ik. Bedankt!'

'Kan ik je iets te drinken aanbieden?'

'Drinken?'

'We hebben ijsthee gemaakt, maar ik kan ook iets anders…'

'Nee, nee, ijsthee is prima. Graag.'

Terwijl Gurney zijn voormalige studiegenoot gadesloeg, begreep hij opeens wat Madeleine had bedoeld toen ze zei dat Mellery er net zo uitzag als op het omslag van zijn boek, of 'eigenlijk nog veel meer'.

Het kenmerk dat op de foto het duidelijkst naar voren kwam, was ongedwongen perfectie, de illusie dat het een ontspannen amateurfoto betrof, maar dan zonder de onflatteuze schaduwen of onhandige compositie die dat soort kiekjes meestal kenmerkten. Het was precies dat weloverwogen gebrek aan aandacht – het door ego gedreven verlangen om de indruk te wekken dat ego geen rol speelde – dat Mellery ook in het echt uitstraalde. Zoals gewoonlijk had Madeleine de spijker op de kop geslagen.

'In je mailtje had je het over een probleem,' zei Gurney, die zo abrupt ter zake kwam dat het bijna onbeleefd was.

'Ja,' antwoordde Mellery, maar in plaats van erop in te gaan, haalde hij een herinnering op waarmee hij een sfeer van oude jongens krentenbrood leek te willen oproepen: iets over een lachwekkende discussie waarin een studiegenoot en een docent filosofie verzeild waren geraakt. Tijdens het vertellen van dat verhaal omschreef Mellery de studiegenoot, Gurney en zichzelf als 'de drie musketiers van Rose Hill', alsof hij de gebeurtenis zo van iets onbeduidends in iets heldhaftigs kon veranderen. Gurney vond die poging beschamend en bood zijn gast afgezien van een afwachtende, indringende blik geen enkele reactie.

'Nou,' zei Mellery, die zich zo te zien ongemakkelijk begon te voelen, 'ik weet niet goed waar ik moet beginnen.'

Als je niet eens weet waar je je eigen verhaal moet beginnen, wat doe je hier dan, dacht Gurney.

Ten slotte opende Mellery zijn aktetas, haalde er twee dunne paperbacks uit en gaf die voorzichtig, alsof ze konden breken, aan Gurney. Het waren de boeken die stonden beschreven op de website waarvan hij eerder een uitdraai had bekeken. Het ene heette *De essentie* en had als ondertitel *Hoe de kracht van het bewustzijn levens kan veranderen*. Het andere heette *Niet te geloven!* en had als ondertitel *De enige weg naar geluk*.

'Je hebt misschien nog nooit van deze boeken gehoord. Ze waren redelijk succesvol, maar niet bepaald bestsellers.' Mellery toonde een glimlach die een vaak geoefende nederigheid leek te moeten uitdrukken. 'Ik bedoel niet dat je ze nu meteen moet lezen.' Hij glimlachte weer, alsof dit vermakelijk was. 'Maar wellicht kunnen ze je enig inzicht bieden in wat er gebeurt, of waarom het gebeurt, als je eenmaal hebt gehoord met welk probleem ik worstel... of misschien moet ik zeggen, met welk probleem ik ogenschijnlijk worstel. Ik vind het allemaal nogal verwarrend.'

En behoorlijk beangstigend, stelde Gurney vast.

Mellery haalde diep adem, zweeg even en begon toen aan zijn verhaal, als een man die kwetsbaar maar vastberaden een koude branding in liep.

'Ik moet je eerst vertellen over de briefjes die ik heb ontvangen.' Hij stak zijn hand in zijn tas en haalde er twee enveloppen uit. Hij maakte een ervan open en haalde er een vel wit papier uit dat aan een kant met de hand beschreven was, plus een kleinere envelop, van het formaat dat wel werd gebruikt voor een RSVP. Hij gaf het vel aan Gurney.

'Dit was het eerste bericht dat ik heb ontvangen, ongeveer drie weken geleden.'

Gurney pakte het vel aan en leunde achterover in zijn stoel om het beter te bekijken. Het eerste wat hem opviel, was het nette handschrift. De woorden waren zorgvuldig en elegant gevormd en riepen een plotselinge herinnering op aan de sierlijke letters waarmee zuster Mary Joseph het schoolbord op de lagere school had gevuld. Maar nog opvallender dan het zorgvuldige handschrift was het feit dat het briefje met een vulpen was geschreven, in rode inkt. Rode inkt? Die had Gurneys grootvader gebruikt.

Kleine ronde flesjes, met blauwe, groene en rode inkt. Hij kon zich erg weinig van zijn grootvader herinneren, maar die inkt herinnerde hij zich wel. Kon je dat nog kopen, rode inkt voor een vulpen?

Terwijl Gurney het briefje las, werd zijn frons steeds dieper, en daarna las hij het nogmaals. Er was geen aanhef, het was niet ondertekend.

Geloof je in het lot? Ik wel. Ik had nooit gedacht je nog eens te zien, maar op een dag was je er weer. Het kwam allemaal weer terug: hoe je klinkt, hoe je beweegt, en bovenal hoe je denkt. Als iemand tegen je zou zeggen dat je aan een getal moet denken, dan weet ik aan welk getal jij denkt. Geloof je me niet? Ik zal het bewijzen. Denk aan een getal tussen een en duizend – het allereerste dat bij je opkomt. Denk eraan. En kijk nu eens hoe goed ik je geheimen ken. Maak het envelopje open.

Gurney uitte een nietszeggend geluid en keek Mellery, die hem al die tijd ingespannen had gadegeslagen, vragend aan. 'Heb je enig idee wie je dit heeft gestuurd?'

'Geen flauw idee.'

'Geen enkel vermoeden?'

'Nee.'

'Hm. Heb je het spelletje meegespeeld?'

'Het spelletje?' Het was duidelijk dat Mellery het zo nog niet bekeken had. 'Als je wilt weten of ik aan een getal heb gedacht, ja, dat heb ik. Gezien de omstandigheden zou het vrijwel onmogelijk zijn geweest om dat niet te doen.'

'Dus je hebt aan een getal gedacht?'

'Ja.'

'En?'

Mellery schraapte zijn keel. 'Het getal waaraan ik dacht, was zes-vijf-acht.' Hij herhaalde het en legde de nadruk op de cijfers – zes, vijf, acht – alsof die Gurney iets zouden zeggen. Toen hij zag dat dat niet zo was, haalde hij nerveus adem en vervolgde: 'Het getal zes-vijf-acht heeft geen speciale betekenis voor me. Het is toevallig het eerste getal dat in me opkomt. Ik heb me suf zitten piekeren en probeerde me een reden te herinneren waarom ik dat zou kiezen, maar ik kon helemaal niets bedenken. Het is gewoon het eerste getal dat in me opkomt,' zei hij nadrukkelijk, met een ernst die aan paniek grensde.

Gurney keek hem met groeiende belangstelling aan. 'En in dat kleinere envelopje?'

Mellery gaf hem het envelopje dat bij het briefje had gezeten en keek Gurney aandachtig aan toen die het opende, er een velletje papier uit haalde dat half zo groot was als het eerste en de woorden las die in hetzelfde keurige handschrift en dezelfde rode inkt waren geschreven:

Schrik je heel erg als ik zeg dat ik wist dat je 658 zou kiezen? Wie kent je zo goed? Als je dat wilt weten, moet je me eerst de $ 289,87 terugbetalen die ik heb moeten uitgeven om je op te sporen. Zend dat exacte bedrag naar:
Postbus 49449, Wycherly, CT 61010
Stuur contant geld of een cheque op naam van X. Arybdis.
(Zo heb ik niet altijd geheten.)

Nadat Gurney het briefje nogmaals had gelezen, vroeg hij aan Mellery of die erop had geantwoord.

'Ja, ik heb een cheque met dat bedrag opgestuurd.'

'Waarom?'

'Hoe bedoel je?'

'Dat is een aanzienlijk bedrag. Waarom besloot je dat op te sturen?'

'Omdat ik er gek van werd. Dat getal... Hoe kon hij dat weten?'

'Is de cheque geïnd?'

'Nee, dat niet,' zei Mellery. 'Ik heb elke dag mijn rekening gecontroleerd. Daarom heb ik een cheque gestuurd, in plaats van contant geld. Het leek me verstandig om meer te weten te komen over deze Arybdis, in elk geval waar hij zijn cheques int. Ik bedoel, de algehele toon van dat briefje is vrij verontrustend.'

'Wat vind je er precies verontrustend aan?'

'Dat getal natuurlijk!' riep Mellery uit. 'Hoe kan hij dat in godsnaam weten?'

'Goede vraag,' zei Gurney. 'Waarom zei je "hij"?'

'Wat? O, ik snap al wat je bedoelt. Ik dacht gewoon... Ik weet het niet, dat dacht ik gewoon. Ik denk dat ik "X. Arybdis" om de een of andere reden nogal mannelijk vind klinken.'

'X. Arybdis. Ongewone naam,' zei Gurney. 'Zegt die je iets? Doet die een belletje rinkelen?'

'Geen enkel.'

De naam zei Gurney evenmin iets. Hij klonk niet volkomen onbekend, maar een eventuele betekenis lag begraven in een archiefkast in de kelder van zijn geheugen.

'Heeft de afzender nog contact opgenomen nadat je die cheque had verstuurd?'

'O, ja!' zei Mellery, die opnieuw een greep in zijn aktetas deed en er twee andere vellen papier uithaalde. 'Dit heb ik een dag of tien geleden ontvangen. En dit kwam nadat ik jou dat mailtje had gestuurd met de vraag of we iets konden afspreken.' Hij stak ze Gurney toe als een klein jongetje dat zijn vader twee nieuwe blauwe plekken wilde laten zien.

De briefjes waren geschreven in hetzelfde keurige handschrift als de eerdere berichtjes, maar de toon was veranderd.

Het eerste bestond uit acht regels.

Hoeveel goede engelen stralen
en dansen op de kop van een speld?
Hoeveel dromen en mooie verhalen
zijn er al door de fles geveld?
Het is een lot dat je zal treffen:
dat met drank gevulde glas
waarvan je langzaam gaat beseffen
dat het toch een wapen was.

De acht regels van het tweede briefje waren al even cryptisch en onheilspellend.

Wie ooit nam, die moet ook geven
wanneer hij krijgt wat hij ooit gaf.
Laat je gedachten maar flink leven
Ik bied ze snel een graf.
Ik weet waar je bent en ook zult zijn
omdat ik op je wacht.
Vergeet nooit mijn refrein:
ik ken je, zes-vijf-acht.

In de tien minuten die volgden, las Gurney het briefje nog een keer of vijf. Zijn gezicht betrok steeds meer, en Mellery kon zijn angst steeds minder goed verbergen.

'Wat denk je ervan?' vroeg Mellery ten slotte.

'Je hebt een slimme vijand.'

'Wat denk je van die getallen, bedoel ik?'

'Wat moet ik daarvan denken?'

'Hoe kan hij nu weten aan welk getal ik denk?'

'In eerste instantie zou ik zeggen dat hij dat niet kan weten.'

'Dat kan hij ook niet weten, maar hij weet het wel! Ik bedoel, daar gaat het nu juist om! Hij kon het niet weten, maar hij wist het wel. Niemand kon weten dat ik aan zes-vijf-acht zou denken, maar hij wist het niet alleen, hij wist het ook nog eens twee dagen voordat ik eraan dacht en stuurde er me een brief over!'

Mellery stond plotseling op uit zijn stoel en begon over het gras richting het huis te lopen, maar hij draaide zich halverwege weer om en haalde zijn hand door zijn haar.

'Dat is gewoon niet logisch, daar is geen enkele wetenschappelijke verklaring voor te bedenken. Snap je niet hoe krankzinnig dit allemaal is?'

Gurney liet zijn kin bedachtzaam op zijn vingertoppen rusten. 'Er bestaat een eenvoudig filosofisch principe dat ik als honderd procent betrouwbaar beschouw. "Als er iets gebeurt, moet het op de een of andere manier mogelijk zijn." Er moet een eenvoudige verklaring voor dat getal zijn.'

'Maar...'

Gurney stak zijn hand op, als de ernstige jonge verkeersagent die hij tijdens zijn eerste half jaar bij het NYPD was geweest. 'Ga zitten. Hou je kalm. Ik weet zeker dat we er wel achter kunnen komen.'

5

Lastige vragen

Madeleine kwam de mannen een glas ijsthee brengen en liep weer terug naar binnen. De geur van warm gras hing in de lucht. Het was ruim twintig graden. Een zwerm Amerikaanse roodmussen streek neer op de voedersilo's. De zon, de kleuren en de geuren waren alle indringend, maar volkomen verspild aan Mellery, die volledig in beslag leek te worden genomen door nerveuze gedachten.

Terwijl ze hun thee dronken, probeerde Gurney te bepalen wat de motieven van zijn gast waren en hoe eerlijk hij was. Hij wist dat hij nooit te snel een etiket op iemand mocht plakken, maar vaak kon hij er geen weerstand aan bieden. Hij hield zichzelf voor dat het geen kwaad kon als hij zich ervan bewust bleef en bereid was van gedachten te veranderen als zich nieuwe informatie mocht aandienen.

Zijn instinct vertelde hem dat Mellery een klassieke bedrieger was die in talloze opzichten deed alsof, maar die tot op zekere hoogte ook in zijn eigen verzinsels geloofde. Zijn accent, dat hij al tijdens zijn studietijd had gehad, kwam van nergens in het bijzonder en moest de suggestie van een zekere mate van cultuur en beschaving wekken. Inmiddels was die manier van spreken zo'n onlosmakelijk deel van hem geworden dat hij er niet langer moeite voor hoefde te doen, maar zijn tongval was en bleef geworteld in denkbeeldige aarde. Het dure kapsel, de verzorgde huid, het onberispelijke gebit, het getrainde lichaam en de gemanicuurde nagels: het deed allemaal denken aan een televisiedominee die zijn vak tot in de puntjes beheerste. Hij vertoonde het gedrag van een man die de indruk wilde wekken dat hij de wereld kende, dat hij in het ongenaakbare bezit was van alles wat de gewone man ontglipte. Gurney besefte dat de kiem hiervan zesentwintig jaar geleden al aanwezig was geweest en dat Mark Mellery simpelweg meer was geworden van wat hij altijd al was.

'Heb je eraan gedacht om naar de politie te gaan?' vroeg Gurney.

'Dat leek me vrij zinloos. Ik geloofde niet dat ze iets konden doen. Wat hadden ze moeten doen? Er is geen sprake van een echt dreigement, er is niets wat je niet zou kunnen verklaren, het is geen misdrijf. Ik kan ze niets concreets bieden. Een paar nare gedichtjes? Dat kan het werk van een geschifte puber zijn, of van iemand met een raar gevoel voor humor. En waarom zou ik mijn tijd verspillen aan de politie als die eigenlijk niets kan doen, of me in het ergste geval zal uitlachen?'

Gurney knikte, niet overtuigd.

'En trouwens,' ging Mellery verder, 'alleen al het idee dat de plaatselijke politie zich hierover zou buigen... Dan zouden ze misschien een diepgravend onderzoek starten, allerlei mensen gaan ondervragen of naar het instituut komen om huidige en voormalige gasten aan de tand te voelen... Sommige gasten zijn erg gevoelig. Het idee dat er politie komt rondbanjeren en gaat zitten wroeten in dingen die niemand wat aangaan, en dat de pers er misschien lucht van zou krijgen... God, ik zie de koppen al voor me: "Auteur spirituele boeken met dood bedreigd". Denk eens aan de verhalen die dan de ronde zouden doen...' Mellery's stem stierf weg, en hij schudde zijn hoofd, alsof woorden simpelweg tekortschoten om de schade te beschrijven die de politie zou kunnen aanrichten.

Gurney keek hem bij wijze van antwoord vol verbijstering aan.

'Wat is er?' vroeg Mellery.

'Je noemt twee redenen om de politie niet in te schakelen, maar die spreken elkaar tegen.'

'Hoe bedoel je?'

'Je hebt ze niet ingeschakeld omdat je bang was dat ze niets konden doen. En je hebt ze niet ingeschakeld omdat je bang was dat ze te veel zouden doen.'

'Aha. Ja... maar dat is allebei waar. In beide gevallen ben ik bang dat ze het onhandig zouden aanpakken. Ze kunnen laks en ongeïnteresseerd reageren, maar ze kunnen ook als een olifant in een porseleinkast tekeergaan. Onhandige luiheid of onhandige onstuimigheid; snap je wat ik bedoel?'

Gurney had het gevoel dat hij naar iemand zat te kijken die net zijn teen had gestoten en nu een pirouette maakte. Hij geloofde het niet helemaal. Zijn ervaring had hem geleerd dat een man die twee redenen voor een bepaald besluit aanvoerde doorgaans een derde, ware reden verzweeg.

Mellery zei opeens, alsof hij op de golflengte van Gurneys gedachten zat: 'Ik moet eerlijk tegen je zijn, ik moet uitleggen waarom ik me zorgen maak. Ik kan niet verwachten dat je helpt als je niet het hele verhaal kent. Ik ben nu zevenenveertig en heb tot nu toe twee heel verschillende levens geleid. Tijdens grofweg de eerste dertig jaar van mijn bestaan koos ik voor het verkeerde pad en stevende ik heel snel op de ondergang af. Dat begon al tijdens mijn studie, en daarna ging het van kwaad tot erger. Ik ging steeds meer drinken en raakte de grip op mijn leven kwijt. Ik verkocht drugs aan rijke stinkerds, raakte met mijn klanten bevriend, en een van hen was zo onder de indruk van mijn vlotte babbel dat hij me een baan op Wall Street aanbod. Telefonische verkoop van waardeloze aandelen, aan lui die dom en hebzuchtig genoeg waren om te geloven dat je binnen drie maanden een investering kunt verdubbelen. Ik was er goed in, ik verdiende geld als water, en geld was de brandstof die mijn waanzin verder aanjoeg. Ik deed waar ik zin in had, maar ik kan me het meeste daarvan niet eens herinneren omdat ik het grootste deel van de tijd bezopen was. Tien jaar lang heb ik voor de ene na de andere doortrapte oplichter gewerkt. En toen ging mijn vrouw dood. Je hebt natuurlijk nooit geweten dat ik een jaar na ons afstuderen ben getrouwd.'

Mellery pakte zijn glas. Hij dronk bedachtzaam, alsof de smaak een idee was dat bij hem opkwam. Toen het glas half leeg was, zette hij het op de armleuning van zijn stoel, staarde er even naar en vervolgde toen zijn verhaal.

'Haar dood zette alles op zijn kop en had een grotere invloed op me dan die vijftien jaar huwelijk bij elkaar. Ik vind het vreselijk om te moeten zeggen, maar het leven van mijn vrouw raakte me pas echt toen het voorbij was.'

Gurney kreeg de indruk dat deze ironische opmerking, die aarzelend werd uitgesproken alsof de gedachte net bij Mellery was opgekomen, al voor de honderdste keer werd herhaald. 'Hoe is ze gestorven?'

'Het hele verhaal staat in mijn eerste boek, maar ik zal je de ingekorte versie geven. Het gebeurde tijdens een vakantie op het Olympic Peninsula in Washington. We zaten tegen zonsondergang op een verlaten strand en Erin besloot te gaan zwemmen. Meestal ging ze een meter of dertig het water in en zwom dan evenwijdig aan het strand heen en weer, alsof ze baantjes trok in een zwembad. Ze was erg fanatiek als het om bewegen ging.' Hij zweeg even en liet zijn ogen dichtvallen.

'Deed ze dat die avond ook?'

'Wat?'

'Je zei net dat ze dat meestal deed.'

'O, ik snap het al. Ja, ik gelóóf dat ze dat die avond ook deed. Eerlijk gezegd weet ik het niet zeker omdat ik dronken was. Erin ging het water in. Ik bleef op het strand zitten, met een thermosfles martini.' Er was een tic opgekomen in de hoek van zijn linkeroog.

'Erin verdronk. Haar lichaam werd op een meter of vijftien uit de kust aangetroffen, en ze vonden mij bewusteloos van de drank op het strand.' Hij zweeg even en vervolgde op gespannen toon: 'Ze moet kramp hebben gekregen, of... Ik weet het niet... maar ik denk... dat ze me vast wel moet hebben geroepen...' Hij viel stil, sloot opnieuw zijn ogen en wreef over de tic. Toen hij zijn ogen weer opende, keek hij om zich heen alsof hij de omgeving voor het eerst zag.

'Je woont hier erg fraai,' zei hij met een droevige glimlach.

'Je zei dat haar dood je heel erg heeft geraakt?'

'Ja, heel erg.'

'Meteen, of later?'

'Meteen. Het is een cliché, maar de schellen vielen me van de ogen. Ik had nog nooit iets meegemaakt wat zo pijnlijk of onthullend was, en sindsdien is me dat ook nooit meer overkomen. Voor de eerste keer in mijn leven zag ik pas echt goed waar ik mee bezig was, hoe verwoestend alles was. Ik wil mezelf niet vergelijken met Paulus op weg naar Damascus, maar feit is dat ik vanaf dat moment geen stap meer op de ingeslagen weg wilde zetten.' Hij sprak die woorden met een indringende overtuiging uit.

Hij zou een verkoopcursus met als titel 'Indringende Overtuiging' kunnen geven, bedacht Gurney.

'Ik liet me opnemen in een ontwenningskliniek. Dat leek me de enige juiste beslissing. Daarna ben ik in therapie gegaan. Ik wilde er zeker van zijn dat ik de waarheid had gevonden en niet bezig was gek te worden. De therapeut heeft me heel erg gesteund. Uiteindelijk ben ik weer gaan studeren, ik heb een titel in de psychologie gehaald en een opleiding tot hulpverlener afgesloten. Een van mijn studiegenoten was pastor bij een unitaristische kerk en vroeg me of ik een lezing over mijn "bekering" wilde geven – zo noemde hij het, ik niet. Die lezing was een succes en groeide uit tot een hele serie die ik in een stuk of tien andere unitaristische kerken heb gegeven, en uit die lezingen is mijn eerste boek voortgekomen. En dat boek vormde de basis voor een driedelige serie op PBS, die vervolgens ook op video is verschenen.

Dat is me sindsdien vaker overkomen, dat uit het ene positieve verschijnsel het volgende voortvloeide. Ik werd gevraagd om een aantal seminars te houden voor een stel buitengewone mensen, die ook nog eens buitengewoon rijk bleken te zijn. Dat leidde tot de oprichting van het Mellery Instituut voor Spirituele Vernieuwing. De mensen die daarheen komen, vinden dat ik geweldige dingen doe. Ik weet dat dat enorm opgeblazen en arrogant klinkt, maar het is gewoon zo. Er zijn mensen die elk jaar weer terugkomen om in wezen dezelfde lezing aan te horen en dezelfde spirituele oefeningen te doen. Ik zeg het niet snel, want het klinkt ontzettend pretentieus, maar als gevolg van Erins dood ben ik wedergeboren, en nu leid ik een verbazingwekkend nieuw leven.'

Zijn blik schoot rusteloos heen en weer en wekte de indruk dat hij zich op een eigen, innerlijk landschap concentreerde. Madeleine kwam naar buiten, pakte hun glazen en vroeg of ze hen nog eens moest bijschenken, waarop ze allebei nee zeiden. Mellery merkte weer op dat ze zo mooi woonden.

'Je zei dat je meer wilde vertellen over wat je precies bezighoudt,' merkte Gurney op.

'Ja. Het heeft te maken met mijn verleden als alcoholist. Ik kreeg last van black-outs omdat ik te veel dronk. Ik raakte echt mijn geheugen kwijt; soms was er een uur of twee weg, soms meer. Tegen het einde kon ik niets meer drinken zonder een black-out te krijgen. Er zijn heel veel momenten, heel veel dingen, waarvan ik me helemaal niets meer kan herinneren. Eenmaal dronken kon het me niet zo veel meer schelen wat ik deed of met wie. Eerlijk gezegd zijn het de toespelingen op alcohol in die briefjes die me zo van streek maken. De afgelopen paar dagen zwalkten mijn emoties heen en weer van doodsbang naar overstuur.'

Ondanks zijn scepsis werd Gurney getroffen door iets oprechts in Mellery's toon. 'Vertel eens wat meer,' zei hij.

Tijdens het half uur dat volgde, werd duidelijk dat er niet veel meer was wat Mellery wilde of kon vertellen. Hij bleef echter wel steeds terugkeren naar de kwestie die hem zo sterk bezighield.

'Hoe kon hij in godsnaam weten aan welk getal ik zou denken? Ik heb in gedachten al mijn kennissen doorgenomen, plaatsen waar ik ben geweest, adressen, postcodes, telefoonnummers, data, verjaardagen, kentekens, zelfs prijzen. Alles wat maar met getallen te maken heeft. Maar er is niets wat ik in verband kan brengen met zes-achtenvijftig. Ik word er stapelgek van!'

'Misschien is het nuttiger om je op eenvoudiger vragen te concentreren. Zoals bijvoorbeeld...'

Maar Mellery luisterde niet. 'Ik geloof niet dat zes-achtenvijftig iets betekent, maar dat moet wel, dat kan niet anders. En wat het ook betekent, er is iemand anders die dat ook weet. Iemand anders weet dat zes-achtenvijftig zo belangrijk voor me is dat dat het eerste getal is waaraan ik zou denken. Dat kan ik gewoon niet geloven. Het is een nachtmerrie!'

Gurney bleef rustig zitten en wachtte totdat Mellery's paniek was afgezakt.

'Die toespelingen op drinken maken duidelijk dat het iemand moet zijn die me nog van vroeger kent. Als diegene wrok koestert, en zo te horen is dat het geval, dan moet hij er toch al vrij lang mee rondlopen. Misschien is het iemand die me uit het oog was verloren en geen idee had waar ik zat en toen opeens een van mijn boeken in handen kreeg, de foto op het omslag zag, iets over me las en besloot om... Ja, om wat eigenlijk? Ik weet niet eens waar die briefjes over gaan.'

Gurney zei nog steeds niets.

'Heb je enig idee hoe het is om je van honderd of misschien tweehonderd avonden uit je leven helemaal niets te kunnen herinneren?' Mellery schudde zijn hoofd, blijkbaar verbaasd over zijn eigen roekeloosheid. 'Het enige wat ik zeker weet, is dat ik tijdens die avonden zo dronken – en gek – ben geweest dat ik tot letterlijk alles in staat was. Dat is het probleem met alcohol; als je zo veel drinkt als ik deed, dan ben je helemaal niet meer bang voor de gevolgen. Je waarneming is vertroebeld, je remmingen verdwijnen, je onthoudt niets meer en je geeft je over aan impulsen, aan instincten zonder rem.' Hij viel stil en schudde zijn hoofd.

'Wat denk je dat je tijdens een van die black-outs kunt hebben gedaan?' Mellery staarde hem aan. 'Van alles! God, dat is nu juist het probleem. Echt alles!'

Gurney vond dat hij eruitzag als een man die net had ontdekt dat het tropische paradijs van zijn dromen waarin hij zijn laatste cent had gestoken was vergeven van de schorpioenen.

'Wat wil je dat ik voor je doe?'

'Dat weet ik niet. Misschien hoopte ik op een Sherlock Holmes-achtige conclusie: mysterie opgelost, identiteit van de schrijver vastgesteld, vastgesteld dat schrijver me geen kwaad kan doen.'

'Jij kunt veel beter dan ik bepalen wat dit te betekenen heeft.'

Mellery schudde zijn hoofd. Toen zorgde een breekbare hoop ervoor dat hij zijn ogen verder opensperde. 'Zou iemand een grap met me uit willen halen?'

'Als dat zo is, dan is het wel een erg wrede grap,' antwoordde Gurney.
'Wat zou het verder kunnen zijn?'

'Chantage? De schrijver weet iets verschrikkelijks, iets wat ik me niet kan herinneren? En die $ 289,87 is nog maar het begin?'

Gurney knikte zonder iets te verraden. 'En wat nog meer?'

'Wraak? Omdat ik iets vreselijks heb gedaan, maar ze willen geen geld, ze willen...' Zijn stem stierf op een meelijwekkende manier weg.

'En je kunt je geen enkele gebeurtenis herinneren die een reactie als deze zou kunnen rechtvaardigen?'

'Nee, dat zei ik al. Niets, voor zover ik het me kan herínneren.'

'Goed, ik geloof je. Maar gezien de omstandigheden zou ik je willen vragen om een paar eenvoudige vragen te beantwoorden. Schrijf ze op, neem ze mee naar huis, denk er vierentwintig uur lang over na en kijk wat er in je opkomt.'

Mellery opende zijn elegante aktetas en haalde er een klein leren notitieboekje en een Montblanc-pen uit.

'Ik wil dat je een paar lijstjes maakt, zo goed als je kunt, oké? Het eerste lijstje betreft mogelijke zakelijke vijanden: mensen met wie je ooit een ernstig conflict hebt gehad over geld, contracten, toezeggingen, reputaties. Het tweede lijstje betreft onopgeloste persoonlijke conflicten: vrienden met wie je bent gebrouilleerd, exen, verhoudingen die slecht zijn afgelopen. Lijst nummer drie zijn openlijk kwaadwillenden: mensen die je ergens van hebben beschuldigd of die je hebben bedreigd. Lijst vier betreft labiele personen: mensen van wie je weet dat ze labiel zijn of door problemen worden geplaagd. Lijst vijf is voor personen uit je verleden die je onlangs weer bent tegengekomen, ook al leek die ontmoeting nog zo onschuldig of toevallig. Lijst zes: mogelijke verbanden tussen jou en personen in of rond Wycherly. Daar is immers de postbus van X. Arybdis, en daar zijn de enveloppen afgestempeld.'

Terwijl hij de vragen dicteerde, viel het hem op dat Mellery af en toe zijn hoofd schudde, alsof hij wilde aangeven dat het onmogelijk voor hem was om zich sommige namen te herinneren.

'Ik weet hoe moeilijk dit lijkt,' zei Gurney met een ouderlijke vastberadenheid, 'maar het moet gebeuren. In de tussentijd kun je de briefjes hier achterlaten, dan zal ik ze nog eens beter bekijken. Maar je moet niet vergeten dat ik geen privédetective ben en dat ik waarschijnlijk maar weinig voor je kan doen.'

Mellery staarde nietsziend naar zijn handen. 'Is er verder nog iets wat ik zelf kan doen, afgezien van die lijstjes maken?'

'Goede vraag. Waar had je zelf aan gedacht?'

'Nou... misschien kan ik met wat hulp van jou deze meneer Arybdis uit Wycherly, Connecticut, opsporen en wat meer over hem te weten komen.'

'Als je bij "opsporen" aan het vinden van zijn huisadres denkt, dan kan ik je nu al vertellen dat het postkantoor je niet zal mededelen wie er achter die postbus zit. Als je dat wilt weten, moet je de politie inschakelen, maar dat wil je niet. Je zou de telefoongids op internet kunnen raadplegen, maar daar zul je geen verzonnen naam aantreffen, en hoogstwaarschijnlijk is deze naam verzonnen omdat hij zelf al aangeeft dat je hem niet onder die naam kent.'

Gurney zweeg even. 'Maar die cheque... Dat is vreemd, vind je niet?'

'Dat bedrag, bedoel je?'

'Nee, het feit dat die cheque niet is geïnd. Waarom heeft hij er zo'n theater van gemaakt – het precieze bedrag, op welke naam de cheque moest staan, waarheen je die moest sturen – en heeft hij hem vervolgens niet verzilverd?'

'Nou, als Arybdis een valse naam is en hij zich niet als zodanig kan legitimeren...'

'Waarom bood hij dan de optie van een cheque? Waarom vroeg hij niet uitsluitend om contant geld?'

Mellery's blik gleed langs de grond, alsof de mogelijkheden landmijnen waren. 'Misschien wilde hij alleen maar iets hebben met mijn handtekening erop.'

'Daar heb ik ook al aan gedacht,' zei Gurney, 'maar dat is om twee redenen onlogisch. Ten eerste moeten we niet vergeten dat je ook contant geld had kunnen sturen. En ten tweede, als een ondertekende cheque zijn ware doel was, waarom heeft hij dan niet om een kleiner bedrag gevraagd, om zeg twintig dollar, of vijftig? Dan was de kans op een reactie toch veel groter geweest?'

'Misschien is Arybdis niet zo slim.'

'Ik denk niet dat dát het probleem is.'

Mellery keek alsof er in elke cel van zijn lichaam een strijd tussen uitputting en nervositeit werd uitgevochten die geen duidelijke winnaar kende. 'Denk je dat ik echt in gevaar verkeer?'

Gurney haalde zijn schouders op. 'De meeste brieven van gekken zijn niet meer dan dat. De dreigende woorden zijn het wapen, meer niet. Maar...'

'Dit is een ander geval?'

'Dit zou een ander geval kunnen zijn.'

Mellery sperde zijn ogen open. 'Ik snap het. Maar je wilt er nog eens naar kijken?'

'Ja. En jij gaat die lijstjes maken?'

'We zullen er niets aan hebben, maar ik zal mijn best doen.'

6

Rood is de kleur van bloed, als een roos van karmozijn

Toen een uitnodiging om te blijven lunchen was uitgebleven was Mellery met enige tegenzin weggereden in een onberispelijk gerestaureerde hemelsblauwe Austin-Healey, het soort klassieke open sportwagen dat was gemaakt voor een ritje op een prachtige dag als deze, waarvoor hij helaas geen enkel oog leek te hebben.

Gurney keerde terug naar zijn Adirondack-stoel en bleef daar bijna een uur lang zitten, in de hoop dat de kluwen aan feiten zou veranderen in een logische rode draad, een zinvolle opeenvolging. Het enige wat hem echter duidelijk werd, was dat hij honger had. Hij stond op, liep naar binnen, maakte een broodje met pikante Deense kaas en geroosterde paprika en at dat in zijn eentje op. Madeleine leek niet thuis te zijn, en hij vroeg zich af of hij een of ander plannetje was vergeten waarover ze hem wel had verteld.

Toen hij daarna zijn bordje afspoelde en zomaar wat uit het raam staarde, zag hij haar zigzaggend vanuit de boomgaard naar de weide lopen, met haar linnen tas vol appels. Ze straalde die overduidelijke rust uit die voor haar een vanzelfsprekend gevolg was van het buiten bezig zijn.

Ze liep de keuken in en legde de appels met een luide, blijde zucht naast de gootsteen. 'O, wat een heerlijke dag!' riep ze uit. 'Op een dag als vandaag is het gewoon een misdaad om langer binnen te blijven dan strikt noodzakelijk is.'

Het was niet dat hij het met haar oneens was, althans niet in esthetisch opzicht, of misschien wel helemaal niet, maar wat het voor hem persoonlijk lastig maakte was het feit dat hij van nature erg in zichzelf gekeerd was. Als gevolg daarvan was hij doorgaans langer bezig met het nadenken over een voornemen dan met de daadwerkelijke uitvoering ervan, en hij verkeerde vaker in zijn gedachtewereld dan in de wereld buiten. Dat was in zijn werk nooit een probleem geweest. Eigenlijk was dat de reden dat hij er zo goed in was geweest.

Hoe dan ook, hij voelde niet de onmiddellijke behoefte om naar buiten te gaan en had evenmin zin om daar woorden aan vuil te maken, erover te ruziën of zich er schuldig over te voelen. Hij bracht bij wijze van afleiding een ander onderwerp ter sprake.

'Welke indruk kreeg je van Mark Mellery?'

Ze antwoordde zonder op te kijken van het fruit dat ze vanuit haar tas op het aanrecht legde, en zelfs zonder de tijd te nemen om over zijn vraag na te denken.

'Vol van zichzelf, maar doodsbenauwd. Een man die alleen maar aan zichzelf denkt en een minderwaardigheidscomplex heeft. Bang dat de boeman hem zal komen halen. Wil dat oom Dave hem zal beschermen. Ik heb jullie trouwens niet zitten afluisteren, zijn stem draagt gewoon nogal ver. Ik durf te wedden dat hij een uitstekend spreker in het openbaar is.' Ze liet dat als een dubieuze eigenschap klinken.

'Wat denk je van dat gedoe met dat getal?'

'Aha,' zei ze met een overdreven gevoel voor drama, "de zaak van de stalker die gedachten kan lezen."'

Hij onderdrukte zijn ergernis. 'Heb je enig idee hoe dat kan, hoe degene die dat briefje heeft geschreven kon weten welk getal Mellery zou kiezen?'

'Geen flauw idee.'

'Het lijkt je niet te verbazen.'

'Maar jou wel.' Weer sprak ze met haar blik gericht op de appels. Het kleine ironische lachje, dat de laatste tijd steeds vaker aanwezig was, speelde rond haar ene mondhoek.

'Je moet toch toegeven dat het raadselachtig is,' drong hij aan.

'Ja, dat is waar.'

Hij herhaalde de belangrijkste feiten met de ergernis van iemand die niet begrijpt waarom hij niet wordt begrepen. 'Iemand geeft je een dichtgeplakte envelop en zegt dat je aan een getal moet denken. Je denkt aan zes-achtenvijftig. Hij zegt dat je de envelop open moet maken. Dat doe je. Op het briefje in de envelop staat zes-achtenvijftig.'

Het was duidelijk dat Madeleine niet zo onder de indruk was als ze zou moeten zijn. Hij ging verder: 'Dat is heel erg vreemd. Het lijkt onmogelijk, maar toch gebeurde het. Ik wil graag weten hoe dat kon gebeuren.'

'En daar kom je vast wel achter,' zei ze met een zuchtje.

Hij keek door de tuindeuren naar buiten, langs de paprika- en tomaten-planten die er na de eerste vorst van dat seizoen slap bij hingen. (Wanneer had het gevroren? Dat wist hij niet meer. Hij leek zich niet op de tijd te kun-nen concentreren.) Zijn blik bleef rusten op de rode schuur verderop, achter de tuin, achter de weide. Achter een hoek ervan kon hij nog net de oude ap-pelboom zien, van het ras McIntosh, met hier en daar vruchten tussen het dichte gebladerte, als druppels op een impressionistisch schilderij. Het tafe-reel wekte iets bij hem op, het knagende gevoel dat hij iets moest doen. Wat was het? O ja, natuurlijk. Hij had een week geleden al beloofd dat hij de uit-schuifbare ladder uit de schuur zou halen en de hoogste appels uit de boom zou plukken, waar Madeleine zelf niet bij kon. Zoiets onbeduidends. Voor hem een koud kunstje. Hooguit een half uurtje werk.

Net toen hij vol goede bedoelingen opstond uit zijn stoel, ging de tele-foon. Madeleine nam op, ogenschijnlijk omdat ze naast het tafeltje stond waarop de telefoon lag, maar dat was niet de ware reden. Madeleine nam meestal de telefoon op, los van het feit wie er het dichtste bij in de buurt zat. Dat had meer te maken met hun respectievelijke verlangens naar contact met anderen dan met praktische overwegingen. Voor haar was contact met anderen doorgaans een bonus, iets positiefs (tenzij het zo'n mens als Sonya Reynolds betrof). Voor Gurney was het doorgaans iets negatiefs dat hem van zijn energie beroofde (tenzij het een vrouw als Sonya Reynolds betrof).

'Hallo?' zei Madeleine op die vriendelijke, verlangende toon waarop ze alle bellers begroette, vervuld van de belofte vol belangstelling te luisteren naar wat ze te vertellen hadden. Een tel later klonk haar stem een stuk min-der enthousiast.

'Ja, die is er. Momentje.' Ze gebaarde met de handset in de richting van Gurney, legde hem daarna op tafel en liep de keuken uit.

Het was Mark Mellery, die nu nog geagiteerder klonk.

'Davey, goddank ben je er. Ik kom net thuis en zie dat ik weer zo'n brief heb ontvangen.'

'Zat die bij de post van vandaag?'

Het antwoord was ja, zoals Gurney al had verwacht. Maar de vraag dien-de desalniettemin een doel. Hij had in al die jaren dat hij verklaringen had afgenomen – op de plaats delict, op de spoedeisende hulp, in allerlei moge-lijke chaotische situaties – ontdekt dat hij mensen het beste kon kalmeren door eerst vragen te stellen waarop ze ja konden antwoorden.

'Hetzelfde handschrift?'

'Ja.'

'En dezelfde rode inkt?'

'Ja, alles is hetzelfde, behalve de tekst. Moet ik die aan je voorlezen?'

'Ga je gang,' zei hij, 'maar doe het langzaam en vertel wanneer er een nieuwe regel begint.'

De duidelijke vragen, de duidelijke instructies en Gurneys kalme stem hadden het beoogde effect. Mellery klonk alsof hij weer tot zichzelf kwam toen hij het wonderlijke, verontrustende rijmpje hardop voorlas, met af en toe een korte stilte om aan te geven waar een regel eindigde:

Ik herhaal mijn daden van weleer,
Mijn voornemen, 't is niet verhuld:
Ik zeg het telkens, keer op keer
Het gaat om boete na de schuld.
Rood is de kleur van bloed,
als een roos van karmozijn.
Wie slecht doet, slecht ontmoet,
en wie kwaad zaait, oogst venijn.

Nadat Gurney het versje op het kladblok naast de telefoon had genoteerd, las hij het nogmaals door, in de hoop dat hij zo een betere indruk zou krijgen van de wonderlijke persoonlijkheid die de neiging had zijn wraakgevoelens in versvorm te uiten.

Mellery verbrak de stilte. 'Wat denk je ervan?'

'Ik denk dat het misschien tijd wordt om naar de politie te gaan.'

'Dat doe ik liever niet.' De opwinding keerde weer terug. 'Dat heb ik je al uitgelegd.'

'Dat weet ik. Maar dat is het beste advies dat ik je kan geven.'

'Ik begrijp wat je bedoelt. Maar ik vraag je om een alternatief.'

'Het beste alternatief is bewaking, vierentwintig uur per dag, als je je dat kunt permitteren.'

'Je bedoelt dat ik met een stel gorilla's over mijn eigen terrein moet lopen? Hoe moet ik dat in vredesnaam aan mijn gasten uitleggen?'

'"Gorilla's" is misschien wat overdreven.'

'Hoor eens, het hele punt is dat ik niet tegen mijn gasten wil liegen. Als een van hen zou vragen wat dat allemaal te betekenen heeft, dan zou ik moeten toegeven dat ik bewaking nodig heb, en dat zal alleen maar meer vragen oproepen. Dat zou voor onrust zorgen en de sfeer verpesten die ik hier probeer te creëren. Is er nog iets anders wat je me kunt aanraden?'

'Dat ligt eraan. Wat hoop je te bereiken?'

Mellery antwoordde met een bitter lachje. 'Misschien kun je erachter komen wie het op me gemunt heeft en wat ze me willen aandoen, en dan voorkomen dat ze dat doen. Kun je dat?'

Gurney wilde net 'Dat weet ik niet' zeggen toen Mellery er opeens vol vuur aan toevoegde: 'Godverdomme, Davey, ik schijt bagger. Ik heb geen idee wat er aan de hand is, en jij bent de slimste vent die ik ken. En je bent de enige van wie ik zeker weet dat hij het niet nog erger zal maken.'

Op dat moment kwam Madeleine met haar breitas de keuken in. Ze pakte haar strohoed en het nieuwste nummer van *Mother Earth News* van het dressoir en liep door de tuindeuren naar buiten, met een snelle glimlach die leek te zijn opgewekt door de onbewolkte hemel.

'Of ik je kan helpen hangt af van de vraag in hoeverre jij mij kunt helpen,' zei Gurney.

'Wat moet ik doen?'

'Dat heb ik je al verteld.'

'Wat? O... die lijstjes.'

'Bel me als je daar verder mee bent gekomen, dan zien we wel hoe we het dan aanpakken.'

'Dave?'

'Ja?'

'Dank je.'

'Ik heb niets gedaan.'

'Je hebt me weer een beetje hoop gegeven. O, trouwens, ik heb die envelop heel voorzichtig opengemaakt. Net zoals ze op tv doen. Dus eventuele vingerafdrukken zijn niet uitgeveegd. Ik heb een pincet en latex handschoenen gebruikt en het briefje in een plastic zak gedaan.'

7

Het zwarte gat

Gurney was niet echt gelukkig met het feit dat hij had beloofd om zich over Mark Mellery's probleem te buigen. Het raadsel trok hem ontegenzeggelijk aan, dat wilde hij dolgraag ontrafelen, maar waarom voelde hij zich zo ongemakkelijk? De gedachte dat hij naar de schuur moest gaan, de ladder moest pakken en de beloofde appels moest plukken kwam even bij hem op, maar werd meteen verdrongen door een andere gedachte, namelijk dat hij aan zijn volgende project voor Sonya Reynolds moest beginnen, of op zijn minst de arrestatiefoto van de beruchte Peter Piggert in het fotobewerkingsprogramma op zijn computer moest laden. Het was een uitdaging waarnaar hij had uitgekeken: een beeld geven van het gevoelsleven van die padvinder die niet alleen zijn vader en vijftien jaar later ook nog eens zijn moeder had vermoord, maar dat bovendien had gedaan uit seksuele motieven die nog veel gruwelijker waren dan de misdrijven zelf.

Gurney liep naar de kamer die hij voor zijn kunstproject had ingericht. Het was de voormalige voorraadkamer van de boerderij, die nu als studeerkamer diende en een klapraam op het noorden had waardoor koel licht zonder schaduw naar binnen viel. Hij keek naar het pastorale uitzicht. Een opening in het bosje esdoorns achter de weide vormde een omlijsting voor de blauwige heuvels die zich tot in de verte uitstrekten. Dat herinnerde hem aan de appels, en hij liep terug naar de keuken.

Terwijl hij daar besluiteloos bleef staan, kwam Madeleine weer binnen met haar breiwerkje.

'Wat ga je nu met Mellery doen?' vroeg ze.

'Dat weet ik nog niet.'

'Hoezo?'

44

'Nou... jij hebt liever niet dat ik bij dat soort dingen betrokken raak, toch?'
'Dat is niet wat je echt dwarszit,' zei ze met de stelligheid die hem altijd weer trof.
'Je hebt gelijk,' gaf hij toe. 'Wat me dwarszit, is het feit dat ik er nog geen etiketjes op kan plakken.'
Ze toonde een snelle, begripvolle glimlach.
Aangemoedigd vervolgde hij: 'Ik ben geen rechercheur Moordzaken meer, en hij is niet het slachtoffer van moord. Ik weet niet precies wat ik ben of wat hij is.'
'Een oude studievriend?'
'Maar wat houdt dat in? Hij herinnert zich een bepaalde kameraadschap die ik nooit zo heb ervaren. Bovendien heeft hij geen vriend nodig, maar een lijfwacht.'
'Hij wil oom Dave.'
'Dat ben ik niet.'
'Zeker weten?'
Hij slaakte een zucht. 'Wil je nu dat ik bij die zaak betrokken raak of niet?'
'Je bent al betrokken. Je weet alleen nog niet welke etiketjes je moet plakken. Je werkt niet meer bij de politie, hij is geen echt slachtoffer. Maar er is wel sprake van een mysterie, en vroeg of laat wil jij dat ontrafelen. Zo gaat het toch altijd?'
'Probeer je me nu ergens van te beschuldigen? Je bent met een rechercheur getrouwd. Ik heb me nooit anders voorgedaan dan ik ben.'
'Ik had misschien gehoopt dat er verschil zou zijn tussen een rechercheur die werkt en een rechercheur die met zijn werk is gestopt.'
'Ik ben er al een jaar geleden mee gestopt. Ik doe toch niets wat op rechercheren lijkt?'
Ze schudde haar hoofd, alsof ze wilde aangeven dat het antwoord overduidelijk was. 'Maar doe je geen dingen die erop lijken?'
'Ik snap niet wat je bedoelt.'
'Is iedereen bezig met portretten van moordenaars?'
'Dat is toevallig iets waar ik verstand van heb. Heb je liever dat ik madeliefjes ga zitten tekenen?'
'Dat is beter dan moordzuchtige maniakken.'
'Jij bent degene die over kunst is begonnen.'
'O, ik snap het al, het is mijn schuld dat je prachtige herfstochtenden verspilt aan het staren naar seriemoordenaars.'

Het speldje dat het grootste deel van haar opgestoken haar uit haar gezicht hield, dreigde zijn greep te verliezen, maar ze leek niet te merken dat er een paar donkere lokken voor haar ogen vielen. Het gaf haar een zeldzame gejaagde aanblik die hij ontroerend vond.

Hij haalde diep adem. 'Waar maken we nu eigenlijk ruzie over?'

'Dat moet jij maar uitzoeken. Jij bent hier de speurder.'

Terwijl hij haar stond aan te kijken, merkte hij dat hij geen zin had om de ruzie voort te zetten. 'Ik wil je iets laten zien,' zei hij. 'Ik ben zo terug.'

Hij liep de kamer uit en kwam een minuut later terug met zijn handgeschreven versie van het nare gedichtje dat Mellery hem door de telefoon had voorgelezen.

'Wat denk je hiervan?'

Ze las het zo snel dat iemand die haar niet kende zou kunnen denken dat ze het helemaal niet had gelezen. 'Dat klinkt ernstig,' zei ze toen ze het aan hem teruggaf.

'Dat vind ik ook.'

'Wat denk je dat hij vroeger heeft gedaan?'

'Ah, goede vraag. Is dat je opgevallen?'

Ze sprak de betreffende woorden: '"Ik herhaal mijn daden van weleer."'

Als Madeleine geen fotografisch geheugen had, dan had ze iets wat er verdraaid veel op leek, stelde Gurney vast.

'Wat heeft hij precies gedaan, en wat is hij verder nog van plan?' vervolgde ze op een retorische toon die niet uitnodigde tot antwoorden. 'Daar zul je vast wel achter komen, daar twijfel ik niet aan. En als ik dit briefje mag geloven, zit er misschien zelfs wel een moordzaak voor je in die je kunt oplossen. Dan kun je bewijzen verzamelen, aanwijzingen volgen, de moordenaar vangen en zijn portret schilderen, zodat Sonya dat in haar galerie kan hangen. Hoe zeggen ze dat ook alweer, misschien kun je er nog goed garen bij spinnen?'

Haar glimlach zag er bijzonder gevaarlijk uit.

Op dit soort momenten kwam er altijd een vraag bij hem op die hij liever niet wilde beantwoorden: was de verhuizing naar Delaware County een vergissing geweest?

Hij vermoedde dat hij ja had gezegd tegen haar verzoek om op het platteland te gaan wonen omdat hij iets goed te maken had: ze had altijd de tweede viool gespeeld, na zijn werk. Ze was dol op bossen en bergen en weiden en open velden, en hij had het gevoel dat hij haar een nieuwe omgeving en een nieuw leven schuldig was – en hij had aangenomen dat hij aan alles zou kunnen wennen. Daarbij speelde een zekere trots een rol, of misschien had hij zichzelf voor de gek gehouden. Misschien had hij met een groots gebaar zijn schuldgevoel willen afkopen. Nogal stom, eigenlijk. Hij was lang niet zo meegaand als hij in zijn onschuld had gedacht, en nu hij hier midden in het niets opnieuw betekenis aan zijn leven probeerde te geven, merkte hij dat hij zich vastklampte aan waar hij goed in was – waar hij misschien té goed in was, op het obsessieve af. Zelfs zijn voornemen om van de natuur te genieten was ontaard in een worsteling. Dat stomme vogels kijken was daarvan een goed voorbeeld. Wanneer hij naar vogels keek en probeerde te bepalen welke soort het was, leek het net alsof hij een verdachte observeerde. Hij maakte aantekeningen over hun komen en gaan, gewoonten, voedertijden, vluchtkenmerken. Een ander zou wellicht denken dat hij een nieuwe liefde voor die kleine schepselen Gods had opgevat, maar dat was niet zo. Het was geen liefde, het was een vorm van analyse. Ontleden.

Ontcijferen.

God nog aan toe, was hij echt zo beperkt?

Sterker nog, was zijn kijk op het leven zo beperkt – zo afgebakend, zo rigide – dat hij Madeleine nooit zou kunnen teruggeven wat zijn toewijding aan zijn werk haar had ontnomen? En als hij heel eerlijk moest zijn, was er misschien wel veel meer goed te maken dan alleen maar die overdreven aandacht voor zijn werk.

Of wellicht was het maar één ding.

Dat ene waarover ze zo moeilijk konden praten.

De gedoofde ster.

Het zwarte gat dat door zijn vreselijke zwaartekracht hun relatie had vervormd.

8

Tussen twee kwaden

Die middag sloeg het stralende herfstweer om. De wolken die 's ochtends nog vrolijke witte wattenbolletjes waren geweest, kleurden donkerder. Het gerommel van de donder was te horen, zo ver weg dat het onduidelijk was uit welke richting het onweer kwam. Het leek eerder een ongrijpbaar element in de atmosfeer dan het gevolg van naderend noodweer, een indruk die werd versterkt toen het geluid urenlang hoorbaar bleef zonder dat het onweer dichterbij kwam of wegstierf.

Die avond ging Madeleine met een van haar nieuwe vriendinnen uit Walnut Crossing naar een concert. Omdat ze er toch niet op rekende dat Gurney mee zou gaan, had hij niet het gevoel dat hij moest verantwoorden waarom hij thuisbleef om aan zijn portretten te werken.

Niet lang na haar vertrek zat hij naar de arrestantenfoto van Peter Possum Piggert op het scherm te kijken. Het enige wat hij tot nu toe had gedaan, was het bestand importeren en het opslaan als een nieuw project, dat hij de naam *Moederskindje* had gegeven.

In Sophokles' versie van het oude Griekse verhaal doodt Oedipus een man die zijn vader blijkt te zijn, trouwt met een vrouw die zijn moeder blijkt te zijn en verwekt twee dochters bij haar, wat uiteindelijk tot een enorm drama voor alle betrokkenen leidt. Freud zag het Griekse verhaal als symbolisch voor de fase waarin jongetjes zich het liefste van hun vader ontdoen om hun moeder helemaal voor zichzelf te hebben. Peter Possum Piggert had echter nooit onschuldige onwetendheid als excuus kunnen aanvoeren, en ook was er geen sprake van louter symboliek geweest. Peter had precies geweten wat hij deed: hij doodde zijn vader, begon een relatie met zijn moeder en verwekte twee dochters bij haar. En dat was nog niet alles: vijftien jaar later vermoordde hij ook nog eens zijn moeder na een ruzie over de relaties die hij met hun toen dertien- en veertienjarige dochters was aangegaan.

Gurney was bij de zaak betrokken geraakt toen de helft van het lichaam van mevrouw Iris Piggert was aangetroffen, verstrikt in het roer van een stoomboot aan de kade van de Hudson in Manhattan. Het was ermee geëindigd dat ze Peter Piggert hadden gearresteerd in een leefgemeenschap van 'traditionele' mormonen in de woestijn van Utah, waar hij zich als de echtgenoot van zijn twee dochters had gevestigd.

Na dit weerzinwekkende, in bloed gedrenkte familiedrama bleef Piggert tijdens alle verhoren en rechtszaken beheerst en zwijgzaam. Hij wist zijn donkere kant zo goed verborgen te houden dat hij meer op een depressieve automonteur dan op een polygame moordzuchtige incestpleger leek.

Gurney staarde naar Piggert op het scherm en Piggert staarde terug. Sinds het allereerste verhoor had Gurney het gevoel gehad – en nu was dat gevoel zelfs nog sterker – dat het beheersen van zijn omgeving voor deze man het allerbelangrijkste was, en daar ging hij extreem ver in. Iedereen die deel uitmaakte van die omgeving, ook zijn familie (of misschien wel juist zijn familie) diende zich aan zijn wil te onderwerpen, en als hij iemand moest doden om zijn invloed te kunnen laten gelden, dan deed hij dat. Ook seks, dat voor hem een even grote drijfveer leek te zijn, hing eerder samen met macht dan met lust.

Terwijl Gurney in het ongenaakbare gezicht naar sporen van het kwaad zocht, deed een windvlaag een hoopje dode bladeren opstuiven. Ze werden met het geluid van een pluizige bezem over het terras geblazen; een paar tikten zachtjes tegen het glas van de tuindeuren. Door het rusteloze geritsel van de bladeren en de incidentele donderslagen kon hij zich maar moeilijk concentreren. Het idee dat hij een paar uur in zijn eentje aan het portret zou kunnen werken, zonder te worden geconfronteerd met een gefronst voorhoofd en onaangename vragen, had hem erg aangetrokken, maar nu merkte hij hoe onrustig hij was. Hij staarde naar Piggerts ogen – die diep en donker waren, zonder een spoor van de waanzinnige glans die hij kende van de blik van Charles Manson, de lieveling van de sensatiepers als het om seks en slachtpartijen ging – maar telkens weer leidden de wind en de bladeren, gevolgd door de donder, hem af. Ergens achter de heuvels was een zwakke flits aan een donkere hemel te zien. Een paar regels van een van Mellery's dreigende versjes hadden al de hele tijd door zijn gedachten gespeeld, en nu kwamen ze weer bij hem op:

Wie ooit nam, die moet ook geven
wanneer hij krijgt wat hij ooit gaf.

Op het eerste gezicht was het een onmogelijk raadsel. De woorden waren te algemeen; ze hadden te veel en te weinig betekenis, maar hij kon ze niet uit zijn gedachten bannen.

Hij deed de la van het bureau open en haalde de briefjes tevoorschijn die Mellery hem had gegeven. Hij zette zijn computer uit en schoof zijn toetsenbord opzij zodat hij de briefjes in de juiste volgorde onder elkaar kon leggen, te beginnen met het eerste.

Geloof je in het lot? Ik wel. Ik had nooit gedacht je nog eens te zien, maar op een dag was je er weer. Het kwam allemaal weer terug: hoe je klinkt, hoe je beweegt, en bovenal hoe je denkt. Als iemand tegen je zou zeggen dat je aan een getal moet denken, dan weet ik aan welk getal jij denkt. Geloof je me niet? Ik zal het bewijzen. Denk aan een getal tussen een en duizend – het allereerste dat bij je opkomt. Denk eraan. En kijk nu eens hoe goed ik je geheimen ken. Maak het envelopje open.

Hij had de buitenste envelop al eerder bekeken, maar deed dat nu nogmaals, vanbinnen en vanbuiten, en daarna bekeek hij het vel papier waarop de boodschap was geschreven om er zeker van te zijn dat er nergens iets te vinden was wat op het cijfer 658 wees, zelfs niet in de vorm van een watermerk dat Mellery op de een of andere manier op het spoor van dat getal had kunnen zetten. Er was niets te zien. Er kon later nog nader onderzoek worden gedaan, maar op dit moment kon hij de voorlopige conclusie trekken dat er niets was wat de schrijver de zekerheid had kunnen geven dat Mellery aan 658 zou denken.

Het bericht bevatte een aantal uitspraken die Gurney in een gelinieerd geel notitieblok noteerde:

1. Ik heb je vroeger gekend, maar was je uit het oog verloren.
2. Ik ben je onlangs weer tegengekomen.
3. Ik kan me heel veel over je herinneren.
4. Ik kan bewijzen dat ik je geheimen ken door het eerste het beste getal waaraan je zou denken op te schrijven en in een dichtgeplakte envelop te doen.

De toon kwam akelig speels op hem over, en de toespeling op het kennen van Mellery's 'geheimen' kon als een bedreiging worden gezien, die nog eens werd versterkt door het verzoek om geld uit de kleinere envelop.

Schrik je heel erg als ik zeg dat ik wist dat je 658 zou kiezen? Wie kent je zo goed? Als je dat wilt weten, moet je me eerst de $ 289,87 terugbetalen die ik heb moeten uitgeven om je op te sporen. Zend dat exacte bedrag naar:
Postbus 49449, Wycherly, CT 61010
Stuur contant geld of een cheque op naam van X. Arybdis.
(Zo heb ik niet altijd geheten.)

Het kleinere briefje bevatte niet alleen het onverklaarbare, correct voorspelde antwoord, maar maakte ook nog eens duidelijk dat de schrijver Mellery heel goed kende en dat het $ 289,87 had gekost om hem op te sporen (wat in tegenspraak leek met het eerste briefje, waarin de indruk van een toevallige ontmoeting werd gewekt); Mellery kreeg de keuze om het bedrag contant of per cheque te voldoen; er werd hem opgedragen de cheque op naam van 'X. Arybdis' te stellen, waarbij meteen werd vermeld dat die naam hem niets zou zeggen, en er werd een postbusnummer in Wycherly genoemd waarheen het geld moest worden gestuurd. Gurney noteerde al die feiten in zijn gele notitieblok om zijn gedachten op een rijtje te zetten.

Die gedachten draaiden om vier vragen: hoe kon iemand dat getal voorspellen zonder dat er sprake was van hersenspoeling à la *The Manchurian Candidate* of een andere vorm van buitenzintuiglijke waarneming? Had dat andere getal dat in het briefje werd genoemd, het bedrag van $ 289,87, nog een andere betekenis dan het bedrag dat nodig was geweest 'om je op te sporen'? Waarom kon Mellery kiezen tussen contant geld of een cheque, in een aanbod dat nog het meeste op een parodie op een directmarketingcampagne deed denken? En waarom bleef die naam, Arybdis, in Gurney's achterhoofd rondwaren en daar aan zijn gedachten knagen? Hij noteerde naast zijn eerdere aantekeningen ook die vragen.

Daarna legde hij de drie versjes neer in de volgorde waarin de enveloppen waren afgestempeld.

Hoeveel goede engelen stralen
en dansen op een speld?

Hoeveel dromen en mooie verhalen
zijn er al door de fles geveld?
Het is een lot dat je zal treffen:
dat met drank gevulde glas
waarvan je langzaam gaat beseffen
dat het toch een wapen was.

Wie ooit nam, die moet ook geven
wanneer hij krijgt wat hij ooit gaf
Laat je gedachten maar flink leven
Ik bied ze snel een graf.
Ik weet waar je bent en ook zult zijn
Omdat ik op je wacht
vergeet nooit mijn refrein:
Ik ken je, zes-vijf-acht.

Ik herhaal mijn daden van weleer,
Mijn voornemen, 't is niet verhuld:
Ik zeg het telkens, keer op keer
Het gaat om boete na de schuld.
Rood is de kleur van bloed,
als een roos van karmozijn.
Wie slecht doet, slecht ontmoet,
en wie kwaad zaait, oogst venijn.

Het eerste wat hem opviel, was de verandering in toon. De speelse toon van de eerste twee briefjes maakte in het eerste versje plaats voor een beschuldigende, in het tweede voor een ronduit kwaadaardige en in het derde voor een wraakzuchtige toon. Hij schonk even geen aandacht aan de vraag hoe serieus hij dit allemaal moest nemen en stelde vast dat de boodschap overduidelijk was: de schrijver (X. Arybdis?) zei dat hij van plan was een rekening te vereffenen met Mellery (of hem misschien zelfs te doden) vanwege een gebeurtenis uit diens in alcohol gedrenkte verleden. Terwijl Gurney het woord 'doden' noteerde, merkte hij dat zijn aandacht opnieuw werd getrokken door de eerste twee regels van het tweede gedicht:

Wie ooit nam, die moet ook geven
wanneer hij krijgt wat hij ooit gaf.

Opeens wist hij precies wat die woorden betekenden, en de betekenis was akelig simpel. Je zult je leven geven voor het leven dat je nam. Er zal jou worden aangedaan wat jij anderen hebt aangedaan.

Hij wist niet zeker of de plotselinge rilling die hij voelde hem ervan overtuigde dat hij gelijk had of dat hij die rilling voelde omdat hij wist dat hij gelijk had, maar hij twijfelde niet aan de betekenis. Daarmee kreeg hij echter nog geen antwoord op zijn andere vragen. Het maakte ze alleen maar des te urgenter en riep nieuwe vragen op.

Was het dreigement dat Mellery zou worden gedood alleen maar een dreigement, bedoeld om te kwellen en onzekerheid op te roepen, of was het echt een voornemen dat de schrijver wilde uitvoeren? Wat bedoelde hij met 'Ik herhaal mijn daden van weleer' in de eerste regel van het derde gedicht? Had hij al eerder iets gedaan wat hij nu Mellery wilde aandoen? Had Mellery soms iets samen met een ander gedaan, met wie de schrijver reeds had afgerekend? Gurney schreef op dat hij Mellery moest vragen of er ooit een vriend of bekende van hem was vermoord, aangevallen of bedreigd.

Misschien kwam het door de lichtflitsen achter de steeds zwarter wordende heuvels, of door de naargeestige, aanhoudende lage donder, of door zijn eigen vermoeidheid, maar de persoonlijkheid die achter de boodschappen schuilging, leek uit de schaduwen tevoorschijn te komen. De afstandelijke stem in de versjes, het meedogenloze voornemen, de zorgvuldige opbouw, de haat en berekening: het waren eigenschappen die hij al eerder samen aan het werk had gezien, en met vreselijke gevolgen. Terwijl hij door het raam van de studeerkamer naar buiten staarde, omringd door de atmosferische spanning van het naderende onweer, zag hij de ijzige kilte van een psychopaat in al die berichten. Een psychopaat die zichzelf X. Arybdis noemde.

Natuurlijk was het heel goed mogelijk dat hij ernaast zat. Het zou niet voor het eerst zijn dat een bepaalde stemming – zeker 's avonds, zeker wanneer hij alleen was – ideeën opriep die niet konden worden gestaafd door feiten.

Maar wat was het toch met die naam? In welke stoffige doos van zijn geheugen roerde zich iets?

Hij ging die avond vroeg naar bed, lang voordat Madeleine thuiskwam van haar concert, vastbesloten om Mellery de volgende dag de brieven terug te geven en hem ervan te overtuigen dat hij naar de politie moest gaan. Er stond te veel op het spel, het gevaar was te tastbaar. Eenmaal in bed merkte hij echter dat hij geen rust kon vinden. Zijn gedachten waren een renbaan zonder start of finish. Het was een vertrouwde ervaring; een prijs die hij, zo was hij gaan geloven, moest betalen voor de enorme hoeveelheid aandacht die hij bepaalde uitdagingen schonk. Als hij de slaap niet kon vatten en zijn gedachten eenmaal hun kringetjes draaiden, waren er nog maar twee mogelijkheden. Hij kon het geheel zijn gang laten gaan, wat een uur of drie, vier kon duren, of hij kon opstaan en zich weer aankleden.

Een paar minuten later stond hij in een spijkerbroek en een gemakkelijke oude katoenen trui buiten op het terras. De volle maan achter het wolkendek zorgde voor een zwak schijnsel waarin hij nog net de schuur kon onderscheiden. Hij besloot die kant op te lopen, over het weggetje dat over de weide voerde.

Achter de schuur lag de vijver. Halverwege bleef hij staan en hoorde een auto uit de richting van het dorp het weggetje oprijden. Hij schatte dat die op ruim een halve kilometer afstand was. In deze rustige uithoek van de Catskills, waar het sporadische gejank van coyotes 's nachts het hardste geluid was, was een voertuig al van ver te horen.

Het duurde niet lang voordat de wirwar aan stervende guldenroede langs de rand van de weide werd beschenen door het licht van Madeleines koplampen. Ze reed naar de schuur, hield halt op het knerpende grind en doofde haar lichten. Ze stapte uit en liep naar hem toe; voorzichtig, omdat haar ogen nog aan het halfduister moesten wennen.

'Wat ben je aan het doen?' Haar vraag klonk zacht, vriendelijk.

'Ik kon niet slapen. Mijn gedachten bleven maar malen en ik besloot een wandelingetje naar de vijver te maken.'

'Het ziet ernaar uit dat we regen krijgen.' Een gerommel in de lucht zette haar woorden kracht bij.

Hij knikte.

Ze kwam naast hem op het pad staan en haalde diep adem.

'Het ruikt heerlijk. Kom, dan gaan we een stukje lopen.' Ze pakte hem bij zijn arm.

Toen ze bij de vijver aankwamen, verbreedde het pad zich tot een gemaaide strook. Ergens in het bos kraste een uil, of beter gezegd, er klonk een vertrouwd gekras waarvan ze tijdens hun eerste zomer hadden vermoed dat het een uil was, en dat vermoeden was elke keer dat ze het geluid hoorden sterker geworden. Het lag in Gurneys aard om te beseffen dat een overtuiging nog niet betekende dat het ook waar was, maar hij wist ook dat hij haar zou vervelen en dat ze zich zou gaan ergeren als hij haar op dit op zich boeiende feit zou wijzen. En dus zei hij niets, blij dat hij haar goed genoeg kende om te weten wanneer hij zijn mond moest houden. Ze kuierden vriendschappelijk zwijgend naar de andere kant van de vijver. Ze had gelijk wat betreft de geur; het rook heerlijk zoet buiten.

Van tijd tot tijd beleefden ze momenten als deze; momenten waarop genegenheid geen moeite kostte en ze zich heel erg met elkaar verbonden voelden; momenten die hem aan de eerste jaren van hun huwelijk deden denken, de jaren voor het ongeluk. 'Het ongeluk', dat ondoordringbare, algemene etiket waarin hij de gebeurtenis in zijn geheugen had gewikkeld om te voorkomen dat hij zijn hart zou openhalen aan de vlijmscherpe details. Het ongeluk – het sterfgeval – dat de zon verduisterde, dat hun huwelijk had veranderd in een voortdurend veranderend samenspel van gewoonten, verplichtingen, gespannen vriendschap en zeldzame momenten van hoop, zeldzame momenten waarop iets wat even helder en stralend als een diamant was tussen hen heen en weer schoot en hem herinnerde aan wat ooit was geweest en misschien weer kon zijn.

'Je lijkt altijd wel ergens mee te worstelen,' zei ze. Ze sloot haar vingers rond de binnenkant van zijn arm, vlak boven zijn elleboog.

Wederom juist.

'Hoe was het concert?' vroeg hij ten slotte.

'De eerste helft was barok. Prachtig. De tweede helft was twintigste-eeuws. Minder prachtig.'

Hij wilde net zijn eigen minder fraaie mening over moderne muziek geven, maar hij bedacht zich.

'Wat hield je uit je slaap?' vroeg ze.

'Dat weet ik eigenlijk niet.'

Hij kon merken dat ze sceptisch was. Ze liet zijn arm los. Een paar meter voor hem spetterde er iets in de vijver.

'Ik bleef maar aan dat gedoe met Mellery denken,' zei hij.

Ze gaf geen antwoord.

'Er bleef van alles door mijn hoofd spoken, allerlei flarden van gedachten die me niet veel verder brachten en me alleen maar een ongemakkelijk gevoel gaven. Ik kon niet echt helder denken.'

Weer bood ze geen andere reactie dan een bedachtzaam zwijgen.

'Ik blijf maar aan die naam op dat briefje denken.'

'X. Arybdis?'

'Hoe weet je… Heb je ons erover horen praten?'

'Ik heb goede oren.'

'Dat weet ik, maar je blijft me verbazen.'

'Weet je, misschien is het helemaal geen X. Arybdis,' zei ze op die achteloze toon waarvan hij wist dat die verre van achteloos was.

'Wat?' Hij bleef staan.

'Misschien is het X. Arybdis helemaal niet.'

'Hoe bedoel je?'

'Tijdens de tweede helft van het concert zat ik zo te lijden onder allerlei atonale gruwelen dat ik bedacht dat hedendaagse componisten vast een enorme hekel aan de cello hebben. Waarom zou je anders zulke pijnlijke geluiden uit zo'n mooi instrument willen halen? Dat vreselijke gezaag en gejank.'

'En…' zei hij vriendelijk. Hij probeerde zijn nieuwsgierigheid niet al te geërgerd te laten klinken.

'Ik had op dat moment het liefste weg willen gaan, maar dat kon niet omdat ik Ellie een lift had gegeven.'

'Ellie?'

'Ellie, die onder aan de heuvel woont. Dat was logischer dan met twee auto's gaan. Maar zij leek ervan te genieten. God mag weten waarom.'

'Ja?'

'En dus zat ik me af te vragen wat ik kon doen om te voorkomen dat ik het orkest zou wurgen.'

Er klonk opnieuw een plons in de vijver, en ze bleef staan luisteren. Hij zag niet alleen, maar voelde ook dat ze glimlachte. Madeleine was dol op kikkers.

'En?'

'En ik bedacht dat ik alvast mijn lijstje voor Kerstmis kon gaan maken – het is al bijna november – en dus pakte ik mijn pen en schreef ik achter op het programmaboekje, bovenaan, "x-mas". Dus niet het hele woord, maar de afkorting, x-m-a-s,' zei ze, al spellend.

In het donker voelde hij haar vragende blik meer dan dat hij hem zag. Het was alsof ze zeker wilde weten dat hij begreep wat ze bedoelde.

'Ga verder,' zei hij.

'Elke keer wanneer ik die afkorting zie, moet ik aan de kleine Tommy Milakos denken.'

'Aan wie?'

'Tommy was verliefd op me. Hij zat bij me in de brugklas op de school van Onze Lieve Vrouwe van de Kuisheid.'

'Ik dacht dat het Onze Lieve Vrouwe van de Smarten was,' zei Gurney met een lichte ergernis.

Ze zweeg even om haar grapje te laten bezinken en ging toen verder. 'Op een dag trok zuster Immaculata, een erg forse vrouw, enorm tegen me van leer omdat ik in een proefwerk over katholieke feestdagen de afkorting *x-mas* had gebruikt. Ze zei dat je Kerstmis bespotte als je het zo schreef omdat je die x als een kruis kon lezen. Ze kookte van woede. Ik dacht echt dat ze me zou slaan. Maar op dat moment sprong Tommy, die lieve kleine Tommy met zijn bruine ogen, op uit zijn stoel en riep: "Dat is geen kruis!"

Zuster Immaculata was ontzet. Nog nooit had iemand haar in de reden durven vallen. Ze staarde hem aan, maar hij staarde terug, mijn dappere kameraad. "Dat is een Griekse letter," zei hij, "met dezelfde betekenis als de ch in ons alfabet. Het is de eerste letter van Christus in het Grieks." En omdat Tommy Milakos Grieks was, wist iedereen dat hij wel gelijk moest hebben.'

Hoewel het donker was, meende hij haar te zien glimlachen bij de herinnering en zelfs een zachte zucht te horen. Misschien had hij het mis wat de zucht betreft; hij hoopte het maar. Er was nog iets wat hem stoorde: had ze de voorkeur gegeven aan bruine ogen boven blauwe? Doe eens normaal, Gurney, ze heeft het over de brugklas.

Ze ging verder: 'Dus misschien is die X. Arybdis eigenlijk Ch. Arybdis? Of misschien wel Charybdis? Is dat geen naam uit de Griekse mythologie?'

'Ja,' zei hij, net zo zeer tegen zichzelf als tegen haar. 'Tussen Scylla en Charybdis.'

'Betekent dat niet tussen twee kwaden?'

Hij knikte. 'Zoiets, ja.'

'Allebei even erg?'

Hij leek haar vraag niet te horen omdat hij in gedachten alle implicaties en mogelijkheden van de betekenis van Charybdis doornam.

'Hm?' Hij besefte dat ze een vraag had gesteld.

'Scylla en Charybdis,' zei ze. 'Tussen twee kwaden. Welke is erger?'

'Het is niet echt een letterlijke vertaling, meer een soort figuurlijke betekenis. Scylla en Charybdis waren twee gevaarlijke plekken in de Straat van

Messina. Je moest uiterst goed kunnen navigeren om ze te passeren, en zelfs dan ging het nog vaak mis. In de mythen veranderden ze in kwade krachten die uit waren op vernietiging.'

'Gevaarlijke plekken... Hoe zagen ze er dan uit?'

'Scylla was de naam van een uitstekende kaap, omgeven door rotsen, waarop schepen te pletter sloegen.'

Toen hij niet meteen verderging, drong ze aan: 'En Charybdis?'

Hij schraapte zijn keel. Om de een of andere reden was het idee van Charybdis bijzonder verontrustend. 'Charybdis was een draaikolk. Een erg sterke draaikolk. Zodra je daarin verstrikt raakte, kon je er niet meer uitkomen. Je werd naar beneden getrokken en aan stukken gescheurd.' Opeens herinnerde hij zich ontstellend goed een tekening die hij jaren geleden in een uitgave van de *Odyssee* had gezien, van een zeeman die verstrikt was geraakt in de gewelddadige stroming, zijn gezicht vertrokken van pure ontzetting.

In het bos klonk opnieuw gekras.

'Kom, dan gaan we naar binnen,' zei Madeleine. 'Het kan elk moment gaan regenen.'

Hij bleef staan, verzonken in zijn wilde gedachten. 'Kom,' drong ze aan, 'voordat we drijfnat worden.'

Hij liep achter haar aan naar de auto, en ze reden langzaam over de weide naar het huis.

Voordat ze uitstapten, keek hij haar aan en vroeg: 'Je denkt toch niet bij elke x die je ziet aan een mogelijke ch, hè?'

'Nee, natuurlijk niet.'

'Waarom dan nu...'

'Omdat "Arybdis" Grieks klinkt.'

'O ja. Natuurlijk.'

Ze keek hem vanaf haar plaats aan. Haar uitdrukking, toch al slecht zichtbaar door de bewolkte avond, was ondoorgrondelijk.

Na een tijdje zei ze, op een toon waarin iets van een glimlach klonk: 'Je houdt ook nooit op met nadenken, hè?'

En toen, zoals ze al had voorspeld, begon het te regenen.

9

Hier is niemand

Een hevig koufront dat een paar uur lang bij de rand van de bergen was blijven hangen raasde nu in alle hevigheid door de streek en bracht harde wind en regen met zich mee. De volgende morgen was de grond bedekt met bladeren en hing de sterke geur van herfst in de lucht. Waterdruppels op het gras van de weide deden het zonlicht in rode vlekjes uiteenspatten.

Toen Gurney naar zijn auto liep, wekte de aanval op zijn zintuigen een gevoel uit zijn kindertijd op, een tijd waarin de geur van gras de geur van rust en vrede was geweest. Het gevoel was vrijwel meteen verdwenen, verdreven door gedachten aan zijn plannen voor die dag.

Hij ging een bezoek brengen aan het Instituut voor Spirituele Vernieuwing. Als Mark Mellery bleef weigeren om de politie erbij te betrekken, wilde Gurney hem liever in eigen persoon uitleggen waarom dat onverstandig was. Het was niet zo dat hij per se zelf zijn handen ervan af wilde trekken. Sterker nog, hoe langer hij erover nadacht, des te meer hij wilde weten over de belangrijke positie die zijn voormalige studiegenoot nu bekleedde en over het mogelijke verband tussen die positie en degene die hem nu om wat voor reden dan ook bedreigde. Als Gurney de grenzen van een mogelijk onderzoek zorgvuldig in acht zou nemen, hoefde hij niet bang te zijn dat hij de plaatselijke politie voor de voeten zou lopen.

Hij had Mellery gebeld om hem van zijn bezoek op de hoogte te stellen. Het was een perfecte morgen voor een ritje door de bergen. De route naar Peony voerde hem eerst door Walnut Crossing, dat, zoals zo veel dorpjes in de Catskill Mountains, in de negentiende eeuw tot bloei was gekomen rond het kruispunt van een aantal belangrijke lokale wegen. De kruising was er nog steeds, maar speelde lang niet meer zo'n grote rol, en de notenboom waarnaar het dorp was genoemd was net als de welvaart allang verdwenen.

Toch zorgde de kwakkelende economische toestand ondanks alle ellende ook voor schilderachtige taferelen als verweerde schuren en silo's, verroeste ploegen en hooiwagens, en glooiende weiden die door een gebrek aan onderhoud waren overwoekerd door vaal geworden guldenroede. De weg die van Walnut Crossing naar Peony voerde, kronkelde door een rivierdal dat op een ansichtkaart niet had misstaan en waar nog een handjevol oude boerderijen lag die op creatieve manieren probeerden te overleven. Een daarvan was de boerderij van Abelard, die ingeklemd lag tussen het dorpje Dillweed en de nabijgelegen rivier en zich richtte op de teelt van 'biologische groenten zonder bestrijdingsmiddelen', die te koop waren bij Abelards Kruidenierswaren, een zaak die eveneens vers brood, kaas uit de Catskills en erg goede koffie verkocht – koffie waarnaar Gurney hevig verlangde toen hij zijn auto in een van de kleine onverharde parkeervakken voor de winkel met zijn scheefgezakte veranda zette.

De rechterwand van de winkel met het hoge plafond werd in beslag genomen door een rij dampende koffiekannen waarnaar Gurney meteen koers zette. Hij vulde een beker van een halve liter en glimlachte toen hij de heerlijke geur rook. Lekkerder dan Starbucks, en voor de helft van de prijs.

Helaas riep de gedachte aan Starbucks het beeld op van een bepaald soort jonge, succesvolle Starbucks-klant, en daardoor moest hij meteen aan Kyle denken. In gedachten kromp hij even ineen. Dat was zijn gebruikelijke reactie, die, zo vermoedde hij, het gevolg was van een gefrustreerd verlangen naar een zoon die opkeek naar een vader die zijn sporen bij de politie had verdiend; naar een zoon die hem, in tegenstelling tot Kyle, wel om raad zou vragen. Kyle, die nooit wilde luisteren naar welke wijze les dan ook en rondreed in een bespottelijk dure Porsche die hij zich op de bespottelijk jonge leeftijd van vierentwintig had kunnen veroorloven dankzij een bespottelijk hoog inkomen dat hij op Wall Street had verdiend. Toch moest hij hem terugbellen, ook al wilde het jong waarschijnlijk alleen maar over zijn nieuwste Rolex of zijn skivakantie in Aspen praten.

Gurney betaalde de koffie en liep terug naar zijn auto. Net toen hij aan het aanstaande telefoontje liep te denken, ging zijn mobieltje over. Hij had een hekel aan toeval en was blij dat het Mark Mellery bleek te zijn, en niet Kyle.

'De post is net geweest. Ik heb je thuis gebeld, maar je was er niet. Madeleine heeft me je mobiele nummer gegeven. Ik hoop niet dat je dat erg vindt.'

'Wat is er aan de hand?'

'Ik heb mijn post retour gekregen. Van de man die de postbus in Wycherly heeft waar ik die cheque van $ 289,87 heen heb gestuurd, op naam van Arybdis. Hij heeft de cheque teruggestuurd, met een briefje erbij waarin hij uitlegt dat daar niemand is die zo heet en dat ik vast het verkeerde adres heb. Maar ik heb het gecontroleerd, en het was echt het goede postbusnummer. Davey? Ben je er nog?'

'Ja, ik ben er nog. Ik probeer er wijs uit te worden.'

'Ik zal je het briefje even voorlezen. "Ik trof de bijgesloten post in mijn postbus aan en moet u helaas mededelen dat het adres niet correct is. Hier is niemand die X. Arybdis heet." Het is ondertekend met "Gregory Dermott". In het briefhoofd staat "GD Security Systems", met een adres en telefoonnummer in Wycherly.'

Gurney wilde net uitleggen dat het vrijwel zeker was dat X. Arybdis geen bestaande naam was maar een wonderlijke woordspeling op een mythische draaikolk die zijn slachtoffers aan stukken scheurde, maar omdat het zo al verontrustend genoeg was, besloot hij niets te zeggen. Het kon wachten totdat hij op het instituut was. Hij zei tegen Mellery dat hij er over een uurtje zou zijn.

Wat was er in godsnaam aan de hand? Dit sloeg nergens op. Waarom vroeg iemand om een bepaald bedrag, te betalen via een cheque waarop een naam uit de mythologie moest worden vermeld, en wilde diegene dat de cheque naar een onjuist adres werd gestuurd, zodat de post weer retour afzender zou gaan? Waarom was dit ingewikkelde en schijnbaar zinloze spelletje voorafgegaan aan de nare gedichtjes die daarna waren bezorgd?

De geheimzinnigheid nam toe, en daarmee ook Gurneys belangstelling.

10

De perfecte plek

Peony was een stadje dat niet zo nauw verwant was aan de geschiedenis als het wilde zijn. Het lag niet ver van Woodstock en trachtte aanspraak te maken op hetzelfde muzikale psychedelische hippieverleden, maar Woodstock had zijn mythische status juist te danken aan het in wietdampen gehulde concert dat in werkelijkheid op een boerderij in Bethel had plaatsgevonden, tachtig kilometer verderop. Hoewel Peony zijn imago dus aan een illusie ontleende, waren er desondanks de voorspelbare commerciële activiteiten ontplooid, zoals newageboekwinkels, tarotlezers, winkeltjes met parafernalia voor druïden en aanhangers van wicca, tatoeagesalons, zalen voor performance art en veganistische restaurants. Ze werden er allemaal door aangetrokken: bijna bejaarde bloemenkinderen, fans van de Grateful Dead in oude Volkswagenbusjes en zonderlingen die in van alles waren gehuld, van leer tot veren.

Natuurlijk waren er naast deze kleurige excentrieke elementen ook nog voldoende gelegenheden waar toeristen hun geld konden uitgeven: winkels en restaurantjes waarvan de namen en inrichting niet al te extreem waren en waar het aanbod was afgestemd op rijkere bezoekers die maar al te graag wilden geloven dat ze in een subcultuur doken.

Vanuit het zakelijke hart van Peony waaierden de weggetjes alle kanten op, maar ze leidden allemaal naar geld. Na 11 september waren de prijzen van onroerend goed verdubbeld en verdrievoudigd omdat bemiddelde, paranoide New Yorkers waren gevallen voor de illusie van een rustig plattelandsparadijs. De huizen in de heuvels rond het dorpje werden steeds groter en talrijker, en suv's als Blazers en Bronco's maakten plaats voor Hummers en Land Rovers. Degenen die voor een weekendje naar het platteland kwamen, waren gekleed in wat men volgens Ralph Lauren op het platteland droeg.

Jagers, brandweerlieden en onderwijzers ruimden het veld voor advoca-ten, effectenmakelaars en vrouwen van zekere leeftijd die dankzij hun ali-mentatie hun culturele interesses, schoonheidsbehandelingen en geestver-ruimende sessies met deze of gene goeroe konden bekostigen. Gurney had zelfs het vermoeden dat Mark Mellery juist hier zijn onderneming was be-gonnen omdat de plaatselijke bevolking dol was op goeroes die de antwoor-den kenden op de grote levensvragen.

Hij verliet vlak voor het centrum de doorgaande weg en reed aan de hand van de aanwijzingen van Google Maps naar Filchers Brook Road, die langs een beboste helling naar boven kronkelde. Uiteindelijk kwam hij bij een muur van ruim een meter hoog, opgetrokken uit het plaatselijk gewonnen leisteen, die minstens een halve kilometer evenwijdig aan de weg liep. De drie meter brede berm voor de muur stond vol lichtblauwe asters, en halver-wege de muur waren, op een meter of vijftien van elkaar, twee strakke ope-ningen aangebracht die de toegang en de uitgang van een ronde oprijlaan vormden. Ernaast hing een ingetogen bronzen bordje met het opschrift MELLERY INSTITUUT VOOR SPIRITUELE VERNIEUWING.

Toen Gurney de oprijlaan op reed, kreeg hij een betere indruk van de es-thetiek van het instituut. Overal waar hij keek, zag hij voorbeelden van schijnbaar achteloze perfectie. Naast het grind van de oprijlaan bloeiden de herfstbloemen op het eerste gezicht ongebreideld en vrij, maar hij twijfelde er niet aan dat dit net zo zorgvuldig was geregisseerd als Mellery's eigen on-gedwongen uiterlijk. Net zoals bij al die andere rijken die liever niet met hun rijkdom te koop liepen waar het hun eigen onderkomen betrof, voerde ook hier strak beteugelde ongedwongenheid de boventoon; het leek de natuur zoals de natuur hoorde te zijn, maar geen enkel verwelkt bloempje ont-kwam aan de snoeischaar. Gurney volgde de oprijlaan totdat hij aankwam bij een groot landhuis in achttiende-eeuwse stijl dat al even ingetogen en verzorgd oogde als de tuin.

Voor het huis stond een indrukwekkende man met een rode baard die hem vol belangstelling aankeek. Gurney draaide zijn raampje naar beneden en vroeg waar de parkeerplaats was. De man antwoordde met een bekakt Brits accent dat hij de oprijlaan helemaal moest volgen.

Helaas voerde de oprijlaan Gurney door de tweede doorgang in de stenen muur naar buiten, Filchers Brook Road op. Hij reed opnieuw door de in-gang naar binnen en volgde de oprijlaan naar het huis, waar de lange Engels-man hem opnieuw vol belangstelling bekeek.

'Ik heb de oprijlaan helemaal gevolgd, maar kwam weer uit op de weg,' zei Gurney. 'Is me soms iets ontgaan?'

'Wat ben ik toch ongelooflijk stom!' riep de man met een overdreven ergernis die in tegenspraak leek met zijn ontspannen houding. 'Ik denk altijd dat ik alles weet, maar meestal zit ik er helemaal naast!'

Gurney had het vermoeden dat hij wellicht met een gek te maken had. Op dat moment viel het hem ook op dat ze aandachtig werden gadegeslagen door een tweede man, die in de schaduw van een enorme rododendron stond. Hij was donker en gezet en zag eruit alsof hij auditie voor *The Sopranos* kwam doen.

'Aha!' riep de Engelsman uit. Hij wees enthousiast naar een plek verderop langs de oprijlaan. 'Daar is uw antwoord! Sarah zal u wel onder haar hoede nemen. U moet haar hebben!' Nadat hij dit op overdreven theatrale toon had medegedeeld, draaide hij zich om en beende weg, op enige afstand gevolgd door de karikaturaal ogende gangster.

Gurney reed nog een stukje door, totdat hij bij een vrouw kwam die naast de oprijlaan stond. Haar mollige gezicht straalde een en al behulpzaamheid uit en haar stem klonk uiterst meelevend.

'O hemeltje, we laten u maar rondjes rijden. Dat is niet bepaald een hartelijk welkom.' De bezorgdheid in haar blik was verontrustend. 'Laat uw auto maar aan mij over, dan kunt u meteen naar binnen gaan.'

'Dat is niet nodig. Misschien kunt u me vertellen waar de parkeerplaats is?'

'Natuurlijk! Rijdt u maar achter me aan. Ik zal ervoor zorgen dat u niet opnieuw verdwaalt.' Ze wekte door haar toon de indruk dat dat een veel zwaardere opgave was dan hij ooit had kunnen denken.

Ze gebaarde dat Gurney haar moest volgen. Het was een weids gebaar, alsof ze aan het hoofd van een konvooi stond. In haar andere hand had ze een ingeklapte paraplu die ze dicht tegen haar zijde gedrukt hield, en haar weloverwogen tred maakte duidelijk dat ze vreesde dat Gurney haar uit het oog zou verliezen. Op een punt waar de struiken even terugweken, deed ze een stap opzij en wees naar een zijweggetje dat tussen de struiken door voerde. Toen hij haar passeerde, stak ze haar paraplu door zijn open raampje naar binnen.

'Hier!' riep ze uit.

Hij hield halt, niet-begrijpend.

'U weet wat ze zeggen over het weer in de bergen,' legde ze uit.

'Ik denk dat ik me wel red.' Hij reed langs haar de parkeerplaats op, die groot genoeg leek om twee keer zo veel auto's te herbergen als er nu stonden; Gurney telde er zestien. De keurige rechthoek lag ingekapseld tussen de alomtegenwoordige bloemen en struiken. Een majestueuze rode beuk aan de overkant scheidde de parkeerplaats van een rode schuur met twee verdiepingen, die opvlamde in de schuine stralen van de zon.

Hij zette zijn auto tussen twee monsterlijk grote suv's. Tijdens het parkeren merkte hij dat een vrouw hem van achter een lage border vol dahlia's aan stond te kijken. Toen hij uitstapte, glimlachte hij beleefd naar haar: ze was een tengere kleine vrouw met fijne trekken en een ouderwetse uitstraling. Ze zou geknipt zijn voor de rol van Emily Dickinson in *The Belle of Amherst*, bedacht Gurney.

'Misschien kunt u me vertellen waar ik Mark...'

Maar het breekbare vrouwtje viel hem in de rede met een eigen vraag: 'Wie heeft godverdomme gezegd dat je hier mag parkeren?'

11

Een bijzondere roeping

Vanaf de parkeerplaats volgde Gurney een paadje van kinderkopjes rond het grote landhuis waar, zo vermoedde hij, het kantoor van het instituut was gevestigd en de lezingen werden gegeven. Het paadje leidde naar een kleiner achttiende-eeuws huis dat bijna tweehonderd meter achter het grote lag. Een klein bordje naast het pad meldde in goudkleurige letters dat het hier om PRIVÉ-EIGENDOM ging.

Nog voordat Gurney kon aankloppen, deed Mark Mellery de deur al open. Hij droeg een zelfde soort nonchalant-duur tenue als tijdens zijn bezoek aan Walnut Crossing. Met het huis en de tuin als decor leek hij net een landheer.

'Wat fijn dat je er bent, Davey!'

Gurney liep naar binnen. De ruime hal had een kastanjehouten vloer en was ingericht met antiek. Mellery ging hem voor naar een comfortabele studeerkamer aan de achterkant van het huis, waar het dankzij een knapperend haardvuur lichtjes naar kersenhout rook.

Twee oorfauteuils en een bank stonden rond de haard in een u-vorm opgesteld, met de stoelen aan weerszijden van het vuur. Nadat ze in de fauteuils hadden plaatsgenomen, vroeg Mellery aan Gurney of hij het allemaal gemakkelijk had kunnen vinden. Gurney vertelde over de drie wonderlijke ontmoetingen op het terrein, waarop Mellery uitlegde dat de personen in kwestie gasten van het instituut waren en dat hun gedrag deel uitmaakte van een therapie waarin ze op zoek moesten gaan naar zichzelf.

'Tijdens hun verblijf spelen de gasten tien verschillende rollen,' legde Mellery uit. 'De ene dag zijn ze iemand die fouten maakt; zo te horen was dat de rol die Worth Partridge, die Britse kerel, speelde toen jij hem tegenkwam. Op een andere dag kan hij de helper zijn. Dat was de rol die Sarah speelde toen ze je hielp de auto te parkeren. Bij weer een andere rol moeten ze de confrontatie aangaan. De laatste dame die je tegenkwam, heeft die rol blijkbaar vol geestdrift vervuld.'

'Wat is daar het nut van?'

Mellery glimlachte. 'Mensen spelen tijdens hun leven verschillende rollen. De inhoud van een rol – het script, zou je kunnen zeggen – is onveranderlijk en voorspelbaar, al spelen we die rol doorgaans onbewust en beschouwen we het zelden als een weloverwogen keuze.' Hoewel hij deze uitleg al honderden keren moest hebben gegeven, klonk hij steeds enthousiaster. 'Wat we hier doen, is eigenlijk heel eenvoudig, al vinden de meeste van onze gasten het erg diepzinnig. We maken hen bewust van de rollen die ze onbewust spelen, van de voor- en nadelen van die rollen, en van de invloed ervan op anderen. Zodra onze gasten een heldere kijk op hun eigen gedrag hebben gekregen, maken we hun duidelijk dat gedrag altijd een keuze is. Ze kunnen eraan vasthouden of iets anders doen. En vervolgens bieden we activiteiten die de gasten helpen de schadelijke patronen te vervangen door gezonde. Dat is het belangrijkste deel van het programma.'

Het viel Gurney op dat Mellery's nervositeit afnam naarmate hij langer aan het woord was. Zijn ogen straalden, alsof hij de blijde boodschap verkondigde.

'Dit zal je trouwens allemaal wel bekend voorkomen. Patronen, keuze, verandering: dat zijn drie woorden die binnen de wereld van de zelfhulp te vaak worden gebruikt. Maar volgens onze gasten bieden we iets anders. De essentie van wat we doen, is anders. Laatst zei een van hen nog tegen mij dat God persoonlijk over deze plek waakt.'

Gurney probeerde niet al te sceptisch te klinken. 'Je biedt blijkbaar een indrukwekkende therapeutische ervaring.'

'Zo ervaren sommigen het wel, ja.'

'Ik heb begrepen dat zulke therapieën soms nogal confronterend kunnen zijn.'

'Hier niet,' zei Mellery. 'Onze benadering is vriendelijk en open. Ons favoriete voornaamwoord is "we" in plaats van "jij". We hebben het over "ons" falen, "onze" angst en "onze" beperkingen. We wijzen nooit met een vinger naar de ander, we beschuldigen niemand. Dat zou het pantser alleen maar sterker maken, terwijl het eigenlijk moet worden afgelegd. Blader maar eens door mijn boeken, dan zul je mijn filosofie ongetwijfeld beter begrijpen.'

'Ik had gedacht dat er misschien wel eens dingen gebeuren die geen deel uitmaken van de filosofie.'

'We doen wat we zeggen.'

'Is er nooit sprake van confrontaties?'

'Waarom blijf je daarover doorgaan?'

'Ik vraag me af of je iemand ooit zo'n harde schop onder zijn kont hebt gegeven dat hij nu jou te grazen wil nemen.'

'Onze benadering maakt slechts heel zelden iemand kwaad. En trouwens, wie mijn correspondentievriend ook is, het moet iemand zijn uit de tijd van vóór het instituut.'

'Misschien. Misschien ook niet.'

Er verscheen een verbaasde frons op Mellery's gezicht. 'Hij is geobsedeerd door de tijd dat ik nog dronk, door iets wat ik in een dronken bui moet hebben gedaan. Dus uit de tijd voordat ik het instituut heb opgericht.'

'Het kan ook iemand zijn uit je huidige leven die in je boeken over je alcoholgebruik heeft gelezen en je bang wil maken.'

Terwijl Mellery's blik aangaf dat hij deze nieuwe inzichten overwoog, kwam er een jonge vrouw binnen. Ze had intelligente groene ogen en rood haar dat ze in een paardenstaart droeg.

'Het spijt me dat ik je stoor, maar ik nam aan dat je wel wilde weten dat er voor je is gebeld.'

Ze gaf Mellery een stapel roze notitievelletjes. Zijn verbaasde uitdrukking wekte bij Gurney het vermoeden dat hij niet vaak op deze manier werd gestoord.

'Het gaat met name om het berichtje dat helemaal bovenop ligt,' zei ze, terwijl ze veelbetekenend haar wenkbrauw optrok.

Mellery las de boodschap twee keer door, boog zich toen voorover en schoof het velletje over de tafel naar Gurney toe, die het ook twee keer doorlas.

Op de regel 'Aan:' stond 'Meneer Mellery'.

Op de regel 'Van:' stond 'X. Arybdis'.

In het vakje dat was bestemd voor 'Bericht' stond een aantal dichtregels:

Je weet niet meer wat je ooit hebt geweten
Al die waarheden die je bent vergeten;
Waren dit niet de belangrijkste van al:
Elke daad heeft zijn prijs, en die zal

Vroeg of laat moeten worden voldaan.
Ik hoop dat je me vanavond zult verstaan
Als ik beloof dat we elkaar zien, komende november.
Zo niet, dan wacht ons altijd nog december.

Gurney vroeg aan de jonge vrouw of zij de boodschap had aangenomen. Ze keek even naar Mellery.

Hij zei: 'Het spijt me, ik had jullie aan elkaar moeten voorstellen. Sue, dit is David Gurney, een oude en goede vriend van me. Dave, dit is mijn fantastische assistente Susan MacNeil.'

'Aangenaam, Susan.'

Ze glimlachte beleefd en zei: 'Ja, ik heb de boodschap aangenomen.'

'Was het een man of een vrouw?'

Ze aarzelde even. 'Grappig dat u dat vraagt. Ik dacht eerst dat het een man was, een man met een hoge stem, maar later begon ik te twijfelen. De stem veranderde.'

'Hoe bedoel je?'

'Eerst leek het een man die als een vrouw probeerde te klinken, maar toen kreeg ik de indruk dat het misschien een vrouw was die als een man wilde klinken. Het klonk onnatuurlijk en geforceerd.'

'Dat is interessant,' zei Gurney. 'Nog één vraag: heb je alles opgeschreven wat die persoon tegen je zei?'

Ze zweeg weer even. 'Ik geloof niet dat ik begrijp wat u bedoelt.'

'Ik krijg de indruk,' zei hij, terwijl hij het roze velletje omhoogstak, 'dat dit heel zorgvuldig aan je is gedicteerd, tot en met de regeleindes aan toe.'

'Dat klopt.'

'Dus hij heeft tegen je gezegd dat de indeling erg belangrijk was, dat je het gedichtje precies zo moest opschrijven als hij het dicteerde?'

'O, ik snap wat u bedoelt. Ja, hij gaf aan wanneer er een nieuwe regel begon.'

'Zei hij nog meer? Dingen die je misschien niet hebt opgeschreven?'

'Nou... Ja, er was nog iets. Vlak voordat hij ophing, vroeg hij of ik voor meneer Mellery zelf werkte. Toen ik dat bevestigde, zei hij: "Misschien moet je eens op zoek gaan naar een andere baan. Ik heb gehoord dat spirituele vernieuwing een stervende bedrijfstak is." En toen begon hij te lachen. Hij scheen het erg grappig te vinden. Daarna zei hij dat hij vanavond nogmaals zal bellen en dat ik ervoor moest zorgen dat meneer Mellery de boodschap zo snel mogelijk zou ontvangen. Daarom ben ik nu hierheen gekomen.' Ze keek Mellery even bezorgd aan. 'Ik hoop dat ik daar goed aan heb gedaan.'

'O, zeker,' zei Mellery, die net deed alsof hij de situatie onder controle had.

'Susan, het valt me op dat je de beller consequent met "hij" aanduidt,' zei Gurney. 'Betekent dat dat je er vrij zeker van bent dat het een man was?'

'Ja, ik geloof het wel.'

'Heeft hij nog laten doorschemeren hoe laat hij vanavond zal bellen?'

'Nee.'

'Kun je je verder nog iets herinneren? Het maakt niet uit wat, al lijkt het nog zo onbeduidend.'

Ze fronste lichtjes. 'Ik kreeg er een beetje een naar gevoel van… Het gevoel dat hij niet echt aardig was.'

'Klonk hij kwaad? Onbuigzaam? Dreigend?'

'Nee, nee, dat was niet. Hij was beleefd, maar…'

Gurney wachtte terwijl zij naar de juiste woorden zocht.

'Misschien was hij te beleefd. Misschien kwam het door die vreemde stem. Ik weet niet zeker waarom ik dat gevoel kreeg, maar hij maakte me bang.'

Nadat ze was teruggegaan naar haar werkkamer in het hoofdgebouw zat Mellery naar de vloer tussen zijn voeten te staren.

'Het is tijd om naar de politie te gaan,' zei Gurney, die dat moment koos om het onderwerp aan te snijden.

'De politie van Peony? Wat een naam, het lijkt wel een homocabaret.'

Gurney schonk geen aandacht aan de slappe poging tot humor. 'Het gaat hier om meer dan een paar gestoorde brieven en een telefoontje. Het gaat hier om iemand die haat jegens jou koestert en een schuld wil vereffenen. Hij heeft je in het vizier gekregen, en misschien staat hij op het punt de trekker over te halen.'

'X. Arybdis?'

'Eerder de bedenker van dat alias, om precies te zijn.' Gurney vertelde Mellery wat hij zich met de hulp van Madeleine had weten te herinneren over de dodelijke Charybdis uit de Griekse mythen. Ook vertelde hij hem dat er in geen enkel telefoonboek en in geen enkele zoekmachine op internet een spoor van ene X. Arybdis in Connecticut of in een van de aangrenzende staten te vinden was.

'Een draaikolk?' vroeg Mellery op ongemakkelijke toon.

Gurney knikte.

'Jezus,' zei Mellery.

'Wat is er?'

'Verdrinken, dat is mijn grootste angst.'

12

Het belang van eerlijkheid

Mellery stond met een pook voor de haard en schoof de blokken hout heen en weer.

'Waarom is de cheque teruggestuurd?' zei hij. Hij kwam telkens op het onderwerp terug, als een tong die naar een pijnlijke tand bleef tasten. 'Die vent is zo'n pietje-precies – kijk maar eens naar dat handschrift, het lijkt wel een accountant. Dat is niet iemand die zich in een adres zou vergissen. Hij moet het dus met opzet hebben gedaan. Maar waarom?'

'Mag ik het briefje eens zien dat bij die cheque zat? Dat je me aan de telefoon hebt voorgelezen?'

Mellery liep naar een kleine secretaire aan de andere kant van de kamer, met de pook nog steeds in zijn handen, en merkte pas dat hij die vasthield toen hij daar al was. 'Jezus,' mompelde hij, terwijl hij geërgerd om zich heen keek, zoekend naar een plekje voor zijn pook. Hij zette hem tegen de muur, haalde een envelop uit een la en gaf die aan Gurney.

Het was een grote envelop, die aan Mellery was geadresseerd en de envelop bevatte die Mellery had verzonden aan X. Arybdis, Postbus 49449 in Wycherly. Daarin zat de op naam gestelde cheque ter waarde van $ 289,87. In de grote envelop zat ook een vel duur uitziend briefpapier met een briefhoofd van GD Security Systems, inclusief een telefoonnummer, en het korte, getypte berichtje dat Mellery al eerder aan de telefoon had voorgelezen. Het was ondertekend door Gregory Dermott, die niet aangaf welke functie hij bekleedde.

'Je hebt de heer Dermott niet gesproken?' vroeg Gurney.

'Waarom zou ik? Ik bedoel, het is het verkeerde adres. Dat heeft toch verder niets met hem te maken?'

'Ik zou het niet weten,' zei Gurney. 'Maar het lijkt me wel verstandig om even contact met hem op te nemen. Heb je een telefoon bij de hand?'

Mellery maakte het nieuwste model BlackBerry los van zijn riem en gaf het toestel aan Gurney, die het nummer uit het briefhoofd intoetste. Nadat de telefoon twee keer was overgegaan, hoorde hij een ingesproken boodschap: 'Dit is Greg Dermott van GD Security Systems. Spreek uw naam, nummer en de reden waarom u belt in. Laat ook weten op welk tijdstip we u het beste kunnen terugbellen. U kunt nu beginnen met spreken.' Gurney zette de telefoon uit en gaf die terug aan Mellery.

'Ik kan wel een bericht inspreken, maar hoe moet ik hem uitleggen wie ik ben?' zei Gurney. 'Ik ben geen werknemer van je, en ik ben evenmin je advocaat of een privédetective met een vergunning, en ik ben niet van de politie. Over de politie gesproken: die heb je nu nodig. Meteen.'

'Maar dat is natuurlijk zijn bedoeling! Hij wil me zo van streek maken dat ik de politie bel en mijn gasten aan het schrikken maak. Wie weet zit hij daarop te wachten, de politie over de vloer, gasten in paniek. Misschien wil hij een olifant loslaten in de porseleinkast en alles in duigen zien vallen.'

'Je mag je gelukkig prijzen als dat het enige is wat hij wil,' zei Gurney.

Mellery keek alsof hij een klap had gekregen. 'Denk je echt dat hij iets... naars wil doen?'

'Dat is heel goed mogelijk.'

Mellery knikte langzaam, alsof dat opzettelijke gebaar zijn angst kon onderdrukken.

'Ik zal de politie bellen,' zei hij, 'maar pas nadat die Charybdis, of hoe hij zich ook noemt, vanavond zelf heeft gebeld.' Toen hij merkte hoe sceptisch Gurney was, vervolgde hij: 'Misschien maakt dat telefoontje het een en ander duidelijk, misschien komen we er dan achter wie hij is en wat hij wil. Wie weet is het dan niet meer nodig om de politie te bellen, maar als dat wel zo is, zullen we ze in elk geval meer kunnen vertellen. Het ligt veel meer voor de hand om nog even te wachten.'

Gurney wist dat de politie er veel meer aan zou hebben als ze ter plekke met het telefoontje mee kon luisteren, maar hij begreep ook dat Mellery op dit moment niet door rationele argumenten over te halen was. Hij besloot de tactiek voor die avond uit te stippelen.

'Als Charybdis inderdaad vanavond belt, kan het nuttig zijn om het gesprek op te nemen. Heb je misschien de beschikking over apparatuur die we op een telefoon kunnen aansluiten? Een cassetterecorder zou al goed genoeg zijn.'

'We hebben iets veel beters,' zei Mellery. 'Al onze telefoons kunnen gesprekken opnemen. Je hoeft alleen maar een knopje in te drukken.'

Gurney keek hem nieuwsgierig aan.

'Je vraagt je zeker af waarom we over zo'n systeem beschikken? Een paar jaar geleden hadden we hier een vrouwelijke gast die voor problemen zorgde. Ze beschuldigde ons van van alles en nog wat, en we kregen steeds vaker telefoontjes die soms zelfs bedreigend werden. Om een lang verhaal kort te maken, we kregen het advies de gesprekken op te nemen.' Iets in Gurneys uitdrukking bracht hem ertoe te zeggen: 'O, ik weet wat je denkt, maar zo zit het niet. Dit heeft daar helemaal niets mee te maken, die kwestie is een hele tijd geleden al opgelost.'

'Weet je dat zeker?'

'De bewuste persoon is dood. Zelfmoord.'

'Kun je je die lijstjes nog herinneren die ik je vroeg te maken? Lijstjes van personen met wie je een ernstig conflict hebt gehad of die je ergens van hebben beschuldigd?'

'Ik zou niemand kunnen noemen.'

'Je had het net over een conflict dat is geëindigd met zelfdoding van een van de betrokkenen. Lijkt dat je niet relevant?'

'Ze had de nodige problemen. Er was geen enkel verband tussen haar overlijden en haar conflict met ons, dat het gevolg was van haar op hol geslagen verbeelding.'

'Hoe weet je dat?'

'Hoor eens, het is een ingewikkelde kwestie. Niet al onze gasten kunnen zeggen dat ze psychisch kerngezond zijn. Ik ga niet de naam opschrijven van iedereen die in mijn nabijheid wel eens negatieve gevoelens heeft geuit. Dat is gekkenwerk!'

Gurney leunde achterover in zijn stoel en wreef voorzichtig in zijn ogen, die droog waren geworden door de warmte van het haardvuur.

Toen Mellery weer het woord nam, leek zijn stem uit een andere plek in zijn binnenste te komen, die minder goed werd afgeschermd. 'Toen je vroeg of ik die lijstjes wilde maken, nam je een bepaald woord in de mond. Je zei dat ik de namen moest opschrijven van degenen met wie ik "onopgeloste" persoonlijke conflicten had gehad. Nou, ik heb mezelf wijsgemaakt dat alle conflicten uit het verleden zijn opgelost, maar misschien is dat niet waar. Misschien betekent "onopgelost" voor mij alleen maar dat ik er niet langer aan denk.' Hij schudde zijn hoofd. 'Jeetje, Davey, wat heeft het eigenlijk voor zin om lijstjes te maken? Ik wil niet lullig doen, maar ik moet er niet aan denken dat een of andere dommekracht van een politieman bij die mensen gaat aankloppen en allerlei oud zeer naar boven haalt. God nog aan toe! Heb jij nooit het gevoel gehad dat de grond onder je voeten wegzakte?'

'Het enige wat ik van je vraag, is of je een paar namen op papier wilt zetten. Dat is een manier om weer met beide voeten op de grond te komen. Je hoeft me die namen niet te laten zien als je dat niet wilt. Het is een nuttige oefening. Geloof me.'

Mellery knikte bij wijze van stilzwijgende instemming.

'Je zei dat niet al je gasten psychisch in balans zijn.'

'Daarmee wilde ik niet zeggen dat het hier een inrichting is.'

'Dat begrijp ik.'

'En zelfs niet dat onze gasten meer emotionele problemen hebben dan anderen.'

'Wat zijn dat eigenlijk voor mensen die hier komen?'

'Mensen met geld, die op zoek zijn naar geestelijke rust.'

'En vinden ze die?'

'Volgens mij wel.'

'In welke bewoordingen, afgezien van "rijk" en "nerveus", zou je je clientèle nog meer kunnen beschrijven?'

Mellery haalde zijn schouders op. 'Onzeker, ondanks de agressieve persoonlijkheid waar succes mee gepaard gaat. Ze vinden zichzelf niet aardig. Dat is het belangrijkste probleem waarmee we hier te maken krijgen.'

'Zijn hier momenteel gasten die je in staat acht tot het toebrengen van lichamelijk letsel?'

'Wat?'

'Hoeveel weet je nu echt over degenen die hier momenteel verblijven? Of over degenen die voor de komende maand hebben gereserveerd?'

'We trekken hun achtergrond niet na, als je dat soms bedoelt. We weten wat ze ons vertellen, of wat degenen die hen doorverwijzen ons vertellen. Het is niet altijd veel, maar we dringen nooit aan. We werken met wat ze willen delen.'

'Wat voor soort mensen verblijven hier op dit moment?'

'Een investeerder in vastgoed uit Long Island, een huisvrouw uit Santa Barbara, een man die mogelijk de zoon is van een man die mogelijk aan het hoofd staat van een familie die in de georganiseerde misdaad zit, een charmante chiropractor uit Hollywood, een rockster die incognito is, een voormalige effectenmakelaar van in de dertig, en nog een stuk of tien anderen.'

'En zij komen hierheen voor "spirituele vernieuwing"?'

'Ze zijn op een bepaalde manier tegen de grenzen van hun succes aangelopen. Ze gaan nog steeds gebukt onder angsten, obsessies, schuldgevoelens, schaamte. Ze hebben gemerkt dat ze geen rust kunnen vinden, ook al hebben ze nog zo veel Porsches en Prozac.'

Gurney voelde even een lichte steek toen hij aan Kyles Porsche dacht. 'Dus je beschouwt het als jouw taak om beroemde rijken rust en vrede te brengen?'

'Geloof het of niet, maar het ging me echt niet om het grote geld. Open deuren en open harten hebben me hierheen gevoerd. Mijn cliënten hebben mij gevonden, en niet andersom. Het is nooit mijn bedoeling geweest om de goeroe van Peony Mountain te worden.'

'Toch staat er veel voor je op het spel.'

Mellery knikte. 'Tot en met mijn leven aan toe, blijkbaar.' Hij staarde naar het dovende vuur. 'Kun je me vertellen hoe ik dat telefoontje van vanavond het beste kan aanpakken?'

'Houd hem zo lang als je kunt aan de praat.'

'Zodat de beller op te sporen is?'

'Zo gaat het tegenwoordig niet meer. Je hebt te veel oude films gezien. Je moet hem aan de praat houden omdat de kans dan groter is dat hij meer vertelt. Hopelijk iets wat jou duidelijk kan maken wie hij is. Of misschien herken je op een bepaald moment de stem.'

'Als dat zo is, moet ik dat dan laten merken?'

'Nee. Laat hem maar denken dat je niets weet, dat lijkt me beter. Blijf kalm en probeer het gesprek zo lang mogelijk te rekken.'

'Ben je vanavond thuis?'

'Dat was ik wel van plan, al was het maar omdat het beter is voor mijn huwelijk. Hoezo?'

'Omdat ik me net herinner dat onze telefoons nog een slimmigheidje hebben dat we nooit gebruiken. Dat heet "doorgeschakelde ruggespraak". Daarmee kun je nadat iemand jou heeft gebeld een derde beller aan het gesprek laten deelnemen.'

'Ja, en?'

'Normaal gesproken moeten alle deelnemers aan zo'n gesprek vanaf een en hetzelfde toestel worden gebeld, maar hierbij hoeft dat niet. Als iemand jou belt, kun je het gesprek doorschakelen naar een volgend nummer zonder dat je het eerste gesprek hoeft te beëindigen. Sterker nog, degene die jou belt, hoeft er niet eens iets van te merken. Er is me uitgelegd dat het gesprek via een aparte verbinding naar de derde partij wordt doorgeschakeld, en zodra die heeft opgenomen, worden de twee signalen met elkaar gecombineerd. Ik leg het waarschijnlijk helemaal verkeerd uit, maar het gaat hierom: als Charybdis vanavond belt, kan ik jou bellen en kun jij het gesprek ook horen.'

'Goed, dan zorg ik er zeker voor dat ik thuis ben.'

'Dat zou ik heel erg fijn vinden.' Hij glimlachte als een man wiens chronische pijn voor heel even wordt verlicht.

Ergens buiten luidde enkele malen een bel met het krachtige, koperen geluid van een oude scheepsbel. Mellery keek op het dunne gouden horloge aan zijn pols.

'Ik moet mijn lezing van vanmiddag gaan voorbereiden,' zei hij met een lichte zucht.

'Wat is het onderwerp?'

Mellery stond op uit zijn fauteuil, trok zijn kasjmierwollen trui recht en wist met enige moeite een nietszeggende glimlach tevoorschijn te toveren.

'Het belang van eerlijkheid.'

Het weer was winderig gebleven en het was niet meer echt warm geworden. Bruine bladeren dansten over het gras. Mellery had, voordat hij naar het hoofdgebouw was gelopen, Gurney nogmaals bedankt en hem op het hart gedrukt die avond zijn lijn vrij te houden. Hij had zijn verontschuldigingen voor zijn drukke agenda aangeboden en op de valreep nog een uitnodiging verstrekt. 'Als je hier toch bent, kun je net zo goed even een kijkje nemen. Dan krijg je een indruk van de sfeer die hier heerst.'

Gurney stond op Mellery's elegante veranda en ritste zijn jasje dicht. Hij besloot op het voorstel in te gaan en via een omweg door de grote, uitgestrekte tuin rondom het huis naar de parkeerplaats terug te lopen. Een bemost pad voerde hem langs de achterkant van het huis naar een felgroen gazon, waarachter een bos vol esdoorns zich naar het dal uitstrekte. Een laag, ongevoegd muurtje vormde de grens tussen het gras en het bos. Halverwege het muurtje waren een vrouw en twee mannen bezig met planten en mulchen.

Toen Gurney over het brede gazon naar hen toe slenterde, zag hij dat de mannen, die spaden in hun hand hadden, allebei jong en van Latijns-Amerikaanse afkomst waren en dat de vrouw, die kniehoge groene laarzen en een bruin werkjasje droeg, ouder was en de leiding had. Op een plat karretje lagen verschillende open zakken tulpenbollen, aan het opschrift te zien elk in een andere kleur. De vrouw keek haar personeel ongeduldig aan.

'Carlos!' riep ze uit. '*Roja, blanca, amarilla… roja, blanca, amarilla!*' Toen herhaalde ze, tegen niemand in het bijzonder: 'Rood, wit, geel… rood, wit, geel. Zo moeilijk is dat toch niet?'

Ze slaakte een bedachtzame zucht vanwege het onvermogen van haar onderschikten en keek Gurney vriendelijk maar minzaam aan toen hij dichterbij kwam.

'Ik ben van mening dat niets op aarde zo'n genezende kracht bezit als een plant in volle bloei,' meldde ze in dat afgemeten, uiterst beschaafde accent van Long Island dat ooit bekend had gestaan als de Mondklem van Locust Valley. 'Vindt u ook niet?'

Voordat hij antwoord kon geven, stak ze haar hand uit en zei: 'Ik ben Caddy.'

'Dave Gurney.'

'Welkom in de hemel op aarde! Ik geloof niet dat ik u hier eerder heb gezien.'

'Ik ben alleen vandaag even op bezoek.'

'O ja?' Uit haar toon bleek dat ze een uitleg verwachtte.

'Ik ben een vriend van Mark Mellery.'

Ze fronste lichtjes. 'Dave Gurney, zei u?'

'Dat klopt.'

'O, dan heeft hij vast uw naam wel genoemd, maar er gaat geen lampje bij me branden. Kent u Mark al lang?'

'Sinds onze studie. Mag ik vragen waarom u hier bent?'

'Waarom ik hier ben?' Haar wenkbrauwen vlogen verbaasd omhoog. 'Ik woon hier. Dit is mijn huis. Ik ben Caddy Mellery. Mark is mijn man.'

13

Niets om je schuldig over te voelen

Hoewel het tegen het middaguur liep, wekte de toenemende bewolking de indruk dat het dal in een winterse schemering was gedompeld. Gurney zette de verwarming in de auto aan om de kou uit zijn handen te verdrijven. Zijn vingertoppen werden elk jaar gevoeliger en herinnerden hem aan de artritis waaraan zijn vader had geleden. Hij strekte en kromde zijn vingers rond het stuur.

Hetzelfde gebaar.

Hij wist nog dat hij die zwijgzame, onbereikbare man ooit had gevraagd of die opgezwollen knokkels pijn deden. 'Gewoon ouderdom, niks aan te doen,' had zijn vader gezegd op een toon die verdere discussie onmogelijk had gemaakt.

Zijn gedachten dwaalden af naar Caddy. Waarom had Mellery hem niets over zijn nieuwe vrouw verteld? Wilde hij niet dat hij met haar zou praten? En als hij een echtgenote had verzwegen, waarover had hij dan nog meer zijn mond gehouden?

En toen, door een of ander obscuur verband in zijn gedachten, vroeg hij zich af waarom je de kleur van het bloed zou vergelijken met een roos. Hij probeerde zich de volledige tekst van het derde versje te herinneren: Ik herhaal mijn daden van weleer/Mijn voornemen, 't is niet verhuld:/Ik zeg het telkens, keer op keer/Het gaat om boete na de schuld./Rood is de kleur van bloed/als een roos van karmozijn./Wie slecht doet, slecht ontmoet/en wie kwaad zaait, oogst venijn.

Een roos kon een symbool voor rood zijn, maar wat voegde 'karmozijn' daaraan toe? Moest het daardoor roder klinken? Of meer als bloed?

Gurneys verlangen om naar huis terug te keren werd versterkt door zijn honger. Het liep al tegen de middag, en de koffie die hij die ochtend bij Abelard had gehaald was het enige wat hij tot nu toe had genuttigd.

Madeleine werd misselijk als er te veel tijd tussen de maaltijden verstreek, hij werd overdreven kritisch, een trekje waarop hij niet trots was. Gurney had ontdekt dat er een paar dingen waren die als een barometer voor zijn stemming dienden, en een daarvan bevond zich net buiten Walnut Crossing, langs de weg aan de westzijde van het dorp. De Camel's Hump was een galerie waar werk van plaatselijke schilders, beeldhouwers en andere creatieve geesten te zien was. De barometer werkte heel simpel: als zijn stemming goed was, voelde hij na een blik op de etalage waardering voor zijn excentrieke, artistieke buren, maar als hij slechtgeluimd was, zag hij vooral leegte. Vandaag bleek een dag van leegte te zijn, en dat was voor hem een teken dat hij niet te snel zijn mening moest uiten, bedacht hij toen hij de weg naar vrouw en haard insloeg.

Op het karrenspoor dat door een kom tussen de heuvels naar Gurneys weide en schuur voerde, waren her en der plassen te zien, de overblijfselen van de ochtendbuien waarvan op de doorgaande weg en in de lager gelegen gedeelten van het dal geen spoor meer te zien was. De weide oogde somber en winters onder het grijze wolkendek. Met enige ergernis stelde hij vast dat de tractor uit de schuur was gehaald en nu bij het kleine schuurtje stond waar toebehoren als de cirkelmaaier, de grondboor en de sneeuwploeg werden bewaard. De deur van het schuurtje stond open en zinspeelde op een ergerlijke manier op al die klusjes die nog moesten worden gedaan.

Hij liep via de keukendeur naar binnen. Madeleine zat bij de haard in de verste hoek van de kamer. Uit het bordje op de salontafel, waarop een klokhuis, de steeltjes en pitjes van druiven, een paar blokjes cheddar en wat kruimels lagen, bleek dat ze tussen de middag lekker had gegeten. Het herinnerde hem aan zijn honger en vergrootte zijn ergernis. Ze keek op van haar boek en glimlachte even.

Hij liep naar de gootsteen en liet de kraan lopen totdat het water de ijskoude temperatuur had waaraan hij de voorkeur gaf. Hij was zich bewust van een zekere agressiviteit – een verzet tegen Madeleines opvatting dat ijskoud water drinken niet gezond was – en daarna van een gevoel van schaamte omdat hij blijkbaar nog steeds kinderachtig, vijandig en onvolwassen genoeg was om van een dergelijke denkbeeldige strijd te genieten. Hij voelde de behoefte om van onderwerp te veranderen en besefte toen pas dat er geen onderwerp was geweest. Desondanks nam hij het woord.

'Ik zag dat je de tractor naar het schuurtje hebt gereden.'

'Ik wilde de sneeuwploeg aankoppelen.'

'Is er iets mis?'

'Het leek me verstandig om dat alvast te doen voordat we echt een sneeuwstorm krijgen.'

'Nee, ik bedoel: lukte het soms niet om hem aan te koppelen?'

'Hij is zwaar. Het leek me beter om te wachten, zodat je me kon helpen.'

Hij knikte vaag en dacht: nu doe je het weer, je dwingt me een klusje te doen door er zelf alvast aan te beginnen, in de wetenschap dat ik het straks ga afmaken. Omdat hij wist dat hij in een ontvlambare stemming verkeerde, besloot hij verder niets te zeggen. Hij hield zijn glas onder de inmiddels ijskoude straal en dronk op zijn gemak.

Madeleine keek weer naar haar boek en zei: 'Die vrouw uit Ithaca heeft gebeld.'

'Vrouw uit Ithaca?'

Ze negeerde zijn vraag.

'Bedoel je Sonya Reynolds?' vroeg hij.

'Ja, die.' Haar stem klonk even ongeïnteresseerd als die van hem, maar het was in beide gevallen schijn.

'Wat moest ze?'

'Goeie vraag.'

'Hoe bedoel je, "goeie vraag"?'

'Ik bedoel dat ze niet heeft gezegd waarvoor ze belde. Ze zei dat je haar tot middernacht terug kon bellen.'

Hij bespeurde een zekere scherpte in de toon waarop ze 'middernacht' uitsprak. 'Heeft ze een nummer achtergelaten?'

'Blijkbaar gaat ze ervan uit dat je haar nummer al hebt.'

Hij vulde zijn glas nogmaals met ijskoud water en dronk het leeg, met bedachtzame pauzes tussen de slokken. Het gedoe rond Sonya dreigde voor allerlei problemen te zorgen, maar de enige manier om dat te veranderen, was een streep zetten onder het project dat de reden voor zijn contact met haar galerie vormde, en daartoe was hij niet bereid.

Pas wanneer hij op een neutrale manier probeerde te kijken naar de ongemakkelijke manier waarop Madeleine en hij in gevallen als deze communiceerden, viel het hem op hoe onhandig hij eigenlijk was, en hoeveel zelfvertrouwen hij ontbeerde. Het was vreemd dat een man die zo rationeel was als hij zo hopeloos verstrikt kon raken en qua emoties zo weinig wist te incasseren. Dankzij de honderden verhoren die hij bij verdachten had afgenomen wist hij dat al die verwarrende gevoelens steevast voortkwamen uit schuldgevoel. Maar de waarheid luidde dat hij zich nergens schuldig over hoefde te voelen.

Niets om je schuldig over te voelen. Aha, dat was het 'm juist: die bewering was zo stellig. Het was misschien zo dat hij de laatste tijd niets had gedaan waarover hij zich schuldig hoefde te voelen – er kwam niet meteen iets wezenlijks in hem op – maar wie verder terugkeek, bijvoorbeeld een jaar of vijftien, zou al snel merken dat hij allerminst onschuldig was.

Hij zette zijn glas in de gootsteen, droogde zijn handen af, liep naar de tuindeuren en staarde naar de grauwe wereld buiten. Een wereld tussen herfst en winter. Een bijna onzichtbaar fijne sneeuw werd als zand over het terras geblazen. Als hij zo'n vijftien jaar terugging kon hij onmogelijk volhouden onschuldig te zijn, want toen was het ongeluk gebeurd. Alsof hij op een pijnlijke wond drukte om te bepalen hoe erg die ontstoken was, dwong hij zichzelf om 'het ongeluk' te vervangen door die specifieke woorden die hem zo veel pijn deden: de dood van ons zoontje van vier.

Hij sprak die woorden uiterst zachtjes uit, in zichzelf, amper meer dan een fluistering. Zijn eigen stem klonk hem hol en leeg in de oren, als de stem van een ander.

Hij kon de gedachten en gevoelens die bij die woorden hoorden niet verdragen en probeerde die weg te duwen door de eerste de beste afleiding aan te grijpen.

Hij schraapte zijn keel, wendde zich af van de glazen deur en zei overdreven enthousiast tegen Madeleine: 'Zullen we voor het donker nog even naar die tractor kijken?'

Madeleine keek op van haar boek. Als ze zijn gekunstelde opgewektheid verontrustend of onthullend vond, dan liet ze dat niet merken.

Het bevestigen van de sneeuwploeg betekende een uur lang tillen, hameren, trekken, smeren en afstellen, en daarna was Gurney nog eens een uur bezig met het hakken van hout voor de kachel terwijl Madeleine een maaltijd van pompoensoep en karbonaadjes gestoofd in appelsap bereidde. Later maakten ze de haard aan, gingen naast elkaar op de bank in de gezellige woonkamer zitten die aan de keuken grensde, en zonken weg in de slaperige rust die volgt op zwaar werk en goed eten.

Hij wilde zo graag geloven dat die korte momenten van vrede een teken waren dat ze ooit weer zo'n relatie als vroeger konden hebben en dat de emotionele uitwijkmanoeuvres en botsingen van de laatste jaren op de een of andere manier slechts tijdelijk waren, maar het was een gedachte die hij maar moeilijk kon vasthouden. Zelfs nu werd zijn breekbare hoop stukje bij beetje verdrongen door het soort gedachten dat zijn speurdersbrein beter beviel: gedachten over het verwachte telefoontje van Charybdis, over de techniek die hem in staat zou stellen mee te luisteren.

'De ideale avond voor een haardvuur,' zei Madeleine, die zachtjes tegen hem aan leunde.

Hij glimlachte en probeerde zich te concentreren op de oranje vlammen en de eenvoudige, zachte warmte van haar arm. Haar haar rook heerlijk. Even gaf hij zich over aan de dwaze gedachte dat hij zich daarin voor altijd zou kunnen verliezen.

'Ja,' zei hij. 'Ideaal.'

Hij sloot zijn ogen, in de hoop dat het aangename moment een tegenkracht zou vormen voor al die geestelijke energie die hem altijd leek aan te zetten tot het oplossen van raadsels. Het kostte hem gek genoeg altijd de grootste moeite om iets van tevredenheid te voelen. Hij benijdde Madeleine omdat ze zo kon opgaan in het moment zelf en het genoegen dat ze daaraan ontleende. Wanneer hij van het moment probeerde te genieten, voelde het alsof hij stroomopwaarts zwom. Zijn analytische geest gaf van nature de voorkeur aan waarschijnlijkheden, mogelijkheden.

Hij vroeg zich of dat een aangeboren of aangeleerde eigenschap was. Waarschijnlijk beide, en waarschijnlijk versterkten ze elkaar. Misschien…

Jezus!

Hij had zojuist zichzelf betrapt bij het analyseren van zijn vermogen tot analyseren. Berouwvol probeerde hij zich te concentreren op het moment zelf en de kamer om hem heen. God, help me om hier te zijn, zei hij in gedachten, ook al hechtte hij weinig geloof aan bidden. Hij hoopte maar dat hij niet hardop had gesproken.

De telefoon ging. Het voelde als een respijt, als toestemming om de strijd voor even te staken.

Hij hees zich overeind van de bank en liep naar de studeerkamer om op te nemen.

'Davey, met Mark.'

'Ja?'

'Caddy vertelde me net dat ze je vandaag in de meditatietuin was tegengekomen.'

'Inderdaad.'

'Eh… Nou… Weet je, ik schaam me een beetje omdat ik jullie niet eerder op de dag aan elkaar heb voorgesteld.' Hij zweeg even, alsof hij op een antwoord wachtte, maar Gurney zei niets.

'Dave?'

'Ja, ik ben er nog.'

'Nou ja… Daar wilde ik dus even mijn excuses voor aanbieden. Ik had eraan moeten denken.'

'Het geeft niet.'

'Echt niet?'

'Echt niet.'

'Je klinkt niet blij.'

'Ik vind het niet erg. Ik was alleen een beetje verbaasd omdat je niets over haar had gezegd.'

'O… Ja… Ik denk dat het gewoon niet bij me is opgekomen omdat ik nog zo veel andere dingen aan mijn hoofd had. Ben je er nog?'

'Ik ben er nog.'

'Ik kan me voorstellen dat het heel vreemd lijkt dat ik niks over haar heb verteld.' Hij zweeg even en voegde er toen met een ongemakkelijk lachje aan toe: 'Dat zou een psycholoog vast wel boeiend vinden. Dat ik vergat te zeggen dat ik getrouwd ben.'

'Mark, ik wil je iets vragen. Spreek je de waarheid?'

'Wat? Waarom vraag je dat?'

'Omdat je mijn tijd verspilt.'

Er viel een langere stilte.

'Hoor eens,' zei Mellery met een zucht, 'het is een lang verhaal. Ik wilde Caddy niet bij dit… gedoe betrekken.'

'Over welk gedoe hebben we het eigenlijk?'

'Die dreigementen, die toespelingen.'

'Heb je haar niets over die brieven verteld?'

'Dat heeft geen zin. Ik zou haar alleen maar bang maken.'

'Maar ze weet van je verleden. Dat staat in je boeken.'

'Tot op zekere hoogte. Maar de dreigementen zijn een heel ander verhaal. Ik wil gewoon niet dat ze zich zorgen gaat maken.'

Dat klonk Gurney bijna geloofwaardig in de oren. Bijna.

'Is er nog iets uit je verleden dat je graag voor Caddy verborgen wilt houden? Of voor mij, of de politie?'

Er viel een weifelende stilte voordat Mellery 'Nee' antwoordde op een toon die zo in tegenspraak was met zijn ontkenning dat Gurney moest lachen.

'Wat is er zo grappig?'

'Ik weet niet of je de slechtste leugenaar bent die ik ooit heb ontmoet, Mark, maar je staat in elk geval in de top tien.'

Na weer een lange stilte begon Mellery ook te lachen: een zacht, berouwvol geluid dat eerder als ingehouden gesnik klonk. Hij zei op benepen toon: 'Als het echt niet anders kan, moet ik je de waarheid vertellen, en de waarheid luidt dat ik vlak na mijn huwelijk met Caddy een kortstondige verhouding met een van onze gasten heb gehad. Dat had ik nooit moeten doen, ik leek wel gek. Het is verkeerd afgelopen, zoals ieder weldenkend mens had kunnen voorspellen.'

'En?'

'En verder niets. Nu moet ik al gruwelen bij de gedachte. Die herinnert me aan al het egoïsme, de lust en de verkeerde beslissingen uit mijn verleden.'

'Het kan zijn dat me iets ontgaat,' zei Gurney, 'maar wat heeft dit te maken met het feit dat je je huwelijk voor me hebt verzwegen?'

'Je denkt vast dat ik volslagen paranoïde ben, maar ik vroeg me af of dat gedoe met Charybdis soms iets met die verhouding te maken heeft. Ik was bang dat je met Caddy zou willen praten als ik je over haar zou vertellen, en … Het laatste wat ik wil, is dat ze wordt geconfronteerd met iets wat verband houdt met die belachelijke hypocriete affaire.'

'Ik snap het al. Van wie is het instituut trouwens?'

'Hoe bedoel je?'

'Wie is de eigenaar?'

'Je zou mij de geestelijk eigenaar kunnen noemen. Het concept is gebaseerd op mijn boeken en cd's.'

'De geestelijk eigenaar?'

'Op papier is alles van Caddy. Zij is de officiële eigenaar van het onroerend goed en de andere tastbare zaken.'

'Dat is interessant. Dus jij hangt aan de trapeze, maar de circustent is van Caddy.'

'Zo zou je het kunnen omschrijven,' antwoordde Mellery op kille toon. 'Ik kan nu maar beter ophangen. Charybdis kan elke moment bellen.'

Het verwachte telefoontje kwam precies drie uur later.

14

Toewijding

Madeleine had haar tas met breiwerk mee naar de bank genomen en was verdiept in een van de drie projecten die in verschillende fasen van voltooiing verkeerden. Gurney was in de fauteuil naast de bank gaan zitten en bladerde door het zeshonderd pagina's tellende handboek dat bij het fotobewerkingsprogramma hoorde, maar hij kon zich maar moeilijk concentreren. De houtblokken in de haard waren opgebrand tot een gloeiende as waaruit af en toe een aarzelend vlammetje oprees dat even flakkerde en vervolgens uitdoofde.

Toen de telefoon ging, liep Gurney haastig naar de studeerkamer en nam op.

Mellery's stem klonk laag en nerveus. 'Dave?'

'Ja, met mij.'

'Ik heb hem aan de andere lijn. De recorder staat aan. Ik verbind je nu door. Ben je er klaar voor?'

'Ga je gang.'

Een tel later hoorde Gurney een vreemde stem die halverwege een zin was.

'… een tijdje weg zijn. Maar ik wil dat je weet wie ik ben.' De stem klonk hoog en gespannen, het ritme van spreken was ongemakkelijk en kunstmatig. Het accent klonk een tikje buitenlands, maar het was niet goed te herkennen, alsof de woorden expres verkeerd werden uitgesproken om de stem zelf onherkenbaar te maken. 'Ik heb eerder vanavond iets voor je achtergelaten. Heb je dat al gevonden?'

'Wat?' Mellery's stem klonk breekbaar.

'Heb je het nog niet? Dat komt nog wel. Weet je wie ik ben?'

'Wie ben je?'

'Wil je dat echt weten?'

'Natuurlijk. Waar ken ik je van?'

'Heeft het getal zes-achtenvijftig dat niet duidelijk gemaakt?'

'Dat zegt me helemaal niets.'

'O nee? Maar je hebt het zelf gekozen, uit alle getallen die je had kunnen kiezen.'

'Wie ben je in godsnaam?'

'Er is nog een getal.'

'Wát?' Mellery verhief gekweld en angstig zijn stem.

'Ik zei dat er nog een getal is.' De stem klonk geamuseerd, sadistisch.

'Ik begrijp het niet.'

'Denk eens aan een getal. Een ander getal dan zes-achtenvijftig.'

'Waarom?'

'Denk aan een ander getal dan zes-achtenvijftig.'

'Goed, goed. Ik denk aan een getal.'

'Mooi. We gaan vooruit. Fluister dat getal nu eens.'

'Wat?'

'Fluister het getal.'

'Moet ik het fluisteren?'

'Ja.'

'Negentien.' Mellery's fluistering klonk luid en raspend.

Het antwoord was een lang aangehouden lach, zonder humor. 'Goed zo. Goed zo.'

'Wie bén je?'

'Weet je dat nu nog niet? Zo veel pijn, en je bent nog steeds onwetend. Ik was al bang dat dit zou gebeuren. Ik heb eerder iets voor je achtergelaten. Een briefje. Weet je zeker dat je het niet hebt ontvangen?'

'Ik weet niet waar je het over hebt.'

'Ah, maar je wist dat het getal negentien was.'

'Je zei dat ik aan een getal moest denken.'

'En het was het juiste getal, hè?'

'Dat snap ik niet.'

'Wanneer heb je gekeken of er post was?'

'Post? Dat weet ik niet. Vanmiddag, geloof ik.'

'Kijk dan nog maar eens, en vergeet niet, we zien elkaar, komende november. En anders wacht ons altijd nog december.' De woorden werden gevolgd door een zacht geluid dat aangaf dat er werd opgehangen.

'Hallo!' riep Mellery. 'Ben je er nog? Ben je er nog?' Toen hij weer iets zei, klonk hij uiterst vermoeid. 'Dave?'

'Hier ben ik,' zei Gurney. 'Hang maar op, kijk of er post is, en bel me dan terug.'

Gurney had nog maar net opgehangen of het toestel ging weer over. Hij nam op.

'Ja?'

'Pa?'

'Pardon?'

'Ben jij het?'

'Kyle?'

'Ja, met mij. Gaat het?'

'Ja, hoor. Ik was net even druk bezig.'

'Is alles in orde?'

'Ja, ja, sorry dat ik zo kortaf deed. Ik verwacht dadelijk een belangrijk telefoontje, dus is het goed als ik je later terugbel?'

'Ja, hoor. Ik wilde je alleen even een paar dingen vertellen, dingen die gebeurd zijn, waar ik mee bezig ben. We hebben elkaar al een hele tijd niet meer gesproken.'

'Ik bel je zo snel mogelijk terug.'

'Goed. Tot zo.'

'Sorry. Ik bel je zo.'

Gurney deed zijn ogen dicht en haalde een paar keer diep adem. Jezus, alles kwam ook tegelijk. Dat had hij natuurlijk aan zichzelf te wijten. Zijn relatie met Kyle was een van die dingen in zijn leven die niet lekker liepen, en dat kwam omdat hij hem uit de weg ging en daar telkens een logische verklaring voor wist te verzinnen.

Kyle was zijn zoon uit zijn eerste huwelijk met Karen, een kortstondige verbintenis waaraan Gurney tweeëntwintig jaar na de scheiding nog steeds ongemakkelijke herinneringen bewaarde. Al hun kennissen hadden vanaf het allereerste begin al gezien dat ze niet bij elkaar pasten, maar een onverzettelijke vastberadenheid (of emotioneel gebrek, zoals hij het in de slapeloze kleine uurtjes noemde) had hen tot dat onfortuinlijke samenzijn gebracht.

Kyle leek niet alleen qua uiterlijk op zijn moeder; hij had net zo veel talent voor manipuleren als zij en was even materialistisch. En natuurlijk droeg hij de naam die zij had uitgekozen. Kyle. Daar was Gurney nooit echt tevreden over geweest. Het maakte niet uit hoe intelligent die jongeman was en hoeveel succes hij al op jonge leeftijd in de financiële wereld had geboekt, Gurney bleef het een naam vinden die beter paste bij een verwende adonis uit een soap. Bovendien herinnerde Kyles bestaan hem voortdurend aan dat huwelijk en aan een krachtige eigenschap in hemzelf die hij niet kon begrijpen: een eigenschap die er ooit voor had gezorgd dat hij met Karen wilde trouwen.

Hij sloot zijn ogen, niet alleen gedeprimeerd door de blinde vlek voor zijn eigen drijfveren, maar ook door de negatieve reactie op zijn eigen zoon.

De telefoon ging. Hij nam op, bang dat het Kyle weer zou zijn, maar het was Mellery.

'Davey?'

'Ja?'

'Er lag een envelop in de brievenbus. Mijn naam en adres staan erop, getypt, maar er zit geen postzegel of poststempel op. Hij moet zo in de bus zijn gegooid. Zal ik hem openmaken?'

'Voelt het alsof er iets anders in zit dan alleen maar papier?'

'Zoals?'

'Ik weet niet. Iets anders dan een brief.'

'Nee, het voelt heel erg plat, niets bijzonders. Er zitten geen vreemde voorwerpen in, als je dat soms bedoelt. Zal ik hem openmaken?'

'Ga je gang, maar stop als je iets anders ziet dan alleen maar papier.'

'Goed. De envelop is nu open. Eén velletje. Getypt. Onbedrukt papier, geen briefhoofd.' Er viel een korte stilte. 'Wat? Jezus, wat…'

'Wat?'

'Dit kan gewoon niet. Dit bestaat niet…'

'Lees eens voor.'

Mellery las vol ongeloof voor: '"Ik laat dit briefje voor je achter voor het geval je mijn telefoontje mocht missen. Als je nog niet weet wie ik ben, denk dan aan het getal negentien. Doet dat je aan iemand denken? Vergeet niet, we zien elkaar komende november, en anders wacht ons altijd nog december."'

'Dat is alles?'

'Dat is alles. Dat staat er: "denk dan aan het getal negentien". Hoe kan hij dat nu weten? Dat bestaat niet!'

'Maar dat staat er?'

'Ja. Maar ik bedoel… Ik weet niet wat ik… Ik bedoel… Dit kan niet… God, Davey, wat is er aan de hand?'

'Dat weet ik niet. Nog niet. Maar daar komen we wel achter.'

Er was iets op zijn plaats gevallen – niet de oplossing, daar zat hij nog heel ver vandaan, maar in hem was er iets veranderd. Hij was nu vastbesloten om zich voor de volle honderd procent aan de uitdaging te wijden.

Madeleine stond bij de deur van de studeerkamer, en ze zag het. Ze zag het scherpe licht in zijn ogen, het vuur van dat onvergelijkbare verstand, en zoals altijd vervulde dat haar met ontzag en eenzaamheid.

De intellectuele uitdaging van het nieuwe raadsel en de daaropvolgende golf aan adrenaline hielden Gurney tot ver na middernacht uit zijn slaap, hoewel hij al om tien uur naar bed was gegaan. Hij draaide rusteloos van de ene zij op de andere en voelde zijn gedachten telkens in botsing komen met het vraagstuk, als een man in een droom die zijn sleutel niet kan vinden en rondjes rond zijn huis blijft lopen, telkens weer morrelend aan afgesloten deuren en ramen.

Toen merkte hij dat hij opnieuw de nootmuskaat uit de pompoensoep van die avond proefde, en dat maakte het gevoel van een boze droom alleen maar sterker.

Als je nog niet weet wie ik ben, denk dan aan het getal negentien. En dat was het getal waaraan Mellery had gedacht. Het getal waaraan hij had gedacht voordat hij de envelop had geopend. Dat kon niet. En toch was het gebeurd.

De nootmuskaat kwam steeds sterker terug. Hij stond drie keer op om wat water te drinken, maar het hielp niet. En toen ging de boter ook nog eens opspelen. Boter en nootmuskaat. Madeleine deed altijd veel daarvan in haar pompoensoep. Dat had hij zelfs al een keer tegen hun therapeut gezegd. Hun voormalige therapeut. Of beter gezegd, de therapeut bij wie ze slechts twee keer waren geweest, toen ze nog hadden geworsteld met de vraag of het verstandig was als hij zou stoppen met werken en ze (ten onrechte, zo bleek later) hadden gedacht dat het zou helpen om er met iemand over te praten. Hij probeerde zich nu te herinneren hoe de soep toen ter sprake was gekomen, in welke context, waarom hij het nodig had gevonden om zoiets onbeduidends te melden.

Het was tijdens die sessie geweest toen Madeleine over hem had gesproken alsof hij niet bij hen in de kamer zat. Ze was begonnen over zijn manier van slapen. Ze had tegen de therapeut gezegd dat hij, als hij eenmaal in slaap was gevallen, tot aan de ochtend niet meer wakker werd. Ja, dat was het. Toen had hij opgemerkt dat hij wel wakker bleef liggen als ze pompoensoep had gemaakt en hij de boter en de nootmuskaat bleef proeven. Maar ze was verdergegaan, zonder acht te slaan op zijn malle opmerking, en had de therapeut aangesproken alsof ze volwassenen waren die het over een kind hadden.

Ze zei dat het haar niet verbaasde dat Dave altijd zo goed doorsliep omdat het elke dag weer zo'n inspanning voor hem moest zijn om te zijn wie hij was. Hij leek zich nooit helemaal te kunnen ontspannen. Hij was een goed man, door en door fatsoenlijk, maar ook vervuld van schuldgevoel omdat hij mens was. Gekweld door zijn fouten en onvolkomenheden. In gedachten streepte hij die talloze successen uit zijn loopbaan steevast weg tegen een handjevol fouten. Hij liep altijd maar te denken en ploos het ene probleem na het andere uit, meedogenloos, als Sisyfus die telkens weer diezelfde steen langs de helling naar boven probeerde te rollen. Hij klampte zich vast aan het leven alsof dat een ongemakkelijke puzzel was die moest worden opgelost. Maar niet alles in het leven was een puzzel, had ze gezegd, terwijl ze hem aankeek en eindelijk hem in plaats van de therapeut toesprak. Er waren dingen die je op een andere, positieve manier moest benaderen. Mysteries, geen puzzels. Dingen waarvan je kon houden, die je niet hoefde te ontcijferen.

Nu hij in bed lag, dacht hij terug aan haar opmerkingen van toen en merkte dat die een vreemd effect op hem hadden. Hij werd volledig door de herinnering in beslag genomen, wat hem verontrustte en uitputte. Uiteindelijk zakte het gevoel af, net als de smaak van boter en nootmuskaat, en viel hij in een onrustige slaap.

Tegen de ochtend werd hij half wakker toen Madeleine opstond. Ze snoot bedeesd en zachtjes haar neus. Heel even vroeg hij zich af of ze had gehuild, maar het was een vage gedachte die moeiteloos kon worden ingeruild voor de meer waarschijnlijke verklaring dat ze door een van de allergieën werd geplaagd die in de herfst de kop opstaken. Hij was zich er vaag van bewust dat ze naar de kast liep en haar badstoffen ochtendjas aantrok. Even later hoorde hij – of verbeeldde hij zich dat hij dat hoorde, dat wist hij niet zeker – dat ze de trap naar de kelder afdaalde. Enige tijd later liep ze zonder geluid te maken langs de slaapkamer. In het eerste licht van de dageraad, dat door de slaapkamer de gang in viel, doemde ze op als een geest, met in haar handen iets wat op een doos leek.

Zijn ogen waren nog steeds zwaar van vermoeidheid, en hij bleef nog een uur soezen.

15

Tweedeling

Hij stond niet op omdat hij zich zo uitgerust of zelfs maar helemaal wakker voelde, maar omdat opstaan te verkiezen leek boven opnieuw wegzinken in de droom waarvan hij zich nu bijna niets kon herinneren, maar waaraan hij wel een claustrofobisch gevoel had overgehouden. Het voelde als een van die katers uit zijn studententijd.

Hij zette zichzelf ertoe een douche te nemen, waardoor zijn stemming een klein beetje verbeterde, en kleedde zich toen aan en liep naar de keuken. Tot zijn opluchting had Madeleine genoeg koffie voor hen allebei gezet. Ze zat aan de ontbijttafel en staarde bedachtzaam door de tuindeuren naar buiten, met beide handen rond haar grote bolle kop waaruit de damp opsteeg, alsof ze ze wilde warmen. Hij schonk ook een kop in en ging tegenover haar zitten.

'Goedemorgen,' zei hij.

Bij wijze van antwoord schonk ze hem een vaag glimlachje.

Hij keek net als zij door de tuin naar de beboste heuvel aan de rand van de weide. Een kwade wind rukte de laatste blaadjes van de takken. Sinds er op de dag van hun verhuizing naar Walnut Crossing een enorme eik omver was geblazen en vlak voor Madeleines auto op de weg was gevallen maakte storm haar altijd erg zenuwachtig, maar vandaag werd ze zo zeer door iets in beslag genomen dat ze het niet merkte.

Na een minuut of twee richtte ze haar blik op hem, en haar uitdrukking werd feller, alsof haar zojuist iets aan zijn kleding of gedrag was opgevallen.

'Waar ga je heen?' vroeg ze.

Hij aarzelde even. 'Naar Peony. Naar het instituut.'

'Waarom?'

'Waarom?' Zijn stem klonk schor van ergernis. 'Omdat Mellery weigert naar de plaatselijke politie te stappen en ik hem iets meer onder druk wil zetten.'

'Dat kun je ook telefonisch doen.'

'Niet zo goed als in levenden lijve. Bovendien wil ik kopieën van al die briefjes en van het briefje van gisteravond hebben.'

'Daar heb je toch FedEx voor?'

Hij keek haar aan. 'Waarom vind je het vervelend als ik daarheen ga?'

'Het gaat me er niet om waar je heen gaat, het gaat me om het waarom.'

'Om hem over te halen naar de politie te gaan. Om kopieën van die briefjes te maken.'

'Geloof je nu echt zelf dat je daarom helemaal naar Peony rijdt?'

'Jezus, wat zou anders de reden kunnen zijn?'

Ze keek hem lang en bijna medelijdend aan voordat ze antwoord gaf. 'Je gaat erheen omdat je je op dit raadsel hebt gestort en het niet wilt loslaten,' zei ze zacht. 'Je gaat omdat je niet weg kunt blijven.' Toen deed ze langzaam haar ogen dicht. Het was alsof het laatste beeld van een film werd weggedraaid.

Hij wist niet wat hij moest zeggen. Van tijd tot tijd maakte Madeleine op zo'n manier een einde aan een discussie, door iets te zeggen of te doen wat zijn gedachtegang rechts inhaalde en hem tot zwijgen bracht.

Deze keer meende hij, in elk geval voor een deel, te weten waarom het zo'n effect op hem had. Haar toon had hem herinnerd aan de opmerkingen die ze tegen de therapeut had gemaakt en waaraan hij een paar uur geleden nog had moeten denken. Dat bracht hem van zijn stuk. Het was alsof de Madeleine van toen en de Madeleine van nu tegen hem samenspanden en elk in een oor fluisterden.

Hij bleef een hele tijd zwijgen.

Ten slotte bracht ze hun kopjes naar de gootsteen en spoelde ze om. Daarna zette ze ze niet in de vaatwasser, zoals gewoonlijk, maar droogde ze af en zette ze terug in het kastje boven het dressoir.

Ze bleef naar het kastje staren, alsof ze was vergeten wat ze daar deed, en vroeg: 'Hoe laat vertrek je?'

Hij haalde zijn schouders op en keek om zich heen, alsof het antwoord op die vraag ergens op de muren stond. Terwijl hij dat deed, viel zijn blik op een voorwerp dat op de salontafel voor de haard aan de andere kant van de kamer stond. Het was een kartonnen doos, het soort doos waarin flessen drank verpakt zaten. Maar wat zijn aandacht trok en gevangen hield, was het witte lint dat rond de doos zat en bovenop was vast gestrikt.

O god. Ze had de doos uit de kelder gehaald.

Hij was kleiner dan hij zich kon herinneren, en het karton was donkerder van kleur, maar dat lint was onmiskenbaar, onvergetelijk. Hindoes hadden gelijk: wit, en niet zwart, was de kleur van de rouw.

Hij voelde de leegte die aan zijn longen trok, alsof de zwaartekracht zijn adem, zijn ziel, de aarde in probeerde te slepen. *Danny. De tekeningen van Danny. Danny, mijn kleine kereltje.* Hij slikte en wendde zijn blik af, rukte die los van dat overweldigende verdriet. Hij voelde zich zo slap dat hij niet kon bewegen. Hij keek door de tuindeuren naar buiten, kuchte, schraapte zijn keel, probeerde de herinneringen te vervangen door gevoelens van nu; probeerde zich te concentreren op wat hij zou kunnen zeggen, zodat hij zijn eigen stem zou horen en de vreselijke stilte zou verbreken.

'Ik denk niet dat het laat wordt,' zei hij. Hij had al zijn kracht, al zijn wils-kracht nodig om uit zijn stoel overeind te komen. 'Ik ben op tijd thuis voor het eten,' voegde hij eraan toe. Woorden zonder betekenis waarvan hij am-per besefte dat hij ze uitsprak.

Madeleine keek hem met een zwak glimlachje aan, dat niet echt een glim-lachje in de normale betekenis van het woord was, en zei niets.

'Ik kan maar beter gaan,' zei hij. 'Ik kan maar beter op tijd zijn.'

Nietsziend, bijna wankelend, gaf hij haar een kus op haar wang en liep naar zijn auto, zonder aan zijn jas te denken.

Het landschap zag er die ochtend anders uit. Nu bijna alle herfstkleuren van de bomen waren verdwenen, leek het meer op winter, maar hij was zich er slechts ten dele van bewust. Hij reed op de automatische piloot, bijna zon-der iets te zien, verteerd door het beeld van die doos en zijn herinneringen aan de inhoud, door de betekenis van die doos op de tafel.

Waarom? Waarom nu, na al die jaren? Met welk doel? Wat had ze zich in het hoofd gehaald? Hij was zonder het te merken door Dillweed en langs Abelard gereden. Hij voelde zich misselijk. Hij moest zich ergens op zien te concentreren, de situatie proberen te beheersen.

Denk aan waar je heen gaat, en waarom. Hij probeerde zijn gedachten te richten op de briefjes, de versjes, het getal negentien. Mellery die aan het getal negentien dacht en het vervolgens in het briefje zag staan. Hoe was dat mogelijk? Dit was de tweede keer dat Arybdis of Charybdis of hoe hij ook mocht heten dit onmogelijke trucje had uitgehaald. Er waren verschillen tussen de eerste en de tweede keer, maar het bleef even verbazingwekkend.

Het beeld van de doos op de salontafel scheerde meedogenloos langs randen van zijn aandacht, en opeens kwamen er herinneringen boven aan al die dingen die hij zo lang geleden in die doos had opgeborgen. De kleurpotloodtekeningen van Danny. O god. Dat vel met die kleine oranje dingen die volgens Madeleine goudsbloemen waren. En dat rare tekeningetje van wat misschien een groene ballon voorstelde, of een boom, of wellicht een lolly. O, jezus.

Voordat hij het wist, reed hij het keurige grind van de parkeerplaats bij het instituut op. Hij had niet eens gemerkt dat hij over de oprijlaan was gereden. Hij keek naar de omgeving en probeerde in het hier en nu terug te keren, zijn geest op dezelfde plek als zijn lichaam te krijgen.

Langzaam wist hij zich te ontspannen, totdat hij zich bijna slaperig voelde en de leegte ervoer die zo vaak de plaats van intense emoties innam. Hij keek op zijn horloge. Op de een of andere manier was hij precies op het tijdstip aangekomen dat hij had gewild. Blijkbaar werkte zijn gevoel voor tijd op dezelfde manier als zijn autonome zenuwstelsel, zonder dat hij zich ermee hoefde te bemoeien. Hij deed zijn auto op slot, zich afvragend of de kou de rollenspelers naar binnen had verdreven, en volgde het kronkelpad naar het huis. Net als bij zijn vorige bezoek opende Mellery de voordeur al voordat hij had kunnen kloppen.

Gurney stapte uit de wind naar binnen. 'Zijn er nog nieuwe ontwikkelingen?'

Mellery schudde zijn hoofd en deed de zware antieke deur dicht. Een stuk of vijf dode bladeren dansten nog net over de drempel naar binnen.

'Kom maar mee naar de studeerkamer,' zei hij. 'Ik heb koffie, sap…'

'Koffie is prima,' zei Gurney.

Weer kozen ze voor de oorfauteuils naast de haard. Op het lage tafeltje tussen hen in lag een kartonnen envelop. Mellery gebaarde ernaar en zei: 'Kopietjes van de brieven en een opname van het telefoontje. Allemaal voor jou.'

Gurney pakte de envelop en legde hem in zijn schoot.

Mellery keek hem verwachtingsvol aan.

'Je moet naar de politie gaan,' zei Gurney.

'Daar hebben we het al over gehad.'

'Dan gaan we het er nogmaals over hebben.'

Mellery sloot zijn ogen en wreef over zijn voorhoofd, alsof hij daar pijn voelde. Toen hij zijn ogen weer opende, leek hij een beslissing te hebben genomen.

'Kom straks naar mijn lezing van vanochtend luisteren. Dan zul je het begrijpen.' Hij sprak snel, alsof hij wilde verhinderen dat Gurney hem in de rede zou vallen. 'Wat hier gebeurt, is allemaal erg subtiel, en het ligt allemaal erg gevoelig. We leren onze gasten over geweten, vrede, duidelijkheid. Het is van het grootste belang dat we hun vertrouwen winnen. We stellen ze bloot aan iets wat hun leven kan veranderen. Maar het is net als vliegtuigjes die een boodschap aan de hemel schrijven. Bij helder weer is alles duidelijk te lezen, maar een paar windvlagen, en je begrijpt er niets meer van. Begrijp je wat ik wil zeggen?'

'Dat weet ik niet.'

'Kom nou maar naar die lezing,' zei Mellery smekend.

Om precies tien uur volgde Gurney hem naar een groot vertrek op de begane grond van het hoofdgebouw. Het deed hem nog het meeste denken aan de zitkamer van een dure plattelandsherberg. Een stuk of tien fauteuils en half zo veel banken waren allemaal min of meer in de richting van een grote haard gericht. De meesten van de twintig aanwezigen hadden al plaatsgenomen. Een paar stonden nog bij het dressoir, waarop een zilveren koffiekan en een bord met croissants stonden.

Mellery liep ontspannen naar een plekje vlak voor de haard en keek zijn publiek aan. Degenen die naast het dressoir stonden, haastten zich naar hun zitplaats, en er viel een afwachtende stilte. Mellery gebaarde dat Gurney in een fauteuil naast de haard kon gaan zitten.

'Dit is David,' meldde Mellery, die even in Gurneys richting glimlachte. 'Hij wil graag meer weten over wat we hier doen, dus ik heb hem uitgenodigd om bij onze ochtendsessie aanwezig te zijn.'

Een paar stemmen begroetten hem vriendelijk, en alle gezichten keken hem glimlachend aan. De meeste lachjes oogden oprecht. Zijn blik kruiste die van de vogelachtige vrouw die hem de dag ervoor op zo'n grove toon had berispt. Ze keek nu erg bedeesd en bloosde zelfs lichtjes.

'We laten ons leven bepalen door de rollen die we spelen,' stak Mellery zonder omhaal van wal, 'en dat zijn rollen waarvan we ons niet eens bewust zijn. We worden het sterkst voortgedreven door behoeften waarvan we niet eens beseffen dat we ze hebben. Willen we gelukkig en vrij zijn, dan moeten we ons bewust worden van die rollen en onze verborgen behoeften aan het licht brengen.'

Hij sprak op een kalme, onomwonden toon en wist zich verzekerd van ieders aandacht.

'De eerste hindernis waarop we tijdens onze zoektocht stuiten, is de gedachte dat we onszelf al heel goed kennen en onze eigen motieven begrijpen, dat we weten waarom we bepaalde gedachten koesteren over ons eigen leven en de mensen om ons heen. Als we voortgang willen boeken, moeten we ons openstellen. Als ik de waarheid over mezelf wil ontdekken, moet ik niet blijven volhouden dat ik die waarheid al ken. Ik kan nooit het rotsblok op mijn pad wegrollen als ik niet zie dat het er ligt.'

Net toen Gurney dacht dat die laatste opmerking hem iets te veel new age werd, sloeg Mellery een hogere, scherpere toon aan.

'En weten jullie wat dat rotsblok is? Dat is het beeld dat jullie van jezelf hebben, dat is wat jullie denken te zijn. Degene die je denkt te zijn, houdt je werkelijke persoonlijkheid gevangen, ver van licht en voedsel en vrienden. Degene die je denkt te zijn, probeert degene die je echt bent al je hele leven lang de nek om te draaien.'

Mellery zweeg even, schijnbaar overmand door emotie. Hij staarde naar zijn publiek, dat amper adem leek te halen. Toen hij verder sprak, had zijn stem weer het gebruikelijke volume, maar hij klonk nog steeds bezield.

'Degene die ik denk te zijn, is doodsbenauwd voor degene die ik echt ben, doodsbenauwd voor wat anderen van diegene zouden kunnen denken. Wat zouden ze me aandoen als ze zouden weten wie ik echt ben? Je kunt maar beter het zekere voor het onzekere nemen! Je kunt je ware persoonlijkheid maar beter verstoppen, uithongeren, begraven!'

Weer zweeg hij, zodat het woeste vuur in zijn blik kon uitdoven.

'Wanneer begint het allemaal? Wanneer veranderen we eigenlijk in deze tweeling die niet optimaal kan functioneren, in deze tweeling die bestaat uit de ingebeelde persoon uit onze gedachten en de echte persoon die we van binnen opsluiten, waar hij of zij kan sterven? Ik ben er zeker van dat het allemaal heel erg vroeg begint en ik weet van mezelf dat mijn tweeling er al op mijn negende was. Ik ga jullie een verhaal vertellen. Mijn excuses aan degenen die het al eerder hebben gehoord.'

Gurney keek even snel om zich heen en zag dat er op een paar van de aandachtige gezichten een glimlach van herkenning verscheen. Het vooruitzicht dat ze een van Mellery's verhalen voor de tweede of derde keer zouden horen, vervulde hen niet met verveling of irritatie, maar leek hun verwachtingen alleen maar aan te wakkeren. Het was de reactie van een klein kind dat weet dat iemand hem nogmaals zijn lievelingssprookje gaat vertellen.

'Op een dag gaf mijn moeder me twintig dollar mee, zodat ik op weg van school naar huis een pak melk en een brood voor haar kon halen. Toen ik om drie uur uit school kwam, ging ik niet meteen naar de kruidenier, maar eerst even langs de kleine lunchroom die naast de school lag om daar een cola te kopen. Daar gingen de kinderen uit mijn klas wel vaker heen. Ik legde het briefje van twintig op de toonbank, zodat ik de cola kon betalen, maar voordat de man achter de kassa het kon pakken en me het wisselgeld kon geven, zag een van de andere kinderen het liggen. "Hé, Mellery," zei hij, "hoe kom jij aan een twintigje?" Nu moet je weten dat dit een van de stoerste jongens uit de vierde was. We zaten bij elkaar in de klas, hoewel ik negen was en hij elf, maar hij was al twee keer blijven zitten. Ik was bang voor hem; dit was niet het soort jongen met wie ik om mocht gaan of zelfs maar mocht praten. Hij raakte vaak bij vechtpartijtjes betrokken, en er werd verteld dat hij bij mensen had ingebroken en had gestolen. Toen hij me vroeg hoe ik aan dat geld kwam, wilde ik zeggen dat mijn moeder dat aan me had gegeven zodat ik een pak melk kon halen, maar toen besefte ik dat hij me dan waarschijnlijk zou uitlachen en me een moederskindje zou noemen. Dus zei ik dat ik het had gestolen, gewoon om indruk op hem te maken. Dat leek hij interessant te vinden, en dat voelde prettig. Toen vroeg hij van wie ik het had gestolen, en ik zei het eerste wat in me opkwam: dat ik het van mijn moeder had gestolen. Hij knikte, glimlachte en liep weg. Nou, toen voelde ik me opgelucht, maar ook prettig. De volgende dag was ik het alweer vergeten, maar een week later kwam hij op het schoolplein naar me toe en zei: "Hé, Mellery, heb je nog geld van je moeder gestolen?" Ik zei van niet. En toen zei hij: "Waarom steel je niet nog een keer een twintigje?" Ik wist niet wat ik moest zeggen en keek hem alleen maar aan. Toen lachte hij, zo'n naar lachje, en zei: "Jij gaat een twintigje stelen en dat geef je aan mij, en als je dat niet doet, ga ik tegen je moeder zeggen dat je vorige week hebt gejat." Ik voelde dat ik helemaal naar werd.'

'O god,' zei een vrouw met een paardengezicht die in een bordeauxrode fauteuil aan de andere kant van de haard zat. Een verontwaardigd, meelevend gemompel ging door de kamer.

'Wat een etter!' gromde een zwaargebouwde man met een moordzuchtige blik in zijn ogen.

'Ik raakte in paniek, ik zag hem al naar mijn moeder stappen en zeggen dat ik een twintigje had gestolen. Het kwam geen moment bij me op dat de kans dat dit boefje ooit naar mijn moeder zou stappen uiterst klein was. Ik was zo bang, ik was bang dat hij dat echt zou doen en dat ze hem zou geloven, en niet mij. En dus nam ik, helemaal in paniek, de slechtste beslissing die ik kon nemen. Die avond stal ik twintig dollar uit de handtas van mijn moeder en gaf die de volgende dag aan hem. Natuurlijk kwam hij een week later met dezelfde eis. En de week daarna weer. Zo ging het zes weken lang, totdat mijn vader me eindelijk op heterdaad betrapte: ik deed net de bovenste la van mijn moeders bureau dicht, met een twintigje in mijn hand. Ik bekende alles, ik vertelde mijn ouders het hele verhaal, brandend van schaamte. Maar het werd nog erger. Ze belden naar onze pastoor, meneer Reardon, en brachten me naar de pastorie, waar ik het hele verhaal nog eens moest vertellen. De pastoor liet ons de avond erop weer langskomen, en daar zaten we dan met ons allen: ik, mijn ouders, de kleine afperser met zijn ouders. Weer moest ik het hele verhaal vertellen. En zelfs daarmee was de kous nog niet af. Mijn ouders hebben me een jaar lang geen zakgeld meer gegeven, zodat ik kon terugbetalen wat ik had gestolen, en vanaf dat moment bekeken ze me met andere ogen. Natuurlijk vertelde mijn afperser aan iedereen op school zijn eigen versie van het verhaal, waarin hij een soort Robin Hood was en ik de vuile rat die alles had verraden. En af en toe lachte hij naar me, heel ijzig en zelfingenomen, alsof hij duidelijk wilde maken dat ik nog eens slecht aan mijn einde zou komen.'

Mellery staakte even zijn relaas en wreef met zijn handen over zijn gezicht, alsof hij spieren wilde losmaken die door zijn herinneringen waren verkrampt.

De zwaargebouwde man schudde grimmig zijn hoofd en zei opnieuw: 'Wat een etter!'

'Dat dacht ik dus ook,' zei Mellery. 'Wat een berekenend ettertje! Telkens wanneer ik eraan terugdacht, was "Wat een etter!" het eerste dat bij me opkwam. Het was het enige wat ik kon denken.'

'Je had gelijk,' zei de zwaargebouwde man op een toon die aangaf dat hij gewend was dat er naar hem werd geluisterd. 'Dat was hij ook.'

'Dat was hij ook,' beaamde Mellery. Zijn stem klonk steeds indringender. 'Dat was hij inderdaad. Maar ik kwam nooit verder dan me af te vragen wie híj was. Ik kwam er nooit aan toe om te vragen wie ík was. Wie was toch dat jongetje van negen, en waarom deed hij dat? Hij was bang, ja, maar dat is niet het hele antwoord. Bang voor wat? En wie dacht hij zelf dat hij was?'

Gurney merkte tot zijn verbazing dat hij door het verhaal werd meegesleept. Mellery had net zo goed zijn aandacht als die van alle andere aanwezigen getrokken. Gurney was van een toeschouwer veranderd in een deelnemer in deze plotselinge zoektocht naar betekenis, motief en identiteit. Mellery begon te ijsberen voor de grote haard, alsof de herinneringen en vragen hem zo voortdreven dat hij niet langer stil kon staan. De woorden rolden over zijn lippen.

'Telkens wanneer ik aan die jongen dacht – aan mezelf, negen jaar oud – dacht ik aan hem als een slachtoffer, een slachtoffer van chantage en van zijn eigen onschuldige verlangen naar liefde, bewondering, aanvaarding. Het enige wat hij wilde, was dat de grote jongen hem aardig zou vinden. Hij was het slachtoffer van een wrede wereld. Het arme kleine kind, het arme schaap in de klauwen van een tijger.'

Mellery hield op met ijsberen en draaide zich om, zodat hij zijn publiek kon aankijken. Nu sprak hij op zachte toon. 'Maar dat jongetje was nog veel meer. Hij was ook een leugenaar en een dief.'

De aanwezigen waren verdeeld in degenen die keken alsof ze bezwaar wilden maken en degenen die alleen maar knikten.

'Hij loog toen hem werd gevraagd hoe hij aan dat twintigje was gekomen. Hij deed net alsof hij een dief was omdat hij indruk wilde maken op iemand van wie hij vermoedde dat hij een dief was. En toen de ander zijn moeder dreigde te gaan vertellen dat hij een dief was, veranderde hij zowaar in een dief, omdat hij niet wilde dat ze zou denken dat hij er een was. Hij maakte zich het meeste druk over de vraag wat anderen van hem dachten; daar wilde hij controle op uitoefenen. Het kon hem niet veel schelen of hij nu echt een leugenaar of een dief was, hij wilde gewoon niet dat anderen hem zo zagen. Het liet hem vrij koud of hij anderen schade berokkende. Of met andere woorden: de mogelijke invloed die zijn gedrag op anderen kon hebben, was niet voldoende om hem ermee te laten ophouden. Wat er wel gebeurde, was dat het stelen en liegen aan zijn gevoel voor eigenwaarde vrat. Hij kreeg een hekel aan zichzelf en wenste dat hij dood was.'

Mellery zweeg een paar tellen lang, zodat zijn woorden konden bezinken, en vervolgde toen: 'Ik wil dat jullie het volgende doen: maak een lijstje van mensen die je niet kunt uitstaan, op wie je kwaad bent, of die je onheus hebben bejegend, en stel jezelf dan de volgende vragen: "Hoe ben ik in die situatie verzeild geraakt? In die relatie? Welk motief had ik? Wat zou een onafhankelijk waarnemer van mijn motieven hebben gedacht?" Kijk niet – en dit kan ik niet genoeg benadrukken – kijk niet naar de vreselijke dingen die de ander heeft gedaan. We zoeken niet naar iemand die we de schuld kunnen geven. Dat hebben we al onze hele leven gedaan, zonder resultaat. Het enige wat we daaraan overhielden, was een ellenlange lijst met mensen die we de schuld geven van alles wat ooit mis is gegaan. Een ellenlange, nutteloze lijst! De echte vraag, de enige vraag die ertoe doet, luidt: "Wat was mijn rol in dit alles? Hoe heb ik de deur geopend die me toegang heeft verschaft tot dit vertrek?" Op mijn negende opende ik de deur door te liegen, in de hoop dat ik iemands bewondering zou oogsten. Hoe heb jij die deur geopend?'

Het gezicht van de kleine vrouw die Gurney had uitgescholden betrok steeds meer. Ze stak onzeker haar hand op en vroeg: 'Maar soms wordt een onschuldig iemand toch gewoon het slachtoffer van een kwade geest? Als er iemand inbreekt en je van alles berooft, dan kun je daar toch niets aan doen?'

Mellery glimlachte. 'Goede mensen overkomen nare dingen. Maar goede mensen blijven niet de rest van hun leven knarsetandend aan die inbraak denken. De persoonlijke botsingen die ons het meeste dwarszitten, de gebeurtenissen die we maar niet lijken te kunnen vergeten, zijn de gebeurtenissen waarin we zelf een rol speelden die we niet onder ogen willen zien. Daarom blijft de pijn bestaan: omdat we de bron niet willen zien. We kunnen ons er niet van losmaken omdat we niet willen kijken naar wat ons ermee verbindt.'

Mellery sloot zijn ogen en leek kracht te verzamelen om door te kunnen gaan. 'De ergste pijn die we kunnen voelen, is het gevolg van fouten die we niet willen erkennen, van daden die ons zo vreemd zijn dat we er niet aan willen denken. We zijn twee mensen in één lichaam geworden, twee mensen die elkaar niet kunnen uitstaan. De leugenaar en de degene die leugenaars veracht. De dief en de degene die dieven veracht. Er is geen pijn zo hevig als de pijn van die strijd, die in ons onderbewuste wordt uitgevochten. We slaan er voor op de vlucht, maar we kunnen er niet aan ontsnappen. Waarheen we ook vluchten, we nemen de strijd met ons mee.'

Mellery liep voor de haard heen en weer.

'Doe wat ik net zei, en maak een lijstje van iedereen die je de schuld geeft van de problemen in je leven. Hoe kwader je op hen bent, hoe beter. Schrijf hun namen op. Het is alleen maar goed als je ervan overtuigd bent dat jou geen blaam treft. Schrijf op wat ze hebben gedaan en hoe ze je hebben gekwetst. Stel jezelf dan de vraag hoe je de deur hebt geopend. Misschien ben je geneigd te denken dat deze oefening nergens op slaat, maar als dat zo is, stel jezelf dan de vraag waarom je dat denkt. Vergeet niet dat we er niet op uit zijn om de ander zijn zonden te vergeven. Dat kun je niet. Alleen God kan dat, niet jij. Wat jij wel kunt, is deze vraag beantwoorden: "Hoe heb ik die deur geopend?"'

Hij zweeg even en keek om zich heen, waarbij hij met zo veel mogelijk gasten oogcontact maakte.

'"Hoe heb ik die deur geopend?" Of je de rest van je leven gelukkig zult worden, hangt af van hoe eerlijk je die vraag gaat beantwoorden.'

Hij hield op, zo te zien uitgeput, en kondigde een pauze aan, 'voor koffie, thee, frisse lucht, toiletbezoek, enzovoort'. Toen de aanwezigen opstonden van hun banken en uit hun fauteuils om van de verschillende mogelijkheden gebruik te maken, keek Mellery vragend naar Gurney, die was blijven zitten.

'Had je er iets aan?' vroeg hij.

'Ik vond het indrukwekkend.'

'In welk opzicht?'

'Je bent een verdomd goede spreker.'

Mellery knikte, bescheiden noch onbescheiden. 'Heb je gemerkt hoe breekbaar het allemaal is?'

'Het rapport dat je met je gasten weet op te bouwen, bedoel je?'

'Rapport is denk ik wel een goed woord, als je daar tenminste een combinatie van vertrouwen, identificatie, verbond, openheid, geloof, hoop en liefde mee bedoelt. Zolang je maar beseft hoe teer deze bloemen zijn, vooral als ze zich net hebben geopend.'

Het kostte Gurney de grootste moeite om zich een mening over Mellery te vormen. Als hij een charlatan was, dan was hij de beste die hij ooit had mogen ontmoeten.

Mellery stak zijn hand op en riep naar een jonge vrouw die bij de kan met koffie stond: 'Keira, zou je me een plezier willen doen en Justin even willen halen?'

'Natuurlijk!' zei ze zonder aarzeling. Ze draaide zich om en liep de kamer uit om aan het verzoek te voldoen.

'Wie is Justin?' vroeg Gurney.

'Een jongeman die onmisbaar voor me begint te worden. Hij kwam hier voor het eerst als gast, op zijn eenentwintigste – dat is de minimumleeftijd.

Hij is daarna drie keer teruggekomen, en na die derde keer is hij gebleven.'

'Wat doet hij?'

'Je zou kunnen zeggen dat hij doet wat ik doe.'

Gurney keek Mellery vragend aan.

'Toen Justin hier voor het eerst kwam, bleek hij meteen op dezelfde golflengte te zitten. Hij begreep direct helemaal wat ik bedoelde, en geen nuance ontging hem. Het is een uiterst slimme knaap die heel erg veel bijdraagt. De boodschap van het instituut is hem op het lijf geschreven, en hij is gemaakt voor het instituut. Als hij wil, wacht hem hier een mooie toekomst.'

'Mark junior,' zei Gurney, vooral in zichzelf.

'Pardon?'

'Hij klinkt als de ideale zoon. Neemt alles in zich op wat je te bieden hebt en waardeert het nog ook.'

Er kwam een slanke, intelligent uitziende jongeman binnen die naar hen toe liep.

'Justin, ik wil je graag voorstellen aan een oude vriend van me. Dit is Dave Gurney.'

De jongeman stak zijn hand uit met een mengeling van warmte en verlegenheid.

Nadat ze elkaar de hand hadden geschud, nam Mellery Justin even terzijde en sprak op zachte toon met hem. 'Ik zou je willen vragen of je het volgende half uur kunt overnemen en iets zou willen uitleggen over innerlijke tweedeling.'

'Dat doe ik graag,' zei de jongeman.

Gurney wachtte totdat Justin naar het dressoir was gelopen om een kop koffie te pakken en zei toen tegen Mellery: 'Als je tijd hebt, wil ik je vragen of je voor mijn vertrek nog een telefoontje zou willen plegen.'

'Dan gaan we terug naar het huis.' Het was duidelijk dat Mellery afstand wilde scheppen tussen zijn gasten en alles wat verband zou kunnen houden met zijn huidige problemen.

Op weg naar het huis legde Gurney uit dat hij graag wilde dat Mellery Gregory Dermott belde om te vragen of die iets meer kon vertellen over de geschiedenis en beveiliging van zijn postbus, en of hij zich misschien nog iets kon herinneren wat verband hield met de cheque van $ 289,87 op naam van X. Arybdis die hij had teruggestuurd naar Mellery. Gurney wilde met name weten of er nog iemand anders bij het bedrijf werkte die de postbus mocht openen. Had Dermott de sleutel altijd op zak, of was er nog een tweede exemplaar? Hoe lang huurde hij die postbus al? Had hij ooit eerder post ontvangen die onjuist was geadresseerd? Had hij ooit eerder een cheque ontvangen die hij niet kon verklaren? Zeiden de namen Arybdis of Charybdis of Mark Mellery hem iets? Had iemand hem ooit iets verteld over het Instituut voor Spirituele Vernieuwing?

Net toen Mellery de indruk wekte dat dit hem allemaal te veel dreigde te worden, haalde Gurney een kaartje uit zijn zak en gaf dat aan hem. 'Ik heb al die vragen voor je opgeschreven. Meneer Dermott zal ze misschien niet allemaal willen beantwoorden, maar het is het proberen waard.'

Toen ze verder liepen, tussen de borders met dode en stervende bloemen door, leek Mellery dieper in zijn overpeinzingen weg te zakken. Bij het terras achter het elegante huis bleef hij staan en zei op lage toon, alsof hij bang was dat nieuwsgierige oren hen konden horen: 'Ik heb afgelopen nacht geen oog dichtgedaan. Dat gedoe met het getal negentien heeft me de stuipen op het lijf gejaagd.'

'Je weet echt niet waarmee dat verband kan houden? Welke betekenis het heeft?'

'Ik heb geen flauw idee. Het gaat vast om onbenullige dingen. Een therapeute heeft me ooit twintig vragen gesteld waaruit moest blijken of ik een alcoholprobleem had, en ik antwoordde negentien keer ja. Mijn eerste vrouw was negentien toen we trouwden. Dat soort dingen, willekeurige associaties. Ik kan niets bedenken wat iemand zou kunnen voorspellen, hoe goed ze me ook kennen.'

'En toch gebeurde het.'

'Daar word ik dus helemaal stapelgek van! Kijk eens naar de feiten. Er ligt een dichtgeplakte envelop in mijn brievenbus. Iemand belt me om te zeggen dat die daar ligt en vraagt me aan een willekeurig getal te denken. Ik denk aan negentien. Ik haal de envelop uit de brievenbus, en op het briefje in de envelop staat het getal negentien. Het getal waaraan ik dacht. Ik had net zo goed aan 72.951 kunnen denken. Maar ik dacht aan negentien, en dat stond op het briefje. Je kunt wel zeggen dat buitenzintuiglijke waarneming onzin is, maar hoe wil je dat dan verklaren?'

Gurney antwoordde, op een toon die even kalm was als die van Mellery opgewonden was: 'We kijken op de verkeerde manier naar het probleem, en daardoor stellen we niet de juiste vraag.'

'Wat is dat dan?'

'Als ik daar achter ben, ben je de eerste die het hoort. Maar ik kan je nu al verzekeren dat het niets met buitenzintuiglijke waarneming te maken heeft.'

Mellery schudde zijn hoofd, een gebaar dat eerder aan een zenuwtrek dan aan een manier van uitdrukken deed denken. Toen keek hij op naar de achterkant van zijn huis en naar het terras waar ze stonden. Uit zijn nietszeggende blik was op te maken dat hij niet begreep hoe hij daar was beland.

'Zullen we naar binnen gaan?' stelde Gurney voor.

Mellery concentreerde zich weer en leek zich opeens iets te herinneren. 'Sorry, dat was ik vergeten… Caddy is vanmiddag thuis. Ik kan niet… Ik bedoel, het is beter als ik… Wat ik bedoel is dat ik niet meteen Dermott kan bellen. Ik zal moeten improviseren.'

'Maar je gaat het nog wel vandaag doen?'

'Ja, ja, natuurlijk. Ik moet gewoon even het juiste moment afwachten. Ik bel je zodra ik hem heb gesproken.'

Gurney knikte en keek zijn gesprekspartner recht in de ogen. Hij zag de angst voor een leven dat op instorten stond.

'Nog een vraag voordat ik vertrek. Ik hoorde dat je aan Justin vroeg of hij het over "innerlijke tweedeling" wilde hebben. Ik vraag me af wat je daarmee bedoelt.'

'Er ontgaat je niet veel,' zei Mellery. Hij fronste even. 'Daarmee bedoel ik een scheiding, een tegenstelling. Die term gebruik ik voor de conflicten die in ons woeden.'

'Jekyll en Hyde, bedoel je?'

'Ja, maar het gaat verder dan dat. Mensen zitten boordevol innerlijke conflicten. Die vormen onze relaties, zijn bron van frustraties, verpesten levens.'

'Noem eens een voorbeeld.'

'Ik kan er wel honderd noemen. Het eenvoudigste voorbeeld is de manier waarop we onszelf zien en waarop we anderen zien. Als we bijvoorbeeld ruzie hebben en jij schreeuwt tegen me, dan beschouw ik jouw onvermogen tot zelfbeheersing als de oorzaak van je geschreeuw. Als ik echter tegen jou zou schreeuwen, zou ik niet denken dat dat aan mijn karakter ligt, maar aan het feit dat jij me hebt uitgedaagd. Dan is mijn geschreeuw een passende reactie op iets wat jij hebt gedaan.'

'Interessant.'

'We lijken allemaal van nature te denken dat onze eigen problemen door een bepaalde situatie worden veroorzaakt en dat de problemen van anderen het gevolg zijn van hun karakter. En dat wringt. Het is logisch dat ik graag wil dat alles zo gaat als ik dat wens, maar als jij het op jouw manier wilt, dan vind ik dat onvolwassen. Een goede dag is, in mijn ogen, een dag waarop ik me goed voel en jij je goed gedraagt. Ik zie de dingen zoals ze zijn. Jij ziet de dingen verkeerd, en dat komt omdat je een andere agenda hebt.'

'Ik snap het.'

'En dat is alleen nog maar het begin. De geest is een vat van tegenstellingen en conflicten. We liegen om het vertrouwen van anderen te winnen. We verbergen ons ware ik in ons streven naar intimiteit. We jagen op geluk op manieren die het geluk verdrijven. Als we ongelijk hebben, doen we ons uiterste best om te bewijzen dat we gelijk hebben.'

Mellery was zo gegrepen door zijn eigen woorden dat hij vol vuur sprak, in fraaie bewoordingen. Zelfs wanneer hij werd geplaagd door stress was hij nog in steeds in staat zich uiterst goed te concentreren.

'Ik krijg de indruk,' zei Gurney, 'dat je het over een persoonlijke bron van pijn hebt, en niet alleen over de toestand van de mens in het algemeen.'

Mellery knikte langzaam. 'Er is geen ergere pijn dan twee mensen die in één lichaam wonen.'

16

Het einde van het begin

Gurney had last van een onbehaaglijk gevoel. Daar werd hij, sinds Mellery's eerste bezoek aan Walnut Crossing, bij tijd en wijle al door geplaagd. Nu besefte hij ontstemd dat het gevoel voortkwam uit een verlangen naar een echt, concreet misdrijf en een echte plaats delict, die kon worden uitgekamd en doorgespit, opgemeten en in schema's gevat, en waar vingerafdrukken, voetafdrukken, haren en vezels te vinden waren die konden worden geanalyseerd en geïdentificeerd; hij verlangde naar getuigen die konden worden gehoord, verdachten die konden worden opgespoord, alibi's die konden worden nagetrokken, relaties die konden worden onderzocht, een wapen dat kon worden gevonden, kogels waarop ballistisch onderzoek kon worden verricht. Hij was nog niet eerder op zo'n frustrerende manier verwikkeld geraakt in een vraagstuk dat in juridisch opzicht zo onduidelijk was en waarop gebruikelijke procedures geen vat hadden.

Toen hij vanaf het instituut naar het lager gelegen dorp reed, dacht hij aan de angsten die in Mellery om voorrang streden: aan de ene kant vreesde hij de kwaadaardige stalker, maar aan de andere kant durfde hij uit angst voor de reacties van zijn gasten niet naar de politie te gaan. De situatie bleef onbeslist omdat Mellery vreesde dat het middel erger zou zijn dan de kwaal.

Hij vroeg zich af of Mellery meer wist dan hij zei. Was er in het verleden iets gebeurd wat de reden kon zijn voor de huidige dreigementen en toespelingen, en besefte hij dat? Wist Dr. Jekyll wat Mr. Hyde op zijn kerfstok had?

Gurney had ook om andere redenen belangstelling voor Mellery's voordracht over de twee persoonlijkheden die binnen hetzelfde lichaam een strijd uitvochten. Hij zag overeenkomsten met de ervaringen die hij zelf door de jaren heen had opgedaan en die nu opnieuw werden versterkt door zijn kunstproject: de tegenstellingen in de ziel waren vaak zichtbaar in het gezicht, en dan met name in de ogen. Telkens weer had hij gezichten gezien die eigenlijk twee gezichten waren. Het fenomeen was het duidelijkst te zien op foto's. Het enige wat je hoefde te doen, was de helft van het gezicht met een wit vel papier bedekken, precies over het midden van de neus, zodat er maar één oog te zien was. Vervolgens beschreef je het gezicht dat je aan de linkerkant zag, en daarna dat aan de rechterkant. Het was verbazingwekkend hoeveel verschillende karaktereigenschappen er zo boven water kwamen. Een man die aan de ene kant vreedzaam, verdraagzaam en verstandig oogde, kon aan de andere kant wrokkig, kil en manipulatief lijken. Bij de gezichten waarop tussen alle nietszeggendheid een zweem van moordzucht te zien was, vonkte die emotie vaak wel in het ene en niet in het andere oog. Misschien zat de mens wel zo in elkaar dat de hersens die verschillen bij een echte ontmoeting niet waarnamen of opzettelijk negeerden, maar op foto's waren ze onmogelijk over het hoofd te zien.

Gurney kon zich herinneren dat er een foto van Mellery op het omslag van zijn boek stond en nam zich voor om bij thuiskomst eens aandachtiger naar de ogen te kijken. Hij herinnerde zich ook dat hij Sonya Reynolds moest terugbellen – en de ijzige toon waarop Madeleine hem dat had medegedeeld. Een paar kilometer buiten Peony parkeerde hij de auto op een overwoekerde strook grind die de weg van de Esopus Creek scheidde, pakte zijn mobieltje en toetste het nummer van de galerie in. Nadat de telefoon vier keer was overgegaan, nodigde haar poezelige stem hem uit een boodschap achter te laten, die zo lang mocht zijn als hij maar wilde.

'Sonya, met Dave Gurney. Ik weet dat ik je deze week een portret had beloofd, en ik hoop dat ik het zaterdag kan komen brengen, of dat ik je in elk geval een bestand kan mailen waarvan je een voorbeeld kunt printen. Het is bijna af, maar ik ben nog niet helemaal tevreden.' Hij zweeg even, zich ervan bewust dat zijn stem lager klonk, zoals altijd gebeurde wanneer er een aantrekkelijke vrouw in het spel was. Het was een gewoonte waarop Madeleine hem ooit had gewezen. Hij schraapte zijn keel en vervolgde: 'Bij deze werken draait alles om karakter. Het gezicht, en zeker de blik, moet een moorddadige uitstraling hebben. Daar streef ik naar, maar het kost tijd.'

Er klonk een klikje op de lijn, gevolgd door het geluid van Sonya's ademloze stem.

'Dave, hier ben ik al. Ik kon niet op tijd opnemen, maar ik hoorde wat je net zei. Ik begrijp heel goed dat je tijd nodig hebt om het af te maken, maar het zou heel erg fijn zijn als je het me zaterdag kunt komen brengen. Er wordt zondag een festival gehouden waarbij ik erg veel bezoekers in de galerie verwacht.'

'Ik zal mijn best doen, maar het wordt waarschijnlijk pas later op de dag.'

'Dat is prima! De galerie sluit om zes uur, maar daarna ben ik hier zeker nog een uur aan het werk. Kom dan maar, dan hebben we de tijd om even te babbelen.'

Het viel hem op dat Sonya's stem alles als een seksuele ouverture kon laten klinken. Hij wist maar al te goed dat hij er ontvankelijk voor was en zich te snel iets verbeeldde, en hij besefte ook dat hij zich eigenlijk heel erg aanstelde.

'Zes uur is prima,' hoorde hij zichzelf zeggen, terwijl hij er tegelijkertijd aan dacht dat Sonya's kantoor, met zijn grote banken en weelderige tapijten, beter geschikt was voor een intiem samenzijn dan voor zakelijk overleg.

Hij legde het toestel terug in het handschoenenvakje en keek naar het met gras begroeide dal om hem heen. Zoals gewoonlijk had Sonya's stem alle weldenkendheid verdreven en kaatsten zijn gedachten nu wild heen en weer: Sonya's veel te knusse kantoor, Madeleines ongemakkelijke gevoelens, het feit dat niemand het getal van tevoren had kunnen raden, bloed als een roos van karmozijn, omdat ik op je wacht 658, Charybdis, de verkeerde postbus, Mellery's angst voor de politie, Peter Piggert die zich aan zijn moeder en dochters vergreep, Dr. Jekyll en Mr. Hyde, enzovoort, enzovoort, telkens maar heen en weer, zonder enige rode draad. Hij draaide het raampje aan de rechterkant van de auto, aan de kant van de beek, naar beneden en leunde achterover, met zijn ogen dicht, en probeerde zich te concentreren op het geluid van het water dat kabbelend door de met stenen bezaaide bedding stroomde.

Een klop op zijn raampje, vlak naast zijn oor, deed hem opschrikken. Hij keek op en zag een rechthoekig gezicht zonder enige uitdrukking, in de schaduw van de stijve, ronde rand van een grijze politiehoed. De ogen van de agent gingen schuil achter een spiegelende zonnebril. Gurney draaide het raampje naar beneden.

'Is alles in orde, meneer?' De vraag klonk eerder dreigend dan belangstellend, het 'meneer' was eerder afgemeten dan beleefd.

'Ja, hoor. Ik deed alleen even mijn ogen dicht.' Hij keek naar het klokje op zijn dashboard. Hij zag dat het 'even' een kwartier had geduurd.

'Waar gaat u heen, meneer?'

'Walnut Crossing.'

'Aha. Hebt u nog iets gedronken vandaag?'

'Nee, dat heb ik niet.'

De man knikte en deed een stap naar achteren, zodat hij zijn blik over de auto kon laten gaan. Zijn mond, het enige zichtbare lichaamsdeel dat iets van zijn houding kon verraden, drukte een zekere minachting uit, alsof hij Gurneys ontkenning een doorzichtig leugentje vond en weldra bewijzen zou vinden die zijn argwaan rechtvaardigden. Hij liep overdreven vastberaden naar de achterkant van de auto en kwam toen langs de andere kant weer naar voren, om ten slotte naast Gurneys raampje te eindigen. Na een lange stilte waarin hij zijn oordeel leek te vellen zei hij, met een ingehouden kwaadaardigheid die eerder thuishoorde in een stuk van Harold Pinter dan bij een doodgewone verkeerscontrole: 'U weet dat dit geen officiële parkeerplaats is?'

'Dat had ik niet door,' zei Gurney op effen toon. 'Het was niet mijn bedoeling om langer dan een paar minuten te blijven staan.'

'Mag ik uw rijbewijs en autopapieren even zien?'

Gurney haalde beide uit zijn portefeuille en stak ze door het open raampje naar buiten. Het was niet zijn gewoonte om in dergelijke situaties te laten merken dat hij bij het NYPD had gewerkt en dus de nodige connecties had, maar toen de agent terugliep naar zijn surveillancewagen, merkte Gurney dat er sprake was van een buitensporige vooringenomenheid en vijandigheid die in het gunstigste geval voor een ongerechtvaardigde vertraging zouden zorgen. Met tegenzin haalde hij nog iets uit zijn portefeuille.

'Momentje. Hier hebt u misschien ook nog iets aan.'

De agent pakte het kaartje voorzichtig aan. Gurney zag rond de mondhoeken van de man iets veranderen, maar het was geen uiting van sympathie. Het leek eerder op een combinatie van teleurstelling en woede. Met een afwijzend gebaar stak de man het kaartje, het rijbewijs en het kentekenbewijs door het raampje terug naar binnen.

'Nog een prettige dag, meneer,' zei hij op een toon die het tegenovergestelde uitdrukte. Hij liep terug naar zijn auto, maakte een bocht van honderdtachtig graden en reed weg in de richting waaruit hij was gekomen.

Het maakte niet uit hoe gedegen het psychologisch onderzoek tegenwoordig was, bedacht Gurney, het deed er niet toe hoe hoog de eisen waren die aan kandidaten werden gesteld of hoe zwaar de opleiding was, er zouden altijd politiemensen zijn die beter niet bij de politie hadden kunnen werken.

In dit geval was de agent geen moment over de schreef gegaan, maar hij straalde iets hards en haatdragends uit – dat voelde Gurney, dat zag hij aan het gezicht – en het zou slechts een kwestie van tijd zijn voordat de man op zijn spiegelbeeld zou stuiten. En dan zou er iets vreselijks gebeuren. In de tussentijd zouden er heel wat mensen onnodig worden opgehouden en lastiggevallen. Hij was een van die kerels door wie mensen een hekel aan de politie kregen.

Misschien had Mellery toch een beetje gelijk.

In de zeven dagen die volgden, kwam de winter naar het noorden van de Catskills. Gurney bracht zijn tijd vooral in zijn studeerkamer door, waar hij afwisselend aan zijn kunst werkte en de berichten van Charybdis aan een nauwgezet onderzoek onderwierp; hij stapte bedreven tussen die twee werelden heen en weer, terwijl hij probeerde de gedachten aan Danny's tekeningen en de innerlijke onrust die daardoor in hem werd opgeroepen zoveel mogelijk te vermijden. Het lag voor de hand om er met Madeleine over te praten, om haar te vragen waarom ze het onderwerp juist nu wilde aansnijden – waarom ze de doos bijna letterlijk had opgegraven – en waarom ze met zo'n opvallend geduld wachtte totdat hij iets zou zeggen. Maar hij leek de noodzakelijke wilskracht niet te kunnen opbrengen, en dus verdrong hij het uit zijn gedachten en richtte zich op de kwestie van Charybdis. Daaraan kon hij in elk geval denken zonder dat hij het gevoel had dat hij verloren was, zonder dat zijn hart sneller begon te kloppen.

Hij dacht bijvoorbeeld vaak aan de avond na zijn laatste bezoek aan het instituut. Zoals beloofd had Mellery hem die avond gebeld om verslag te doen van zijn gesprek met Gregory Dermott van GD Security Systems. Dermott was zo vriendelijk geweest om alle vragen, de vragen die Gurney had opgeschreven, te beantwoorden, maar de antwoorden leverden niet echt veel op. Hij huurde de postbus nu al een jaar, sinds hij zijn adviesbedrijf van Hartford naar Wycherly had verhuisd; er waren nooit eerder problemen geweest, en zeker geen foutief geadresseerde brieven of cheques; hij was de enige die een sleutel had; de namen Arybdis, Charybdis en Mellery zeiden hem niets; hij had nog nooit van het instituut gehoord. Toen Mellery hem had gevraagd of er wellicht iemand binnen het bedrijf was die de postbus zonder toestemming kon hebben gebruikt, had Dermott uitgelegd dat dat onmogelijk was omdat er niemand anders binnen het bedrijf wás. GD Security Systems en Gregory Dermott waren een en dezelfde. Hij verleende zijn diensten als beveiligingsspecialist aan bedrijven met databases vol gevoelige informatie die tegen hackers diende te worden beschermd. Niets van wat hij zei, kon enig licht werpen op de kwestie van de verkeerd bezorgde cheque.

Hetzelfde gold voor het onderzoek dat Gurney via internet had verricht. De bronnen waren het over de voornaamste punten eens: Gregory Dermott was afgestudeerd in de exacte vakken aan het MIT, had een gedegen reputatie als computerexpert en mocht vooraanstaande bedrijven tot zijn klanten rekenen. Hij noch GD Security Systems was ooit in verband gebracht met rechtszaken, claims, beslagleggingen of slechte berichtgeving in de media. Hij was, kortom, een brandschoon man in een brandschone omgeving. En toch had iemand om de een of andere onverklaarbare reden zijn postbus uitgekozen. Gurney bleef zichzelf keer op keer dezelfde wonderlijke vraag stellen: waarom eis je dat er een cheque wordt verstuurd aan iemand die hem vrijwel zeker zal terugsturen?

Hij werd somber van al dat nadenken, van dat telkens weer een doodlopende straat inlopen, alsof hij daar de tiende keer wél zou vinden wat hij er al negen keer tevergeefs had gezocht. Maar het was beter dan aan Danny denken.

De eerste duidelijk meetbare sneeuw van dat seizoen viel op de eerste vrijdagavond in november. Tijdens de schemering dwarrelden er hier en daar alleen nog maar wat vlokjes, maar de sneeuwval nam in de uren daarna toe, om vervolgens af te zwakken en tegen middernacht helemaal op te houden.

Toen Gurney op zaterdagochtend bij zijn kop koffie langzaam tot leven kwam, kroop de bleke schijf van de zon net uit boven een beboste helling die een kilometer of anderhalf naar het oosten lag. Tijdens de nacht was het windstil geweest, en alles, van het terras tot het dak van de schuur, was bedekt met een laag sneeuw van zeker zeven centimeter.

Hij had niet goed geslapen. Hij had urenlang gevangengezeten in gedachten die eindeloos rondjes om elkaar heen draaiden. Een paar van die gedachten, die nu in het daglicht leken op te lossen, hadden met Sonya te maken. Hij had hun voorgenomen afspraak na werktijd op het allerlaatste moment afgezegd. Onzekerheid over wat er zou kunnen gebeuren – zijn onzekerheid over wat hij wilde dat er zou gebeuren – had hem daartoe aangezet.

Hij zat, net zoals hij de afgelopen week had gedaan, met zijn rug naar de andere hoek van de kamer, waar de doos met Danny's tekeningen op de salontafel stond, nog steeds dichtgebonden met het lint. Hij nipte aan zijn koffie en keek naar de weide met zijn deken van sneeuw.

De aanblik van sneeuw deed hem altijd denken aan de geur ervan. In een opwelling liep hij naar de tuindeuren en gooide ze open. De scherpe kou die in de lucht hing, maakte een hele reeks herinneringen bij hem los: sneeuw die tot op borsthoogte naar de zijkant van de weg was geschoven, zijn handen rozig en zeer vanwege het sneeuwballen maken, stukjes ijs die aan de wollen manchetten van zijn jas bleven kleven, boomtakken die tot bijna op de grond doorbogen, kerstkransen op deuren, verlaten straten, felle lichtjes waar hij ook keek.

Dat was het vreemde van het verleden: het lag in een hinderlaag op je te wachten, stilletjes, onzichtbaar, bijna alsof het er niet meer was. Je kon in de verleiding komen om te denken dat het was verdwenen, niet langer bestond. En dan, als een fazant die opeens uit zijn schuilplaats wordt verjaagd, kon het opeens losbarsten in een explosie van geluid, kleur en beweging, angstaanjagend levend.

Hij wilde zich omringen met de geur van de sneeuw. Hij pakte zijn jas van de haak bij de deur, trok hem aan en liep naar buiten. De sneeuw was te diep voor de gewone schoenen die hij droeg, maar hij had geen zin om iets anders aan te trekken. Hij liep grofweg in de richting van de vijver, sloot zijn ogen, ademde diep in. Hij had nog geen honderd meter gelopen toen hij hoorde dat de keukendeur openging en dat Madeleine naar hem riep.

'David, kom eens!'

Hij draaide zich om en zag haar half buiten de deur staan, met een hevig geschrokken gezicht. Hij begon terug te lopen. 'Wat is er?'

'Schiet op!' zei ze. 'Ik hoor het net op de radio. Mark Mellery is dood!'

'Wat?'

'Mark Mellery. Hij is dood, dat was net op de radio. Hij is vermoord!' Ze liep weer naar binnen.

'Jezus,' zei Gurney, die voelde dat zijn borst samentrok. Hij rende de laatste paar meter naar het huis en liep de keuken in zonder zijn met sneeuw bestoven schoenen uit te trekken. 'Wanneer is het gebeurd?'

'Dat weet ik niet. Vanmorgen, afgelopen nacht, geen idee. Dat zeiden ze niet.'

Hij luisterde. De radio stond nog steeds aan, maar de nieuwslezer was inmiddels verdergegaan met het volgende onderwerp, iets over een bedrijf dat failliet was gegaan.

'Hoe?'

'Dat zeiden ze ook niet. Alleen maar dat het waarschijnlijk om moord gaat.'

'Verder nog iets?'

'Nee. Ja. Iets over het instituut, dat het daar is gebeurd. Het Mellery Instituut voor Spirituele Vernieuwing in Peony, New York. Ze zeiden dat de politie ter plaatse is.'

'Meer niet?'

'Ik geloof het niet. Maar wat vreselijk!'

Hij knikte langzaam. Zijn hersens draaiden op volle toeren.

'Wat ga je nu doen?' vroeg ze.

Nadat hij in gedachten alle mogelijkheden snel had doorgenomen, bleef er slechts eentje over.

'Degene die het onderzoek leidt vertellen wat mijn verhouding tot Mellery was. Wat er daarna gebeurt, is aan hem.'

Madeleine haalde diep adem en probeerde zo te zien dapper te glimlachen, maar haar poging was verre van geslaagd.

Deel twee

Macabere spelletjes

17

Behoorlijk veel bloed

Het was precies tien uur toen Gurney het politiebureau in Peony belde om zijn naam, adres en telefoonnummer door te geven en in het kort uit de doeken te doen wat zijn relatie tot het slachtoffer was geweest. De brigadier die hij aan de lijn kreeg, ene Burkholtz, vertelde hem dat de informatie zou worden doorgegeven aan het team van het Bureau of Criminal Investigation, het BCI, de recherche van het korps van de staat New York, dat de zaak zou onderzoeken.

Hij had gedacht dat het zeker een tot twee dagen zou duren voordat iemand contact met hem zou opnemen, maar tot zijn verbazing werd hij nog geen tien minuten later teruggebeld. De stem klonk bekend, maar hij kon hem niet meteen plaatsen, mede doordat de beller zichzelf niet voorstelde.

'Meneer Gurney, ik leid het onderzoek op de plaats delict in Peony en heb begrepen dat u ons iets meer kunt vertellen.'

Gurney aarzelde. Hij wilde de ander net vragen of die kon zeggen wie hij was – dat was de gebruikelijke procedure – toen het timbre van de stem opeens een herinnering opriep aan de naam en de faam die erbij hoorden. Jack Hardwick. Een rechercheur met wie hij ooit samen aan een geruchtmakende zaak had gewerkt; een luidruchtige vent, grof in de mond, met een rood gezicht, vroegtijdig wit geworden stekeltjeshaar en de bleke ogen van een sledehond. Hij wist van geen ophouden wanneer het om verbale steekspelletjes ging, waardoor een half uur met hem als een halve dag kon voelen – een dag waarvan je hoopte dat hij snel zou eindigen. Hij was slim, vasthoudend, onvermoeibaar en uiterst politiek incorrect.

'Hallo, Jack.' Gurney onderdrukte zijn verbazing.

'Hoe wist je... Godsamme, iemand heeft het je verteld. Jezus, wie was het?'

'Je hebt een stem die je niet gemakkelijk vergeet, Jack.'

'Niet gemakkelijk vergeet? Sodemieter toch een eind op! Het is godverdomme tien jaar geleden!'

'Negen.' De arrestatie van Peter Possum Piggert was een van de belangrijkste uit Gurneys carrière geweest en had hem een promotie tot de felbegeerde rang van adjudant-inspecteur bij de recherche opgeleverd. Het was een datum die hij niet snel zou vergeten.

'Wie heeft het je verteld?'

'Niemand.'

'Lul toch niet zo uit je nek!'

Gurney viel stil. Hij herinnerde zich dat Hardwick altijd graag het laatste woord wilde hebben en dat het verbale kaatsen net zo lang door kon gaan totdat hij het had gekregen.

Na drie lange seconden vervolgde Hardwick op minder strijdlustige toon: 'Jezus, negen jaar. En opeens duik je zomaar op, hier in Nergenshuizen, bij de sensationeelste moordzaak die deze staat treft sinds jij het onderlijf van mevrouw Piggert uit de rivier hebt gevist. Dat is godverdomme nog eens toeval.'

'Om eerlijk te zijn was het haar bovenlijf, Jack.'

Na een korte stilte knalde de hoorn bijna uit elkaar door de lange, bulderende lach die Hardwicks handelsmerk was.

'Ah!' riep hij ten slotte, buiten adem van het bulderen. 'Davey, Davey, Davey, jij let ook altijd op de details.'

Gurney schraapte zijn keel. 'Kun je me vertellen hoe Mark Mellery aan zijn einde is gekomen?'

Hardwick aarzelde even, gevangen in het dilemma van vriendschappelijke relaties en de regels waar politiemensen het grootste deel van hun leven mee doorbrachten, en waardoor ze hun maagzweren opliepen. Hij koos voor de volledige waarheid; niet omdat dat moest (Gurney had officieel niets met de zaak te maken en had in het geheel geen recht op informatie) maar omdat de waarheid hard was. 'Iemand heeft hem met een afgebroken fles de keel doorgesneden.'

Gurney kreunde alsof iemand hem een stomp in zijn borst had gegeven. Zijn eerste reactie maakte echter snel plaats voor eentje die professioneler was. Door Hardwicks antwoord was een van de losse puzzelstukjes in zijn hoofd op zijn plaats gevallen.

'Was dat toevallig een whiskyfles?'

'Godsamme, hoe weet jij dat nou weer?' Hardwicks toon veranderde binnen zeven woorden van verbaasd in beschuldigend.

'Dat is een lang verhaal. Heb je soms liever dat ik even langskom?'

'Dat lijkt me verstandig, ja.'

De zon, die de hele morgen zichtbaar was geweest als een koele schijf achter een grijs winters wolkendek, werd nu geheel aan het zicht onttrokken door een dikke, loodgrijze hemel. Het schaduwloze licht had iets onheilspellends – het aangezicht van een kil universum, onverschillig als ijs.

Omdat Gurney deze gedachten tamelijk bizar vond, onderdrukte hij ze toen hij zijn auto tot stilstand bracht achter de rij slordig geparkeerde politieauto's in de besneeuwde berm voor het Mellery Instituut voor Spirituele Vernieuwing. De meeste, ook het busje van het regionale forensische team, waren getooid met het geelblauwe embleem van de NYSP, het politiekorps van de staat New York. De twee witte auto's waren van de sheriff, de twee groene behoorden toe aan het politiebureau van Peony. Hij moest denken aan wat Mellery had gezegd, dat 'de politie van Peony' klonk als een homocabaret, en aan het gezicht dat hij daarbij had getrokken.

De borders met asters tussen de auto's en de stenen muur waren door het winterse weer veranderd in een wirwar van bruine stengels waaraan uitgebloeide bloemen kleefden, als vreemde besneeuwde wattenbollen. Hij stapte uit en liep naar de ingang. Een agent met een keurig gestreken uniform en een paramilitaire frons hield de wacht bij de geopende poort. Gurney stelde met een ongemakkelijk gevoel vast dat de jongen waarschijnlijk een paar jaar jonger was dan zijn eigen zoon.

'Kan ik iets voor u doen, meneer?'

De woorden waren beleefd, de blik was het niet.

'De naam is Gurney. Ik heb een afspraak met Jack Hardwick.'

De jongeman knipperde tweemaal, bij elke naam een keer. Zijn uitdrukking leek aan te geven dat hij van minstens een van de twee het zuur kreeg.

'Momentje, graag,' zei hij, terwijl hij zijn walkietalkie van zijn riem haalde. 'U moet worden begeleid.'

Drie minuten later kwam de begeleiding aangelopen, in de persoon van een BCI'er die eruitzag alsof hij op Tom Cruise wilde lijken. Ondanks de winterkou droeg hij niet meer dan een zwart open windjack over een zwart T-shirt en een spijkerbroek. Gezien de strenge kledingregels voor het korps vermoedde Gurney dat hij rechtstreeks hierheen was geroepen, op een vrije dag of vanuit een undercoversituatie. De rand van de Glock 9mm in de matte zwarte schouderholster, nog net zichtbaar onder het zwarte windjack, was niet alleen onderdeel van zijn vak, maar drukte ook een bepaalde instelling uit.

'Inspecteur Gurney?'

'Voormalig,' zei Gurney, alsof hij er een asterisk aan toevoegde.

'Al vroeg kunnen stoppen?' zei Tom Cruise zonder al te veel belangstelling. 'Dat is vast fijn. Volg mij maar.'

Toen Gurney de man volgde over het pad dat om het hoofdgebouw heen naar de woning erachter leidde, viel het hem op hoe anders alles er nu uitzag met bijna tien centimeter sneeuw. Het doek was vereenvoudigd, ontdaan van alle overbodige details. Het betreden van dat minimalistische witte landschap voelde als een eerste stap op een pas ontstane planeet: een gedachte die op absurd gespannen voet stond met de gruwelijke werkelijkheid van de situatie. Ze liepen om Mellery's oude achttiende-eeuwse huis heen en bleven staan aan de rand van het besneeuwde terras waar hij was gestorven.

De plaats van overlijden was duidelijk. In de sneeuw was nog steeds de vorm van een lichaam te zien, en rond de schouders en het hoofd van die vorm was een enorme bloedvlek zichtbaar. Gurney had dat schokkende contrast tussen rood en wit eerder gezien. Hij had een onuitwisbare herinnering aan een kerstochtend tijdens zijn eerste jaar in dit vak. Een agent met een alcoholverslaving die door zijn vrouw het huis uit was gezet, had zichzelf door het hart geschoten, zittend op een berg sneeuw.

Gurney verdrong dat oude beeld uit zijn gedachten en richtte zijn scherpe professionele blik op het tafereel voor hem.

Een specialist in vingerafdrukken zat gehurkt naast een rij voetafdrukken die naast de grootste bloedvlek in de sneeuw zichtbaar waren en spoot er iets overheen. Gurney kon vanaf de plek waar hij stond niet zien wat het etiket op de spuitbus meldde, maar hij nam aan dat het om de was ging die werd gebruikt om afdrukken in de sneeuw te fixeren, zodat er een afgietsel in gips van kon worden gemaakt. Afdrukken in sneeuw waren uitzonderlijk kwetsbaar, maar wanneer ze met zorg werden behandeld, boden ze een goudmijn aan details. Hij was vaak genoeg getuige geweest van deze handeling, maar toch was hij onder de indruk van de vaste hand en de intense concentratie van deze deskundige.

Geel afzetlint was in een onregelmatige veelhoek over het grootste deel van het terras gespannen, tot aan de achterdeur toe. Aan beide tegenoverliggende zijden van het terras was hetzelfde lint in twee evenwijdige rijen gespannen. Ertussen liep een opvallend spoor van voetafdrukken: van de grote schuur naast het huis naar de plek met de bloedvlek en vanaf het terras over het besneeuwde gazon naar het bos.

De achterdeur stond open. Een technisch rechercheur stond in de deuropening en keek vanaf het huis naar het terras. Gurney wist precies waar de man mee bezig was. Op een plaats delict werd doorgaans veel tijd besteed aan het proeven van de stemming, aan het bekijken van de plek zoals het slachtoffer die in zijn laatste momenten moest hebben gezien. Er waren duidelijk omschreven en door iedereen gehanteerde regels over het zoeken naar en verzamelen van bewijs – bloed, wapens, vingerafdrukken, voetafdrukken, haar, vezels, schilfers verf, plantaardig of mineraal materiaal dat er niet thuishoorde, enzovoort – maar er was ook nog zoiets wezenlijks als inzicht. Je diende, simpel gezegd, altijd open te staan voor wat er was gebeurd, waar het was gebeurd en hoe het was gebeurd, want wanneer je te snel conclusies trok, kon je gemakkelijk bewijzen over het hoofd zien die niet pasten in het plaatje dat je van de situatie had. Tegelijkertijd diende je ook een begin te maken met een voorlopige hypothese die de basis voor verder onderzoek vormde. Je kon pijnlijke fouten maken door te snel te veel conclusies te trekken over wat er waarschijnlijk was gebeurd, maar je kon ook heel veel tijd en mankracht verspillen aan het uitkammen van een vierkante kilometer op zoek naar god mocht weten wat.

Wat goede rechercheurs deden, en wat de man in de deuropening volgens Gurney ook deed, was min of meer onbewust heen en weer springen tussen hypothese en conclusie. Wat zie ik hier, en op welke volgorde van handelingen lijken deze gegevens te wijzen? En stel dat dit scenario juist is, welke overige bewijzen zou ik dan moeten vinden, en waar?

Gurney had met veel vallen en opstaan ontdekt dat het vinden van de juiste balans tussen observatie en intuïtie een sleutelrol speelde bij dit proces. Het grootste gevaar was het eigen ego. Wie een onderzoek leidt en niet snel genoeg met een mogelijke verklaring voor het gebeurde op de proppen komt, verspilt wellicht kostbare tijd waarin zijn team nuttig werk had kunnen verrichten, maar wie na een eerste blik denkt te weten wat er in die kamer vol bloedspetters precies is gebeurd en anderen daar op niet mis te verstane wijze van overtuigt, kan voor grote problemen zorgen, waarvan tijdverspilling wel het minste is.

Gurney vroeg zich af welke benadering hier op dit moment de boventoon voerde.

Buiten het gebied dat door het gele lint werd afgebakend, aan de andere kant van de bloedvlek, stond Jack Hardwick aanwijzingen te geven aan twee serieus uitziende jongemannen. De een was de Tom Cruise die Gurney naar de plaats delict had begeleid, de ander had zijn tweelingbroer kunnen zijn. Het was negen jaar geleden dat hij samen met Hardwick aan de zaak-Piggert had gewerkt, maar in de tussentijd leek Hardwick wel twee keer zo oud te zijn geworden. Zijn gezicht was roder en dikker, zijn haar dunner, en zijn stem had de schorre klank gekregen die het gevolg is van te veel tabak en tequila.

'Er zijn twintig gasten,' zei hij tegen de stand-ins uit *Top Gun*. 'Jullie nemen er elk negen voor je rekening. Neem een voorlopige verklaring af en noteer naam, adres en telefoonnummer. Controleer hun identiteit. Laat Tony Soprano en de chiropractor maar aan mij over. Ik zal ook met de weduwe gaan praten. Meld je om zestien uur weer bij mij.'

Er werden nog wat opmerkingen uitgewisseld, maar zo zacht dat Gurney ze niet kon verstaan. Af en toe klonk Hardwicks schorre lach. De jongeman die Gurney vanaf de ingang naar het huis had begeleid, had het laatste woord en knikte veelbetekenend in Gurneys richting. Daarna zette het tweetal koers naar het hoofdgebouw.

Zodra ze uit het zicht waren, draaide Hardwick zich om en begroette Gurney met een uitdrukking die het midden hield tussen een grijns en een grimas. Zijn ongewone blauwe ogen, ooit zo stralend en sceptisch, leken nu doortrokken van een vermoeid cynisme.

'Ik zal barsten als dat professor Dave niet is,' zei hij schor. Hij liep om het lint heen naar Gurney toe.

'Niet meer dan een eenvoudig universitair docent,' verbeterde Gurney, die zich afvroeg wat Hardwick nog meer over hem had ontdekt. Hij wist blijkbaar al dat hij na zijn afscheid colleges criminologie aan de universiteit had gegeven.

'Doe niet zo bescheiden. Je bent beroemd, jongen, en dat weet je.'

Ze schudden elkaar zonder al te veel warmte de hand. Het ontging Gurney niet dat het verbale steekspel van de oude Hardwick plaats leek te hebben gemaakt voor iets veel vileiners.

'Er is niet veel twijfel mogelijk over de plaats van overlijden,' zei Gurney met een knikje naar de bloedvlek. Hij wilde graag meteen ter zake komen,

Hardwick vertellen wat hij wist en zo snel mogelijk weer vertrekken.

'Niks staat vast, er is altijd twijfel,' meldde Hardwick. 'Dood en twijfel, de enige zekerheden in het leven.' Toen Gurney geen antwoord gaf, vervolgde hij: 'Ik geef toe dat er waarschijnlijk minder twijfel is over de plaats van overlijden dan over een aantal andere zaken hier. Godvergeten gesticht dat het hier is. Ze doen verdomme net alsof het slachtoffer er net zo eentje was als die Diepkak Kokos, van de tv.'

'Deepak Chopra, bedoel je?'

'Ja, Diefzak. God nog aan toe.'

Gurney merkte dat er een ongemakkelijke reactie in hem opwelde, maar hij zei niets.

'Waarom komen mensen in godsnaam hiernaartoe? Om een of andere zweverige zak met een Rolls-Royce te horen wauwelen over de zin van het leven?' Harwick schudde het hoofd, verwonderd over de dwaasheid van zijn medemens, en keek, alsof historische architectuur hiervoor medeverantwoordelijk was, ondertussen de hele tijd fronsend naar de achtergevel van het huis.

Gurneys ergernis was sterker dan zijn neiging tot zwijgen. 'Voor zover ik weet,' zei hij op effen toon, 'was het slachtoffer geen zak.'

'Dat zei ik ook niet.'

'Ik meende van wel.'

'Het was meer een algemene vaststelling. Ik twijfel er niet aan dat die maat van je een uitzondering was.'

Hardwick begon Gurney te irriteren, als een scherpe splinter onder zijn huid. 'Hij was geen maat van me.'

'Ik kreeg door het bericht dat je op het bureau had achtergelaten en dat de politie weer aan mij heeft doorgegeven de indruk dat jullie elkaar al heel lang kenden.'

'Ik kende hem uit mijn studententijd, maar we hadden elkaar al vijfentwintig jaar niet meer gezien of gesproken. Totdat hij me twee weken geleden opeens mailde.'

'Waarover?'

'Over een paar brieven die hij had ontvangen. Hij was nogal van streek.'

'Wat voor brieven?'

'Voornamelijk korte gedichtjes. Die als dreigementen klonken.'

Dat bracht Hardwick even tot zwijgen. Toen vroeg hij: 'Wat wilde hij van je?'

'Advies.'

'En wat voor advies heb je hem gegeven?'

'Ga naar de politie.'

'Nou, dan heeft hij goed geluisterd.'

Gurney stoorde zich aan het sarcasme, maar hij hield zich in.

'Hier lag ook een gedichtje,' zei Hardwick.

'Hoe bedoel je?'

'Er lag een vel papier op het lichaam, met een gedichtje erop, op zijn plaats gehouden door een steen. Allemaal heel netjes.'

'Hij is erg precies. Een perfectionist.'

'Wie?'

'De moordenaar. Waarschijnlijk zwaar gestoord, maar wel een perfectionist.'

Hardwick staarde Gurney vol belangstelling aan. De spottende uitdrukking was verdwenen, althans voor nu. 'Voordat we verdergaan, moet ik je vragen hoe je dat wist, van die gebroken fles.'

'Gewoon een gokje.'

'Gewoon een gokje dat het een whiskyfles was?'

'Four Roses, om precies te zijn.' Gurney glimlachte tevreden toen hij zag dat Hardwick zijn ogen opensperde.

'Leg eens uit hoe je dat kunt weten,' beval Hardwick.

'Het was min of meer een gok, gebaseerd op verwijzingen uit die versjes,' zei Gurney. 'Dat zul je zelf wel zien.' Bij wijze van antwoord op de vraag die zich op het gezicht van de ander aftekende, zei hij: 'De versjes liggen, samen met een aantal andere berichtjes, in de la van de secretaire in de studeerkamer. Dat is in elk geval de laatste plek waar ik Mellery ze heb zien opbergen. Dat is die kamer met die grote haard, naast de hal in het midden.'

Hardwick bleef naar hem staren alsof hij elk moment iets heel belangrijks kon openbaren. 'Kom mee,' zei hij ten slotte. 'Ik wil je iets laten zien.'

Met een zwijgzaamheid die niet bepaald kenmerkend voor hem was, ging hij Gurney voor naar de parkeerplaats, die tussen de grote schuur en de openbare weg lag, en bleef staan op de plek waar de parkeerplaats en de ronde oprijlaan op elkaar aansloten. Hier waren twee evenwijdige rijen geel afzetlint gespannen.

'De voetafdrukken van de vermoedelijke dader die we hier hebben gevonden, liggen het dichtste bij de weg. Het is rond twee uur vannacht opgehouden met sneeuwen, en daarna is er nog een sneeuwploeg over de weg en de oprijlaan gereden. We weten niet of de dader voor of na het ploegen het terrein heeft betreden. Als hij er voor het ploegen al was, dan zullen mogelijke sporen op de weg buiten het terrein of op de oprijlaan door het sneeuwruimen zijn verdwenen. Als hij na het ploegen is gekomen, waren er natuurlijk al helemaal geen sporen. Maar dit spoor hier is duidelijk te volgen. Het loopt vanaf hier langs de achterkant van de schuur naar het terras, en daarna over het open terrein naar het bos, en vervolgens door het bos naar het kreupelhout bij Thornbush Lane.'

'Er is geen poging gedaan de voetafdrukken uit te wissen?'

'Nee,' zei Hardwick, die klonk alsof dat hem dwarszat. 'Geen enkele. Tenzij ik iets over het hoofd heb gezien.'

Gurney keek hem nieuwsgierig aan. 'Wat is het probleem?'

Ze liepen langs de gele afzetlinten en volgden de afdrukken naar de andere kant van de schuur. Ze waren duidelijk zichtbaar in de bijna acht centimeter dikke laag sneeuw: groot (Gurney schatte de maat op vierenveertig of vijfenveertig, gemiddelde breedte), afkomstig van wandelschoenen. Degene die in de kleine uurtjes deze route had gevolgd, had zich niet druk gemaakt over de sporen die hij zou achterlaten.

Toen ze om de schuur heen liepen, zag Gurney dat hier een groter gedeelte was afgezet. Een politiefotograaf was bezig foto's te nemen met een hoge-resolutiecamera, en een forensisch specialist, gehuld in een beschermend wit pak met bijpassende hoofdbedekking, stond te wachten totdat het zijn beurt was om bewijzen te verzamelen. Elke foto werd minstens twee keer genomen, met en zonder liniaal in beeld om de verhoudingen weer te geven, en voorwerpen werden van verschillende afstanden gefotografeerd: met een groothoeklens om de afstand tot andere voorwerpen aan te geven, normaal om het voorwerp zelf te tonen, en in close-up voor de details.

Alle aandacht was gericht op een inklapbaar tuinstoeltje, van het gammele soort dat in discountwinkels werd verkocht. De voetafdrukken leidden rechtstreeks naar het stoeltje. Ervoor lagen een stuk of vijf peuken, uitgetrapt in de sneeuw. Gurney hurkte neer om ze beter te bekijken en zag dat het merk Marlboro was. De voetafdrukken liepen vanaf het stoeltje rond een bosje rododendrons naar het terras waar de moord leek te zijn gepleegd.

'Mijn god,' zei Gurney, 'hij heeft hier gewoon zitten roken?'

'Ja. Even ontspannen voordat je de keel van je slachtoffer doorsnijdt. Daar lijkt het in elk geval op. Ik neem aan dat je met die opgetrokken wenkbrauw wilt aangeven dat je je afvraagt waar dat krakkemikkige tuinstoeltje vandaan komt? Dat vroeg ik me ook al af.'

'En?'

'De vrouw van het slachtoffer beweert dat ze het nooit eerder heeft gezien. Leek geschokt door de slechte kwaliteit ervan.'

'Wat?' Gurney liet het woord knallen als een zweep. Hardwicks vooringenomen opmerkingen waren als nagels op een schoolbord geworden.

'Hé, ik maak maar een grapje.' Hij haalde zijn schouders op. 'Je moet je niet door een doorgesneden keel laten deprimeren. Maar goed, even serieus, het was waarschijnlijk voor het eerst van haar leven dat Caddy Smythe-Westerfield Mellery zo'n goedkoop stoeltje van dichtbij zag.'

Gurney kende het als geen ander, die diendershumor die soms broodnodig was om het hoofd te kunnen bieden aan de gruwelen van het vak, maar af en toe werkte het hem danig op de zenuwen.

'Wil je nu beweren dat de moordenaar zijn eigen tuinstoeltje heeft meegebracht?'

'Blijkbaar,' zei Hardwick, die een gezicht trok om aan te geven dat hij dat ook absurd vond.

'En nadat hij een stuk of… hoeveel zijn het er, vijf, Marlboro's had zitten roken, liep hij naar de achterdeur van het huis, lokte Mellery naar het terras en sneed hem met een afgebroken fles de keel door? Dat is tot nu toe het resultaat van de reconstructie?'

Hardwick knikte met tegenzin, alsof hij het gevoel kreeg dat het verloop van de gebeurtenissen waarop de sporen leken te wijzen heel erg vergezocht was. En het werd nog erger.

'Om eerlijk te zijn is de keel doorsnijden nogal zacht uitgedrukt,' zei hij. 'Het slachtoffer is minstens tien keer in zijn keel gestoken. Toen de assistenten van de forensisch arts het lichaam naar het busje droegen om het voor de verdere schouwing naar het lab te brengen, viel het hoofd verdomme bijna van de romp.'

Gurney keek in de richting van het terras. Hoewel dat door de rododendrons geheel aan zijn zicht werd onttrokken, zag hij de grote bloedvlek even scherp en felgekleurd voor zich alsof die door een felle lamp werd beschenen.

Hardwick stond hem een tijdje aan te kijken, bedachtzaam kauwend op zijn lip. 'Weet je, dat is eigenlijk nog niet eens het rare,' zei hij ten slotte. 'Het rare zie je pas als je het spoor van die voetstappen volgt.'

18

Een doodlopend spoor

Hardwick leidde Gurney van de achterkant van de schuur om de struiken heen, langs het terras naar de plek waar de vermoedelijke dader de plaats van het misdrijf had verlaten. Hij was blijkbaar over het besneeuwde gazon gelopen dat zich uitstrekte tussen de achterkant van het huis en de rand van het bos vol esdoorns, een paar honderd meter verderop.

Toen ze de voetafdrukken volgden in de richting van het bos stuitten ze niet ver van het terras op weer een technisch rechercheur, die eveneens was gekleed in de hermetisch gesloten plastic overall, het haarnet en het mondkapje die bij zijn beroep hoorden en moesten voorkomen dat DNA of ander bewijsmateriaal zouden worden vervuild door degene die het verzamelde.

De man zat op een meter of drie van de voetafdrukken op zijn hurken en tilde met een tang van roestvrij staal iets uit het gras. Het leek nog het meest op een scherf bruin glas. Hij had al drie andere soortgelijke scherven verzameld en in plastic zakjes gedaan, alsmede een stuk van een vierkante whiskyfles dat groot genoeg was om de fles als zodanig te herkennen.

'Dat is hoogstwaarschijnlijk het dodelijke wapen,' zei Hardwick. 'Maar dat wist jij natuurlijk al, kei die je bent. Je wist zelfs al dat het Four Roses was.'

'Maar wat doet het wapen hier op het gazon?' vroeg Gurney, die Hardwicks strijdlustige toon negeerde.

'God, ik dacht dat je dat ook wel zou weten. Als je godverdomme het merk al wist…'

Gurney bleef vermoeid staan wachten, als bij een langzame computer die een programma moest openen, en ten slotte antwoordde Hardwick: 'Blijkbaar heeft de dader het wapen meegenomen en het hier op weg naar het bos laten vallen. Waarom? Dat is een erg goede vraag. Misschien had hij niet door dat hij de fles nog steeds in zijn hand hield. Ik bedoel, hij had net zijn slachtoffer een keer of tien in zijn nek gestoken, en ik kan me voorstellen dat dat nogal de aandacht opeist. Maar toen hij het gazon overstak, merkte hij dat hij de fles nog steeds vasthield en gooide hij hem weg. Dat klinkt nog enigszins logisch.'

Gurney knikte, niet volledig overtuigd, maar evenmin in staat een betere verklaring te verzinnen. 'Was dit dat rare waar je het over had?'

'Dit?' zei Hardwick met een lachje dat eerder als een blaf klonk. 'Nee, dit is nog niks.'

Tien minuten en ruim vijfhonderd meter later kwamen de beide mannen aan op een open plek tussen de esdoorns, vlak bij een bosje weymouthdennen. Het geluid van een passerende auto gaf aan dat ze zich in de buurt van de weg bevonden, maar de lage takken van de dennen ontnamen hen het zicht.

Eerst begreep hij niet goed waarom Hardwick hem hiermee naartoe had genomen, maar toen zag hij het – en begon hij de bodem in de onmiddellijke nabijheid met steeds grotere verbazing te bekijken. Hij zag iets wat in het geheel niet logisch was. De voetafdrukken die ze tot nu toe hadden gevolgd, hielden hier opeens op. De duidelijke opeenvolging van stappen in de sneeuw, de een na de andere, die ze nu al meer dan een halve kilometer hadden gevolgd, kwam hier plotseling ten einde. Uit niets bleek wat er kon zijn gebeurd met degene die zijn afdrukken had achtergelaten. De sneeuw eromheen was ongerept, onaangeraakt door een mensenvoet of wat dan ook. Het spoor hield op een meter of vier van de dichtstbijzijnde boom op, en, als het geluid van die passerende auto enige aanwijzing vormde, op minstens honderd meter van de doorgaande weg.

'Zie ik soms iets over het hoofd?' vroeg Gurney.

'Hetzelfde wat we allemaal over het hoofd zien,' zei Hardwick, die opgelucht klonk omdat Gurney niet met een eenvoudige verklaring op de proppen kwam waar hij en zijn team niet aan hadden gedacht.

Gurney bekeek de grond rond de laatste afdruk nog eens heel aandachtig. Vlak achter de duidelijk zichtbare afdruk waren een stel afdrukken over elkaar te zien, die blijkbaar waren gemaakt door hetzelfde stel wandelschoenen als alle andere duidelijke afdrukken die ze tot nu toe hadden gevolgd. Het leek wel alsof de moordenaar weloverwogen naar dit punt was gelopen, daar een paar minuten lang zijn gewicht van de ene op de andere voet had verplaatst, mogelijk wachtend op iets of iemand, en daarna... in rook was opgegaan.

Heel even schoot de bespottelijke gedachte door zijn hoofd dat Hardwick hem voor het lapje probeerde te houden, maar die schoof hij snel terzijde. Grappen uithalen op de plaats delict, dat ging zelfs een type als Hardwick te ver.

Dus kon het niet anders, of dit was echt.

'Als de sensatiepers hier lucht van krijgt, kun je wachten op verhalen over ontvoeringen door buitenaardse wezens,' zei Hardwick op een toon alsof die woorden naar metaal smaakten. 'De journalisten zullen eropaf komen als vliegen op een emmer koeienstront.'

'Heb jij een aannemelijker theorie?'

'Ik heb mijn hoop gevestigd op het uiterst scherpe verstand van de meest aanbeden rechercheur uit de geschiedenis van het NYPD.'

'Hou eens op,' zei Gurney. 'Heeft de TR al iets ontdekt?'

'Niets bruikbaars. Ze hebben monsters genomen van die aangestampte sneeuw daar, waar hij blijkbaar een tijdje heeft gestaan. Zo op het oog was er geen vreemd materiaal aanwezig, maar wie weet wat het lab nog meer vindt. Ze hebben ook de bomen en de weg achter die dennen onderzocht. Morgen gaan ze alles in een straal van honderd meter rond dit punt in sectoren verdelen en volledig uitkammen.'

'Maar tot nu toe hebben ze niets gevonden?'

'Inderdaad.'

'Wat kun je nu nog doen? De gasten en buren vragen of ze een helikopter hebben gezien waaruit iemand een touw liet zakken?'

'Die hebben ze niet gezien.'

'Dat heb je echt gevraagd?'

'Het klinkt bezopen, maar ja, dat hebben we gevraagd. We moesten wel, de moordenaar is hier vanmorgen heen gelopen en blijven staan. Als hij niet door een helikopter of door de grootste kraan ter wereld is opgetild, waar is hij dan?'

'Goed,' begon Gurney, 'geen helikopters, geen touwen, geen geheime tunnels…'

'Klopt,' viel Hardwick hem in de rede. 'En geen enkel bewijs dat hij er op een skippybal vandoor is gegaan.'

'En wat hebben we wel?'

'We hebben helemaal niets. Nada, noppes. Helemaal niks. En zeg nu niet dat de moordenaar op dezelfde manier weer terug is gelopen, achteruit, door zijn voeten op precies dezelfde plek neer te zetten zonder ook maar iets te verstoren, gewoon om ons voor de gek te houden.' Hardwick keek Gurney uitdagend aan, alsof die dat echt zou durven opperen. 'En als dat wel had gekund – maar dat kan niet – dan was de moordenaar op de twee personen gestuit die op dat moment op de plaats van de moord aanwezig waren: vrouwtje Caddy en onze gangster.'

'Dus het kan allemaal niet,' merkte Gurney op luchtige toon op.

'Wat kan niet?' zei Hardwick, strijdlustig en uitdagend.

'Alles,' zei Gurney.

'Waar heb je het over?'

'Rustig aan, Jack. We moeten eerst een beginpunt vinden dat wel logisch is. Er is iets gebeurd wat niet lijkt te kunnen. En dus is dat wat lijkt te zijn gebeurd niet echt gebeurd.'

'Wil je soms beweren dat dat geen voetafdrukken zijn?'

'Ik wil alleen maar zeggen dat we er op de verkeerde manier naar kijken.'

'Is dat een voetafdruk of niet?' vroeg Hardwick geërgerd.

'Het lijkt heel erg veel op een voetafdruk,' antwoordde Gurney vriendelijk.

'Dus wat wil je nou zeggen?'

Gurney zuchtte. 'Dat weet ik niet, Jack. Ik heb gewoon het gevoel dat we de verkeerde vragen stellen.'

Zijn zachte toon leek Hardwick iets milder te stemmen. Ze keken elkaar gedurende een paar lange seconden niet aan en zeiden evenmin iets. Toen keek Hardwick op, alsof hij zich opeens iets herinnerde.

'Ik vergeet je nog bijna het hoogtepunt te laten zien.' Hij stak zijn hand in de zak van zijn leren jack en haalde een zakje tevoorschijn van het soort waarin bewijsmateriaal werd bewaard.

Door het doorzichtige plastic heen zag Gurney het keurige handschrift in rode inkt, op een vel wit briefpapier.

'Niet eruit halen,' zei Hardwick. 'Gewoon lezen.'

Gurney deed wat de ander vroeg. En toen las hij het nogmaals. En een derde keer, zodat hij het in zijn geheugen kon prenten.

Kijk om je heen, en volg mijn spoor
Door kou en sneeuw, ik blijf je voor.
Spits je oren en hoor mijn gejuich,
Jij geteisem, uitschot, verachtelijk tuig.
Hier komt tot leven mijn zoete wraak

Weet dat ik over alle zielen waak
Die rouwen om wat ooit is geweest
En ten prooi vielen aan het wrede beest.

'Ja, dat is hem,' zei Gurney, die de envelop teruggaf. 'Wraak als thema, acht regels, rijmend, ongewone woordkeuze, gebruik van leestekens, keurig handschrift. Net als alle andere versjes, maar met één verschil.'

'Wat dan?'

'Hier zit iets nieuws in: de aanwijzing dat de moordenaar afgezien van het slachtoffer nog iemand anders haat.'

Hardwick wierp een snelle blik op het vel papier in het zakje en fronste vanwege de suggestie dat hij iets belangrijks over het hoofd had gezien. 'Wie dan?' vroeg hij.

'Jou,' zei Gurney, die voor het eerst die dag glimlachte.

19

Verachtelijk tuig

Het was natuurlijk niet helemaal eerlijk, en in zekere zin een tikje dramatisch, om te stellen dat de moordenaar het net zo zeer op Jack Hardwick als op Mark Mellery had gemunt. Wat hij bedoelde, legde Gurney uit toen ze van het doodlopende spoor in het bos terugliepen naar de plaats van de moord, was dat de moordenaar zijn vijandige gevoelens ook leek te richten op de politie die de moord moest onderzoeken. Hardwick leek niet van zijn stuk gebracht door die vermeende uitdaging, maar er eerder door te worden aangespoord. De strijdlustige glans in zijn ogen riep: kom maar op met die tyfuslijder!

Toen vroeg Gurney hem of hij zich de zaak van Jason Strunk kon herinneren.

'Moet dat?'

'Satanische Santa, zegt dat je nog iets? Of, zoals een ander journalistiek genie hem noemde, de Kerstkannibaal?'

'Ja, ja, dat weet ik nog. Dat was alleen geen echte kannibaal. Hij beet alleen hun tenen af.'

'Klopt, maar dat was niet het hele verhaal, hè?'

Hardwick trok een gezicht. 'Ik meen me te herinneren dat hij na het afbijten van de tenen de lichamen met een lintzaag in stukken sneed, de delen heel netjes in plastic zakken verpakte en ze daarna in geschenkverpakking met kerstdessin opstuurde. Zo kwam hij ervan af. Geen gedoe met begraven en zo.'

'Weet je toevallig nog naar wie hij die delen opstuurde?'

'Dat was twintig jaar terug. Toen werkte ik hier nog niet eens. Ik heb het allemaal uit de krant.'

'Hij stuurde ze naar de privéadressen van rechercheurs in dezelfde districten waar ook de slachtoffers hadden gewoond.'

'Privéadressen?' Hardwick keek Gurney vol afgrijzen aan. Moord, een zekere mate van kannibalisme en ontleding met een lintzaag wilde hij misschien nog wel door de vingers zien, maar dat niet.

'Hij had de pest aan agenten,' vervolgde Gurney. 'Hij joeg ze maar al te graag de stuipen op het lijf.'

'Ja, ik kan me voorstellen dat je je kapot schrikt als je een voet in de brievenbus vindt.'

'Zeker als je de echtgenote bent die het pakje openmaakt.'

Zijn ongewone toon trok Hardwicks aandacht. 'Jezus, dat was jouw zaak! Heeft hij je een lichaamsdeel gestuurd en heeft je vrouw het pakje geopend?'

'Inderdaad.'

'Godskolere. Is ze daarom van je gescheiden?'

Gurney keek hem vol belangstelling aan. 'Weet je dan nog dat ik van mijn eerste vrouw gescheiden ben?'

'Sommige dingen kan ik me wel herinneren, hoor. Niet zozeer dingen die ik lees, maar als iemand me iets over zichzelf vertelt, dan vergeet ik dat eigenlijk nooit meer. Ik weet bijvoorbeeld nog dat jij enig kind bent, dat je vader in Ierland was geboren en dat vreselijk vond en je er nooit iets over wilde vertellen, en dat hij te veel dronk.'

Gurney staarde hem aan.

'Dat heb je me verteld toen we samen op de zaak-Piggert zaten.'

Gurney wist niet waardoor hij meer van zijn à propos was gebracht: het feit dat hij die weetjes over zijn familie met Hardwick had gedeeld, dat hij dat was vergeten, of dat Hardwick het zich nog kon herinneren.

Ze liepen terug naar het huis. De hemel betrok steeds meer en er stak een briesje op dat de poedersneeuw dwarrelend deed opstuiven. Gurney probeerde de kilte die zich van hem meester maakte af te schudden en zich op de huidige kwestie te concentreren.

'Als ik even op mijn punt terug mag komen,' zei hij, 'met dat laatste briefje wil de moordenaar de politie uitdagen, en dat zou wel eens een belangrijke ontwikkeling kunnen zijn.'

Hardwick was het type dat pas op het punt van een ander wilde terugkomen als hij er zin in had.

'Is ze daarom van je gescheiden? Omdat ze een pakje kreeg met de pik van een ander erin?'

Het ging hem niets aan, maar Gurney besloot toch antwoord te geven. 'We hadden nog genoeg andere problemen. Ik zou je een lijst met mijn bezwaren kunnen noemen en een nog langere met de hare. Maar ik denk dat ze uiteindelijk schrok van wat het betekende om met een politieman getrouwd te zijn. Sommige vrouwen komen daar stukje bij beetje achter. De mijne schrok in één keer wakker.'

Ze waren bij het terras aangekomen. Twee technisch rechercheurs doorzochten de sneeuw rond de bloedvlek, die nu eerder bruin dan rood was, en bekeken de flagstones die ze tijdens hun onderzoek blootlegden.

'Nou, Strunk was een seriemoordenaar,' zei Hardwick op een toon alsof hij een overbodige complicatie terzijde schoof, 'en dat lijkt deze niet te zijn.'

Gurney knikte aarzelend. Ja, Jason Strunk was een typische seriemoordenaar geweest, en degene die Mark Mellery had gedood leek allesbehalve dat te zijn. Strunk had zijn slachtoffers niet of amper gekend. Er kon met zekerheid worden gesteld dat er geen sprake was geweest van een 'band'. Hij had hen uitgekozen omdat ze aan bepaalde lichamelijke kenmerken voldeden en beschikbaar waren toen hij werd overvallen door de drang om te doden: het was een combinatie geweest van behoefte en gelegenheid. De moordenaar van Mellery kende hem echter zo goed dat hij hem had kunnen kwellen met toespelingen op zijn verleden; hij had hem zelfs goed genoeg gekend om te kunnen voorspellen aan welk getal hij onder bepaalde omstandigheden zou denken. Hij had laten blijken dat hij op de hoogte was van gebeurtenissen uit het verleden van zijn slachtoffer, en dat was niet kenmerkend voor seriemoordenaars. Bovendien waren er de laatste tijd geen vergelijkbare misdrijven gerapporteerd, al zou hij dat pas na meer onderzoek met zekerheid kunnen zeggen.

'Het lijkt niet op het werk van een seriemoordenaar,' beaamde Gurney. 'Ik denk niet dat je snel een duim in je brievenbus zult vinden. Maar het is wel verontrustend dat hij jou, degene die het onderzoek leidt, als "verachtelijk tuig" aanspreekt.'

Om het onderzoek op het terras niet te verstoren liepen ze om het huis heen naar de voordeur. Een geüniformeerde agent hield naast de deur de wacht. Hier waaide het harder, en hij stampvoette en klapte in zijn gehandschoende handen om warm te blijven. Zijn overduidelijke ongemak was van invloed op de glimlach waarmee hij Hardwick begroette.

'Wat denkt u, komt er nog iemand koffie brengen?'

'Geen idee, maar ik hoop van wel,' zei Hardwick, die luidruchtig zijn neus ophaalde om te voorkomen dat die begon te lopen. Hij wendde zich tot Gurney. 'Ik zal je niet langer ophouden. Ik wil alleen graag die briefjes zien die volgens jou in de studeerkamer liggen – en controleren of ze compleet zijn.'

Binnen in het prachtige huis met de kastanjehouten vloeren heerste stilte. Het rook er meer dan ooit naar geld.

20

Een vriend van de familie

In de bakstenen haard brandde een schilderachtig vuur en in de kamer hing de zoete geur van brandend kersenhout. Caddy Mellery zat met een bleek maar beheerst gezicht op de bank, naast een goedgeklede man van begin zeventig.

Toen Gurney en Hardwick naar binnen liepen, stond de man op met een gemak dat voor iemand van zijn leeftijd verbazingwekkend was. 'Goedemiddag, heren,' zei hij. De woorden werden met een hoffelijke, enigszins zuidelijke tongval uitgesproken. 'Ik ben Carl Smale, een oude vriend van Caddy.'

'Ik ben brigadier Hardwick, leider van het onderzoek, en dit is Dave Gurney, een oude vriend van wijlen de echtgenoot van mevrouw Mellery.'

'O ja, de vriend van Mark. Daar had Caddy het al over.'

'Het spijt me dat we u moeten storen.' Hardwick keek om zich heen en liet zijn blik rusten op de kleine secretaire die langs de muur tegenover de haard stond. 'We zouden graag een aantal papieren willen zien die mogelijk verband houden met het misdrijf en waarvan we vermoeden dat ze in dat bureau liggen. Mevrouw Mellery, ik vind het vervelend dat ik het u moet vragen, maar zou u misschien even willen kijken?'

Ze sloot haar ogen. Het was niet duidelijk of ze de vraag begreep.

Smale nam weer naast haar plaats op de bank en legde zijn hand op haar onderarm. 'Ik weet zeker dat Caddy daar geen bezwaar tegen heeft.'

Hardwick aarzelde even. 'U spreekt… namens mevrouw Mellery?'

De reactie van Smale was amper zichtbaar: een bijna onmerkbaar optrekken van zijn neus, zoals een gevoelige dame tijdens een dinertje op een scheldwoord zou reageren.

De weduwe deed haar ogen open en zei met een droevige glimlach: 'U begrijpt vast wel dat dit me allemaal heel zwaar valt. Ik vertrouw volledig op Carl. Alles wat hij zegt, is verstandiger dan wat ik zou kunnen zeggen.'

Hardwick bleef aandringen. 'De heer Smale is uw advocaat?'

Ze wendde zich tot Smale met een welwillendheid die volgens Gurney het gevolg was van valium en zei: 'Hij is mijn advocaat, mijn zaakwaarnemer in goede en slechte tijden, en dat al dertig jaar. Hemel, Carl, dat is angstaanjagend lang.'

Smale glimlachte al even weemoedig en zei toen tegen Hardwick, met een beslistheid die hij nog niet eerder had laten horen: 'Voel u vrij om deze kamer te doorzoeken op wat u maar wenselijk lijkt. Mocht er iets zijn wat u wenst mee te nemen, dan zouden we het natuurlijk op prijs stellen indien u een lijstje van de betreffende voorwerpen wilt maken.'

De nadruk waarmee hij 'deze kamer' uitsprak, ontging Gurney niet. Smale gaf geen toestemming om zonder bewijs tot huiszoeking elders rond te kijken. Aan de harde blik te zien die Hardwick het parmantige heertje op de bank toewierp, was het hem evenmin ontgaan.

'Als we iets meenemen, wordt dat natuurlijk uitvoerig beschreven.' Hardwicks toon maakte duidelijk wat hij niet uitsprak: we maken geen lijst van voorwerpen die we wensen mee te nemen, we maken een lijst van wat we hebben meegenomen.

Smale, die duidelijk in staat was onuitgesproken mededelingen te begrijpen, glimlachte. Hij wendde zich tot Gurney en vroeg op zijn aangenaam kalme, lijzige toon: 'Vertel eens, bent u dé Dave Gurney?'

'Ik ben de enige die mijn ouders hebben gekregen.'

'Kijk eens aan, kijk eens aan. De legendarische rechercheur! Wat fijn u te leren kennen.'

Gurney, die zich er nooit prettig bij voelde wanneer iemand hem herkende, zei niets.

De stilte werd verbroken door Caddy Mellery. 'Ik zou me graag willen verontschuldigen. Ik heb een vreselijke hoofdpijn en moet even gaan liggen.'

'Daar heb ik alle begrip voor,' zei Hardwick, 'maar ik heb nog even uw hulp nodig.'

Smale keek zijn cliënte bezorgd aan. 'Kan het niet een paar uurtjes wachten? Mevrouw Mellery heeft overduidelijk pijn.'

'Mijn vragen hoeven maar twee of drie minuten te duren. Geloof me, ik wil liever ook niet storen, maar uitstel kan alles nog erger maken.'

'Caddy?'

'Ik vind het niet erg, Carl. Nu of later, dat maakt toch niet uit.' Ze sloot haar ogen. 'Ik luister.'

'Het spijt me dat ik u dit moet vragen,' zei Hardwick. 'Is het goed als ik even plaatsneem?' Hij wees naar de oorfauteuil die het dichtste bij Caddy's kant van de bank stond.

'Ga uw gang.' Haar ogen waren nog steeds dicht.

Hij ging op de rand van de zitting zitten. Vragen stellen aan nabestaanden was voor iedere politieman een beproeving, maar Hardwick wekte niet de indruk dat hij er erg onder leed.

'Het gaat om iets wat u vanmorgen tegen me zei, en ik wil er zeker van zijn dat ik u goed heb begrepen. U zei dat kort na één uur 's nachts de telefoon ging, en dat uw man en u toen al sliepen?'

'Ja.'

'En u weet hoe laat het was omdat...'

'Ik op de klok heb gekeken. Ik vroeg me af wie ons zo laat nog belde.'

'En uw man nam op?'

'Ja.'

'Wat zei hij?'

'Hij zei "Hallo, hallo, hallo". Een keer of drie, vier. Toen hing hij op.'

'Zei hij of de beller iets had gezegd?'

'Nee.'

'En een paar minuten later hoorde u een dier krijsen in het bos?'

'Krassen.'

'Krassen?'

'Ja.'

'Wat voor onderscheid maakt u tussen krijsen en krassen?'

'Krijsen...' Ze zweeg en beet met kracht op haar onderlip.

'Mevrouw Mellery?'

'Duurt dit nog lang?' wilde Smale weten.

'Ik wil weten wat ze heeft gehoord.'

'Krijsen is eerder iets wat een mens zou doen. Krijsen is wat ik deed toen...' Ze knipperde alsof ze een vuiltje uit haar oog wilde verwijderen en vervolgde toen: 'Dit was een of ander dier. Maar het zat niet in het bos. Het klonk alsof het veel dichter bij het huis was.'

'Hoe lang duurde dit krijsen... eh, krassen?'

'Een minuut of twee. Ik weet het niet zeker. Het hield op nadat Mark naar beneden was gegaan.'

'Zei hij wat hij ging doen?'

'Hij zei dat hij wilde kijken wat er zo'n herrie maakte. Meer niet. Hij wilde alleen…' Ze hield op en haalde langzaam en diep adem.

'Het spijt me, mevrouw Mellery. Nog eventjes.'

'Hij wilde gewoon weten wat het was. Meer niet.'

'Hebt u verder nog iets gehoord?'

Ze sloeg haar hand voor haar mond en bedekte haar wang en kaak, alsof dit haar kon helpen haar zelfbeheersing te bewaren. Uit de rode en witte vlekjes die zichtbaar werden onder haar vingernagels bleek hoe stevig haar greep was.

Toen ze weer het woord nam, werd haar stem gedempt door haar hand.

'Ik lag nog half te slapen, maar ik hoorde wel iets, iets wat op een klap leek. Alsof iemand in zijn handen klapte. Dat is alles.' Ze bleef haar gezicht vasthouden, alsof die druk haar enige troost was.

'Dank u,' zei Hardwick, die opstond uit de fauteuil. 'We zullen u verder zo min mogelijk storen. Het enige wat ik nu nog wil doen, is dat bureau doorzoeken.'

Caddy Mellery hief haar hoofd op en deed haar ogen open. Haar hand viel in haar schoot en op haar wangen waren de vlammende afdrukken van haar vingers te zien. 'Meneer Hardwick,' zei ze met een zwakke maar vastberaden stem, 'u mag alles meenemen wat u relevant lijkt, maar respecteert u alstublieft onze privacy. De pers gedraagt zich onverantwoordelijk, en de nalatenschap van mijn echtgenoot is van het grootste belang.'

21

Prioriteiten

'Als we te veel in deze gedichten verstrikt raken, zitten we hier volgend jaar nog naar onze eigen navel te staren,' zei Hardwick. Hij sprak het woord 'gedichten' uit alsof het de grootst denkbare drek was.

De briefjes van de moordenaar lagen uitgespreid op een grote tafel in het midden van de vergaderzaal van het instituut, die het team van het BCI in gebruik had genomen als uitvalsbasis voor de eerste intensieve fase van het onderzoek ter plaatse.

Alles was aanwezig: de eerste, uit twee delen bestaande brief van 'X. Arybdis' lag er, waarin de griezelige voorspelling werd gedaan dat Mellery aan het getal 658 zou denken en waarin hem werd verzocht $ 289,87 over te maken als tegemoetkoming in de kosten die waren gemaakt om hem op te sporen; de drie steeds gemener wordende gedichtjes die kort daarna per post waren bezorgd (het derde gedichtje had Mellery inderdaad, zoals hij al tegen Gurney had gezegd, in een kleine plastic diepvrieszak gestopt om de vingerafdrukken te bewaren); de teruggestuurde cheque van $ 289,87; het briefje waarin Gregory Dermott liet weten dat er geen 'X. Arybdis' op dat adres bekend was; het versje dat de moordenaar telefonisch aan de assistente van Mellery had gedicteerd; de opname van het gesprek dat Mellery later die avond met de moordenaar had gevoerd en waarin hij het getal negentien had genoemd; het briefje uit Mellery's brievenbus waarin werd voorspeld dat Mellery het getal negentien zou noemen; en ten slotte het gedichtje dat op het lijk was aangetroffen. Het was een opmerkelijke hoeveelheid bewijsmateriaal.

'Weet jij meer over die plastic zak?' vroeg Hardwick. Hij leek net zo min enthousiast over plastic als over gedichten.

'Mellery was doodsbang en vertelde me dat hij mogelijke vingerafdrukken wilde beschermen,' zei Gurney.

Hardwick schudde zijn hoofd. 'Dat komt door dat kloterige csi. Plastic lijkt veel geavanceerder dan papier, maar als je bewijsmateriaal in plastic zakken bewaart, rot het vanzelf weg door het vocht dat niet kan ontsnappen. Sukkels.'

Een geüniformeerde agent met het embleem van Peony op zijn pet en een gejaagde uitdrukking op zijn gezicht verscheen in de deuropening.

'Ja?' vroeg Hardwick, die zijn bezoeker leek te willen waarschuwen dat hij niet met nog een probleem aan moest komen.

'Uw technische team vraagt om toegang. Is dat in orde?'

Hardwick knikte, maar hij had zijn aandacht alweer bij de verzameling rijmpjes die op de tafel lagen uitgespreid.

'Het is een keurig handschrift,' zei hij, terwijl hij vol minachting zijn neus optrok. 'Wat denk je ervan, Dave? Hebben we met een moordzuchtige non te maken?'

Een halve minuut later kwam de technische recherche de vergaderzaal in, beladen met plastic zakjes, een laptop en een draagbare printer, zodat de voorwerpen die tijdelijk op tafel waren neergelegd van etiketten en streepjescodes konden worden voorzien. Hardwick wilde dat er fotokopieën van alle briefjes werden gemaakt voordat die naar het lab in Albany zouden worden gestuurd. Daar zou nader onderzoek plaatsvinden naar eventuele vingerafdrukken, het handschrift, het papier en de inkt, met speciale aandacht voor het briefje dat op het lichaam was achtergelaten.

Gurney hield zich op de achtergrond en sloeg Hardwick gade in diens rol als leider van het onderzoek op de plaats delict. Hoe een zaak zich in de loop der maanden of misschien zelfs jaren ontwikkelde, hing vaak af van de manier waarop de leider van het onderzoek zich in die eerste uren van zijn taak kweet. En Hardwick deed dat in Gurneys ogen uitstekend. Hij zag dat Hardwick de lijst van foto's en locaties bekeek die de fotograaf voor hem had opgesteld en zich ervan vergewiste dat elk detail was vastgelegd: de grenzen van het perceel; alle ingangen, uitgangen, voetafdrukken en andere zichtbare bewijsstukken (de tuinstoel, de sigarettenpeuken, de gebroken fles); het lijk op de vindplaats en de met bloed doordrenkte sneeuw eromheen. Hardwick vroeg de fotograaf ook of hij luchtfoto's van het terrein en de omgeving kon regelen. Dat was geen gebruikelijke gang van zaken, maar gezien de omstandigheden, en met name gezien de voetafdrukken die nergens heen gingen, was het verzoek begrijpelijk.

Ook vroeg Hardwick aan de twee jongere rechercheurs of zij de verhoren hadden afgenomen waartoe hij eerder opdracht had gegeven. Hij bekeek samen met het hoofd van de technische recherche het overzicht van het gevonden bewijsmateriaal en liet daarna een van zijn rechercheurs een speurhond regelen die de volgende ochtend ter plaatse diende te zijn. Dat laatste was voor Gurney een teken dat de kwestie van de voetafdrukken Hardwick behoorlijk dwarszat. Ten slotte bekeek hij de lijst die de agent bij de voordeur had bijhouden om er zeker van te zijn dat de plaats van het misdrijf niet door onbevoegden was betreden. Nadat Gurney had gadegeslagen hoe Hardwick feiten verzamelde, prioriteiten stelde en taken verdeelde, was hij er zeker van dat zijn oud-collega nog even goed onder druk kon presteren als tijdens hun samenwerking het geval was geweest. Hardwick was misschien wel een klootzak met een kort lontje, hij was wel door en door efficiënt.

Om kwart over vier zei Hardwick tegen hem: 'Het is een lange dag geweest, en jij krijgt er niet eens voor betaald. Waarom ga je niet terug naar je boerderij?' Toen leek hem iets in te vallen en voegde hij eraan toe: 'Ik bedoel, wij betalen je niet. Deden de Mellery's dat wel? Jezus, waarschijnlijk wel. Beroemd talent krijg je niet voor niets.'

'Ik heb geen vergunning, dus ik zou niet eens iets kunnen rekenen, ook al zou ik dat willen. En een baantje als privédetective is wel het laatste wat ik ambieer.'

Hardwick keek hem vol ongeloof aan.

'Sterker nog, ik denk dat ik je advies maar opvolg en naar huis ga.'

'Wat denk je, zou je morgen rond twaalven even langs kunnen komen op het regionale hoofdbureau?'

'Wat ben je van plan?'

'Twee dingen. Eerst wil ik een verklaring van je hebben: jouw verleden met het slachtoffer, van vroeger en nu. Je kent dat wel. Ten tweede zou ik graag willen dat je aanwezig bent bij een vergadering, een eerste overleg waarin iedereen op de hoogte wordt gebracht. Voorlopige rapportages over de doodsoorzaak, getuigenverhoren, bloed, vingerafdrukken, het moordwapen, et cetera. Eerste theorieën, prioriteiten, volgende stappen. Aan iemand als jij kunnen we heel veel hebben, je kunt ons op het juiste spoor zetten en voorkomen dat we belastinggeld verspillen. Het zou misdadig zijn als je je grotestadsverstand niet met ons boertjes van buiten zou willen delen. Morgen, twaalf uur. Het zou mooi zijn als je meteen je verklaring mee kon nemen.'

Een man als hij moest wel een bijdehante zak zijn. Daaraan ontleende hij zijn status: Bijdehante Zak, Afdeling Zware Misdrijven, BCI, NYSP. Maar Gurney merkte dat Hardwick, grote mond of niet, heel graag hulp wilde bij een zaak die met het uur vreemder leek te worden.

Gedurende het grootste deel van de rit naar huis was Gurney zich niet bewust van zijn omgeving. Pas toen hij door het hoger gelegen deel van het dal reed, langs de winkel van Abelard in Dillweed, merkte hij dat de wolken die zich eerder die dag hadden samengepakt nu waren opgelost en dat de ondergaande zon de westkant van de heuvels in een bijzondere gloed hulde. De besneeuwde akkers die de kronkelende rivier aan beide zijden omzoomden, baadden in een pastelkleurig licht dat zo intens was dat hij zijn ogen opensperde bij de aanblik ervan. Toen zakte de koraalrode zon met een verbazingwekkende snelheid weg achter de heuvelrug aan de andere kant van het dal en doofde de gloed. Opnieuw waren de kale bomen zwart en oogde de sneeuw leeg en wit.

Hij naderde langzaam zijn afslag en merkte dat zijn aandacht werd getrokken door een kraai die in de berm zat, op iets dat een centimeter of vijf hoger dan het wegdek lag. Hij reed erlangs en keek nog eens goed. De kraai zat op een dode buidelrat. Het vreemde was dat de vogel niet, zoals hij van een kraai zou verwachten, wegvloog of aangaf de passerende auto storend te vinden. Het dier zat er bewegingloos bij en had daardoor iets verwachtingsvols. Het ongewone tafereel deed aan een droom denken.

Gurney sloeg af en schakelde terug voor de langzame, kronkelende tocht naar boven, zijn gedachten beheerst door het beeld van de zwarte vogel boven op het dode dier, waakzaam, wachtend in de schemering.

Het was drie kilometer – en vijf minuten – rijden van de kruising naar Gurneys huis. Tegen de tijd dat hij het smalle karrenspoor bereikte dat van de schuur naar het huis leidde, was het buiten grijzer en kouder geworden. Sneeuw stoof op en werd als een windhoos over de weide geblazen, om vlak voor het donkere bos weer neer te dwarrelen.

Hij parkeerde dichter bij het huis dan zijn gewoonte was, sloeg zijn kraag op tegen de kou en liep haastig naar de achterdeur. Zodra hij de keuken binnenliep, werd hij zich bewust van die kenmerkende leegte die erop wees dat Madeleine er niet was. Het was alsof er een zwak zoemende elektrische stroom om haar heen hing, een energie die de ruimte vulde wanneer ze er was en een tastbare leegte achterliet als ze er niet was.

Er hing nog iets in de lucht: een restant van alle emoties van die ochtend, de sombere aanwezigheid van de doos uit de kelder, die nog steeds aan de andere kant van de inmiddels schemerige kamer op tafel stond, het witte lint onaangeroerd.

Na een korte omweg via het toilet naast de provisiekamer liep hij meteen naar de studeerkamer om te zien of er nog berichten waren ingesproken. Er was er slechts eentje. De stem was die van Sonya; satijnzacht, als een cello. 'Hallo, David. Ik heb een klant die helemaal ondersteboven is van je werk. Ik heb hem verteld dat je bijna weer een project hebt voltooid, en ik wil graag weten wanneer het beschikbaar is. Ondersteboven is echt niet te sterk uitgedrukt, en ik geloof dat geld geen rol speelt. We moeten maar even de koppen bij elkaar steken. Bel me zo snel mogelijk terug. Alvast bedankt, David.'

Hij wilde net het berichtje nogmaals beluisteren toen hij de achterdeur open en weer dicht hoorde gaan. Hij drukte op het knopje met STOP om het bandje stil te zetten en riep: 'Ben jij dat?'

Er volgde geen antwoord, en dat irriteerde hem.

'Madeleine!' riep hij, luider dan nodig was.

Hij hoorde dat ze antwoord gaf, maar haar stem klonk zo laag dat hij haar niet kon verstaan. Het was die toon die hij, op meer vijandige momenten, als 'passief-agressief laag' betitelde. Zijn eerste opwelling was in de studeerkamer blijven zitten, maar omdat dat kinderachtig leek, liep hij toch naar de keuken.

Madeleine wendde zich net af van de kapstok in de keuken waaraan ze haar oranje parka had opgehangen. De schouders van de jas waren bestoven met sneeuw. Ze moest tussen de dennen doorgelopen zijn.

'Het is buiten echt prachtig,' zei ze. Ze haalde haar vingers door haar dikke bruine haar en schudde de lokken los die door de capuchon van haar parka waren platgedrukt. Ze liep naar de provisiekamer, kwam een minuut later weer terug en liet haar blik over het aanrecht in de keuken glijden.

'Waar heb je de pecannoten neergelegd?'

'Wat?'

'Had ik je niet gevraagd of je noten wilde halen?'

'Ik geloof het niet.'

'Misschien toch niet, nee. Of heb je me niet gehoord?'

'Ik zou het niet weten,' zei hij. Het kostte hem de grootste moeite om zijn gedachten op een onderwerp als noten te richten. 'Ik haal ze morgen wel.'

'Waar dan?'

'Bij Abelard.'

'Op zondag?'

'Zon… O ja, dan zijn ze dicht. Waar heb je ze voor nodig?'

'Ik ben degene die het toetje moet maken.'

'Welk toetje?'

'Elizabeth maakt de salades en gaat brood bakken, en Jan maakt chili. Ik zou het toetje verzorgen.' Haar blik werd donkerder. 'Je bent het toch niet vergeten?'

'Komen ze morgen hierheen?'

'Inderdaad, ja.'

'Hoe laat?'

'Wat maakt dat nu uit?'

'Ik moet om twaalf uur een schriftelijke verklaring afgeven bij het BCI.'

'Op zondag?'

'Het is een onderzoek naar een moord,' zei hij op doffe toon, hopend dat hij niet al te sarcastisch klonk.

Ze knikte. 'Dus je bent de hele dag weg.'

'Een deel van de dag wel, ja.'

'Hoe lang precies?'

'God, je weet toch hoe die dingen gaan?'

Het verdriet en de woede die in haar blik om voorrang streden, deden hem meer pijn dan een klap zou hebben gedaan. 'Dus ik neem aan dat niet te zeggen is hoe laat je morgen weer thuis bent en dat de kans groot is dat je er met het eten niet bent,' zei ze.

'Ik moet een ondertekende verklaring afleggen omdat ik getuige ben geweest van gebeurtenissen die de aanloop tot het misdrijf hebben gevormd. Het is niet bepaald iets wat ik graag wíl doen.' Zijn stem zwol tot zijn schrik onverwacht aan, en hij beet haar de woorden toe. 'Er zijn nu eenmaal dingen in het leven die we moeten doen, of we nu willen of niet. Dit is een wettelijke verplichting, geen kwestie van wat ik wil of niet. Ik heb die stomme rotwetten niet gemaakt!'

Ze staarde hem aan met een vermoeidheid die even plotseling opkwam als zijn woede. 'Je snapt het nog steeds niet, hè?'

'Wat snap ik niet?'

'Dat jouw gedachten zo vervuld zijn van moord en doodslag en bloed en monsters en leugenaars en psychopaten dat er gewoon geen ruimte meer is voor iets anders.'

22

De zaken op een rijtje

Hij was die avond twee uur bezig met het opschrijven en corrigeren van zijn verklaring. Daarin beschreef hij heel eenvoudig, zonder bijvoeglijke naamwoorden, emoties of meningen, zijn relatie tot Mark Mellery: van de oppervlakkige vriendschap tijdens hun studie tot de contacten van de laatste tijd, te beginnen met het mailtje waarin Mellery had gevraagd of ze elkaar konden ontmoeten en eindigend met zijn halsstarrige weigering om naar de politie te gaan.

Hij dronk tijdens het opstellen van de verklaring twee mokken sterke koffie en sliep ten gevolge daarvan erg slecht. Kou, zweet, jeuk, dorst, een pijn die zich om onverklaarbare wijze van het ene been naar het andere verplaatste: de ongemakken die elkaar tijdens de nacht opvolgden, vormden een onheilspellende kraamkamer voor nare gedachten, zeker ook vanwege de pijn die hij in Madeleines blik had gezien.

Hij wist waardoor die pijn werd veroorzaakt: door de prioriteiten die hij stelde. Haar grote klacht was dat Dave de Rechercheur altijd belangrijker was dan Dave de Echtgenoot, ook nu hij zijn penning aan de wilgen had gehangen. Ze had gehoopt, en misschien oprecht geloofd, dat hij daardoor zou veranderen, maar hoe kon hij ophouden te zijn wie hij was? Hij wilde dolgraag bij haar zijn en haar gelukkig maken, maar hij kon zichzelf niet veranderen. Hij beschikte nu eenmaal over een vlijmscherpe geest, een uitmuntend verstand, en hij ontleende een groot deel van zijn genoegen in het leven aan het gebruiken van zijn intellectuele talenten. Hij kon als geen ander logisch denken, hij leek voelsprieten te hebben die de kleinste afwijking opvingen. Die eigenschappen maakten hem tot een uitmuntend rechercheur, maar vormden ook een abstracte buffer, tussen hem en de gruwelen van zijn beroep, die het werk draaglijk maakte. Andere politiemannen hadden andere buffers: alcohol, de solidariteit van een studentendispuut, cynisme dat een hart in ijs veranderde. Gurneys schild was zijn vermogen om elke situatie als een intellectuele uitdaging te benaderen, om misdrijven te beschouwen als vergelijkingen die konden worden opgelost. Zo was hij nu eenmaal, het was niet iets waarmee hij zomaar kon ophouden door simpelweg zijn baan op te zeggen. Zo dacht hij er in elk geval over toen hij een uur voor zonsopgang eindelijk in slaap viel.

Bijna honderd kilometer ten oosten van Walnut Crossing en vijftien kilometer verder dan Peony, op een klif met uitzicht over de Hudson, stond het regionale hoofdbureau van de NYSP, een gebouw met het aanzien en de uitstraling van een pas opgetrokken fort. De muren van massief grijze steen en de kleine raampjes leken bedoeld om de apocalyps te weerstaan, en Gurney vroeg zich af of de architectuur was beïnvloed door de hysterie die na 11 september om zich heen had gegrepen en had geleid tot nog bespottelijker projecten dan ondoordringbare politiebureaus.

Binnen werd de ongenaakbare uitstraling van de metaaldetectors, op afstand bedienbare camera's, het wachthokje van kogelwerend materiaal en de gladgeschuurde betonnen vloer nog eens versterkt door het licht van tl-buizen. Er hing een microfoon om te kunnen communiceren met de agent in het wachthokje, dat eerder op een controlekamer leek, compleet met een rij monitoren die op de bewakingscamera's waren aangesloten. De lampen wierpen een kille gloed op alle harde oppervlakken en gaven de bewaker een uitgeput aanzien. Zelfs zijn kleurloze haar zag er door de onnatuurlijke verlichting ziekelijk uit. Hij leek elk moment te kunnen gaan braken.

Gurney sprak in de microfoon en onderdrukte de neiging om de man te vragen of hij iets mankeerde. 'David Gurney. Ik heb een afspraak met Jack Hardwick.'

De bewaker schoof een bezoekerspasje en een lijst waarop Gurney zijn naam moest noteren door de smalle spleet onder aan de indrukwekkend dikke glazen wand tussen het plafond en de balie. Hij pakte de telefoon, keek op een lijst die met plakband aan zijn kant van de balie was vastgeplakt, draaide een viercijferig doorkiesnummer, zei iets wat Gurney niet kon verstaan en legde de hoorn weer op de haak.

Een minuut later schoof de grijze stalen deur in de wand naast het hokje open en werd dezelfde agent in burger zichtbaar die hem een dag eerder op het instituut had begeleid. Hij gebaarde zonder enig blijk van herkenning dat Gurney hem moest volgen en leidde hem door een saaie grijze gang naar een volgende stalen deur.

Daarachter lag een groot vertrek zonder ramen, dat was ingericht voor een vergadering; de ramen waren waarschijnlijk achterwege gelaten om te voorkomen dat de gebruikers tijdens een terroristische aanval door rond-vliegend glas zouden worden getroffen. Gurney, die een tikje claustrofo-bisch was, had een hekel aan kamers zonder ramen, en een hekel aan archi-tecten die dat een goed idee vonden.

Zijn onverstoorbare gids liep zonder aarzelen naar een koffiekan in de verste hoek. De meeste stoelen in de kamer waren al geclaimd door perso-nen die nog niet aanwezig waren. Over vier van de tien rugleuningen hingen jasjes, en drie andere stoelen waren gereserveerd door ze voorover gekanteld tegen de tafel te zetten. Gurney trok zijn lichte parka uit en hing die over de rugleuning van een van de onbezette stoelen.

De deur ging open en Hardwick kwam binnen, gevolgd door een serieus ogende, roodharige vrouw met een laptop en een dikke dossiermap in haar handen en door de tweede Tom Cruise-dubbelganger, die meteen op zijn maatje bij de koffie af stoof. De vrouw, die een pak droeg dat mannelijk noch vrouwelijk kon worden genoemd, liep naar een onbezette stoel en legde haar spullen daar op tafel. Hardwick liep naar Gurney toe, zijn gezicht ver-wrongen in een vreemde uitdrukking tussen verwachting en minachting.

'Er staat je iets geweldigs te wachten, makker,' fluisterde hij schor. 'Onze geliefde officier van justitie, de jongste in de geschiedenis van dit district, heeft besloten ons met zijn aanwezigheid te vereren.'

Gurney voelde zijn instinctieve vijandigheid jegens Hardwick opwellen, maar wist dat diens willekeurig uitgedeelde venijn een dergelijk gevoel niet rechtvaardigde. Hij probeerde geen reactie te tonen, maar hij merkte dat zijn lippen stijf waren toen hij zei: 'Is het niet vanzelfsprekend dat hij zich voor een zaak als deze interesseert?'

'Ik zei niet dat ik het niet had verwacht,' siste Hardwick. 'Ik zei alleen dat je iets geweldigs te wachten staat.' Hij keek even naar de drie naar voren ge-kantelde stoelen in het midden van de tafel en merkte toen, met die opge-trokken lip die een vast bestanddeel van zijn uitdrukking leek te worden, tegen niemand in het bijzonder op: 'Tronen voor de drie wijzen uit het oos-ten.'

Hij had die woorden nog niet uitgesproken of de deur ging open en drie mannen liepen naar binnen.

Hardwick zei met zachte stem over Gurneys schouder wie wie was, zonder zijn lippen echt te bewegen, en Gurney besefte dat er een carrière als buikspreker aan Hardwick verloren was gegaan.

'Hoofdinspecteur Rod Rodriguez, bemoeizieke lul,' zei de fluisterstem toen een gedrongen, zonnebankbruine man met een ontspannen glimlach en kwaadaardige ogen de vergaderzaal binnenliep en de deur openhield voor de langere man achter hem, een slank, alert type dat zijn blik snel door het vertrek liet gaan en iedere aanwezige niet langer dan een tel aankeek. 'Sheridan Kline, officier van justitie,' zei de fluisterstem. 'Wil heel graag gouverneur Kline worden.'

De derde man, die achter Kline aan naar binnen glipte, was vroegtijdig kaal en had de uitstraling van een bord koude zuurkool. 'Stimmel, de rechterhand van Kline.'

Rodriguez leidde het tweetal naar de drie gekantelde stoelen en wees met nadruk de middelste aan als de stoel voor Kline, die dit als vanzelfsprekend leek te beschouwen. Stimmel nam aan zijn linkerzijde plaats, Rodriguez aan de rechter. Rodriguez keek de anderen in het vertrek aan door een bril met een lichtmetalen montuur. De onberispelijk gekapte bos zwart haar die oprees boven zijn lage voorhoofd was duidelijk geverfd. Hij tikte een paar maal hard met zijn knokkels op het tafelblad en keek om zich heen om te zien of hij ieders aandacht had.

'Volgens onze agenda begint de vergadering om twaalf uur, en de klok zegt dat het nu twaalf uur is. Dus als u allen plaats zou willen nemen?'

Hardwick ging naast Gurney zitten. Het groepje bij de koffie liep ook naar de tafel en nog geen halve minuut later zat iedereen. Rodriguez keek met een zuur gezicht om zich heen, alsof hij duidelijk wilde maken dat het bij echte vakmensen niet zo lang hoefde te duren. Toen hij Gurney zag, verscheen er een trekje rond zijn mond dat of pijn of een glimlach moest uitdrukken. Zijn zure gezicht betrok nog meer toen hij een lege stoel waarnam. Toen nam hij opnieuw het woord.

'Ik hoef u niet te vertellen dat het gaat om een moordzaak die de nodige aandacht zal trekken. We moeten allemaal ons hoofd erbij houden.' Hij zweeg even, alsof hij er zeker van wilde zijn dat zijn gevatte opmerking niemand was ontgaan. Toen vertaalde hij voor degenen die mogelijk traag van begrip waren: 'We zijn hier bij elkaar om ervoor te zorgen dat alle neuzen vanaf dag één dezelfde kant op wijzen.'

'Dag twee,' mompelde Hardwick.

'Pardon?' zei Rodriguez.

De tweeling Cruise keek elkaar even aan, allebei net zo verbaasd.

'Vandaag is dag twee, meneer. Gisteren was dag één, meneer, en dat was een klotedag.'

'Het lijkt me duidelijk dat het maar bij wijze van spreken was. Het gaat me erom dat we vanaf het allereerste begin hetzelfde doel nastreven. We moeten allemaal met elkaar in de pas lopen. Is dat duidelijk?'

Hardwick knikte onnozel. Rodriguez wendde zich overdreven van hem af en richtte zijn opmerkingen tot degenen aan tafel die hij blijkbaar serieuzer achtte.

'Op dit moment weten we nog heel weinig, maar het is wel duidelijk dat deze zaak moeilijk, ingewikkeld, gevoelig en mogelijk controversieel kan worden. Er is me verteld dat het slachtoffer een succesvol auteur was en dat zijn lezingen volle zalen trokken. De vrouw van het slachtoffer is naar verluidt bijzonder bemiddeld. De cliënten van het Instituut hebben niet alleen veel geld, maar kenmerken zich ook door geheel eigen opvattingen die voor complicaties kunnen zorgen. Elk van die factoren op zich is al genoeg voor een compleet mediacircus, maar als je ze alle drie bij elkaar optelt is de uitdaging compleet. De vier wegen tot succes luiden als volgt: organisatie, discipline, communicatie en nog meer communicatie. Alles wat u ziet, hoort en concludeert, heeft alleen waarde indien het volgens de regels wordt vastgelegd en doorgegeven. Communicatie en nog meer communicatie.' Hij keek even om zich heen. Zijn blik bleef het langste op Hardwick rusten en maakte allerminst subtiel duidelijk dat Hardwick hem degene leek die de regels over vastleggen en doorgeven het eerste aan zijn laars zou lappen. Hardwick keek vol aandacht naar een grote sproet op de rug van zijn rechterhand.

'Ik hou niet van mensen die de regels naar hun hand proberen te zetten,' ging Rodriguez verder. 'Die zorgen uiteindelijk voor meer problemen dan degenen die de regels gewoon negeren. Ze beweren altijd dat ze het doen om resultaat te boeken, maar in werkelijkheid doen ze het uit eigenbelang. Ze lijden aan een gebrek aan discipline, en een gebrek aan discipline maakt een organisatie kapot. Dus luister goed, mensen: we gaan de regels volgen. Alle regels. We vinken punten af op onze lijst. We slaan in onze rapporten geen enkel detail over. We dienen die rapporten op tijd in. Alles verloopt via de aangewezen kanalen. Elk juridisch verzoek dient te worden voorgelegd aan officier Kline voordat – en ik herhaal, voordat – er sprake kan zijn van een mogelijk twijfelachtig besluit. Communicatie, communicatie, communicatie.' Hij slingerde de woorden in het rond als granaten die op de vijand werden afgevuurd. Toen hij meende dat elke vorm van verzet in de kiem was gesmoord, wendde hij zich met een suikerzoete onderdanigheid tot de officier van justitie en zei: 'Sheridan, ik weet dat je je persoonlijk voor deze zaak wilt inzetten. Heb jij nog een boodschap voor het team?'

Kline toonde een brede glimlach die van een afstand wellicht als warm kon worden opgevat, maar van dichtbij viel vooral de stralende zelfingenomenheid van een echte politicus op.

'Het enige wat ik wil zeggen, is dat ik hier ben om te helpen. Op welke manier dan ook. Jullie zijn de vaklui, jullie zijn hiervoor opgeleid en hebben ervaring. Jullie weten hoe het gaat. Dit is jullie ding.' Een amper hoorbaar gegrinnik bereikte Gurneys oor. Rodriguez knipperde met zijn ogen. Kon hij Hardwick soms horen? 'Maar ik ben het met Rod eens. Het zou een heel grote zaak kunnen worden die moeilijk te beheersen is. Reken er maar op dat dit op tv komt, en dat het veel kijkers trekt. Bereid je maar voor op sensationele krantenkoppen: "Gore moord op newagegoeroe". Heren, of we nu willen of niet, hier zal de boulevardpers zich op storten. We moeten het niet verknallen, zoals ze het in Colorado met JonBenét en in Californië met Simpson hebben verknald. We zullen heel wat balletjes in de lucht moeten houden, want als we ze laten vallen, dan is het einde zoek. Die balletjes...'

Gurneys nieuwsgierigheid naar het lot van die balletjes werd niet bevredigd. Kline werd tot zwijgen gebracht door het indringende geluid van een mobieltje, waarop iedereen met een verschillende mate van ergernis reageerde. Rodriguez wierp een kwade blik op Hardwick, die het beledigende apparaat uit zijn zak opdiepte en op ernstige toon de mantra van de hoofdinspecteur herhaalde: 'Communicatie, communicatie, communicatie.' Toen drukte hij een knopje in en sprak in het toestel.

'Met Hardwick... Ja, zeg het maar... Waar?... Komen die overeen met de sporen?... Enig idee hoe ze daar zijn gekomen?... Enig idee waarom hij dat kan hebben gedaan?... Goed, stuur ze zo snel mogelijk naar het lab... Geen probleem.' Hij verbrak de verbinding en staarde bedachtzaam naar zijn telefoon.

'En?' zei Rodriguez, zijn woedende blik gekleurd door nieuwsgierigheid.

Hardwick richtte zijn antwoord tot de roodharige vrouw in het neutrale pak die haar laptop had opengeklapt en hem verwachtingsvol aankeek.

'Nieuws van de plaats delict. Ze hebben de schoenen van de moordenaar gevonden, of in elk geval hoge wandelschoenen waarvan de afdrukken overeenkomen met het spoor dat van het lijk naar het bos leidt. De schoenen zijn nu op weg naar het lab.'

De roodharige vrouw knikte en begon te typen.

'Ik dacht dat je zei dat de voetafdrukken nergens heen leidden en opeens ophielden,' zei Rodriguez op een toon alsof hij Hardwick op een leugen had betrapt.

'Ja,' zei Hardwick zonder hem aan te kijken.

'Waar zijn die schoenen dan gevonden?'

'Midden in hetzelfde niets. In een boom nabij de plek waar het spoor doodloopt. Ze hingen aan een tak.'

'Wil je nu beweren dat jouw moordenaar in een boom is geklommen, zijn schoenen heeft uitgetrokken en die aan een tak heeft gehangen?'

'Daar ziet het naar uit.'

'Nou, waar... Ik bedoel, wat heeft hij toen gedaan?'

'Al sla je me helemaal dood. Misschien kunnen de schoenen ons iets meer vertellen.'

Rodriguez uitte een kort, ruw lachje. 'Laten we het hopen. In de tussentijd kunnen we maar beter teruggaan naar onze agenda. Sheridan, ik meen dat jij ruw werd onderbroken.'

'Met zijn balletjes in de lucht,' fluisterde de buikspreker.

'Nou, zo zou ik het niet willen noemen,' zei Kline met een lachje dat aangaf dat hij alles in zijn voordeel kon uitleggen. 'Eerlijk gezegd luister ik liever, zeker naar nieuws vanuit het veld. Hoe beter ik het probleem begrijp, des te beter ik hulp kan bieden.'

'Zoals je wilt, Sheridan. Hardwick, jij lijkt ieders aandacht al te hebben, dus je kunt ons net zo goed de rest van de feiten mededelen – graag zo beknopt mogelijk. De officier van justitie is bereid hier tijd in te steken, maar hij heeft nog meer te doen. Houd daar rekening mee.'

'Mooi, kinderen, dat is duidelijk. Hier komt de verkorte versie, en ik vertel het maar één keer. Blijf bij de les en stel geen stomme vragen. Luister goed.'

'Ho, ho!' Rodriguez stak beide handen omhoog. 'Ik wil niet dat de aanwezigen denken dat ze geen vragen mogen stellen.'

'Bij wijze van spreken. Ik wil de officier niet langer hier houden dan strikt noodzakelijk is.' De mate van respect waarmee hij de functie van Kline uitsprak was nog net niet beledigend, maar het scheelde niet veel.

'Goed, goed,' zei Rodriguez met een ongeduldig gebaar. 'Ga maar verder.'

Hardwick begon op vlakke toon de tot dan toe bekende feiten op te sommen. 'Drie tot vier weken voor de moord heeft het slachtoffer verschillende geschreven mededelingen ontvangen die verontrustend of dreigend van toon waren, alsmede twee telefoontjes, waarvan het een is aangenomen en beschreven door de assistente van de heer Mellery en het ander is gevoerd door het slachtoffer zelf. U zult hier allen kopieën van ontvangen. De echtgenote van het slachtoffer, Cassandra, ook wel Caddy genoemd, meldt dat zij en haar echtgenoot in de nacht van het misdrijf om een uur 's nachts door de telefoon werden gewekt, maar dat de beller ophing.'

Toen Rodriguez zijn mond opende, gaf Hardwick antwoord op de vraag die hij verwachtte. 'We hebben de telefoonmaatschappij al verzocht om gegevens over de gesprekken die op de betreffende datum via de vaste lijn en mobiele nummers zijn gevoerd, en om de gegevens met betrekking tot de twee eerdere telefoontjes. Gezien de mate van voorbereiding verwacht ik echter niet dat de dader een tastbaar spoor heeft achtergelaten.'

'Dat moet nog blijken,' zei Rodriguez.

Gurney besefte dat de hoofdinspecteur het soort man was dat in elke situatie of elk gesprek waarbij hij betrokken raakte de indruk wilde wekken dat hij de zaak in de hand had.

'Ja, meneer,' zei Hardwick op die overdreven uitdagende toon waar hij zo bedreven in was en die te subtiel was om hem iets te kunnen verwijten. 'Hoe dan ook, een paar minuten later schrokken ze op van geluiden in de nabijheid van het huis, geluiden die ze omschrijft als "het krassen van dieren". Toen ik haar daar later nog eens naar vroeg, zei ze dat het wellicht vechtende wasberen waren. Haar echtgenoot ging een kijkje nemen. Een minuut later hoorde ze iets wat ze als een gedempte mep beschrijft, en kort daarna besloot zij een kijkje te gaan nemen. Ze trof haar echtgenoot liggend op het terras aan, vlak naast de achterdeur. Het bloed liep uit een wond aan zijn keel en verspreidde zich over de sneeuw. Ze krijste – of dat denkt ze althans – en probeerde het bloeden te stelpen, maar toen dat niet lukte, is ze naar binnen gerend om een ambulance te bellen.'

'Weet je of ze het lichaam heeft verplaatst toen ze het bloeden probeerde te stelpen?' Rodriguez liet het als een strikvraag klinken.

'Ze zegt dat ze dat niet meer weet.'

Rodriguez keek sceptisch.

'Ik geloof haar,' zei Hardwick.

De manier waarop Rodriguez zijn schouders ophaalde, gaf aan dat hij weinig waarde hechtte aan die mening. Hardwick wierp een snelle blik op zijn aantekeningen en vervolgde zijn emotieloze betoog.

'De politie van Peony was het eerste ter plaatse, gevolgd door een auto van de sheriff, gevolgd door agent Calvin Maxon die vanuit de plaatselijke barakken kwam. Om 1.56 uur werd er contact opgenomen met het BCI. Ik was om 2.22 uur aanwezig en de forensisch arts arriveerde om 3.25 uur.'

'Nu we het toch over Thrasher hebben,' zei Rodriguez kwaad, 'heeft hij nog gezegd of hij later zou komen?'

Gurney wierp een snelle blik op de gezichten rond de tafel. Iedereen leek zo gewend aan de ongewone achternaam van de arts dat er geen reactie volgde. Ook leek de vraag niemand te verbazen, een teken dat de arts waarschijnlijk een van die mensen was die altijd en overal te laat kwam. Rodriguez staarde naar de deur van de vergaderzaal, waardoor Thrasher tien minuten eerder binnen had moeten komen, en leek zachtjes te koken van woede omdat iemand het waagde zijn geliefde schema door de war te sturen.

Opeens vloog de deur open, alsof iemand aan de andere kant had staan wachten, en kwam er een lange, slungelige man binnen. Hij had een aktetas onder zijn arm geklemd, een beker koffie in zijn hand en leek halverwege een zin te zijn.

'… vertraagd door wegwerkzaamheden. Ha! Volgens dat bordje althans.' Hij keek een paar van de aanwezigen een voor een stralend glimlachend aan. 'Blijkbaar staat "werkzaamheden" voor een beetje rondlummelen en aan je kruis krabben. Daar waren ze vooral mee bezig, en niet met graven of bestraten, tenminste niet voor zover ik kon zien. Gewoon een stelletje onbenullen die het verkeer hinderden.' Hij tuurde over de rand van een scheefstaande leesbril naar Rodriguez. 'Daar kan de NYSP zeker niets aan doen, hoofdinspecteur?'

Rodriguez reageerde met de vermoeide glimlach van een serieus iemand die met een stel gekken te maken heeft. 'Goedemiddag, dokter Thrasher.'

Thrasher zette zijn aktetas en koffie voor de laatste vrije stoel op tafel. Zijn blik dwaalde even door het vertrek en bleef op de officier van justitie rusten.

'Hallo, Sheridan,' zei hij enigszins verbaasd. 'Je bent er deze keer vroeg bij, hè?'

'Heb je ons soms iets interessants te vertellen, Walter?'

'Ja, eerlijk gezegd wel. Ik heb in elk geval een kleine verrassing.'

Rodriguez, die dolgraag aan het roer van de bijeenkomst wilde blijven staan, stuurde het gesprek vrij overdreven de toch al ingeslagen richting in. 'Luister eens, ik denk dat we de late komst van de heer Thrasher in ons voordeel kunnen ombuigen. We zaten net te luisteren naar de opsomming van de gebeurtenissen rondom de ontdekking van het stoffelijk overschot, en het laatstgenoemde feit was de aankomst van de forensisch arts op de plaats delict. Het toeval wil dat de bewuste arts hier net aanschuift, dus wellicht kunnen we zijn verslag nu meteen in ons overzicht meenemen?'

'Goed idee,' zei Kline, wiens blik Thrasher geen moment losliet.

De arts nam het woord op een toon alsof het altijd al zijn bedoeling was geweest om direct na zijn aankomst verslag te doen. 'Binnen een week kunt u mijn volledige rapport verwachten, heren. Tot die tijd zult u het met een uitgeklede versie moeten doen.'

Als dat een poging was om gevat over te komen, werd die niet gewaardeerd, stelde Gurney vast. Of misschien had hij dit al zo vaak gezegd dat zijn publiek er doof voor was geworden.

'Het is een interessante zaak,' vervolgde Thrasher, die zijn beker met koffie pakte. Hij nam een lange, bedachtzame slok en zette de beker weer neer. Gurney glimlachte. Deze slordige man met zijn lichtblonde haar had gevoel voor timing en drama. 'De feiten zijn anders dan ze op het eerste gezicht lijken.'

Hij zweeg totdat de vergaderzaal uit elkaar leek te barsten van ongeduld.

'Een eerste onderzoek van het stoffelijk overschot in situ leidde tot de hypothese dat het intreden van de dood was veroorzaakt door verwondingen aan de halsslagader ten gevolge van meerdere snij- en steekbewegingen, mogelijk toegebracht met een gebroken fles die op een later tijdstip is aangetroffen. De eerste resultaten van de autopsie lijken er echter op te wijzen dat de halsslagader is doorboord door één kogel die van korte afstand op de hals van het slachtoffer is afgevuurd. De wonden die door de fles zijn veroorzaakt, zijn na het afvuren van het schot aangebracht, toen het slachtoffer al op de grond lag. Er is sprake van minimaal veertien maar mogelijk twintig steekwonden; bij meerdere wonden zijn glasscherfjes in het weefsel van de hals achtergebleven. In vier gevallen heeft het glas de luchtpijp en spieren van de hals volledig doorboord en is het achter in de nek weer naar buiten gekomen.'

Er viel een stilte rond de tafel, begeleid door een scala aan verbaasde en geboeide blikken. Rodriguez plantte zijn vingertoppen tegen elkaar, zodat zijn handen een driehoek vormden. Hij was de eerste die iets zei.

'Er is dus geschoten?'

'Er is geschoten,' zei Thrasher, met het genoegen van een man die niets liever doet dan iets onverwachts ontdekken.

Rodriguez keek Hardwick beschuldigend aan. 'Waarom heeft geen van de getuigen een schot gehoord? Je zei dat er minstens twintig gasten op het terrein aanwezig waren. Sterker nog, waarom heeft zijn vrouw niets gehoord?'

'Dat heeft ze wel.'

'Wat? Hoe lang weet je dat al? Waarom heeft niemand me daar iets over verteld?'

'Ze heeft het gehoord, maar ze weet niet dat ze het heeft gehoord,' zei Hardwick. 'Ze zei dat ze iets had gehoord wat als een gedempte mep klonk, maar ik begrijp nu pas hoe het zit.'

'Gedempt?' herhaalde Rodriguez vol ongeloof. 'Wil je zeggen dat het slachtoffer is neergeschoten met een wapen met een geluiddemper?'

Sheridan Kline begon iets aandachtiger te kijken.

'Dat verklaart het!' riep Thrasher uit.

'Dat verklaart wat?' zeiden Rodriguez en Hardwick tegelijkertijd.

Thrashers ogen glansden triomfantelijk. 'De restjes ganzendons in de wond.'

'En in de bloedmonsters rond het lichaam.' De stem van de roodharige vrouw was al even onzijdig en neutraal als haar pak.

Thrasher knikte. 'Ja, daar natuurlijk ook.'

'Dit is allemaal uitermate fascinerend,' merkte Kline op, 'maar zou iemand die begrijpt waar dit over gaat mij dat misschien ook even willen vertellen?'

'Ganzendons!' zei Thrasher op luide toon, alsof Kline hardhorend was.

Klines uitdrukking van beleefde verwarring veranderde in ijzig.

Hardwick legde uit, zodat het hem langzaam duidelijk werd: 'Het feit dat er een gedempt schot is waargenomen en het feit dat er ganzendons is aangetroffen lijkt erop te wijzen dat het geluid wellicht is gedempt door het wapen in iets gewatteerds te wikkelen. Bijvoorbeeld in een ski-jack of een parka.'

'Wil je beweren dat je het geluid van een schot kunt dempen door een wapen in een ski-jack te wikkelen?'

'Nee, wat ik wil zeggen, is dat ik, als ik een pistool in mijn hand houd en een gewatteerde stof die dik genoeg is rond het wapen wikkel, met name rond de loop, ervoor kan zorgen dat het schot klinkt als een harde mep. Zeker wanneer je het vanuit een geïsoleerd huis hoort, in de winter, met de ramen dicht.'

Die uitleg leek iedereen tevreden te stellen, behalve Rodriguez. 'Voordat ik dat aanneem, wil ik eerst de uitslagen van het onderzoek zien.'

'Denk je soms dat er een echte geluiddemper is gebruikt?' Kline klonk teleurgesteld.

'Dat zou ook kunnen,' zei Thrasher. 'Maar in dat geval moet er een andere verklaring zijn voor al die microscopisch kleine donsdeeltjes.'

'Goed,' zei Kline, 'de moordenaar vuurt dus van dichtbij recht op...'

'Nee,' viel Thrasher hem in de rede. 'In dat geval zou de loop het slachtoffer bijna hebben geraakt, en daar is geen bewijs voor.'

'Hoe ver stond de schutter dan bij hem vandaan?'

'Moeilijk te zeggen. Er zijn een paar opvallende brandsporen op de nek aangetroffen die aangeven dat het wapen zich op ongeveer anderhalve meter afstand moet hebben bevonden, maar ze zijn niet talrijk genoeg om een patroon te vormen. Het vuurwapen kan dichterbij zijn geweest; wellicht is het materiaal rond de loop van invloed geweest.'

'Er is in elk geval geen kogel gevonden.' Rodriguez richtte zijn kritiek op een plek in de lucht tussen Thrasher and Hardwick.

Gurneys kaak verstrakte. Hij had vaker voor kerels als Rodriguez gewerkt: kerels die hun obsessieve behoefte aan controle als leiderschap beschouwden en hun negatieve houding als een teken van onverzettelijkheid.

Thrasher antwoordde als eerste. 'De kogel heeft de nekwervels gemist. In het weefsel van de nek bevindt zich niet veel wat een kogel kan tegenhouden. We hebben een inschotverwonding en een uitschotverwonding, die trouwens geen van beide gemakkelijk te vinden waren vanwege de steekwonden die later zijn toegebracht.' Als hij naar complimentjes viste, dan deed hij dat in de verkeerde vijver, stelde Gurney vast.

Rodriguez richtte zijn vragende blik op Hardwick, die antwoordde op een toon die opnieuw aan opstandig grensde. 'We hebben niet naar een kogel gezocht. We hadden geen reden om aan te nemen dat er was geschoten.'

'Nou, nu wel.'

'Goed opgemerkt, meneer,' zei Hardwick met een zweem van spot. Hij haalde zijn mobieltje tevoorschijn en toetste, terwijl hij opstond en van de tafel wegliep, een nummer in. Hoewel hij zijn stem liet zakken, was het duidelijk dat hij een collega op de plaats delict aan de lijn had en hem vroeg of er onmiddellijk naar de kogel kon worden gezocht. Toen Hardwick weer aanschoof, vroeg Kline of er enige hoop was dat een kogel die buiten was afgevuurd zou worden gevonden.

'Meestal is dat niet het geval,' zei Hardwick, 'maar hier hebben we een kansje. Aan de positie van het lichaam te zien werd hij neergeschoten toen hij met zijn rug naar het huis stond. Als de kogel niet van baan is veranderd, is er een kans dat we die ergens in de houten gevelbekleding van het huis zullen aantreffen.'

Kline knikte langzaam. 'Goed. Nou, zoals ik een minuut geleden al zei, laten we alles even op een rijtje zetten: de dader schiet het slachtoffer van dichtbij neer, het slachtoffer valt op de grond. Zijn halsslagader is aan stukken gereten en het bloed spuit uit de wond. Vervolgens pakt de dader een kapotte fles, hurkt naast het slachtoffer neer en steekt hem veertien maal in de hals. Klopt dat?' vroeg hij ongelovig.

'Minimaal veertien keer, mogelijk meer,' zei Thrasher. 'Bij zulke overlappende wonden is het vaak moeilijk het juiste aantal te bepalen.'

'Dat begrijp ik, maar wat ik eigenlijk wil weten is: waarom?'

'Het zoeken naar een motief,' zei Thrasher op een toon alsof dat concept gelijkstond aan het uitleggen van dromen, 'behoort niet tot mijn vakgebied. Dat zult u aan onze vrienden van het bci moeten vragen.'

Kline wendde zich tot Hardwick. 'Een kapotte fles is een toevallig wapen, een wapen dat opeens voor het grijpen ligt, een vervanging voor een vuurwapen of een mes, iets voor een ruzie in een café. Waarom zou een man die al een geladen vuurwapen op zak heeft de behoefte voelen een fles mee te nemen? En waarom heeft hij die als wapen gebruikt nadat hij het slachtoffer had neergeschoten?'

'Om er zeker van te zijn dat hij dood was?' opperde Rodriguez.

'Maar waarom schiet hij dan geen tweede keer? Waarom schiet hij hem niet door het hoofd? Waarom schiet hij hem sowieso niet door het hoofd? Waarom in de nek?'

'Misschien had hij geen gevoel voor richting.'

'Op een afstand van anderhalve meter?' Kline wendde zich weer tot Thrasher. 'Kunnen we zeker zijn van die volgorde? Eerst schieten, dan steken?'

'Ja, met een redelijke mate van zekerheid, zoals ik voor een rechtbank zou zeggen. De brandwondjes op de hals zijn niet talrijk, maar overduidelijk. Als de nek ten tijde van het schot al bedekt zou zijn met bloed ten gevolge van de steekwonden, dan zouden ze nooit zo duidelijk zichtbaar zijn geweest.'

'En dan zou er een kogel zijn gevonden.' De roodharige vrouw zei dit met zo'n zachte, kalme stem dat slechts een paar aanwezigen het konden horen. Kline was er een van. Gurney ook. Hij had zich al afgevraagd wanneer iemand hieraan zou denken. Hardwick was ondoorgrondelijk, maar leek niet verbaasd.

'Hoe bedoel je?' vroeg Kline.

Ze antwoordde, zonder haar blik van het scherm van haar laptop los te maken: 'Als hij bij wijze van eerste aanval veertien maal in de nek zou zijn gestoken en vier van de wonden zijn nek helemaal zouden hebben doorboord, had hij niet meer kunnen staan. En als hij zou zijn neergeschoten terwijl hij al op zijn rug lag, hadden we de kogel onder hem in de grond moeten aantreffen.'

Kline wierp haar een schattende blik toe. Hij was, in tegenstelling tot Rodriguez, intelligent genoeg om intelligentie op waarde te schatten, stelde Gurney vast.

Rodriguez deed een poging de touwtjes weer in handen te krijgen. 'Naar welk kaliber kogel zoeken we, dokter?'

Thrasher keek hem over de bovenkant van het halve brilletje aan, dat inmiddels langs zijn lange neus naar beneden gleed. 'Wat moet ik doen om u allemaal de simpelste uitgangspunten van de pathologie te laten begrijpen?'

'Ik weet het, ik weet het,' zei Rodriguez geërgerd, 'vlees is plooibaar, het krimpt, het zet uit, u kunt het niet met zekerheid zeggen, enzovoort, enzovoort. Maar wat komt dichter in de buurt, een .22 of een .44? Een gefundeerde schatting, graag.'

'Ik word niet betaald om een schatting te maken. Bovendien zal iedereen binnen vijf minuten weer vergeten zijn dat het een schatting was. Wat ze wel onthouden, is dat de arts het over een .22 had en dat hij ernaast bleek te zitten.' Er was een kille glans van herinnering in zijn ogen zichtbaar, maar het enige wat hij zei, was: 'Wanneer de kogel uit de achterzijde van het huis is gehaald en het ballistisch onderzoek is verricht, kan ik…'

'Dokter,' onderbrak Kline hem op de toon van een kleine jongen die de grote tovenaar iets wil vragen, 'kunt u misschien wel iets zeggen over de tijd die is verstreken tussen het schot en de steekwonden die daarna zijn toegebracht?'

De toon waarop de vraag werd gesteld, leek Thrasher mild te stemmen. 'Als er veel tijd was verstreken en het slachtoffer uit beide typen wonden had gebloed, zouden we bloed hebben aangetroffen dat op verschillende momenten was gestold. Ik zou zeggen dat in dit geval de twee soorten wonden zo kort na elkaar zijn toegebracht dat een dergelijke vergelijking onmogelijk is. Het enige wat we kunnen zeggen, is dat er niet veel tijd is verstreken, maar niet of het om tien seconden of tien minuten gaat. Dit is wel een goede vraag voor een patholoog,' besloot hij, waarmee hij onderscheid maakte tussen deze vraag en die van de hoofdinspecteur.

De mond van de hoofdinspecteur vertrok. 'Als dit alles is wat u op dit moment kunt zeggen, dokter, dan zullen we u niet langer ophouden. Ik krijg uw schriftelijk rapport over uiterlijk een week?'

'Ik meen dat ik dat al had gezegd.' Thrasher pakte zijn uitpuilende aktetas van tafel, knikte met een lachje rond zijn samengeknepen lippen naar de officier, en liep naar buiten.

23

Zonder een spoor achter te laten

'Daar gaat het pathologische blok aan ons been,' zei Rodriguez. Hij keek naar de gezichten rond de tafel om te zien of zijn gevatte opmerking over de patholoog werd gewaardeerd, maar slechts de eeuwige glimlachjes van de tweeling Cruise kwamen enigszins in de buurt van de gewenste reactie. Kline maakte een einde aan de stilte door Hardwick te vragen of deze verder wilde gaan met zijn verslag over de omstandigheden op de plaats delict, dat hij had moeten staken toen de arts was binnengekomen.

'Dat wilde ik net voorstellen, Sheridan,' deed Rodriguez een duit in het zakje. 'Hardwick, ga maar verder, maar alleen de belangrijkste feiten graag.' Uit zijn waarschuwende toon bleek dat Hardwick dat doorgaans blijkbaar niet deed.

Het begon Gurney op te vallen dat de hoofdinspecteur zich vrij voorspelbaar gedroeg: vijandig jegens Hardwick, onderdanig slijmerig jegens Kline en vooringenomen in het algemeen.

Hardwick sprak op snelle toon. 'Het meest zichtbare bewijs dat de dader heeft achtergelaten zijn zijn voetafdrukken. Het spoor voert vanaf de ingang van het terrein aan de voorzijde via de parkeerplaats naar de achterkant van de schuur en houdt daar op naast een tuinstoel…'

'Een tuinstoel in de sneeuw?' vroeg Kline.

'Inderdaad. Rondom de stoel zijn sigarettenpeuken aangetroffen.'

'Zeven,' zei de roodharige vrouw met de laptop.

'Zeven,' herhaalde Hardwick. 'De voetafdrukken lopen daarna vanaf de stoel naar…'

'Pardon, maar is het de gewoonte van de Mellery's om tuinstoelen in de sneeuw te laten staan?' vroeg Kline.

'Nee, meneer. We vermoeden dat de dader de stoel heeft meegebracht.'

'Meegebracht?'

Hardwick haalde zijn schouders op.

Kline schudde zijn hoofd. 'Sorry voor de onderbreking. Ga verder.'

'Je hoeft je niet te excuseren, Sheridan. Vraag hem wat je maar wilt. Heel veel zaken lijken mij ook niet logisch,' zei Rodriguez, met een licht beschuldigende blik naar Hardwick.

'Het spoor loopt van de stoel naar de plek waar de dader en het slachtoffer elkaar hebben getroffen.'

'De plek waar Mellery is gedood, bedoelt u?' vroeg Kline.

'Ja, meneer. En vanaf daar voert het naar een opening in de heg, over het gazon en het bos in. Daar houdt het op ongeveer achthonderd meter van het huis op.'

'Hoe bedoelt u, het houdt op?'

'Het stopt. Het gaat niet verder. Er is een klein plekje waar de sneeuw is platgetrapt, alsof daar enige tijd iemand heeft gestaan, maar er zijn verder geen afdrukken, niet vanaf het huis en niet naar het huis. Zoals u net heeft kunnen horen, is er in een boom vlakbij een stel wandelschoenen aangetroffen, maar we hebben geen idee wat er met de drager daarvan is gebeurd.'

Gurney keek naar Klines gezicht en zag dat hij versteld stond van het raadsel en tegelijkertijd verbaasd was omdat hij geen antwoord op de vragen kon bedenken. Hardwick opende net zijn mond om verder te gaan toen de roodharige vrouw weer het woord nam, met haar kalme, neutrale stem die het midden hield tussen mannelijk en vrouwelijk.

'Op dit moment kunnen we stellen dat het patroon van de zolen van die schoenen overeen lijkt te komen met de afdrukken in de sneeuw, maar pas na onderzoek in het lab kunnen we met zekerheid vaststellen of dat inderdaad zo is.'

'U zult dat echt met zekerheid kunnen zeggen?' vroeg Kline.

'O ja,' zei ze, voor het eerst met iets van enthousiasme in haar stem. 'Afdrukken in de sneeuw zijn het allerbeste. In samengedrukte sneeuw blijven meer details behouden dan je met het blote oog kunt zien. Vermoord nooit iemand in de sneeuw.'

'Dat zal ik onthouden,' zei Kline. 'Het spijt me dat ik u weer heb onderbroken. Gaat u verder.'

'Misschien is dit een goed moment om een overzicht te geven van de bewijsstukken die we tot nu toe hebben aangetroffen. Ik neem aan dat u geen bezwaar hebt, hoofdinspecteur?' Weer kreeg Gurney de indruk dat Hardwick met zijn toon eerder spot dan respect wilde uitdrukken.

'Ik zou graag een aantal harde feiten willen horen,' zei Rodriguez.

'Ik zal dat bestand even openen,' zei de roodharige vrouw, die wat op het toetsenbord intikte. 'Wilt u de bewijsstukken nog in een bepaalde volgorde bespreken?'

'Misschien de belangrijkste eerst?'

Ze reageerde niet op de neerbuigende toon van de hoofdinspecteur en begon voor te lezen wat er op het scherm stond.

'Bewijsstuk nummer een: één tuinstoel, gemaakt van lichte aluminium buizen en gevlochten wit plastic. Bij een eerste onderzoek naar vreemd materiaal zijn er enkele vierkante millimeters Tyvek aangetroffen in het vouwmechanisme tussen de zitting en de armleuning.'

'Is dat niet dat spul waarmee huizen worden geïsoleerd?' vroeg Kline.

'Het wordt vaak aangebracht als vochtwerende laag op multiplex, maar het zit ook in andere producten, met name in overalls voor schilders. Dat was het enige vreemde materiaal dat is aangetroffen en de enige aanwijzing dat de tuinstoel ooit is gebruikt.'

'Geen vingerafdrukken, haren, zweet, speeksel of huidweefsel? Helemaal niets?' vroeg Rodriguez op een toon alsof hij zich afvroeg of er wel goed was gezocht.

'Geen vingerafdrukken, geen haren, geen zweet, speeksel of huidweefsel, maar helemaal niets, dat zou ik ook niet willen zeggen,' zei ze. Ze liet zijn toon langs haar heen gaan als een klap van een dronkaard. 'De helft van de gevlochten zitting was vervangen. Alle horizontale stroken.'

'Maar u zei net dat de stoel nog nooit was gebruikt.'

Gurney kwam in de verleiding om uitleg te geven, maar Hardwick was hem voor. 'Ze zei dat de zitting volledig wit was. Zulke stoelen hebben doorgaans een zitting in twee kleuren, die door elkaar heen zijn gevlochten, zodat er een bepaald patroon ontstaat. Blauw en wit, groen en wit, dat soort combinaties. Misschien hield hij niet van kleurtjes.'

Rodriguez leek hierop te kauwen als op een taai geworden snoepje. 'Gaat u verder, brigadier Wigg. We moeten vandaag nog een hoop dingen behandelen.'

'Bewijsstuk nummer twee: zeven sigarettenpeuken, merk Marlboro, eveneens zonder verder spoor.'

Kline boog zich voorover. 'Geen speekselresten? Geen gedeeltelijke vingerafdrukken? Zelfs geen spoor van huidvet?'

'Niets.'

'Is dat niet vreemd?'

'Dat is uitermate vreemd. Bewijsstuk drie: een afgebroken whiskyfles, incompleet, merk Four Roses.'

'Incompleet?'

'Ongeveer de halve fles is in zijn geheel aangetroffen. Voeg daarbij de scherven die ook zijn gevonden, en we komen tot ongeveer tweederde van wat een complete fles zou zijn.'

'Geen vingerafdrukken?' vroeg Rodriguez.

'Geen vingerafdrukken. Niet echt verrassend, als je bedenkt dat die evenmin op de stoel of de sigaretten zijn aangetroffen. Er is naast het bloed van het slachtoffer nog een andere substantie gevonden: een miniem spoor van afwasmiddel in de breuklijn langs de rand van het glas van de fles.'

'Wat wil dat zeggen?' vroeg Rodriguez.

'De aanwezigheid van afwasmiddel en de afwezigheid van een deel van de fles wijst er mogelijk op dat de fles elders is gebroken en is afgewassen alvorens te worden meegenomen.'

'Dus de woeste steekpartij was al even voorbedacht als het schot?'

'We vermoeden van wel. Zal ik verdergaan?'

'Ga uw gang.' Rodriguez wist die drie woorden onbeleefd te laten klinken.

'Bewijsstuk vier: de kleren van het slachtoffer, met inbegrip van ondergoed, badjas en instappers, allemaal bedekt met zijn eigen bloed. Op de badjas zijn drie vreemde haren aangetroffen, vermoedelijk van de echtgenote van het slachtoffer, maar dat moet nog worden gecontroleerd. Bewijsstuk vijf: bloedmonsters die zijn genomen in de sneeuw rondom het stoffelijk overschot. Het onderzoek daarnaar is nog niet afgerond, maar tot nu toe komen alle monsters overeen met het bloed van het slachtoffer. Bewijsstuk zes: stukjes gebroken glas, aangetroffen op de flagstone onder de nek van het slachtoffer. Dit komt overeen met het aanvankelijke resultaat van de autopsie, namelijk dat de vier steekwonden van voren naar achteren zijn toegebracht, met de fles, en dat het slachtoffer zich daarbij in liggende houding bevond.'

Kline had de gepijnigde, turende uitdrukking van een automobilist die tegen de zon in kijkt. 'Ik begin de indruk te krijgen dat het een bijzonder gewelddadig misdrijf betreft, waarbij is geschoten en gestoken – er is sprake van meer dan tien diepe steekwonden, waarvan sommige met veel kracht zijn toegebracht – en toch is de dader erin geslaagd om dit te doen zonder een onbedoeld spoor achter te laten.'

De helft van de tweeling Cruise nam voor de eerste keer het woord en bleek een stem te bezitten die opvallend hoog klonk voor een macho met een lijf als het zijne. 'En de tuinstoel, de fles, de voetafdrukken en de wandelschoenen? Zijn dat geen sporen?'

Er schoot een ongeduldig trekje over Klines gezicht. 'Ik zei "onbedoeld". Die zaken zijn naar alle waarschijnlijk met opzet achtergelaten.'

De jongeman haalde zijn schouders op, alsof deze spitsvondigheid langs hem heen ging.

'We kunnen bewijsstuk zeven in enkele subcategorieën verdelen,' vervolgde de onzijdig uitziende brigadier Wigg (wat niet betekende dat ze aseksueel was, stelde Gurney vast na een blik op haar aantrekkelijke ogen en fijngevormde mond). 'Dit zijn de brieven die het slachtoffer heeft ontvangen en die mogelijk verband houden met het misdrijf. Hiertoe behoort ook het briefje dat op het stoffelijk overschot is gevonden.'

'Ik heb van al die brieven kopieën laten maken,' meldde Rodriguez. 'Die zullen worden uitgedeeld als het juiste moment daar is.'

Kline vroeg aan Wigg: 'Waar zocht u naar in bewijsstuk zeven?'

'Vingerafdrukken, indrukken in het papier…'

'Zoals de indrukken die een pen kan achterlaten op een schrijfblok?'

'Inderdaad. We onderzoeken tevens de inkt die is gebruikt voor de handgeschreven berichten en proberen te bepalen op welke printer de brief is afgedrukt die met een tekstverwerker is gemaakt – dat is de laatste brief die voor de moord is bezorgd.'

'We laten eveneens deskundigen het handschrift, het taalgebruik en de grammatica onderzoeken,' kwam Hardwick tussenbeide, 'en we laten de opname analyseren die het slachtoffer van het telefoongesprek heeft gemaakt. Wigg heeft er al een eerste resultaat van binnen, en dat zullen we later vandaag onder de loep nemen.'

'We zullen ook de wandelschoenen die we vandaag hebben gevonden bekijken zodra ze in het lab zijn aangekomen. Dat is voorlopig alles,' besloot Wigg, die een toets indrukte. 'Zijn er nog vragen?'

'Ik heb een vraag,' zei Rodriguez. 'U zei dat u de bewijsstukken op volgorde van belangrijkheid zou behandelen, en ik vraag me af waarom u de tuinstoel als eerste hebt genoemd.'

'Gewoon een ingeving, meneer. We weten pas hoe dit alles in elkaar past als we weten hoe het in elkaar past. Op dit moment kunnen we onmogelijk zeggen welk deel van de puzzel…'

'Maar u noemde de tuinstoel het eerste,' onderbrak Rodriguez haar. 'Waarom?'

'Omdat die het opvallendste aspect van deze zaak lijkt te benadrukken.'

'En wat bedoelt u daar nu weer mee?'

'De planning, meneer,' zei Wigg zacht.

Ze was in staat, stelde Gurney vast, om op het verhoor van de hoofdinspecteur te reageren alsof het een reeks objectieve vragen op papier betrof, alsof de opgetrokken wenkbrauwen en de beledigende toon er helemaal niet waren. Dat gebrek aan emotionele betrokkenheid en die weerstand tegen kleinzielige provocaties hadden iets ongewoon puurs. En het trok de aandacht van de anderen. Gurney keek om zich heen en zag dat iedereen, op Rodriguez na, onbewust naar voren leunde.

'Het is niet alleen de planning,' vervolgde ze, 'maar ook de ongewone aspecten van die planning. Een tuinstoel meebrengen naar een moord. Zeven sigaretten roken zonder ze met je vingers of lippen aan te raken. Een fles kapotslaan, afwassen en meenemen om het slachtoffer overhoop te steken. Om nog maar te zwijgen over die onmogelijke voetafdrukken en hoe de dader uit het bos heeft kunnen verdwijnen. Het lijkt wel alsof hij een of andere geniale huurmoordenaar is. Het is niet alleen die tuinstoel, nee, het is ook nog eens de zitting van die tuinstoel die voor de helft is vervangen. Waarom? Omdat hij de voorkeur gaf aan een geheel witte stoel? Omdat die minder goed te zien is in de sneeuw? Omdat die minder goed te zien is in combinatie met de witte schildersoverall van Tyvek die hij mogelijk heeft gedragen? Maar als hij zo graag onzichtbaar wilde zijn, waarom heeft hij dan in die tuinstoel zitten roken? Ik kan het niet met zekerheid zeggen, maar het zou me niet verbazen als die tuinstoel de sleutel tot de oplossing van het hele raadsel blijkt te zijn.'

Rodriguez schudde zijn hoofd. 'De sleutel tot het vinden van de dader zal bestaan uit discipline, het naleven van procedures en communicatie.'

'Ik zet mijn geld op de tuinstoel,' fluisterde Hardwick met een knipoog naar Wigg.

Aan het gezicht van de hoofdinspecteur was te zien dat hij die opmerking had gehoord, maar voordat hij iets kon zeggen, ging de deur van de vergaderzaal open en kwam er een man met een glimmend schijfje in zijn hand binnen. 'Wat is er?' snauwde Rodriguez.

'U vroeg me of ik de resultaten van het onderzoek naar de vingerafdrukken meteen wilde komen brengen, meneer.'

'Ja, en?'

'Hier zijn ze.' De man hield de cd omhoog. 'U kunt maar beter even kijken. Brigadier Wigg kan wellicht…?'

Hij stak haar aarzelend de cd toe. Ze schoof hem in haar laptop en drukte een paar toetsen in.

'Interessant,' zei ze.

'Prekowski, zou je ons misschien kunnen vertellen wat erop staat?'

'Krepowski, meneer.'

'Wat?'

'De naam is Krepowski.'

'Ook goed. Zou je ons misschien kunnen vertellen of er vingerafdrukken zijn gevonden?'

De man schraapte zijn keel. 'Nou, ja en nee,' zei hij.

Rodriguez slaakte een zucht. 'Wat bedoel je daarmee? Dat ze uitgeveegd waren?'

'Ze waren heel wat meer dan dat,' zei de man. 'Eigenlijk waren het helemaal geen afdrukken.'

'Nou, wat zijn het dan?'

'Ik zou het eerder vegen willen noemen. Het ziet ernaar uit dat die vent zijn vingertoppen heeft gebruikt om te schrijven; hij heeft het huidvet op zijn vingertoppen als een onzichtbare inkt gebruikt.'

'Om te schrijven? Wat heeft hij dan geschreven?'

'Losse woorden. Op de achterkant van alle briefjes die hij aan het slachtoffer heeft gestuurd. Toen we de woorden eenmaal zichtbaar hadden gemaakt, hebben we de vellen gefotografeerd en de foto's op dat schijfje gezet. Op het scherm is het allemaal vrij goed te lezen.'

Met een bijna onmerkbaar geamuseerd trekje rond haar lippen draaide brigadier Wigg haar laptop langzaam om, totdat het scherm zich recht voor Rodriguez bevond. Op de foto waren drie vellen papier te zien, naast elkaar; de achterkantjes van de vellen waarop de gedichtjes waren geschreven, neergelegd in de volgorde waarin ze waren verstuurd. Op elk van de drie vellen was een enkel woord van vier letters te zien, geschreven in blokletters die op vegen leken: GORE LUIE WOUT

24

Misdrijf van het jaar

'Krijg nou wat…' zei de tweeling Cruise tegelijkertijd, allebei even opgewonden.

Rodriguez fronste.

'Verdraaid!' riep Kline uit. 'Dit wordt met de minuut interessanter. Die vent verklaart ons de oorlog.'

'Duidelijk volslagen gestoord,' zei Cruise Een.

'Een slimme, meedogenloze gek die de strijd met de politie wil aangaan.' Het was duidelijk dat Kline dat vooruitzicht opwindend vond.

'En dus?' zei Cruise Twee.

'We hebben al eerder vastgesteld dat deze zaak de aandacht van de media zou kunnen trekken, maar die verwachting kunnen we bijstellen: dit wordt het misdrijf van het jaar, misschien zelfs wel van het decennium. Elk element van deze zaak zal de pers als een magneet aantrekken.' Klines ogen glommen bij het vooruitzicht. Hij leunde zo ver naar voren dat zijn ribben tegen de rand van de tafel werden gedrukt. Toen onderdrukte hij opeens zijn enthousiasme, even plotseling als hij het had laten ontvlammen, en leunde met een bedachtzaam gezicht achterover, alsof er in zijn binnenste een signaal was gegeven dat hem eraan had herinnerd dat een moord een droevige aangelegenheid was die overeenkomstig diende te worden behandeld. 'Zijn houding ten opzichte van de politie zou veelbetekenend kunnen zijn,' zei hij op nuchtere toon.

'Dat is wel duidelijk,' merkte Rodriguez op. 'Ik zou graag willen weten of er onder de gasten van het instituut soms iemand is die het niet zo op de politie heeft. Wat weten we daarover, Hardwick?'

De leider van het onderzoek uitte een enkele lettergreep die als een blaffende lach klonk.

'Wat is er zo grappig?'

'De meesten van de gasten met wie we hebben gesproken beschouwen de politie als kruising tussen de belastingdienst en ongedierte.'

Op de een of andere manier, stelde Gurney vol bewondering vast, slaagde Hardwick erin duidelijk te maken dat hij precies zo over de hoofdinspecteur dacht.

'Ik zou die verklaringen graag willen zien.'

'Die liggen in uw postvakje, maar ik zal u tijd besparen. Aan die verklaringen hebben we niets. Naam, rang en serienummer. Iedereen lag te slapen. Niemand heeft iets gezien. Niemand heeft iets gehoord, behalve Pasquale Villadi, alias Tony Soprano, alias Don Corleone. Zegt dat hij niet kon slapen. Heeft zijn raam geopend voor wat frisse lucht en heeft die zogenaamde gedempte mep gehoord – en raadde wat het was.' Hardwick doorzocht de stapel papier in zijn dossiermap en haalde er een vel tussenuit. Kline leunde weer voorover. '"Het klonk alsof er eentje werd omgelegd," zei hij. Hij was er heel gewoon onder, alsof hij dat geluid wel vaker had gehoord.'

Klines ogen begonnen opnieuw te glimmen. 'Wilt u nu beweren dat er ten tijde van de moord een lid van de maffia aanwezig was?'

'Aanwezig op het terrein, niet op de plaats delict,' zei Hardwick.

'Hoe weet u dat?'

'Omdat hij Mellery's assistent-instructeur, Justin Bale, wakker heeft gemaakt, en zijn kamer is in hetzelfde gebouw als de kamers van de gasten. Villadi zei tegen hem dat hij een geluid in de buurt van Mellery's huis had gehoord, opperde dat het wellicht een indringer was en stelde voor om te gaan kijken. Tegen de tijd dat ze zich hadden aangekleed en door de tuin naar de achterkant van het huis van Mellery waren gelopen, had Caddy Mellery het lichaam van haar echtgenoot al ontdekt en was ze naar binnen gegaan om het alarmnummer te bellen.'

'Villadi heeft niet tegen die Bale gezegd dat hij een schot had gehoord?' Kline begon te klinken alsof hij in een rechtszaal stond.

'Nee. Dat heeft hij tegen ons gezegd, toen we hem de volgende dag vroegen een verklaring af te leggen. Tegen die tijd hadden we echter al die afgebroken fles gevonden en vastgesteld dat het lichaam onder de steekwonden zat, en omdat we geen kogel of spoor van een ander wapen hadden gevonden, dachten we niet meteen aan een schot. We namen aan dat hij het soort vent is dat altijd aan vuurwapens denkt, dat hij altijd zo'n conclusie zou trekken.'

'Waarom heeft hij niet tegen Bale gezegd dat hij vermoedde dat er was geschoten?'

'Hij zei dat hij hem niet bang wilde maken.'

'Wat attent,' zei Kline snerend. Hij keek even naar de stoïcijnse Stimmel die naast hem zat. Stimmel keek even snerend terug. 'Als hij…'

'Maar hij heeft het wel tegen jullie gezegd,' kwam Rodriguez tussenbeide. 'Jammer dat jullie niet goed hebben opgelet.'

Hardwick onderdrukte een geeuw.

'Wat moet een lid van de maffia in vredesnaam in een oord dat aan "spirituele vernieuwing" doet?'

Hardwick haalde zijn schouders op. 'Hij zegt dat hij het daar geweldig vindt. Gaat er elk jaar heen om zijn zenuwen tot bedaren te brengen. Noemt het een stukje van de hemel. Beweert dat Mellery een heilige was.'

'Zei hij dat echt?'

'Dat zei hij echt.'

'Dit is echt geweldig. Verder nog interessante gasten gesproken?'

De ironische glans die Gurney zo onverklaarbaar afstotelijk vond, verscheen opnieuw in Hardwicks ogen. 'Als u daarmee arrogante, infantiele, drugsverslaafde gekken bedoelt, ja, dan zijn er de nodige "interessante gasten". Plus natuurlijk de steenrijke weduwe.'

Terwijl Kline wellicht nadacht over de invloed die een sensationeel misdrijf als dit op de media zou kunnen hebben, viel zijn blik op Gurney, die toevallig schuin tegenover hem aan tafel zat. Aanvankelijk bleef zijn uitdrukking onbewogen, alsof hij naar een lege stoel keek, maar toen hield hij nieuwsgierig zijn hoofd scheef.

'Wacht eens even,' zei hij. 'Dave Gurney, recherche New York. Rod zei al dat u hierbij zou zijn, maar de naam doet nu pas een belletje rinkelen. Stond er een paar jaar geleden niet een artikel over u in *New York Magazine*?'

Hardwick was hem voor. 'Ja, dat klopt. "Superspeurder", dat was de kop.'

'Nu weet ik het weer,' riep Kline uit. 'U hebt al die grote seriemoordenaars gepakt: die gek met die lichaamsdelen als kerstpakket, en die Porky Pig, of hoe hij ook mag heten.'

'Peter Possum Piggert,' zei Gurney vriendelijk.

Kline staarde hem met onverholen bewondering aan. 'Dus die vermoorde Mellery was toevallig de beste vriend van de grote boevenvanger uit New York?' Hij leek met de minuut meer te beseffen hoe zeer de media hiervan zouden smullen.

'Ik was tot op zekere hoogte bij beide zaken betrokken,' zei Gurney met een stem die even ontdaan was van hysterie als die van Kline ervan was doortrokken. 'Net als heel veel collega's. En het zou triest zijn als Mellery inderdaad mijn beste vriend was, maar eerlijk gezegd hadden we elkaar al vijfentwintig jaar niet meer gesproken, en zelfs toen…'

'Maar,' viel Kline hem in de rede, 'toen hij in de problemen zat, kwam hij naar u toe.'

Gurney keek naar de gezichten rond de tafel, waarop hij verschillende gradaties van respect en afgunst zag, en verwonderde zich over de verleidelijke kracht van een versimpeld verhaaltje. BOEZEMVRIEND SUPERSPEURDER WREED VERMOORD sprak dat deel van het brein aan dat dol is op cartoons en een hekel heeft aan ingewikkelde problemen.

'Ik neem aan dat hij dat deed omdat ik de enige politieman was die hij kende.'

Kline keek alsof hij dit onderwerp niet zomaar wilde laten varen en er later misschien nog op terug zou komen, maar nu was hij bereid verder te gaan. 'Wat uw relatie tot het slachtoffer ook was, uw contact met hem biedt ons een unieke kijk op de zaak.'

'Daarom heb ik hem gevraagd hierbij te zijn,' zei Rodriguez op zijn kijk-mij-eens-de-leiding-hebben-toontje.

Er ontsnapte een korte, raspende lach aan Hardwicks keel, gevolgd door een fluistering die net Gurneys oor bereikte: 'Hij vond het een vreselijk idee, totdat Kline aangaf dat hij het zag zitten.'

Rodriguez vervolgde: 'Hij is de volgende die een verklaring zal afleggen en eventuele vragen daarover zal beantwoorden, en ik neem aan dat er zeker vragen zullen zijn. Om onderbrekingen te voorkomen, stel ik voor om eerst even vijf minuten pauze te nemen, zodat er van het toilet gebruik kan worden gemaakt.'

'Krijg de zeik, Gurney,' zei de fluisterstem zonder lichaam, die bijna verloren ging tussen het geluid van stoelen die naar achteren werden geschoven.

25

Gurney gehoord

Gurney hing de theorie aan dat mannen zich op het toilet net zo gedragen als in kleedkamers of liften: dat wil zeggen, uitbundig familiair of ongemakkelijk afstandelijk. Dit was een liftgroepje. Pas toen ze allemaal waren teruggekeerd naar de vergaderzaal zei iemand iets.

'Hoe is een bescheiden man als u erin geslaagd zo beroemd te worden?' vroeg Kline. Hij grijnsde met een geoefende charme die de ijzigheid erachter tegelijkertijd verhulde en onthulde.

'Ik ben niet zo bescheiden, en ik ben zeker niet zo beroemd,' zei Gurney.

'Als iedereen plaats zou willen nemen,' zei Rodriguez op bruuske toon. 'Voor u ziet u de briefjes die het slachtoffer heeft ontvangen. Wanneer onze getuige verslag doet van zijn contact met het slachtoffer, kunt u daar vinden waarover ze hebben gesproken.' Met een knikje naar Gurney besloot hij: 'U zegt het maar wanneer u zo ver bent.'

Gurney verbaasde zich niet langer over de bazigheid van Rodriguez, maar het bleef irritant. Hij keek de tafel rond en wist met iedereen oogcontact te maken, behalve met degene die hem op de plaats delict had rondgeleid en nu driftig door zijn papieren zat te bladeren, en met Stimmel, de rechterhand van de officier die als een bedachtzame pad voor zich uit staarde.

'Zoals de hoofdinspecteur al aangaf, is er veel te bespreken. Het is misschien het beste als ik even kort beschrijf in welke volgorde de gebeurtenissen hebben plaatsgevonden en u uw vragen bewaart totdat u het hele verhaal hebt gehoord.' Hij zag dat Rodriguez in protest zijn hoofd ophief. De hoofdinspecteur besloot zich echter koest te houden toen hij zag dat Kline het voorstel met een goedkeurend knikje aanvaardde.

Op zijn duidelijke, beknopte manier (er was hem vaker verteld dat hij hoogleraar in de logica had moeten worden) gaf Gurney een twintig minuten durende samenvatting van wat er was gebeurd, te beginnen met het mailtje waarin Mellery om een ontmoeting had gevraagd en eindigend met het telefoontje van de moordenaar en het briefje in de brievenbus (waarin het getal negentien was genoemd).

Kline zat de hele tijd aandachtig te luisteren en nam als eerste het woord toen Gurney was uitgesproken. 'Dat is een epos vol wraak! De moordenaar was geobsedeerd door de gedachte om wraak te nemen op Mellery, vanwege iets vreselijks wat die jaren geleden in een dronken bui moet hebben gedaan.'

'Waarom zo lang gewacht?' vroeg brigadier Wigg, die Gurney elke keer wanneer ze iets zei interessanter begon te vinden.

Klines ogen glommen toen hij aan de mogelijkheden dacht. 'Misschien heeft Mellery wel iets onthuld in een van zijn boeken. Misschien heeft de moordenaar zo ontdekt dat hij verantwoordelijk is voor een tragische gebeurtenis die hij niet eerder met hem in verband had gebracht. Of misschien was Mellery's succes de laatste druppel en kon hij dat niet uitstaan. Of misschien zag de moordenaar hem op een dag toevallig op straat lopen, zoals dat eerste briefje lijkt aan te geven. Een smeulende weerzin die op een dag weer opflakkert. De vijand komt in vizier en… PANG!'

'Pang? Flikker toch op,' zei Hardwick.

'U bent een andere mening toegedaan, brigadier Hardwick?' vroeg Kline met een gespannen lachje.

'Zorgvuldig opgestelde briefjes, raadsels met getallen, het verzoek een cheque naar een onjuist adres te sturen, gedichten die steeds meer op dreigementen gaan lijken, verborgen boodschappen aan de politie die alleen kunnen worden ontdekt door onderzoek naar latente vingerafdrukken, nagenoeg steriele sigarettenpeuken, een verborgen schotwond, een onmogelijk spoor van voetafdrukken en dan ook nog eens die godvergeten tuinstoel! Dat is wel een erg lange pang.'

'Ik wilde met mijn schets van het gebeurde geen voorbedachten rade uitsluiten,' zei Kline. 'Maar op dit moment heb ik meer belangstelling voor het motief dan voor de details. Ik wil begrijpen wat het verband is tussen de dader en het slachtoffer. Dat vormt meestal de sleutel tot een veroordeling.'

Dit belerende antwoord leidde tot een ongemakkelijke stilte die door Rodriguez werd verbroken.

'Blatt!' riep hij blaffend naar Gurneys gids, die naar kopieën van de twee eerste briefjes zat te staren alsof ze vanuit de ruimte in zijn schoot waren gevallen. 'Wat kijk je verbaasd.'

'Ik snap het niet. De dader stuurt het slachtoffer een brief, vraagt of hij aan een getal wil denken en daarna een dichtgeplakte envelop wil openen. Hij denkt aan 658, kijkt in de envelop en daar staat het, 658. Wilt u nu beweren dat het echt zo is gegaan?'

Voordat iemand iets kon zeggen, nam zijn partner het woord: 'En twee weken later flikt hij het weer, maar dan aan de telefoon. Hij zegt dat het slachtoffer aan een getal moet denken en dan in de brievenbus moet kijken. Het slachtoffer denkt aan negentien, kijkt in de brievenbus, en daar ligt een briefje van de dader, waarin het getal negentien wordt genoemd. Dat is echt vreemde shit, hoor.'

'We hebben een opname van dat bewuste gesprek,' zei Rodriguez, die dat als een persoonlijke prestatie liet klinken. 'Speel dat gedeelte met het getal eens af, Wigg.'

Zonder commentaar te geven drukte de brigadier een paar toetsen in, en na een stilte van twee, drie seconden vielen ze halverwege in het gesprek tussen Mellery en zijn stalker, het gesprek dat Gurney dankzij het technische foefje van Mellery had kunnen afluisteren. Aan de gezichten rond de tafel was te zien dat iedereen gefascineerd was door het wonderlijke accent van de beller en de angstige spanning in de stem van Mellery.

'Fluister dat getal nu eens.'
'Wat?'
'Fluister het getal.'
'Moet ik het fluisteren?'
'Ja.'
'Negentien.'
'Goed zo. Goed zo.'
'Wie bén je?'
'Weet je dat nu nog niet? Zo veel pijn, en je bent nog steeds onwetend. Ik was al bang dat dit zou gebeuren. Ik heb eerder iets voor je achtergelaten. Een briefje. Weet je zeker dat je het niet hebt ontvangen?'
'Ik weet niet waar je het over hebt.'
'Ah, maar je wist dat het getal negentien was.'
'Je zei dat ik aan een getal moest denken.'
'En het was het juiste getal, hè?'
'Dat snap ik niet.'

Op dat moment drukte brigadier Wigg twee toetsen in en zei: 'Dat is alles.'

Na het beluisteren van dat korte fragment voelde Gurney zich verdrietig, kwaad, misselijk.

Blatt stak met een verbaasd gebaar zijn handen op. 'Wacht even, was dat een man of een vrouw?'

'Vrijwel zeker een man,' zei Wigg.

'Hoe weten we dat nou weer?'

'We hebben vanmorgen de toonhoogte van de stem geanalyseerd, en uit de uitdraai bleek dat de spanning in de stem toeneemt wanneer de frequentie stijgt.'

'Ja, en?'

'De toonhoogte varieert aanzienlijk, van zin tot zin en zelfs van woord tot woord, maar de stem is steevast zichtbaar minder gespannen bij de lagere frequenties.'

'Dus de beller deed zijn best om met een zo hoog mogelijke stem te spreken, maar de lagere toon ging hem als vanzelf beter af?' vroeg Kline.

'Inderdaad,' zei Wigg met haar dubbelzinnige maar niet onaantrekkelijke stem. 'Het is geen sluitend bewijs, maar het wijst beslist in die richting.'

'En de geluiden op de achtergrond?' vroeg Kline. Het was een vraag die Gurney ook bezighield. Op de achtergrond van de opname waren de geluiden van voertuigen te horen, wat erop leek te wijzen dat de beller ergens in de buitenlucht had gestaan, misschien in een drukke straat of bij een winkelcentrum.

'Daarover kunnen we meer zeggen als we de kwaliteit hebben verbeterd, maar ik kan al melden dat er drie verschillende soorten geluid lijken te zijn: het gesprek zelf, het verkeer, en het zoemen van een soort motor.'

'Wanneer kunnen jullie er meer over zeggen?' vroeg Rodriguez.

'Dat ligt eraan hoe complex de gegevens zijn,' zei Wigg. 'Ik schat binnen twaalf tot vierentwintig uur.'

'Zorg ervoor dat het binnen twaalf is.'

Na een ongemakkelijke stilte, die Rodriguez als geen ander leek te kunnen veroorzaken, stelde Kline een algemene vraag aan iedereen. 'En dat gefluister? Wie mocht er niet horen dat Mellery het getal negentien noemde?' Hij keek Gurney aan. 'Enig idee?'

'Nee. Maar ik denk niet dat het te maken had met de angst dat iemand het zou horen.'

'Waarom niet?' vroeg Rodriguez uitdagend.

'Omdat fluisteren een slechte manier is om te voorkomen dat iemand je hoort,' fluisterde Gurney tamelijk goed hoorbaar, zodat zijn punt werd benadrukt. 'Het doet denken aan andere vreemde aspecten van deze zaak.'

'Zoals?' drong Rodriguez aan.

'Nou, neem bijvoorbeeld de onduidelijke verwijzing in dat briefje: november of december? En waarom zijn er een vuurwapen en een gebroken fles gebruikt? Waarom al die geheimzinnigheid met die voetafdrukken? En dan is er nog iets waar niemand het nog over heeft gehad: waarom zijn er geen sporen van dieren?'

'Wat?' Rodriguez keek stomverbaasd.

'Caddy Mellery zei dat haar man en zij geluiden van dieren hadden gehoord die blijkbaar vlak bij het huis aan het vechten waren. Daarom ging hij beneden een kijkje nemen en deed hij de achterdeur open. Maar er is geen enkel spoor in de buurt van de achterdeur gevonden, terwijl we dat met al die sneeuw toch duidelijk hadden moeten zien.'

'We raken te verstrikt in onbelangrijke details. Ik snap niet wat de aanwezigheid of afwezigheid van het spoor van een wasbeer of weet ik veel wat voor beest er in vredesnaam toe doet.'

'Jezus,' zei Hardwick, die Rodriguez negeerde en Gurney met een bewonderende grijns aankeek. 'Je hebt gelijk. De enige sporen in de sneeuw zijn die van het slachtoffer en de dader. Waarom is me dat niet eerder opgevallen?'

Kline wendde zich tot Stimmel. 'Ik heb nog nooit een zaak gehad met zo veel bewijsstukken waar zo weinig uit op te maken viel.' Hij schudde zijn hoofd. 'Ik bedoel, hoe heeft de dader dat met die getallen gedaan? En waarom twee keer?' Hij keek Gurney aan. 'Weet u zeker dat die getallen Mellery niets zeiden?'

'Negentig procent zeker. Zo zeker als ik over wat dan ook in deze zaak kan zijn.'

'Als we weer even naar het grote plaatje kunnen kijken?' zei Rodriguez. 'Ik wil het graag hebben over het motief, dat jij al eerder noemde, Sheridan…'

Hardwicks mobieltje begon te rinkelen. Voordat Rodriguez bezwaar kon maken, had hij het al uit zijn zak gehaald en tegen zijn oor gedrukt.

'Shit,' zei hij, nadat hij een seconde of tien had zitten luisteren. 'Zeker weten?' Hij keek de tafel rond. 'Geen kogel. Ze hebben elke centimeter van de achtergevel bekeken. Niets.'

'Laat ze ook binnen kijken,' zei Gurney.

'Maar het schot is buiten gelost.'

'Dat weet ik, maar de kans is groot dat Mellery de deur open heeft laten staan. In een dergelijke situatie laat je de deur achter je openstaan, zeker als je zenuwachtig bent. Zeg tegen ze dat ze de mogelijke baan van de kogel moeten uitzetten en de binnenmuren moeten onderzoeken die binnen het bereik van de kogel lagen.'

Hardwick gaf die instructies snel door en hing op.

'Goed idee,' zei Kline.

'Heel goed,' zei Wigg.

'Nog even over die getallen,' zei Blatt, die abrupt van onderwerp veranderde. 'Dat moet toch wel een soort hypnose zijn, of helderziendheid?'

'Dat lijkt me niet,' zei Gurney.

'Maar dat moet wel. Wat kan het anders zijn?'

Hardwick deelde Gurneys ideeën over dit onderwerp en gaf als eerste antwoord. 'God nog aan toe, Blatt, wanneer heeft de politie van New York voor het laatst een zaak onderzocht waarbij mystieke hocus pocus een rol speelde?'

'Maar hij wist wat die vent dacht!'

Nu gaf Gurney als eerste antwoord, op zijn verzoenende toon. 'Nee, het lijkt erop alsof iemand precies wist wat Mellery dacht. Ik durf er alles onder te verwedden dat we iets wezenlijks over het hoofd zien. Het zal uiteindelijk iets veel simpelers zijn dan gedachten lezen.'

'Ik wil u even iets vragen, inspecteur Gurney.' Rodriguez leunde achterover in zijn stoel, met zijn handen voor zijn borst, rechtervuist in linkerpalm. 'Er zijn steeds meer bewijzen dat Mark Mellery het slachtoffer is geworden van een moordzuchtige stalker. Dat blijkt onder andere uit die dreigbrieven en de telefoontjes. Waarom bent u daarmee niet eerder naar de politie gestapt?'

Hoewel Gurney die vraag had verwacht en een antwoord had voorbereid, was het niet aangenaam om te horen.

'Het is fijn dat u me als zodanig aanspreekt, hoofdinspecteur, maar ik heb twee jaar geleden ontslag genomen en bekleed die functie dus niet meer. En voor wat betreft het inschakelen van de politie: dat zou alleen mogelijk zijn geweest indien Mark Mellery had willen meewerken, en hij maakte duidelijk dat hij elke medewerking zou weigeren.'

'Wilt u nu beweren dat u zonder zijn toestemming niet naar de politie wilde stappen?' Rodriguez verhief zijn stem en leek steeds meer te verstijven.

'Hij maakte me duidelijk dat hij niet wenste dat de politie erbij betrokken zou raken, dat hij dat eerder als schadelijk dan als nuttig beschouwde en dat hij alle noodzakelijke stappen zou ondernemen om dat te voorkomen. Als ik naar de politie was gestapt, zou hij elke medewerking hebben geweigerd en geen woord meer tegen me hebben gezegd.'

'Maar dit heeft hem ook niet veel verder gebracht, hè?'

'Helaas hebt u daar gelijk in, hoofdinspecteur.'

Rodriguez was even van zijn stuk gebracht door de milde, meegaande toon van Gurneys antwoord. Sheridan Kline nam onmiddellijk de gelegenheid waar om tussenbeide te komen. 'Waarom wilde hij de politie er niet bij betrekken?'

'Volgens hem was die zo onhandig en incompetent dat er geen positief resultaat mogelijk was. Hij was er zeker van dat ze hem niet zouden kunnen beschermen tegen gevaar en alleen maar voor slechte pr voor het instituut zouden zorgen.'

'Wat bespottelijk,' zei Rodriguez geërgerd.

'"Als een olifant in een porseleinkast", dat zei hij telkens. Hij wilde per se niet met de politie samenwerken: er mocht geen politie op het terrein komen, er mocht niemand van de politie met zijn gasten praten, en hij was zelf niet bereid informatie te verschaffen. Hij leek zelfs bereid tot juridische stappen als de politie het zou wagen om zich ermee te bemoeien.'

'Oké, maar wat ik graag zou willen weten...' begon Rodriguez, maar hij werd opnieuw onderbroken door het gerinkel van Hardwicks mobieltje.

'Met Hardwick... Goed... Waar?... Fantastisch... Oké, prima. Bedankt.' Hij stak het toestel in zijn zak en zei tegen Gurney, zo luid dat iedereen hem kon verstaan: 'Ze hebben de kogel gevonden. In een muur binnen. Sterker nog, in de centrale hal van het huis, in een rechte lijn vanaf de achterdeur, die blijkbaar openstond toen het schot werd afgevuurd.'

'Gefeliciteerd,' zei brigadier Wigg tegen Gurney, en toen vroeg ze aan Hardwick: 'Is het kaliber al bekend?'

'Ze vermoeden dat het om een .357 gaat, maar we zullen het ballistisch onderzoek moeten afwachten.'

Kline leek door iets in beslag te worden genomen en stelde aan niemand in het bijzonder een vraag. 'Kan Mellery nog andere redenen hebben gehad om de politie buiten de deur te houden?'

Blatt, wiens gezicht een uitdrukking van opperste verbazing droeg, voegde er een eigen vraag aan toe: 'Wat moet een olifant nou in een porseleinkast?'

26

Carte blanche

Tegen de tijd dat Gurney de Catskill Mountains in hun volle breedte had doorkruist en bij zijn boerderij even buiten Walnut Crossing aankwam, voelde hij zich overvallen door uitputting en omsloten door een emotioneel waas waarin honger, dorst, frustratie, verdriet en twijfel aan zichzelf zich verenigden. Nu het november was en de winter naderde, werden de dagen schrikbarend korter, zeker in de door bergen omsloten dalen waar de schemering vroeg inviel. Madeleines auto stond niet op zijn vaste plek naast het schuurtje. De sneeuw, die in de middagzon gedeeltelijk was weggesmolten en door de avondkou weer was aangevroren, kraakte onder zijn voeten.

Het huis was stil als het graf. Gurney deed de hanglamp boven het vrijstaande hakblok in de keuken aan. Hij wist nog dat Madeleine die ochtend iets had gezegd over het voorgenomen etentje van die avond, dat het was uitgesteld vanwege een of andere vergadering die de vrouwen allemaal wilden bijwonen, maar hij kon zich de details niet meer herinneren. Dus die stomme pecannoten waren achteraf niet eens nodig geweest. Hij hing een zakje darjeeling in een mok, goot er water uit de kraan bij en zette de beker in de magnetron. Uit gewoonte liep hij naar zijn fauteuil aan de andere kant van de boerenkeuken. Hij liet zich erin zakken en legde zijn voeten op een houten krukje. Twee minuten later zakte het piepje van de magnetron weg in het weefsel van een onduidelijke droom.

Hij werd wakker van het geluid van Madeleines voetstappen.

Misschien was hij iets te overgevoelig, maar hij had de indruk dat die voetstappen kwaad klonken. Het klonk alsof ze hem had zien zitten en naar hem toe was gelopen maar ervoor had gekozen niets tegen hem te zeggen.

Hij deed nog net op tijd zijn ogen open om haar de keuken te zien verlaten, op weg naar hun slaapkamer. Hij rekte zich uit, duwde zich uit de stoel omhoog, liep naar het dressoir om een tissue te pakken en snoot zijn neus. Hij hoorde een kastdeur dichtgaan, iets te nadrukkelijk, en een minuut later kwam ze de keuken in. Ze had haar zijden blouse omgeruild voor een vormeloze trui.

'Je bent wakker,' zei ze.

Hij beschouwde dat als kritiek op het feit dat hij had zitten slapen.

Ze deed een rij spotjes boven het aanrecht aan en opende de koelkast.

'Heb je al gegeten?' Het klonk als een beschuldiging.

'Nee. Ik heb een erg vermoeiende dag gehad, en toen ik thuiskwam, heb ik alleen maar een kop... O verdraaid, helemaal vergeten.' Hij liep naar de magnetron, haalde de mok met koude, donkere thee eruit en goot die met zakje en al leeg in de gootsteen.

Madeleine liep naar de gootsteen, viste het theezakje eruit en gooide het nadrukkelijk in de afvalbak.

'Ik ben zelf ook behoorlijk moe.' Ze schudde even zwijgend haar hoofd. 'Ik snap niet waarom die idioten van de gemeente denken dat het een goed idee is om midden in de mooiste streek van de hele staat een afzichtelijke gevangenis te bouwen, omringd door prikkeldraad.'

Nu wist hij het weer. Ze had hem die ochtend verteld dat ze naar een bijeenkomst op het gemeentehuis zou gaan waar het controversiële voorstel voor de zoveelste keer zouden worden besproken. De vraag was of het stadje de vestigingsplaats moest worden van een instelling die door de tegenstanders als een gevangenis en door de voorstanders als een behandelcentrum werd omschreven. Het centrum moest het eerste in zijn soort worden, en de namenstrijd was slechts een van de gevolgen van de dubbelzinnige bureaucratische taal waarin het project werd omschreven. Dit zogenaamde Penitentiair Therapeutisch Behandelcentrum had een tweeledig doel: zowel het opsluiten als ook het resocialiseren van drugsverslaafden die misdrijven hadden gepleegd. De gebruikte termen waren zo wollig dat misverstanden en hoog oplopende discussies een onvermijdelijk gevolg leken.

Het was een onderwerp dat tussen hen nogal gevoelig lag: niet omdat hij haar verlangen om het centrum uit Walnut Crossing weg te houden niet deelde, maar omdat hij minder fanatiek in zijn verzet was dan zij zou willen.

'In het hele dal zijn er misschien maar vijf of zes mensen die er goed aan zullen verdienen,' zei ze grimmig, 'maar alle andere bewoners, die elke dag door het dal rijden, zullen de rest van hun leven tegen een wanstaltig gebouw moeten aankijken. En waarom? Voor de zogenaamde genezing van een stelletje drugsdealers? Hou toch op!'

'Andere gemeenten willen de gevangenis ook graag hebben. Met een beetje geluk wint een van die.'

Ze glimlachte flauwtjes. 'Ja hoor, als hun gemeenteraad nog corrupter is dan de onze.'

Hij voelde dat de hitte van haar verontwaardiging als een deken op hem neerdrukte en besloot van onderwerp te veranderen.

'Zal ik een paar omeletten voor ons bakken?' Hij zag dat haar honger strijd leverde met haar laatste restje woede. Haar honger won.

'Maar zonder groene paprika,' zei ze waarschuwend. 'Daar houd ik niet van.'

'Waarom koop je ze dan?'

'Geen idee. In ieder geval niet voor omeletten.'

'Wil je bosui?'

'Geen bosui.'

Ze dekte de tafel terwijl hij de eieren losklopte en de pan op het vuur zette.

'Wil je iets drinken?' vroeg hij.

Ze schudde haar hoofd. Hij wist dat ze nooit iets dronk bij het eten, maar vroeg het toch elke keer weer. Dat was een vreemde gewoonte.

Ze zeiden niet meer dan een paar woorden totdat ze klaar waren met eten en ze allebei hun bord zoals gewoonlijk naar het midden van de tafel schoven.

'Vertel eens hoe het vandaag is gegaan,' zei ze.

'Met mij? Wil je weten wat de knappe koppen allemaal hebben gezegd?'

'Je was niet onder de indruk?'

'O, dat was ik wel. Als je een boek wilt schrijven over een team dat niet functioneert, onder leiding van een helse hoofdinspecteur, moet je daar maar een bandje laten meelopen, dan kun je woord voor woord meeschrijven.'

'Was het nog erger dan waar jij hebt gewerkt?'

Hij gaf niet meteen antwoord; niet omdat hij niet wist wat hij moest zeggen, maar vanwege de toon waarop ze 'hebt gewerkt' uitsprak. Hij besloot te antwoorden op de vraag in plaats van op de toon.

'In de stad waren er ook altijd wel een paar dwarsliggers, maar de helse hoofdinspecteur geeft arrogantie en onzekerheid een geheel nieuwe betekenis. Hij wil heel graag indruk maken op de officier van justitie, heeft geen respect voor zijn eigen mensen en helemaal geen kijk op de zaak. Elke vraag, elke opmerking, was vijandig of niet relevant. Meestal allebei.'

Ze keek hem onderzoekend aan. 'Dat verbaast me niets.'

'Hoe bedoel je?'

Ze haalde lichtjes haar schouders op. Het leek alsof ze met haar gezichtsuitdrukking zo weinig mogelijk prijs wilde geven. 'Gewoon, dat het me niet verbaast. Als je had verteld dat dit het beste team was dat je ooit hebt mogen meemaken, dan was ik verbaasd geweest. Dat is alles.'

Hij wist donders goed dat het niet alles was, maar hij was slim genoeg om te weten dat Madeleine slimmer was dan hij en dat hij haar niet kon overhalen om iets te zeggen als ze dat niet wilde.

'Nou,' zei hij, 'het was allemaal erg vermoeiend en weinig bemoedigend. Nu wil ik graag even iets heel anders doen en er niet meer aan denken.'

Het was een opmerking die hij zonder nadenken maakte en waaraan hij ook niets wist toe te voegen. Iets anders doen was niet zo eenvoudig als het klonk. De problemen van die dag bleven door zijn hoofd spoken, en nu kwam Madeleines ongrijpbare reactie er ook nog eens bij. Op dat moment kwam opnieuw de gedachte bij hem op die al de hele week aan de randen van zijn bewustzijn had geknaagd, de gedachte waarvoor hij zo graag zijn ogen wilde sluiten maar die hij niet helemaal kon vergeten. Deze keer ging het idee echter heel onverwacht vergezeld van een vastberadenheid om te doen wat hij tot dan toe had vermeden.

'De doos...' zei hij. Het voelde alsof zijn keel werd dichtgeknepen. Zijn stem klonk schor, maar hij dwong zichzelf het onderwerp aan te snijden, voordat zijn angst weer de overhand kreeg, voordat hij ook maar wist hoe hij zijn zin wilde afmaken.

Ze keek op van haar lege bord en staarde hem aan: kalm, nieuwsgierig, aandachtig, wachtend totdat hij verder zou gaan.

'Zijn tekeningen... Wat... Ik bedoel, waarom?' Het kostte hem moeite de tegenstrijdige gevoelens en verwarring in zijn hart in een logische vraag te gieten.

Hij had geen moeite hoeven doen. Madeleine kon de gedachten in zijn ogen beter lezen dan hij ze kon omschrijven.

'We moeten afscheid nemen.' Haar stem was vriendelijk, ontspannen.

Hij staarde naar de tafel. Niets in zijn gedachten leek woorden te kunnen vormen.

'Het is al zo'n tijd geleden,' zei ze. 'Danny is er niet meer, en we hebben nooit afscheid van hem genomen.'

Hij knikte, bijna onmerkbaar. Zijn besef van tijd leek uiteen te vallen en zijn hoofd werd op een vreemde manier leeg.

Toen de telefoon ging, voelde het alsof hij wakker werd geschud en met een ruk werd teruggevoerd naar de echte wereld: een wereld vol vertrouwde, tastbare problemen die in woorden te vatten waren. Madeleine zat nog steeds bij hem aan tafel, maar hij wist niet hoe lang ze daar al zaten.

'Wil je dat ik opneem?' vroeg ze.

'Nee, dat hoeft niet, ik doe het wel.' Hij aarzelde even, als een computer die opnieuw de informatie moest laden, en stond toen op, een tikje wankelend, en liep naar de studeerkamer.

'Gurney.' Op die manier de telefoon opnemen – zoals hij al die jaren op zijn werk had gedaan – was een gewoonte die hij maar moeilijk kon afleren.

De stem die hem begroette klonk helder, assertief, gekunsteld warm. Hij moest denken aan die oude regel die verkopers hanteren: zorg ervoor dat je altijd glimlacht aan de telefoon, want dan klink je vriendelijker.

'Dave, goed dat je er bent! Met Sheridan Kline. Ik hoop dat je niet zit te eten?'

'Wat kan ik voor u doen?'

'Ik zal meteen ter zake komen. Je lijkt me het soort man tegen wie ik volkomen eerlijk kan zijn. Ik ken je reputatie, en vanmiddag heb ik kunnen zien waaraan je die te danken hebt. Ik was onder de indruk. Ik hoop dat ik je niet in verlegenheid breng?'

Gurney vroeg zich af waar Kline heen wilde. 'Bedankt voor het compliment.'

'Het is gewoon zo. Ik bel omdat deze zaak schreeuwt om iemand met jouw vaardigheden, en ik zou graag van je talenten gebruik willen maken.'

'U weet dat ik gestopt ben, hè?'

'Ja, dat heb ik gehoord, en ik begrijp heel goed dat je niet staat te springen om weer in de tredmolen te stappen. Dat wilde ik ook niet voorstellen. Maar ik heb wel het idee dat dit een erg grote zaak dreigt te worden, waarbij jouw hersens goed van pas kunnen komen.'

'Ik begrijp niet goed wat u van me wilt.'

'Idealiter,' zei Kline, 'wil ik dat je ontdekt wie Mark Mellery heeft vermoord.'

'Is dat niet de taak van het BCI?'

'Dat is het zeker. En met een beetje geluk boeken ze misschien nog resultaat ook.'

'Maar?'

'Maar ik wil beter beslagen ten ijs komen. Deze zaak is zo belangrijk dat er meer nodig is dan de gebruikelijke procedures. Ik wil graag een troef achter de hand houden.'

'Ik begrijp niet goed wat ik zou kunnen doen.'

'Je ziet jezelf niet voor het bci werken? Dat geeft niet. Rod en jij, dat leek me al niet zo'n goede combinatie. Nee, je zou aan mij persoonlijk verslag uitbrengen. We zouden je de functie kunnen geven van assistent-rechercheur, of mijn persoonlijk adviseur. Wat je maar wilt.'

'Hoeveel tijd gaat dat me kosten?'

'Dat mag je zelf bepalen.' Toen Gurney geen antwoord gaf, vervolgde hij: 'Mark Mellery moet je hebben bewonderd en vertrouwd, anders zou hij je nooit hebben gevraagd om uit te zoeken wie hem bedreigde. Ik vraag je hetzelfde te doen, en ik ben blij met alles wat je voor me kunt doen.'

Die vent is goed, dacht Gurney. Hij weet als geen ander hoe hij zo oprecht mogelijk kan klinken. Hij zei: 'Ik zal het er met mijn vrouw over hebben, dan bel ik u morgen terug. Op welk nummer kan ik u bereiken?'

Aan Klines stem was te horen hoe breed zijn glimlach moest zijn. 'Ik zal je mijn privénummer geven. Iets zegt me dat jij nog vroeger uit de veren bent dan ik. Je kunt me vanaf een uur of zes 's morgens bellen.'

Toen hij de keuken binnenkwam, zat Madeleine nog steeds aan tafel, maar haar stemming was veranderd. Ze zat de *Times* te lezen. Hij ging tegenover haar zitten, met zijn gezicht naar de oude houtkachel gedraaid. Hij keek ernaar zonder echt iets te zien en begon zijn voorhoofd te masseren, alsof de beslissing waarvoor hij stond een spier was die moest worden losgemaakt.

'Zo moeilijk is het toch niet?' zei Madeleine zonder op te kijken van haar krant.

'Wat niet?'

'Waar je over zit te piekeren.'

'De officier van justitie wil graag dat ik een handje help.'

'Dat is toch logisch?'

'Normaal gesproken zouden ze hier geen buitenstaander bij halen.'

'Maar jij bent toch niet zomaar een buitenstaander?'

'Ik denk dat mijn relatie tot Mellery wel van invloed is.'

Ze hield haar hoofd scheef en keek hem met haar röntgenblik aan.

'Hij was erg vleiend,' zei Gurney, die niet al te gevleid probeerde te klinken.

'Waarschijnlijk beschreef hij gewoon je talenten.'

'In vergelijking met hoofdinspecteur Rodriguez zou iedereen goed uit de verf komen.'

Ze moest glimlachen om zijn onhandige poging tot bescheidenheid. 'Wat had hij je te bieden?'

'Carte blanche, als het ware. Ik kan voor hem werken, als ik maar oppas dat ik niemand op zijn tenen trap. Ik heb gezegd dat ik hem morgenochtend laat weten wat ik doe.'

'Hoe bedoel je?'

'Of ik het wel of niet doe.'

'Maak je nu een grapje?'

'Lijkt het je geen goed idee?'

'Je weet toch allang wat je gaat doen?'

'Ik moet heel veel tegen elkaar afwegen.'

'Meer dan je misschien denkt, maar je hebt je beslissing al genomen.' Ze ging weer verder met haar krant.

'Hoe bedoel je, meer dan ik misschien denk?' vroeg hij na een lange minuut.

'Soms hebben keuzes gevolgen die we niet kunnen overzien.'

'Zoals?'

Haar verdrietige blik vertelde hem dat dat een domme vraag was.

Na een korte stilte zei hij: 'Ik heb het gevoel dat ik Mark iets schuldig ben.'

Een zweem van ironie kleurde de blik.

'Waarom kijk je zo vreemd?'

'Het is de eerste keer dat je hem bij zijn voornaam noemt.'

27

Een gesprek met de officier

Het regionale gerechtsgebouw, dat die nietszeggende naam sinds 1935 droeg, had in een vorig leven bekendgestaan als Krankzinnigengesticht Bumblebee. De instelling was in 1899 opgericht dankzij giften van sir George Bumblebee, een vrijgevige Brit die volgens zijn onterfde en daartegen vergeefs bezwaar makende familieleden niet helemaal toerekeningsvatbaar was geweest. De rode bakstenen gevel, groezelig geworden door het roet van een hele eeuw, verhief zich mistroostig aan de rand van het stadsplein. Het gebouw lag op ongeveer anderhalve kilometer van het regionale hoofdbureau van de NYSP en was vanuit Walnut Crossing dus ook een uur en een kwartier rijden.

De binnenkant was nog onaantrekkelijker dan de buitenkant, maar om een andere reden: in de jaren zestig was het interieur eruit gesloopt en was het gebouw gemoderniseerd. Stoffige kroonluchters en eiken lambriseringen waren vervangen door felle tl-buizen en witte gipswandjes. Gurney vroeg zich af of het harde moderne licht misschien de gestoorde geesten van de voormalige bewoners op afstand moest houden, en omdat dat een vreemde gedachte was voor een man die hierheen was gekomen om over arbeidsvoorwaarden te onderhandelen, dacht hij aan wat Madeleine die morgen tegen hem had gezegd toen hij het huis verliet. 'Hij heeft jou harder nodig dan jij hem.' Die woorden gingen door zijn hoofd toen hij stond te wachten totdat het zijn beurt was om door de uitgebreide beveiliging in de hal te lopen. Toen hij die barrière eenmaal achter zich had, volgde hij een reeks pijlen naar een matglazen deur waarop de woorden OFFICIER VAN JUSTITIE in sierlijke zwarte letters waren aangebracht.

Achter de deur zat een vrouw achter een balie. Haar blik kruiste de zijne toen hij binnenkwam. Gurney was ooit tot de conclusie gekomen dat een man zijn vrouwelijke personeel uitkiest op basis van vaardigheden, aantrekkelijkheid of prestige, en de vrouw achter de balie leek alle drie te bezitten. Hoewel ze wellicht al rond de vijftig was, waren haar haar, huid, make-up, kleding en figuur zo uitstekend verzorgd dat ze een bijna zinderende aandacht moest hebben voor alles wat lichamelijk was. Volgens het rechthoekige koperen bordje op de balie heette ze Ellen Rackoff.

Voordat een van hen iets kon zeggen, ging er een deur aan de rechterzijde van de balie open en kwam Sheridan Kline binnen. Hij grijnsde met een emotie die in de buurt van warmte leek te komen.

'Stipt negen uur! Dat verbaast me niets. Je lijkt me iemand die altijd doet wat hij belooft.'

'Dat is eenvoudiger dan het alternatief.'

'Wat? O, ja, ja. Natuurlijk.' Bredere grijns, maar minder warmte. 'Koffie, of liever thee?'

'Koffie, graag.'

'Ja, voor mij ook. Ik heb de voorliefde voor thee nooit zo begrepen. Ben je een hondenmens of een kattenmens?'

'Eh, een hondenmens, geloof ik.'

'Is het je wel eens opgevallen dat hondenmensen liever koffie drinken? Thee is voor kattenmensen.'

Het leek Gurney niet de moeite om daar gedachten aan te verspillen. Kline gebaarde dat hij hem moest volgen naar zijn kamer en wees daar naar een moderne leren bank. Zelf nam hij plaats in een bijpassende fauteuil aan de andere kant van een laag tafeltje met een glazen blad. Zijn grijns maakte plaats voor een uitdrukking van bijna lachwekkende ernst.

'Dave, ik wil allereerst even zeggen dat ik heel blij ben dat je ons team komt versterken.'

'Als er tenminste een passende rol voor me is.'

Kline knipperde even met zijn ogen.

'Ik wil niet dat de andere leden zich bedreigd voelen door een buitenstaander,' zei Gurney.

'Nee, nee, dat moeten we niet hebben. Ik zal eerlijk tegen je zijn en niets onder de pet houden, zoals ze tegenwoordig zeggen.'

Gurney verborg een grimas onder een beleefde glimlach.

'Een paar lui bij het NYPD hebben me bijzonder indrukwekkende dingen over je verteld. Je hebt onderzoeken naar bijzonder grote zaken geleid en daarin een sleutelrol gespeeld, je was echt de grote man, maar als het tijd werd voor de felicitaties liet je steevast een ander met de eer strijken. Ze beweren dat je het grootste talent en het kleinste ego van de hele afdeling had.'

Gurney glimlachte. Niet vanwege het compliment, want hij wist dat dat waar was, maar omdat Kline oprecht verbijsterd keek bij de gedachte om een ander met de eer te laten strijken.

'Ik hield van mijn werk, maar ik vond het niet fijn om in het middelpunt van de belangstelling te staan.'

Kline keek even alsof hij een onbekende smaak probeerde te identificeren en staakte toen zijn poging. Hij boog zich voorover. 'Vertel me maar eens wat jij denkt in deze zaak te kunnen doen.'

Dat was de hamvraag. Gurney had het grootste deel van de rit vanaf Walnut Crossing over een mogelijk antwoord nagedacht.

'Adviseren en analyseren.'

'Hoe bedoel je?'

'Het onderzoeksteam van het BCI is verantwoordelijk voor het verzamelen, onderzoeken en bewaren van bewijsstukken, voor het verhoren van getuigen, het onderzoeken van aanknopingspunten en het controleren van alibi's. Zij zijn degenen die een hypothese over de identiteit, de handelwijze en het motief van de dader zullen opstellen. Dat laatste element is van wezenlijk belang, en ik denk dat ik daarbij een handje zou kunnen helpen.'

'Hoe?'

'Het enige waar ik altijd echt goed in ben geweest, was de feiten van een complexe situatie bekijken en een mogelijke verklaring voor het gebeurde verzinnen.'

'Daar geloof ik niets van.'

'Anderen zijn veel beter in het verhoren van getuigen, het vinden van bewijsstukken op de plaats delict...'

'Zoals die kogel die niemand anders wist te vinden?'

'Dat was een fortuinlijke gok. Doorgaans is er voor wat betreft elk onderdeel van de procedure wel iemand die beter is dan ik, maar als het gaat om het in elkaar passen van de puzzelstukjes, om vaststellen wat belangrijk is en wat niet, ja, daar ben ik erg goed in. Ik heb er wel eens naast gezeten, maar kon toch vaak een beslissende invloed uitoefenen.'

'Dus je hebt toch een ego.'

'Als u het zo wilt noemen. Ik ken mijn beperkingen en ik ken mijn kracht.'

Hij wist na jaren vol verhoren ook hoe bepaalde mensen op een bepaalde houding reageerden, en Kline stelde hem niet teleur. Uit de blik van de ander bleek dat hij de exotische smaak waarop hij een etiketje probeerde te plakken steeds beter begon te begrijpen.

'We moeten het over een vergoeding hebben,' zei Kline. 'Ik dacht zelf aan een vast bedrag per uur, hetzelfde dat we in het verleden aan externe adviseurs hebben betaald. Ik kan vijfenzeventig dollar per uur bieden, plus onkosten, mits je die een beetje binnen de perken houdt. En je kunt meteen beginnen.'

'Dat is prima.'

Kline stak de hand van een politicus naar hem uit. 'Ik verheug me op de samenwerking. Ellen heeft het een en ander aan formulieren voor je klaarliggen die je moet ondertekenen; je begrijpt dat afspraken over geheimhouding noodzakelijk zijn. Het zal wel even duren voordat je het allemaal hebt doorgelezen. Ze zal je ook een werkkamer wijzen. We zullen onderweg wel meer dingen tegenkomen waarvoor we een oplossing moeten vinden, maar dat zien we dan wel. Ik zal je persoonlijk van alle nieuwe ontwikkelingen bij het BCI of mijn eigen team op de hoogte stellen, en je kunt algemene vergaderingen zoals die van gisteren altijd bijwonen. Als je iemand uit het rechercheteam wilt spreken, kun je dat via mijn kantoor aanvragen. Voor gesprekken met getuigen, verdachten of andere belanghebbenden geldt hetzelfde. Kun je je daarin vinden?'

'Ja.'

'Je bent geen man die ergens doekjes om windt, en ik ook niet. Nu we toch gaan samenwerken, wil ik je iets vragen.' Kline leunde achterover en plantte zijn vingertoppen tegen elkaar, zodat zijn vraag iets gewichtigs kreeg. 'Waarom zou je eerst iemand neerschieten en dan nog eens veertien keer steken?'

'Doorgaans wijst zo'n groot aantal wonden op ongebreidelde woede, maar het kan ook een manier zijn om een koelbloedige daad op een aanval van razernij te laten lijken. Het precieze aantal zegt op zich niet zo heel erg veel.'

'Maar door eerst te schieten…'

'… wordt de indruk gewekt dat de moordenaar met die steekwonden iets anders wilde bereiken dan alleen maar de dood van zijn slachtoffer.'

'Dat snap ik niet.' Kline hield als een nieuwsgierig vogeltje zijn hoofd scheef.

'Mellery is van heel dichtbij neergeschoten. De kogel heeft de halsslagader uiteengereten. In de sneeuw zijn geen sporen aangetroffen die erop wijzen dat de dader het wapen heeft laten vallen of heeft neergegooid. De dader moet dus de tijd hebben genomen om het materiaal waarmee hij het geluid heeft gedempt te verwijderen, het wapen op te bergen in zijn zak of een holster en daarna de gebroken fles te pakken en een houding aan te nemen waarin hij het slachtoffer de steekwonden kon toebrengen. Het slachtoffer moet op dat moment al op de grond hebben gelegen, hevig bloedend uit de bewuste slagader. Dus waarom nog moeite doen om hem te steken? Niet om het slachtoffer te doden, dat was reeds zo goed als dood. Nee, de dader moet de sporen van het schot hebben willen verdoezelen...'

'Waarom?' vroeg Kline, die zich vooroverboog.

'Dat weet ik niet. Het is maar een vermoeden. Maar het is, ook gezien de inhoud van de eerder verstuurde brieven en de moeite die de dader moet hebben gedaan om de gebroken fles mee te nemen, logischer om aan te nemen dat het steken een bepaalde rituele betekenis voor hem had.'

'Satanische rituelen?' Kline probeerde geschokt te kijken, maar kon niet verhullen dat hij uitkeek naar de media-aandacht die een dergelijk motief zou trekken.

'Dat denk ik niet. De briefjes klinken weliswaar als het werk van een gestoorde, maar niets wijst op een religieus aspect. Nee, met "ritueel" bedoel ik dat deze werkwijze een bepaalde, unieke betekenis voor de dader moet hebben gehad.'

'Een wraakfantasie?'

'Dat zou kunnen,' zei Gurney. 'Dit zou niet de eerste moordenaar zijn die maanden of misschien wel jaren bezig is geweest met de vraag hoe hij het beste wraak kon nemen.'

Kline keek bezorgd. 'Als het steken het belangrijkste was, waarom nam hij dan toch de moeite om het slachtoffer neer te schieten?'

'Voor de zekerheid. Hij wilde er zeker van zijn dat hij hem zou doden, en een vuurwapen biedt meer zekerheid dan een fles. Na al die voorbereidingen wilde hij erop kunnen vertrouwen dat het zou lukken.'

Kline knikte en richtte zich op een ander stukje van de puzzel. 'Rodriguez is er zeker van dat een van de gasten de moordenaar is.'

Gurney glimlachte. 'Welke gast zou het moeten zijn?'

'Dat wil hij nog niet zeggen, maar hij is ervan overtuigd. Ben je het niet met hem eens?'

'Het is niet volkomen uitgesloten. De gasten bevonden zich allemaal op het terrein van het instituut en waren dus dicht in de buurt van de plaats van het misdrijf. Het is in elk geval een ongewoon gezelschap: verslaafd, emotioneel instabiel, minimaal één gast die banden heeft met de georganiseerde misdaad.'

'Maar?'

'Er is een aantal praktische problemen.'

'Zoals?'

'Voetafdrukken en alibi's, om te beginnen. Iedereen is het erover eens dat het rond zonsondergang begon te sneeuwen en tot na middernacht bleef sneeuwen. De moordenaar heeft, aan de afdrukken te zien, het terrein vanaf de openbare weg betreden nadat het is opgehouden met sneeuwen.'

'Hoe kun je daar zo zeker van zijn?'

'Je kon de afdrukken in de sneeuw zien, maar er lag geen verse sneeuw in de afdrukken zelf. Als een van de gasten verantwoordelijk zou zijn voor die afdrukken, dan moet hij het pand vóór de eerste sneeuwval hebben verlaten, want er zijn geen sporen die vanaf het hoofdgebouw naar de weg voeren.'

'Met andere woorden…'

'Met andere woorden, dan moet er iemand vanaf zonsondergang tot na middernacht afwezig zijn geweest. En dat was niet het geval.'

'Hoe weet je dat?'

'Officieel weet ik dat niet. Laten we het erop houden dat Jack Hardwick me het een en ander heeft verteld. Volgens de verklaringen van de gasten is ieder van hen op willekeurige momenten van de avond door minstens zes andere gasten gezien. Dus tenzij iedereen liegt, waren ze allemaal aanwezig.'

Kline leek niet snel afstand te willen doen van het idee dat iedereen loog. 'Misschien heeft een van hen hulp gekregen,' zei hij.

'Wilt u beweren dat een van de gasten een huurmoordenaar heeft ingeschakeld?'

'Zoiets, ja.'

'Maar waarom zou die gast dan zelf aanwezig zijn?'

'Hoe bedoel je?'

'We beschouwen de huidige gasten alleen maar als verdachten omdat ze toevallig in de nabijheid van het slachtoffer verkeerden. Als je een huurmoordenaar inschakelt die de klus voor je moet klaren, waarom zou je dan nog zelf in de buurt blijven?'

'Vanwege de opwinding?'

'Dat zou kunnen,' zei Gurney met een overduidelijk gebrek aan enthousiasme.

'Goed, laten we de gasten voor nu even buiten beschouwing laten,' zei Kline. 'Is het mogelijk dat dit het werk is van de maffia? Geregeld door iemand die niet tot de gasten behoort?'

'Is dat een andere theorie van Rodriguez?'

'Hij sluit het niet uit. Aan jouw gezicht te zien doe jij dat wel.'

'Ik zie er de logica niet van in. Ik denk dat het niet eens ter sprake zou zijn gekomen als Tony Soprano niet een van de gasten was geweest. Ten eerste is er niets wat Mark Mellery in verband kan brengen met de maffia...'

'Wacht eens even, stel je nu eens voor dat een van zijn gasten, iemand als Tony Soprano, iets aan de grote goeroe heeft opgebiecht. Dat ze hun hart moesten luchten in het kader van innerlijke harmonie of spirituele reiniging of weet ik hoe Mellery het noemde.'

'Ja, en?'

'Nou, misschien heeft een of andere schurk dat inderdaad gedaan en kreeg hij er later thuis spijt van. Het is natuurlijk geweldig om één te zijn met het universum, maar niet als je daardoor zo je mond voorbijpraat dat een ander je erbij kan lappen. Misschien kwam hij later, buiten bereik van de charismatische goeroe, weer tot inkeer en besloot hij iemand in te huren om de risico's drastisch te beperken.'

'Dat is een interessante hypothese.'

'Maar?'

'Maar er is geen huurmoordenaar die zo'n geintje gaat uithalen als hier is gebeurd. Kerels die voor het geld iemand doden, hangen niet hun schoenen in de bomen. Die laten geen versjes op lijken achter.'

Kline keek alsof hij bezwaar wilde maken, maar zweeg toen de deur na een kort klopje werd geopend. Het slanke wezen van de receptie kwam binnen met een gelakt dienblad waarop twee porseleinen kopjes en schoteltjes, een koffiepot met een elegante tuit, een sierlijk suikerpotje en melkkannetje en een Wedgwood-schoteltje met vier biscotti stonden. Ze zette het blad op de lage tafel.

'Rodriguez heeft gebeld,' zei ze met een snelle blik op Kline, en ze voegde eraan toe, alsof ze antwoord gaf op een telepathisch gestelde vraag: 'Hij is onderweg en zei dat hij over een paar minuten hier is.'

Kline keek naar Gurney alsof hij diens reactie wilde peilen. 'Rod had me al eerder gebeld,' zei hij. 'Hij wil graag zijn mening over de zaak geven. Ik heb gezegd dat hij maar even langs moest komen wanneer jij er zou zijn. Ik wil graag dat iedereen op hetzelfde moment van alles op de hoogte is. Hoe meer we weten, hoe beter. Geen geheimen.'

'Goed idee,' zei Gurney, die vermoedde dat Kline Rodriguez en hem hier niet wilde hebben omdat hij zo naar openheid streefde, maar omdat conflict en confrontatie voor hem de manieren waren om invloed uit te oefenen.

Klines assistente liep de kamer uit, maar Gurney zag nog net haar veelbetekenende Mona Lisa-achtige glimlach die leek aan te geven dat ze er net zo over dacht.

Kline schonk de koffie in. Het servies zag er duur en antiek uit, maar hij behandelde het zonder trots of voorzichtigheid en versterkte daardoor Gurneys vermoeden dat dit wonderkind van een officier met een gouden lepeltje in zijn mond was geboren en dat deze functie slechts een stap was op de weg naar een beroep dat beter bij zijn voorname afkomst paste. Wat had Hardwick gisteren tijdens de bijeenkomst ook alweer gefluisterd? Iets over de wens om gouverneur te worden? Misschien had die cynische oude Hardwick het weer eens bij het rechte eind. Of misschien trok Gurney te veel conclusies uit de manier waarop iemand een kopje vasthield.

'Trouwens,' zei Kline, die weer achteroverleunde in zijn stoel, 'die kogel die ze in de wand hebben gevonden, waarvan ze dachten dat het een .357 was? Dat was het niet. Dat was slechts een gok, gebaseerd op de grootte van het gaatje in de muur. Uit het ballistisch onderzoek is gebleken dat het een .38 Special betreft.'

'Dat is vreemd.'

'Een veel voorkomend kaliber. Tot in de jaren tachtig was dat bij veel politiekorpsen het meest gebruikte wapen.'

'Ja, het kaliber komt vaak voor, maar het is een ongewone keuze.'

'Hoezo?'

'De dader heeft de nodige moeite gedaan om het geluid van het schot zo veel mogelijk te dempen. Als de herrie zo'n probleem voor hem was, dan had hij geen .38 Special moeten nemen. Dan zou een .22 veel logischer zijn geweest.'

'Misschien was dit het enige wapen dat hij had.'

'Misschien.'

'Maar je denkt van niet?'

'Hij is een perfectionist. Zo iemand zorgt ervoor dat hij het juiste wapen heeft.'

Kline keek Gurney aan alsof hij een kruisverhoor aan het afnemen was. 'Je spreekt jezelf tegen. Eerst zeg je dat alles erop wijst dat hij niet wilde dat iemand het schot zou horen, en vervolgens zeg je dat hij een ander wapen had moeten nemen. En nu beweer je weer dat hij nooit het verkeerde wapen zou kiezen.'

'Hij wilde niet dat iemand het zou horen, dat klopt, maar iets anders was blijkbaar nog belangrijker.'

'Zoals?'

'Als er een ritueel aspect aan deze zaak zit, kan dat de keuze voor een bepaald wapen verklaren. Misschien was de methode zo belangrijk voor hem dat hij het geluid voor lief nam. Misschien voelde hij zich gedwongen om het op deze manier te doen en een andere oplossing voor het lawaai te zoeken.'

'Als jij "ritueel" zegt, dan denk ik aan een psychopaat. Hoe gestoord denk je dat deze vent is?'

'"Gestoord" vind ik niet echt een bruikbare term,' zei Gurney. 'Jeffrey Dahmer, volledig toerekeningsvatbaar, at zijn slachtoffers op. David Berkowitz, volledig toerekeningsvatbaar, doodde mensen omdat een satanische hond hem dat opdroeg.'

'Denk je dat we hier met zo iemand te maken hebben?'

'Niet echt. Onze moordenaar is geobsedeerd en zint op wraak; hij is zo geobsedeerd dat het grenst aan een emotionele stoornis, maar waarschijnlijk is het nog niet zo erg dat hij lichaamsdelen gaat eten of naar een hond luistert. Hij is duidelijk erg ziek, maar in de briefjes staat niets wat op een psychose wijst zoals die in de psychiatrie wordt beschreven.'

Er werd op de deur geklopt.

Kline fronste peinzend, tuitte zijn lippen en leek na te denken over Gurneys oordeel – of misschien probeerde hij alleen maar de indruk te wekken dat hij iemand was die zich niet liet afleiden door een simpele klop op de deur.

'Kom binnen!' zei hij ten slotte op luide toon.

De deur ging open en Rodriguez kwam binnen. Toen hij Gurney zag zitten, slaagde hij er niet in zijn ongenoegen helemaal te verbergen.

'Rod!' zei Kline met dreunende stem. 'Fijn dat je bent gekomen. Ga zitten.'

Rodriguez meed zorgvuldig de bank waarop Gurney zat en nam plaats in een fauteuil tegenover Kline.

De officier van justitie glimlachte hartelijk. Gurney vermoedde dat hij dat deed vanwege het vooruitzicht dat ze elkaar weldra in de haren zouden vliegen.

'Rod komt even langs om zijn mening over de zaak te geven.' Hij klonk als een scheidsrechter die de ene bokser aan de andere voorstelt.

'Ik kijk uit naar zijn visie,' zei Gurney welwillend.

Blijkbaar niet welwillend genoeg voor Rodriguez, die het als een verhulde uitdaging leek te beschouwen. Hij had geen verdere aanmoediging nodig.

'Iedereen heeft alleen maar aandacht voor de bomen,' zei hij, met een stem die luid genoeg was voor een veel groter vertrek dan dit. 'We vergeten het bos!'

'En het bos is…' zei Kline.

'Het bos staat voor iets wat we absoluut niet kunnen ontkennen: de gelegenheid. Iedereen is alleen maar bezig met speculeren over het motief en de details van de gebruikte methode. We laten ons afleiden van het belangrijkste aspect: een huis vol met drugsverslaafden en andere criminelen die gemakkelijk toegang hadden tot het slachtoffer.'

Gurney vroeg zich af of de hoofdinspecteur zo reageerde omdat hij zich bedreigd voelde, of dat er meer aan de hand was.

'Wat moeten we volgens jou dan doen?' wilde Kline weten.

'Ik laat alle gasten verhoren en laat alle achtergronden natrekken. Die cokesnuivers moeten niet denken dat ze ook maar iets voor ons verborgen kunnen houden. Ik kan jullie nu al vertellen dat een van hen het heeft gedaan, en het is slechts een kwestie van tijd voordat we ontdekken wie.'

'Wat vind jij ervan, Dave?' Kline klonk bijna te achteloos, alsof hij probeerde te verbergen dat hij het fijn vond om een felle strijd uit te lokken.

'Het kan nuttig zijn de gasten nogmaals te verhoren en hun antecedenten te onderzoeken,' zei Gurney op neutrale toon.

'Nuttig, maar niet noodzakelijk?'

'Dat weten we pas als we het hebben gedaan. We zouden aandachtiger kunnen kijken naar gelegenheid, en naar toegang tot het slachtoffer in een bredere context. Zijn er bijvoorbeeld hotels of pensions in de buurt die even geschikt als uitvalsbasis zouden kunnen zijn als een kamer op het instituut?'

'Ik weet zeker dat het een gast was,' zei Rodriguez. 'Wanneer er een zwemmer in een zee vol haaien verdwijnt, komt dat niet omdat hij is ontvoerd door een passerende waterskiër.' Hij keek Gurney boos aan en leek diens glimlach als een uitdaging op te vatten. 'We moeten wel bij de les blijven!'

'Doen we navraag bij pensions, Rod?' vroeg Kline.

'We trekken alles na.'

'Goed. Dave, heb jij verder nog iets op je prioriteitenlijstje staan?'

'Niets wat nog niet op het programma staat. Onderzoek naar het bloed; de vreemde vezels op en rond het slachtoffer; het merk, de verkooppunten en eventuele opvallende details van de schoenen; ballistisch onderzoek naar de kogel; een analyse van de opname van het telefoontje naar Mellery, met inbegrip van de geluiden op de achtergrond, en, indien het een mobiele telefoon betrof, de locatie van de zendmast; een overzicht van de vaste en mobiele nummers en gesprekken van de huidige gasten; een analyse van het handschrift, het papier en de inkt van de briefjes; een psychologisch profiel op basis van de briefjes, het telefoongesprek en de gebruikte methode; een onderzoek naar soortgelijke dreigbrieven in de database van de FBI. Dat is het volgens mij wel, of vergeet ik nog iets, hoofdinspecteur?'

Voordat Rodriguez antwoord kon geven, en dat leek hij niet snel te willen doen, deed Klines assistente de deur open en liep naar binnen. 'Pardon, meneer,' zei ze met een onderdanigheid die voor gebruik in het openbaar leek te zijn bedoeld. 'Ik heb hier brigadier Wigg, die graag de hoofdinspecteur zou willen spreken.'

Rodriguez fronste.

'Laat haar maar binnenkomen,' zei Kline, wiens behoefte aan confrontatie geen grenzen leek te kennen.

De roodharige vrouw van de vergadering bij het BCI kwam binnen. Ze droeg hetzelfde effen blauwe pak en had dezelfde laptop bij zich.

'Wat moet je, Wigg?' zei Rodriguez, eerder geërgerd dan nieuwsgierig.

'We hebben iets ontdekt dat volgens mij zo belangrijk is dat ik het u meteen wilde komen vertellen, meneer.'

'En?'

'Het gaat om de schoenen, meneer.'

'De schoenen?'

'De schoenen in de boom, meneer.'

'Wat is daarmee?'

'Mag ik deze op tafel zetten?' Wigg wees naar haar laptop.

Rodriguez keek Kline aan. Kline knikte.

Dertig seconden en een paar toetsaanslagen later keken de drie mannen naar een gedeeld scherm met foto's van zo te zien identieke voetafdrukken.

'De afdrukken links zijn de afdrukken op de plaats delict. De afdrukken rechts hebben we zelf in dezelfde sneeuw gemaakt, met behulp van de wandelschoenen die we in de boom hebben gevonden.'

'Dus de schoenen die dat spoor hebben gemaakt zijn dezelfde schoenen die we aan het einde van dat spoor hebben gevonden. Daarvoor had je niet helemaal hierheen hoeven komen.'

Gurney kon het niet laten om tussenbeide te komen. 'Ik vermoed dat brigadier Wigg ons precies het tegenovergestelde wilde vertellen.'

'Wil je beweren dat de schoenen uit de boom niet de schoenen zijn die de moordenaar heeft gedragen?' vroeg Kline.

'Dat slaat nergens op,' zei Rodriguez.

'Heel veel dingen in deze zaak slaan nergens op,' zei Kline. 'Brigadier?'

'De schoenen zijn van hetzelfde merk en type en hebben dezelfde maat. Beide paren zijn gloednieuw. Maar het zijn ontegenzeggelijk twee verschillende paren. In sneeuw, en zeker in sneeuw die bij een temperatuur als deze valt, blijven afdrukken uitzonderlijk goed bewaard. Het veelzeggendste detail is hier een minieme afwijking in dit deel van het profiel van de zool.' Ze wees met een scherp potlood naar een bijna onzichtbaar, hoger gelegen puntje op de hak van de schoen aan de rechterkant, de schoen uit de boom. 'Deze afwijking is waarschijnlijk tijdens de fabricage ontstaan en is zichtbaar in elke afdruk die we met deze schoen hebben gemaakt, maar niet in de afdrukken rondom de plek van de moord. De enige logische verklaring is dat er sprake is van twee verschillende paren.'

'Er moeten toch andere verklaringen mogelijk zijn,' zei Rodriguez.

'Waar dacht u aan, meneer?'

'Ik wil er alleen even op wijzen dat we misschien iets over het hoofd zien.'

Kline schraapte zijn keel. 'Laten we omwille van de discussie even aannemen dat brigadier Wigg gelijk heeft en dat er sprake is van twee paren: een paar dat door de dader is gedragen en een paar dat in een boom aan het einde van het spoor is achtergelaten. Wat heeft dat in vredesnaam te betekenen? Wat zegt dat ons?'

Rodriguez keek vol afkeer naar het beeldscherm. 'Niets wat we kunnen gebruiken om de dader te pakken te krijgen.'

'Wat denk jij, Dave?'

'Het zegt mij hetzelfde als het briefje dat op het lichaam is achtergelaten. Ook dit is een soort boodschap. "Pak me dan, als je kan," wil hij hiermee zeggen. "Maar het zal je niet lukken, want ik ben te slim voor jullie."'

'Hoe kan iemand dat in godsnaam opmaken uit een tweede paar schoenen?' Rodriguez klonk nu woedend.

Gurney antwoordde met een bijna slaperige kalmte. Dat was altijd al zijn reactie op woede geweest, zo lang als hij zich kon herinneren. 'De afdrukken op zich zeggen me niet veel, maar in combinatie met al die andere wonderlijke details begint het geheel steeds meer op een ingewikkeld spel te lijken.'

'Als het een spel is, dan heeft dat als doel om ons af te leiden, en dat lukt aardig,' zei Rodriguez snerend.

Toen Gurney geen antwoord gaf, lokte Kline hem uit zijn tent met: 'Je lijkt het daar niet mee eens te zijn.'

'Ik denk dat hij meer wil dan ons alleen maar afleiden. Ik denk dat het daar juist om gaat.'

Rodriguez stond vol walging op. 'Als je me verder niet meer nodig hebt, Sheridan, ga ik weer aan het werk.'

Nadat hij Kline met een grimmig gezicht de hand had geschud, liep hij de kamer uit. Kline hield een mogelijke reactie op dit vertrek uitstekend verborgen.

'Vertel eens,' zei hij een paar tellen later, terwijl hij zich naar Gurney toe boog, 'wat kunnen we verder nog doen? Het is duidelijk dat jij een andere kijk op de zaak hebt dan Rod.'

Gurney haalde zijn schouders op. 'Het kan geen kwaad nog eens goed naar de gasten te kijken. De hoofdinspecteur blijft maar nadruk op de gelegenheid leggen: de moordenaar moet volgens hem op het terrein aanwezig zijn geweest en heeft zijn kans gegrepen. Maar ik zie dat alleen maar als een nadeel: iemand had hem kunnen zien als hij van en naar zijn kamer liep, er waren te veel dingen die hij verborgen had moeten houden. Waar kan hij de tuinstoel, de fles en het wapen hebben gelaten? Voor iemand als hij zou een dergelijk risico onaanvaardbaar zijn geweest.'

Kline trok nieuwsgierig zijn wenkbrauw op, en Gurney vervolgde zijn verhaal.

'Je hebt ongeorganiseerd en georganiseerd, maar ik denk dat onze moordenaar in de categorie extreem georganiseerd moeten worden ingedeeld. Zijn aandacht voor detail is onvoorstelbaar.'

'Je bedoelt details als het vervangen van de gekleurde repen in de zitting van de tuinstoel, om die in de sneeuw onzichtbaar te maken?'

'Ja. En hij kan onder druk het hoofd koel houden. Hij is na zijn daad niet weggerend, maar weggelopen. De voetafdrukken die van het terras naar het bos voeren, zijn zo ontspannen dat je nog gaat denken dat hij een ommetje maakte.'

'Dat woeste gesteek met een afgebroken whiskyfles kan ik niet bepaald ontspannen noemen.'

'Niet als het in een kroeg was gebeurd. Maar vergeet niet dat de dader de fles zorgvuldig heeft uitgekozen, dat hij die zelfs heeft afgewassen en de vingerafdrukken heeft weggeveegd. Ik durf te beweren dat die zogenaamde dolle woede even goed voorbereid was als de rest.'

'Oké,' zei Kline langzaam en instemmend. 'Koelbloedig, kalm, georganiseerd. En verder?'

'Hij is een perfectionist wat betreft communicatie. Belezen, met oog voor taalgebruik en metrum. Als ik eens even flink mag speculeren, dan zou ik zelfs willen stellen dat de gedichten iets ongewoon formeels hebben. Ze herinneren me aan die overdreven deftigheid die je soms vindt bij de eerste kinderen uit een familie die een bepaald niveau van onderwijs hebben genoten.'

'Waar heb je het over?'

'Een goed opgeleid kind van ouders die geen opleiding hebben gehad, een kind dat zich dolgraag wil onderscheiden. Maar zoals ik zei, dat is echt speculeren, en ik heb daar geen harde bewijzen voor.'

'Verder nog iets?'

'Beleefd aan de buitenkant, vanbinnen vervuld van haat.'

'En je denkt niet dat het een van de gasten is?'

'Nee. Vanuit zijn oogpunt gezien zou een dergelijke nabijheid tot het slachtoffer een te groot risico zijn geweest. Dat woog niet op tegen de voordelen.'

'Je bent erg goed in logisch nadenken, Gurney. Denk je dat de moordenaar dat ook is?'

'O ja. Even logisch als pathologisch. Een extreem voorbeeld van beide aspecten.'

28

Terug naar de plaats van het misdrijf

Op weg naar huis reed Gurney door Peony, waardoor de beslissing om even langs het instituut te rijden snel was genomen.

Dankzij het tijdelijke legitimatiebewijs dat de assistente van Kline hem had gegeven, kon hij de agent bij de poort passeren zonder dat hem vragen werden gesteld. Toen Gurney de koude lucht inademde, viel het hem op dat deze dag griezelig veel leek op de ochtend na de moord. De eerdere sneeuw was weggedooid, maar inmiddels was er een nieuwe laag gevallen. In de loop van de nacht waren er, zoals in de hoger gelegen gedeelten van de Catskills wel vaker gebeurde, korte buien met lichte sneeuw geweest die het landschap fris en wit kleurden.

Gurney besloot dezelfde weg te volgen als de moordenaar, in de hoop dat hij dan iets zou zien wat hem eerder was ontgaan. Hij liep over de oprijlaan en de parkeerplaats en achter de schuur langs naar de plek waar de tuinstoel was gevonden. Hij keek om zich heen en probeerde te begrijpen waarom de moordenaar hier was gaan zitten. Zijn concentratie werd verbroken door het geluid van een deur die open- en dichtsloeg, gevolgd door een luide, vertrouwde stem.

'God nog aan toe, we kunnen beter een bommenwerper bestellen om de hele klerezooi hier plat te gooien.'

Het leek Gurney het beste om zijn aanwezigheid kenbaar te maken, en hij stapte door de opening in de hoge heg die de schuur scheidde van het terras achter het huis. Hardwick en Tom Cruise Blatt keken hem aan op een manier die niet bepaald een warm welkom kon worden genoemd.

'Jezus, wat moet jij hier nou weer?' vroeg Hardwick.

'Ik ben tijdelijk aangesteld door de officier van justitie en wilde nog even een kijkje nemen op de plaats delict. Het spijt me dat ik jullie stoor, maar het leek me beter om jullie even te laten weten dat ik er ben.'

'Dat je waar bent? In de bosjes?'

'Achter de schuur. Ik stond op de plek waar de moordenaar heeft gezeten.'

'Waarom?'

'We kunnen beter vragen waarom híj daar zat.'

Hardwick haalde zijn schouders op. 'Hij wilde zich in de schaduw verstoppen? Nam even een rookpauze in dat rotstoeltje van hem? Hij zat op het juiste moment te wachten?'

'Wat maakte het moment tot het juiste moment?'

'Maakt dat iets uit?'

'Dat weet ik niet. Maar waarom wachtte hij hier? En waarom kwam hij zo vroeg dat hij een stoel moest meebrengen?'

'Misschien wilde hij wachten totdat de Mellery's naar bed waren gegaan. Misschien wilde hij wachten totdat alle lichten uit waren.'

'Volgens Caddy Mellery waren ze al uren eerder naar bed gegaan en was het huis dus allang donker. En dat telefoontje dat hen heeft gewekt kwam vrijwel zeker van de moordenaar; hij wilde dus blijkbaar dat ze wakker waren. En als hij wilde weten of het licht uit was, waarom is hij dan precies op die ene plek gaan zitten waar hij de ramen van de slaapkamer níét kon zien? Sterker nog, vanaf de plek waar de stoel stond, heeft hij het huis amper kunnen zien.'

'Wat wil je daar eigenlijk mee zeggen?' Hardwick sprak op een luide, felle toon die in tegenspraak was met de ongemakkelijke blik in zijn ogen.

'Dat we te maken hebben met een uiterst zorgvuldige, uiterst slimme dader die een volslagen zinloze daad tot in de puntjes heeft voorbereid. Of dat onze reconstructie van het misdrijf onjuist is.'

Blatt, die het gesprek had gevolgd alsof het een tenniswedstrijd was, staarde Hardwick aan.

Hardwick keek alsof hij iets viezigs proefde. 'Denk je dat je hier ergens koffie kunt scoren?'

Blatt kneep bij wijze van protest zijn lippen opeen, maar liep toch het huis in, blijkbaar om te doen wat hem was opgedragen.

Hardwick nam de tijd om een sigaret op te steken. 'Er is nog iets wat niet logisch is. Ik heb het rapport over die voetafdrukken eens goed bekeken. De afstand tussen de afdrukken die van de openbare weg naar de stoel achter de schuur voerden, is gemiddeld een centimeter of zeven groter dan de afstand tussen de afdrukken die van het lijk het bos in liepen.'

'De dader liep bij aankomst sneller dan bij vertrek?'

'Inderdaad.'

'Dus hij liep sneller naar de schuur om daar te gaan zitten wachten dan dat hij de plaats van het misdrijf verliet?'

'Dat denkt Wigg in elk geval, en ik kan geen betere verklaring bedenken.'

Gurney schudde zijn hoofd. 'Ik zei het al, Jack, we kijken helemaal op de verkeerde manier naar de zaak. Er is trouwens nog iets anders wat me dwarszit. Waar is die fles precies gevonden?'

'Op ongeveer honderd meter van het lijk, naast de voetafdrukken die van het lijk naar het bos voeren.'

'Waarom daar?'

'Omdat hij hem daar heeft laten vallen. Dat lijkt me duidelijk.'

'Waarom is hij met de fles gaan lopen? Waarom heeft hij hem niet naast het lijk laten liggen?'

'Vergeten. In het heetst van de strijd had hij niet door dat hij de fles nog in zijn hand had, en toen hij dat merkte, gooide hij hem weg. Ik zie het probleem niet.'

'Misschien is dat er ook niet. Maar de voetafdrukken zijn wel heel regelmatig en ontspannen, beslist niet gehaast. Alsof alles volgens plan ging.'

'Jezus, man, waar wil je heen?' Hardwick leek even gefrustreerd als een man die zijn boodschappen in een gescheurde plastic zak bij elkaar probeert te houden.

'Alles aan deze zaak lijkt zo beheerst, zo gepland, alsof er bijzonder goed over is nagedacht. Mijn instinct vertelt me dat die fles daar niet zomaar lag.'

'Je wilt beweren dat hij die fles expres daar heeft laten vallen, met een bepaalde reden?'

'Dat denk ik wel, ja.'

'Wat kan die reden zijn geweest?'

'Welk effect had het op ons?'

'Hoe bedoel je?'

'De dader heeft evenveel aandacht voor de politie als dat hij voor Mark Mellery had. Heb je er al aan gedacht dat de ongebruikelijke aspecten misschien deel uitmaken van het spel dat de dader met ons speelt?'

'Nee, daar had ik nog niet aan gedacht. En dat lijkt me ook erg vergezocht.'

Gurney onderdrukte de neiging om tegen hem in te gaan en zei in plaats daarvan: 'Ik neem aan dat hoofdinspecteur Rodriguez nog steeds denkt dat het een van de gasten is.'

'Ja, een van "de gekken uit het gesticht", zoals hij ze noemt.'

'En daar ben je het mee eens?'

'Wat, dat het gekken zijn? O ja. Dat een van hen de moordenaar is? Misschien.'

'Maar misschien ook niet?'

'Dat weet ik niet. Maar zeg dat maar niet tegen Rodriguez.'

'Heeft hij nog kandidaten op het oog?'

'Iedere drugsverslaafde komt wat hem betreft in aanmerking. Gisteren nog bleef hij maar beweren dat het Mellery Instituut voor Spirituele Vernieuwing niets meer is dan een open ontwenningskliniek voor rijk tuig.'

'Ik zie het verband niet.'

'Tussen wat?'

'Wat heeft een verslaving aan drugs te maken met de moord op Mark Mellery?'

Hardwick nam een lange, bedachtzame trek van zijn sigaret en gooide de peuk toen weg in de vochtige aarde onder de hulsthaag. Gurney was van mening dat je dat soort dingen niet moest doen op een plaats delict, zelfs niet nadat die was uitgeplozen, maar het was het soort gedrag waaraan hij tijdens hun eerdere samenwerking gewend was geraakt. Het verbaasde hem evenmin dat Hardwick naar de heg liep en de smeulende peuk met de neus van zijn schoen uittrapte. Op die manier gaf de ander zichzelf de tijd om te bepalen wat hij ging zeggen, of wat hij niet ging zeggen. Toen de peuk volledig was gedoofd en ruim vijf centimeter diep begraven lag, nam Hardwick weer het woord.

'Het heeft waarschijnlijk niet zo veel met de moord te maken, maar des te meer met Rodriguez.'

'Kun je daar iets over zeggen?'

'Hij heeft een dochter in Greystone.'

'Die psychiatrische instelling in New Jersey?'

'Ja. Ze heeft zichzelf voorgoed naar de klote geholpen. Uitgaansdrugs, crystal meth, crack. Ze heeft een hersenbeschadiging opgelopen, probeerde haar eigen moeder te doden. Volgens Rodriguez is iedere drugsverslaafde ter wereld verantwoordelijk voor wat haar is overkomen. Het is geen onderwerp dat hij nuchter kan bekijken.'

'Dus hij denkt dat Mellery door een verslaafde is gedood?'

'Dat wil hij denken, en dus denkt hij dat.'

Een eenzame vlaag vochtige wind blies over het terras in de richting van het besneeuwde gazon. Gurney rilde en stak zijn handen diep in zijn jaszakken. 'Ik dacht dat hij alleen maar indruk wilde maken op Kline.'

'Ja, dat ook. Hij is tamelijk gecompliceerd voor een stomme klootzak. Wil alles controleren, heeft veel te veel ambitie. Heel erg onzeker. Geobsedeerd door het straffen van verslaafden. En niet al te gelukkig met jou, trouwens.'

'Heeft hij daar nog een bepaalde reden voor?'

'Houdt er niet van als er van de standaardprocedure wordt afgeweken. Houdt niet van slimme vogels. Houdt er niet van als een ander beter met Kline kan opschieten dan hij. En god mag weten wat nog meer.'

'Dat klinkt niet als de ideale houding voor het leiden van een onderzoek.'

'Tja, nou, het is niet de eerste keer dat we zoiets in ons vak meemaken, hè? Maar hij mag dan een ongelooflijke lul zijn, dat betekent nog niet dat hij ongelijk heeft.'

Gurney dacht even zonder commentaar te geven over deze Hardwicki-aanse wijsheid na en veranderde toen van onderwerp: 'Betekent al die aandacht voor de gasten dat andere dingen worden genegeerd?'

'Zoals?'

'Zoals onderzoek onder buurtbewoners. Motels, hotels, pensions…'

'Er wordt niets genegeerd,' zei Hardwick, plotseling verdedigend en met de nadruk op het laatste woord. 'De huishoudens in de omgeving – veel zijn het er niet, er staan misschien een stuk of vijf, zes huizen langs de weg tussen het instituut en het dorp – zijn allemaal binnen vierentwintig na het misdrijf bezocht, maar die gesprekken hebben niets opgeleverd. Niemand heeft iets gehoord of gezien, niemand kan zich iets herinneren. Geen vreemde gezichten, geen geluiden, geen verkeer op ongewone tijdstippen, niets bijzonders. Een paar mensen dachten dat ze een coyote hadden gehoord, iets meer meenden dat ze een uil hadden horen krassen.'

'Hoe laat was dat?'

'Hoe laat was wat?'

'Dat ze die uil hoorden krassen.'

'Ik heb geen idee, want zij hadden geen idee. In het holst van de nacht, dat was het beste wat ze ervan konden maken.'

'Overnachtingsmogelijkheden?'

'Wat?'

'Heeft iemand de mogelijkheden tot overnachting in de buurt bekeken?'

'Er is maar één motel, net buiten het dorp, een redelijk sjofele tent die zich voornamelijk op jagers richt. Daar waren die avond geen gasten. Verder zijn er binnen een straal van acht kilometer nog twee bed and breakfasts. Het ene is 's winters gesloten, en bij het andere was er, als ik het me goed herinner, in de nacht van de moord één kamer geboekt. Een vogelkijker en zijn moeder.'

'Vogels kijken? In november?'

'Dat vond ik ook raar, maar ik ben eens op internet gaan kijken, en blijkbaar zijn de echte liefhebbers nogal gesteld op de winter: geen bladeren aan de bomen, je ziet meer, heel veel fazanten en uilen en ruigpoothoenders en zangmezen, enzovoort, enzovoort.'

'Heb je met die lui gesproken?'

'Blatt heeft een van de eigenaren gesproken. Stelletje nichten, rare namen, niets bijzonders te melden.'

'Rare namen?'

'Ja, een van de twee heet Peachpit of zoiets.'

'Peachpit?'

'Ja, zoiets. Of nee, Plumstone, dat was het. Paul Plumstone. Dat is toch niet te geloven?'

'En heeft iemand die vogelliefhebbers nog gesproken?'

'Ik geloof dat die alweer waren vertrokken voordat Blatt is gaan kijken, maar ik weet het niet zeker.'

'En niemand is erachteraan gegaan?'

'God nog aan toe, wat kunnen die lui er nu over zeggen? Ga zelf maar bij de Peachpits langs als je dat zo graag wilt. Het is een bed and breakfast en heet The Laurels en ligt ongeveer tweeënhalve kilometer van het instituut, lager op de heuvel. Ik heb een bepaalde hoeveelheid mankracht voor deze zaak en kan het me niet veroorloven om achter iedereen aan te gaan die toevallig door Peony is gereden.'

'Juist.'

Gurneys antwoord was op zijn zachtst gezegd vaag, maar Hardwick leek er tevreden mee te zijn, want hij zei op bijna hoffelijke toon: 'Over mankracht gesproken, ik moet weer aan het werk. Wat wilde jij hier nu nog doen?'

'Ik hoop dat er nog iets bij me opkomt als ik een rondje over het terrein wandel.'

'Is dat de methode van de grote speurder uit New York? Kom op, zeg!'

'Ik weet het, Jack, ik weet het. Maar meer kan ik nu niet doen.'

Hardwick liep terug naar het huis, overdreven ongelovig zijn hoofd schuddend.

Gurney ademde de vochtige geur van de sneeuw in, die zoals altijd voor heel even alle rationele gedachten uit zijn hoofd verdreef en een krachtig gevoel uit zijn kindertijd opriep dat hij niet kon beschrijven. Hij liep over het witte gazon naar het bos en merkte dat de geur van de sneeuw de herinneringen in hem liet opwellen: herinneringen aan de verhalen die zijn vader hem had voorgelezen toen hij een jaar of vijf, zes was; verhalen die hem veel meer zeiden dan het echte leven, verhalen over pioniers, hutten in het bos, sporen in de wildernis, goede indianen, slechte indianen, geknakte twijgjes, afdrukken van mocassins in het gras, de gebroken stengel van een varen die aangaf dat de vijand hierlangs was gelopen en de kreten van de vogels in het bos, soms echt, soms nagedaan door de indianen die op die manier met elkaar communiceerden. Het waren beelden die zo echt waren geweest, zo rijk aan detail. Hij vond het ironisch dat de herinneringen aan de verhalen die zijn vader hem in zijn vroege jeugd had verteld grotendeels de plaats van herinneringen aan de man zelf hadden ingenomen. Natuurlijk had zijn vader zich nooit echt vaak met hem bemoeid, hij had hem alleen af en toe een verhaaltje verteld. Zijn vader werkte vooral. Hij werkte en hield dat wat hem bezighield voor zichzelf.

Werkte en hield dat wat hem bezighield voor zichzelf. Die opsomming van een leven, besefte Gurney, was net zo goed op hem van toepassing. Vroeger had hij zijn ogen gesloten voor dergelijke overeenkomsten, maar de laatste tijd begon hij ze steeds vaker te herkennen. Hij vermoedde dat hij niet nu pas op zijn vader begon te lijken, maar dat dat proces al een tijdje aan de gang was. Werkte en hield dat wat hem bezighield voor zichzelf. Wat gaf dat een onbetekenend, kil beeld van zijn bestaan. Het was zo ontluisterend om te zien dat alles wat je hier op aarde deed in zo'n kort zinnetje kon worden samengevat. Wat was hij voor echtgenoot als hij zijn aandacht tot die paar dingen beperkte? En wat voor soort vader? Wat voor soort vader ging zo op in zijn werk dat hij… Nee, zo was het genoeg.

Gurney liep door het bos en probeerde zich te herinneren waar het spoor had gelopen dat nu door verse sneeuw werd bedekt. Toen hij bij de dikke groenblijvende bosjes kwam waar het spoor om onverklaarbare redenen was opgehouden, ademde hij de geur van de dennen in en bleef staan luisteren naar de diepe stilte van het bos, wachtend op inspiratie. Er kwam niets. Hij merkte dat hij kwaad werd omdat hij iets anders had verwacht en dwong zichzelf toen om voor de twintigste keer te herhalen wat hij eigenlijk wist over de gebeurtenissen in de nacht van de moord. Dat de moordenaar het terrein vanaf de openbare weg te voet had betreden? Dat hij het volgende bij zich had gehad: een .38 Police Special, een gebroken fles Four Roses, een tuinstoel, een extra stel wandelschoenen en een kleine cassetterecorder met een bandje met dierengeluiden die Mellery uit bed hadden gelokt? Dat hij een overall van Tyvek had gedragen, handschoenen, en een dik, met dons gevuld jack waarmee hij het geluid van het schot had gedempt? Dat hij achter de schuur had zitten roken? Dat hij Mellery naar het terras had gelokt, hem had doodgeschoten en daarna nog minstens veertien keer op het lijk had ingestoken? Dat hij heel rustig het weidse gazon was overgestoken naar het bos, een dikke halve kilometer door het bos was gelopen, daar een tweede stel schoenen in een boom had gehangen en daarna in rook was opgegaan?

Gurneys gezicht vertrok tot een grimas; deels vanwege de vochtige kilte die met de sombere dag gepaard ging, maar ook omdat hij nu meer dan ooit besefte dat zijn 'kennis' over het misdrijf eigenlijk niets voorstelde.

29

Achteruit

November was de maand waarvan hij het minst hield, een maand waarin het steeds later licht en vroeger donker werd, een onzekere maand die aarzelend van herfst naar winter sjokte.

De sfeer van het jaargetijde versterkte voor hem nog eens het gevoel dat hij wat betreft Mellery in een mist ronddwaalde, blind voor iets wat recht voor hem stond.

Toen hij die dag thuiskwam uit Peony besloot hij, tegen zijn gewoonte in, zijn verwarring met Madeleine te delen. Ze zat aan de grenen tafel met de resten van een pot thee en een cranberrycake.

'Ik zou graag je input over iets willen horen,' zei hij, maar hij had meteen spijt van zijn woordkeuze. Madeleine hield niet zo van termen als 'input'.

Ze hield nieuwsgierig haar hoofd scheef, wat hij als een uitnodiging beschouwde.

'Het Mellery Instituut ligt op een terrein van veertig hectare tussen Filchers Brook Road en Thornbush Lane, in de heuvels boven het dorp. Er zijn ongeveer vijfendertig hectare aan bos, vier hectare aan gazons, borders, een parkeerplaats en drie gebouwen: het hoofdgebouw waar de lezingen worden gegeven en waar ook het kantoor en de gastenverblijven zijn, het woonhuis van Mellery en zijn vrouw en de schuur waar al het gereedschap en dergelijke wordt bewaard.'

Madeleine keek op naar de klok aan de keukenmuur en hij ging snel verder. 'De politie heeft een stel voetafdrukken gevonden die van Filchers Brook Road naar een stoel achter de schuur leidden. Van de stoel voerden ze naar de plek waar Mellery is gedood, en vanaf daar naar een plek in het bos, bijna achthonderd meter verderop, waar ze zomaar ophouden. Het spoor loopt letterlijk dood. Er is geen enkele aanwijzing hoe degene die de afdrukken heeft gemaakt heeft kunnen verdwijnen zonder verder een spoor achter te laten.'

'Meen je dat nou?'

'Ja. Dat zijn de bewijzen die zijn aangetroffen.'

'En die andere weg die je net noemde?'

'Thornbush Lane. Die ligt een meter of dertig van de laatste voetafdruk.'

'De beer is weer geweest,' zei Madeleine na een korte stilte.

'Wat?' Gurney staarde haar niet-begrijpend aan.

'De beer.' Ze knikte naar het zijraam.

Tussen het raam en hun sluimerende, met rijp bedekte tuin stond een metalen herdersstaf die als steun voor een voedertafel had gediend maar nu tot aan de grond was omgebogen. De voedertafel zelf lag in tweeën.

'Dat ruim ik later wel op,' zei Gurney, die zich ergerde aan de irrelevante opmerking. 'Heb je nog een mening over die voetafdrukken?'

Madeleine gaapte. 'Ik vind het maar raar, en degene die dat heeft gedaan is gek.'

'Maar hoe heeft hij dat voor elkaar gekregen?'

'Het is een trucje, net als met die getallen.'

'Hoe bedoel je?'

'Ik bedoel: wat maakt het uit hoe hij dat voor elkaar heeft gekregen?'

'Leg eens uit,' zei Gurney, die merkte dat zijn nieuwsgierigheid sterker was dan zijn irritatie.

'Het doet er niet toe hoe hij het heeft gedaan. Je moet kijken naar het waarom, en het antwoord op die vraag is duidelijk.'

'En dat antwoord luidt…'

'Hij wil aantonen dat jullie een stelletje stommelingen zijn.'

Haar antwoord riep bij Gurney twee emoties tegelijk op: tevredenheid omdat ze ook van mening was dat de politie een doelwit in deze zaak vormde, en ontevredenheid omdat ze het woord 'stommelingen' nogal had benadrukt.

'Misschien is hij achteruitgelopen,' zei ze schouderophalend. 'Misschien zijn de voetafdrukken van de plek gekomen waar ze volgens jullie heen zijn gegaan en zijn ze naar een plek gegaan waar ze volgens jullie vandaan zijn gekomen.'

Dat was een van de mogelijkheden die Gurney had overwogen en van de hand had gewezen. 'Maar dan zijn er twee problemen. Ten eerste verander je de vraag hoe het mogelijk is dat de afdrukken zomaar midden in het niets ophouden in de vraag hoe het mogelijk is dat ze zomaar ergens beginnen. Ten tweede liggen de afdrukken op regelmatige afstand van elkaar. Je kunt je moeilijk voorstellen dat iemand ruim een halve kilometer achteruit door het bos loopt zonder ook maar een keer te struikelen.'

Toen bedacht hij dat zelfs het kleinste beetje belangstelling dat Madeleine toonde als bemoedigend kon worden gezien, en dus voegde hij er op warme toon aan toe: 'Maar ik vind het wel een erg interessante gedachte, dus blijf alsjeblieft nadenken.'

Om twee uur die nacht was Gurney de enige die nog aan het nadenken was, starend naar de rechthoek van zijn slaapkamerraam dat zwakjes werd verlicht door de maansikkel achter een wolk. Hij piekerde over Madeleines opmerking over de richting van de voetstappen, die niet noodzakelijkerwijs overeen hoefde te komen met de richting die de moordenaar had gevolgd. Daar had ze gelijk in, maar stel dat het zo was gegaan, wat had dat dan te betekenen? Stel dat iemand zonder ook maar een keer te struikelen zo ver over een dergelijk moeilijk terrein kon lopen (wat sowieso onmogelijk was), dan nog veranderde er eigenlijk niets, behalve dat een onverklaarbaar einde plaatsmaakte voor een onverklaarbaar begin.

Of toch niet?

Stel dat...

Maar dat was erg onwaarschijnlijk. Maar goed, stel dat...

Om Sherlock Holmes te citeren: 'Wanneer je het onmogelijke hebt uitgesloten, is hetgeen wat overblijft, hoe onwaarschijnlijk ook, de waarheid.'

'Madeleine?'

'Hmm?'

'Sorry dat ik je wakker maak, maar het is belangrijk.'

Haar antwoord was een lange zucht.

'Ben je wakker?'

'Nu wel.'

'Luister eens. Stel dat de moordenaar het terrein niet aan de voorkant, maar via de weg aan de achterkant heeft betreden. Stel dat hij een paar uur voor het misdrijf al is aangekomen, om precies te zijn vlak voordat het is gaan sneeuwen. Stel dat hij vanaf de weg aan de achterkant naar dat bosje dennen is gelopen, met zijn tuinstoeltje en andere benodigdheden, en daar zijn overall en zijn handschoenen heeft aangetrokken en is gaan zitten wachten.'

'In het bos?'

'Bij die dennen, op de plek waar de voetafdrukken volgens ons zijn geëindigd. Hij heeft daar zitten wachten totdat het kort na middernacht ophield met sneeuwen. Toen is hij opgestaan, heeft zijn stoel, fles, wapen en minirecorder met de dierengeluiden gepakt en is die achthonderd meter naar het huis gelopen. Onderweg belt hij Mellery met zijn mobieltje om ervoor te zorgen dat die wakker genoeg is om de dierengeluiden te kunnen horen...'

'Wacht eens even. Ik dacht dat je zei dat hij niet achteruit door het bos kon lopen.'

'Dat deed hij ook niet. Dat hoefde hij niet. Je had gelijk toen je zei dat we de voetafdrukken andersom moesten bekijken, maar we moeten letterlijk verder kijken dan dat. Probeer de zolen eens los te zien van de schoenen.'

'Hoe bedoel je?'

'Stel je het volgende eens voor: de moordenaar snijdt de zolen van het ene paar en plakt die onder het andere paar, en andersom. Zo kan hij zonder al te veel inspanning een keurig spoor achterlaten dat de indruk wekt dat hij precies de andere kant op loopt dan in werkelijkheid het geval is.'

'En de tuinstoel?'

'Die neemt hij mee naar het terras. Misschien legt hij zijn spulletjes erop, zodat hij zijn handen vrij heeft om zijn parka met ganzendons als een soort geluiddemper om zijn vuurwapen te wikkelen. Vervolgens speelt hij het bandje met dierengeluiden af en lokt Mellery zo naar de achterdeur. Dit zijn allemaal variaties op hoe het kan zijn gegaan, maar het cruciale gegeven is dat hij Mellery naar het terras weet te lokken, waar hij hem van dichtbij kan neerschieten. Wanneer Mellery ineenzakt, pakt de moordenaar de fles en steekt meerdere keren op hem in. Daarna gooit hij de fles weg, in de buurt van de voetafdrukken die hij heeft gemaakt toen hij naar het terras liep – maar die nu natuurlijk de indruk wekken dat hij bij het terras vandaan is gelopen.'

'Waarom heeft hij die fles niet gewoon bij het lijk laten liggen? Of meegenomen?'

'Omdat hij wilde dat wij hem zouden vinden. De gebroken fles is deel van het spel, deel van waar dit allemaal om gaat. En ik durf te wedden dat hij de fles daar heeft neergegooid, naast de voetafdrukken die zo te zien van het terras wegvoerden, om ons nog meer een rad voor ogen te draaien.'

'Het lijkt me een behoorlijk subtiel detail.'

'Even subtiel als een stel schoenen achterlaten bij wat het einde van een spoor lijkt, maar natuurlijk heeft hij ze daar al achtergelaten toen hij aan zijn wandeling over het terrein begon.'

'Dus dat zijn niet de schoenen die het spoor hebben gemaakt?'

'Nee, maar dat wisten we al. Iemand op het lab van het BCI zag een minuscuul verschil tussen het profiel van een van de zolen en de afdrukken in de sneeuw. Eerst leek dat kant noch wal te raken, maar het past perfect binnen deze herziene theorie.'

Madeleine zweeg even, maar hij kon bijna voelen dat haar gedachten alle feiten in zich opnamen en verwerkten en dat ze dit nieuwe scenario onderzocht op punten die niet klopten.

'En wat gebeurt er nadat hij die fles heeft weggegooid?'

'Dan loopt hij van het terras naar de achterkant van de schuur, zet de tuinstoel neer en gooit een handvol sigarettenpeuken op de grond voor de stoel, waardoor de indruk wordt gewekt dat hij daar vóór de moord heeft zitten wachten. Hij trekt zijn overall en handschoenen uit, doet zijn parka aan, loopt om de schuur heen – waarbij hij die achterwaartse afdrukken achterlaat – en loopt dan vanaf de schuur naar Filchers Brook Road. Daar heeft de sneeuwploeg van de gemeente al sneeuwgeruimd, zodat hij geen sporen achterlaat. En daarna loopt hij naar zijn auto op Thornbush Lane, of naar het dorp beneden, of naar weet ik waar.'

'Is de politie nog iemand tegengekomen toen ze na de melding van Peony naar het Instituut reden?'

'Blijkbaar niet, maar hij kan zich gemakkelijk tussen de bomen hebben verstopt. Of…' Hij zweeg even en dacht over de mogelijkheden na.

'Of…'

'Het ligt niet het meest voor de hand, maar ik heb gehoord dat er ergens op de berg een bed and breakfast ligt waar het BCI een kijkje had moeten nemen. Het klinkt bizar, maar het zou best kunnen dat onze dader na het afhakken van het hoofd van het slachtoffer gewoon is teruggewandeld naar zijn knusse pensionnetje.'

Ze bleven een paar minuten lang naast elkaar in het donker liggen. Gurney liet zijn gedachten koortsachtig over zijn reconstructie van de gebeurtenissen gaan, als een man die net een zelfgemaakte boot te water heeft gelaten en ingespannen naar mogelijke lekken speurt. Toen hij er zeker van was dat er nergens grote gaten te vinden waren, vroeg hij aan Madeleine wat zij ervan vond.

'De perfecte tegenstander,' zei ze.

'Wat?'

'De perfecte tegenstander.'

'Hoe bedoel je?'

'Jij bent gek op puzzels, en hij ook. Een geschenk uit de hemel.'

'Of uit de hel?'

'Wie weet. Trouwens, er klopt iets niet aan die briefjes.'

'Er klopt iets niet… Wat dan?'

Madeleine kon zulke gedachtesprongen maken dat hij soms het gevoel had dat hij ver achterop was geraakt.

'Die briefjes die je me hebt laten zien, die de moordenaar aan Mellery heeft gestuurd… De eerste twee, en die gedichtjes. Ik heb geprobeerd me te herinneren wat erin stond.'

'En?'

'En hoewel ik doorgaans een erg goed geheugen heb, kostte dat me moeite. En opeens begreep ik waarom. Er staat niets echts in.'

'Hoe bedoel je?'

'Er zijn geen specifieke details. Geen verwijzing naar wat Mellery precies heeft gedaan, of wie hij iets heeft aangedaan. Waarom dat vage gedoe? Geen namen, geen data, geen plaatsen, geen enkele concrete verwijzing. Dat is toch vreemd?'

'De getallen 658 en negentien waren behoorlijk concreet.'

'Maar die zeiden Mellery verder niets, behalve dan dat hij aan die getallen dacht. En dat moet een trucje zijn geweest.'

'Als dat zo was, dan ben ik er nog niet achter hoe dat werkt.'

'O, maar dat komt nog wel. Jij bent altijd erg goed in de puntjes met elkaar verbinden.' Ze gaapte. 'Niemand is daar zo goed in als jij.' Haar stem was volkomen gespeend van ironie.

Hij lag daar naast haar in het donker en kon zich even ontspannen door haar troostende lof. Toen begon hij in gedachten rusteloos de berichtjes van de moordenaar uit te kammen. Hij probeerde de inhoud in het licht van haar opmerkingen te zien.

'Ze waren concreet genoeg om Mellery de stuipen op het lijf te jagen,' zei hij.

Ze zuchtte slaperig. 'Of niet concreet genoeg.'

'Hoe bedoel je?'

'Ik weet niet, misschien was er geen concrete gebeurtenis om naar te verwijzen.'

'Maar als Mellery niets heeft gedaan, waarom is hij dan toch vermoord?'

Ze maakte een geluidje in haar keel, als een hoorbaar schouderophalen. 'Ik weet het niet. Ik weet alleen dat er iets niet klopt aan die briefjes. Ga nu maar weer slapen.'

30

Emerald Cottage

Hij werd bij zonsopgang wakker en voelde zich beter dan hij zich in weken of misschien wel maanden had gevoeld. Het was misschien overdreven om te stellen dat zijn verklaring voor het raadsel van de wandelschoenen betekende dat de eerste dominosteen was gevallen, maar zo voelde het wel toen hij door de streek naar het oosten reed, de opkomende zon tegemoet, op weg naar de bed and breakfast aan Filchers Brook Road in Peony.

Hij had niet vooraf aan Kline of het BCI gevraagd of hij met 'het stelletje nichten' mocht gaan praten, en misschien dreigde hij nu de regels te overtreden, maar hij nam aan dat hij een eventuele berisping ook wel weer zou overleven. Bovendien had hij het gevoel dat het geluk nu aan zijn kant kwam te staan. 'In mensenzaken is er eb en vloed…', om met Shakespeare te spreken.

Op ongeveer een kilometer afstand van de kruising met Filchers Brook Road ging zijn telefoon. Het was Ellen Rackoff.

'Officier Kline heeft nieuws voor u. Brigadier Wigg van het lab van het BCI heeft het telefoongesprek tussen Mark Mellery en de moordenaar kunnen analyseren. U weet welk gesprek ik bedoel?'

'Ja,' zei Gurney. Hij dacht aan de vermomde stem, aan Mellery die aan het getal negentien had gedacht en vervolgens dat getal had zien staan in een briefje dat de moordenaar in zijn brievenbus had achtergelaten.

'Volgens het rapport van brigadier Wigg is na analyse van de geluidsgolven gebleken dat de verkeersgeluiden op de achtergrond op een ander moment zijn opgenomen.'

'Pardon?'

'Volgens Wigg zijn de geluiden in de opname uit twee verschillende bronnen afkomstig. De stem van de beller en het geluid van een motor op de achtergrond, volgens haar vrijwel zeker de motor van een auto, stammen uit de ene bron. Die geluiden waren live op het moment van het gesprek. Maar de andere geluiden op de achtergrond, voornamelijk het geluid van voorbijrijdend verkeer, zijn afkomstig uit een secundaire bron. Daarmee bedoelt ze dat er tijdens het gesprek een bandje met die geluiden werd afgespeeld. Bent u er nog, meneer Gurney?'

'Ja, ja, ik... probeerde te bedenken wat dat betekent.'

'Moet ik het even herhalen?'

'Nee, ik heb u goed verstaan. Dat is... interessant.'

'Officier Kline nam aan dat u dit graag zou willen weten. Hij vroeg of u hem wilt bellen als u erachter bent wat dit betekent.'

'Dat zal ik zeker doen.'

Hij draaide Filchers Brook Road op en zag anderhalve kilometer later aan zijn linkerhand een bord staan dat meldde dat de keurig onderhouden woning erachter THE LAURELS was. Het bord was een keurig ovaal met fraaie sierletters. Vlak achter het bord was een berceau van hoge laurierrozen, waartussen een smalle oprijlaan voerde. De bloesem was al maanden geleden van de takken gevallen, maar toen Gurney tussen de bomen door reed, wisten zijn hersens op de een of andere manier een bloemengeur op te roepen, en een nog grotere gedachtesprong bracht hem bij de opmerking die Koning Duncan over het slot van Macbeth had gemaakt, waar hij dezelfde avond nog de dood had gevonden: 'Hoe prachtig ligt hier dit kasteel...'

Achter de berceau lag een parkeerplaatsje met grind dat even keurig was aangeharkt als een zentuin. Een pad bedekt met hetzelfde onberispelijke grind voerde van de parkeerplaats naar de voordeur van een keurig, met cederhout bekleed laag huis met een zadeldak. Er was geen deurbel, maar wel een antieke metalen klopper. Net toen Gurney zijn hand naar de klopper uitstak, werd de deur geopend door een klein mannetje met een levendige, schattende blik in zijn ogen. Alles aan hem zag er frisgewassen uit, van zijn lichtgroene poloshirt en zijn roze vel tot aan zijn haar, dat iets te blond was voor zijn middelbare gezicht.

'Aha!' zei hij met de gespannen tevredenheid van een man wiens twintig minuten eerder bestelde pizza eindelijk wordt bezorgd.

'Meneer Plumstone?'

'Nee, ik ben niet meneer Plumstone,' zei de kleine man. 'Ik ben Bruce Wellstone. Het is puur toeval dat onze namen zo goed bij elkaar passen.'

'Ik snap het,' zei Gurney, van zijn stuk gebracht.

'En u bent de politieman, neem ik aan?'

'Ik ben rechercheur David Gurney, aangesteld door de officier van justitie. Wie heeft u verteld dat ik zou komen?'

'De politieman aan de telefoon. Ik heb een bijzonder slecht geheugen voor namen. Maar waarom zouden we hier in de deuropening blijven staan? Komt u toch verder.'

Gurney liep achter hem aan door een korte gang naar een zitkamer die was ingericht met victoriaanse prullaria. De vraag wie die politieman was geweest zorgde waarschijnlijk voor een verbaasde blik in zijn ogen.

'Het spijt me,' zei Wellstone, die die blik blijkbaar verkeerd opvatte. 'Ik ben niet bekend met de gang van zaken in situaties als deze. Wilt u misschien meteen verder naar Emerald Cottage?'

'Pardon?'

'Emerald Cottage.'

'Wat voor cottage?'

'De plaats van het misdrijf.'

'Welk misdrijf?'

'Hebben ze u dan helemaal niets verteld?'

'Waarover?'

'Over de reden waarom u hier bent.'

'Meneer Wellstone, ik wil niet onbeleefd zijn, maar wellicht kunt u bij het begin beginnen en me vertellen wat er aan de hand is.'

'Dit is zo vermoeiend! Ik heb alles al tegen de brigadier aan de telefoon verteld. Sterker nog, ik heb het hem twee keer verteld omdat hij niet leek te begrijpen wat ik bedoelde.'

'Ik heb begrip voor uw situatie, maar misschien kunt u mij vertellen wat u hem hebt verteld?'

'Dat mijn rode schoentjes zijn gestolen. Weet u wel wat die waard zijn?'

'Uw rode schoentjes?'

'O mijn hemel, ze hebben u echt geen sikkepit verteld, hè?' Wellstone haalde een paar keer diep adem, alsof hij een of andere aanval probeerde te onderdrukken. Even sloot hij zijn ogen. Toen hij ze weer opende, leek hij zich te hebben verzoend met de onhandigheid van de politie en sprak hij Gurney aan op de toon van een leraar op de basisschool.

'Mijn kostbare rode schoentjes zijn uit Emerald Cottage gestolen. Hoewel ik geen enkel bewijs heb, twijfel ik er niet aan dat de gast die daar het laatst heeft gelogeerd ze heeft meegenomen.'

'Emerald Cottage maakt deel uit van dit etablissement?'

'Ja, natuurlijk. Het geheel heet The Laurels, om voor de hand liggende redenen. Er zijn drie gebouwen: het hoofdgebouw, waar we nu zijn, en twee cottages: Emerald Cottage and Honeybee Cottage. De inrichting van Emerald Cottage is gebaseerd op *The Wizard of Oz*, de mooiste film aller tijden.' Er glom iets in zijn ogen dat Gurney duidelijk maakte dat hij dit oordeel beter niet kon betwisten. 'Het hoogtepunt van het interieur was een bijzonder geslaagde replica van Dorothy's rode toverschoentjes. Vanochtend kwam ik erachter dat ze weg zijn.'

'En u hebt dat gemeld aan...'

'Aan jullie natuurlijk, want anders zou u niet hier zijn.'

'U hebt de politie van Peony gebeld?'

'Ja, wie anders? De politie in Chicago?'

'Het gaat hier om twee verschillende kwesties, meneer Wellstone. De politie van Peony zal ongetwijfeld nog contact met u opnemen vanwege die diefstal. Maar dat is niet de reden van mijn komst. Ik doe onderzoek naar een andere kwestie, en ik wilde u een paar vragen stellen. Een medewerker van de NYSP die hier eerder is geweest, heeft – van ene meneer Plumstone, naar ik meen – gehoord dat hier drie nachten geleden twee vogelkijkers hebben gelogeerd. Een man en zijn moeder.'

'Die heeft het gedaan!'

'Wat gedaan?'

'Die heeft mijn rode schoentjes gestolen!'

'De vogelkijker heeft uw rode schoentjes gestolen?'

'De vogelkijker, de dief, dat geniepige stuk ellende... Ja, die heeft het gedaan!'

'En u hebt dit niet tegen de agent van de NYSP gezegd omdat...'

'Ik heb niets gezegd omdat we het nog niet wisten. Ik zei net al dat ik het pas vanmorgen heb ontdekt.'

'Dus u bent niet meer in de cottage geweest sinds het vertrek van die man en zijn moeder?'

'Het was geen echt vertrek. Ze zijn op een bepaald tijdstip gewoon weggereden. Ze hadden al vooraf betaald, dus er hoefde niets meer te worden geregeld. We streven hier naar een beschaafde, ongedwongen sfeer, hetgeen misbruik van ons vertrouwen natuurlijk des te weerzinwekkender maakt.' Alleen al erover praten was voor Wellstone blijkbaar zo weerzinwekkend dat hij er een tikje misselijk uit begon te zien.

'Wacht u altijd zo lang voordat…'

'Voordat we de kamer weer in orde maken? Ja, in deze tijd van het jaar wel. November is onze rustigste maand. De volgende boeking voor Emerald Cottage is in de week van Kerstmis.'

'De man van het BCI heeft niet in de cottage gekeken?'

'Het BCI?'

'De politieman die hier twee dagen geleden was. Hij werkt voor het Bureau of Criminal Investigation.'

'O, nou, die heeft met meneer Plumstone gesproken, niet met mij.'

'En wie is meneer Plumstone eigenlijk?'

'Dat is een zeer goede vraag. Een vraag die ik mezelf ook heb gesteld.' Hij zei dit op bijzonder bittere toon en schudde toen zijn hoofd. 'Het spijt me, in een officieel politieonderzoek is geen plaats voor de gevoelens van buitenstaanders. Paul Plumstone is mijn zakenpartner. We zijn gezamenlijk eigenaar van The Laurels. We zijn in elk geval op dit moment partners.'

'Ik snap het,' zei Gurney. 'Maar om terug te komen op mijn vraag: heeft de agent van het BCI de cottage doorzocht?'

'Waarom zou hij? Ik bedoel, hij was hier duidelijk vanwege die nare zaak in het instituut op de berg en wilde weten of we hier nog verdachte personen hadden gezien. Paul – meneer Plumstone – zei dat dat niet het geval was, en toen vertrok hij weer.'

'Hij vroeg niet om meer informatie over uw gasten?'

'De vogelkijkers? Nee, natuurlijk niet.'

'Natuurlijk niet?'

'De moeder was deels invalide, en de zoon was, hoewel hij achteraf een dief blijkt te zijn, niet bepaald het type voor moord en doodslag.'

'Wat voor soort type leek hij u wel?'

'Hij leek me een nogal slap type. Ja, tamelijk slap. Verlegen.'

'Denkt u dat hij homoseksueel was?'

Wellstone keek bedachtzaam. 'Interessante vraag. Dat kan ik bijna altijd met zekerheid zeggen, maar in dit geval niet. Ik kreeg de indruk dat hij de indruk wilde wekken dat hij het was. Maar dat slaat nergens op, hè?'

Alleen als hij zich als een ander wilde voordoen, dacht Gurney. 'Hoe zou u hem verder omschrijven, afgezien van slap en verlegen?'

'Crimineel.'

'Lichamelijk gezien, bedoel ik.'

Wellstone fronste. 'Een snor. Getinte glazen.'

'Getinte glazen?'

'Net als bij een zonnebril. Zo donker dat je zijn ogen niet kon zien. Dat vind ik vreselijk, als je met iemand praat van wie je de ogen niet kunt zien, vindt u ook niet? Maar de glazen waren licht genoeg om de bril binnenshuis te kunnen dragen.'

'Verder nog iets?'

'Wollen muts, zo'n Peruaans gevalletje dat hij helemaal rond zijn gezicht had gebonden. Sjaal, dikke jas.'

'Waarom kreeg u de indruk dat hij slap was?'

Wellstones frons veranderde in een enigszins ontzette uitdrukking. 'Zijn stem? Zijn manier van doen? Ik weet het eigenlijk niet. Het enige wat ik volgens mij heb gezien, echt heb gezien, waren een grote dikke jas, een muts, een zonnebril en een snor.' Opeens sperde hij beledigd zijn ogen open. 'U denkt toch niet dat dat een vermomming was?'

Zonnebril en snor? Het leek Gurney eerder een parodie op een vermomming. Maar zelfs dat kon in het ongewone patroon passen. Of draafde hij nu te ver door? Hoe dan ook, als het een vermomming was, dan was het een succesvolle, want hij had geen bruikbare omschrijving van het uiterlijk van de man. 'Kunt u zich verder nog iets herinneren? Om het even wat?'

'Hij was helemaal in de ban van onze gevederde vrienden. Hij had een idioot grote verrekijker, zag er net zo uit als die infrarode gevallen waarmee je commando's in films ziet rondkruipen. Hij liet zijn moeder in de cottage achter en zat de hele tijd in het bos, op zoek naar kardinalen. Naar roodborstkardinalen.'

'Dat heeft hij u verteld?'

'O, ja.'

'Dat verbaast me.'

'Hoezo?'

'Er zijn 's winters geen roodborstkardinalen in de Catskills.'

'Maar hij zei nog… Die smerige leugenaar!'

'Hij zei nog wat?'

'Op de ochtend voor zijn vertrek kwam hij hierheen en bleef hij maar doorzeuren over die achterlijke kardinalen. Hij bleef maar herhalen dat hij vier roodborstkardinalen had gezien. Vier roodborstkardinalen, zei hij telkens weer, alsof ik dat in twijfel durfde te trekken.'

'Misschien wilde hij er zeker van zijn dat u het niet zou vergeten,' zei Gurney, meer in zichzelf.

'Maar u zei net dat hij ze niet kan hebben gezien omdat ze er nu niet zijn. Waarom zou hij willen dat ik me iets herinner wat er niet is?'

'Dat is een goede vraag. Zou ik nu misschien de cottage mogen zien?'

Wellstone leidde hem van de zitkamer door een al even victoriaans ingerichte eetkamer vol overdreven vormgegeven eikenhouten stoelen en spiegels door een zijdeur naar een pad met smetteloze roomkleurige bestrating die misschien niet het evenbeeld was van de weg met gele stenen uit Oz, maar daar wel sterk aan deed denken. Het pad voerde naar een cottage die rechtstreeks uit een prentenboek leek te komen, begroeid met knalgroene klimop.

Wellstone stak de sleutel in het slot, opende de deur en deed een stap opzij. Gurney liep niet naar binnen, maar bleef op de drempel staan. De kamer aan de voorzijde was tegelijkertijd eetkamer en een heiligdom waarin de film werd aanbeden: hij zag affiches, een heksenhoed, een toverstafje, beeldjes van de laffe leeuw en de blikken man, en een knuffelbeest in de vorm van Toto.

'Wilt u misschien de vitrinekast zien waaruit de schoentjes zijn ontvreemd?'

'Liever niet,' zei Gurney, die een stap terug deed, het pad op. 'Als u de enige bent die sinds het vertrek van de gasten in de cottage is geweest, dan zou ik dat graag zou laten totdat we een team van de technische recherche onderzoek hebben laten doen.'

'Maar u zei dat u hier niet was vanwege... Wacht even, u zei dat u hier om een andere reden was... Dat zei u toch?'

'Ja, dat klopt.'

'Wat moet die technische recherche dan waar u het over heeft? Ik bedoel, wat... O, u denkt toch niet echt dat mijn vingervlugge vogelaar uw Jack the Ripper is?'

'Eerlijk gezegd heb ik helemaal geen reden om dat te denken. Maar ik wil geen mogelijkheid uitsluiten, en ik denk dat we er goed aan zouden doen om de cottage nader te onderzoeken.'

'O, mijn hemel. Ik weet gewoon niet wat ik moet zeggen. Als het niet het ene misdrijf is, dan is het wel het andere. Nou, ik neem aan dat ik de politie niet voor de voeten mag lopen, hoe krankzinnig het ook lijkt. En ik neem aan dat het zijn voordelen heeft. Al vindt u misschien niets wat licht kan werpen op die gruwelen die daarboven hebben plaatsgevonden, dan vindt u wellicht wel iets wat u kan helpen de dief van mijn schoentjes te vinden.'

'Wie weet,' zei Gurney met een beleefde glimlach. 'U kunt morgen een team van de technische recherche verwachten, maar ik weet niet hoe laat. Houd ondertussen deze deur op slot. Ik moet het u nogmaals vragen, want dit is erg belangrijk: weet u zeker dat u de enige bent die in de afgelopen twee dagen in de cottage is geweest? Hoe zit het met uw partner?'

'Emerald Cottage is mijn creatie, waarvoor ik als enige verantwoordelijk ben. Meneer Plumstone is verantwoordelijk voor Honeybee Cottage en helaas ook voor de inrichting daarvan.'

'Pardon?'

'Het thema van Honeybee Cottage is de geïllustreerde geschiedenis van de imkerij. Onvoorstelbaar saai. Daar is toch alles mee gezegd?'

'Nog één vraag, meneer. Hebt u de naam en het adres van de vogelliefhebber in uw administratie opgenomen?'

'Ik heb de naam en het adres die hij heeft opgegeven. Gezien de diefstal zet ik mijn vraagtekens bij de echtheid ervan.'

'Ik zou toch even graag uw administratie willen zien en naam en adres willen noteren.'

'O, dat hoef ik niet eens op te zoeken. Ik zie het pijnlijk duidelijk voor me. De heer en mevrouw – vreemd, vindt u niet, wanneer een man zichzelf en zijn moeder zo omschrijft – de heer en mevrouw Scylla. Het adres was een postbus in Wycherly, Connecticut. Ik kan u zelfs het postbusnummer geven.'

31

Bericht uit de Bronx

Gurney belde vanaf het keurig aangeharkte grind van de parkeerplaats met het BCI om te vragen of er zo snel mogelijk een team van de technische recherche naar The Laurels kon komen en wilde net zijn mobieltje in zijn zak stoppen toen hij zelf werd gebeld. Het was wederom Ellen Rackoff. Eerst vertelde hij haar het nieuws over meneer en mevrouw Scylla en de eigenaardige diefstal, zodat ze dat aan Kline kon doorgeven. Toen vroeg hij haar waarover ze belde. Ze gaf hem een telefoonnummer.

'Het is een rechercheur uit de Bronx die graag met u van gedachten wil wisselen over een zaak waaraan hij werkt.'

'Hij wil mij spreken?'

'Hij wil met iemand spreken die op de zaak-Mellery zit. Hij heeft erover in de krant gelezen. Toen hij de politie in Peony belde, verwezen die hem door naar het BCI, dat hem doorverwees naar hoofdinspecteur Rodriguez, die hem doorverwees naar de officier van justitie, en die verwees hem weer door naar u. Zijn naam is Clamm. Randy Clamm.'

'Dat is toch geen grapje, hè?'

'Ik zou het niet weten.'

'Gaf hij nog enige informatie over zijn zaak?'

'Helemaal niets. U weet hoe politiemensen zijn. Hij wilde vooral van alles over onze zaak weten.'

Gurney toetste het nummer in. De telefoon was nog maar een keer overgegaan of er werd al opgenomen.

'Clamm.'

'Met Dave Gurney. Ik moest u terugbellen? Ik werk voor de officier…'

'Ja, dat weet ik. Goed dat u zo snel terugbelt.'

Het was vrijwel nergens op gebaseerd, maar Gurney had een levendige indruk van de politieman aan de andere kant van de lijn: iemand die snel dacht en snel praatte en van alles tegelijk deed en die, als hij betere connecties had gehad, misschien wel op de militaire academie had kunnen eindigen in plaats van op de politieschool.

'Ik heb begrepen dat u de zaak-Mellery doet,' ging de heldere jonge stem verder.

'Dat klopt.'

'Meerdere steekwonden in de keel van het slachtoffer?'

'Dat klopt.'

'De reden voor mijn telefoontje is dat we hier een soortgelijk geval hebben, en ik wil een mogelijk verband uitsluiten.'

'Met "soortgelijk" bedoelt u...'

'Meerdere steekwonden in de keel.'

'Wat ik me van statistieken aangaande steekpartijen in de Bronx kan herinneren, is dat er meer dan duizend gevallen per jaar zijn. U hebt al naar overeenkomsten dichter bij huis gezocht?'

'Daar zijn we mee bezig. Maar tot dusver is uw zaak de enige waarbij het ook om meer dan tien wonden gaat, allemaal toegebracht aan hetzelfde lichaamsdeel.'

'En wat kan ik voor u doen?'

'Dat hangt af van wat u zou willen doen. Het lijkt me nuttig als u een dagje hierheen zou willen komen, zodat u de plaats delict kunt zien, het gesprek met de weduwe kunt bijwonen en vragen kunt stellen. Misschien gaat er een belletje rinkelen.'

Het was beslist een gok, en nog veel onwaarschijnlijker dan de talloze aanwijzingen die hij tijdens zijn jaren in New York had nagejaagd. Maar het was strikt genomen onmogelijk voor Dave Gurney om een mogelijkheid te negeren, hoe klein de kans op succes ook mocht zijn.

Hij sprak af dat hij de volgende morgen voor een gesprek met Clamm naar de Bronx zou komen.

Deel drie

Terug naar het begin

32

De naderende zuivering

De jongeman leunde achterover in de heerlijk zachte kussens die tegen het hoofdeinde waren gezet en keek met een gelukzalige glimlach naar het scherm van zijn laptop.

'Waar is mijn Dickie Duck?' vroeg de oude vrouw die naast hem in het bed lag.

'Hij ligt in zijn bedje en stelt zich voor hoe de monsters zullen sterven.'

'Ben je een gedicht aan het schrijven?'

'Ja, moeder.'

'Lees eens voor.'

'Maar het is nog niet af.'

'Lees eens voor,' zei ze nogmaals, alsof ze was vergeten dat ze dat eerder had gezegd.

'Het is niet echt goed. Ik moet er nog aan werken.' Hij draaide het scherm een stukje.

'Je hebt zo'n mooie stem,' zei ze mechanisch, en ze raakte afwezig de blonde krullen van haar pruik aan.

Hij sloot heel even zijn ogen en likte langs zijn lippen, alsof hij een fluit ging bespelen. Toen hij weer het woord nam, was zijn stem een zangerige fluistering.

'Wat ik graag wil zien en horen
Kogels die plots vlees doorboren.
Bloed dat door kan blijven stromen
Dat beeld heeft zich voor mij ingenomen.
Oog om oog, tand om tand
Het gevoel van wraak, o zo verwant

Aan dat wat weldra komen zal
De zuivering, het einde van dit al.'

Hij slaakte een zucht en staarde met opgetrokken neus naar het scherm. 'Het metrum klopt niet.'

De oude vrouw knikte, kalm en niet-begrijpend, en vroeg met een verlegen kleinemeisjesstem: 'Wat gaat mijn kleine Dickie doen?'

Hij kwam in de verleiding om de 'naderende zuivering' te beschrijven, compleet met alle details zoals hij die voor zich zag. De dood van alle monsters. Het was zo kleurig, zo opwindend, zo... bevredigend! Maar hij was er ook trots op dat hij besefte dat hij realistisch moest zijn en rekening moest houden met zijn moeders beperkingen. Hij wist dat haar vragen vaak geen concreet antwoord behoefden, dat ze haar vragen vaak alweer was vergeten zodra ze die had gesteld, en dat zijn woorden niet meer dan geluiden waren, geluiden die ze prettig en troostend vond. Hij kon van alles zeggen: hij kon tot tien tellen of een kinderversje opzeggen. Het maakte niet uit wat hij zei, als hij het maar ritmisch en met gevoel zei. Hij streefde altijd naar een bepaald klankbeeld. Hij deed haar graag een plezier.

33

Een zware nacht

Af en toe had Gurney een droom die hartverscheurend droevig was en de essentie van droefheid zelf leek te vormen. In zulke dromen zag hij met een helderheid die niet in woorden te vatten was dat verlies de bron van droefheid was en dat het grootste verlies het verlies van liefde was.

In de meest recente versie van die droom, die weinig meer was dan een korte impressie, was zijn vader gekleed voor zijn werk, zoals hij veertig jaar geleden gekleed was gegaan, en ook in alle andere opzichten zag hij er precies zo uit als toen. Het onopvallende beige jasje en de grijze broek, de verbleekte sproeten op de rug van zijn grote handen en zijn ronde voorhoofd met de wijkende haargrens, de spottende blik die gericht leek te zijn op iets wat zich ergens anders afspeelde, de bijna onmerkbare rusteloosheid die aangaf dat hij hier weg wilde, ergens anders wilde zijn, overal behalve hier, en het vreemde gegeven dat een man die zo weinig sprak als hij zo goed in staat was om met zijn zwijgen zijn ontevredenheid uit te drukken; al die begraven beelden werden tot leven gewekt in een tafereel dat niet langer dan een minuut duurde. Gurney speelde in dat tafereel de rol van een kind, dat die afstandelijke gestalte vragend aankeek en hem smeekte niet weg te gaan, in een droom die zo intens was dat hij warme tranen over zijn wangen voelde stromen, hoewel hij er zeker van was dat hij in aanwezigheid van zijn vader nooit had gehuild, want hij kon zich niet herinneren dat ze in elkaars bijzijn ooit een hevige emotie hadden getoond. En toen werd hij opeens wakker, zijn gezicht nog steeds nat van de tranen, met pijn in zijn hart.

Hij kwam in de verleiding om Madeleine wakker te maken en haar over de droom te vertellen en haar zijn tranen te laten zien. Maar het had niets met haar te maken. Ze had zijn vader amper gekend. En dromen waren per slot van rekening niet meer dan dat. Uiteindelijk hadden ze niets te betekenen. In plaats daarvan vroeg hij zich af welke dag het was. Donderdag. En die gedachte zorgde voor een snelle, praktische verandering in zijn gemoedstoestand die, zo wist hij, de laatste restjes van die verontrustende nacht zou verdrijven en ze zou vervangen door een concreet overzicht van wat hij die dag moest doen. Donderdag. Donderdag zou grotendeels worden besteed aan zijn bezoek aan de Bronx, aan een buurt niet ver van de buurt waar hij was opgegroeid.

34

Een donkere dag

De drie uur durende rit was een reis richting lelijkheid, een indruk die werd versterkt door de koude motregen, waardoor hij continu de snelheid van de ruitenwisser moest aanpassen. Gurney was somber en nerveus; deels vanwege het weer, maar deels ook, zo vermoedde hij, omdat hij aan zijn droom een overgevoelige, pijnlijke kijk op alles had overgehouden.

Hij had een hekel aan de Bronx. Hij had een hekel aan alles in de Bronx, van de scheuren in het wegdek tot de uitgebrande karkassen van gestolen auto's. Hij had een hekel aan de opzichtige reclameborden die een vierdaagse reis met drie overnachtingen naar Las Vegas aanboden. Hij had een hekel aan de stank: een voortdurend veranderend mengsel van dieseldampen, schimmel, teer en dode vis, met een beledigende, metalige ondertoon. Een nog grotere hekel had hij aan de herinnering uit zijn jeugd die hem bij elk bezoek aan de Bronx plaagde: de afzichtelijke degenkrabben met hun voorwereldlijke schaal en staarten als wapens, die zich ophielden in de modder van Eastchester Bay.

Het laatste half uur reed hij in een slakkengang over de verstopte snelweg naar de laatste afrit en was daarna tot zijn opluchting nog maar een paar straten verwijderd van de plek waar ze hadden afgesproken: de parkeerplaats van de Holy Saints Church. De parkeerplaats werd omsloten door een hek van gaas waaraan een bordje hing dat meldde dat hier alleen bezoekers van de kerk mochten parkeren. De enige auto die er stond, was een onopvallende Chevy sedan, waarnaast een jongeman met een modieus stekeltjeskapsel vol gel mobiel stond te bellen. Toen Gurney zijn auto aan de andere zijde van de Chevy parkeerde, maakte de man een einde aan het telefoontje en hing het toestel aan zijn riem.

'Rechercheur Gurney?'

'Dave,' zei Gurney, die zijn hand uitstak.

'Randy Clamm. Bedankt voor uw komst. Hopelijk is het geen tijdverspilling. Ik heb alles zo nauwkeurig mogelijk bekeken, en er lijken overeenkomsten te zijn met de werkwijze uit uw zaak. Misschien hebben beide zaken niets met elkaar te maken – het ligt niet echt voor de hand dat iemand een vooraanstaande goeroe een paar honderd kilometer verderop koud maakt en vervolgens een werkloze nachtwaker in de Bronx doodt – maar al die steekwonden in de keel, dat liet me gewoon niet los. Soms krijg je bij bepaalde dingen gewoon zo'n gevoel, zo van "Stel je voor dat ik nu niets doe en dat straks blijkt dat het dezelfde vent is geweest." Snapt u wat ik bedoel?'

Gurney vroeg zich af of het ademloze spreektempo van Clamm het gevolg was van cafeïne, cocaïne, de stress van het werk of gewoon de manier waarop zijn persoonlijke veer toevallig was gespannen.

'Meer dan tien steekwonden in de keel, dat is gewoon vrij zeldzaam, dat bedoel ik. Misschien vinden we nog meer overeenkomsten. We hadden natuurlijk ook onze verslagen naar u toe kunnen sturen en zo bevindingen kunnen uitwisselen, maar het leek me beter als u hierheen zou komen om de plaats delict te zien en met de vrouw van het slachtoffer te praten, want dan denkt u er misschien aan bepaalde vragen te stellen die u anders niet zou stellen. Daar hoop ik tenminste op. Ik bedoel, ik hoop dat we er iets aan hebben. En dat het geen tijdverspilling voor u is.'

'Rustig aan, jongen. Ik zal je dit vertellen, ik ben vandaag hierheen gereden omdat ik het een redelijk verzoek vond. Je wilt alles natrekken. Zo werk ik ook. Het ergste wat ons vandaag kan gebeuren, is dat we een mogelijkheid moeten schrappen, en het schrappen van mogelijkheden is geen tijdverspilling, dat is gewoon deel van het proces. Dus maak je maar geen zorgen over mijn tijd.'

'Dank u, meneer, ik bedoel alleen maar… Ik bedoel, ik weet dat u een heel eind hebt moeten rijden, en ik ben heel blij dat u bent gekomen.' Clamm had zijn toon en manier van doen een paar tandjes naar beneden bijgesteld. Hij zag er nog steeds opgewonden en nerveus uit, maar het was niet buiten proportie.

'Over tijd gesproken,' zei Gurney, 'zou dit een goed moment zijn om de plaats delict te bezoeken?'

'Ja, ja, een uitstekend moment. Laat uw auto hier maar staan, dan gaan we met de mijne. Het huis van het slachtoffer ligt in een wijk vol smalle straatjes. Hier en daar heb je maar vijf centimeter ruimte aan de zijkant van je auto.'

'Dat klinkt als Flounder Beach.'

'Kent u Flounder Beach?'

Gurney knikte. Hij was er één keer geweest, als tiener, toen een meisje met wie hij toen verkering had haar verjaardag had gevierd.

'Hoe komt dat?' vroeg Clamm. Hij verliet de parkeerplaats en sloeg niet de richting in van de grote doorgaande weg, maar reed de andere kant op.

'Ik ben daar in de buurt opgegroeid. Bij City Island.'

'Ga weg. Ik dacht dat u meer naar het noorden woonde.'

'Op het moment wel,' zei Gurney. Hij merkte dat hij voor een uitdrukking had gekozen die iets tijdelijks leek aan te geven en besefte dat hij dat nooit zou hebben gezegd als Madeleine hem had kunnen horen.

'Nou, het is er nog steeds hetzelfde, allemaal van die nare kleine bungalows. Als het vloed is en de lucht blauw, dan kun je nog geloven dat je aan een echt strand zit, maar als het eb wordt en de modder begint te stinken weet je weer dat je in de Bronx bent.'

'Juist,' zei Gurney.

Vijf minuten later hielden ze halt in een stoffige zijstraat, voor een opening in een hek van gaas dat sprekend leek op het hek rond de parkeerplaats van de kerk. Een geschilderd metalen bordje op het hek meldde dat dit de FLOUNDER BEACH CLUB was en dat parkeren alleen was toegestaan met vergunning. Het bord brak bijna in tweeën door de rij kogelgaten in het metaal.

Het beeld van het feestje van dertig jaar geleden kwam in Gurney's gedachten op. Hij vroeg zich af of ze toen ook via deze ingang naar binnen waren gegaan. Hij zag weer het gezicht voor zich van het meisje dat toen jarig was geweest, een dik meisje met vlechtjes en een beugel.

'We kunnen maar beter hier parkeren,' zei Clamm, wederom als commentaar op de onmogelijke straatjes van het smoezelige buurtje. 'U vindt het toch niet erg om een stukje te wandelen?'

'Zo bejaard zie ik er toch niet uit?'

Clamm uitte bij wijze van antwoord een ongemakkelijk lachje en stelde bij het uitstappen een vraag die daar niet echt iets mee te maken had: 'Hoe lang doet u dit werk al?'

Omdat hij geen zin had om over zijn afscheid van het NYPD en de tijdelijke aanstelling te praten, antwoordde hij simpelweg: 'Vijfentwintig jaar.'

'Het is een vreemde zaak,' zei Clamm, alsof die observatie een logisch gevolg van dat antwoord was. 'Niet alleen die steekwonden van het mes, maar alles.'

'Weet je zeker dat die wonden met een mes zijn toegebracht?'

'Waarom vraagt u dat?'

'In ons geval was het wapen een kapotte fles, een whiskyfles. Hebben jullie een wapen aangetroffen?'

'Niets. Die vent van het lab zei dat het "waarschijnlijk een mes" is geweest; tweesnijdend, als een dolk. Ik neem aan dat een stuk gebroken glas net zo'n wond kan veroorzaken. We hebben het verslag van de autopsie nog niet binnen, maar zoals ik al zei, is het meer dan dat. De echtgenote... Ik weet niet, het is een vreemd geval.'

'In welk opzicht?'

'In heel veel opzichten. Ten eerste is ze behoorlijk religieus, sterker nog, dat is haar alibi. Ze beweert dat ze een of andere gebedsbijeenkomst bijwoonde.'

Gurney haalde zijn schouders op. 'En verder?'

'Ze slikt zware medicijnen. Ze moet heel grote pillen slikken, anders vergeet ze dat dit haar thuisplaneet is.'

'Dan hoop ik maar dat ze die blijft innemen. Is er verder nog iets aan haar dat je dwarszit?'

'Ja,' zei Clamm, die midden in het smalle straatje waar ze doorheen liepen bleef staan. Het was eerder een steeg dan een straatje. 'Ze liegt ergens over.' Hij keek alsof hij pijn aan zijn ogen had. 'Er is iets wat ze ons niet vertelt. Of misschien vertelt ze ons iets wat onzin is. Misschien allebei. Hier is het.' Clamm wees naar een lage bungalow iets verderop aan de linkerkant, op ongeveer een meter of drie van de straat. De verf bladderde van de braakselgroene gevel. De roodbruine kleur van de deur deed Gurney aan opgedroogd bloed denken. Het groezelige huisje werd omringd door geel afzetlint dat aan draagbare staanders was gebonden. Het enige wat er nog aan ontbrak, stelde Gurney vast, was een strik aan de voorzijde om er een hels cadeautje van te maken.

Clamm klopte op de deur. 'O, en nog iets,' zei hij. 'Ze is omvangrijk.'

'Omvangrijk?'

'U zult wel zien.'

De waarschuwing kon Gurney niet helemaal voorbereiden op de vrouw die de deur opendeed. Ze leek, met haar gewicht van minstens honderdvijftig kilo en armen als boomstammen, niet te passen bij het kleine huisje. Wat al helemaal niet klopte, was het kindergezicht boven dat enorme dikke lijf: het gezicht van een verdwaasd kind dat niet helemaal bij de pinken was. Ze droeg haar korte zwarte haar in een jongenskapsel, met een middenscheiding.

'Kan ik iets voor u doen?' vroeg ze, hoewel ze eruitzag alsof dat het laatste was waartoe ze in staat zou zijn.

'Dag, mevrouw Schmitt, ik ben meneer Clamm, van de recherche. Weet u het nog?'

'Hallo.' Ze sprak het woord uit alsof ze het voorlas uit een leerboek voor een vreemde taal.

'Ik was hier gisteren ook.'

'Dat weet ik nog.'

'We willen u nog een paar vragen stellen.'

'U wilt meer over Albert weten?'

'Onder andere. Mogen we even binnenkomen?'

Zonder antwoord te geven wendde ze zich van de deur af, liep door de kleine woonkamer die achter de voordeur lag en ging op een bank zitten die leek te krimpen onder haar enorme lijf.

'Ga zitten,' zei ze.

De beide mannen keken om zich heen. Er stonden geen stoelen. De enige andere meubels waren een salontafel vol tierelantijnen met precies in het midden een goedkope vaas met roze plastic bloemen, een lege boekenkast en een tv die groot genoeg was voor een balzaal. De kale vloer van spaanplaat was schoon, op hier en daar een paar synthetische vezels na. Gurney nam aan dat de vloerbedekking waarop het lichaam was gevonden was verwijderd en naar het forensisch lab was overgebracht.

'We blijven wel even staan,' zei Clamm. 'Het duurt niet lang.'

'Albert was dol op sport,' zei mevrouw Schmitt, die nietszeggend naar de enorme tv glimlachte.

Aan de linkerkant van de woonkamer was een doorgang met een boog, waarachter drie deuren te zien waren. Achter een van de deuren klonken de geluiden van een gewelddadig videospelletje.

'Dat is Jonah. Jonah is mijn zoon. Dat is zijn slaapkamer.'

Gurney vroeg hoe oud hij was.

'Twaalf. In sommige opzichten ouder, in andere jonger,' zei ze, op een toon alsof ze dit voor de eerste keer besefte.

'Was hij bij u?' vroeg Gurney.

'Hoe bedoelt u, was hij bij me?' vroeg ze op een vreemde, suggestieve toon die hem een koude rilling bezorgde.

'Ik bedoel,' zei Gurney, die zijn best deed om niets van zijn gevoelens te verraden, 'of hij samen met u de dienst heeft bezocht op de avond dat uw man is vermoord.'

'Hij heeft Jezus Christus als zijn Heer en Verlosser aanvaard.'

'Dus hij was bij u?'

'Ja, dat heb ik al aan die andere politieman verteld.'

Gurney glimlachte meelevend. 'Soms helpt het als we alles nogmaals doornemen.'

Ze knikte, alsof ze het volkomen met hem eens was, en herhaalde toen: 'Hij heeft Jezus Christus aanvaard.'

'Had uw man dat ook gedaan?'

'Ik geloof van wel.'

'Dat weet u niet zeker?'

Ze kneep haar ogen stijf dicht, alsof ze aan de binnenkant van haar oogleden het antwoord kon vinden. Ze zei: 'Satan is machtig, en zijn wegen zijn verraderlijk.'

'Dat zijn ze zeker, mevrouw Schmitt,' zei Gurney. Hij trok de salontafel met de roze bloemen een stukje bij de bank vandaan, liep eromheen en ging op de rand zitten, met zijn gezicht naar haar toe. Hij had geleerd dat het doorgaans het beste was om erin mee te gaan wanneer mensen spraken zoals zij, ook al had hij geen idee waar het gesprek heen dreigde te gaan.

'Verraderlijk en vreselijk,' zei hij, terwijl hij haar ingespannen aankeek.

'De Heer is mijn herder,' zei ze. 'Het ontbreekt mij aan niets.'

'Amen.'

Clamm schraapte zijn keel en schuifelde heen en weer.

'Vertel eens,' zei Gurney, 'op wat voor verraderlijke manier probeerde Satan Albert te verleiden?'

'Het is de oprechte mens op wie Satan jaagt!' riep ze opeens op indringende toon. 'Want de slechte mens heeft hij al in zijn macht.'

'En Albert was een oprecht mens?'

'Jonah!' riep ze op nog luidere toon. Ze stond op van de bank en liep verbazingwekkend snel door het boogje aan de linkerkant naar een van de deuren erachter en sloeg er met haar vlakke hand op. 'Doe de deur open! Nu! Doe de deur open!'

'Wat is er godverdomme…' begon Clamm.

'Ik zei nu, Jonah!'

Er klonk het klikkende geluid van een slot en de deur ging half open, zodat er een dikke jongen zichtbaar werd die griezelig veel op zijn moeder leek, tot en met de vreemde afwezige blik aan toe. Gurney vroeg zich af of die het gevolg was van medicijnen of iets erfelijks of allebei. Zijn stekeltjeshaar was spierwit geverfd.

'Ik heb gezegd dat je de deur niet op slot mag doen als ik thuis ben. Zet het geluid zachter. Het klinkt alsof er daarbinnen iemand wordt vermoord.' Als een van de twee zich al ongemakkelijk voelde onder de opmerking die onder deze omstandigheden wel erg ongelukkig was, dan lieten ze dat geen van beiden merken. De jongen keek Gurney en Clamm zonder belangstelling aan. Gurney twijfelde er niet aan dat een gezin als dit zo gewend was aan bezoekjes van sociaal werkers dat een officieel ogende vreemde in de woonkamer geen tweede blik waardig werd gekeurd. De jongen keek weer naar zijn moeder.

'Mag ik nu mijn ijslolly?'

'Nee, en dat weet je. Zet het geluid zachter, anders krijg je helemaal niets.'

'Ik krijg hem heus wel,' zei hij op vlakke toon, en hij smeet de deur voor haar neus dicht.

Ze liep terug naar de woonkamer en ging weer op de bank zitten. 'De dood van Albert grijpt hem heel erg aan.'

'Mevrouw Schmitt,' zei Clamm op een toon die aangaf dat hij vaart wilde maken, 'rechercheur Gurney wil u graag nog een paar vragen stellen.'

'Is dat niet toevallig? Ik heb een tante die Bernie heet. Ik moest vanmorgen nog aan haar denken.'

'Gurney, niet Bernie,' zei Clamm.

'Nou ja, dat is bijna hetzelfde, toch?' Haar ogen begonnen te glanzen. De overeenkomst was blijkbaar heel belangrijk voor haar.

'Mevrouw Schmitt,' zei Gurney, 'heeft uw man u in de afgelopen maand nog verteld dat hij zich zorgen over iets maakte?'

'Albert maakte zich nooit zorgen.'

'Was hij op een bepaalde manier veranderd?'

'Albert was altijd hetzelfde.'

Gurney vermoedde dat die vaststelling net zo veel te maken kon hebben met de verzachtende en bedwelmende werking van haar medicijnen als met mogelijke onveranderlijkheid in Alberts gedrag.

'Heeft hij ooit brieven ontvangen waarop het adres handgeschreven was? Of iets anders geschreven met rode inkt?'

'Er zitten alleen maar rekeningen en reclame bij de post. Ik kijk er nooit naar.'

'Albert regelde de post?'

'Alleen maar rekeningen en reclame.'

'Weet u of Albert de laatste tijd nog speciale rekeningen heeft betaald of een ongebruikelijke cheque heeft uitgeschreven?'

Ze schudde vol geestdrift haar hoofd, waardoor haar onvolwassen gezicht opeens schokkend kinderlijk oogde.

'Nog een laatste vraag. Heeft u, nadat u het lichaam van uw man had gevonden, nog iets in de kamer veranderd of verplaatst? Voordat de politie kwam?'

Weer schudde ze haar hoofd. Het kon zijn verbeelding zijn, maar hij meende iets nieuws in haar uitdrukking te zien. Zag hij iets van schrik in die lege blik? Hij besloot zijn kans te wagen.

'Spreekt de Heer tot u?' vroeg hij.

Hij zag nu nog iets. Het was niet echt schrik, eerder een zekere zelfingenomenheid.

'Ja, dat doet Hij.'

Zelfingenomenheid en trots, stelde Gurney vast.

'Sprak Hij tot u toen u Albert vond?'

'De Heer is mijn herder,' begon ze, om vervolgens de rest van psalm 23 op te zeggen. Vanuit zijn ooghoeken zag Gurney dat er voortdurend ongeduldige trekjes over het gezicht van de al even ongeduldig knipperende Clamm schoten.

'Heeft de Heer u bepaalde aanwijzingen gegeven?'

'Ik hoor geen stemmen,' zei ze. Weer die vlaag van schrik.

'Nee, nee, geen stemmen. Maar de Heer spreekt wel met u, en helpt u?'

'We zijn hier op aarde om te doen wat Hij van ons verlangt.'

Gurney leunde vanaf de rand van de salontafel voorover. 'En u hebt gedaan wat de Heer u vroeg?'

'Ik heb gedaan zoals de Heer mij vroeg.'

'Toen u Albert vond, was er toen iets wat moest worden veranderd, iets wat niet was zoals het moest zijn? Iets wat de Heer van u verlangde?'

De ogen van de dikke vrouw vulden zich met tranen, die over haar ronde, meisjesachtige wangen stroomden. 'Ik moest het bewaren.'

'Bewaren?'

'Anders had de politie het meegenomen.'

'Dan had de politie wat meegenomen?'

'Ze hebben alles meegenomen: de kleren die hij droeg, zijn horloge, zijn portefeuille, de krant die hij zat te lezen, de stoel waarin hij zat, het kleed, zijn bril, het glas waaruit hij had gedronken... Ik bedoel, ze hebben alles meegenomen.'

'Maar niet echt alles, hè mevrouw Schmitt? U hebt nog iets bewaard.'

'Dat kon ik ze niet laten meenemen. Het was een cadeau. Het laatste cadeau van Albert, voor mij.'

'Mag ik dat cadeau eens zien?'

'Dat hebt u al gezien. Daar staat het. Achter u.'

Gurney draaide zich om en volgde haar blik naar de vaas met roze bloemen die midden op tafel stond en die, bij nader inzien, een vaas met een enkele roze bloem bleek te zijn, een bloem die zo groot en opzichtig was dat de indruk van een compleet boeket werd gewekt.

'Albert heeft u die bloem gegeven?'

'Dat was zijn bedoeling,' zei ze na een korte aarzeling.

'Hij heeft hem niet persoonlijk aan u gegeven?'

'Dat kon niet meer, hè?'

'Omdat hij dood was, bedoelt u?'

'Ik weet dat die bloem voor mij was.'

'Dit kan heel belangrijk zijn, mevrouw Schmitt,' zei Gurney zacht. 'Kunt u me precies vertellen wat u hebt gevonden en wat u toen hebt gedaan?'

'Toen Jonah en ik thuiskwamen uit de Openbaringszaal hoorden we dat de tv aan stond, en ik wilde Albert niet storen. Albert keek graag tv. Hij vond het niet fijn als er iemand door het beeld liep. Daarom zijn Jonah en ik achterom gelopen en door de keukendeur naar binnen gegaan. We hebben nog even in de keuken gezeten en ik heb Jonah de ijslolly gegeven die hij altijd krijgt voordat hij naar bed gaat.'

'Hoe lang hebt u in de keuken gezeten?'

'Dat weet ik niet. We raakten aan de praat. Jonah kan erg diepzinnig zijn.'

'Waar had u het over?'

'Over Jonahs favoriete onderwerp: de enorme verschrikkingen aan het einde der tijden. In de Bijbel staat dat het einde der tijden met enorme verschrikkingen gepaard zal gaan. Jonah vraagt me altijd of ik dat geloof, en hoeveel verschrikkingen ik verwacht, en wat voor verschrikkingen dat zullen zijn. We hebben het daar vaak over.'

'Dus u vertelde over verschrikkingen en Jonah at een ijslolly?'

'Zoals altijd.'

'En daarna?'

'Daarna was het bedtijd voor hem.'

'En?'

'En hij liep van de keuken door de woonkamer naar zijn kamer, maar hij was binnen vijf seconden alweer terug; hij liep achteruit de keuken in en wees naar de woonkamer. Ik vroeg hem wat er aan de hand was, maar hij wees alleen maar. En dus ben ik zelf maar gaan kijken. Ik bedoel, ik ben hier gaan kijken.' Ze keek naar de kamer om haar heen.

'En wat zag u?'

'Albert.'

Gurney wachtte totdat ze verder zou gaan. Toen ze dat niet deed, drong hij aan: 'Albert was dood?'

'Er was erg veel bloed.'

'En de bloem?'

'De bloem lag naast hem op de grond. Hij moet hem in zijn hand hebben gehouden, snapt u? Hij wilde hem vast aan me geven als ik thuiskwam.'

'En wat hebt u toen gedaan?'

'Toen? O, ik ben naar de buren gegaan. We hebben geen telefoon. Ik geloof dat zij de politie hebben gebeld. Voordat de politie kwam, heb ik die bloem opgeraapt. Die was voor mij,' zei ze met de plotselinge, duidelijke nadruk van een kind. 'Het was een cadeau. Die heb ik in onze mooiste vaas gezet.'

35

Struikelend naar het licht

Toen ze het huis van Schmitt verlieten, was het al bijna tijd voor de lunch, maar Gurney merkte dat hij er niet voor in de stemming was. Het was niet dat hij geen honger had, of dat Clamm geen geschikt adres voor een snelle hap wist; het probleem was dat hij zo gefrustreerd was, vooral waar het hemzelf betrof, dat hij op niets ja kon zeggen. Toen Clamm hem terugbracht naar de parkeerplaats bij de kerk waar zijn auto stond, deden ze een laatste halfslachtige poging om de feiten van beide zaken naast elkaar te leggen, zoekend naar overeenkomsten. Het leidde tot niets.

'Nou,' zei Clamm, die duidelijk zijn best deed om nog iets positiefs in het geheel te zien, 'we hebben op dit moment in elk geval geen bewijs dat er geen overeenkomsten zijn. De man kan post hebben ontvangen die zijn vrouw nooit heeft gezien, en het lijkt me niet het soort huwelijk waarin veel werd gesproken, dus misschien heeft hij haar wel helemaal niets verteld. En met wat zij allemaal slikt, zal ze geen oog hebben gehad voor emotionele subtiele veranderingen. Misschien moeten we nog eens met dat joch gaan praten. Ik weet dat hij even vaag overkomt als zij, maar misschien kan hij zich nog iets herinneren.'

'Ja,' zei Gurney zonder enige overtuiging. 'En je moet maar eens controleren of Albert een bankrekening had, en of hij ooit een cheque heeft uitgeschreven op naam van ene Charybdis of Arybdis of Scylla. De kans lijkt me klein, maar je weet maar nooit.'

Op weg naar huis werd het weer nog slechter, alsof het zich op een morbide manier aan Gurneys stemming wilde aanpassen. De motregen van die ochtend veranderde in een aanhoudende bui en versterkte de sombere indruk die hij aan deze morgen had overgehouden. Als er al een verband was tussen de moorden op Mark Mellery en Albert Schmitt, afgezien van het grote aantal steekwonden en de plaats waar die waren toegebracht, dan waren die niet op het eerste gezicht te zien. Alles wat in Peony zo de aandacht had getrokken – de vreemde voetafdrukken, de tuinstoel, de gebroken whiskyfles, de gedichten – ontbrak in Flounder Beach. Daar was niets wat erop wees dat er een spelletje werd gespeeld. De twee slachtoffers leken niets met elkaar gemeen te hebben. Dat een moordenaar zowel Mark Mellery als Albert Schmitt als doelwit zou kiezen leek hoogstonwaarschijnlijk.

Het leed geen twijfel dat die gedachten en het onaangename gevoel dat hij aan een rit in de gietende regen overhield ervoor zorgden dat hij even later behoorlijk gespannen door de keukendeur het oude huis binnenliep, druipend van de regen.

'Wat is er met jou aan de hand?' Madeleine keek op van de ui die ze aan het snijden was.

'Hoe bedoel je?'

Ze haalde haar schouders op en sneed de ui nogmaals door.

Zijn scherpe antwoord bleef in de lucht hangen. Even later mompelde hij verontschuldigend: 'Ik heb een vermoeiende dag gehad. Zes uur rijden door de regen.'

'En?'

'En? Het was hoogstwaarschijnlijk allemaal voor niets.'

'En?'

'Is dat niet genoeg?'

Ze glimlachte even ongelovig naar hem.

'Om het allemaal nog erger te maken was het ook nog eens in de Bronx,' voegde hij er somber aan toe. 'Geen ervaring zo naar of de Bronx doet er nog eens een schepje bovenop.'

Ze begon de ui in kleinere stukjes te hakken. Ze sprak op een toon alsof ze het tegen de snijplank had.

'Er is twee keer voor je ingesproken. Je kennis uit Ithaca en je zoon.'

'Hebben ze nog een boodschap achtergelaten, of hebben ze alleen maar gevraagd of ik terug wilde bellen?'

'Daar heb ik niet echt op gelet.'

'"Kennis uit Ithaca", bedoel je daar Sonya Reynolds mee?'

'Zijn er soms nog meer?'

'Meer wat?'

'Kennissen uit Ithaca, vooralsnog onbekend.'

'Ik heb helemaal geen "kennissen" in Ithaca. Sonya Reynolds is een zakenrelatie, en zelfs dat is een groot woord. Wat wilde ze trouwens?'

'Er is een berichtje voor je ingesproken, dat zei ik toch al?' Madeleines mes, dat boven de uien had gezweefd, drong met kracht in de groente.

'Mens, denk om je vingers!' De woorden rolden eerder kwaad dan bezorgd over zijn lippen.

Ze hield de scherpe rand van het mes tegen de snijplank gedrukt en keek hem nieuwsgierig aan. 'Wat is er vandaag nu echt gebeurd?' vroeg ze, waarmee ze het gesprek terugbracht naar het punt van voor de ontsporing.

'Ik denk dat ik gewoon gefrustreerd ben. Ik weet het niet.' Hij liep naar de koelkast om een flesje Heineken te pakken en zette dat op het tafeltje waaraan ze altijd ontbeten, bij de tuindeuren. Toen trok hij zijn jasje uit, hing het over de rugleuning van een van de stoelen en ging zitten.

'Wil je weten wat er allemaal is gebeurd? Dat zal ik je vertellen. Op verzoek van een New Yorkse rechercheur met de bespottelijke naam Randy Clamm heb ik een rit van drie uur gemaakt die eindigde bij een armetierig huisje in de Bronx waar een werkloze man door steekwonden in de keel om het leven is gekomen.'

'Waarom belde hij jou?'

'Aha, goede vraag. Blijkbaar had de heer Clamm over de moord hier in Peony gehoord en zetten de overeenkomsten tussen beide zaken hem ertoe aan het bureau in Peony te bellen. Daar verwezen ze hem door naar de NYSP, die hem vervolgens weer doorverwees naar de hoofdinspecteur die de zaak leidt, een akelig vervelend hielenlikkertje dat Rodriguez heet en net genoeg hersencellen bezit om een armzalig aanknopingspunt te herkennen.'

'En die stuurde hem weer door naar jou?'

'Naar de officier van justitie, in de wetenschap dat die naar mij zou verwijzen.'

Madeleine zei niets, maar haar vraag was duidelijk in haar ogen te lezen.

'Ja, ik wist dat het waarschijnlijk een doodlopend spoor zou zijn. In een buurt als de Bronx zijn messteken gewoon een variant op een goed gesprek, maar om de een of andere reden dacht ik dat ik overeenkomsten tussen beide zaken zou vinden.'

'Maar er was niets?'

'Helemaal niets, al zag het er even hoopvol uit. De weduwe leek iets te verzwijgen. Uiteindelijk gaf ze toe dat ze bewijzen achter de hand had gehouden. Er had een bloem op de grond gelegen die haar man blijkbaar voor haar mee naar huis had genomen. Ze was bang dat de technische recherche die zou vinden en wilde hem graag houden. Begrijpelijk. Dus raapte ze hem op en zette hem in een vaas. Einde verhaal.'

'Je had gehoopt dat ze zou bekennen dat ze voetafdrukken in de sneeuw had weggeveegd of een witte tuinstoel had verstopt?'

'Zoiets, ja. Maar het bleek alleen maar een plastic bloem te zijn.'

'Plastic?'

'Plastic.' Hij nam langzaam een grote slok uit het flesje Heineken. 'Niet echt een smaakvol cadeau, vind ik.'

'Dat is helemaal geen cadeau,' zei ze met enige overtuiging.

'Hoe bedoel je?'

'Een echt boeket, dat is een cadeau. Je geeft iemand toch bijna altijd echte bloemen? Kunstbloemen zou ik geen cadeau willen noemen.'

'Wat zijn het dan?'

'Ik zou het eerder iets voor de inrichting van je huis noemen. Ik denk niet dat een man een vrouw snel kunstbloemen zou geven. Het is alsof je een rol bloemetjesbehang voor haar koopt.'

'Wat wil je daar precies mee zeggen?'

'Dat weet ik eigenlijk niet. Maar als deze vrouw een plastic bloem op de plaats van de moord heeft gevonden en dacht dat haar man die voor haar had meegebracht, dan zit ze er volgens mij behoorlijk naast.'

'Waar denk jij dat die bloem vandaan komt?'

'Ik heb geen idee.'

'Ze leek er vrij zeker van te zijn dat het een cadeau voor haar was.'

'Maar het is logisch dat ze dat wil geloven, of niet?'

'Ja, dat is zo. Maar als hij die bloem niet mee naar binnen heeft genomen, en als haar zoon inderdaad de hele avond weg was, zoals ze beweert, dan kan de moordenaar hem hebben achtergelaten.'

'Dat zou kunnen.' Madeleine klonk alsof ze haar belangstelling begon te verliezen. Gurney wist dat ze een duidelijk onderscheid maakte tussen wat een echt persoon onder bepaalde omstandigheden zou doen en een hypothese over de herkomst van een bepaald voorwerp. Hij had het idee dat hij haar grens had overschreden, maar hij ging toch door.

'Waarom laat een moordenaar een bloem bij zijn slachtoffer achter?'

'Wat voor soort bloem was het?'

Hij kon er altijd op rekenen dat ze een vraag met een specifiekere vraag beantwoordde.

'Dat weet ik niet zeker. Ik weet wel wat het niet was. Het was geen roos, het was geen anjer, het was geen dahlia. Maar hij deed wel aan al die bloemen denken.'

'Hoe bedoel je?'

'Nou, in eerste instantie moest ik aan een roos denken, maar deze bloem was groter, met veel meer bloemblaadjes, die dichter op elkaar stonden. Hij had bijna het formaat van een grote anjer of een dahlia, maar de blaadjes waren groter dan bij een dahlia of een anjer, ze leken meer op gekreukte bloemblaadjes van een roos. Het was een erg volle bloem, vrij opvallend.'

Voor het eerst sinds zijn thuiskomst zag hij oprechte belangstelling op Madeleines gezicht.

'Waar moet je aan denken?' vroeg hij.

'Misschien... Mmm...'

'Wat? Weet je wat voor soort bloem het is?'

'Ik denk het wel. Maar het zal wel toeval zijn.'

'Ga je het me nog vertellen of niet?'

'Ik kan me vergissen, maar de bloem die je net hebt beschreven, doet me heel erg denken aan de bloem waarnaar Peony is genoemd. Een pioenroos.'

Het flesje bier gleed uit zijn hand. 'God nog aan toe!'

Nadat hij Madeleine een aantal indringende vragen over pioenrozen had gesteld liep hij naar de studeerkamer om een paar telefoontjes te plegen.

36

Van het een komt het ander

Tegen de tijd dat Gurney ophing, had hij Clamm ervan weten te overtuigen dat het geen toeval was dat de bloem waaraan de plaats van de eerste moord zijn naam ontleende ook aanwezig was op de plaats van de tweede moord.

Hij had voorgesteld om meteen een paar stappen te ondernemen: het huis van Schmitt diende van boven tot onder te worden onderzocht op de aanwezigheid van ongewone brieven of berichtjes, hetzij in dichtvorm, hetzij handgeschreven of in rode inkt; de forensisch patholoog moest weten dat er in Peony een combinatie van een vuurwapen en een steekwapen was gebruikt, voor het geval ze het stoffelijk overschot van Schmitt nogmaals wilden onderzoeken; het huis diende te worden uitgekamd om te zien of er iets was wat kon zijn gebruikt om een schot te dempen; het huis, de tuin, de aangrenzende percelen en de straat en openbare weg rondom het perceel dienden te worden onderzocht op de aanwezigheid van gebroken flessen, met name whiskyflessen; en er moest een uitgebreid profiel van Albert Schmitt worden opgesteld waarmee kon worden gezocht naar verbanden tussen hem en Mark Mellery, in wat voor vorm dan ook: conflicten, vijanden, juridische kwesties, problemen met alcohol.

Toen hij zelf merkte hoe dwingend zijn 'voorstellen' klonken, matigde hij zijn toon en bood zijn verontschuldigingen aan.

'Sorry, Randy, ik ga veel te ver. Schmitt is jullie verantwoordelijkheid. Jij bent de man die over die zaak gaat, jij moet beslissen wat er nu gaat gebeuren. Ik weet dat ik niet de leiding heb en het spijt me dat ik me gedroeg alsof dat wel zo was.'

'Dat geeft helemaal niet. Ik heb hier trouwens een inspecteur Everly zitten die beweert dat hij samen met ene Dave Gurney op de politieacademie heeft gezeten. Klopt dat?'

Gurney moest lachen. Hij was helemaal vergeten dat Bob Everly op dat bureau was beland. 'Ja, dat kan wel kloppen.'

'Nou, in dat geval mag u me altijd met voorstellen bombarderen. En als u nog eens met mevrouw Schmitt wilt praten, moet u het maar laten weten. Ik vond dat u dat erg handig aanpakte.'

Als dat sarcastisch was bedoeld, dan wist hij het goed te verbergen. Gurney besloot het als een compliment op te vatten.

'Bedankt. Ik hoef haar niet persoonlijk te spreken, maar zou wel iets willen voorstellen. Misschien is het een goed idee om te vragen wat ze van de Heer met die whiskyfles moest doen.'

'Welke whiskyfles?'

'De fles die ze wellicht van de plaats delict heeft weggehaald om redenen die alleen zij kent. Ik zou het vragen op een manier die de indruk wekt dat je er al van weet en dat je begrijpt dat ze hem heeft weggehaald omdat de Heer dat wilde, maar dat je graag wilt weten waar hij nu is. Het is heel goed mogelijk dat er helemaal geen whiskyfles is geweest, dus als je de indruk krijgt dat ze geen flauw idee heeft wat je bedoelt, moet je maar over iets anders beginnen.'

'Weet u zeker dat deze zaak hetzelfde patroon kent als die in Peony en dat er dus een fles moet zijn?'

'Ik vermoed van wel. Maar als je het haar liever niet wilt vragen, is het ook goed. Dat moet je zelf beslissen.'

'Het is te proberen. Ik heb niet veel te verliezen. Ik laat het u nog wel weten.'

'Veel succes.'

De volgende met wie Gurney wilde spreken, was Sheridan Kline. De aloude uitspraak dat je baas nooit van een ander mocht horen wat je hem zelf had moeten vertellen gold dubbel en dwars in de wereld van justitie. Kline bleek op weg naar een regionale conferentie van officiers van justitie in Lake Placid, en doordat het gsm-bereik in de bergen in het noorden van de staat niet altijd even goed was, kostte het Gurney de nodige moeite om het verband tussen de plaatsnaam en de bloem uit te leggen. Toen hij daarmee klaar was, viel er aan de andere kant van de lijn zo'n lange stilte dat Gurney vreesde dat Kline opnieuw bijna geen bereik had.

Ten slotte zei hij: 'Die bloem... Wat vind je daar zelf eigenlijk van?'

'Het kan toeval zijn, maar dan is het wel erg toevallig,' zei Gurney.

'Maar het is geen hard bewijs. Als ik even advocaat van de duivel mag spelen: je vrouw heeft die bloem niet zelf gezien, je hebt die plastic bloem alleen maar aan haar beschreven. Misschien is het helemaal geen pioenroos. En wat hebben we dan? En ook al is het wel een pioenroos, dan bewijst dat nog niets. Het is in elk geval niet het soort doorbraak waarover ik vol vertrouwen een persconferentie kan geven. Was het maar een echte bloem geweest, dan was er minder ruimte voor twijfel. Waarom moest het er nu net eentje van plastic zijn?'

'Dat zat me eerst ook dwars,' zei Gurney, die probeerde te verbergen dat Klines reactie hem irriteerde. 'Waarom geen echte? Ik vroeg het net nog aan mijn vrouw, en die zei dat bloemisten liever geen pioenrozen verkopen. De bloem is zo topzwaar dat de stengels vrij snel knakken. Kwekerijen verkopen de planten voor in de tuin, maar niet in dit seizoen. Dus een plastic exemplaar was waarschijnlijk zijn enige mogelijkheid om ons iets duidelijk te maken. Ik vermoed dat de gelegenheid zich toevallig voordeed: hij zag zo'n bloem ergens in een winkel, en het leek hem een goed idee, dat binnen het spel paste.'

'Het spel?'

'Hij daagt ons uit, hij plaagt ons, hij speelt een spelletje met ons. Weet u het nog, dat briefje op het lichaam van Mellery? Pak me dan, als je kan. Daarom liep dat spoor ook achterstevoren. Deze maniak houdt ons allerlei boodschappen voor de neus die allemaal op hetzelfde neerkomen: "Pak me maar, pak me maar, het gaat je toch niet lukken!"'

'Ja, ja, ik begrijp wat je bedoelt. Misschien heb je daar wel gelijk in. Maar ik kan in het openbaar geen mededelingen doen over de vermoedens van een enkel persoon aangaande de betekenis van een plastic bloem. Ik heb iets concreets nodig. Zo snel mogelijk.'

Nadat Gurney had opgehangen, bleef hij voor het raam van de studeerkamer zitten en staarde naar de schemerige namiddag buiten. Stel dat Kline gelijk had en dat het geen pioenroos was. Gurney schrok toen hij besefte hoe weinig tastbaar dit nieuwe 'verband' eigenlijk was, en hoeveel waarde hij eraan had gehecht. Hij had iets wezenlijks over het hoofd gezien, en dat was voor hem een teken dat hij te veel gehecht dreigde te raken aan zijn theorie. Tijdens de colleges criminologie die hij aan de universiteit had gegeven had hij de studenten daar keer op keer op gewezen, en nu liep hij zelf in die val. Het stemde hem erg somber.

De doodlopende sporen van die dag bleven nog zeker een half uur, misschien langer, hun vermoeiende rondjes door zijn hoofd draaien.

'Waarom zit jij hier in het donker?'

Hij draaide zich met een ruk om en zag de omtrek van Madeleines gestalte in de deuropening.

'Kline wil een tastbaarder overeenkomst dan een twijfelachtige pioenroos,' zei hij. 'Ik heb die rechercheur uit de Bronx een paar suggesties aan de hand gedaan. Hopelijk leiden die ergens toe.'

'Je lijkt eraan te twijfelen.'

'Nou ja, aan de ene kant hebben we die pioenroos, of in elk geval een bloem waarvan we vermoeden dat het een pioenroos is. Aan de andere kant kan ik me haast niet voorstellen dat er een verband is tussen Mellery en Schmitt. Als je het over een wereld van verschil hebt...'

'Stel dat het een seriemoordenaar is, en dat er geen verband is?'

'Zelfs seriemoordenaars doden niet willekeurig. Hun slachtoffers hebben altijd iets met elkaar gemeen: ze zijn allemaal blond, of van Aziatische afkomst, of homoseksueel. Er is altijd een bepaalde eigenschap die iets voor de moordenaar betekent. Dus zelfs als Mellery en Schmitt nooit echt contact met elkaar hebben gehad, dan nog kan er een bepaalde eigenschap zijn die hen met elkaar verbindt.'

'Stel dat...' begon Madeleine, maar ze werd onderbroken door de telefoon.

Het was Randy Clamm.

'Het spijt me dat ik u stoor, meneer, maar ik nam aan dat u wel zou willen weten dat u gelijk had. Ik heb een bezoekje aan de weduwe gebracht en haar die vraag gesteld, op de manier die u me had aangeraden, gewoon zo tussendoor. Ik zei alleen maar iets als: "Mag ik misschien die whiskyfles hebben die u hebt gevonden?", ik begon niet eens over de Heer. En ik zal barsten, maar ze zei op even broodnuchtere toon: "O, die ligt in de vuilnisbak." En dus liepen we naar de keuken en ja hoor, daar lag hij, tussen het afval: een gebroken fles Four Roses. Ik was met stomheid geslagen. Niet dat het me verbaasde dat u gelijk had, begrijp me goed, maar god, ik had niet gedacht dat het zo simpel zou zijn. Zo overduidelijk. Zodra ik weer een woord kon uitbrengen, vroeg ik haar waar ze die had gevonden. Maar toen besefte ze blijkbaar opeens wat er aan de hand was – misschien juist omdat ik zo achteloos klonk – en reageerde ze nogal overstuur. Ik zei dat ze rustig moest blijven, dat er niets aan de hand was, en dat ze me gewoon kon vertellen waar ze hem had gevonden omdat we daar heel veel aan kunnen hebben, en of ze misschien wilde vertellen waarom ze hem had weggehaald. Zo zei ik dat natuurlijk niet, maar ik dacht het wel. En ze keek me aan, en weet u wat ze zei? Ze zei: "Albert was zo sterk geweest, hij had al bijna een jaar niet meer gedronken. Hij zat bij de AA en het ging heel erg goed." Ze vertelde dat ze, toen ze die fles naast hem op de

251

grond zag liggen, naast die plastic bloem, in eerste instantie dacht dat hij weer had gedronken, en dat hij met zijn keel op de fles was gevallen en dat dat zijn dood was geworden. Het kwam niet meteen bij haar op dat hij misschien wel het slachtoffer van moord kon zijn, daar dacht ze pas aan toen de politie erover begon. Maar voordat de agenten er waren, heeft ze nog de fles verstopt omdat ze dacht dat die van hem was. Ze wilde niet dat iemand zou denken dat hij in zijn oude gewoonten was vervallen.'

'Dus zelfs nadat het haar begon te dagen dat hij was vermoord wilde ze niet dat iemand die fles zou zien?'

'Nee. Omdat ze nog steeds dacht dat het zijn fles was en ze niet wilde dat iemand zou weten dat hij weer dronk, en al helemaal zijn nieuwe vrienden van de AA niet.'

'Jezus.'

'Dus het was allemaal nogal chaotisch. Aan de andere kant, u hebt nu wel bewijs dat de moorden iets met elkaar te maken hebben.'

Clamm klonk opgewonden, helemaal in de greep van de tegenstrijdige gevoelens die Gurney zo goed kende, de gevoelens die het zo moeilijk maakten om een goed politieman te zijn en die zo uitputtend konden zijn.

'Je hebt uitstekend werk verricht, Randy.'

'Ik heb gewoon gedaan wat u me had aangeraden,' zei Clamm op zijn snelle, opgewonden toon. 'Nadat ik de fles had veiliggesteld, heb ik een team van de technische recherche opgetrommeld die het huis nu gaan doorzoeken op correspondentie, administratie en weet ik wat. Ik heb mevrouw Schmitt gevraagd of ik hun chequeboekje mocht zien. Daar had u het vanmorgen over. Ze heeft het me gegeven, maar wist er verder niets van; ze hield het vast alsof het radioactief was en zei dat Albert altijd de financiën regelde. Ze zei dat ze niets van cheques moet hebben omdat daar getallen op staan, en daar moet je voorzichtig mee zijn, want getallen zijn het kwaad. Allerlei gelul over Satan, religieus gezwets. Maar goed, ik heb dat chequeboekje eens even bekeken, en het is nu al duidelijk dat we nog wel even tijd nodig hebben om dat uit te zoeken. Albert regelde misschien wel de financiën, maar dat wil niet zeggen dat hij er een gedegen administratie op nahield. Ik heb op geen van de reçuutjes een naam zien staan die op Arybdis of Charybdis of Scylla leek – daar heb ik het eerste naar gekeken – maar dat zegt niet zo veel omdat er op de meeste reçuutjes helemaal geen namen stonden, alleen maar bedragen, en soms zelfs niet eens dat. Voor wat betreft bankafschriften, ze wist niet eens of ze die wel hadden, maar we zullen het huis nog flink uitkammen, en we zullen haar toestemming vragen om kopieën op te vragen bij de bank. Maar goed, is er, nu blijkt dat we ieder een hoek van dezelfde driehoek te pakken hebben, nog iets anders wat u mij over de moord op Mellery kunt vertellen?'

Gurney dacht even na. 'De dreigementen die Mellery voor zijn dood heeft ontvangen zinspeelden op iets wat hij in een dronken bui moet hebben gedaan. En nu blijkt dat Schmitt dus ook een alcoholprobleem heeft gehad.'

'Wilt u beweren dat we op zoek moeten gaan naar een vent die het op zuipschuiten heeft gemunt?'

'Nee, niet echt. Als dat zijn doel is, zijn er wel gemakkelijkere manieren.'

'Zoals een bom bij een AA-bijeenkomst naar binnen gooien?'

'Bijvoorbeeld. Grotere kans op succes, een minimum aan risico. Maar onze moordenaar werkt een stuk ingewikkelder en lastiger. Er is niets gemakkelijks of voor de hand liggends aan. Hoe je er ook naar kijkt, er rijzen telkens nieuwe vragen.'

'Zoals?'

'Om te beginnen: waarom heeft hij voor slachtoffers gekozen die zich in geografisch opzicht ver van elkaar bevonden? En die in andere opzichten ook behoorlijk van elkaar verschillen?'

'Om te voorkomen dat wij een verband zouden zien?'

'Maar dat wil hij juist. Daarom koos hij voor die pioenroos. Hij wil gezien worden. Hij wil erkenning. Dit is niet zomaar een moordenaar die uit handen van de politie wil blijven. Deze vent wil de strijd aangaan; niet alleen met zijn slachtoffers, maar ook met de politie.'

'Over de politie gesproken, ik moet mijn inspecteur nog op de hoogte brengen. Hij zal niet blij zijn als hij merkt dat ik u als eerste heb gebeld.'

'Waar ben je nu?'

'Op weg terug naar het bureau.'

'Dus ergens op Tremont Avenue?'

'Ja, hoe weet u dat?'

'Die verkeersgeluiden op de achtergrond. Kenmerkend voor de Bronx en met niets te vergelijken.'

'Het is vast fijn om ergens anders dan hier te wonen. Hebt u nog een boodschap voor inspecteur Everly?'

'Nee, dat komt later wel. Hij heeft vast veel meer belangstelling voor wat jij hem te vertellen hebt.'

37

Al het slechte komt in drieën

Gurney had de neiging Sheridan Kline te bellen en hem te vertellen over het beslissende nieuwe bewijs dat het verband tussen beide moorden leek te bevestigen, maar hij wilde eerst een ander telefoontje plegen. Als de twee zaken inderdaad zo nauw verwant waren als ze leken te zijn, dan was het heel goed mogelijk dat Schmitt niet alleen een verzoek om geld had ontvangen, maar ook te horen had gekregen dat hij dat naar de postbus in Wycherly, Connecticut, moest sturen.

Gurney haalde de dunne map met gegevens over de zaak uit zijn bureaula en zocht naar de fotokopie van het korte briefje dat Gregory Dermott samen met de cheque aan Mellery had gestuurd. Het briefhoofd van GD Security Systems – zakelijk, behoudend, zelfs een tikje ouderwets – vermeldde een telefoonnummer met het kengetal van Wycherly.

De telefoon ging twee keer over voordat er werd opgenomen door een stem die leek te passen bij het briefhoofd.

'GD Security, goedemiddag. Zegt u het maar.'

'U spreekt met rechercheur Gurney, werkzaam voor de officier van justitie. Zou ik meneer Dermott mogen spreken?'

'Eindelijk!' Door de felheid van dat antwoord klonk de stem opeens totaal anders.

'Pardon?'

'U belt vanwege die verkeerd geadresseerde cheque?'

'Ja, dat klopt, maar…'

'Dat heb ik zes dagen geleden al doorgegeven! Zes dagen geleden!'

'Wat hebt u zes dagen geleden doorgegeven?'

'U zei toch net dat u vanwege die cheque belt?'

'Kunnen we even opnieuw beginnen, meneer Dermott? Ik heb begrepen dat Mark Mellery u een dag of tien geleden heeft gebeld vanwege een cheque die u aan hem heeft teruggestuurd. Die stond op naam van ene X. Arybdis en was geadresseerd aan uw postbusnummer. Klopt dat?'

'Ja, natuurlijk klopt dat. Wat is dat nu voor vraag?' De man klonk woedend.

'U zei dat u dat zes dagen geleden heeft gemeld, maar ik begrijp niet…'

'Die tweede, bedoel ik!'

'U hebt een tweede cheque ontvangen?'

'Daarover belt u toch?'

'Eerlijk gezegd belde ik om u dat te vragen.'

'Om me wat te vragen?'

'Of u een tweede cheque had ontvangen, afkomstig van iemand die Albert Schmitt heet.'

'Ja, dat was de naam die op de tweede cheque stond. Dat heb ik ook gemeld. Zes dagen geleden.'

'Wie hebt u daarover gebeld?'

Gurney hoorde dat er aan de andere kant van de lijn een paar keer diep adem werd gehaald, alsof de man probeerde te voorkomen dat hij uit elkaar zou barsten.

'Hoor eens, meneer Gurney, er is hier sprake van een zeker misverstand, en daar ben ik niet blij mee. Ik heb zes dagen geleden de politie gebeld om een onaangename kwestie te rapporteren. Ik heb ondertussen al drie cheques ontvangen die alle drie waren geadresseerd aan iemand van wie ik nog nooit heb gehoord. En nu belt u me terug, blijkbaar vanwege die cheques, maar u lijkt niet te weten wat ik bedoel. Ontgaat mij soms iets? Wat is er in godsnaam aan de hand?'

'Welk bureau hebt u gebeld?'

'De plaatselijke politie natuurlijk, hier in Wycherly. Dat weet u toch? Anders zou u me niet hebben teruggebeld!'

'Meneer, het punt is juist dat ik u niet terugbel. Ik bel vanuit een andere staat, uit New York, vanwege de cheque die u aan Mark Mellery hebt teruggestuurd. We wisten niet dat u nog meer cheques had ontvangen. U zei dat er na die eerste nog twee zijn gevolgd?'

'Ja, dat zeg ik net.'

'Eentje van Albert Schmitt en nog eentje van een andere afzender?'

'Ja, meneer Gurney. Is dat nu duidelijk?'

'Volkomen duidelijk. Ik vraag me alleen af waarom u zich genoodzaakt voelde om vanwege drie onjuist geadresseerde cheques de plaatselijke politie te bellen.'

'Ik heb de plaatselijke politie gebeld omdat de posterijen, waar ik aanvankelijk mijn klacht heb ingediend, een uitermate groot gebrek aan belangstelling toonden. En voordat u me vraagt waarom ik een klacht bij de posterijen heb ingediend, wil ik eerst even opmerken dat u voor een rechercheur een wel erg schamel besef van veiligheidsrisico's hebt.'

'Hoe bedoelt u dat, meneer?'

'Ik houd me beroepsmatig bezig met beveiliging, inspecteur, of brigadier, of wat u ook bent. De beveiliging van computersystemen. Hebt u enig idee hoe vaak diefstal van andermans identiteit tegenwoordig voorkomt, en hoe vaak er bij een dergelijke diefstal sprake is van fraude met adressen?'

'Ik begrijp het. En wat heeft de politie van Wycherly gedaan?'

'Het is bijna niet voor te stellen, maar nog minder dan de posterijen.'

Gurney kon zich heel goed voorstellen dat er tamelijk onverschillig op Dermotts telefoontjes was gereageerd. Drie onbekende personen die per abuis een cheque naar een postbusnummer stuurden, golden voor de politie niet meteen als een levensbedreigende situatie.

'Hebt u de tweede en de derde cheque ook naar de afzenders teruggestuurd?'

'Ja, compleet met een begeleidend briefje waarin ik vroeg wie hun het nummer van mijn postbus had gegeven, maar ze hadden geen van allen het fatsoen om te antwoorden.'

'Hebt u de naam en het adres van de derde cheque ergens genoteerd?'

'Jazeker.'

'Ik zou die graag onmiddellijk willen hebben.'

'Hoezo? Is er iets wat mij nog niet bekend is?'

'Mark Mellery en Albert Schmitt zijn allebei dood. Mogelijk zijn ze een onnatuurlijke dood gestorven.'

'Onnatuurlijk? Hoe bedoelt u?' Dermotts stem klonk schril.

'Ze zijn mogelijk vermoord.'

'O god. En u denkt dat dat iets met die cheques te maken heeft?'

'Degene die hun het nummer van uw postbus heeft gegeven, is zeker iemand voor wie de politie belangstelling heeft.'

'O god. Maar waarom mijn adres? Wat heb ik ermee te maken?'

'Dat is een goede vraag, meneer Dermott.'

'Maar ik heb nog nooit van die Mark Mellery of die Albert Schmitt gehoord!'

'Welke naam stond er op de derde cheque?'

'De derde? O god, ik weet het niet, mijn hoofd is opeens helemaal leeg.'

'U zei dat u de naam en het adres had genoteerd.'

'O ja. Ja, dat is waar ook. Wacht even. Richard Kartch. Ja, dat was het. Richard Kartch. K-a-r-t-c-h. Ik zal het adres even opzoeken. Wacht, ik heb het hier. Quarry Road nummer 349, in Sotherton, Massachusetts.'

'Dank u.'

'Hoor eens, nu ik hier op de een of andere manier bij betrokken ben geraakt, zou ik het op prijs stellen als u me iets meer kon vertellen. Er moet een reden zijn waarom er voor mijn postbus is gekozen.'

'U weet zeker dat u de enige bent die toegang heeft tot die postbus?'

'Heel zeker. Maar god mag weten hoeveel medewerkers van het postkantoor hem kunnen openen. Of misschien is er wel iemand die zonder mijn medeweten een tweede sleutel heeft.'

'En de naam Richard Kartch zegt u niets?'

'Helemaal niets. Dat weet ik zeker. Het is het soort naam dat ik zou onthouden.'

'Goed. Ik zal u een paar nummers geven waarop u me kunt bereiken. Mocht u zich nog iets kunnen herinneren over de namen van deze drie personen, of mocht u merken dat er iemand is die toegang heeft tot uw postbus, dan zou ik dat graag onmiddellijk willen weten. En nog een laatste vraag: welke bedragen stonden er op de tweede en derde cheque?'

'O, dat weet ik nog wel. Hetzelfde bedrag als op de eerste: 289 dollar en 87 cent.'

38

Een lastig figuur

Madeleine deed een van de lampen in de studeerkamer aan met de schake-
laar bij de deur. Tijdens Gurneys gesprek met Dermott was de avond gevallen en de kamer was bijna helemaal donker.

'Boek je vorderingen?'

'Heel veel. Met dank aan jou.'

'Mijn oudtante Mimi had pioenrozen,' zei ze.

'Wie was Mimi ook alweer?'

'De zuster van mijn oma van vaderskant,' zei ze, met een zekere ergernis
omdat een man die zo goed was in het onthouden van de details van de inge-
wikkeldste onderzoeken niet in staat was een stuk of vijf relaties binnen de
familie in zijn geheugen te prenten. 'Je eten is klaar.'

'Nou, eigenlijk...'

'Het staat op het fornuis. Vergeet het niet.'

'Ga je ergens heen?'

'Ja.'

'Waarheen dan?'

'Dat heb ik je in de afgelopen week al twee keer verteld.'

'Ik kan me iets over donderdag herinneren, maar wat er precies...'

'Wat er precies was, weet je niet meer? Dat is niets nieuws. Tot straks.'

'Je gaat me niet vertellen waar...'

Het geluid van haar voetstappen galmde door de keuken, in de richting
van de achterdeur.

Er stond geen Richard Kartch op Quarry Road 349 in Sotherton in het telefoonboek, maar dankzij een plattegrond op internet waarop de aangrenzende adressen vermeld stonden wist hij namen en telefoonnummers voor
de huisnummers 329 en 369 te vinden.

De gezwollen mannenstem die eindelijk op 329 opnam, maakte in antwoorden van een enkele lettergreep duidelijk dat hij niemand kende die Kartch heette, niet wist welk huis in de straat nummer 349 zou kunnen zijn en zelfs niet wist hoe lang hij er zelf woonde. Hij klonk alsof hij half in coma was vanwege alcohol of kalmerende middelen; hij loog waarschijnlijk uit gewoonte en kon duidelijk niets zinnigs melden.

De vrouw op Quarry Road 369 was een stuk spraakzamer.

'U bedoelt de kluizenaar?' Door de toon waarop ze het zei, kreeg de bijnaam iets griezeligs.

'Meneer Kartch woont alleen?'

'O ja, tenzij je de ratten meetelt die op zijn vuilnis afkomen. Zijn vrouw mag blij zijn dat ze daar weg is. Het verbaast me helemaal niet dat u belt – u zei dat u van de politie bent?'

'Speciaal aangesteld door de officier van justitie.' Hij wist dat hij eigenlijk verplicht was om te melden in welke staat en welk district hij werkzaam was, maar hij nam aan dat die details later wel konden worden ingevuld.

'Wat heeft hij nu weer gedaan?'

'Niets, voor zover ik weet, maar omdat hij ons mogelijk zou kunnen helpen bij een onderzoek willen we graag met hem in contact komen. Weet u toevallig waar hij werkt, of hoe laat hij uit zijn werk komt?'

'Werk? U maakt zeker een grapje!'

'Meneer Kartch is werkloos?'

'Niemand wil hem hebben.' Haar toon was giftig.

'U lijkt niet echt op hem gesteld te zijn.'

'Het is een viezerik, een domme viezerik, en hij is gevaarlijk en gek en hij stinkt. Hij is tot de tanden gewapend en doorgaans stomdronken.'

'Het is me de buurman wel.'

'Slechter kun je het niet treffen. Hebt u enig idee hoe het voelt wanneer er een potentiële koper naar je huis komt kijken en er een deur verder een dronken halfnaakte aap met zijn geweer gaten staat te schieten in een vuilnisbak?'

Hoewel hij al wist wat het antwoord zou zijn, stelde hij zijn vraag toch. 'Zou u meneer Kartch een boodschap willen doorgeven?'

'Bent u gek geworden? Een enge ziekte, die kan hij krijgen!'

'Hoe laat tref ik hem waarschijnlijk thuis?'

'Hij is altijd thuis. Ik heb die gek nog nooit ergens heen zien gaan.'

'Staat er een duidelijk zichtbaar nummer op zijn huis?'

'Ha, ha, u hebt echt geen nummer nodig om zijn huis te herkennen. Het was nog niet eens klaar toen zijn vrouw de benen nam en dat is het nog steeds niet. De gevel is niet afgewerkt, de tuin is niet af. Geen stoepje voor de voordeur. Het ideale huis voor een volslagen gestoorde vent. U kunt maar beter een wapen meenemen als u daar op bezoek gaat.'

Gurney bedankte haar en maakte een einde aan het gesprek.

En nu?

Er waren verschillende personen die hij van zijn vorderingen op de hoogte diende te brengen. Allereerst Sheridan Kline. En natuurlijk Randy Clamm. En niet te vergeten hoofdinspecteur Rodriguez en Jack Hardwick. De vraag was alleen wie hij als eerste moest bellen. Hij besloot dat ze allemaal nog wel een paar minuten konden wachten en belde Inlichtingen voor het nummer van het politiebureau in Sotherton, Massachusetts.

Hij kreeg de dienstdoende brigadier aan de lijn, een man met een gruizige stem die Kalkan heette, wat hij eerder een naam voor hondenvoer vond. Nadat Gurney had uitgelegd wie hij was, vertelde hij dat een bewoner van Sotherton genaamd Richard Kartch mogelijk van belang kon zijn voor een onderzoek naar moord dat door de recherche in New York werd uitgevoerd, dat die persoon mogelijk in levensgevaar verkeerde, dat hij blijkbaar geen telefoon had en dat het van het grootste belang was dat hij telefonisch bereikbaar was zodat hij van de situatie op de hoogte kon worden gebracht.

'We kennen Richard Kartch wel,' zei Kalkan.

'Dat klinkt alsof u het nodige met hem te stellen hebt.'

Kalkan gaf geen antwoord.

'Heeft hij een strafblad?'

'Wie zei u ook alweer dat u was?'

Gurney vertelde het hem nogmaals, deze keer iets uitgebreider.

'En dit maakt deel uit van een onderzoek naar wat?'

'Twee moorden. Eentje in de staat New York, eentje in de Bronx. Hetzelfde patroon. Beide slachtoffers hebben voor hun dood post van de moordenaar ontvangen. We hebben bewijzen dat Kartch minimaal een keer contact met de dader moet hebben gehad, en dat betekent dat hij een mogelijk derde doelwit is.'

'Dus nu wilt u dat Geschifte Richie contact met u opneemt?'

'Hij moet me onmiddellijk bellen, bij voorkeur in het bijzijn van een van uw mensen. Nadat we hem telefonisch hebben gesproken, zullen we hem waarschijnlijk nogmaals willen spreken, in Sotherton. Met medewerking van uw korps.'

'Ik zal zo snel mogelijk iemand naar hem toe sturen. Geef me een nummer waarop ik u kan terugbellen.'

Gurney gaf hem zijn mobiele nummer, zodat hij zijn vaste lijn vrij kon houden voor de telefoontjes naar Kline, het BCI en Clamm.

Kline was die dag niet op kantoor aanwezig, en hetzelfde gold voor Ellen Rackoff. Hij werd doorgeschakeld naar een toestel dat al zes keer was overgegaan toen er eindelijk werd opgenomen, net toen hij wilde ophangen.

'Met Stimmel.'

De man die samen met Kline naar de vergadering van het BCI was gekomen, herinnerde Gurney zich. De man met de persoonlijkheid van een zwijgzame oorlogsmisdadiger.

'Met Dave Gurney. Ik heb een boodschap voor uw baas.'

Er kwam geen antwoord.

'Bent u er nog?'

'Ik ben er nog.'

Gurney vermoedde dat dat de enige aanmoediging was waarop hij kon rekenen, en dus lichtte hij Stimmel in over het verband tussen de eerste en de tweede moord, over de ontdekking dat er een mogelijk derde slachtoffer was dat een cheque naar Dermott had gestuurd en over de stappen die hij via het bureau in Sotherton had ondernomen om dat slachtoffer te pakken te krijgen. 'Dat hebt u genoteerd?'

'Ja.'

'Kunt u dit aan zowel de officier als aan het BCI doorgeven, of zal ik zelf contact met Rodriguez opnemen?'

Er viel een korte stilte. Gurney nam aan dat de ernstige, allerminst mededeelzame man probeerde te bepalen wat de consequenties van beide mogelijkheden konden zijn. Omdat hij maar al te goed wist dat bijna alle politiemensen een aangeboren behoefte hadden om de touwtjes in handen te houden, was hij niet verbaasd door het antwoord dat uiteindelijk volgde.

'We regelen het wel,' zei Stimmel.

Nu Gurney niet langer verantwoordelijk was voor het inlichten van het BCI hoefde hij alleen nog maar Randy Clamm te bellen.

Zoals gewoonlijk nam die meteen op. 'Met Clamm.'

En zoals gewoonlijk klonk hij alsof hij haast had en met drie dingen tegelijk bezig was. 'Goed dat u belt. Ik was net bezig drie lijstjes te maken met gegevens uit Schmitts administratie: reçu's met bedragen maar zonder namen, cheques die zijn uitgeschreven maar niet geïnd, en cheques die zijn overgeslagen. Ik ben bij de laatste begonnen en werk terug naar het verleden.'

'Staat er ergens een bedrag van $ 289,87 op je lijstje?'

'Wat? Hoe weet u dat nou? Ja, op het lijstje met cheques die wel zijn uitgeschreven maar niet zijn geïnd. Hoe wist u…'

'Dat is het bedrag waar hij altijd om vraagt.'

'Altijd? Meer dan twee keer, bedoelt u?'

'Er is een derde cheque naar dezelfde postbus gestuurd. We proberen in contact te komen met de afzender. Daarom bel ik je ook, om je te laten weten dat er sprake is van een patroon. Als het patroon inderdaad onveranderd is, dan moet je in de zaak-Schmitt op zoek naar een kogel uit een .38 Special.'

'Wie is die derde?'

'Richard Kartch uit Sotherton in Massachusetts. Naar het schijnt een lastig figuur.'

'Massachusetts? Mijn god, hij is wel reislustig, zeg. Leeft die derde vent nog?'

'Dat zullen we over een paar minuten weten. De plaatselijke politie is nu een kijkje aan het nemen.'

'Oké. Bedankt dat u me zo veel mogelijk op de hoogte van alles houdt. Ik zal het team van onze technische recherche zo snel mogelijk naar het huis van Schmitt sturen. U hoort nog van me wat daaruit komt. Bedankt voor uw telefoontje.'

'Veel succes. We spreken elkaar snel weer.'

Gurney merkte dat hij steeds meer ontzag voor de jonge rechercheur begon te krijgen. Hoe meer hij hoorde, des te meer het hem beviel: die jongen was energiek, intelligent en toegewijd. En nog iets anders. Ernstig en onbedorven. Dat raakte hem, vanbinnen.

Hij schudde zijn hoofd als een hond die uit het water kwam en haalde een paar keer diep adem, in het besef dat deze dag in emotioneel opzicht vermoeiender was geweest dan hij had gedacht. Of misschien was er iets van de droom over zijn vader blijven hangen. Hij leunde achterover in zijn stoel en sloot zijn ogen.

Hij werd gewekt door de telefoon, waarvan hij eerst ten onrechte dacht dat het de wekker was. Hij merkte dat hij nog steeds in zijn stoel in de studeerkamer zat en dat zijn nek pijnlijk stijf was. Volgens zijn horloge had hij bijna twee uur zitten slapen. Hij nam op en schraapte zijn keel.

'Gurney.'

Aan de andere kant van de lijn barstte de officier van justitie los als een paard dat de startbox verlaat.

'Dave, ik heb het net gehoord. Mijn hemel, dit wordt steeds groter. Mogelijk een derde slachtoffer in Massachusetts? Dit zou wel eens de grootste zaak sinds de Son of Sam kunnen zijn, om nog maar te zwijgen over jouw eigen Jason Strunk. Dit is echt waanzinnig! Ik wil het even van jou horen, voordat ik met de media spreek: we hebben nu harde bewijzen dat dezelfde vent die eerste twee heeft koud gemaakt, hè?'

'Alles wijst sterk in die richting, meneer.'

'Hoe sterk?'

'Erg sterk.'

'Kun je iets concreter zijn?'

'We hebben geen vingerafdrukken. We hebben geen DNA. Ik ben er zeker van dat beide gevallen verband met elkaar houden, maar we kunnen nog niet bewijzen dat dezelfde persoon beide slachtoffers heeft gedood.'

'Maar de kans is bijzonder groot?'

'Ja, heel erg groot.'

'Jouw oordeel is voor mij goed genoeg.'

Gurney glimlachte toen hij die doorzichtige poging tot het winnen van vertrouwen hoorde. Hij wist maar al te goed dat Sheridan Kline het soort man was dat alleen maar op zijn eigen oordeel vertrouwde, maar ook dat hij altijd een mogelijkheid open zou laten om een ander de zwartepiet toe te spelen als hij ongelijk bleek te hebben.

'Volgens mij is het tijd om met onze vrienden van Fox News te gaan praten, en dat betekent dat ik vanavond nog met het BCI moet overleggen en een persbericht moet opstellen. Hou me op de hoogte, Dave, zeker van de ontwikkelingen in Massachusetts. Ik wil alles weten.' Kline hing op zonder de moeite te nemen om dag te zeggen.

Dus blijkbaar was hij van plan in het openbaar grootse mededelingen te doen en het mediacircus in gang te zetten, met hemzelf als spreekstalmeester. Voordat een officier in de Bronx of in een andere regio waar de moordenaar zich mogelijk zou laten gelden op het idee kon komen om de aandacht van de pers voor zich op te eisen. Gurney dacht aan de persconferenties die weldra zouden volgen en merkte dat hij vol walging zijn lip optrok.

'Gaat het?'

Hij schrok op van de stem die zo dichtbij klonk en keek op. Madeleine stond in de deuropening van de studeerkamer.

'Jezus, hoe heb jij…'

'Je was zo verdiept in je gesprek dat je me niet binnen hoorde komen.'

'Nee, blijkbaar niet.' Hij knipperde met zijn ogen en keek op zijn horloge. 'Waar ben je geweest?'

'Weet je nog wat ik zei toen ik vertrok?'

'Je wilde niet zeggen waar je heen ging.'

'Ik zei dat ik je dat al twee keer had verteld.'

'O. Nou, ook goed. Ik heb nog het een en ander te doen.'

Op dat moment ging de telefoon, alsof die zijn bondgenoot was.

Het telefoontje kwam uit Sotherton, maar het was niet Richard Kartch. Het was een rechercheur die Gowacki heette.

'We hebben een probleem,' zei hij. 'Hoe snel denkt u dat u hier kunt zijn?'

39

Ik ken je, zes-vijf-acht

Tegen de tijd dat Gurney zijn gesprek met de vlak klinkende Mike Gowacki had beëindigd was het kwart over negen. Hij ontdekte dat Madeleine al in bed lag, met haar kussens in haar rug en *Oorlog en vrede* in haar handen. Ze was er al drie jaar in bezig en wisselde dat boek om onverklaarbare reden af met *Walden* van Thoreau.

'Ik moet naar een plaats delict gaan kijken.'

Ze keek op van haar boek; nieuwsgierig, bezorgd, eenzaam.

Hij merkte dat hij slechts in staat was om op die nieuwsgierigheid te reageren. 'Weer een man. In zijn keel gestoken, voetafdrukken in de sneeuw.'

'Hoe ver?'

'Hoe bedoel je?'

'Hoe ver is het rijden?'

'Drie uur, misschien vier. Het is in Sotherton in Massachusetts.'

'Dus je bent pas morgen weer terug.'

'Rond het ontbijt, hoop ik.'

Ze toonde een glimlach die zo veel zei als 'Hou een ander voor de gek'.

Hij wilde weglopen en bleef toen bij de rand van het bed staan. 'Dit is een vreemde zaak,' zei hij, zijn onzekerheid tonend. 'En het wordt met de dag vreemder.'

Ze knikte, op de een of andere manier gerustgesteld. 'Je denkt niet dat het een gewone seriemoordenaar is?'

'Nee, geen gewone, dat niet.'

'Er is te veel contact met de slachtoffers?'

'Ja, en die slachtoffers zijn ook te verschillend, zowel qua persoonlijkheid als qua woonplaats. De gemiddelde seriemoordenaar rent niet heen en weer van de Catskills naar de East Bronx en vandaar weer naar Massachusetts, op

zoek naar beroemde auteurs, gepensioneerde nachtwakers en lastige kluize-
naars.'

'Ze moeten iets met elkaar gemeen hebben.'

'Ze hebben allemaal problemen met alcohol gehad, en de bewijsstukken
lijken aan te geven dat het de moordenaar daar om te doen is. Maar ze moeten nog iets anders gemeen hebben. Waarom zou hij anders de moeite nemen om slachtoffers te kiezen die ruim tweehonderd kilometer uit elkaar
wonen?'

Ze zwegen allebei. Gurney streek afwezig de plooien uit de quilt die tussen hen in lag. Madeleine keek er een tijdje naar, met haar handen op haar
boek.

'Ik kan maar beter gaan,' zei hij.

'Wees voorzichtig.'

'Ja.' Hij stond langzaam op, bijna alsof hij last van artritis had. 'Tot morgenochtend.'

Ze keek hem aan met een uitdrukking die hij niet kon beschrijven, waarvan hij niet eens kon zeggen of die goed of slecht was, maar die hij erg goed
kende. Het voelde bijna als een lichamelijke aanraking, midden op zijn borst.

Het was ruim na middernacht toen hij de Massachusetts Turnpike verliet en
half twee toen hij door de verlaten hoofdstraat van Sotherton reed. Tien minuten later stuitte hij, op de diep uitgesleten weg die Quarry Road heette, op
een willekeurige verzameling politieauto's waarvan een de zwaailichten aan
had staan. Hij parkeerde ernaast. Toen hij uitstapte, kwam er een geërgerd
uitziende, in uniform gestoken agent vanuit de auto met de zwaailichten
naar hem toe.

'Wacht eens even, waar gaat dat heen?' Hij klonk niet alleen geërgerd,
maar ook vermoeid.

'Gurney is de naam. Ik ben op zoek naar rechercheur Gowacki.'

'Waar gaat het om?'

'Hij verwacht me.'

'Waar gaat het om?'

Gurney vroeg zich af of de agent zo gespannen was vanwege de lange dag
of dat hij van nature zo'n rotkarakter had. Hij kon niet zo goed tegen lieden
die van nature een rotkarakter hadden.

'Om het feit dat hij me heeft gevraagd hierheen te komen. Moet ik me
soms even legitimeren?'

De agent deed zijn zaklantaarn aan en scheen Gurney in het gezicht. 'Wie zei u dat u was?'

'Gurney. Ik ben speciaal aangesteld door de officier van justitie.'

'Jezus, zeg dat dan meteen.'

Gurney glimlachte zonder enig spoor van vriendelijkheid. 'Gaat u Gowacki nog vertellen dat ik er ben?'

Na een laatste vijandelijke stilte draaide de man zich om en liep naar de rand van een lange, hellende oprit van een huis dat er maar half voltooid uitzag in het licht van de draagbare booglampen die de technische recherche had neergezet. Onuitgenodigd liep Gurney achter hem aan.

Vlak bij het huis maakte de oprit een bocht naar links en was de helling deels afgegraven om ruimte te maken voor de ingang van een garage die plaats bood aan twee auto's en waar er momenteel slechts eentje stond. Aanvankelijk dacht Gurney dat de garagedeuren openstonden, maar toen zag hij dat er helemaal geen deuren waren. De centimeter sneeuw waarmee de oprit was bedekt lag deels ook binnen. De agent bleef bij de opening staan, waarvoor afzetlint was gespannen, en riep: 'Mike!'

Er kwam geen antwoord. De agent haalde zijn schouders op, alsof hij vond dat hij zijn best had gedaan en dat hiermee de kous af was. Toen zei een vermoeide stem vanaf het erf achter het huis: 'Ik ben hier.'

Zonder af te wachten liep Gurney langs het lint die kant op.

'Blijf achter dat lint.' De waarschuwende woorden van de agent klonken Gurney als de laatste blaf van een geïrriteerde hond in de oren. Hij sloeg de hoek om en zag dat het erf, dat baadde in het licht van lampen die even fel waren als daglicht, er niet bepaald uitzag zoals hij zich een erf voorstelde. Net als het huis was het buiten een eigenaardige combinatie van onvoltooid en verwaarloosd. Een zwaargebouwde man met dun geworden haar stond bij de achterdeur op een grof uitgevallen stoepje van losse latten. Zijn blik gleed over een lap onbegroeide grond van ongeveer tweehonderd vierkante meter die het huis van een dikke bos gifsumak scheidde.

De grond was oneffen, alsof het terrein na het storten van de fundering nooit meer was geëgaliseerd. Her en der lagen stapels houten profielen die een verweerde grijze kleur hadden gekregen. De gevel van het huis was slechts gedeeltelijk afgewerkt, en het plastic dat over het multiplex was gespannen om het vocht buiten te houden was verbleekt door het zonlicht. Het maakte niet de indruk van werk in uitvoering, maar van werk dat was gestaakt.

Toen de blik van de zware man op Gurney bleef rusten, keek hij hem een paar tellen onderzoekend aan en vroeg toen: 'Bent u die rechercheur uit de Catskills?'

'Ja.'

'Loop een meter of drie verder langs dat lint, kruip er dan onderdoor en kom naar de achterdeur. Zorg ervoor dat u niet in de buurt komt van de voetafdrukken tussen het huis en de oprit.'

Gurney veronderstelde dat deze man Gowacki was, maar omdat hij een hekel had aan veronderstellen, vroeg hij het hem. Het antwoord was een bevestigende grom.

Toen hij zich een weg zocht door de rotzooi die eigenlijk een achtertuin had moeten zijn, kwam hij zo dicht bij de afdrukken dat hij kon zien dat ze erg veel leken op het spoor dat ze bij het instituut hadden gevonden.

'Ziet het er bekend uit?' vroeg Gowacki, die Gurney nieuwsgierig aankeek.

De zware rechercheur had een scherpe blik, stelde Gurney vast. Hij knikte. Nu was het zijn beurt om een soortgelijke blik te werpen.

'Zitten die afdrukken u dwars?'

'Een beetje wel,' zei Gowacki. 'Niet zozeer die afdrukken, maar eerder de plaats van het stoffelijk overschot in relatie tot die afdrukken. Weet u soms iets wat ik nog niet weet?'

'Zou het logischer zijn geweest als de afdrukken ten opzichte van het lichaam andersom waren geweest?'

'Andersom… Wacht even… Ja, verdomme nog aan toe, dat was veel logischer geweest!' Hij keek Gurney aan. 'Waarmee hebben we hier eigenlijk te maken?'

'Om te beginnen met iemand die in de afgelopen week al drie personen heeft gedood; dat wil zeggen, voor zover we weten waren het er drie. Hij plant alles en is een perfectionist. Hij laat erg veel bewijzen achter, maar dat zijn bewijzen waarvan hij wil dat we ze zien. Hij is ongelooflijk intelligent, waarschijnlijk goed opgeleid, en hij haat de politie wellicht nog meer dan zijn slachtoffers. Ligt het lichaam trouwens nog hier?'

Gowacki keek alsof hij Gurneys antwoord in zijn gedachten wilde prenten. Ten slotte zei hij: 'Ja, dat ligt nog hier. Ik wilde dat u het zou zien. Misschien valt u dan iets op, een overeenkomst met die andere twee gevallen. Klaar om een kijkje te gaan nemen?'

De achterdeur van het huis leidde naar een klein, onafgemaakt vertrek dat gezien de plaats van de slordig gemonteerde leidingen waarschijnlijk als wasruimte was bedoeld, maar er stond geen wasmachine en geen droger. Er zat niet eens een gipsplaat voor de isolatie. De verlichting bestond uit een kaal peertje in een goedkope witte fitting die aan een zichtbare plafondbalk was bevestigd.

Het lijk lag op zijn rug in het harde, onuitnodigende licht, half in de onvoltooide wasruimte en half in de keuken, die door een onafgewerkt deurkozijn van het eerste vertrek werd gescheiden.

'Mag ik eens van dichtbij kijken?' vroeg Gurney, die een gezicht trok.

'Daarvoor bent u hier.'

Van dichtbij was te zien dat er een plas geronnen bloed op de vloer lag, afkomstig uit meerdere steekwonden in de hals. Het bloed had zich over de keukenvloer verspreid, tot onder een ontbijttafel die uit de kringloopwinkel leek te komen. Het gezicht van het slachtoffer drukte een en al woede uit, maar de bittere rimpels in het brede, harde gezicht waren tijdens een heel leven gevormd, en niet het resultaat van de fatale aanval.

'Hij ziet er ongelukkig uit,' zei Gurney.

'Het was een ellendig stuk vreten, dat was-ie.'

'U hebt de nodige problemen met meneer Kartch gehad?'

'Alleen maar problemen. En allemaal onnodig.' Gowacki keek naar het lijk alsof het gewelddadige, bloederige einde onvoldoende straf was geweest. 'Elk stadje heeft zijn onruststokers: lieden met een kwade dronk, viezeriken die er een zwijnenstal van maken om de buren dwars te zitten, engerds die hun ex zo lastigvallen dat die een straatverbod moet aanvragen, gasten die hun hond de hele nacht laten blaffen, gekken die de schrik van iedere moeder met kleine kinderen zijn. Hier in Sotherton had al dat tuig zich verenigd in één man: Richie Kartch.'

'Blijkbaar nogal een lastig type.'

'Waardoor ik me wel afvraag of die twee andere slachtoffers ook zo waren.'

'De eerste was compleet het tegenovergestelde. Van de tweede weet ik nog erg weinig, maar ik denk niet dat hij met deze vent te vergelijken was.' Gurney keek nogmaals naar het gezicht dat vanaf de vloer recht naar boven keek, dood even lelijk als het levend moest zijn geweest.

'Ik dacht even dat we misschien te maken hadden met een seriemoordenaar die de wereld wil bevrijden van klootzakken. Maar goed, even terug naar uw opmerking over dat spoor in de sneeuw. Hoe wist u dat het logischer was geweest als dat de andere kant op had geleid?'

'Dat was ook het geval bij de eerste moord.'

Er blonk iets van belangstelling in Gowacki's blik. 'Uit de positie van het lichaam valt te concluderen dat de dader via de achterdeur is binnengekomen. Maar de voetafdrukken lijken te wijzen op iemand die via de voordeur is binnengekomen en via de achterdeur weer naar buiten is gegaan, en dat slaat nergens op.'

'Mag ik even in de keuken kijken?'

'Ja, hoor. De fotograaf, de patholoog en de jongens voor bloed, vingerafdrukken en vezels zijn allemaal al geweest, maar verplaats niets. We zijn nog niet klaar met het onderzoek naar zijn persoonlijke bezittingen.'

'Zei de patholoog nog iets over kruitsporen?'

'Hoezo? Hij is neergestoken.'

'Ik vermoed dat er ergens tussen al die steekwonden een schotwond te vinden is.'

'Ziet u soms iets wat ik heb gemist?'

'Ik geloof dat ik een klein rond gaatje in het plafond in de hoek zie, boven de koelkast. Hebben uw mensen daar al iets over gezegd?'

Gowacki volgde Gurneys blik. 'Wat probeert u me te vertellen?'

'Dat Kartch wellicht eerst is neergeschoten en daarna is gestoken.'

'En dat de voetafdrukken eigenlijk de andere kant opgaan?'

'Ja.'

'Wacht even, u wilt dus beweren dat de moordenaar door de achterdeur naar binnen is gelopen, Richie in zijn keel heeft geschoten en hem daarna, nadat hij in elkaar was gezakt, nog eens een keer of tien in zijn keel heeft gestoken, alsof het een lap vlees was die hij in stukjes wilde snijden?'

'Ja, zo ongeveer is het in Peony gegaan.'

'Maar dat spoor…'

'We vermoeden dat de moordenaar een tweede paar zolen achterstevoren onder zijn schoenen heeft geplakt. Hij wilde de indruk wekken dat hij door de voordeur naar binnen is gegaan en door de achterdeur naar buiten, terwijl het eigenlijk andersom was.'

'God nog aan toe, dat slaat nergens op! Wat voor spelletje is hij aan het spelen?'

'Dat is precies het goede woord.'

'Wat?'

'Spelletje. Het is niet niks, en hij heeft het nu al drie keer geflikt. "Jullie hebben het mis, jullie hebben het heel erg mis. Stelletje lamzakken. Ik geef jullie de ene aanwijzing na de andere, maar jullie kunnen me toch niet pakken. Dat komt omdat jullie van die achterlijke stomme zakken zijn." Dat is de boodschap die hij telkens weer voor ons achterlaat.'

Gowacki keek Gurney langzaam en schattend aan. 'U hebt een duidelijk beeld van die vent.'

Gurney glimlachte en liep om het lichaam heen naar het aanrecht, waar een stapel papieren lag. 'Ik klink nogal fanatiek, bedoelt u?'

'Het is niet aan mij om een oordeel te vellen. We krijgen in Sotherton niet vaak met moord te maken. Misschien dat er eens in de vijf jaar een dode valt, en dat is dan vaak een geval van doodslag. Honkbalknuppels en krikken op de parkeerplaats van een kroeg. Niets wat vooraf is beraamd. En zeker geen spelletjes.'

Gurney gromde meelevend. Hij had meer uit de hand gelopen ruzies gezien dan hem lief was.

'Dat is vooral rotzooi,' zei Gowacki met een knikje naar de stapel post die Gurney behoedzaam doorzocht.

Hij wilde het net met de ander eens zijn toen hij helemaal onder op de onsamenhangende stapel huis-aan-huisbladjes, flyers, tijdschriften over vuurwapens, berichtjes van verzamelaarsclubs en catalogi voor legerartikelen een kleine, lege envelop vond die bij de flap ruw was opengescheurd, geadresseerd aan Richard Kartch. Het handschrift was fraai en netjes. De inkt was rood.

'Hebt u iets gevonden?' vroeg Gowacki.

'U kunt die maar beter in een verzegeld zakje doen,' zei Gurney, die de envelop bij de punt pakte en hem naar een leeg stuk van het aanrecht schoof. 'Onze moordenaar communiceert graag met zijn slachtoffers.'

'Boven ligt nog meer.'

Gurney en Gowacki draaiden zich allebei om naar degene die die laatste woorden had gesproken: een stevige jongeman die in de deuropening aan de andere kant van de keuken was verschenen.

'Ik vond drie enveloppen met een rood opschrift onder een stapel seksblaadjes op het tafeltje naast zijn bed.'

'Dan moest ik maar eens gaan kijken,' zei Gowacki met de aarzeling van iemand die zo dik is dat hij wel twee keer nadenkt voordat hij de trap naar boven neemt. 'Bobby, dit is rechercheur Gurney uit Delaware County, New York.'

'Bob Muffit,' zei de jonge man. Hij stak nerveus zijn hand uit naar Gurney en keek met opzet niet naar het lichaam op de vloer.

De bovenverdieping zag er even onaf en verwaarloosd uit als de rest van het huis. Op de overloop kwamen vier deuren uit. Muffit ging hen voor naar een deur aan de rechterkant. Zelfs gemeten naar de schamele maatstaven die hierbinnen golden, was het een puinhoop. Op de stukken van het tapijt die niet schuilgingen onder vuile kleren of lege bierblikjes meende Gurney opgedroogd braaksel te zien. Het rook er zuur en naar zweet. De rolgordijnen waren naar beneden getrokken. Het licht kwam van het enige werkende peertje in een armatuurtje van drie, dat midden aan het plafond hing.

Gowacki liep naar het tafeltje naast het wanordelijke bed. Naast een stapel pornoblaadjes lagen drie met rode inkt beschreven enveloppen, met ernaast een op naam gestelde cheque. Gowacki raakte niets aan, maar schoof de vier voorwerpen op een tijdschrift dat *Hete Billen* heette en dat hij als een dienblad gebruikte.

'We kijken beneden wel even wat het is,' zei hij.

De drie mannen liepen terug naar de keuken, waar Gowacki de enveloppen en de cheque op de ontbijttafel legde. Hij haalde een pen en een pincet uit de borstzak van zijn overhemd, vouwde de flappen van de open enveloppen om en haalde de inhoud eruit. In de drie enveloppen zaten gedichten die, tot en met het handschrift als van een non, sprekend op de gedichten leken die Mellery had ontvangen.

Gurneys blik viel als eerste op de regels 'Wie ooit nam, die moet ook geven/wanneer hij krijgt wat hij ooit gaf [...] vergeet nooit mijn refrein: Ik ken je, zes-vijf-acht.'

Het voorwerp dat zijn aandacht het langste wist vast te houden was de cheque. Die was op naam van X. Arybdis gesteld en had als afzender R. Kartch. Het moest dezelfde cheque zijn die Gregory Dermott naar Kartch had teruggestuurd zonder hem te innen. Het bedrag was gelijk aan dat op de cheques van Mellery en Schmitt: $ 289,87. In de linkerbovenhoek van de cheque stond 'R. Kartch, Quarry Road 349, Sotherton, Mass. 01055'.

R. Kartch. Iets aan die naam stoorde Gurney.

Misschien was het gewoon dat eigenaardige gevoel dat hij altijd kreeg wanneer hij de naam van een overledene zag. Het was alsof de naam zelf zijn levenskracht had verloren en kleiner was geworden, losgemaakt van dat wat er betekenis aan had gegeven. Het was vreemd, bedacht hij, dat je denkt te hebben geleerd om te gaan met de dood en dat je zelfs kunt denken dat de dood niet veel effect op je heeft, dat het slechts deel uitmaakt van je beroep. Totdat de dood je opeens op een vreemde manier raakt, in de vorm van de verontrustende, geslonken naam van de dode. Je kunt nog zo je best doen om hem te negeren, de dood zal ervoor zorgen dat je hem waarneemt. Hij sijpelt je gevoelens binnen als water door een kelderwand.

Misschien kwam de naam R. Kartch daarom zo vreemd op hem over. Of was er nog een andere reden?

40

Zomaar een gok

Mark Mellery. Albert Schmitt. Richard Kartch. Drie mannen. Drie doelwitten die waren bedreigd en getreiterd, die eerst waren neergeschoten en vervolgens met zo veel kracht meerdere keren waren gestoken dat hun hoofd bijna van hun romp was gescheiden. Wat hadden ze – alleen of samen – in vredesnaam gedaan om zo'n wraakzucht op te roepen?

Was het eigenlijk wel wraak? Of was de wraak waarop de briefjes leken te zinspelen niet meer dan een rookgordijn, zoals Rodriguez ook al had geopperd?

Alles was nog steeds mogelijk.

De zon kwam al bijna op toen Gurney aan de rit terug naar Walnut Crossing begon. Het rook buiten scherp naar sneeuw. Hij had dat niveau van ingespannen bewustzijn bereikt waarop een diepe vermoeidheid strijd leverde met een onrustige waakzaamheid. Gedachten en beelden tuimelden zonder enige logica en in een willekeurige volgorde door zijn hoofd.

Een van die beelden betrof de cheque van de dode, met de naam R. Kartch; ergens achter een onbereikbaar valluik in zijn geheugen lag iets op de loer, iets wat niet helemaal in orde was. Het was net een zwak schijnende ster die hij niet meteen kon vinden en die in zijn ooghoeken zichtbaar werd op het moment dat hij ophield met zoeken.

Hij probeerde zich op de andere aspecten van de zaak te concentreren, maar zijn geest weigerde zich op een logische manier te gedragen. In plaats daarvan zag hij de half geronnen plas bloed op de keukenvloer van Kartch, die zich uitstrekte tot de schaduw van de krakkemikkige tafel. Hij staarde ingespannen naar de weg voor hem en probeerde het beeld uit zijn hoofd te bannen, maar het enige wat hij bereikte, was dat het plaatsmaakte voor een bloedvlek die ongeveer even groot was als die op Mark Mellery's terras. En dat beeld maakte weer plaats voor dat van Mellery in een Adirondack-stoel, voorover leunend, vragend om bescherming, verlossing.

Voorover leunend, vragend om…

Gurney voelde de druk van opwellende tranen.

Hij stopte op een parkeerplaats. Er stond slechts één andere auto, en die leek eerder in de steek gelaten dan geparkeerd. Zijn gezicht voelde warm aan, zijn handen waren koud. Hij vond het eng dat hij niet helder kon denken, het gaf hem een hulpeloos gevoel.

Vermoeidheid was als een lens waardoor hij geneigd was zijn leven als mislukt te beschouwen, een besef dat nog pijnlijker werd wanneer hij dacht aan al het succes dat hij in zijn werk had geoogst. Hij wist dat dit gevoel het werk van zijn vermoeide geest was, maar dat maakte het niet minder overtuigend. Per slot van rekening kon hij een hele waslijst aan fouten opsommen. Als rechercheur was hij ten opzichte van Mark Mellery tekortgeschoten. Als echtgenoot was hij eerst ten opzichte van Karen en vervolgens van Madeleine tekortgeschoten. Als vader was hij ten opzichte van Danny tekortgeschoten, en nu gebeurde het opnieuw met Kyle.

Zijn geest had zijn grenzen, en nadat hij nogmaals een kwartier lang dit pijnlijke malen had verdragen, hield het op en viel hij in een diepe, verkwikkende slaap.

Hij wist niet hoe lang hij had geslapen, vrijwel zeker minder dan een uur, maar toen hij wakker werd, had de emotionele onrust plaatsgemaakt voor een ongekende helderheid. En voor een bijzonder stijve nek, maar dat leek een bescheiden prijs.

Er dook een nieuw beeld in zijn gedachten op, misschien omdat daar nu plaats voor was: het raadsel van de postbus in Wycherly. De twee oorspronkelijke hypotheses hadden hem nooit helemaal kunnen bevredigen. Het leek hem onwaarschijnlijk dat de slachtoffers per ongeluk was gevraagd hun cheques naar het verkeerde postbusnummer te sturen, daarvoor was de moordenaar te veel een perfectionist. Ook geloofde hij niet dat het misschien wel het juiste nummer was, maar dat Dermott per abuis de cheques had gevonden en keurig had teruggestuurd voordat de moordenaar ze in handen had gekregen.

Nu zag Gurney echter een derde verklaring. Stel dat het wel de juiste postbus was en dat er niets was misgegaan. Stel dat de moordenaar de cheques niet had willen innen, maar ze om een andere reden had willen hebben. Stel dat de moordenaar zich wel toegang tot de postbus had verschaft, de enveloppen had geopend, de cheques had bekeken of zelfs gekopieerd en daarna de enveloppen weer had dichtgeplakt en teruggelegd in de postbus, nog voordat Dermott ze had gevonden.

Als dit nieuwe scenario dichter in de buurt van de waarheid kwam – als de moordenaar de postbus van Dermott in het geheim gebruikte – dan rezen er allerlei nieuwe en fascinerende mogelijkheden. Misschien zou Gurney hierdoor rechtstreeks met de moordenaar kunnen communiceren. Hoewel dit een bijzonder gewaagde veronderstelling was, en hij zo-even nog ondergedompeld was geweest in verwarring en somberheid, wond deze gedachte hem zo op dat hij pas een paar minuten later besefte dat hij van de parkeerplaats was weggereden en met een snelheid van honderddertig kilometer per uur naar huis raasde.

Madeleine was niet thuis. Hij legde zijn portefeuille en sleutels op de ontbijttafel en pakte het briefje dat daar lag. Het was geschreven in Madeleines snelle, keurige handschrift en klonk zoals gewoonlijk op een uitdagende manier beknopt: 'Naar yogales van negen uur. Terug voor storm. 5 berichten. Was de vis een schol?'

Welke storm?

Welke vis?

Hij wilde naar de studeerkamer lopen en de vijf berichten op het antwoordapparaat beluisteren waarop ze waarschijnlijk zinspeelde, maar er was iets anders wat hij eerst wilde doen, iets wat veel dringender was. Het idee dat hij de moordenaar zou kunnen schrijven – dat hij hem via de postbus van Dermott een brief zou kunnen sturen – had het onweerstaanbare verlangen opgewekt om dat te doen.

Hij zag in dat het een scenario vol onzekerheden was, met de ene vooronderstelling na de andere, maar het was zo verleidelijk. Het was zo opwindend, het idee dat hij iets zou kunnen dóén, het idee dat hij zich niet alleen maar gefrustreerd hoefde te voelen door het gebrek aan voortgang en door het onaangename gevoel dat eventuele voortgang precies in het plan van de moordenaar paste. Het was impulsief, het was onredelijk, maar het idee om een granaat over de muur te gooien waarachter de vijand zich wellicht schuilhield, was onweerstaanbaar. Het enige wat hij hoefde te doen, was een granaat in elkaar zetten.

Hij zou die berichtjes moeten beluisteren. Misschien was er iets dringends, iets belangrijks. Hij liep naar de studeerkamer. Maar er kwam een zin in hem op; eentje die hij niet wilde vergeten, een rijmend couplet, het perfecte begin van een verklaring aan de moordenaar. Opgewonden pakte hij de pen en het schrijfblok dat Madeleine op de tafel had laten liggen en begon aan zijn epistel. Een kwartier later legde hij zijn pen neer en las de acht regels die hij in een uitbundig, sierlijk schrift had opgeschreven.

Ik zie nu het spoor dat je hebt uitgezet:
een schot dat niet klonk, de teruggaande tred.
Het spel is nu weldra voorbij, en voorgoed;
door de vriend van een man sterft het addergebroed.
Hoed je voor sneeuw, voor nacht, dag en zon,
er komt snel een eind aan wat je zelf begon.
Nadat ik wenend van rouw aan zijn graf heb gestaan
Laat ik zijn moordenaar hellewaarts gaan.

Tevreden veegde hij zijn vingerafdrukken van het papier. Die handeling voelde vreemd aan – onbetrouwbaar, ontwijkend – maar hij onderdrukte dat gevoel, pakte een envelop en adresseerde die aan X. Arybdis en het postbusnummer van Dermott in Wycherly, Connecticut.

41

Terug naar de werkelijkheid

Gurney was net op tijd bij zijn brievenbus om de envelop mee te kunnen geven aan Rhonda, die twee dagen per week inviel voor Baxter, hun vaste postbode. Nadat hij via de weide was teruggelopen naar het huis voelde hij al dat de opwinding langzaam plaatsmaakte voor het gevoel van berouw dat hem altijd plaagde als hij bij hoge uitzondering iets impulsiefs deed.

Hij dacht aan de vijf berichtjes.

Het eerste was van de galerie in Ithaca.

'David, met Sonya. We moeten nodig over je project praten. Niets slechts, allemaal goed, maar we moeten heel snel praten. Ik ben vanavond tot zes uur in de galerie, of je kunt me later thuis bellen.'

Het tweede was van Randy Clamm, die opgewonden klonk.

'Ik heb geprobeerd u mobiel te bellen, maar u had zeker geen bereik. We hebben in het huis van Schmitt een aantal brieven gevonden die u eens moet bekijken, misschien komen ze u bekend voor. Blijkbaar ontving Al per post bizarre versjes waarvan hij niet wilde dat zijn vrouw ze zou zien. Ze lagen onder in zijn gereedschapskist verstopt. Kunt u me een nummer geven waar ik ze heen kan faxen? Alvast bedankt.'

Het derde bericht kwam van Jack Hardwick bij het BCI, wiens vooringenomen houding hoogtij vierde.

'Hé, Sherlock, ik heb gehoord dat die kerel waarschijnlijk nog meer op zijn kerfstok heeft. Je had het zeker te druk om je oude kameraad even in te lichten. Heel even dacht ik dat meneer Sherlock Gurney zich misschien te goed voelde om die simpele Jack Hardwick te bellen, maar zo ben je niet, hè? Wat dom van me. Maar goed, om duidelijk te maken dat ik je niets kwalijk neem, laat ik je even weten dat er voor morgen een vergadering gepland staat: overleg over de voortgang van het BCI in de zaak-Mellery, met inbegrip van een gesprek over de mogelijke gevolgen van recente gebeurtenissen in de Bronx en Sotherton voor ons onderzoek. Hoofdinspecteur Rod zal de hele godverdomde klerezooi leiden. Officier Kline is uitgenodigd, en ongetwijfeld zal hij jou uitnodigen. Dus dan weet je dat alvast. Daar heb je toch vrienden voor, hè?'

Het vierde berichtje was inderdaad het aangekondigde telefoontje van Kline. Het klonk niet echt als een uitnodiging. De energie in zijn stem was veranderd in gespannen ergernis.

'Gurney, wat is er in godsnaam mis met je mobieltje? We hebben geprobeerd je rechtstreeks te bellen en via de politie in Sotherton. Ze zeiden dat je daar al tweeënhalf uur geleden bent vertrokken. Ze zeiden ook dat er nu sprake is van een derde moord door dezelfde persoon. Dat lijkt me vrij belangrijk, jou niet? Had je me daar niet over moeten bellen? Ik wil je zo snel mogelijk spreken. Er moeten knopen worden doorgehakt, en daar hebben we alle beschikbare informatie bij nodig. We vergaderen morgen om twaalf uur met het BCI. Dat heeft prioriteit. Bel me zodra je dit hoort!'

Het laatste bericht was ingesproken door Mike Gowacki.

'Ik wilde u even laten weten dat we een kogel uit dat gaatje in de keukenmuur hebben gehaald. Een .38, zoals u al zei. En na uw vertrek hebben we nog iets ontdekt. Toen we in de brievenbus keken om te zien of er nog meer briefjes in rode inkt lagen, vonden we een dode vis. In de brievenbus. U hebt niet gezegd dat een dode vis deel uitmaakt van zijn werkwijze. Laat het me even weten als dit iets betekent. Ik ben geen psycholoog, maar ik durf wel te stellen dat onze dader volslagen geschift is. Dat is het voor nu. Ik ga thuis even pitten.'

Een vis?

Hij liep terug naar de keuken, naar de tafel, om nogmaals het briefje van Madeleine te lezen.

'Naar yogales van negen uur. Terug voor storm. 5 berichten. Was de vis een schol?'

Waarom zou ze dat vragen? Hij keek op de oude Regulator-klok die boven het dressoir hing. Half tien. Het leek eerder zonsopgang, zo kil en grauw was het licht dat door de tuindeuren naar binnen viel. Het zag ernaar uit dat er elk moment neerslag kon vallen, waarschijnlijk sneeuw, hopelijk geen ijzel. Ze zou om half elf weer thuis zijn, of misschien al om tien uur, als ze zich zorgen maakte over de toestand op de weg. Dan kon hij haar naar die schol vragen. Madeleine maakte zich nooit snel zorgen, maar ze hield niet van gladde wegen.

Hij wilde net naar de studeerkamer lopen om iedereen terug te bellen toen hem iets inviel. De eerste moord was gepleegd in het stadje Peony, dat genoemd was naar de pioenroos, en de moordenaar had een pioenroos naast de eerste dode achtergelaten. De tweede moord was gepleegd in een buurtje in de Bronx dat Flounder Beach heette, een naam die verwees naar de schol die daar voorkwam. Madeleine had het, zoals hij van haar had kunnen verwachten, waarschijnlijk bij het rechte eind met haar opmerking over de schol.

Hij belde eerst naar Sotherton. De agent aan de balie verbond hem door met de voicemail van Gowacki. Hij sprak twee verzoeken in: hij wilde weten of de vis een schol was en hij wilde de foto's van het ballistisch onderzoek zien, ter bevestiging van zijn vermoeden dat de kogels in de keukenmuur van Kartch uit hetzelfde wapen afkomstig waren als die in het huis van Mellery. Hij twijfelde er niet aan, maar hij moest het zeker weten.

Toen belde hij Kline.

Kline was die ochtend op de rechtbank. Ellen Rackoff herhaalde de kritiek van de officier en gaf Gurney een standje omdat ze hem niet hadden kunnen bereiken en hij het team niet op de hoogte had gehouden. Ze zei dat hij het niet moest wagen om de vergadering om twaalf uur de volgende dag te missen. Maar zelfs die preek wist ze dankzij haar stem van een erotische ondertoon te voorzien. Gurney vroeg zich af of het slaapgebrek hem parten begon te spelen.

Hij belde Randy Clamm, bedankte hem voor het bijpraten en gaf hem een nummer van het kantoor van de officier waarheen hij de briefjes kon faxen die bij Schmitt waren aangetroffen, plus een nummer bij het BCI, zodat Rodriguez ze ook zou ontvangen. Toen vertelde hij hem over Richard Kartch, het verband met de vis, en het feit dat alcohol bij alle drie de zaken een rol leek te spelen.

Het telefoontje naar Sonya kon wachten. Hij had evenmin haast om Hardwick te bellen. Zijn gedachten bleven maar terugkomen op de vergadering van het BCI die voor de volgende dag gepland stond. Hij stond niet te springen, integendeel. Hij had een hekel aan vergaderen. Zijn hersens werkten in hun eentje het beste. Wanneer hij in een groep moest denken, wilde hij het liefste weglopen. En door zijn haastig geworpen poëtische granaat had hij een ongemakkelijk gevoel bij met name deze vergadering. Hij hield niet graag dingen geheim.

Hij liet zich in de zachte leren fauteuil in de hoek van de studeerkamer zakken en probeerde de belangrijkste feiten van de drie zaken op een rijtje te zetten en een hypothese te vormen die hij kon toetsen. Maar hij had zijn hersens zo veel slaap ontzegd dat ze niet wilden meewerken. Hij sloot zijn ogen en voelde dat elke poging tot rechtlijnig denken gedoemd was te mislukken. Hij wist niet zeker hoe lang hij daar had gezeten, maar toen hij zijn ogen weer opende, vielen er dikke sneeuwvlokken die bezig was het landschap wit te kleuren. In de eigenaardige stilte hoorde hij verder op de weg een auto naderen. Hij kwam overeind en liep naar de keuken, waar hij nog net op tijd bij het raam aankwam om te zien dat Madeleines auto aan het einde van de openbare weg achter de schuur verdween. Ze wilde waarschijnlijk kijken of er post was. Een minuut later ging de telefoon. Hij nam het toestel op dat op het aanrecht stond.

'O mooi, je bent thuis. Weet je of de postbode al is geweest?'

'Madeleine?'

'Ik sta bij de brievenbus. Ik moet iets op de post doen, maar als hij al is geweest, kan ik het beter even in het dorp posten.'

'Rhonda is al eerder vandaag langsgekomen.'

'Verdorie. Nou ja, het geeft niet, dan komt het later wel.'

Haar auto kwam langzaam van achter de schuur tevoorschijn en reed over de weg langs de wei naar het huis.

Ze kwam door de zijdeur de keuken binnen, met op haar gezicht een gespannen uitdrukking die het gevolg was van een moeizame rit door de sneeuw. Toen zag ze de geheel andere uitdrukking op zijn gezicht.

'Wat is er?'

Hij was zo verdiept in een gedachte die tijdens haar telefoontje vanaf de brievenbus bij hem was opgekomen dat hij pas antwoord gaf toen ze haar jas en schoenen had uitgetrokken.

'Ik geloof dat ik net iets heb uitgevogeld.'

'Mooi!' Ze wachtte glimlachend op de details en schudde de sneeuw uit haar haar.

'Het raadsel van die getallen, het tweede. Ik weet hoe hij het heeft gedaan, of hoe hij het had kunnen doen.'

'Wat was het tweede ook alweer?'

'Die vraag naar het getal negentien, uit het gesprek dat Mellery heeft opgenomen. Ik zal je de brief laten zien.'

'Dat weet ik nog.'

'De moordenaar vroeg of Mellery aan een getal wilde denken en het hem dan wilde toefluisteren.'

'Waarom moest hij het fluisteren? O, en die klok loopt trouwens niet gelijk,' zei ze, met een blik op de Regulator.

Hij staarde haar aan.

'Sorry,' zei ze op luchtige toon. 'Ga verder.'

'Ik denk dat hij vroeg of Mellery het wilde fluisteren omdat dat het verzoek iets ongewoons gaf, iets wat hem meer van de waarheid afleidde dan alleen maar "Noem eens een getal".'

'Ik snap het niet.'

'De moordenaar had geen idee aan welk getal Mellery dacht. Daar kon hij alleen maar achter komen door het aan hem te vragen. Hij wilde de vraag gewoon door wat meer geheimzinnigheid omgeven.'

'Maar het getal stond toch in de brief die de moordenaar al in Mellery's brievenbus had gegooid?'

'Ja en nee. Ja, het getal stond in de brief die Mellery een paar minuten later in zijn brievenbus aantrof, maar nee, die lag niet ál in de bus. Sterker nog, de brief was nog niet eens geprint.'

'Ik snap er niets meer van.'

'Stel dat de moordenaar een van die miniprinters aan zijn laptop had gehangen en dat hij dat hele briefje aan Mellery al had geschreven, op het getal na. En stel dat de moordenaar in zijn auto zat, naast Mellery's brievenbus, op dat donkere landweggetje dat langs het instituut voert. Hij belt Mellery met zijn mobieltje – net zoals jij mij zo-even vanaf de brievenbus belde – haalt hem over om een getal te bedenken en dat te "fluisteren", en zodra Mellery dat doet, tikt de moordenaar het in en klikt op "afdrukken". Een halve minuut later schuift hij het briefje in de envelop, gooit die in de brievenbus en rijdt weg – waardoor hij de indruk wekt dat hij gedachten kan lezen.'

'Heel erg slim,' zei Madeleine.

'Wie, hij of ik?'

'Jullie allebei natuurlijk.'

'Ik vind het logisch. En het is logisch dat hij de geluiden van verkeer heeft opgenomen, zodat hij de indruk wekte dat hij ergens anders stond dan op een verlaten plattelandsweggetje.'

'Geluiden van verkeer?'

'Ja, vooraf opgenomen. Een slimmerik op het lab van het BCI heeft de opname die Mellery van het telefoontje heeft gemaakt geanalyseerd en ontdekt dat er sprake is van twee verschillende bronnen van geluid, naast de stem van de moordenaar: het geluid van de motor van de auto en het geluid van verkeer op de achtergrond. Het motorgeluid komt uit een primaire bron, dat wil zeggen dat het tegelijkertijd met de stem klonk, maar het verkeersgeluid kwam uit een secundaire, en dat betekent dat de moordenaar tijdens het gesprek een opname met verkeersgeluiden moet hebben afgespeeld. Eerst leek dat helemaal nergens op te slaan.'

'Nu dus wel,' zei Madeleine. 'Nu jij het hebt uitgevogeld. Wat goed.'

Hij keek haar aandachtig aan, zoekend naar het sarcasme dat haar opmerkingen over zijn betrokkenheid bij deze zaak zo vaak kleurde, maar dat was afwezig. Ze keek hem met oprechte bewondering aan.

'Ik meen het,' zei ze, alsof ze zijn twijfel aanvoelde. 'Ik ben onder de indruk.'

Opeens kwam, pijnlijk scherp, een herinnering bij hem op: ze had in de eerste jaren van hun huwelijk zo vaak op die manier naar hem gekeken, en het was zo heerlijk geweest om de liefhebbende goedkeuring van zo'n intelligente vrouw op zo veel verschillende manieren te ontvangen, als bevestiging van de sterke, waardevolle band die er tussen hen was. En opeens was dat gevoel er weer, of in elk geval een verrukkelijke zweem ervan, stralend in haar ogen. En toen wendde ze zich af naar het raam en doofde de glans op haar gezicht in het grauwe licht. Ze schraapte haar keel.

'Hebben we trouwens ooit een nieuwe sneeuwhark voor op het dak gehaald? Ze voorspellen voor twaalf uur vanavond minstens vijfentwintig tot dertig centimeter sneeuw, en ik heb geen zin in weer een lekkage in de kast boven.'

'Vijfentwintig tot dertig centimeter?'

Hij meende zich te kunnen herinneren dat er nog een oude hark in de schuur stond die hij wellicht met wat ducttape zou kunnen repareren...

Ze slaakte een zuchtje en liep naar de trap. 'Ik haal de kast alvast leeg.'

Hij kon geen zinnig antwoord bedenken, maar de telefoon die op het aanrecht stond, begon te rinkelen en weerhield hem ervan iets stoms te zeggen. Nadat het toestel drie keer was overgegaan, nam hij op. 'Gurney.'

'Meneer Gurney, met Gregory Dermott.' De stem was beleefd maar uiterst gespannen.

'Ja, meneer Dermott?'

'Er is iets gebeurd, en ik wilde even zeker weten dat ik de juiste autoriteiten op de hoogte stel.'

'Wat is er gebeurd?'

'Ik heb een merkwaardig bericht ontvangen en vermoed dat het wellicht verband houdt met de brieven die de slachtoffers volgens u hebben ontvangen. Mag ik het aan u voorlezen?'

'Als u me eerst vertelt hoe u het hebt ontvangen.'

'Dat is nog verontrustender dan de inhoud. God, ik krijg er kippenvel van! Het zat aan de buitenkant van mijn raam geplakt, mijn keukenraam, naast het tafeltje waar ik elke ochtend ontbijt. Begrijpt u wat dat betekent?'

'Wat dan?'

'Dat hij hier is geweest en mijn huis heeft aangeraakt, op nog geen vijftien meter afstand van waar ik lag te slapen. En hij wist op welk raam hij het moest plakken! Dat maakt het zo griezelig.'

'Hoe bedoelt u, op welk raam hij het moest plakken?'

'Het raam waar ik elke morgen zit. Dat is geen toeval. Hij weet bij welk raam ik elke ochtend ontbijt, dus hij moet me in de gaten hebben gehouden.'

'Hebt u de politie al gebeld?'

'Dat bent u toch?'

'De plaatselijke politie, bedoel ik.'

'Dat begrijp ik. Ja, die heb ik gebeld, maar ze nemen het niet serieus. Ik had gehoopt dat u ze misschien kunt vertellen dat dit een ernstige zaak is. Wilt u ze bellen?'

'Vertel me eerst eens wat er op dat briefje staat.'

'Wacht even, hier heb ik het. Het zijn maar twee regels, in rode inkt. "Komt allen hier, verzamel u. Alle dwazen sterven nu".'

'U hebt dit aan de politie voorgelezen?'

'Ja. Ik heb uitgelegd dat er wellicht een verband is met twee moorden, en ze zeiden dat ze morgenochtend iemand hierheen zullen sturen. Daardoor kreeg ik de indruk dat ze het niet als urgent beschouwen.'

Gurney vroeg zich af of hij Dermott moest vertellen dat er inmiddels drie moorden waren gepleegd, maar meende dat de voordelen niet opwogen tegen de nadelen. Hij wilde niet nog meer paniek zaaien, Dermott klonk nu al angstig genoeg.

'Wat zegt die boodschap u?'

'Hoe bedoelt u?' Dermott was in paniek. 'Gewoon, wat er staat. Er staat dat er iemand zal sterven. Nú, staat er. En het briefje is bij míj achtergelaten. God nog aan toe, dat betekent het! Wat mankeert jullie toch? Hoeveel doden moeten er vallen voordat ik jullie aandacht kan trekken?'

'Rustig maar, meneer. Weet u nog hoe de politieman heet met wie u hebt gesproken?'

42

Ondersteboven

Na een moeizaam gesprek met ene John Nardo, inspecteur van politie te Wycherly, had Gurney, zij het met tegenzin, de verzekering gekregen dat er nog diezelfde middag een agent naar Gregory Dermott zou worden gestuurd die hem tijdelijk kon beschermen, of in elk geval totdat de hoofdcommissaris over de kwestie een besluit had genomen.

Ondertussen was de sneeuwbui veranderd in een kolkende blizzard. Gurney was al bijna dertig uur op en wist dat hij slaap nodig had, maar hij besloot zichzelf nog wat meer op de proef te stellen en zette een pot koffie. Hij riep naar boven om te vragen of Madeleine ook koffie wilde, maar kon geen wijs worden uit haar eenlettergrepige antwoord, al wist hij dat dat wel van hem werd verwacht. Hij vroeg het nogmaals. Dit keer klonk haar 'Nee!' luid en duidelijk, volgens hem luider en duidelijker dan nodig was.

De sneeuw had niet het gebruikelijke kalmerende effect op hem. De ontwikkelingen in de zaak volgden elkaar te snel op en hij begon steeds meer te twijfelen aan zijn besluit om een poëtisch epistel naar de postbus in Wycherly te sturen. Hij had tot op zekere hoogte de vrije hand in het onderzoek gekregen, maar die toestemming behelsde waarschijnlijk geen 'creatieve' tegenzetten. Terwijl hij stond te wachten totdat de koffie klaar was, drongen beelden van de plaats delict in Sotherton – met inbegrip van de schol, die hij zo levendig voor zich zag alsof hij hem met eigen ogen had gezien – zich aan hem op en streden in zijn gedachten om voorrang met het briefje aan Dermott. *Komt allen hier, verzamel u/Alle dwazen sterven nu.*

In een poging te ontsnappen aan het emotionele moeras waarin hij weg dreigde te zakken bedacht hij dat hij twee dingen kon doen: de gebroken sneeuwhark repareren of nogmaals het raadsel rond het getal negentien onder de loep nemen, in de hoop dat dat hem op nieuwe ideeën zou brengen. Hij koos voor het laatste.

Stel dat de moordenaar Mellery inderdaad zo om de tuin had geleid als Gurney vermoedde, welke conclusies kon hij dan trekken? Dat de moordenaar slim, vindingrijk, koelbloedig en op een speelse manier sadistisch was? Dat hij een controlefreak was die niets liever wilde dan zijn slachtoffers een hulpeloos gevoel geven? Dat klopte allemaal, maar dat was geen nieuws. Wat minder duidelijk was, was waarom de moordenaar voor deze methoden had gekozen. Het begon Gurney te dagen dat het trucje met het cijfer negentien niet meer was dan dat: een trucje. En door middel van dat trucje wilde de dader de indruk wekken dat hij het slachtoffer goed genoeg kende om te weten wat die dacht – zonder dat hij verder iets over hem hoefde te weten.

Jezus!

Hoe luidde ook alweer die regel uit het tweede gedicht dat aan Mellery was gestuurd?

Gurney rende bijna van de keuken naar de studeerkamer, greep zijn dossiermap en bladerde door de inhoud. Daar was het! Voor de tweede keer die dag voelde hij die opwinding die hoorde bij het ontdekken van de waarheid.

Ik weet waar je bent en ook zult zijn.

Wat had Madeleine laatst in bed gezegd? Was dat afgelopen nacht geweest, of de nacht ervoor? Iets over dat die briefjes zo ontzettend algemeen waren, dat elke verwijzing naar concrete feiten als plaatsen of andere tastbare, echte zaken ontbraken.

Gurney stelde opgewonden vast dat de grote stukken van de puzzel langzaam op hun plaats begonnen te schuiven. En het grote stuk in het midden had hij al die tijd ondersteboven gehouden. Nu bleek dat de moordenaar zijn slachtoffers en hun verleden helemaal niet zo goed kende en alleen maar deed alsof. Weer bekeek Gurney de afschriften van de briefjes en de telefoongesprekken die Mellery en de anderen hadden ontvangen, en nergens vond hij ook maar iets wat erop wees dat de moordenaar meer over hen wist dat hun namen en adressen. Hij leek wel te weten dat ze op een bepaald moment allemaal overmatig hadden gedronken, maar zelfs wat dat betreft waren er geen details: geen incidenten, geen personen, geen plaatsen, geen tijden. Het paste allemaal binnen het plaatje van een moordenaar die de indruk wilde wekken dat hij zijn slachtoffers door en door kende, terwijl hij in werkelijkheid nagenoeg niets van hen wist.

Dat riep een nieuwe vraag op. Waarom zou de moordenaar vreemden doden? Als hij dat deed omdat hij ziekelijke haat voelde jegens iedereen met een drankprobleem, waarom gooide hij dan niet een bom bij een AA-bijeenkomst naar binnen, zoals Randy Clamm tegen Gurney had geopperd?

Weer draaiden zijn gedachten rond in kringetjes en werden zijn lichaam en geest overvallen door vermoeidheid. En met vermoeidheid kwam de twijfel aan zichzelf. De opwinding die hij had gevoeld toen hij besefte wat het trucje met het getal was en wat dat over de relatie tussen de moordenaar en zijn slachtoffers zei, maakte al snel plaats voor de vertrouwde zelfkritiek: dat had hij eerder moeten inzien. En daarna volgde de angst dat wellicht ook dit een doodlopend spoor zou blijken te zijn.

'Wat is er nu weer mis?'

Madeleine stond in de deuropening van de studeerkamer, met een uitpuilende zwarte vuilniszak in haar hand. Haar haar was bij het opruimen van de kast door de war geraakt.

'Niets.'

Ze wierp hem een blik toe die duidelijk maakte dat ze hem niet geloofde en zette de zak naast de deur. 'Deze spullen stonden aan jouw kant van de kast.'

Hij staarde naar de zak.

Ze liep weer terug naar boven.

De wind maakte een ijl, fluitend geluid bij een raam dat een nieuwe tochtstrip nodig had. Verdorie, dat had hij willen repareren. Elke keer wanneer de wind vanuit die hoek tegen het huis blies...

De telefoon ging.

Het was Gowacki uit Sotherton.

'Ja, het is inderdaad een schol,' zei hij, zonder de moeite te nemen om hallo te zeggen. 'Hoe kon u dat in godsnaam weten?'

Door die bevestiging was Gurneys van slaap verstoken geest meteen weer alert en kreeg hij voldoende energie om die irritante Jack Hardwick te bellen vanwege iets wat hem al de hele tijd dwarszat. Het ging om de eerste regel van het derde gedicht, dat hij tijdens het intoetsen van Hardwicks nummer uit zijn map haalde.

Ik herhaal mijn daden van weleer,
Mijn voornemen, 't is niet verhuld:
Ik zeg het telkens, keer op keer

Het gaat om boete na de schuld.
Rood is de kleur van bloed,
als een roos van karmozijn.
Wie slecht doet, slecht ontmoet,
en wie kwaad zaait, oogst venijn.

Zoals gewoonlijk moest hij eerst een minuut lang gemopper aanhoren voordat hij ter zake kon komen en de rechercheur van het BCI op de hoogte kon stellen van zijn vermoedens. Het antwoord was kenmerkend voor Hardwick.

'Je neemt aan dat dat "daden van weleer" erop wijst dat de dader er al eerder een paar heeft koud gemaakt voordat hij jouw makker doodde?'

'Dat ligt voor de hand,' zei Gurney, 'aangezien de drie slachtoffers die ons bekend zijn nog leefden toen dat werd geschreven.'

'Dus wat wil je nu dat ik doe?'

'Misschien is het een goed idee om eens na te vragen of deze MO ook elders is gebruikt.'

'En hoe gedetailleerd moet die *modus operandi* volgens jou worden beschreven?' Door Hardwicks plagende toon klonk het Latijn als een grap. Gurney ergerde zich zoals altijd aan Hardwicks vooringenomen neiging om vreemde talen als iets lachwekkends te beschouwen.

'Dat moet jij weten. Volgens mij zijn die wonden aan de keel doorslaggevend.'

'Mmm. En waar moeten we gaan informeren? Pennsylvania, New York, Connecticut, Rhode Island, Massachusetts, misschien New Hampshire en Vermont?'

'Dat weet ik niet, Jack. Dat moet jij maar bepalen.'

'Periode?'

'De afgelopen vijf jaar? Wat je het beste lijkt.'

'De afgelopen vijf jaar lijkt me prima.' Hij klonk alsof hij dat helemaal niet vond. 'Ben je helemaal klaar voor het samenzijn met hoofdinspecteur R.?'

'Morgen? Ja, ik zal er zijn.'

Er viel even een stilte. 'Dus jij denkt dat die gestoorde klerelijer hier al een tijdje mee bezig is?'

'Het is niet onmogelijk, hè?'

Weer een stilte. 'Heb je verder nog iets ontdekt?'

Gurney gaf Hardwick een samenvatting van de feiten, zijn nieuwe interpretatie van die feiten, en sloot af met een suggestie. 'Ik weet dat Mellery vijftien jaar geleden in een ontwenningskliniek heeft gezeten. Misschien moet je eens kijken of hij een strafblad had of boetes heeft gekregen; iets wat verband houdt met alcohol. Idem dito voor Albert Schmitt en Richard Kartch. De rechercheurs van die beide zaken zijn bezig een biografisch profiel van de slachtoffers op te stellen en stuiten misschien nog op iets wat relevant is. En als je toch bezig bent, kan het wellicht geen kwaad om Gregory Dermott eens na te trekken. Hij heeft hier op de een of andere manier mee te maken. De moordenaar heeft om een bepaalde reden voor die postbus in Wycherly gekozen, en nu wordt Dermott zelf ook bedreigd.'

'Wát?'

Gurney vertelde Hardwick over het briefje met 'Komt allen hier, verzamel u. Alle dwazen sterven nu', dat op het keukenraam van Dermott was geplakt en over zijn gesprek met inspecteur Nardo.

'Wat denk je dat we zullen vinden als we in het verleden gaan graven?'

'Dingen die drie feiten kunnen verklaren: de moordenaar koos voor slachtoffers met een drankverleden, er is geen enkel bewijs dat hij ze persoonlijk kende, en ze woonden vrij ver van elkaar. Dat lijkt erop te wijzen dat een buitensporige alcoholconsumptie niet het enige is geweest wat bij zijn keuze een rol heeft gespeeld. Er moet nog iets anders zijn wat hen met elkaar verbindt, en met de moordenaar, en met Dermott. Ik heb geen idee wat, maar ik weet wel dat ik het zal herkennen als ik het zie.'

'Is dat zo?'

'Tot morgen, Jack.'

43

Madeleine

Opeens was het morgen. Na zijn gesprek met Hardwick had Gurney zijn schoenen uitgetrokken en was op de bank in de studeerkamer gaan liggen. Hij sliep diep, zonder onderbreking, en bleef de rest van de middag en de hele avond en nacht slapen. Toen hij zijn ogen weer opende, was het ochtend.

Hij kwam overeind, rekte zich uit en keek uit het raam. De zon kroop net over de bruine heuvelrug aan de oostkant van het dal, waardoor hij het tijdstip op een uur of zeven schatte. Hij hoefde pas om half elf naar de vergadering bij het BCI te vertrekken. De hemel was stralend blauw en de sneeuw schitterde alsof er glas doorheen was gemalen. De schoonheid en vredige rust van het tafereel vermengde zich met de geur van verse koffie, waardoor het leven opeens eenvoudig en heel erg goed leek. Het lange slapen had hem verkwikt. Hij wist dat hij nu de telefoontjes aan Sonya en Kyle kon plegen die hij voor zich uit had geschoven en werd slechts tegengehouden door het besef dat ze waarschijnlijk allebei nog sliepen. Een paar seconden lang dacht hij aan Sonya in bed, en toen liep hij naar de keuken, vastbesloten om hen meteen na negenen te bellen.

Het huis had dat lege gevoel dat het altijd had wanneer Madeleine er niet was. Haar afwezigheid werd bevestigd door het briefje dat hij op het aanrecht vond: 'Dageraad. Zon komt net op. Onvoorstelbaar mooi. Ik pak de sneeuwschoenen en ga naar Carlson's Ledge. Er zit koffie in de pot. M.' Hij liep naar de badkamer, waste zich, poetste zijn tanden. Tijdens het kammen van zijn haar bedacht hij dat hij haar achterna kon gaan. Haar opmerking over de zonsopgang wees erop dat ze in de afgelopen tien minuten moest zijn vertrokken. Als hij zijn langlaufski's pakte en de sporen van haar sneeuwschoenen volgde, kon hij haar waarschijnlijk binnen twintig minuten inhalen.

Hij trok zijn skibroek en laarzen over zijn spijkerbroek aan, deed een dikke wollen trui aan en stapte de achterdeur uit, recht in een dertig centimeter dikke laag poedersneeuw. De heuvelrug, die een weids uitzicht bood over het dal in het noorden en de heuvels erachter, lag ongeveer anderhalve kilometer verder en kon worden bereikt via een flauw hellend weggetje dat vroeger door houthakkers was gebruikt en vlak achter hun huis begon. In de zomer was het onbegaanbaar vanwege de ondoordringbaar dikke wilde frambozen, maar in de late herfst en winter was er van het doornige kreupelhout weinig over.

Een schuchtere kraaienfamilie was de enige die met ruw gekras de stilte verbrak. Ze stegen een paar honderd meter voor hem op uit de boomtoppen en verdwenen al snel achter de heuvelrug, een nog diepere stilte achterlatend.

Toen Gurney op de uitstekende rand boven de boerderij van Carlson het bos uitkwam, kon hij Madeleine zien zitten. Ze zat roerloos op een stuk steen, een meter of twintig bij hem vandaan, en keek uit over het golvende landschap dat zich tot aan de horizon uitstrekte en waarin twee silo's en een kronkelweggetje de enige tekenen van menselijke bewoning waren. Hij bleef staan, gefascineerd door haar stille houding. Ze leek zo... zo volkomen alleen... maar tegelijkertijd zo intens verbonden met haar wereld. Een soort baken, dat hem naar een punt net buiten zijn bereik lokte.

Zonder waarschuwing, zonder woorden die het gevoel uitdrukten, scheurde de aanblik zijn hart in tweeën.

Goeie god, had hij last van een of andere inzinking? Voor de derde keer die week vulden zijn ogen zich met tranen. Hij slikte en veegde over zijn gezicht. Met een licht gevoel in zijn hoofd schoof hij zijn ski's iets verder uit elkaar, om zijn evenwicht te bewaren.

Misschien kwam het door de beweging die ze in haar ooghoek zag, of door het geluid dat zijn ski's in de knisperende sneeuw maakten, maar ze draaide zich om. Ze keek naar hem toen hij naar haar toe gleed. Ze glimlachte flauwtjes, maar zei niets. Hij had het tamelijk merkwaardige gevoel dat ze zijn ziel even duidelijk kon zien als zijn lichaam – en dat was merkwaardig omdat 'ziel' geen begrip was waaraan hij ooit betekenis had gehecht. Het was geen term die hij ooit zou bezigen. Hij ging naast haar op het platte rotsblok zitten en keek, zonder iets te zien, naar het panorama van de heuvels en dalen. Ze pakte zijn arm vast en drukte die tegen zich aan.

Hij keek aandachtig naar haar gezicht en wist niet hoe hij moest uitdrukken wat hij daar zag. Het was alsof al het stralende van het besneeuwde landschap om hen heen werd weerspiegeld in haar uitdrukking, en alsof haar stralende uitdrukking werd weerspiegeld in het landschap.

Na een tijdje, hij wist niet zeker hoe lang, keerden ze via een omweg terug naar huis.

Ongeveer halverwege vroeg hij: 'Waar denk je aan?'

'Nergens aan. Nadenken gaat in de weg zitten.'

'In de weg van wat?'

'De blauwe hemel, de witte sneeuw.'

Hij zei pas weer iets toen ze weer terug waren in de keuken.

'Ik heb die koffie die je voor me had neergezet niet meer opgedronken.'

'Ik zet wel verse.'

Hij zag dat ze een zak koffiebonen uit de koelkast haalde en de juiste hoeveelheid afmat voor in de elektrische koffiemolen.

'Wat is er?' Ze keek hem nieuwsgierig aan, met haar vinger op het knopje.

'Niets,' zei hij, 'ik kijk alleen maar.'

Ze drukte op het knopje. Het kleine apparaatje maakte ongelooflijk veel lawaai en viel langzaam stil toen alle bonen waren vermalen. Ze keek hem nogmaals aan.

'Ik kijk wel even naar die kast,' zei hij. Hij had het gevoel dat hij iets moest doen.

Hij liep naar boven, maar voordat hij bij de kast aankwam, bleef hij op de overloop staan, voor het raam dat uitkeek op de akker achter het huis, de bossen erachter en het weggetje dat naar de heuvelrug leidde. Hij zag voor zich hoe ze daar eenzaam en kalm op dat rotsblok had gezeten, en weer raakte hij op een pijnlijke manier vervuld van intense emoties die hij niet kon benoemen, al deed hij nog zo zijn best.

Verlies. Scheiding. Eenzaamheid.

Elk woord leek juist, het waren allemaal facetten van hetzelfde gevoel.

Aan het einde van zijn tienertijd had hij na een paniekaanval een therapeut bezocht, die hem had verteld dat de paniek voortkwam uit een diep gevoel van vijandigheid jegens zijn vader en dat het volslagen gebrek aan bewuste gevoelens jegens zijn vader bewees hoe sterk en negatief dat gevoel was. Diezelfde therapeut had hem op een dag verteld wat volgens hem het doel van het leven was.

'Zo dicht mogelijk bij anderen komen.' Hij had het op een verbazingwekkend simpele manier gezegd, alsof hij zei dat vrachtwagens dingen waren waarmee je spullen kon vervoeren.

Bij een andere gelegenheid had hij op dezelfde nuchtere manier nog een wijsheid onthuld: 'Een eenzaam bestaan is een verspild bestaan'.

Op zijn zeventiende had Gurney niet goed geweten waar de man het over had. Het klonk diepzinnig, maar ook vaag, en hij kon er niet goed wijs uit worden. Op zijn zevenenveertigste begreep hij het nog steeds niet helemaal, of in elk geval niet op dezelfde manier als waarop hij de functie van vrachtwagens begreep.

Hij dacht niet meer aan de kast en liep terug naar de keuken. Het vertrek zag er vanuit de donkere gang waar hij zich bevond ongelooflijk fel verlicht uit. De zon stond nu ver boven de bomen aan een onbewolkte hemel en scheen recht door de tuindeuren vanuit het zuidoosten naar binnen. De weide was door de verse sneeuw veranderd in een verblindende reflector die hoekjes van de keuken bescheen die slechts zelden licht zagen.

'Je koffie is klaar,' zei Madeleine. Ze liep met een prop krantenpapier en een handvol aanmaakhoutjes naar de houtkachel. 'Dat licht is zo sprookjesachtig. Net muziek.'

Hij glimlachte en knikte. Soms was hij jaloers omdat ze zo betoverd kon raken door al het stralende en glanzende in de natuur. Waarom, zo vroeg hij zich af, was een vrouw die zo gesteld was op het moois in de wereld, die van nature zo'n estheet was, in de goede zin des woords, en die de schoonheid van dingen zo kon verheerlijken, in vredesnaam getrouwd met een rechercheur die allerminst spontaan was en vooral veel nadacht? Had ze verwacht dat hij op een dag de grijze cocon van zijn beroep zou afwerpen? Was hij meegegaan in die fantasie, had hij geloofd dat hij een ander persoon zou worden als hij eenmaal zou stoppen met werken?

Ze waren een vreemd stel, bedacht hij, maar zeker niet vreemder dan zijn eigen ouders. Zijn moeder was een vrouw geweest met allerlei artistieke neigingen en vergezochte hobby's, zoals beelden maken van papier-maché, uitzinnig aquarelleren en origami. Zijn vader had zijn diepgewortelde kleurloosheid slechts afgewisseld met vonkjes sarcasme, zat altijd ergens anders met zijn gedachten en had nooit laten merken waar zijn passie lag. Hij had blijer gekeken wanneer hij 's morgens naar zijn werk vertrok dan wanneer hij 's avonds uit zijn werk thuiskwam. Een man die in zijn streven naar rust altijd maar vertrok.

'Hoe laat was die vergadering ook alweer?' vroeg Madeleine, die liet merken dat ze zoals altijd uiterst gevoelig was voor wat hij dacht.

44

Beslissende argumenten

Déjà vu.

Het aanmelden verliep precies zoals de vorige keer. De ontvangstruimte van het gebouw, die eigenlijk was bedoeld om af te schrikken, was even steriel als een mortuarium, maar minder vredig. Er zat een nieuwe bewaker in het hokje, maar het licht gaf hem dezelfde bleke gelaatskleur als zijn voorganger, alsof hij net chemotherapie had ondergaan. En wederom werd Gurney door rechercheur Blatt, met zijn kapsel vol gel en een volslagen gebrek aan charme, naar de claustrofobische vergaderzaal gevoerd.

Hij liep voor Gurney uit naar binnen. Alles zag er net zo uit als de vorige keer, maar dan nog smoezeliger. Het kleurloze tapijt vertoonde vlekken die hem de vorige keer niet waren opgevallen. De klok, die niet helemaal recht hing en eigenlijk te klein was voor de wand, wees twaalf uur aan. Zoals gewoonlijk was Gurney precies op tijd, maar dat was eerder een teken van een neurose dan een goede eigenschap. Te vroeg komen, te laat komen; het gaf hem allebei een ongemakkelijk gevoel.

Blatt nam plaats aan de tafel. Wigg en Hardwick zaten er al, op dezelfde plekken als de vorige keer. Een vrouw met een gespannen gezicht stond bij de koffiepot in de hoek, blijkbaar ontevreden omdat Gurney niet vergezeld werd door degene op wie ze had gerekend. Ze leek zo erg op Sigourney Weaver dat Gurney zich afvroeg of ze moeite deed om de gelijkenis te benadrukken.

De drie stoelen halverwege de rechthoekige tafel stonden net als de vorige keer gekanteld tegen de rand aan. Toen Gurney naar de koffie liep, grijnsde Hardwick als een haai.

'Inspecteur Gurney, ik heb een vraag.'

'Hoi, Jack.'

'Of beter nog, ik heb een antwoord. Eens kijken of je kunt raden wat de vraag is. Het antwoord is "een uit het ambt gezette priester in Boston". Om de hoofdprijs te winnen hoef je alleen maar te raden wat de vraag is.'

Gurney gaf geen antwoord, maar pakte een kopje, zag dat het niet helemaal schoon was, pakte een ander kopje en daarna een derde, en koos vervolgens weer voor het eerste.

Sigourney tikte ongeduldig met haar voet en keek op haar Rolex, als een parodie op ongeduld.

'Hallo,' zei hij, nadat hij zich had neergelegd bij het idee dat hij het vuile kopje zou moeten vullen met wat hopelijk desinfecterend hete koffie was. 'Ik ben Dave Gurney.'

'Ik ben dokter Holdenfield,' zei ze op een toon alsof ze zijn tweetjes met een handvol azen overtroefde. 'Komt Sheridan er al aan?'

De toon van haar opmerking was intrigerend genoeg om zijn aandacht te trekken. En 'Holdenfield' deed een belletje rinkelen.

'Ik zou het niet weten.' Hij vroeg zich af wat de relatie tussen de officier en Holdenfield was. 'U bent dus arts?'

'Forensisch psycholoog,' zei ze afwezig. Ze keek niet naar hem, maar naar de deur.

'Zoals ik al zei, inspecteur,' zei Hardwick op een toon die te luid was voor het kleine vertrek, 'als het antwoord een uit het ambt gezette priester in Boston is, wat is dan de vraag?'

Gurney sloot zijn ogen. 'Jack, ik zou het echt niet weten.'

Hardwick trok vol weerzin zijn neus op. 'Dan moet ik het twee keer uitleggen, een keer voor jou en een keer voor het uitvoerend comité.' Hij knikte naar de gekantelde stoelen.

De arts keek weer op haar horloge. Brigadier Wigg tikte wat op haar laptop en staarde naar wat er op haar beeldscherm verscheen. Blatt oogde verveeld. De deur ging open en Kline liep naar binnen, zo te zien met zijn gedachten ergens anders, gevolgd door Rodriguez, die een dikke dossiermap in zijn hand hield en er nog kwaadaardiger uitzag dan de vorige keer, en Stimmel, die aan een pessimistische kikker deed denken. Toen ze allemaal hadden plaatsgenomen, keek Rodriguez Kline vragend aan.

'Ga je gang,' zei Kline.

Rodriguez hield zijn blik gericht op Gurney en vertrok zijn lippen tot een dunne streep.

'Er is sprake van een tragische ontwikkeling. Een politieman uit Connecticut, die blijkbaar op uw aanraden naar de woning van Gregory Dermott was gestuurd, is het slachtoffer geworden van moord.'

Alle aanwezigen keken Gurney met verschillende gradaties van onaangename nieuwsgierigheid aan.

'Hoe?' Hij klonk kalm, hoewel hij een vlaag van onrust voelde.

'Op dezelfde manier als die vriend van u.' Zijn toon klonk zuur en beschuldigend. Gurney besloot er niet op in te gaan.

'Sheridan, wat is er in vredesnaam aan de hand?' De arts, die aan de andere kant van de tafel stond, leek zo erg op de strijdlustige Sigourney in *Alien* dat Gurney tot de conclusie kwam dat ze het met opzet deed.

'Becca! Sorry, ik had je niet gezien. We waren wat vertraagd door nieuwe ontwikkelingen. Blijkbaar weer een moord.' Hij wendde zich tot Rodriguez. 'Rod, als jij nu eens iedereen op de hoogte brengt van de zaak rond die politieman in Connecticut.' Hij schudde even heel snel zijn hoofd, alsof hij water in zijn oren had. 'Vreemdste zaak die ik ooit heb meegemaakt!'

'Zeg dat wel,' beaamde Rodriguez, die zijn map opensloeg. 'Om vijf voor half twaalf vanmorgen werden we gebeld door inspecteur John Nardo van de politie in Wycherly, Connecticut, aangaande een moord op het perceel van ene Gregory Dermott, bij ons bekend als de eigenaar van de postbus in de zaak-Mark Mellery. Dermott had op aanraden van de heer David Gurney bescherming van de politie gekregen. Om acht uur hedenmorgen...'

Kline stak een hand omhoog. 'Wacht eens even, Rod. Becca, ken je Dave al?' 'Ja.'

Het koele, afgemeten, bevestigende antwoord leek te zijn bedoeld om een aanvullende uitleg te voorkomen, maar Kline vervolgde desondanks: 'Jullie twee hebben heel wat om over te praten. De psycholoog met het grootste aantal correct opgestelde profielen in dit vak en de rechercheur met het grootste aantal arrestaties in moordzaken in de geschiedenis van het NYPD.'

De complimenten leken iedereen een ongemakkelijk gevoel te geven. Maar ze zorgden er ook voor dat Holdenfield voor het eerst met iets van belangstelling naar Gurney keek. En hoewel hij geen groot liefhebber van professionele profielschetsers was, wist hij nu waarom haar naam zo bekend had geklonken.

Kline ging verder, zo te horen vastbesloten zijn twee sterren in het zonnetje te zetten. 'Becca leest hun gedachten, Dave spoort hen op: de Kerstkannibaal, Jason Strunk, Peter Possum Hoe-heet-hij-ook-alweer...'

De arts wendde zich tot Gurney en sperde haar ogen iets verder open. 'Piggert? Dat was een zaak van u?'

Gurney knikte.

'Een tamelijk befaamde arrestatie,' zei ze met een zweem van bewondering.

Hij slaagde erin een kort, afwezig lachje te tonen. De situatie in Wycherly – en de vraag of het gedichtje dat hij in een opwelling had verstuurd iets te maken had met de dood van de politieman – vrat aan hem.

'Ga verder, Rod,' zei Kline opeens, alsof de hoofdinspecteur degene was die hem had onderbroken.

'Om acht uur vanmorgen heeft Gregory Dermott in gezelschap van agent Gary Sissek het postkantoor in Wycherly bezocht. Volgens Dermott waren ze om half negen weer terug. Hij zette koffie, roosterde een paar boterhammen en nam zijn post door, terwijl agent Sissek buiten een rondje langs het perceel liep en keek of alles in orde was. Om negen uur ging Dermott kijken waar Sissek bleef en trof hij diens ontzielde lichaam op de veranda aan de achterzijde aan. Hij belde het alarmnummer. De agenten die als eerste ter plaatse waren, zetten de plaats delict af en troffen daarbij een briefje aan dat boven het lichaam op de achterdeur was geplakt.'

'Een kogel en meerdere steekwonden, net als bij de anderen?' vroeg Holdenfield.

'De steekwonden zijn reeds bevestigd, de kogel nog niet.'

'En het briefje?'

Rodriguez las vanaf een fax in zijn map. '"Vraag me eens: waar kwam ik vandaan?/ Of beter nog: waarheen zal ik gaan?/ Wees nu verstandig, anders wacht slechts de dood/Voor degenen die hoopten op bijstand in nood."'

'Dat is weer uiterst merkwaardig,' zei Kline. 'Wat denk jij ervan, Becca?'

'Mogelijk wordt het proces nu versneld.'

'Het proces?'

'Tot nu toe was alles van tevoren tot in detail beraamd: de keuze voor de slachtoffers, de briefjes, alles. Maar dit is anders, dit is eerder een reactie dan een vooraf beraamd plan.'

Rodriguez keek sceptisch. 'Het zijn dezelfde rituele steekwonden, en een soortgelijk briefje.'

'Maar dit slachtoffer zat niet in zijn planning. Blijkbaar was die meneer Dermott het doelwit, maar deed toevallig de gelegenheid zich voor om deze politieman te doden.'

'Maar het briefje…'

'Het briefje was wellicht bedoeld voor op het lichaam van Dermott, of misschien heeft de moordenaar het ter plekke bedacht toen de omstandigheden veranderden. Het zijn slechts vier regels, wellicht is dat van belang. Telden de andere briefjes geen acht regels?' Ze keek Gurney aan, vragend om bevestiging.

Hij knikte, nog steeds half verzonken in schuldbewuste speculaties, maar dwong zichzelf toen terug te keren naar het heden. 'Ik ben het met dokter Holdenfield eens. Ik had er nog niet aan gedacht dat vier versus acht wellicht van betekenis kan zijn, maar dat is zeer goed mogelijk. Ik wil ook nog opmerken dat dit misdrijf weliswaar niet vooraf lijkt te zijn beraamd, maar dat er wel degelijk een element aanwezig is dat we ook bij de andere zaken zagen, en dat is de haat jegens de politie. Daardoor past ook deze moord in het patroon, en wellicht is het ook de reden voor de rituele aspecten die de hoofdinspecteur al noemde.'

'Becca zei iets over versnellen,' zei Kline. 'We zitten al met vier slachtoffers. Moeten we rekening houden met meer?'

'Vijf, om precies te zijn.'

Iedereen keek naar Hardwick.

De hoofdinspecteur hief zijn vuist op en stak bij elke naam die hij noemde nadrukkelijk een vinger omhoog. 'Mellery. Schmitt. Kartch. Sissek. Dat zijn er vier.'

'Pastoor Michael McGrath. Dat maakt vijf,' zei Hardwick.

'Wie?' Die vraag klonk tegelijkertijd uit de monden van Kline (opgewonden), de hoofdinspecteur (geërgerd) en Blatt (stomverbaasd).

'Vijf jaar geleden is een pastoor in Boston uit zijn functie ontheven, na beschuldigingen dat hij zich aan de misdienaartjes zou hebben vergrepen. Hij wist tot een overeenkomst met de bisschop te komen, weet zijn ongepaste gedrag aan zijn drankmisbruik, liet zich opnemen in een ontwenningskliniek, verdween uit het zicht, einde verhaal.'

'Wat was dat toen toch met Boston?' zei Blatt snerend. 'Het stierf er van de pedo's.'

Hardwick schonk geen aandacht aan hem. 'Einde verhaal, tot een jaar geleden. Toen werd McGrath dood aangetroffen in zijn woning. Meerdere steekwonden in de keel. Een wraakzuchtig briefje op het lichaam geplakt. Een gedichtje van acht regels, in rode inkt.'

Rodriguez liep rood aan. 'Hoe lang weet u dit al?'

Hardwick keek op zijn horloge. 'Een half uur.'

'Wat?'

'Inspecteur Gurney heeft me verzocht of ik alle korpsen in de staten in het noordwesten wilde vragen of zij zaken kenden die overeenkomsten vertoonden met de modus operandi in de zaak-Mellery. Vanmorgen was het raak, met wijlen pastoor McGrath.'

'Is er iemand aangehouden of vervolgd vanwege die moord?' vroeg Kline.

'Nee. Die vent in Boston met wie ik heb gesproken wilde het niet met zo veel woorden zeggen, maar hij liet doorschemeren dat deze zaak niet echt veel prioriteit had gekregen.'

'Wat wil dat zeggen?' De hoofdinspecteur klonk mokkend.

Hardwick haalde zijn schouders op. 'Voormalig kindermisbruiker wordt doodgestoken, de moordenaar laat een briefje achter met vage toespelingen op wandaden uit het verleden. Blijkbaar wilde iemand wraak nemen. Misschien dacht de politie: wat maakt het uit, we hebben al genoeg andere dingen op ons bordje, er zijn genoeg boeven te vangen die minder nobele bedoelingen hebben dan het recht verlaat in eigen hand nemen. Dus misschien hebben ze er gewoon niet zo veel aandacht aan geschonken.'

Rodriguez keek alsof hij last van indigestie had. 'Maar dat zei hij niet met zo veel woorden.'

'Nee, natuurlijk niet.'

'Goed,' zei Kline op zijn samenvattende toon, 'het doet er niet zo veel toe wat de politie van Boston nu wel of niet heeft gedaan, feit blijft dat pastoor Michael McGrath slachtoffer nummer vijf is.'

'*Sí, número cinco,*' zei Hardwick spottend. 'Of eigenlijk de *número uno*, omdat de pastoor al een jaar eerder dan de anderen het hoekje om is gegaan.'

'Dus Mellery, die we voor het eerste slachtoffer aanzagen, is eigenlijk het tweede,' zei Kline.

'Daar zet ik bijzonder grote vraagtekens bij,' zei Holdenfield. Toen ze ieders aandacht had getrokken, vervolgde ze: 'Er is geen enkel bewijs dat de pastoor de eerste was; voor hetzelfde geld is hij de tiende. Maar ook al was hij de eerste, dan hebben we nog een ander probleem. Eén moord per jaar, en dan opeens vier in nog geen twee weken, dat is een patroon dat je normaal gesproken nooit ziet. Ik zou er tussendoor meer verwachten.'

'Tenzij,' kwam Gurney zachtjes tussenbeide, 'er een andere factor van invloed is op de timing en de keuze van de slachtoffers en het niet alleen aan de psychopathologie van de moordenaar ligt.'

'Waar denkt u aan?'

'Ik denk dat de slachtoffers meer met elkaar gemeen hadden dan alleen maar een verleden vol alcoholmisbruik, maar dat wij nog niet weten wat.'

Holdenfield draaide haar hoofd nadenkend van de ene kant naar de andere en trok een gezicht dat uitdrukte dat ze het niet met Gurneys veronderstelling eens was, maar dat ze ook geen argumenten kon bedenken om die te ontkrachten.

'Dus we zouden misschien nog een verband met oudere zaken kunnen ontdekken,' zei Kline, die eruitzag alsof hij niet goed wist wat hij hiervan moest denken.

'Om nog maar te zwijgen over nieuwe gevallen,' zei Holdenfield.

'Wat wil dat nu weer zeggen?' Het leek Rodriguez' lievelingsvraag te worden.

Holdenfield schonk geen aandacht aan zijn geprikkelde toon. 'Zoals ik al eerder zei, lijkt het tempo waarin de moorden plaatsvinden aan te geven dat de eindfase is begonnen.'

'Eindfase?' Kline liet het woord klinken alsof het hem wel beviel.

Holdenfield vervolgde: 'In het meest recente geval was hij gedwongen om zonder een vooraf bepaald plan te werken. Mogelijk begint hij de controle op het proces te verliezen. Ik heb het gevoel dat hij het niet veel langer in de hand zal kunnen houden.'

'Dat hij wat niet in de hand zal kunnen houden?' Blatt stelde die vraag zoals hij zijn meeste vragen stelde, met een soort aangeboren vijandigheid.

Holdenfield keek hem even uitdrukkingsloos aan en wendde zich toen tot Kline. 'Hoeveel uitleg dien ik hier te geven?'

'Misschien is het verstandig om een paar belangrijke elementen nader uit te leggen. Ik kan me vergissen,' zei hij, terwijl hij zijn blik over de aanwezigen liet gaan en duidelijk niet verwachtte dat iemand hem zou tegenspreken, 'maar ik vermoed dat Dave de enige hier is die in de praktijk met seriemoordenaars te maken heeft gehad.'

Rodriguez keek alsof hij bezwaar wilde maken, maar zei niets.

Holdenfield toonde een vreugdeloos glimlachje. 'Is iedereen op zijn minst bekend met de grote lijnen van de typologie van Holmes waar het seriemoordenaars betreft?'

Er werd rond de tafel bevestigend geknikt en gemompeld. Blatt was de enige die een vraag had. 'Sherlock Holmes?'

'Ronald M. Holmes. Meer van deze tijd, en een echt bestaand persoon,' zei Holdenfield op een overdreven vriendelijke toon die Gurney niet helemaal kon plaatsen. Deed ze soms een presentator van een kinderprogramma na die een vijfjarige toesprak?

'Holmes deelt seriemoordenaars in aan de hand van hun drijfveren: het type dat wordt aangemoedigd door denkbeeldige stemmen; het type dat de wereld wil ontdoen van wat in zijn ogen een niet te tolereren groep is, zoals bijvoorbeeld zwarten of homoseksuelen; het type dat streeft naar totale dominantie; het type dat voortdurend naar spanning zoekt en bevrediging ontleent aan het doden, en ten slotte de lustmoordenaar. Maar ze hebben allemaal één ding gemeen…'

'De teringlijers zijn allemaal volslagen geschift,' zei Blatt met een zelfvoldane grijns.

'Een interessant oordeel, meneer,' zei Holdenfield akelig vriendelijk, 'maar wat ze echt met elkaar gemeen hebben, is een ondraaglijke innerlijke spanning. Iemand vermoorden is voor hen een manier om die spanning in elk geval tijdelijk te verminderen.'

'Een beetje zoals van bil gaan?'

'Rechercheur Blatt,' zei Kline op nijdige toon, 'het is wellicht verstandig om uw vragen voor u te houden totdat Rebecca klaar is met haar betoog.'

'Zijn vraag is helemaal niet zo vergezocht. Een orgasme verlicht inderdaad seksuele spanning. Bij een normaal persoon is er echter nooit sprake van een negatieve spiraal waarbij er steeds vaker een orgasme nodig is en er steeds meer nodig is om die ontlading te bereiken. Ik vind zelf dat een seriemoordenaar in dat opzicht veel gemeen heeft met een drugsverslaafde.'

'Verslaafd aan moord,' zei Kline langzaam, nadenkend, alsof hij een krantenkop voorlas.

'Dat klinkt dramatisch,' zei Holdenfield, 'en er schuilt een zekere waarheid in. De seriemoordenaar leeft, meer dan anderen, in zijn eigen fantasiewereld. Zo op het oog lijkt hij normaal te functioneren in onze maatschappij, maar zijn openbare leven schenkt hem geen voldoening, en hij heeft geen belangstelling voor de levens van anderen. Hij leeft slechts voor zijn fantasieën: fantasieën over controle, dominantie, straf. Voor hem zijn die fantasieën hyperreëel; ze vormen een wereld waarin hij belangrijk en almachtig is, waarin hij echt leeft. Heeft er iemand op dit moment nog vragen?'

'Ja, ik,' zei Kline. 'Heb je al enig idee naar welk type seriemoordenaar we moeten zoeken?'

'Ja, dat heb ik, maar ik wil graag eerst de mening van de heer Gurney daarover horen.'

Gurney vermoedde dat haar oprechte, collegiale uitdrukking even nep was als haar glimlach.

'Een man met een missie,' zei hij.

'De wereld van dronkenlappen bevrijden?' Kline klonk nieuwsgierig en sceptisch tegelijk.

'Ik vermoed dat "dronkenlap" inderdaad deel uitmaakt van de beschrijving van de slachtoffers, maar er kan meer zijn dat ervoor zorgt dat hij juist voor deze personen kiest.'

Kline antwoordde met een nietszeggende grom. 'Als ik vraag om een iets uitgebreider profiel dan een "man met een missie", hoe zou je de dader dan omschrijven?'

Gurney besloot zijn kruit niet zomaar te verschieten. 'Ik heb zo mijn vermoedens, maar zou ook graag horen wat dokter Holdenfield erover te zeggen heeft.'

Ze haalde haar schouders op en zei toen snel en zakelijk: 'Blanke man, dertig jaar oud, hoog IQ, geen vrienden, geen normale seksuele relaties. Beleefd maar afstandelijk. Heeft vrijwel zeker een moeilijke jeugd gehad waarin hij een zwaar trauma opliep dat van invloed is op de keuze van de slachtoffers. Omdat zijn slachtoffers mannen van middelbare leeftijd zijn, is het mogelijk dat het trauma iets te maken heeft met zijn vader en dat er sprake is van een oedipale relatie met zijn moeder...'

Blatt onderbrak haar. 'U wilt toch niet beweren dat die vent letterlijk met zijn moeder... U weet wel...'

'Niet per se. Dit gaat allemaal om fantasieën. Hij leeft in en voor zijn fantasiewereld.'

In Rodriguez' stem was het ongeduld duidelijk te horen. 'Ik heb toch moeite met dat woord, dokter. Vijf doden, dat is geen fantasie!'

'Daar hebt u gelijk in, hoofdinspecteur. Voor u en voor mij zijn het helemaal geen fantasieën. Het zijn echte mensen, individuen met unieke levens, die respect en rechtvaardigheid verdienen, maar voor een seriemoordenaar zijn ze dat niet. Voor hem zijn het slechts spelers in een toneelstuk, geen menselijke wezens zoals u en ik ze zien. Voor hem zijn het tweedimensionale rekwisieten, rollen in zijn fantasie, net als de rituele elementen die op de plaatsen delict zijn aangetroffen.'

Rodriguez schudde zijn hoofd. 'Dat klinkt allemaal min of meer logisch wanneer je het over een geschifte seriemoordenaar hebt, maar wat hebben wij daar concreet aan? Ik heb zo mijn problemen met deze hele benadering. Ik bedoel, wie heeft bepaald dat het om een seriemoordenaar gaat? Daar gaat u meteen maar van uit, zonder enige…' Hij zweeg even, zich opeens bewust van zijn indringende toon en van de onbeleefde manier waarop hij een van Sheridan Klines favoriete experts aansprak. Hij vervolgde, met zachtere stem: 'Opeenvolgende moorden zijn niet altijd het werk van een seriemoordenaar, dat bedoel ik. Je kunt er ook anders naar kijken.'

Holdenfield keek oprecht verbijsterd. 'U hebt een andere hypothese?'

Rodriguez slaakte een zucht. 'Gurney zegt telkens dat er waarschijnlijk meer factoren bepalend zijn voor de keuze van de slachtoffers, en niet alleen hun drankzucht. Een voor de hand liggende factor zou een gezamenlijke betrokkenheid bij een gebeurtenis in het verleden kunnen zijn, per ongeluk of met opzet. Een gebeurtenis die de moordenaar heeft verwond of gekwetst en die voor hem reden is om wraak te nemen op een hele groep. Zo simpel zou het kunnen zijn.'

'Ik zeg niet dat een dergelijk scenario onmogelijk is,' zei Holdenfield, 'maar de planning, de gedichten, de details en het hele ritueel lijken te pathologisch voor een simpele wraakactie.'

'Over pathologisch gesproken,' zei Jack Hardwick met raspende stem, als een man die groots en meeslepend dreigde te bezwijken aan keelkanker, 'wellicht is dit het perfecte moment om iedereen op de hoogte te brengen van het allernieuwste wonderbaarlijke bewijsstuk.'

Rodriguez keek hem nijdig aan. 'Weer een verrassing?'

Hardwick vervolgde, zonder op hem in te gaan: 'Op verzoek van Gurney is er een team technische rechercheurs naar de bed and breakfast gestuurd waar de moordenaar volgens hem in de nacht voor de moord op Mellery heeft gelogeerd.'

'Wie heeft dat verzoek goedgekeurd?'

'Ik, meneer,' zei Hardwick. Hij leek trots te zijn op zijn ongehoorzaamheid.

'Waarom heb ik de formulieren daarvoor nooit gezien?'

'Gurney nam aan dat daar geen tijd voor was,' loog Hardwick. Toen legde hij, met een eigenaardig geschrokken uitdrukking die aan leek te geven dat hij een hartaanval kreeg, zijn hand op zijn bovenlijf en liet een keiharde boer. Blatt schrok op uit een of andere dagdroom en schoof met zo veel kracht zijn stoel naar achteren dat die bijna omviel.

Voordat Rodriguez, geërgerd door de onderbreking, weer over de formuleren kon beginnen, nam Gurney het balletje van Hardwick over en begon uit te leggen waarom hij een team naar The Laurels had gestuurd.

'In het eerste briefje aan Mellery is de naam X. Arybdis gebruikt. In het Grieks is de x gelijk aan een ch, en Charybdis is de naam van een fatale draaikolk uit de Griekse mythologie, nauw verbonden met een ander groot gevaar dat Scylla heet. In de nacht van de moord op Mellery hebben in die bed and breakfast een man en een oudere vrouw gelogeerd die zich onder de naam Scylla hebben ingeschreven. Het zou me heel erg verbazen als dat simpelweg toeval was.'

'Een man en een oudere vrouw?' Holdenfield keek geïnteresseerd.

'Mogelijk de moordenaar en zijn moeder, al hebben ze zich, wonderlijk genoeg, ingeschreven als "de heer en mevrouw". Misschien past dat bij de oedipale aspecten van uw profiel?'

Holdenfield glimlachte. 'Het is bijna te mooi om waar te zijn.'

Weer leek de frustratie van de hoofdinspecteur het kookpunt te bereiken, maar Hardwick was hem voor en ging verder waar Gurney was gebleven.

'En dus hebben we de TR naar dit bespottelijk ingerichte huisje gestuurd. Het is net het decor uit *The Wizard of Oz*. Ze hebben alles overhoopgehaald, en raad eens wat ze hebben gevonden? Niets. Helemaal niets. Geen enkele haar, geen uitgeveegde vingerafdruk, geen enkel bewijs dat er ooit een menselijk wezen in die kamer is geweest. De leider van het team kon het gewoon niet geloven. Ze belde me speciaal om te vertellen dat ze geen vingerafdrukken konden vinden op de plekken waar verdomme altijd afdrukken zitten: op tafelbladen, aanrechten, deurklinken, handvatten van laatjes en ramen, telefoons, kranen van douches en wastafels, afstandsbedieningen, schakelaars van lampen, en nog een hele waslijst van dat soort dingen. Maar er was niets. Geen enkele vingerafdruk, zelfs geen gedeeltelijke. Ik zei tegen haar dat ze alles moest onderzoeken, tot en met de wanden en de vloer en het plafond aan toe. Daar had ze natuurlijk geen zin in, maar ik bleef aandringen. Vervolgens heeft ze me elk half uur gebeld om te vertellen dat ze nog steeds niets hadden gevonden en dat ik hun tijd verspilde. Maar toen ze een derde keer belde, klonk ze heel anders. Een stuk bedeesder. En ze vertelde me dat ze iets hadden gevonden.'

Rodriguez zorgde ervoor dat hij niet liet merken dat dat hem teleurstelde, maar Gurney kon het voelen. Hardwick liet een dramatische stilte vallen en ging toen verder. 'Aan de buitenkant van de badkamerdeur stond een woord. Eentje maar. *Redrum*.'

'Wat?' blafte Rodriguez, niet langer in staat zijn ongeloof te verbergen.

'*Redrum*.' Hardwick herhaalde het woord langzaam, met een veelbetekenende blik, alsof het een sleutelwoord was.

'*Redrum*? Net als in de film?' vroeg Blatt.

'Wacht eens even, wacht eens even,' zei Rodriguez, die knipperde van ergernis. 'Je wilt beweren dat jouw technische recherche drie, vier uur nodig had om een woord te vinden dat gewoon op de deur stond?'

'Er was niets gewoons aan,' zei Hardwick. 'Het was op dezelfde manier aangebracht als de onzichtbare boodschappen aan ons op de briefjes aan Mark Mellery. *Gore luie wout*. Weet u dat nog?'

Zwijgen en staren was de enige manier waarop de hoofdinspecteur aangaf dat hij zich dat kon herinneren.

'Dat heb ik in het verslag zien staan,' zei Holdenfield. 'Hij zou de woorden met behulp van zijn eigen huidvet achter op die briefjes hebben geschreven. Is dat überhaupt mogelijk?'

'Dat is zelfs heel eenvoudig,' zei Hardwick. 'Vingerafdrukken zijn niets meer dan huidvet. Hij heeft het gewoon voor zijn eigen doel gebruikt. Misschien heeft hij even over zijn voorhoofd gewreven, zodat zijn vingers iets vetter werden. Maar het heeft bij die briefjes gewerkt, en het werkte ook in The Laurels.'

'Maar we hebben het toch over dat *redrum* uit de film, hè?' herhaalde Blatt.

'Film? Welke film? Waarom hebben we het ineens over een film?' Rodriguez zat weer te knipperen.

'*The Shining*.' Holdenfields opwinding nam toe. 'Het is een heel beroemde scène. Het jongetje schrijft *redrum* op een deur in zijn moeders slaapkamer.'

'*Redrum* is *murder*, maar dan andersom gespeld,' meldde Blatt.

'Het past allemaal perfect!' zei Holdenfield.

'Ik neem aan dat al dat enthousiasme betekent dat we binnen vierentwintig uur iemand kunnen arresteren?' Rodriguez leek zijn best te doen om zo sarcastisch mogelijk te klinken.

Gurney schonk geen aandacht aan hem en sprak Holdenfield aan. 'Het is interessant dat hij ons wilde herinneren aan het *redrum* uit *The Shining.*'

Haar ogen glinsterden. 'Het perfecte woord uit de perfecte film.'

Kline, die het samenspel rond de tafel al een hele tijd had zitten bekijken als een tennisfan die op een prachtige wedstrijd wordt getrakteerd, nam ten slotte het woord. 'Goed, mensen, vertel me eens wat het geheim is. Wat is er zo perfect?'

Holdenfield keek Gurney aan. 'Vertelt u hem maar over het woord, dan vertel ik hem over de film.'

'Het woord is achterstevoren geschreven, meer niet. Dat is sinds het begin van deze zaak al een belangrijk gegeven. Net zoals dat spoor dat achterstevoren door de sneeuw liep. En nu het woord *murder* dat verkeerd om staat. Hij wil ons duidelijk maken dat we de hele zaak verkeerd om zien.'

Kline keek Holdenfield aan alsof hij haar een kruisverhoor afnam. 'Daar ben je het mee eens?'

'In feite wel, ja.'

'En de film?'

'O ja, de film. Ik zal proberen om even beknopt te zijn als de heer Gurney.' Ze dacht een paar tellen na en zei toen, op een toon alsof ze elk woord zorgvuldig uitkoos: 'De film gaat over een moeder en haar zoontje die worden geterroriseerd door een gestoorde vader. Een vader die alcoholist blijkt te zijn en een verleden vol gewelddadige uitbarstingen kent.'

Rodriguez schudde zijn hoofd. 'Wilt u soms beweren dat de moordenaar een gestoorde, gewelddadige vader met een alcoholprobleem is?'

'O nee, niet de vader. De zoon.'

'De zoon!?' Rodriguez' verwrongen gezicht leek een heel nieuw niveau van ongeloof uit te drukken.

Holdenfield vervolgde haar verhaal, weer op een toon die akelig dicht in de buurt kwam van een presentator van kinderprogramma's. 'Ik denk dat de moordenaar ons wil vertellen dat zijn vader net zo was als de vader uit *The Shining.* Hij probeert zichzelf aan ons te verklaren.'

'Te verklaren?' Rodriguez spuugde de woorden bijna uit.

'Iedereen wil zichzelf op zijn of haar eigen voorwaarden aan anderen tonen, hoofdinspecteur. Ik ben er zeker van dat u dat in uw beroep dagelijks meemaakt. Dat geldt zeker voor mij. We hebben allemaal een rationele verklaring voor ons eigen gedrag, hoe bizar ook. Iedereen streeft naar een zekere erkenning, ook geestelijk gestoorden. Of misschien wel juist geestelijk gestoorden.'

Die vaststelling leidde tot een algehele stilte die ten slotte werd verbroken door Blatt.

'Ik heb een vraag. U bent toch psycholoog, hè?'

'Ik ben praktiserend forensisch psycholoog.' Holdenfield was weer helemaal terug in haar rol als Sigourney Weaver.

'Ook goed. In elk geval weet u hoe de geest werkt. Vandaar mijn vraag: die vent wist aan welk getal zijn slachtoffer zou denken voordat die eraan dacht. Hoe deed hij dat?'

'Dat deed hij niet.'

'Echt wel.'

'Dat leek alleen maar zo. Ik neem aan dat u doelt op de getallen 658 en 19, waarover ik in het verslag heb gelezen. Maar hij heeft niet gedaan wat u beweert. Het is simpelweg niet mogelijk om vooraf te weten aan welk getal iemand in een willekeurige situatie zal denken. En dus is het zo niet gegaan.'

'Maar feit is dat het wel zo is gegaan,' zei Blatt.

'Daar is in elk geval één mogelijke verklaring voor,' zei Gurney. Hij vertelde welke theorie er bij hem was opgekomen toen Madeleine hem met haar mobieltje vanaf de brievenbus had gebeld: dat de moordenaar een draagbare printer kon hebben gebruikt om meteen nadat Mark Mellery het getal negentien had genoemd een briefje af te drukken waarin dat getal vermeld stond.

Holdenfield leek onder de indruk.

Blatt leek behoorlijk van zijn stuk gebracht. Een duidelijk teken, vermoedde Gurney, dat er ergens achter dat botte brein en overmatige getrainde lijf een romanticus schuilging die dol was op het vreemde en onmogelijke. Maar de verwarring was slechts tijdelijk.

'Hoe zit het dan met het getal 658?' vroeg Blatt, die zijn strijdbare blik van Gurney naar Holdenfield en weer terug liet gaan. 'Toen was er geen sprake van een telefoontje, maar alleen maar van een briefje. Dus hoe kon hij toen weten aan welk getal Mellery zou denken?'

'Daar heb ik geen antwoord op,' zei Gurney, 'maar ik kan jullie wel een eigenaardig verhaaltje vertellen dat ons misschien dichter bij het antwoord brengt.'

Rodriguez toonde enig ongeduld, maar Kline leunde voorover, en dat blijk van belangstelling leek de hoofdinspecteur in bedwang te houden.

'Ik droomde laatst over mijn vader,' begon Gurney. Hij aarzelde even, zonder het te willen. Zijn eigen stem klonk hem ongewoon in de oren. Hij hoorde er een echo in van de diepe droefenis die de droom in hem had opgewekt. Hij zag dat Holdenfield hem met een nieuwsgierige, maar allerminst onaangename blik aankeek en dwong zichzelf verder te gaan. 'Toen ik wakker werd, merkte ik dat ik moest denken aan een trucje met een stel speelkaarten dat mijn vader vroeger wel eens met oud en nieuw uithaalde, wanneer we bezoek hadden en hij een paar borrels had gedronken. Daar leek hij altijd energie van te krijgen. Dan hield hij een spel als een waaier in zijn handen en vroeg drie of vier van de aanwezigen of ze een kaart wilden uitkiezen. Vervolgens vroeg hij aan een van hen of ze die kaart goed wilden bekijken en weer terug wilden stoppen in het spel. Daarna gaf hij diegene alle kaarten, met het verzoek goed te schudden, en ging hij heel ingewikkeld zitten doen alsof hij gedachten kon lezen. Dat duurde soms wel tien minuten. En uiteindelijk onthulde hij natuurlijk op een indrukwekkende manier welke kaart het was – iets wat hij vanaf het allereerste begin al had geweten.'

'Hoe dan?' vroeg Blatt verbijsterd.

'Wanneer hij het spel kaarten voorbereidde, voordat hij ze als een waaier in zijn handen hield, zorgde hij ervoor dat hij altijd minstens een van de kaarten herkende en hield hij de positie daarvan binnen de waaier in de gaten.'

'Maar stel dat niemand die kaart koos?' vroeg Holdenfield geboeid.

'Als niemand dat deed, bedacht hij iets om het trucje niet te hoeven voortzetten: dan dacht hij er opeens aan dat hij de fluitketel nog op het gas had staan of iets dergelijks, zodat niemand zou beseffen dat er iets niet klopte aan het trucje zelf. Maar dat hoefde hij bijna nooit te doen. Hij liet de waaier altijd zo zien dat de derde of vierde persoon aan wie hij de kaarten toonde de kaart uitkoos waarvan hij zeker wist welke het was. En als dat niet lukte, dan was er altijd nog de afleiding in de keuken. En natuurlijk had hij een geloofwaardige reden om degenen over te slaan die de verkeerde kaarten hadden gekozen, zodat niemand door zou krijgen hoe het echt zat.'

Rodriguez gaapte. 'En wat heeft dit met die 658 te maken?'

'Dat weet ik niet zeker,' zei Gurney, 'maar het idee dat iemand denkt dat hij volkomen willekeurig een kaart kiest terwijl die willekeur juist het weloverwogen werk van de ander is...'

Brigadier Wigg, die met steeds meer belangstelling had zitten luisteren, onderbrak hem. 'Uw verhaal over die kaarten doet me denken aan die zaak uit het einde van de jaren negentig, toen mensen via direct mail werden opgelicht.'

Het was niet duidelijk of het kwam door haar ongewone stem, die ergens tussen mannelijk en vrouwelijk viel, of door het bijzondere feit dat ze überhaupt het woord nam, maar ze wist ieders aandacht meteen te trekken.

'Ze ontvingen een brief, zogenaamd van een particulier recherchebureau, dat zijn excuses aanbood voor het feit dat hun privacy was geschonden. Het bureau "bekende" dat zijn medewerkers een fout bij het surveilleren hadden gemaakt en ten onrechte de ontvanger van de brief een aantal weken hadden geschaduwd en in verschillende situaties hadden gefotografeerd. Ze beweerden dat ze volgens de wetgeving aangaande de privacy verplicht waren om hem afdrukken van alle foto's toe te zenden, en vervolgens kwam de aap uit de mouw: het kon om gevoelig materiaal gaan, dus als de geschaduwde dat liever had, konden ze de foto's ook naar een postbus in plaats van naar zijn huisadres sturen. In het laatste geval diende er echter wel vijftig dollar te worden overgemaakt als vergoeding voor bijkomende kosten.'

'Wie dom genoeg is om daar in te trappen verdient het om van vijftig dollar te worden beroofd,' zei Rodriguez minachtend.

'O, sommigen verloren wel meer dan dat,' zei Wigg uiterst kalm. 'Het ging niet om die vijftig dollar, dat was slechts een trucje. De oplichter heeft meer dan een miljoen van zulke brieven verstuurd, met slechts één doel: een lijst maken van personen die zich blijkbaar zo schuldig voelden over hun gedrag dat ze wilden voorkomen dat foto's van hun activiteiten in handen van hun partners zouden vallen. Vervolgens werden ze bestookt met veel dringender verzoeken om nog meer te betalen, anders zouden de foto's openbaar worden gemaakt. Sommigen hebben wel vijftienduizend dollar betaald.'

'Voor foto's die nooit hebben bestaan?' riep Kline uit, met een mengeling van verontwaardiging en bewondering voor de vindingrijkheid van de oplichter.

'Ik blijf me erover verbazen hoe achterlijke sommige…' begon Rodriguez, maar Gurney viel hem in de rede.

'Jezus, dat is het! Dat is hetzelfde als dat verzoek om 289 dollar. Het is hetzelfde. Het is een test!'

Rodriguez keek stomverbaasd. 'Wat voor test?'

Gurney sloot zijn ogen om het briefje waarin Mellery was gevraagd geld over te maken beter voor zich te kunnen zien.

Fronsend wendde Kline zich tot Wigg. 'Die oplichter… Die had een miljoen brieven verstuurd?'

'Dat is het aantal wat ik me uit de berichtgeving kan herinneren.'

'Dan is dit duidelijk een heel ander geval. Dat was gewoon een groots opgezette vorm van fraude; een groot net, uitgeworpen om een paar schuldige vissen te kunnen vangen. Hier zit het heel anders. We hebben het hier over handgeschreven brieven die aan een beperkt aantal personen zijn verstuurd. Personen voor wie het getal 658 een bepaalde betekenis moet hebben gehad.'

Gurney deed langzaam zijn ogen open en keek Kline aan. 'Maar dat was niet zo. Dat dacht ik aanvankelijk ook, want waarom zouden ze daar anders aan denken? Dat bleef ik ook aan Mark Mellery vragen: wat betekende dat getal voor hem, waar deed het hem aan denken, had hij er ooit eerder aan gedacht, had hij het ooit ergens geschreven zien staan, was het de prijs van iets, een adres, een combinatie van een kluis? Maar hij bleef maar beweren dat het hem niets zei, dat hij zich niet kon herinneren dat hij er ooit eerder aan had gedacht, dat het hem zomaar was ingevallen. En ik denk dat hij de waarheid heeft verteld. Er moet dus een andere verklaring zijn.'

'En dus zijn we terug bij af,' zei Rodriguez, die overdreven vermoeid zijn ogen ten hemel sloeg.

'Misschien niet. Misschien komt dat verhaal van brigadier Wigg dichter in de buurt van de waarheid dan we denken.'

'U wilt toch niet beweren dat de moordenaar een miljoen brieven heeft verstuurd? Handgeschreven? Dat is bespottelijk, nee, dat is onmogelijk.'

'Een miljoen is onmogelijk, dat geef ik meteen toe, tenzij hij heel veel hulp heeft gehad, en dat lijkt me onwaarschijnlijk. Maar welk aantal zou wel mogelijk zijn geweest?'

'Hoe bedoelt u?'

'Laten we even veronderstellen dat de moordenaar van het begin af aan van plan was een groot aantal mensen een brief te sturen; handgeschreven, zodat iedere ontvanger het idee zou krijgen dat hij of zij persoonlijk werd aangesproken. Hoeveel brieven zou hij dan in, pak 'm beet, een jaar kunnen schrijven?'

De hoofdinspecteur hief zijn handen op om aan te geven dat dat een onzinnige vraag was die niet kon worden beantwoord. Kline en Hardwick keken serieuzer, alsof ze echt de rekensom wilden maken. Stimmel straalde zoals altijd de ondoorgrondelijkheid van een amfibie uit. Rebecca Holdenfield zat Gurney met een toenemende fascinatie aan te kijken. Blatt zag eruit alsof hij probeerde te bepalen waar een bepaalde stank vandaan kwam.

Wigg was de enige die iets zei. 'Vijfduizend. Tien, als hij heel erg gemotiveerd is. Mogelijk zelfs vijftienduizend, maar dat zou moeilijk worden.'

Kline keek haar met de scepsis van een jurist aan. 'En waar baseert u die getallen op, brigadier?'

'Om te beginnen op een aantal redelijke aannames.'

Rodriguez schudde zijn hoofd, waarmee hij leek aan te geven dat niets zo verraderlijk was als de redelijke aannames van een ander. Als Wigg het al merkte, liet ze zich er niet door afleiden.

'De eerste aanname is dat een plan als dat van die oplichter van toepassing is. Als dat het geval is, kunnen we concluderen dat de eerste vorm van contact – het briefje waarin om het geld wordt gevraagd – aan iedereen is verstuurd, en de latere briefjes alleen aan degenen die hebben gereageerd. In dit geval weten we dat de eerste vorm van contact twee briefjes van acht regels behelsde, dus zestien korte regels in totaal, plus de drie regels van het adres op de envelop. Afgezien van het adres zullen alle briefjes hetzelfde zijn geweest, waardoor het mogelijk moet zijn geweest om snel te schrijven. Ik schat dat zo'n briefje vier minuten kost, dus dat betekent vijftien per uur. Als hij er slechts een uur per dag mee bezig zou zijn, is dat dus vijfduizend in een jaar. Twee uur per dag zou neerkomen op elfduizend. In theorie zou hij er nog veel meer kunnen schrijven, maar er zijn grenzen aan de vlijt van zelfs de meest geobsedeerde persoon.'

'En om eerlijk te zijn,' zei Gurney met het groeiende besef van een wetenschapper die eindelijk een patroon ontwaart in een wirwar aan gegevens, 'zouden elfduizend meer dan genoeg zijn.'

'Genoeg voor wat?' vroeg Kline.

'Genoeg om dat trucje met het getal 658 uit te halen,' zei Gurney. 'En als het inderdaad zo is gegaan als ik denk, dan zou dat ook verklaren waarom hij in zijn eerste brief aan ieder van zijn slachtoffers om $ 289,87 vroeg.'

'Ho even.' Kline stak zijn hand op. 'Nu gaat u me iets te snel.'

45

Wie wil rusten in vrede
moet nu iets doen

Gurney nam het in gedachten nogmaals door. Het was bijna te simpel, en hij wilde er zeker van zijn dat hij niets over het hoofd had gezien dat zijn elegante hypothese onderuit kon halen. Hij zag de diverse gezichtsuitdrukkingen rond de tafel – mengelingen van opwinding, ongeduld en nieuwsgierigheid – en wist dat iedereen wachtte totdat hij verder zou gaan. Hij haalde lang en diep adem.

'Ik kan niet met zekerheid zeggen dat het zo is gegaan, maar het is een bijzonder voor de hand liggend scenario dat elke keer wanneer ik over die getallen zat te piekeren weer in mijn gedachten opkwam, vanaf de dag waarop Mark Mellery me thuis kwam opzoeken en me die eerste brief liet zien. Hij was stomverbaasd en bang omdat degene die die brief had geschreven hem zo goed leek te kennen dat hij kon voorspellen aan welk getal Mark zou denken als hem werd gevraagd aan een getal tussen de een en duizend te denken. Ik voelde de paniek in hem, het voorgevoel dat er iets ergs zou gebeuren. Voor de andere slachtoffers moet hetzelfde hebben gegolden. En paniek was nu net het hele doel van het spelletje dat werd gespeeld. "Hoe kan hij weten aan welk getal ik zou denken? Hoe kan hij iets weten wat zo intiem, persoonlijk en privé is als een gedachte? Wat weet hij nog meer van me?" Ik zag dat die vragen een marteling voor hem waren en hem letterlijk gek maakten.'

'Zeg dat wel,' stemde Rodriguez in. 'En nu ter zake graag.'

'Daar ben ik het niet geheel mee eens,' zei Holdenfield gespannen. 'Ik heb liever dat meneer Gurney op zijn eigen wijze en in zijn eigen tempo uitlegt hoe hij tot zijn theorie is gekomen.'

'Het is beschamend eenvoudig,' zei Gurney. 'Beschamend voor mij, want hoe langer ik over het probleem nadacht, des te ondoorgrondelijker het leek te worden. En nadat ik had ontdekt hoe het trucje met het getal negentien in elkaar zat, was ik geen stap dichter bij de oplossing van dit raadsel. De voor de hand liggende oplossing is geen moment bij me opgekomen, totdat brigadier Wigg haar verhaal deed.'

Het was niet duidelijk of de grimas op Blatts gezicht het gevolg was van een poging om het relevante element te ontdekken of simpelweg van een opgeblazen gevoel.

Gurney knikte Wigg even bevestigend toe en ging toen verder. 'Stel dat onze brigadier het bij het rechte eind heeft en dat onze geobsedeerde moordenaar twee uur per dag heeft besteed aan het schrijven van de brieven. Dat betekent dat hij er aan het eind van het jaar elfduizend moet hebben geschreven, die hij vervolgens aan de elfduizend personen op zijn lijstje heeft verzonden.'

'Welk lijstje?' Jack Hardwicks raspende stem deed aan het storende geluid van een roestig tuinhekje denken.

'Dat is een goede vraag, misschien wel de belangrijkste van allemaal. Ik kom er dadelijk op terug. Laten we voor nu even aannemen dat de oorspronkelijke brief in telkens dezelfde vorm aan elfduizend mensen is verstuurd, en dat dus aan al die elfduizend werd gevraagd om aan een getal tussen de een en duizend te denken. Volgens de kansberekening is aan te nemen dat er van die elfduizend mensen telkens elf aan hetzelfde getal tussen de een en de duizend denken. Met andere woorden, er is een statistische waarschijnlijkheid dat elf van die elfduizend mensen het getal 658 kiezen. Volkomen willekeurig.'

Blatts grimas kreeg komische proporties.

Rodriguez schudde vol ongeloof zijn hoofd. 'Overschrijden we hier niet de grens tussen hypothese en fantasie?'

'Welke fantasie zou dat zijn?' Gurney klonk eerder geamuseerd dan beledigd.

'Nou, die getallen die u in het rond strooit, die zijn nergens op gebaseerd. Ze zijn allemaal verzonnen.'

Gurney glimlachte geduldig, hoewel hij geen geduld had. Heel even was hij afgeleid door de manier waarop hij zelf zijn emotionele reactie aan de buitenwereld toonde. Het was een gewoonte die hij al zijn hele leven had: hij wist altijd als in een reflex zijn irritatie, frustratie, woede, twijfel en angst te verbergen. Het was een eigenschap die hem tijdens al die duizenden verhoren van pas was gekomen, en hij was er zo goed in dat hij was gaan geloven dat het een talent was, een professionele techniek, maar natuurlijk was dat het in wezen helemaal niet. Het was de manier waarop hij, al zo lang als hij zich kon herinneren, met het leven probeerde om te gaan.

'*Dus je vader schonk nooit enige aandacht aan je, David. Voelde je je daar rot bij?*'

'*Rot? Nee, dat niet. Ik voelde er eigenlijk helemaal niets bij.*'

En toch, in een droom kon een mens in droefenis verdrinken.

Jezus, dit was niet het juiste moment voor bespiegelende herinneringen.

Gurney wist zijn aandacht weer bijeen te rapen en hoorde Rebecca Holdenfield nog net met die nuchtere Sigourney Weaver-stem van haar zeggen: 'Zelf vind ik de hypothese van de heer Gurney helemaal niet vergezocht. Sterker nog, ik vind hem uitermate boeiend, en ik zou iedereen graag willen verzoeken hem de kans te geven zijn uitleg af te maken.'

Ze richtte zich met dat verzoek tot Kline, die zijn handpalmen naar boven keerde alsof hij wilde aangeven dat iedereen dat natuurlijk wilde.

'Ik wil niet beweren,' vervolgde Gurney, 'dat precies elf van die elfduizend personen voor het getal 658 kozen, maar alleen maar dat elf het meest waarschijnlijke aantal is. Ik weet niet genoeg van statistiek om een precieze berekening te kunnen maken, maar misschien kan een van de aanwezigen me daarbij helpen.'

Wigg schraapte haar keel. 'De kans dat er voor een getal binnen een bepaalde reeks getallen wordt gekozen is veel groter dan de kans dat de keuze op één bepaald getal valt. Ik zou er bijvoorbeeld geen fortuin om willen verwedden dat een bepaald getal tussen een en duizend door precies elf van elfduizend mensen zal worden gekozen, maar als we een marge van zeven naar boven en naar beneden hanteren, durf ik wel te wedden dat een dergelijk aantal kan worden gehaald. In dat geval zullen minstens vier en maximaal acht personen voor het getal 658 kiezen.'

Blatt keek Gurney met toegeknepen ogen aan. 'Wilt u nu beweren dat die kerel elfduizend brieven heeft verstuurd en dat hetzelfde geheime getal in al die afgesloten envelopjes zat?'

'Ja, min of meer wel.'

Holdenfield sperde haar ogen verbaasd open en sprak tegenover niemand in het bijzonder uit wat ze dacht. 'En iedereen die voor 658 koos – en het doet er nu niet zo veel toe hoeveel het er waren – maakte die envelop open en vond het briefje waarin stond dat de afzender hem goed genoeg kende om te weten dat hij 658 zou kiezen... Mijn hemel, wat moet dat een indruk hebben gemaakt!'

'Want het zou nooit bij de ontvanger opkomen dat hij niet de enige was die zo'n brief had ontvangen,' vulde Wigg aan. 'Hij zou er nooit aan denken dat hij een van elke duizend was die voor dat getal zou kiezen. En dat de brief handgeschreven was, maakte het natuurlijk helemaal af. Daardoor leek het uiterst persoonlijk.'

'Godskolere nog aan toe,' zei Hardwick met zijn krakende stem. 'Jullie willen dus beweren dat we hier een seriemoordenaar hebben die via direct mail zijn slachtoffers heeft uitgekozen!'

'Zo kun je het bekijken, ja,' zei Gurney.

'Dat is een van de raarste dingen die ik ooit heb gehoord,' zei Kline, eerder stomverbaasd dan ongelovig.

'Niemand schrijft elfduizend brieven met de hand,' zei Rodriguez op vlakke toon.

'Niemand schrijft elfduizend brieven met de hand,' herhaalde Gurney. 'Dat was nu precies de reactie waar hij op hoopte. En ik denk dat ik zonder het verhaal van brigadier Wigg niet eens aan de mogelijkheid zou hebben gedacht.'

'En als u niet over dat trucje met de speelkaarten was begonnen,' zei Wigg, 'dan zou ik nooit aan die oplichter hebben gedacht.'

'Jullie moeten elkaar later maar feliciteren,' zei Kline. 'Ik heb nog steeds een paar vragen. Zoals bijvoorbeeld: waarom vroeg de moordenaar om $ 289,87? Waarom moest de cheque voor dat bedrag naar de postbus van een ander worden gestuurd?'

'Hij vroeg om dat geld om dezelfde reden dat die oplichter over wie de brigadier net vertelde om geld vroeg: om ervoor te zorgen dat geschikte slachtoffers zich kenbaar maakten. De oplichter wilde weten welke personen op zijn lijstje eventuele foto's met alle geweld voor een ander verborgen wilden houden. Onze moordenaar wilde graag weten wie er allemaal voor het getal 658 hadden gekozen en zo van streek waren dat ze er geld voor over hadden om te weten wie erachter kon zitten. Ik denk dat hij voor een dergelijk hoog bedrag heeft gekozen om degenen die echt bang waren, zoals Mellery, te kunnen scheiden van degenen die alleen maar nieuwsgierig waren.'

Kline boog zich zo ver voorover dat hij bijna van zijn stoel gleed. 'Maar waarom zo'n precies bedrag, tot op de cent?'

'Dat zit me al van het begin af aan dwars, en ik ben er nog steeds niet zeker van, maar een mogelijke reden is dat de moordenaar zich ervan wilde verzekeren dat het slachtoffer een cheque zou sturen, en geen contant geld.'

'Dat stond niet in de eerste brief,' merkte Rodriguez op. 'Daarin stond dat het contant geld of een cheque mocht zijn.'

'Dat klopt, en dit klinkt allemaal erg subtiel,' zei Gurney, 'maar ik denk dat de dader dat expres heeft gedaan, zodat zijn voorkeur voor een cheque niet zou opvallen. Door voor een dergelijk ingewikkeld bedrag te kiezen, moedigde hij hen echter wel aan om een cheque te sturen.'

Rodriguez sloeg zijn ogen ten hemel. 'Hoor eens, ik weet dat "fantasie" hier vandaag niet echt een populair woord is, maar ik weet niet hoe ik het anders moet noemen.'

'Waarom was het van belang dat de slachtoffers een cheque zouden sturen?' wilde Kline weten.

'Het geld deed er voor de dader niet zo veel toe. Vergeet niet dat de cheques nooit zijn geïnd. Ik ben er zeker van dat hij toegang moet hebben gehad tot de postbus van Gregory Dermott, en daar was het hem om te doen.'

'Hem om te doen? Hoezo?'

'Wat staat er doorgaans op een cheque, behalve het bedrag en een rekeningnummer?'

Kline dacht even na. 'De naam en het adres van de rekeninghouder?'

'Inderdaad,' zei Gurney. 'De naam en het adres.'

'Maar waarom…'

'Hij moest ervoor zorgen dat het slachtoffer zich zou identificeren. Vergeet niet dat hij duizenden brieven heeft verstuurd. Maar ieder mogelijk slachtoffer was er natuurlijk van overtuigd dat die brief speciaal voor hem was bedoeld en afkomstig was van iemand die hem erg goed kende. Stel dat hij gewoon een envelop met het bedrag in contanten zou hebben opgestuurd? Hij zou geen reden hebben gehad om zijn naam en adres toe te voegen, en daar zou de dader hem ook nooit om hebben gevraagd omdat dan het hele "ik ken je diepste geheimen"-spelletje was mislukt. Die cheques waren een subtiele manier om bevestigd te krijgen dat de namen en adressen van de slachtoffers juist waren. En misschien, als de cheques inderdaad in het geniep op het postkantoor zijn bekeken, was de eenvoudigste manier om er daarna van af te komen wellicht om gewoon de oorspronkelijke envelop dicht te plakken en ze terug te stoppen in de postbus van Dermott.'

'Maar dan moet de dader de enveloppen hebben opengestoomd en weer dichtgeplakt,' opperde Kline.

Gurney haalde zijn schouders op. 'Een andere mogelijkheid is dat de dader toegang tot de cheques had nádat Dermott de enveloppen zelf had geopend, maar vóórdat hij ze terug kon sturen naar de afzenders. In dat geval zou openstomen en dichtplakken niet nodig zijn geweest, maar er rijzen dan wel weer andere vragen en problemen. We zouden ons moeten verdiepen in Dermotts woonsituatie, moeten kijken wie er toegang hebben tot zijn huis, enzovoort.'

'En dat,' zei Hardwick op luide, raspende toon, 'brengt ons terug naar mijn vraag, die onze Sherlock Gurney zo-even al de belangrijkste vraag van allemaal noemde. En wel: wie staan er allemaal op die lijst van elfduizend mogelijke slachtoffers?'

Gurney stak met het bekende gebaar van een verkeersagent zijn hand op. 'Voordat we proberen om daar een antwoord op te vinden zou ik iedereen eraan willen herinneren dat die elfduizend slechts een schatting is. Het is het aantal brieven dat logischerwijs geschreven kan zijn en het is een aantal dat onze hypothese over het getal 658 in statistisch opzicht ondersteunt. Met andere woorden, het is een werkbaar aantal. Maar zoals brigadier Wigg al eerder zei, kan het werkelijke aantal ergens tussen de vijfduizend en vijftienduizend liggen. Elk aantal tussen die twee uitersten is klein genoeg om haalbaar te zijn en groot genoeg om een handvol personen op te leveren die allemaal voor 658 hebben gekozen.'

'Tenzij u het natuurlijk helemaal bij het verkeerde eind heeft,' merkte Rodriguez op, 'en al dit gespeculeer gewoon zonde is van onze tijd.'

Kline wendde zich tot Holdenfield. 'Wat denk jij ervan, Becca? Hebben we het bij het juiste of het verkeerde eind?'

'Ik vind bepaalde aspecten van deze theorie uitermate fascinerend, maar ik houd mijn mening graag voor me totdat ik het antwoord op de vraag van inspecteur Hardwick heb gehoord.'

Gurney glimlachte, deze keer oprecht. 'Hij stelt doorgaans slechts een vraag als hij vrijwel zeker is van het antwoord. Zin om er iets meer over te vertellen, Jack?'

Hardwick wreef een paar tellen met zijn handen over zijn gezicht; dat was een van die onbegrijpelijke tics waaraan Gurney zich tijdens hun samenwerking aan de zaak van oudermoordenaar Piggert altijd zo had geërgerd. 'Als we kijken naar de belangrijkste eigenschap die de slachtoffers met elkaar gemeen hebben, de eigenschap waarnaar in de bedreigende gedichten wordt verwezen, dan kunnen we de conclusie trekken dat hun namen op een lijst met personen met een alcoholprobleem stonden.' Hij zweeg even. 'De vraag is alleen wat voor lijst dat zou zijn.'

'De ledenlijst van de AA?' stelde Blatt voor.

Hardwick schudde zijn hoofd. 'Die is er niet. Ze nemen dat "anonieme" uiterst serieus.'

'Is er een lijst samen te stellen uit openbare gegevens?' vroeg Kline. 'Aanhoudingen die verband houden met drankgebruik, veroordelingen?'

'Dat zou kunnen, maar daarop zouden al twee slachtoffers ontbreken. Mellery had geen strafblad. De pedofiele pastoor wel, maar de aanklacht luidde seksueel misbruik van een minderjarige. In de openbaar toegankelijke gegevens stond niets over alcohol, al heeft de rechercheur uit Boston met wie ik heb gesproken wel verteld dat er in een later stadium een aanklacht tegen de goede pastoor is vervallen in ruil voor de bekentenis van een minder zwaar misdrijf. De dader weet zijn gedrag aan zijn alcoholverslaving en stemde in met langdurige opname in een ontwenningskliniek.'

Kline kneep bedachtzaam zijn ogen tot spleetjes. 'Zou het een lijst van patiënten uit een ontwenningskliniek kunnen zijn?'

'Dat is mogelijk,' zei Hardwick, die een gezicht trok dat aangaf dat hij het tegenovergestelde dacht.

'Misschien moeten we daar eens naar kijken.'

'Ja, hoor.' Hardwicks bijna beledigende toon zorgde voor een ongemakkelijke stilte die Gurney ten slotte verbrak.

'In een poging om overeenkomsten te ontdekken tussen de locaties waar de slachtoffers zijn gedood, heb ik al eerder naar ontwenningsklinieken gekeken. Helaas liep dat spoor dood. Albert Schmitt heeft vijf jaar geleden vier weken in een ontwenningskliniek in de Bronx gezeten, en Mellery heeft vijftien jaar geleden vier weken in een kliniek in Queens doorgebracht. Geen van beide instellingen bood mogelijkheden tot een langdurig verblijf, dus de geestelijke moet ergens anders hebben gezeten. Dus zelfs al zou onze dader in een van zijn deze klinieken hebben gewerkt en dankzij dat werk toegang hebben gehad tot duizenden dossiers, dan nog zou hij alleen een lijst hebben kunnen samenstellen waarop slechts een van onze slachtoffers vermeld stond.'

Rodriguez draaide zich om in zijn stoel en sprak Gurney rechtstreeks aan. 'Uw theorie is gebaseerd op de veronderstelling dat er een reusachtige lijst bestaat, van misschien wel vijf- of elfduizend namen. Ik hoorde brigadier Wigg zelfs vijftienduizend noemen. Het lijkt telkens te veranderen.

Maar er is geen enkele bewijs voor een dergelijke lijst. Dus wat nu?'

'Geduld, hoofdinspecteur,' zei Gurney zacht. 'Ik zou niet willen zeggen dat er geen enkel bewijs is, eerder dat we dat nog niet hebben gevonden. Ik heb blijkbaar meer vertrouwen in uw capaciteiten dan uzelf.'

Het bloed steeg op naar Rodriguez' wangen. 'Vertrouwen? In mijn capaciteiten? Wat bedoelt u daar nu weer mee?'

'Alle slachtoffers zijn dus op een zeker moment opgenomen geweest in een ontwenningskliniek?' vroeg Wigg, die de uitbarsting van de hoofdinspecteur negeerde.

'Wat Kartch betreft weet ik dat niet zeker,' zei Gurney, die blij was dat ze weer op het onderwerp terugkwamen. 'Maar het zou me niet verbazen.'

Hardwick vulde aan: 'Het bureau in Sotherton heeft ons zijn strafblad gefaxt. Daaruit komt het beeld van een echte klerelijer naar voren. Geweldpleging, overlast, openbare dronkenschap, overlast door dronkenschap, dreigementen, dreigementen met een vuurwapen, schennis van de eerbaarheid, driemaal rijden onder invloed, twee bezoekjes aan de penitentiaire inrichting in het noorden van de staat, om nog maar te zwijgen over een keer of tien een bezoekje aan de plaatselijke cel. De delicten die verband houden met alcoholmisbruik, met name het rijden onder invloed, zullen er vrijwel zeker voor hebben gezorgd dat hij minstens een keer verplicht een ontwenningskliniek moet hebben bezocht. Ik zal het nog eens navragen in Sotherton.'

Rodriguez duwde zijn stoel weg van de tafel. 'Als de slachtoffers elkaar niet in een kliniek hebben leren kennen of daar op verschillende tijdstippen zaten, wat maakt het dan nog uit wanneer ze daar hebben gezeten? Tegenwoordig gaat de helft van de werklozen en waardeloze kunstenaars naar een ontwenningskliniek. Het wordt godverdomme nog vergoed ook, en de belastingbetaler kan ervoor opdraaien. Wat maakt het in godsnaam uit dat al die gasten daar hebben gezeten? Maakte dat de kans dat ze zouden worden vermoord soms groter? Niet echt. Maakt het iets uit dat ze aan de drank waren? Wat dan nog? Dat wisten we al.'

Het viel Gurney op dat woede de emotie was die Rodriguez altijd leek te voelen, een emotie die als een bosbrand van het ene naar het andere onderwerp oversprong.

Wigg, aan wie de tirade was gericht, bleef er onverstoorbaar onder. 'De heer Gurney zei een keer dat hij aanneemt dat de slachtoffers iets anders dan een alcoholprobleem met elkaar gemeen hebben. Een verblijf in een kliniek leek me zo'n gemeenschappelijke ervaring, of in elk geval een deel ervan.'

Rodriguez uitte een minachtend lachje. 'Misschien dit, misschien dat. Ik hoor heel veel "misschiens", maar niets concreets.'

Kline keek gefrustreerd. 'Kom op, Becca, vertel eens wat jij ervan vindt? Hebben we iets concreets om mee te werken?'

'Dat is moeilijk te zeggen. Ik weet niet waar ik moet beginnen.'

'Dan zal ik het even versimpelen. Hecht je wel of geen waarde aan de theorie van Gurney?'

'Ja, daar hecht ik waarde aan. Het beeld dat hij schetste van Mark Mellery, die geestelijk werd gekweld door de briefjes die hij ontving... Ik kan me voorstellen dat dat deel uitmaakte van een bepaald moordritueel.'

'Maar je lijkt niet geheel overtuigd.'

'Dat is het niet, het is gewoon dat... Dit is zo'n unieke handelwijze. Het slachtoffer kwellen is een veelvoorkomend element van de pathologie van een seriemoordenaar, maar ik heb nog nooit meegemaakt dat het op zo'n kille, mechanische manier werd gedaan, of van een dergelijke afstand. Dit soort moordenaars kwellen of martelen doorgaans persoonlijk, en van nabij. Zo jagen ze hun slachtoffers angst aan, een angst waaraan ze zelf het gevoel van macht en controle ontlenen waarnaar ze zo verlangen. In dit geval werd er echter geen lichamelijke, maar louter geestelijke pijn toegebracht.'

Rodriguez boog zich naar haar toe. 'Dus u wilt zeggen dat dit niet binnen het gebruikelijke patroon past?' Hij klonk als een advocaat die een onwillige getuige het vuur aan de schenen legde.

'Nee. Dat patroon is wel degelijk aanwezig. Ik bedoel dat hij een geheel eigen manier van uitvoeren heeft, kil en berekenend. De meeste seriemoordenaars zijn bovengemiddeld intelligent. Sommigen, zoals Ted Bundy, zijn zelfs hyperintelligent. Deze persoon vormt wellicht een categorie op zich.'

'Te slim voor ons, bedoelt u?'

'Dat zei ik niet,' zei Holdenfield op onschuldige toon, 'maar waarschijnlijk hebt u gelijk.'

'O ja? Wacht even hoor, ik wil er zeker van zijn dat ik u goed begrijp,' zei Rodriguez, met een stem die even bros klonk als dun ijs, 'uw professionele mening luidt dat het BCI niet in staat is deze maniak op te pakken?'

'Nogmaals, dat is niet wat ik zei.' Holdenfield glimlachte. 'Maar u hebt waarschijnlijk weer gelijk.'

Weer kleurde Rodriguez' ongezond gebruinde huid rood van woede, maar Kline kwam tussenbeide. 'Becca, je wilt toch niet beweren dat we niets kunnen doen?'

Ze zuchtte met de berusting van een lerares die met de domste leerlingen van de school wordt opgezadeld. 'De feiten in deze zaak lijken tot nu toe drie conclusies te bevestigen. Een: de man naar wie u op zoek bent, speelt een spelletje met u en is daar uitermate bedreven in. Twee: hij is bijzonder gemotiveerd, bereidt zich uitstekend voor, is geconcentreerd en grondig. Drie: hij weet wie de volgende op het lijstje is, en u niet.'

Kline keek gekweld. 'Maar om terug te komen op mijn vraag…'

'Als jullie op zoek zijn naar licht aan het einde van de tunnel, dan is er een klein aspect dat in ons voordeel kan zijn. Hij is weliswaar heel erg georganiseerd, maar hij kan zijn greep verliezen.'

'Wat? Waarom? Hoezo, "zijn greep verliezen"?'

Terwijl Kline die vraag stelde, voelde Gurney een zware druk op zijn borst. Het onbeheerste gevoel van angst viel in zijn gedachten samen met een beeld dat hij scherp als een film voor zich zag: de moordenaar die het vel papier met de acht regels in zijn hand hield die Gurney een dag eerder zo impulsief had opgeschreven en verstuurd:

Ik zie nu het spoor dat je hebt uitgezet:
een schot dat niet klonk, de teruggaande tred.
Het spel is nu weldra voorbij, en voorgoed;
door de vriend van een man sterft het addergebroed.
Hoed je voor sneeuw, voor nacht, dag en zon,
er komt snel een eind aan wat je zelf begon.
Nadat ik wenend van rouw aan zijn graf heb gestaan
Laat ik zijn moordenaar hellewaarts gaan.

Werktuiglijk en zo te zien vol minachting kneep de hand het vel tot een propje dat steeds kleiner werd, en toen dat bijna niet meer te zien was, even klein als een stukje uitgekauwde kauwgum, ging de hand langzaam open en viel het propje op de grond. Gurney probeerde het verontrustende beeld uit zijn gedachten te bannen, maar het scenario was nog niet ten einde. Nu hield de hand van de moordenaar de envelop vast waarin het gedichtje was verstuurd, met het adres naar boven en het poststempel duidelijk zichtbaar. Het stempel van Walnut Crossing.

Van Walnut Crossing… O god! Een ijselijke kilte verspreidde zich van zijn maag naar zijn benen. Hoe had hij dat over het hoofd kunnen zien? *O, blijf kalm. Denk na.* Wat kon de moordenaar met zulke informatie beginnen? Kon die hem naar hun daadwerkelijke adres leiden? Naar hun huis? Naar Madeleine? Gurney merkte dat hij zijn ogen opensperde en dat het bloed uit zijn gezicht wegtrok. Hoe had hij zich zo obsessief op zijn eigen armzalige poging tot wraak kunnen storten? Hoe kon hij het poststempel hebben vergeten? Aan welke gevaren had hij Madeleine hierdoor blootgesteld? Zijn geest bleef om die laatste vraag heen draaien, als een man die door een brandend huis rent. Hoe reëel was het gevaar? Hoe dringend? Moest hij haar bellen? Haar waarschuwen? Maar waarschuwen waarvoor? Dan zou hij haar de schrik van haar leven bezorgen. God, wat was er verder nog? Wat had hij verder nog over het hoofd gezien in zijn tunnelvisie op de tegenstander, op de strijd, de puzzel? Wier veiligheid – wier levens – had hij op het spel gezet door zijn koppige vastberadenheid om te winnen? Het duizelde hem.

Een stem onderbrak gedachten die dicht in de buurt van paniek kwamen. Hij probeerde zich aan die stem vast te klampen, die te gebruiken om zijn evenwicht te hervinden.

Holdenfield was aan het woord. '… een dwangmatige planner met een pathologische behoefte om de werkelijkheid overeen te laten komen met zijn ideeën. Het doel dat hem geheel in de ban heeft, is anderen geheel in zijn ban krijgen.'

'Iedereen?' vroeg Kline.

'Nee, zijn bereik is eigenlijk heel beperkt. Hij heeft het gevoel dat hij totale controle kan uitoefenen door zijn beoogde slachtoffers te terroriseren en te vermoorden, en die slachtoffers lijken zich te beperken tot mannen van middelbare leeftijd met een drankprobleem. Zij zijn de enigen die er voor hem toe doen, die een rol spelen of van enig belang zijn.'

'En "de greep verliezen", waar sloeg dat op?'

'Nou, wie probeert een gevoel van almacht te verkrijgen en te behouden door moorden te plegen, zal al snel merken dat zulke pogingen ten dode opgeschreven zijn. Excuses voor de woordspeling. Telkens weer moorden uit verlangen naar controle is even disfunctioneel als crack roken uit verlangen naar geluk.'

'Je hebt telkens meer nodig?'

'Je hebt telkens meer nodig voor een minder resultaat. De emotionele cyclus wordt steeds korter en minder goed beheersbaar. Er gebeuren dingen die niet zouden mogen gebeuren. Ik vermoed dat er vanmorgen ook iets dergelijks is gebeurd en dat om die reden de agent is gedood in plaats van de heer Dermott. Zulke onvoorziene gebeurtenissen zorgen bij een moordenaar die is geobsedeerd door controle voor ernstige emotionele spanningen, en een dergelijke vorm van afleiding leidt vaak tot fouten. Het is net een machine waarvan de aandrijfas uit balans is. Bij het bereiken van een bepaalde snelheid gaat alles zo sterk trillen dat de machine uit elkaar vliegt.'

'En wat betekent dat in dit specifieke geval?'

'Dat de moordenaar steeds meer overspannen wordt, en daarmee onvoorspelbaar.'

Overspannen. Onvoorspelbaar. Weer verspreidde de kille angst zich vanuit Gurneys binnenste, deze keer naar zijn borstkas en keel.

'En dat betekent dat de situatie erger wordt?' vroeg Kline.

'In zekere zin beter, in zekere zin erger. Als een moordenaar die zich altijd in donkere steegjes heeft opgehouden en zijn slachtoffers met een ijspriem heeft gedood opeens zwaaiend met een machete over Times Square rent, dan is de kans groot dat hij wordt gepakt. Vraag alleen niet hoeveel mensen dat in die laatste fase nog het leven kan kosten.'

'Je bent bang dat onze jongen elk moment naar zijn machete kan grijpen?' Kline klonk eerder opgewonden dan ontzet.

Gurney voelde zich misselijk. Het machotoontje waarmee degenen die werkzaam waren bij politie en justitie zich doorgaans probeerden te wapenen tegen de verschrikkingen van hun vak werkte niet in alle situaties. Dit was er een van.

'Ja.' De vlakke toon van Holdenfields onomwonden antwoord zorgde voor een stilte in het vertrek.

Na een tijdje nam de hoofdinspecteur weer het woord, met zijn voorspelbare vijandigheid. 'Dus wat doen we nu? Een opsporingsbevel uitvaardigen voor een vent van dertig met een trillende aandrijfas en een machete in zijn hand?'

Hardwick reageerde hierop met een verwrongen glimlachje, en Blatt met een bulderende lach.

Stimmel zei: 'Soms is een grootse finale deel van het plan.' Daarmee trok hij de aandacht van iedereen, behalve van Blatt, die bleef lachen. Toen Blatt weer wat was gekalmeerd, vervolgde Stimmel: 'Wie kan zich nog de zaak-Duane Merkly herinneren?'

Niemand.

'Een oorlogsveteraan die in Vietnam had gevochten,' zei Stimmel. 'Had problemen met de veteranenbond, had problemen met autoriteit. Had een valse waakhond, een akita, die op een dag een van de eenden van zijn buren opvrat. Buurman belde de politie. Duane had de pest aan de politie. Een maand later vreet die akita de beagle van de buren op. Buurman schiet de akita dood. Het conflict escaleert, het loopt volledig uit de hand. Op een dag gijzelt de veteraan zijn buurman en eist vijfduizend dollar als vergoeding voor die akita, anders maakt-ie zijn buur koud. De plaatselijke politie wordt opgetrommeld, een arrestatieteam wordt opgetrommeld. Het huis wordt omsingeld. Het probleem was alleen dat niemand de moeite had genomen om in Duanes legerdossier te kijken en dat niemand dus wist dat hij een expert op het gebied van explosieven was. Zijn specialisatie was het plaatsen van op afstand bedienbare landmijnen.' Stimmel zweeg en liet zijn toehoorders even nadenken over de gevolgen.

'Die klootzak heeft iedereen opgeblazen?' vroeg Blatt, onder de indruk.

'Niet iedereen. Zes doden, zes blijvend gehandicapten.'

Rodriguez keek gefrustreerd. 'En de moraal van het verhaal?'

'Het punt is dat hij de onderdelen voor die mijnen al twee jaar eerder had aangeschaft. De grootse finale had altijd al in zijn planning gezeten.'

Rodriguez schudde zijn hoofd. 'Ik zie het verband niet.'

Gurney wel, en hij kreeg er een ongemakkelijk gevoel van.

Kline keek Holdenfield aan. 'Wat zeg jij ervan, Becca?'

'Of ik denk dat onze man grootse plannen heeft? Dat is mogelijk. Eén ding weet ik wel...'

Ze zweeg toen er een korte klop op de deur klonk. De deur ging open, een brigadier in uniform stapte half naar binnen en sprak Rodriguez aan.

'Meneer? Het spijt me dat ik stoor, maar ik heb inspecteur Nardo uit Connecticut aan de lijn. Ik zei dat u in bespreking bent, maar volgens hem is het een noodgeval en moet hij u onmiddellijk spreken.'

Rodriguez slaakte de zucht van een man die meent dat hij onrechtmatig zwaar is belast. 'Ik neem het gesprek hier aan.' Hij knikte naar het toestel op de lage archiefkast tegen de wand achter hem.

De brigadier verdween. Twee minuten later ging de telefoon.

'Hoofdinspecteur Rodriguez.' Nog eens twee minuten lang hield hij de hoorn uiterst geconcentreerd tegen zijn oor gedrukt. 'Wat bizar,' zei hij ten slotte. 'Sterker nog, dat is zo bizar dat ik u zou willen verzoeken om het woord voor woord tegen de rest van mijn team te herhalen. Ik zet u even op de speaker. Gaat u gang, en vertelt u ze wat u mij net hebt verteld.'

De stem die een tel later te horen was, klonk gespannen en hard. 'Met John

Nardo, Wycherly. Kunt u me verstaan?' Rodriguez zei ja, en Nardo vervolgde: 'Zoals u weet, is een van mijn collega's vanmorgen bij het huis van de heer Gregory Dermott door geweld om het leven gekomen. Momenteel ben ik met een team van de technische recherche ter plaatse. Twintig minuten geleden kwam er een telefoontje voor meneer Dermott binnen. De beller zei tegen hem, en ik herhaal: "Jij bent de volgende, en daarna is Gurney aan de beurt."'

Wat? Gurney vroeg zich af of hij het wel goed had verstaan.

Kline vroeg of Nardo het kon herhalen, en dat deed hij.

'Heeft de telefoonmaatschappij u al kunnen vertellen waar het telefoontje vandaan kwam?' vroeg Hardwick.

'Er is mobiel gebeld, ergens hier in de buurt. Er zijn geen gps-data bekend, alleen de locatie van de zendmast. Natuurlijk was het nummer van het toestel afgeschermd.'

'Wie nam op?' vroeg Gurney. Vreemd genoeg had het aan hem gerichte dreigement een kalmerend effect. Misschien kwam dat omdat iets specifieks, iets waaraan namen waren verbonden, concreter en daarmee beter te hanteren was dan een eindeloze reeks mogelijkheden. En misschien kwam het omdat geen van beide namen die van Madeleine was geweest.

'Hoe bedoelt u?' vroeg Nardo.

'U zei dat er voor meneer Dermott werd gebeld, maar was hij ook degene die opnam?'

'O, ik snap het. Nou, toevallig lag de heer Dermott net met migraine op bed toen er werd gebeld. Sinds de vondst van de dode is hij er niet best aan toe. Een van de rechercheurs nam op, in de keuken. De beller vroeg naar Dermott en zei dat hij een goede vriend was.'

'Noemde hij zijn naam nog?'

'Ja, een rare naam. Carbis... Cabberdis... Nee, wacht even, ze hebben het ergens opgeschreven... Charybdis.'

'Klonk de stem nog ongewoon?'

'Ja, grappig dat u dat zegt. Ze probeerden het net te beschrijven. Nadat Dermott had opgehangen, zei hij dat het als een buitenlands accent klonk, maar mijn collega vond het eerder nep klinken, als iemand die zijn stem probeert te vervormen. Of misschien was het wel haar stem. Ze zijn er geen van beiden zeker van of het een man of een vrouw was. Zeg, het spijt me, maar ik moet nu echt ophangen, ze hebben me hier nodig. Ik wilde u alleen even op de hoogte brengen. Ik bel zodra ik meer nieuws heb.'

Nadat hij had opgehangen, viel er een rusteloze stilte rond de tafel. Toen schraapte Hardwick zo luid zijn keel dat Holdenfield ineenkromp.

'Zo, Davey, jongen,' zei hij grommend, 'je staat weer eens in het middelpunt van de belangstelling. "Daarna is Gurney aan de beurt." Trek je die seriemoordenaars soms aan als een soort magneet? Wat moeten we doen, je aan een touwtje binden en wachten totdat ze toehappen?'

Hing Madeleine soms ook aan een touwtje? Misschien nog niet. Hopelijk nog niet. Per slot van rekening stonden Dermott en hij vooraan in de rij. Als die gek tenminste de waarheid sprak. Als dat zo was, had hij nog even de tijd – tijd die hij nuttig moest besteden. Tijd waarin hij zijn fouten moest rechtzetten. Hoe had hij zo stom kunnen zijn? Hoe had hij haar welzijn over het hoofd kunnen zien? Hij leek wel gek.

Kline keek bezorgd. 'Hoe bent u zo opeens een doelwit geworden?'

'Ik zou het ook niet weten,' zei Gurney met gespeelde luchthartigheid. Zijn schuldgevoel gaf hem de indruk dat zowel Kline als Rodriguez hem met een onvriendelijke belangstelling aankeek. Van het begin af aan had hij zijn twijfels gehad over het schrijven en versturen van dat gedicht, maar hij had ze zonder ze uit te spreken weggestopt. Hij walgde van het idee dat hij zijn ogen opzettelijk voor gevaar kon sluiten, ook als dat gevaar anderen bedreigde. Waar had hij in vredesnaam met zijn gedachten gezeten? Had hij op dat moment zelfs maar een seconde aan Madeleine gedacht? Of was de gedachte wel bij hem opgekomen, maar had hij hem verdrongen? Kon hij echt zo hardvochtig zijn geweest? O, god, alsjeblieft niet!

Ondanks al zijn vrees was er één ding dat hij zeker wist. Hier in de vergaderzaal blijven zitten praten over wat ze konden doen was ondraaglijk. Als Dermott de volgende op de lijst van de moordenaar was, dan had Gurney de grootste kans om de dader daar in de buurt te vinden en zo de risico's te beperken. En als hij na Dermott aan de beurt was, dan was dat een strijd die hij zo ver mogelijk van Walnut Crossing wilde uitvechten. Hij schoof zijn stoel naar achteren en stond op.

'Het spijt me, maar ik heb nog andere verplichtingen.'

Aanvankelijk leidde dit slechts tot nietszeggende blikken rond de tafel, maar toen leek Kline het te begrijpen.

'O god!' riep hij uit. 'U denkt er toch niet over om naar Connecticut te gaan?'

'Ik ben uitgenodigd, en ik zeg ja.'

'Dat is gekkenwerk. U hebt geen idee wat u te wachten staat.'

'Om eerlijk te zijn,' zei Rodriguez, met een misprijzende blik in de richting van Gurney, 'is het op een plaats delict waar het wemelt van de politie behoorlijk veilig.'

'Normaal gesproken wel,' zei Holdenfield. 'Tenzij…' Ze maakte haar zin niet af, alsof ze eromheen wilde lopen om de gedachte van alle kanten te bekijken.

'Tenzij wat?' snauwde Rodriguez.

'Tenzij de moordenaar bij de politie werkt.'

46

Een eenvoudig plan

Het was bijna te gemakkelijk.

Er zou meer voor nodig moeten zijn om binnen twintig seconden twintig goed opgeleide politiemannen te doden. Een daad van die omvang zou moeilijker moeten zijn. Per slot van rekening was een dergelijke aanval op zo'n schaal ongeëvenaard; in de moderne tijd had nog niemand in de Verenigde Staten iets als dit gedaan.

Het idee dat nog nooit iemand iets zo eenvoudigs had gedaan, moedigde hem aan, maar baarde hem ook zorgen. Uiteindelijk wist hij tot bedaren te komen door het volgende te denken: voor een man met een mindere intelligentie, die zich lang niet zo goed kon concentreren, zou dit inderdaad een schier onuitvoerbare taak lijken, maar dat gold niet voor hem. Hij zag alles glashelder, hij was uiterst geconcentreerd. Alles was betrekkelijk. Een genie kon langs obstakels dansen die voor een gemiddeld mens onoverkomelijke hindernissen waren.

Het bemachtigen van de chemicaliën was bespottelijk eenvoudig. Ze waren spotgoedkoop en honderd procent legaal. Zelfs in grote hoeveelheden wekte de aanschaf geen argwaan, aangezien zulke stoffen elke dag in bulkpartijen aan de industrie werden verkocht. Toch had hij ervoor gekozen voorzichtig te zijn en had hij beide chemicaliën (hij had er slechts twee nodig) elk bij een andere leverancier gekocht, zodat nooit het vermoeden zou rijzen dat ze in combinatie zouden worden gebruikt. Bij een derde zaak schafte hij twee drukvaten van elk honderdvijftig liter aan.

En nu, terwijl hij met behulp van een soldeerbout de laatste hand legde aan de combinatie van jerrycans en buizen die het dodelijke mengsel moest toedienen, schoot er een opwindende gedachte door hem heen, een scenario dat met zo veel hoogtepunten zijn verbeelding prikkelde dat er een brede glimlach op zijn gezicht verscheen. Hij wist dat hij zich iets voorstelde wat waarschijnlijk nooit zou gebeuren – daarvoor waren de chemicaliën te onvoorspelbaar – maar het idee dat het kon gebeuren, dat het niet ondenkbaar was, was voldoende.

Op de website over gevaren van chemische stoffen had hij een waarschuwing gelezen die hij in zijn geheugen had geprent. De waarschuwing stond in een rood kader, omringd door rode uitroeptekens. 'Een mengsel van chloor en ammoniak veroorzaakt dodelijke, giftige dampen en is in de genoemde samenstelling bovendien bijzonder ontvlambaar. Een enkel vonkje kan een explosie veroorzaken.' Hij voelde een grote vreugde opwellen wanneer hij aan het voltallige korps van Wycherly dacht, gevangen in zijn val, happend naar adem terwijl de giftige dampen hun longen vulden. Toen hij zich voorstelde dat ze door een enkel vonkje dat het gas deed ontvlammen in stukken uiteen zouden spatten, deed hij iets wat hij slechts zelden deed. Hij lachte hardop.

Kon zijn moeder hier maar de humor van inzien, de schoonheid, de heerlijkheid. Maar dat was wellicht te veel gevraagd. En als al die politiemannen aan stukjes zouden worden gereten, heel kleine stukjes, dan zou hij hen niet de keel kunnen doorsnijden. En dat wilde hij zo graag.

Niets op deze wereld was perfect. Er waren altijd voordelen en nadelen. Je moest het doen met de kaarten die je werden toebedeeld. Inzien dat het glas half vol was.

Dat was de werkelijkheid.

47

Welkom in Wycherly

Nadat Gurney de voorspelbare bezwaren en vraagtekens bij zijn voorgenomen rit terzijde had geschoven, liep hij naar zijn auto en belde het bureau in Wycherly om te vragen waar Gregory Dermott woonde. Hij beschikte immers alleen over het postbusnummer uit het briefhoofd. Het duurde even voordat hij de dienstdoende agente had uitgelegd wie hij was, en zelfs daarna moest hij nog even wachten terwijl de jonge vrouw Nardo belde om te vragen of ze hem de locatie mocht mededelen. Het bleek dat ze het enige lid was van het kleine korps dat niet ter plaatse was. Gurney voerde het adres in zijn routeplanner in en ging op weg naar de Kingston-Rhinecliff Bridge.

Wycherly lag even ten noorden van het hart van Connecticut. De rit duurde ruim twee uur, en al die tijd zat Gurney te piekeren over de vraag hoe hij de veiligheid van zijn vrouw over het hoofd had kunnen zien. Hij werd er zo somber en ongerust van dat hij zich uit alle macht op iets anders probeerde te concentreren, en hij begon de belangrijkste hypothese die tijdens de vergadering op tafel was gekomen van alle kanten te bekijken.

Het idee dat de moordenaar er op de een of andere manier in was geslaagd een lijst samen te stellen met een paar duizend namen van personen met een alcoholprobleem, personen die leden aan de diepgravende angsten en schuldgevoelens waarmee een drankzuchtig verleden gepaard kon gaan, en dat hij er vervolgens in was geslaagd een klein aantal van hen met een simpel trucje in zijn greep te krijgen en te kwellen met dreigende versjes, om hen vervolgens op rituele wijze te doden… Dat hele idee, hoe wereldvreemd het ook klonk, kwam inmiddels volkomen geloofwaardig op hem over. Hij wist dat de meeste seriemoordenaars reeds als kind genoegen hadden ontleend aan het martelen van insecten of kleine dieren, bijvoorbeeld door hen met behulp van een vergrootglas in de zon in brand te steken. Een van zijn beroemdste arrestanten, de Kerstkannibaal, had op vijfjarige leeftijd op precies die manier een kat blind gemaakt: met zonlicht en een vergrootglas. Zulk gedrag leek verontrustend veel op het doorspitten van het verleden van een slachtoffer en hem vervolgens kwellen met zijn eigen angsten totdat hij kronkelde van de pijn.

Nu er een patroon zichtbaar werd, vielen de stukjes van de puzzel eindelijk op hun plaats. Dat was een proces dat hem doorgaans erg veel genoegen deed, maar tijdens die middag in de auto voelde het lang niet zo goed als gewoonlijk. Misschien omdat het gevoel dat hij had gefaald, dat hij een fout had gemaakt, aan hem bleef knagen. Die gedachte brandde als zuur in zijn borstkas.

Hij probeerde zich te concentreren op de weg, op de motorkap van zijn auto, op zijn handen rond het stuur. Vreemd. Hij herkende zijn eigen handen niet eens. Ze zagen er erg oud uit, als de handen van zijn vader. De kleine vlekjes waren groter en talrijker geworden. Als iemand hem nog geen minuut geleden foto's van een stuk of tien paar handen had laten zien, zou hij die van hemzelf niet hebben herkend.

Hij vroeg zich af waarom niet. Misschien neemt het brein geleidelijke veranderingen pas waar als het verschil tussen vroeger en nu groot genoeg is. Of misschien ging het nog verder dan dat.

Betekent dat dat we vertrouwde dingen in bepaalde opzichten altijd zo zullen blijven zien als ze vroeger waren? Zitten we vast in het verleden; niet vanwege een eenvoudig nostalgisch verlangen of een niet te vervullen wens, maar omdat de bedrading in ons hoofd bepaalde data gewoon niet kan verwerken? Als alles wat een mens 'zag' deels het resultaat was van de werking van de gezichtszenuw en voor een ander deel voortkwam uit het geheugen – als alles wat iemand op een bepaald moment 'waarnam' was samengesteld uit indrukken van dat moment en uit indrukken uit het geheugen – dan gaf dat een nieuwe betekenis aan 'in het verleden leven'. Het verleden zou het heden dan in een tirannieke greep kunnen houden en ons van overbodig geworden gegevens kunnen voorzien, vermomd als zintuiglijke waarnemingen. Was dat het geval bij een seriemoordenaar die werd voortgedreven door een trauma uit een ver verleden? Hoe verwrongen zou zijn beeld kunnen zijn?

De theorie maakte hem even heel erg opgewonden. Wanneer hij een nieuw idee doornam en het aan de werkelijkheid toetste, kreeg hij altijd het gevoel dat hij de situatie beter in de hand had, dat hij echt leefde, maar vandaag wist hij die gevoelens niet vast te houden. Zijn routeplanner gaf aan dat het nog driehonderd meter naar de afrit voor Wycherly was.

Aan het einde van de afrit sloeg hij rechtsaf. Het was hier een mengelmoes van akkers, identieke woonwijken, rijen winkels en vage herinneringen aan genoegens uit zomers van lang geleden: een vervallen drive-inbioscoop, een wegwijzer naar een meer met een naam in het Irokees.

Het deed hem denken aan een ander meer met een indiaans klinkende naam, een meer waaromheen een wandelroute voerde die Madeleine en hij hadden gelopen toen ze tijdens een weekend in de Catskills op zoek waren geweest naar het ideale huis. Hij zag nog het enthousiaste gezicht voor zich dat ze had getrokken toen ze hand in hand glimlachend boven op de hoge oever hadden gestaan, met onder hen het water dat rimpelde in de bries. Met de herinnering kwam ook een pijnlijk schuldgevoel boven.

Hij had haar nog niet gebeld om te vertellen waar hij was, wat hij ging doen, en dat hij waarschijnlijk veel later dan verwacht thuis zou komen. Hij wist nog steeds niet hoe veel hij haar moest vertellen. Moest hij wel iets over het poststempel zeggen? Hij besloot haar meteen te bellen, te improviseren. *God, zorg ervoor dat ik het juiste zeg.*

Gezien de stress waaronder hij nu al gebukt ging, leek het hem verstandig de auto even langs de kant van de weg te zetten. De eerste plek die geschikt was, was een sjofel uitziend parkeerplaatsje vol grind, voor een kraampje waar groenten en fruit werden verkocht en dat nu vanwege de winter was dichtgespijkerd. De naam waaronder hij zijn telefoonnummer thuis in het geheugen had opgeslagen, luidde, heel doeltreffend maar allerminst vindingrijk, 'thuis'.

Madeleine nam op nadat het toestel twee keer was overgegaan en sprak op die optimistische, hartelijke toon die ze altijd aan de telefoon bezigde.

'Met mij,' zei hij. Zijn stem had slechts een fractie van de onbekommerdheid van de hare.

Er viel een heel korte stilte. 'Waar zit je?'

'Daarover bel ik. In Connecticut, vlakbij een stadje dat Wycherly heet.'

De voor de hand liggende vraag zou 'Waarom?' zijn geweest, maar Madeleine stelde nooit voor de hand liggende vragen. Ze wachtte af.

'Er zijn ontwikkelingen,' zei hij. 'Misschien is het einde in zicht.'

'Ik snap het.'

Hij hoorde haar langzaam en beheerst ademhalen.

'Ga je me verder nog iets vertellen?' vroeg ze.

Hij keek door het raampje van zijn auto naar het levenloze groente-kraampje. Het leek niet alleen dicht vanwege het seizoen, het leek volledig in de steek gelaten. 'De man naar wie we op zoek zijn, wordt steeds roekelozer,' zei hij. 'Misschien hebben we nu de kans hem tegen te houden.'

'De man naar wie we op zoek zijn?' Nu was haar stem als dun ijs waarin de scheuren sprongen.

Hij zei niets, van zijn stuk gebracht door haar antwoord.

Ze vervolgde, openlijk kwaad: 'Bedoel je soms die meedogenloze moor-denaar, die seriemoordenaar, de man die nooit mist? Die zijn slachtoffers in hun nek schiet en hun keel doorsnijdt? Bedoel je hem soms?'

'Dat is… de man naar wie we op zoek zijn, ja.'

'En daarvoor zijn er niet genoeg agenten in Connecticut?'

'Hij lijkt zich op mij te concentreren.'

'Wát?'

'Hij lijkt te hebben ontdekt dat ik een van de rechercheurs ben die aan de zaak werken, en we vermoeden dat hij nu misschien een fout zal maken, en dat zal ons de kans geven die we nodig hebben. Het is dé kans voor ons om de strijd met hem aan te gaan in plaats van alleen maar op te ruimen na weer een moord.'

'Wat?' Deze keer was het woord geen vraag meer, eerder een gekwelde uitroep.

'Het komt allemaal wel goed,' zei hij zonder overtuiging. 'Hij begint de controle te verliezen. Hij zal zichzelf vernietigen. We hoeven er alleen maar bij te zijn wanneer dat gebeurt.'

'Je moest erbij zijn toen dat je werk nog was. Je hoeft er nu niet meer bij te zijn.'

'Jezus, Madeleine, ik ben politieman!' De woorden sprongen zijn mond uit, als een vastzittend voorwerp dat opeens losschoot. 'Waarom snap je dat nou niet, verdomme?'

'Nee, David,' zei ze op effen toon. 'Je wás politieman. Dat ben je nu niet meer. Je hoeft er niet bij te zijn.'

'Ik ben er al.' In de stilte die volgde, zakte zijn woede af als een golf die zich terugtrok. 'Het komt wel goed. Ik weet wat ik doe. Er zal echt niets ergs ge-beuren.'

'David, wat is er in godsnaam met je aan de hand? Blijf je achter kogels aanrennen? Net zolang tot je er eentje door je kop krijgt? Is dat het? Ben je dat gedurende de rest van ons leven van plan? En moet ik maar gaan zitten wachten totdat je een keertje koud wordt gemaakt?' Haar stem brak bij die laatste woorden. Hij hoorde zo veel onverhulde emoties dat hij geen woord kon uitbrengen.

Uiteindelijk was Madeleine degene die weer iets zei, maar zo zacht dat hij het amper kon verstaan. 'Waar gaat dit eigenlijk over?'

'Waar het over gaat?' Die vraag trof hem op een ongewone manier. Hij voelde zich van zijn stuk gebracht. 'Ik snap niet wat je bedoelt.'

De intense stilte die honderdvijftig kilometer verder viel, leek hem te omringen, hem in te sluiten.

'Hoe bedoel je?' vroeg hij. Hij voelde dat zijn hart sneller begon te slaan.

Hij meende haar te horen slikken. Hij voelde, nee, wist op een bepaalde manier, dat ze een besluit nam. Toen ze eindelijk antwoord gaf, was het met een andere vraag, die ze zo zacht stelde dat hij haar amper kon verstaan.

'Gaat het om Danny?'

Hij voelde zijn hart bonzen, in zijn nek, zijn hoofd, zijn handen.

'Wat? Waarom zou het om Danny gaan?' Hij wilde geen antwoord geven, niet nu, niet nu hij zo veel andere dingen te doen had.

'O, David,' zei ze. Hij zag voor zich dat ze haar hoofd schudde, vastbesloten om het moeilijkste van alle onderwerpen te bespreken. Wanneer Madeleine een deur opende, liep ze er altijd door naar binnen.

Ze haalde beverig adem en ging verder. 'Voordat Danny stierf, speelde je werk al zo'n grote rol in je leven. Na zijn dood was je werk het enige wat nog een rol speelde. Je hebt de afgelopen vijftien jaar niets anders gedaan dan alleen maar werken. Soms heb ik het gevoel dat je iets goed probeert te maken, iets wilt vergeten, iets wilt… oplossen.' Ze sprak het laatste woord zo ingespannen uit dat het als het symptoom van een ziekte klonk.

Hij probeerde zijn zelfbeheersing te bewaren door zich op de vertrouwde feiten te concentreren. 'Ik ga naar Wycherly omdat ik wil helpen de man te pakken die Mark Mellery heeft vermoord.' Zijn stem leek wel die van een ander. De stem van iemand die oud, bang en gespannen was, van iemand die redelijk probeerde te klinken.

Ze sloeg geen acht op zijn woorden en zette haar eigen gedachtegang voort. 'Ik had gehoopt dat als we die doos zouden openen en naar zijn tekeningen zouden kijken… dat we dan allebei afscheid zouden kunnen nemen. Maar dat doe jij nooit, hè? Jij neemt nooit ergens afscheid van.'

'Ik weet niet waar je het over hebt,' protesteerde hij. Maar dat was niet waar. Toen ze op het punt hadden gestaan de stad voor Walnut Crossing te verruilen, had Madeleine uren besteed aan afscheid nemen. Niet alleen van de buren, maar ook van het huis zelf, van alles wat ze achter zouden laten, van de kamerplanten. Hij was er zenuwachtig van geworden. Hij had geklaagd dat ze zo sentimenteel was, dat het raar was om tegen levenloze voorwerpen te praten, dat het tijdverspilling was, een afleiding die het afscheid alleen maar moeilijker zou maken. Maar het was meer dan dat. Haar gedrag raakte iets in hem waarvan hij niet wilde dat het werd geraakt, en nu deed ze het weer; dat deel van hem aanraken dat nooit afscheid wilde nemen, dat het idee niet kon verdragen om ergens van gescheiden te zijn.

'Je stopt dingen weg, uit het zicht,' zei ze nu. 'Maar ze zijn niet echt weg, je hebt ze niet echt losgelaten. Als je iets los wilt laten, zul je het onder ogen moeten zien. Als je Danny's leven los wilt laten, zul je het onder ogen moeten zien. Maar dat wil je blijkbaar niet. Je wilt gewoon… Wat wil je dan, David? Wat? Doodgaan?'

Er viel een lange stilte.

'Je wilt dood,' zei ze. 'Dat is het, hè?'

Hij voelde het soort leegte waarvan hij vermoedde dat die ook in het oog van een orkaan bestond, een emotie die voelde als een vacuüm.

'Ik heb nog werk te doen.' Dat was zo'n banale opmerking, stom zelfs. Hij wist niet waarom hij de moeite nam dat te zeggen.

Er viel een langdurige stilte.

'Nee,' zei ze zacht, en ze slikte weer. 'Dat heb je niet.' En toen voegde ze er, amper hoorbaar en vol wanhoop, aan toe: 'Of misschien wel. Misschien koesterde ik alleen maar valse hoop.'

Hij wist niet wat hij moest zeggen, wat hij moest denken.

Hij bleef lange tijd zo zitten, met zijn mond een stukje geopend, snel en oppervlakkig ademend. Op een bepaald moment – hij wist niet eens wanneer – werd de verbinding verbroken. Hij wachtte in een soort van lege chaos op een kalmerende gedachte, een gedachte die hem tot handelen zou aanzetten.

In plaats van die gedachte kwam er een absurd, pathetisch gevoel in hem op; de gedachte dat Madeleine en hij zich alleen emotioneel aan elkaar konden blootgeven als ze letterlijk kilometers bij elkaar vandaan zaten, in verschillende staten, en hun emoties in een lege ruimte uitten, door een mobiele telefoon.

Wat ook bij hem opkwam, was iets waarover hij niets had kunnen zeggen, wat hij niet aan haar had kunnen onthullen. Hij had met geen enkel woord gerept over de stomme fout die hij met het poststempel had gemaakt, de fout die de moordenaar er wellicht op zou wijzen waar ze woonden. Hij had niet bekend dat hij een fout had gemaakt omdat hij zo geobsedeerd was geweest door het onderzoek. Die gedachte leek op een misselijkmakende manier in hem na te galmen en herinnerde hem eraan dat een soortgelijke obsessieve aandacht voor een zaak wellicht had bijgedragen aan Danny's dood of er misschien zelfs wel de oorzaak van was geweest. Het was opvallend dat Madeleine dat sterfgeval met zijn huidige obsessie in verband bracht. Opvallend en, zo moest hij toegeven, akelig juist.

Hij had het gevoel dat hij haar terug moest bellen, zijn fout moest toegeven – en daarmee het gevaar waaraan hij haar had blootgesteld – en haar moest waarschuwen. Hij koos hun nummer, wachtte op haar hartelijke welkom. De telefoon ging over, over, over. Toen hoorde hij zijn eigen stem en de boodschap die hij zelf had ingesproken; een tikje stijf, bijna ernstig, en zeker niet warm, gevolgd door de piep.

'Madeleine? Madeleine, ben je er nog? Neem alsjeblieft op als je dit hoort.' Hij voelde zich misselijk worden. Hij wist niet wat hij voor samenhangends in een berichtje van een minuut kon zeggen; alles wat hij kon bedenken, zou alleen maar meer schade aanrichten en voor paniek en verwarring zorgen. Het enige wat hij verder wist te zeggen, was: 'Ik hou van je. Wees voorzichtig. Ik hou van je.' Er klonk weer een piepje en de verbinding werd verbroken.

Hij bleef zitten staren naar het bouwvallige groentekraampje, verward en vol pijn. Hij had het gevoel dat hij een maand lang zou kunnen slapen, of misschien wel voor altijd. Voor altijd, dat zou het beste zijn. Maar dat sloeg nergens op. Dat soort dingen dachten vermoeide poolreizigers ook, en dan vlijden ze zich neer in de sneeuw en vroren dood. Hij moest zich concentreren. Blijven bewegen. Doorgaan, of hij wilde of niet. Stukje bij beetje keerden zijn gedachten terug naar de onvoltooide taak die hem wachtte. Er was werk aan de winkel in Wycherly. Er moest een gek worden opgepakt. Er moesten levens worden gered. Dat van Gregory Dermott, dat van hemzelf, misschien zelfs dat van Madeleine. Hij startte zijn auto en reed weg.

Het adres waarheen zijn routeplanner hem uiteindelijk voerde, was een onopvallend houten huis in koloniale stijl op een groot perceel, gelegen in een buitenwijk. Het huis stond op ruime afstand van een achterafweggetje zonder trottoirs dat weinig verkeer kende. De tuin werd aan drie zijden omringd door een hoge, dichte coniferenhaag, en aan de voorkant stond een buxushaag die tot borsthoogte kwam en waarin een opening voor de oprit was uitgespaard. Voor de haag stonden overal politieauto's geparkeerd, kriskras door elkaar en deels de straat blokkerend. Gurney telde er zo een stuk of tien. Op de meeste stond het embleem van Wycherly, maar er waren ook drie burgerauto's met draagbare rode zwaailichten op het dashboard. Er waren nergens auto's van het korps van de staat Connecticut te zien, maar dat was misschien niet verwonderlijk. Hij kon zich voorstellen dat het plaatselijke bureau de zaak liever zelf behandelde nu een van hun eigen mensen het slachtoffer was geworden, ook al was het misschien verstandiger of effectiever om dat niet alleen te doen. Toen Gurney zijn auto op een klein strookje gras aan de rand van het asfalt wurmde, stak een reusachtige jonge agent in uniform zijn ene hand op, ten teken dat hij daar niet mocht stoppen, en gebaarde hij met zijn andere hand dat Gurney langs de geparkeerde politieauto's moest rijden. Gurney stapte uit en toonde zijn legitimatiebewijs aan de gespannen ogende reus. Die vertrok zijn lippen tot een streep, en de opgezwollen spieren in zijn nek leken door te lopen tot in zijn wangen en een hevige strijd te leveren met zijn veel te krappe kraag.

De agent keek ruim een minuut lang naar het pasje in Gurneys portefeuille en leek er steeds minder van te begrijpen. Ten slotte zei hij: 'Daar staat New York.'

'Ik ben hier voor inspecteur Nardo,' zei Gurney.

De agent staarde hem aan met een blik die even hard was als de buikspieren onder zijn overhemd en haalde toen zijn schouders op. 'Binnen.'

Aan het einde van de lange oprit hing op dezelfde hoogte als de brievenbus een bordje van beige metaal waarop in zwarte letters GD SECURITY SYSTEMS stond. Gurney bukte zich en liep onder het gele afzetlint door dat rond het hele huis leek te zijn gespannen. Vreemd genoeg merkte hij pas voor het eerst wat voor weer het was toen hij het koude lint langs zijn nek voelde strijken. Het was guur en grijs en er stond geen wind. In de schaduw aan de voet van de buxushaag en de coniferen lagen hoopjes sneeuw die al eerder deels gesmolten en weer aangevroren waren. De ondiepe gaten in het gebarsten asfalt van de oprit waren gevuld met ijs.

Midden op de voordeur hing een minder opvallende versie van het bordje van GD SECURITY SYSTEMS. Naast de deur was een stickertje aangebracht dat meldde dat Axxon Silent Alarms dit huis beschermde. Toen hij het bakstenen trapje naar de met zuilen omgeven veranda opliep, ging de voordeur voor hem open. Het was geen gebaar dat hem verwelkomde. Sterker nog, er kwam een man naar buiten die de deur weer achter zich sloot. Hij leek Gurney slechts vanuit zijn ooghoeken waar te nemen en sprak op luide, geërgerde toon in zijn mobieltje. Het was een gedrongen, atletisch gebouwde man van eind veertig, met een hard gezicht en een scherpe, kwade blik in zijn ogen. Hij droeg een zwart windjack met op de rug POLITIE in grote gele letters.

'Kun je me nu wel verstaan?' Hij liep van de veranda naar het bleke, door vorst verlepte gazon. 'Hoor je me nu wel? Mooi. Ik zei dat ik hier zo snel mogelijk nog een mannetje van de TR nodig heb... Nee, dat is het niet, als ik zeg nu dan bedoel ik ook nu... Voordat het donker wordt. NU, nu. Wat snap je daar niet aan? Goed. Dank je. Daar ben ik blij mee.'

Hij verbrak de verbinding en schudde zijn hoofd. 'Achterlijke halvegare.' Hij keek Gurney aan. 'En wie hebben we hier nou weer?'

Gurney trok zich de agressieve toon niet persoonlijk aan omdat hij wist waardoor die werd veroorzaakt. Een moord op een politieman zette iedereen op de plaats delict op scherp, er was altijd sprake van een soort nauwelijks verhulde, primitieve woede. Bovendien had hij de stem herkend: het was John Nardo, de inspecteur die opdracht had gegeven om Dermott te bewaken.

'Ik ben Dave Gurney, inspecteur.'

Er scheen heel snel van alles door Nardo's gedachten te gaan, voornamelijk negatief. Het enige wat hij zei, was: 'Wat moet u hier?'

Zo'n eenvoudige vraag. Gurney wist een fractie van een seconde niet eens zeker wat hij moest antwoorden en besloot voor een beknopte versie te kiezen. 'Hij zegt dat hij Dermott en mij wil doden. Nou, Dermott zit hier, en nu ben ik er ook. Meer lokaas kan die klootzak zich niet wensen. Misschien kunnen we hem nu uit zijn tent lokken en oppakken.'

'Denkt u dat?' Nardo's toon was vervuld van ongefundeerde vijandigheid.

'Als u wilt, kan ik u op de hoogte brengen van onze vorderingen in dit onderzoek, en dan kunt u me vertellen wat u hebt ontdekt.'

'Wat ik hier heb ontdekt? Dat de agent die ik op uw verzoek naar dit huis heb gestuurd dood is. Gary Sissek. Twee maanden voor zijn pensioen. Ik heb ontdekt dat hij bijna is onthoofd met een afgebroken whiskyfles. Ik heb achter die heg verdomme een stelletje wandelschoenen aangetroffen, naast een godverdomde tuinstoel.' Hij maakte een woest gebaar naar de achterkant van het huis. 'Dermott heeft die stoel nooit eerder gezien. Zijn buurman heeft hem nooit eerder gezien. Dus waar komt dat kloteding vandaan? Heeft die gek die stoel soms zelf meegebracht?'

Gurney knikte. 'Ja, hoogstwaarschijnlijk is dat het geval. Het maakt deel uit van een vrij unieke werkwijze. Net als de whiskyfles. Was het merk toevallig Four Roses?'

Nardo staarde hem aan, aanvankelijk met een nietszeggend gezicht, alsof het een uitzending met een korte vertraging betrof. 'Jezus,' zei hij ten slotte. 'Kom maar even mee naar binnen.'

De deur gaf toegang tot een brede hal in het midden van het huis. Geen meubels, geen vloerkleden, geen schilderijen aan de wand, alleen maar een brandblusser en een paar rookmelders. Aan het einde van de hal bevond zich de achterdeur; daarachter, zo vermoedde Gurney, was de veranda waar Gregory Dermott die ochtend het lijk van de agent had aangetroffen. De onverstaanbare geluiden van stemmen aan de andere kant van die deur gaven aan dat de technische recherche nog steeds druk bezig was in de achtertuin.

'Waar is Dermott?' vroeg Gurney.

Nardo stak een duim op naar het plafond. 'Slaapkamer. Krijgt migraine van de stress, en migraine leidt tot misselijkheid. Hij heeft niet echt een goede bui. Het was al erg genoeg voordat dat telefoontje kwam en er werd gezegd dat hij de volgende… God nog aan toe.'

Gurney had de nodige vragen, heel veel zelfs, maar het leek hem verstandiger om Nardo het tempo te laten bepalen. Hij keek om zich heen naar de begane grond van het huis. Door een open deur aan zijn rechterzijde was een groot vertrek met witte wanden en een kale houten vloer te zien. Op een lange tafel in het midden van de ruimte stonden een stuk of zes computers. Telefoons, faxapparaten, printers, scanners, externe harde schijven en andere randapparatuur vulden een tweede lange tafel die langs de wand was geplaatst. Aan diezelfde wand hing een tweede brandblusser, en in plaats van een rookmelder hing hier een complete sprinklerinstallatie. Er waren slechts twee ramen, die te klein waren voor een kamer van dat formaat, één aan de voorkant en één aan de achterkant. Daardoor leek de ruimte ondanks de witte wanden op een tunnel.

'Hij heeft hier beneden zijn kantoor en woont zelf boven. Wij kunnen de andere kamer gebruiken,' zei Nardo, die naar een deur aan de andere kant van de hal wees. Deze kamer was half zo klein als de andere, maar evenmin uitnodigend en ook louter functioneel ingericht. Hier was slechts één raam, zodat het eerder een grot dan een tunnel leek. Nardo deed bij binnenkomst het licht aan, en vier verzonken lampen in het plafond veranderden de kamer in een spierwitte doos. Er stonden archiefkasten langs de ene wand, een tafel met twee desktopcomputers tegen de andere wand, een tafel met een koffiezetapparaat en een magnetron tegen de derde wand en een lege vierkante tafel met twee stoelen in het midden van de kamer. Dit vertrek was uitgerust met zowel een rookmelder als een sprinklerinstallatie. Het deed Gurney denken aan een schonere versie van de vreugdeloze kantine op het politiebureau waar hij het laatst had gewerkt. Nardo nam plaats op een van de stoelen en gebaarde dat Gurney zijn voorbeeld moest volgen. Ruim een minuut lang masseerde hij zijn slapen, alsof hij een bepaalde spanning uit zijn hoofd probeerde te verdrijven. Aan de blik in zijn ogen te zien hielp het niet.

'Al dat gedoe over "lokaas", daar trap ik niet in.' Hij trok zijn neus op, alsof het woord "lokaas" een vies luchtje verspreidde.

Gurney glimlachte. 'Dat is deels terecht.'

'En deels niet?'

'Ik weet het niet zeker.'

'Bent u soms hierheen gekomen om de held uit te hangen?'

'Nee, dat niet, maar ik heb wel het idee dat ik misschien kan helpen.'

'O ja? En als ik daar nu eens anders over denk?'

'U hebt de leiding, inspecteur. Als u wilt dat ik naar huis ga, dan doe ik dat.'

Nardo keek hem lange tijd met een cynische blik aan. Uiteindelijk leek hij van gedachten te veranderen, zij het aarzelend. 'Dus die fles Four Roses is onderdeel van zijn werkwijze?'

Gurney knikte.

Nardo haalde diep adem. Hij zag eruit alsof hij over zijn hele lichaam pijn voelde. Of alsof de hele wereld pijn voelde. 'Goed dan, Gurney, ik wil graag alles horen wat ik nog niet weet.'

48

Een huis met een verleden

Gurney vertelde over het spoor in de sneeuw dat achterstevoren liep, over de versjes, de onnatuurlijk klinkende stem aan de telefoon, de twee verontrustende trucjes met de getallen, het drankzuchtige verleden van de slachtoffers, de geestelijke kwellingen die ze hadden moeten doorstaan, de vijandige uitdagingen aan de politie, de heer en mevrouw Scylla die in The Laurels hadden gelogeerd en het woord '*redrum*' dat daar op de deur was aangetroffen, en over de intelligentie en grootheidswaan van de moordenaar. Hij vertelde over de bijzonderheden van de drie moorden waarmee hij bekend was, totdat Nardo's aandacht bijna op leek te zijn. Toen besloot hij met wat hem het belangrijkste leek: 'Hij wil twee dingen bewijzen. Ten eerste dat hij alcoholisten de baas is en hen kan straffen. Ten tweede dat de politie haar werk niet goed doet. Hij geeft zijn misdrijven de vorm van ingewikkelde spelletjes, alsof het denksport betreft. Hij is uiterst intelligent, geobsedeerd en heeft oog voor het kleinste detail. Tot nu toe heeft hij nog geen enkele vingerafdruk, haar, speeksel, vezel of voetafdruk achtergelaten. Hij heeft nog geen fouten gemaakt, althans niet voor zover wij weten. Feit blijft dat we heel erg weinig over hem, zijn methoden of zijn motieven weten, behalve wat hij ons zelf heeft laten zien. Op één belangrijk ding na.'

Nardo trok vermoeid maar nieuwsgierig een wenkbrauw op.

'Een zekere dokter Holdenfield, verantwoordelijk voor een bijzonder vooraanstaande studie over seriemoordenaars, is van mening dat hij een belangrijke fase van het proces heeft bereikt en dat er een beslissende gebeurtenis ophanden is.'

De spieren in Nardo's kaak verstrakten. Het was duidelijk dat hij zijn best deed om zich in te houden toen hij zei: 'Dus mijn afgeslachte collega op de veranda was gewoon een opwarmertje?'

Het was niet het soort vraag waarop een antwoord mogelijk of wenselijk was. De twee mannen bleven even zwijgend zitten totdat een zacht geluid, mogelijk dat van een onregelmatige ademhaling, de aandacht van hen allebei op de deur richtte. Degene die zo stilletjes naar hen toe was gekomen, was vreemd genoeg de boom van een agent die eerder de oprit had bewaakt en beter geschikt leek als verdediger op een footballveld. Hij keek alsof hij een kies moest laten trekken.

Nardo leek aan te voelen wat er zou volgen. 'Ja, Tommy?'

'Ze hebben de vrouw van Gary gevonden.'

'O, jezus. Waar is ze nu?'

'Op weg naar huis vanaf de garage in de stad. Ze is chauffeuse op de schoolbus.'

'Oké. Oké. O, shit. Ik zou zelf moeten gaan, maar ik kan hier niet weg. Waar is de hoofdcommissaris? Heeft iemand hem al opgespoord?'

'Hij zit in Cancún.'

'Jezus, ja, dat weet ik ook wel. Waarom luistert hij godverdomme zijn berichten niet af?' Nardo haalde diep adem en sloot zijn ogen. 'Hacker en Picardo, die kennen het gezin waarschijnlijk het beste. Is Picardo niet een neef van de echtgenote of zo? Stuur Hacker en Picardo maar. God o god. Maar zeg tegen Hacker dat ik hem eerst nog even wil spreken.'

De reus verdween even stilletjes als hij was gekomen.

Nardo haalde nogmaals diep adem. Hij nam weer het woord, op een toon alsof iemand hem een trap tegen zijn hoofd had gegeven en hij hoopte dat spreken zijn gedachten weer helder zou maken. 'Dus u hebt ontdekt dat de slachtoffers allemaal voormalige alcoholisten waren. Nou, Gary Sissek was dat niet, dus hoe past hij in het plaatje?'

'Hij zat bij de politie. Misschien was dat voldoende. Of misschien liep hij de moordenaar voor de voeten bij een geplande aanval op Dermott. Of misschien is er nog een ander verband.'

'Wat dan?'

'Dat weet ik niet.'

De achterdeur viel met een klap dicht en het geluid van voetstappen kwam dichterbij. Een lange, magere man in burger verscheen in de deuropening. 'U wilde me spreken?'

'Ja. Het spijt me dat ik dit moet vragen, maar ik wil dat Picardo en jij…'

'Ik weet het.'

'Juist. Ja. Nou, houd het simpel. Zo simpel als maar kan. "Liep tijdens het beschermen van een mogelijk slachtoffer steekwonden op die fataal bleken, is als held gestorven." Zoiets, dus. Wat ik dus bedoel: geen gruwelijke details, geen plassen bloed. Snap je? De details komen later wel, als het echt niet anders kan. Maar voor nu…'

'Ik begrijp het, meneer.'

'Goed zo. Hoor eens, het spijt me heel erg dat ik dit niet zelf kan doen, maar ik kan hier echt niet weg. Wil je tegen haar zeggen dat ik vanavond nog even bij haar langskom?'

'Ja, meneer.' De man bleef nog even in de deuropening staan, totdat duidelijk was dat Nardo er niets meer aan toe te voegen had en beende toen weg. Hij deed de achterdeur achter zich dicht, deze keer iets zachter.

Weer richtte Nardo zijn aandacht op het gesprek met Gurney. 'Ontgaat me soms iets, of hebt u vooral theorieën over deze zaak? Ik kan het mis hebben, maar ik heb u nog niet over concrete verdachten gehoord. Sterker nog, klopt het dat er helemaal geen concrete aanknopingspunten zijn?'

'Ja, dat klopt.'

'En die enorme hoeveelheid bewijsstukken: die enveloppen, vellen papier, rode inkt, wandelschoenen, gebroken flessen, voetafdrukken, opgenomen telefoongesprekken, overzichten van gebruikte gsm-zendmasten, teruggestuurde cheques, en zelfs berichten die door die gek met het vet van zijn eigen vingertoppen zijn geschreven… Niets van dat alles heeft ergens toe geleid?'

'Zo zou u het kunnen zeggen, ja.'

Nardo schudde zijn hoofd op een manier die een gewoonte leek te worden. 'Dus om een lang verhaal kort te maken: u hebt geen idee naar wie u zoekt of waar u hem kunt vinden.'

Gurney glimlachte. 'Misschien ben ik daarom wel hierheen gekomen.'

'Hoe bedoelt u?'

'Ik heb geen idee waar ik anders heen moet gaan.'

Het was het simpelweg toegeven van een simpel feit. Hij had weliswaar ontdekt hoe de moordenaar te werk was gegaan, maar de intellectuele bevrediging die hij daaraan ontleende, vormde geen goedmaker voor het feit dat er in het onderzoek verder weinig voortgang was geboekt, zoals Nardo zo-even al onomwonden had geconcludeerd. Gurney moest onder ogen zien dat hij weliswaar enkele openbaringen had beleefd waar het bepaalde elementen van het raadsel betrof, maar hij was nog net zo ver verwijderd van het vangen van de dader als hij was geweest op de ochtend dat Mark Mellery hem die vreemde briefjes had laten zien en om hulp had gevraagd.

Er veranderde iets aan Nardo's uitdrukking. De scherpe randjes verzachtten.

'We hebben nog nooit een moord in Wycherly gehad,' zei hij. 'Geen echte, bedoel ik. Een paar keer een geval van doodslag waarbij de verdachten een bekentenis aflegden, een paar dodelijke auto-ongelukken, één ongeluk tijdens de jacht waarbij je vraagtekens kunt zetten. Er heeft hier nog nooit een geval van doodslag plaatsgevonden waarbij niet minimaal één volslagen dronken klootzak een rol speelde. Althans niet in de afgelopen vierentwintig jaar.'

'Zo lang werkt u hier al?'

'Inderdaad. De enige die hier langer zit dan ik, is... was... Gary. Hij had bijna vijfentwintig jaar vol gemaakt. Zijn vrouw wilde dat hij al na twintig jaar zijn pensioen pakte, maar hij wilde er nog vijf jaar aan vastplakken... Godverdomme!' Nardo wreef in zijn ogen. 'Er sterven hier bijna nooit collega's tijdens het uitoefenen van hun functie,' zei hij, alsof hij een rationele verklaring voor zijn tranen diende te geven.

Gurney stond in de verleiding om te zeggen dat hij wist hoe het voelde om een collega te verliezen. Hij had er twee tegelijk verloren tijdens een arrestatie die vreselijk uit de hand was gelopen. Maar hij zei niets en knikte alleen maar meelevend.

Een minuut later schraapte Nardo zijn keel. 'Wilt u misschien zelf een babbeltje met Dermott maken?'

'Eerlijk gezegd wel, ja, maar ik wil jullie niet in de weg lopen.'

'Dat doet u niet,' zei Nardo op barse toon, alsof hij zo zijn moment van zwakte wilde goedmaken. Toen voegde hij er vriendelijker aan toe: 'U hebt hem al eens aan de telefoon gehad, hè?'

'Inderdaad.'

'Dus hij weet wie u bent.'

'Dat klopt.'

'Dus ik hoef er niet bij te zijn. Vertel me later maar wat jullie allemaal hebben besproken.'

'Wat u maar wilt.'

'Eerste deur rechts, boven aan de trap. Succes.'

Toen Gurney de trap van onbewerkt eiken opliep, vroeg hij zich af of de eerste verdieping meer zou verraden over de persoonlijkheid van de bewoner dan de begane grond, die evenveel warmte en sfeer had als de computers die er stonden. De overloop boven aan de trap was een voortzetting van het karige, door veiligheid bepaalde uiterlijk van beneden: een brandblusser aan de muur, een rookmelder en sprinklers aan het plafond. Gurney kreeg de indruk dat Gregory Dermott het type was dat het zekere voor het onzekere nam; liever riem én bretels dan een van de twee. Hij klopte op de eerste deur rechts, zoals Nardo had gezegd.

'Ja?' De stem klonk gepijnigd, schor, ongeduldig.

'Ik ben rechercheur Gurney, meneer Dermott. Kan ik u even spreken?'

Er viel een korte stilte. 'Gurney?'

'Dave Gurney. Ik heb u al eens aan de telefoon gehad.'

'Kom binnen.'

Gurney opende de deur en zag een kamer die in het duister was gehuld omdat de jaloezieën deels naar beneden waren getrokken. Er stonden een bed, een nachtkastje, een ladekastje, een fauteuil, en tegen een van de wanden een op een tafel lijkend bureau met een klapstoel ervoor. Al het hout was donker. De stijl was eigentijds, oppervlakkig chique. De sprei en het tapijt waren grijs en lichtbruin, in wezen kleurloos. De gebruiker van de kamer zat in de fauteuil, met zijn gezicht naar de deur. Hij zat een tikje scheef, alsof hij naar een houding had gezocht die zijn ongemak kon verlichten. Voor zover er iets van zijn onderliggende persoonlijkheid zichtbaar was, leek hij Gurney het technische type dat je als eigenaar van een IT-bedrijf zou verwachten. In het schemerlicht was zijn leeftijd moeilijk te schatten. Ergens in de dertig.

Hij keek aandachtig naar Gurneys gezicht, alsof hij daar het antwoord op een vraag dacht te vinden, en vroeg toen met lage stem: 'Hebben ze het u al verteld?'

'Wat moeten ze me hebben verteld?'

'Over het telefoontje... van die gestoorde moordenaar.'

'Daar heb ik over gehoord, ja. Wie heeft er opgenomen?'

'Opgenomen? Iemand van de politie, denk ik. Een van hen is me komen halen.'

'De beller heeft uw naam genoemd?'

'Ik neem aan van wel... Dat weet ik niet... Dat moet wel, denk ik. De agent zei dat het telefoontje voor mij was.'

'Had de stem van de beller iets bekends?'

'Hij klonk niet normaal.'

'Hoe klonk hij dan?'

'Gestoord. De stem ging op en neer; eerst klonk hij even hoog als een vrouwenstem en daarna weer laag. Heel vreemde accenten. Alsof het een of andere gestoorde grap was, maar tegelijkertijd ook heel serieus.' Hij drukte zijn vingers tegen zijn slapen. 'Hij zei dat ik de volgende was, en daarna u.' Hij leek eerder uitgeput dan bang.

'Hoorde u nog geluiden op de achtergrond?'

'Hoe bedoelt u?'

'Hoorde u nog iets anders dan de stem van de beller? Muziek, verkeer, andere stemmen?'

'Nee. Niets.'

Gurney knikte en keek om zich heen. 'Mag ik misschien even gaan zitten?'

'Ja, natuurlijk.' Dermott maakte een weids gebaar, alsof de kamer vol stoelen stond.

Gurney ging op de rand van het bed zitten. Hij had sterk het gevoel dat Gregory Dermott een sleutelrol in de zaak speelde, en hij alleen nog maar de juiste vragen hoefde te stellen, de juiste onderwerpen moest zien aan te snijden. Aan de andere kant was het soms beter om niets te zeggen, om een stilte te laten vallen, ruimte te scheppen, en af te wachten hoe de ander die zou vullen. Hij bleef lange tijd naar het tapijt zitten staren. Een benadering als deze vroeg om geduld. Bovendien moest je kunnen beoordelen of langer zwijgen tijdverspilling zou zijn. Hij vroeg zich net af of dat het geval was toen Dermott het woord nam.

'Waarom ik?' Zijn toon was gespannen, geërgerd. Het was een klacht, geen vraag, en Gurney koos ervoor om niet te antwoorden.

Na een paar tellen vervolgde Dermott: 'Ik denk dat het iets met dit huis te maken heeft.' Hij zweeg even. 'Ik wil u iets vragen, meneer Gurney. Kent u persoonlijk iemand die bij de politie van Wycherly werkt?'

'Nee.' Hij wilde dolgraag vragen waarom Dermott dat wilde weten, maar hij nam aan dat hij dat snel genoeg zou horen.

'Helemaal niet? Ook vroeger niet?'

'Helemaal niemand.' Hij zag iets in Dermotts blik dat om meer zekerheid leek te vragen en voegde eraan toe: 'Voordat ik het adres zag waarnaar Mark Mellery zijn cheque moest sturen, wist ik niet eens dat Wycherly bestond.'

'En er is niemand die u heeft verteld wat er in dit huis is gebeurd?'

'Gebeurd?'

'In dit huis. Lang geleden.'

'Nee,' zei Gurney, geboeid.

Dermotts onbehaaglijke gevoel leek sterker dan de symptomen van zijn hoofdpijn.

'Wat is hier dan gebeurd?'

'Ik heb het allemaal van horen zeggen,' zei Dermott, 'maar kort nadat ik dit huis had gekocht, vertelde een van de buren me dat hier meer dan twintig jaar geleden een vreselijke ruzie heeft plaatsgevonden. Tussen een echtpaar, en de man heeft de vrouw neergestoken.'

'En u ziet een verband…'

'Het is misschien toeval, maar…'

'Ja?'

'Ik was het eigenlijk alweer vergeten en dacht er vandaag pas weer aan. Vanmorgen, toen ik…' Zijn lippen vertrokken, alsof hij elk moment kon gaan braken.

'Rustig aan,' zei Gurney.

Dermott drukte beide handen tegen zijn slapen. 'Hebt u een wapen?'

'Ik bezit een wapen, ja.'

'Hebt u dat nu bij u, bedoel ik?'

'Nee, ik draag geen wapen meer sinds ik bij het NYPD weg ben. Als u zich zorgen maakt over uw veiligheid, dan kan ik u ervan verzekeren dat er zeker een stuk of tien gewapende agenten binnen een straal van honderd meter rondom uw huis te vinden zijn.'

Hij keek niet echt gerustgesteld.

'U zei dat u ergens aan moest denken.'

Dermott knikte. 'Ik was het alweer helemaal vergeten, maar ik moest er weer aan denken toen ik… al dat bloed zag.'

'Waaraan moest u denken?'

'Aan de vrouw die hier in huis is gestoken. In haar keel.'

49

Dood ze allemaal

Dat de inmiddels overleden buur van Dermott hem had verteld dat er 'meer dan twintig jaar geleden' een bloederige ruzie had plaatsgevonden, betekende dat het net zo goed minder dan vijfentwintig jaar geleden kon zijn geweest, en in dat geval zou zowel John Nardo als Gary Sissek hier al werkzaam zijn geweest. Het beeld was verre van duidelijk, maar Gurney had wel het gevoel dat er weer een stukje van de puzzel naar de juiste plek verschoof. Hij had nog meer vragen voor Dermott, maar die konden wachten totdat hij met de inspecteur had gesproken.

Hij liet Dermott achter in de kamer met de gesloten jaloezieën, stijfjes gezeten in de fauteuil, gespannen en ongemakkelijk. Toen Gurney naar beneden wilde lopen, kwam er een vrouw in een beschermende overall en met handschoenen aan beneden de hal in en vroeg aan Nardo wat er moest gebeuren nu het terrein rond het huis was uitgekamd.

'Laat dat afzetlint nog maar even zitten, voor het geval we nog iets moeten onderzoeken. De stoel, de fles en alles wat je verder nog hebt gevonden, mogen worden overgebracht naar het bureau. Jullie kunnen het achter in de archiefkamer leggen.'

'En al die rommel die daar nu op tafel ligt?'

'Leg dat maar even op de kamer van Colbert.'

'Daar zal hij niet blij mee zijn.'

'Dat kan me geen reet... Regel het gewoon!'

'Ja, meneer.'

'Zeg maar tegen Big Tommy dat hij de oprit in de gaten moet houden, en zeg tegen Pat dat ze bij de telefoon moet blijven. Verder wil ik dat iedereen langs de deuren gaat. Ik wil weten of de mensen hier in de buurt de laatste dagen iets ongewoons hebben gezien of gehoord, met name laat op de avond of 's morgens heel vroeg. Vreemde figuren, auto's op plekken waar normaal geen auto's geparkeerd staan, mensen die zomaar rondhangen, mensen met overdreven veel haast, dat soort dingen.'

'Hoe ver moeten ze zoeken?'

Nardo keek op zijn horloge. 'Zo ver als ze kunnen in de komende zes uur. Daarna kijken we wel verder. Als er iets interessants te melden is, wil ik dat meteen horen.'

De vrouw ging aan de slag. Nardo wendde zich tot Gurney, die inmiddels onder aan de trap stond. 'Nog iets nuttigs ontdekt?'

'Dat weet ik niet zeker,' zei Gurney met lage stem. Hij gebaarde dat Nardo hem moest volgen naar de kamer waar ze eerder hadden gezeten. 'Misschien kunt u me ergens mee helpen.'

Gurney ging op de stoel tegenover de deuropening zitten, Nardo bleef achter de stoel aan de andere kant van de vierkante tafel staan. Van zijn gezicht was nieuwsgierigheid af te lezen, maar ook een andere emotie, die Gurney niet kon benoemen.

'Wist u dat er in dit huis ooit iemand is neergestoken?'

'Waar hebt u het over?'

'Kort nadat Dermott dit huis had gekocht, vertelde een van de buren hem dat hier jaren geleden een vrouw heeft gewoond die tijdens een ruzie door haar man is gestoken.'

'Hoe lang geleden?'

Gurney wist zeker dat hij iets van herkenning in Nardo's blik zag flitsen.

'Twintig, vijfentwintig. In die buurt.'

Dat leek het antwoord te zijn dat Nardo had verwacht. Hij slaakte een zucht en schudde zijn hoofd. 'Daar had ik al heel lang niet meer aan gedacht. Ja, er was een geval van huiselijk geweld, ongeveer vijfentwintig jaar geleden. Kort nadat ik hier kwam werken. Wat is daarmee?'

'Kunt u zich de details nog herinneren?'

'Mag ik misschien weten waarom het zo belangrijk is, voordat ik herinneringen ga ophalen?'

'De vrouw die werd aangevallen, werd in haar keel gestoken.'

'En dat zou iets moeten betekenen?' Er bewoog een spiertje bij Nardo's mondhoek.

'Er zijn twee mensen in dit huis aangevallen. En omdat er zo veel manieren zijn waarop je iemand kunt verwonden, lijkt het me wel erg toevallig dat ze allebei in de keel zijn gestoken.'

'Het lijkt nu alsof die twee gevallen veel gemeen hebben, door de manier waarop u het zegt, maar dat is echt niet zo. Wat heeft een politieman die tijdens het beschermen van een mogelijk slachtoffer wordt gedood nu in godsnaam te maken met een geval van huiselijk geweld van vierentwintig jaar geleden?'

Gurney haalde zijn schouders op. 'Misschien zou ik u dat kunnen vertellen als ik de details van dat geval ken.'

'Goed. Oké. Ik zal u vertellen wat ik weet, maar veel is het niet.' Nardo zweeg even en staarde naar de tafel, of misschien eerder naar het verleden. 'Ik had die avond geen dienst.'

Een overduidelijke ontkenning van aansprakelijkheid, stelde Gurney vast. Waarom?

'Dus dit is nagenoeg allemaal informatie uit tweede hand,' ging Nardo verder. 'Zoals wel vaker in dit soort gevallen kreeg de echtgenoot, die zo dronken was als een tor, hevige ruzie met zijn vrouw en gaf haar een mep met een fles. De fles brak waarschijnlijk, zij liep verwondingen op, en dat was het dan.'

Gurney wist maar al te goed dat dat het niet was. De vraag was nu hoe hij de rest van het verhaal boven tafel kon krijgen. Een van de ongeschreven regels van het vak luidde dat je zo weinig mogelijk diende te zeggen, en Nardo hield zich keurig aan die regel. Omdat Gurney vermoedde dat er onvoldoende tijd was voor een subtiele benadering besloot hij de koe meteen bij de hoorns te vatten.

'Inspecteur, dat is gewoon gelul,' zei hij, terwijl hij zijn blik vol walging afwendde.

'Gelul?' Nardo's stem was amper meer dan een fluistering, maar klonk bijzonder venijnig.

'Ik twijfel er niet aan dat dat de waarheid is, maar het is zeker niet het hele verhaal.'

'Misschien gaat het hele verhaal u wel niks aan.' Nardo klonk nog steeds stoer, maar de woedende toon had iets van het zelfvertrouwen verloren.

'Hoor eens, ik ben niet zomaar een vervelende bemoeial uit een ander district. Gregory Dermott is vanmorgen gebeld door iemand die ook mij heeft bedreigd. Mij. Als dat op een of andere manier verband houdt met dat oude geval van huiselijk geweld, dan heb ik het volste recht er alles over te weten.'

Nardo schraapte zijn keel en staarde naar het plafond alsof daar de juiste woorden – of een nooduitgang – opeens zouden verschijnen.

Gurney voegde er op zachtere toon aan toe: 'Om te beginnen zou u me kunnen vertellen hoe dat stel heette.'

Nardo knikte even, trok toen de stoel naar achteren waar hij achter stond en ging zitten. 'Jimmy en Felicity Spinks.' Hij klonk alsof hij zich neerlegde bij een onaangename waarheid.

'U spreekt die namen uit alsof het bijzonder goede bekenden waren.'

'Tja. Nou. Weet je…' Ergens in huis ging een telefoon. Nardo leek het niet te horen. 'Jimmy lustte wel een stevige borrel en kon goed innemen. Op een avond kwam hij dronken thuis, kreeg ruzie met Felicity. Zoals ik al zei, eindigde het ermee dat hij haar met een gebroken fles stak. Ze verloor heel veel bloed. Ik heb het niet gezien, ik had die avond vrij, maar de jongens die dienst hadden, hadden het een week later nog over al dat bloed.' Nardo staarde weer naar de tafel.

'Heeft ze het overleefd?'

'Wat? Ja, maar vraag niet hoe. Ze hield er een hersenbeschadiging aan over.'

'Wat is er daarna met haar gebeurd?'

'Daarna? Ik geloof dat ze in een verpleeghuis is opgenomen.'

'En haar man?'

Nardo aarzelde even. Gurney kon niet zeggen of het hem moeite kostte om het zich te herinneren of dat hij er niet over wilde praten. 'Die beweerde dat het zelfverdediging was,' zei hij vol afschuw. 'Hij wist uiteindelijk in ruil voor een bekentenis strafvermindering te krijgen. Hij raakte zijn baan kwijt, is verhuisd. Het kind kwam onder de hoede van jeugdzorg. Einde verhaal.'

Gurneys voelsprieten, die door duizenden verhoren waren geoefend, vertelden hem dat er nog steeds iets ontbrak. Hij wachtte en zag hoe ongemakkelijk Nardo zich voelde. Op de achtergrond was met tussenpozen een stem te horen – blijkbaar degene die de telefoon had opgenomen – maar hij kon niet verstaan wat er werd gezegd.

'Er is nog iets wat ik niet begrijp,' zei hij. 'Waarom heb je me niet meteen over die zaak verteld? Wat is er zo belangrijk aan?'

Nardo keek Gurney recht aan. 'Jimmy Spinks werkte bij de politie.'

Er trok een rilling door Gurney heen, een rilling die gepaard ging met wel een stuk of tien dringende vragen, maar voordat hij er ook maar een kon stellen, verscheen er een vrouw met een vierkante kaak en een lichtblond stekeltjeskapsel in de deuropening. Ze droeg een spijkerbroek en een donkere polo. In een holster onder haar linkerarm stak een Glock.

'Meneer, er is net gebeld, en dit moet u horen.' Meteen, zei haar blik, maar dat sprak ze niet uit.

Nardo leek blij met de afleiding en schonk haar zijn volledige aandacht. Hij wachtte totdat ze verder zou gaan, maar ze wierp een nerveuze blik op Gurney.

'Hij hoort bij ons,' zei Nardo zonder enig genoegen. 'Ga verder.'

Ze wierp Gurney nogmaals een snelle blik toe, niet veel vriendelijker dan zo-even, en liep toen naar de tafel. Ze legde een digitale recorder neer die ongeveer het formaat van een iPod had. 'Hier staat alles op, meneer.'

Hij aarzelde even en tuurde met samengeknepen ogen naar het apparaatje. Toen drukte hij op een knopje. De opname startte meteen. De kwaliteit was uitmuntend.

Gurney herkende de eerste stem als die van de vrouw die voor hem stond. 'GD SECURITY SYSTEMS.' Blijkbaar had ze de instructie gekregen om op te nemen met de naam van het bedrijf, alsof ze een werknemer was.

De tweede stem klonk bizar, en Gurney herkende die meteen als de stem uit het gesprek waarbij hij op verzoek van Mark Mellery had meegeluisterd. Dat leek nu zo lang geleden. In de tijd tussen dat telefoontje en dit waren er vier doden gevallen, doden die zijn gevoel voor tijd op zijn kop hadden gezet. Mark in Peony, Albert Schmitt in de Bronx, Richard Kartch in Sotherton (Richard Kartch – waarom wekte die naam nu weer een ongemakkelijk gevoel bij hem op, het gevoel dat er iets niets klopte?) en nu Gary Sissek in Wycherly.

Die ongewone veranderlijke toonhoogte en dat accent waren uit duizenden te herkennen.

'Als ik God zou kunnen horen, wat zou Hij dan zeggen?' vroeg de stem met het tartende toontje van een schurk uit een horrorfilm.

'Pardon?' De vrouwelijke agent op het bandje klonk even verbaasd als een echte receptioniste zou hebben geklonken.

De stem herhaalde, met meer nadruk: 'Als ik God zou kunnen horen, wat zou Hij dan zeggen?'

'Sorry, kunt u dat nog eens herhalen? Volgens mij is de verbinding niet al te best. Belt u soms met een mobieltje?'

Ze gaf tussendoor snel commentaar tegen Nardo: 'Ik probeerde het gesprek zo lang mogelijk te rekken, zoals u al had aangeraden. Ik wilde hem aan de praat houden.'

Nardo knikte. Het gesprek op het bandje ging verder.

'Als ik God zou kunnen horen, wat zou Hij dan zeggen?'

'Ik begrijp u echt niet, meneer. Kunt u misschien uitleggen wat u bedoelt?'

De stem meldde, opeens luid en dreunend: 'God zou zeggen: "Dood ze allemaal!"'

'Meneer? Ik begrijp er echt helemaal niets van. Wilt u soms dat ik aan iemand een boodschap doorgeef?'

Er klonk een scherp lachje, als kreukelend cellofaan.

'Ken de gevaren, het is bijl noch strop./Treuzel niet, Dermott/Gurney schiet op./De zuiveraar nadert/ de tijd zit erop.'

50

De sleutel tot het geheim

Nardo was de eerste die iets zei. 'Dat was het hele gesprek?'

'Ja, inspecteur.'

Hij leunde achterover en wreef over zijn slapen. 'Nog niets van hoofdcommissaris Meyers gehoord?'

'We hebben boodschappen bij de receptie van zijn hotel achtergelaten, meneer, en berichten ingesproken op zijn mobiele nummer. Maar nee, nog niets.'

'Ik neem aan dat het nummer van de beller was afgeschermd?'

'Ja.'

'"Dood ze allemaal", hè?'

'Ja, dat zei hij. Wilt u het nog eens horen?'

Nardo schudde zijn hoofd. 'Over wie denk je dat hij het heeft?'

'Pardon?'

'"Dood ze allemaal". Wie zijn "ze"?'

De vrouw leek niet te weten wat ze moest zeggen. Nardo keek Gurney aan.

'Het is maar een gok, maar ik vermoed dat hij naar alle resterende personen op zijn dodenlijst verwijst, als die er al is, of naar iedereen in dit huis.'

'En dat "de zuiveraar komt,"' zei Nardo. 'Waarom "de zuiveraar"?'

Gurney haalde zijn schouders op. 'Ik heb geen idee. Misschien vindt hij dat gewoon een mooi woord dat binnen zijn ziekelijke plan past.'

Nardo's gezicht vertrok tot een onvrijwillige uiting van weerzin. Hij wendde zich tot de vrouw en sprak haar voor het eerst bij haar naam aan. 'Pat, ik wil dat je buiten met Big Tommy de wacht houdt. Neem schuin tegenover elkaar positie in, zodat jullie elke deur en elk raam kunnen zien. En licht iedereen in over wat er aan de hand is; ik wil dat iedere agent na het horen van een schot of een andere vorm van onrust binnen een minuut hier ter plaatse kan zijn. Nog vragen?'

'Verwacht u een gewapende aanval, meneer?' Ze klonk hoopvol.

'"Verwacht" is een groot woord, maar ik sluit het niet uit.'

'Denkt u echt dat die gek hier nog in de buurt rondloopt?' Haar ogen vonkten als lasvlammen.

'Dat is mogelijk. Licht Big Tommy in over het laatste telefoontje van de dader. En blijft uiterst alert.'

Ze knikte en liep weg.

Nardo wendde zich met een grimmig gezicht tot Gurney. 'Wat denkt u ervan? Moet ik de cavalerie laten komen en het regionale korps vertellen dat we met een noodgeval zitten? Of was dat telefoontje een hoop gelul in de ruimte?'

'Gezien het aantal lijken tot nu toe is het niet verstandig om aan te nemen dat het alleen maar gelul is.'

'Ik neem verdomme helemaal niets aan,' zei Nardo met samengeknepen lippen.

De spanning in hun gesprek leidde tot een stilte, die werd verbroken door een hese kreet van boven.

'Inspecteur Nardo? Gurney?'

Nardo trok een gezicht alsof hij iets had gegeten wat bedorven was. 'Misschien herinnert Dermott zich nog iets wat hij met ons wil delen.' Hij zakte verder weg op zijn stoel.

'Ik ga wel,' zei Gurney.

Hij liep de hal in. Dermott stond boven aan de trap voor de deur van zijn slaapkamer. Hij zag er ongeduldig, kwaad en uitgeput uit.

'Kan ik u even spreken… Alstublieft?' Het 'alstublieft' klonk niet echt vriendelijk.

Dermott maakte de indruk dat hij te zwak was om naar beneden te komen, en dus liep Gurney naar boven. Terwijl hij dat deed, kwam de gedachte bij hem op dat dit niet echt een huis was, maar eerder een bedrijfsruimte die toevallig van slaapvertrekken was voorzien. In de stadswijk waar hij was opgegroeid was dat een alledaags verschijnsel geweest: veel winkeliers woonden boven hun zaak, zoals die nare kerel van de delicatessenzaak die bij elke nieuwe klant een grotere hekel aan het leven leek te krijgen, of die begrafenisondernemer met zijn dikke vrouw en vier dikke kinderen, van wie bekend was dat hij banden had met de maffia. Alleen al de gedachte daaraan maakte hem misselijk.

Voor de deur van de slaapkamer probeerde hij dat gevoel te onderdrukken en wijs te worden uit het ongemak dat op Dermotts gezicht te lezen was.

De man keek langs Gurney naar de trap. 'Is inspecteur Nardo er niet meer?'

'Die is beneden. Kan ik iets voor u doen?'

'Ik hoorde auto's wegrijden,' zei Dermott beschuldigend.

'Ze blijven in de buurt.'

Dermott knikte, niet gerustgesteld. Hij had blijkbaar iets aan zijn hoofd, maar wilde het niet meteen zeggen. Gurney nam de gelegenheid waar om zelf een paar vragen te stellen.

'Meneer Dermott, wat doet u voor de kost?'

'Wat?' Hij klonk zowel verbaasd als geërgerd.

'Wat doet u precies voor werk?'

'Ik zit in de beveiliging. We hebben het hier dacht ik al eerder over gehad.'

'In vrij algemene termen,' zei Gurney glimlachend. 'Misschien kunt u me nu iets meer details vertellen.'

Dermotts overduidelijke zucht gaf aan dat hij dat verzoek als een verspilling van zijn tijd beschouwde. 'Wacht,' zei hij, 'ik moet even gaan zitten.' Hij liep terug naar zijn fauteuil en liet zich aarzelend zakken. 'Wat voor soort details?'

'Uw bedrijf heet GD SECURITY SYSTEMS. Wat voor soort beveiliging bieden deze systemen, en wie zijn uw klanten?'

Nogmaals een luide zucht, gevolgd door: 'Ik help bedrijven bij het beschermen van gevoelige informatie.'

'En waaruit bestaat uw hulp precies?'

'Applicaties voor gegevensbescherming, firewalls, toegangsprotocollen, systemen voor de verificatie van gebruikersgegevens – de meeste dingen die we doen, vallen in die categorie.'

'We?'

'Pardon?'

'U zei "dingen die we doen".'

'Dat bedoelde ik niet letterlijk,' zei Dermott afwijzend. 'Het bedrijf, bedoelde ik.'

'U wilt GD SECURITY SYSTEMS iets groter laten lijken dan het is?'

'Dat is echt niet mijn bedoeling, hoor. Mijn cliënten vinden het erg fijn dat ik alles zelf doe.'

Gurney knikte alsof hij onder de indruk was. 'Ja, ik begrijp dat dat een voordeel kan zijn. Wie zijn uw cliënten?'

'Cliënten bij wie "vertrouwelijk" uiterst hoog in het vaandel staat.'

Gurney glimlachte onschuldig bij het horen van Dermotts bitse toon. 'Ik vraag niet of u bedrijfsgeheimen wilt openbaren. Ik wil alleen weten om welke branches het zoal gaat.'

'Het zijn bedrijven met databases vol gevoelige en vertrouwelijke gegevens.'

'Zoals?'

'Persoonlijke informatie.'

'Wat voor soort persoonlijke informatie?'

Dermott trok een gezicht alsof hij probeerde te bepalen of hij contractbreuk zou plegen als hij verder zou gaan. 'Het soort informatie dat wordt verzameld door verzekeringsmaatschappijen, financiële dienstverleners, ziektekostenverzekeraars.'

'Medische gegevens?'

'Voor een groot deel wel, ja.'

'Ook over behandelingen?'

'Voor zover gegevens over behandelingen in het basisdossier worden opgenomen. Waar wilt u eigenlijk heen?'

'Stel dat u een hacker zou zijn die een grote medische database wil doorzoeken, hoe zou u dan te werk gaan?'

'Dat kan ik niet zeggen.'

'Waarom niet?'

Dermott sloot zijn ogen op een manier die ergernis uitdrukte. 'Omdat er te veel variabele factoren zijn.'

'Zoals?'

'Zoals?' Dermott herhaalde de vraag alsof die het toonbeeld van onvervalste domheid was. Even later vervolgde hij, met zijn ogen nog steeds dicht: 'Het doel van de hacker, zijn expertise, de vraag of hij vertrouwd is met het formaat van de data, de structuur van de database zelf, het toegangsprotocol, de redundancy van de firewall en nog een stuk of tien andere factoren die u bij gebrek aan een technische achtergrond vast niet zult begrijpen.'

'Daar heeft u ongetwijfeld gelijk in,' zei Gurney vriendelijk. 'Maar laten we er even van uitgaan dat een bedreven hacker een lijst wil samenstellen van personen die voor een bepaalde ziekte zijn behandeld…'

Dermott hief vol ergernis zijn handen op, maar Gurney drong aan: 'Is dat erg moeilijk?'

'Nogmaals, daar kan ik niet zomaar antwoord op geven. Sommige databases zijn zo lek als een mandje, die kun je net zo goed meteen op internet zetten. Tegen andere zijn zelfs de meest geavanceerde decryptiesystemen ter wereld nog niet opgewassen. Het hangt allemaal af van de talenten van de systeemontwerper.'

Gurney hoorde een zweem van trots in die laatste uitspraak en besloot erop voort te borduren. 'Ik durf er mijn pensioen om te verwedden dat u tot een van de beste behoort.'

Dermott glimlachte. 'Ik heb mijn carrière te danken aan het feit dat ik slimmer ben dan de slimste hackers ter wereld. Er is nog nooit een beschermingsprotocol van mijn hand gekraakt.'

Dit deed Gurney aan een nieuwe mogelijkheid denken. Had de moordenaar er misschien voor gekozen om Dermotts postbus bij de zaak te betrekken omdat Dermott had weten te voorkomen dat de moordenaar bij bepaalde databases had kunnen binnendringen? Het was een idee dat de moeite van het overdenken waard was, ook al riep het nu meer vragen dan antwoorden op.

'Ik wou dat de plaatselijke politie zich even competent kon tonen.'

Die opmerking wekte Gurney uit zijn overpeinzingen. 'Hoe bedoelt u?'

'Wat ik bedoel?' Dermott leek lang en ingespannen over zijn antwoord na te denken. 'Er zit een moordenaar achter me aan, en ik heb er geen vertrouwen in dat de politie me tegen hem kan beschermen. Er loopt een gek door de buurt, een gek die eerst mij wil doden en daarna u, en uw reactie daarop is mij allerlei hypothetische vragen stellen over hypothetische hackers die inbreken in hypothetische databases? Ik heb geen idee waar u heen wilt, maar als u me gerust wilt stellen door me af te leiden, dan kan ik u vertellen dat dat niet lukt. Waarom gaat u niet achter het echte gevaar aan? Het probleem is niet een of ander theoretisch softwarevraagstuk, het probleem is een gestoorde moordenaar die met een bebloed mes in de hand naar ons toe sluipt. En met de tragedie van vanmorgen is eens te meer bewezen dat de politie er niets van bakt!' Zijn kwade stem sloeg tegen het einde van zijn betoog bijna over, waardoor Nardo de trap op en naar Dermotts slaapkamer werd gelokt. Hij keek eerst naar Dermott, toen naar Gurney en daarna weer naar Dermott.

'Wat is hier in godsnaam aan de hand?'

Dermott wendde zich af en staarde naar de muur.

'Meneer Dermott voelt zich onvoldoende beschermd,' zei Gurney.

'Onvoldoende beschermd…' begon Nardo op nijdige toon, maar toen viel hij stil en ging even later op kalmere toon verder: 'Meneer, de kans dat iemand zonder toestemming dit pand betreedt is nihil, en dat geldt al helemaal voor een "gestoorde moordenaar met een bebloed mes", als ik u correct heb verstaan.'

Dermott bleef naar de wand staren.

'Laat ik het anders zeggen,' vervolgde Nardo. 'Als die teringlijder de gore moed heeft om hier te verschijnen, dan is hij er geweest. Als hij binnen probeert te dringen, dan vreet ik die teringlijder met huid en haar op.'

'Ik wil hier niet alleen zijn. Nog geen minuut.'

'U begrijpt me blijkbaar niet,' zei Nardo grommend. 'U bent niet alleen. Het wemelt hier in de buurt van de politie. Het wemelt in dit huis van de politie. Er komt echt niemand binnen.'

Dermott wendde zich tot Nardo en zei uitdagend: 'Stel dat hij al binnen is.'

'Waar hebt u het in godsnaam over?'

'Stel dat hij al in huis is?'

'Hoe kan dat nou?'

'Toen ik vanmorgen… ging kijken waar meneer Sissek bleef, toen ik door de tuin liep… toen is de deur open blijven staan… dus toen kan hij binnen zijn gekomen. Dat kan toch?'

Nardo staarde hem vol ongeloof aan. 'En waar is hij nu dan?'

'Hoe moet ik dat nu weten?'

'Wat denkt u zelf, heeft hij zich onder uw bed verstopt?'

'Dat is een goede vraag, inspecteur. Maar u kent het antwoord al, hè? Want u hebt niet het hele huis doorzocht. Dus hij zou best wel eens onder het bed kunnen zitten, hè?'

'God nog aan toe!' riep Nardo uit. 'Kan het nu afgelopen zijn met dat gezeik?'

Hij liep in twee lange passen naar het voeteneind, greep de onderkant vast en trok het bed kreunend omhoog. Hij hield het voeteneind ter hoogte van zijn schouder en snauwde: 'Is het zo goed? Ziet u er soms iemand onder zitten?' Met een bons liet hij het bed weer vallen.

Dermott keek hem kwaad aan. 'Wat ik wil, inspecteur, is dat er bekwaam gehandeld wordt, en geen kinderlijk drama. Is een zorgvuldige controle van het pand soms te veel gevraagd?'

Nardo keek Dermott met een kille blik aan. 'Vertelt u me dan maar eens waar iemand in dit huis zich zou kunnen verstoppen.'

'Waar? Weet ik het. In de kelder? Op zolder? In de kasten? Hoe moet ik dat nu weten?'

'Laat ik even duidelijk stellen, meneer, dat de agenten die als eersten ter plaatse waren het pand hebben uitgekamd. Als hij hier had gezeten, dan hadden ze hem gevonden. Duidelijk?'

'Uitgekamd?'

'Ja, meneer. Terwijl u in de keuken een verklaring aflegde.'

'Ook de zolder en de kelder?'

'Inderdaad.'

'Ook de provisiekamer?'

'Ze hebben alle kasten en kamers doorzocht.'

'Maar niet de provisiekamer!' krijste Dermott uitdagend. 'Want daar zit een hangslot op, en daar heb ik de sleutel van, en niemand heeft me daarom gevraagd.'

'En dat betekent,' merkte Nardo op, 'dat het hangslot er dus nog steeds op zit en dat overduidelijk is dat er niemand aan heeft gerommeld. En het zou dus tijdverspilling zijn geweest om die kamer ook nog eens te doorzoeken.'

'Nee, dat betekent dat u gewoon stond te liegen toen u zei dat het hele pand was doorzocht!'

Gurney, die zich schrap zette voor een fikse uitbarsting van Nardo, merkte tot zijn grote verbazing dat de inspecteur op kalme toon zei: 'Geeft u me de sleutel maar, meneer, dan ga ik meteen even kijken.'

'Zo,' zei Dermott op de toon van een jurist, 'u geeft dus toe dat u iets over het hoofd hebt gezien en dat niet het hele huis is doorzocht, hoewel dat wel had gemoeten.'

Gurney vroeg zich af of de onaangename vasthoudendheid een gevolg was van Dermotts migraine, een naar karaktertrekje of simpelweg angst die zich in agressie vertaalde.

Nardo bleef onnatuurlijk kalm. 'De sleutel, meneer?'

Dermott mompelde iets – iets beledigends, aan zijn gezicht te zien – en kwam overeind uit zijn stoel. Hij pakte een sleutelbos uit zijn nachtkastje, haalde er een sleutel af die kleiner was dan de andere en gooide die op het bed. Nardo raapte hem zonder zichtbare reactie op en liep zonder iets te zeggen de kamer uit. Langzaam daalde hij hoorbaar de trap af. Dermott liet de andere sleutels terug in de la vallen, wilde die dichtschuiven, maar hield toen op.

'Shit!' siste hij.

Hij pakte de bos weer uit de la en begon een tweede sleutel van de ring te peuteren. Zodra dat hem was gelukt, wilde hij naar de deur lopen, maar hij had nog maar één stap gezet of hij struikelde over het kleedje naast het bed, viel voorover en stootte zijn hoofd tegen het kozijn. Een gesmoorde kreet van woede en pijn ontsnapte aan zijn opeengeklemde kaken.

'Gaat het?' vroeg Gurney, die naar hem toe liep.

'Ja! Prima!' De woorden werden hem woedend toegebeten.

'Kan ik iets voor u doen?'

Dermott leek een poging te doen om kalm te worden. 'Hier,' zei hij. 'Ga hem deze sleutel brengen. Er zijn twee sloten, maar ik was door al dat gedoe zo in de war...'

Gurney pakte de sleutel aan. 'Gaat het?'

Dermott maakte een handgebaar dat walging uitdrukte. 'Ze hadden meteen naar me toe moeten komen, dan...' Zijn stem stierf weg.

Gurney wierp de geplaagd ogende man een laatste schattende blik toe en liep toen naar beneden.

Zoals bij de meeste huizen in buitenwijken zat de keldertrap recht onder de trap naar de eerste verdieping. Nardo had de deur naar de keldertrap open laten staan en Gurney zag beneden licht branden.

'Inspecteur?'

'Ja?'

Het geluid van zijn stem kwam van zo ver van de houten trap dat Gurney besloot de sleutel te gaan brengen. De geur, een stoffige mengeling van beton, metalen buizen, hout en stof, riep een levende herinnering op aan de kelder van het complex waar hij zijn jeugd had doorgebracht: de van dubbele sloten voorziene opslagruimte waar de huurders ongebruikte fietsen, wandelwagens en dozen met rommel bewaarden; het gedempte licht van een paar met spinnenwebben omhulde peertjes; de schaduwen die elke keer weer zijn haren overeind lieten staan.

Nardo stond voor een deur van grijs staal aan de andere kant van een onafgewerkte betonnen ruimte. Gurney zag zichtbare steunbalken, vochtvlekken op de muren, een boiler, twee olietanks, een verwarmingsketel, twee rookmelders, twee brandblussers en een sprinklerinstallatie.

'De sleutel past op het hangslot,' zei Nardo, 'maar er zit ook nog een gewoon slot op de deur. Wat is dat toch met al dat beveiligingsgedoe? En waar is in godsnaam de andere sleutel?'

Gurney gaf die aan hem. 'Die was hij vergeten. Volgens hem was dat uw schuld.'

Nardo pakte de sleutel met een grom vol weerzin aan en stak hem meteen in het slot. 'Dat vervelende ettertje,' zei hij, terwijl hij de deur openduwde. 'Het is toch niet te geloven dat ik echt ga kijken of... Jezus, wat nu weer?'

Nardo liep, gevolgd door Gurney, aarzelend de ruimte achter de deur binnen, die veel groter was dan de naam 'provisiekamer' had doen vermoeden.

Ze zagen iets wat aanvankelijk kant noch wal leek te raken.

51

Openbaring

Gurneys eerste gedachte was dat ze de verkeerde deur hadden geopend. Maar dat kon niet. Dit was, afgezien van de deur boven aan de keldertrap, de enige deur in de kelder. Maar dit was geen simpele provisiekamer.

Ze stonden in de hoek van een groot, ouderwets ingericht en zacht verlicht vertrek. Op de vloer lag dik tapijt en voor hen stond een tweepersoonsbed, bedekt door een gebloemde sprei met bijpassende volant rond de poten. Dikke kussens met eveneens bijpassende ruches waren tegen het hoofdeinde gezet. Bij het voeteneind stond een cederhouten dekenkist met een grote knuffelvogel erop die van allerlei verschillende lapjes was gemaakt. Een ongewoon element in de muur aan Gurneys linkerhand trok zijn aandacht: het was een raam dat op het eerste gezicht uitzicht leek te bieden over een weidse akker, maar bij nader inzien besefte hij dat het een doorzichtige kleurenafdruk op posterformaat was die van achteren werd verlicht en blijkbaar was bedoeld om het claustrofobische effect van de kamer te verminderen. Op hetzelfde moment werd hij zich bewust van het lage gezoem van een airco.

'Ik snap er niks van,' zei Nardo.

Gurney wilde daar net mee instemmen toen hij een stukje verderop, voor de muur met het nepraam, een klein tafeltje zag staan. Op het tafeltje stond een lamp met een laag wattage die een zachtgeel schijnsel verspreidde over drie eenvoudige zwarte lijstjes, van het soort waarin diploma's werden ingelijst. Hij liep erheen om ze beter te kunnen bekijken. In elk lijstje zat een fotokopie van een op naam gestelde cheque. De cheques waren allemaal op naam van X. Arybdis gesteld en het bedrag luidde telkens $ 289,87. Ze waren, van links naar rechts, afkomstig van Mark Mellery, Albert Schmitt en R. Kartch. Dit waren de cheques die Gregory Dermott naar eigen zeggen had ontvangen en waarvan hij de originelen ongeïnd had teruggestuurd naar de verzenders. Maar waarom had hij eerst kopieën gemaakt? En, nog verontrustender, waarom had hij die ingelijst? Gurney pakte de lijstjes een voor een op, alsof nadere bestudering hem meer zou kunnen vertellen.

En toen, opeens, terwijl hij naar de handtekening op de derde cheque tuurde – die van R. Kartch – kon hij eindelijk zijn vinger leggen op dat ongemakkelijke gevoel dat telkens in hem naar boven was gekomen. Alleen kwam nu niet alleen dat gevoel, maar ook de reden ervoor in hem op.

'Verdomme!' mompelde hij, kwaad dat hij zo blind had kunnen zijn voor wat overduidelijk niet klopte.

Op hetzelfde moment uitte Nardo een plotseling geluidje. Gurney keek naar hem en volgde toen de richting van zijn geschrokken blik naar de tegenoverliggende hoek van de kamer. Daar, amper zichtbaar in de schaduw, buiten het bereik van het zwakke schijnsel van de tafellamp, deels aan het zicht onttrokken door de rugleuning van een fauteuil in Queen Anne-stijl en bijna gecamoufleerd door een nachtpon in hetzelfde oudroze als de bekleding van de stoel, zat een magere vrouw, met haar kin op haar borst.

Nardo trok zijn zaklantaarn van zijn riem en richtte het licht op haar.

Gurney schatte haar ergens tussen de vijftig en de zeventig. Haar huid was lijkbleek. Het blonde haar, opgestoken in weelderige krullen, moest wel een pruik zijn. Ze hief al knipperend haar hoofd zo langzaam op dat het aanvankelijk leek alsof ze helemaal niet bewoog en wendde zich opvallend genoeg als een plant naar het licht.

Nardo keek even naar Gurney en toen weer naar de vrouw in de stoel.

'Ik moet plassen,' zei ze. Haar stem klonk hoog, schor, gebiedend. Toen ze met een arrogant gebaar haar kin ophief, werd een lelijk litteken in haar hals zichtbaar.

'Jezus, wie is dat?' fluisterde Nardo, alsof Gurney dat hoorde te weten.

Gurney had het vermoeden dat hij heel goed wist wie dit was. Hij wist ook dat hij een vreselijke fout had gemaakt toen hij naar de kelder was gelopen om Nardo de sleutel te brengen.

Hij draaide zich met een ruk om naar de open deur, maar daar stond Gregory Dermott al, met een kwart fles Four Roses in zijn ene en een 38. Special in zijn andere hand. Er was geen spoor meer te bekennen van de kwade, opvliegende man met migraine. Zijn ogen waren niet langer samengeknepen om pijn en verwijt uit te drukken, maar verkeerden nu in wat Gurney hun normale staat leek: het rechter scherp en vastberaden, het linker donker en gevoelloos als lood.

Nardo draaide zich eveneens om. 'Wa…?' begon hij, maar de vraag bleef steken in zijn keel. Hij bleef roerloos staan en keek afwisselend van Dermotts gezicht naar het wapen.

Dermott stapte de kamer in, stak behendig zijn voet naar achteren, haakte die om de rand van de deur en trapte zo de deur achter zich dicht. Er klonk een zware, metalen klik toen de deur in het slot viel. Een verontrustend glimlachje maakte de dunne lijn van zijn lippen langer.

'Eindelijk alleen,' zei hij, de spot drijvend met de toon van een man die al heel lang naar een prettig gesprek had uitgekeken. 'Zo veel te doen,' voegde hij eraan toe. 'En zo weinig tijd.' Hij vond dat blijkbaar vermakelijk. De kille glimlach verbreedde zich even, als een worm die zich uitstrekte, en kromp toen weer ineen. 'Ik wil u beiden graag laten weten dat ik het heel erg kan waarderen dat u ook een rol wilt spelen in mijn project. Dat zal het nog veel beter maken. Maar eerst even een klein detail: inspecteur, mag ik u vragen om op uw buik op de grond te gaan liggen?' Het was niet echt een vraag.

Gurney zag aan Nardo's blik dat die razendsnel allerlei mogelijkheden overwoog, maar hij had geen idee welke dat waren. Hij besefte niet eens echt goed wat er gebeurde.

Het enige wat hij uit Dermotts blik kon opmaken, was dat hij het geduld had van een kat die naar een muis in het nauw kijkt.

'Meneer,' zei Nardo, die de schijn van gekwelde bezorgdheid probeerde te wekken, 'ik kan u aanraden dat wapen weg te leggen.'

Dermott schudde zijn hoofd. 'Nee, dat lijkt me geen goed idee.'

Nardo was van zijn stuk gebracht. 'Leg het weg, Dermott.'

'Dat zou ik kunnen doen, maar dan heb ik een ander probleem. Het leven is niet zo simpel, hè?'

'Wat voor probleem?' Nardo sprak Dermott aan op een toon alsof die een verder onschuldige burger was die alleen maar was vergeten zijn pilletjes in te nemen.

'Ik wil mijn wapen wegleggen nadat ik u heb neergeschoten. Als ik het nu al moet wegleggen, dan zou ik u nu al moeten neerschieten. Dat wil ik niet, en ik neem aan dat u dat ook niet wilt. U begrijpt wat het probleem is?'

Terwijl Dermott aan het woord was, richtte hij de revolver zo dat de loop naar Nardo's keel wees. Het was niet duidelijk of het door de vaste hand of de kalme, spottende toon van Dermotts stem kwam, maar iets in diens gedrag wist Nardo ervan te overtuigen dat hij het over een andere boeg moest gooien.

'Wat denkt u dat er gebeurt als u schiet?' zei hij.

Dermott haalde zijn schouders op. De dunne streep van zijn lippen werd opnieuw breder. 'Dan gaat u dood.'

Nardo knikte aarzelend, alsof een leerling hem een voor de hand liggend maar verre van volledig antwoord had gegeven. 'En dan? Wat gebeurt er daarna?'

'Wat maakt dat nu uit?' Dermott haalde opnieuw zijn schouders op en staarde langs de loop naar Nardo's hals.

De inspecteur leek zijn uiterste best te doen om zijn emoties in de hand te houden, al was het niet duidelijk of hij angst of woede voelde. 'Voor mij maakt dat niet veel uit, maar voor jou wel. Als je nu die trekker overhaalt, zitten er binnen een minuut tien agenten op je nek. Ze zullen godverdomme niets van je heel laten.'

Dermott leek het allemaal vermakelijk te vinden. 'Hebt u verstand van kraaien, inspecteur?'

Nardo kneep zijn ogen tot spleetjes vanwege die plotselinge ommezwaai.

'Kraaien zijn ongelooflijk stom,' zei Dermott. 'Als je er eentje afschiet, komt er meteen een tweede aangevlogen. En als je die afschiet, komt er weer eentje, enzovoort, enzovoort. Als je blijft schieten, blijven ze komen.'

Dat was iets wat Gurney al vaker had gehoord: dat kraaien hun soortgenoten niet alleen lieten sterven. Als er een kraai op het punt stond dood te gaan, kwamen de andere naar hem toe, zodat hij niet alleen zou zijn. Toen hij dat verhaal op zijn tiende of elfde voor het eerst van zijn grootmoeder had gehoord, was hij even de kamer uitgelopen omdat hij had geweten dat hij moest huilen. Hij was naar de badkamer gegaan, en zijn hart had pijn gedaan.

'Ik heb ooit een foto gezien van een boer in Nebraska die op kraaien schoot,' zei Dermott met een mengeling van verbazing en minachting. 'Hij stond met een geweer in zijn hand naast een berg dode kraaien die tot aan zijn schouder kwam.' Hij zweeg even, alsof hij Nardo de gelegenheid wilde geven om na te denken over de onbegrijpelijke neigingen van kraaien en het verband tussen hun lot en de huidige situatie.

Nardo schudde zijn hoofd. 'Denk je echt dat je de ene na de andere agent die hier binnenkomt voor zijn kop kunt schieten zonder dat je zelf aan flarden wordt geschoten? Zo werkt het echt niet.'

'Natuurlijk niet. Heeft niemand u ooit verteld dat zaken letterlijk nemen een teken van kleingeestigheid is? Ik vind dat verhaal over die kraaien mooi, inspecteur, maar er zijn betere manieren om je van ongedierte te ontdoen dan ze een voor een neer te schieten. Vergassen, bijvoorbeeld. Dat is een uitermate doelmatige methode, mits je over de juiste middelen beschikt. Het is u wellicht opgevallen dat elk vertrek in dit huis van sprinklers is voorzien. Elk vertrek, behalve dit.' Hij zweeg even, en het oog dat levendiger was, blonk van zelfingenomenheid. 'Dus als ik u neerschiet en al die kraaien komen aangevlogen, dan hoef ik alleen maar twee schuifjes open te draaien, en binnen twintig seconden...' Zijn glimlach werd engelachtig. 'Hebt u enig idee wat geconcentreerde chloordampen met de longen van een mens doen? En hoe snel dat gaat?'

Gurney zag dat Nardo zijn uiterste best deed om deze angstaanjagend beheerste man en zijn dreigementen juist in te schatten. Eén verontrustend moment lang was hij bang dat de woede en trots van de ander hem tot een fatale sprong naar voren zouden verleiden, maar in plaats daarvan haalde Nardo een paar keer diep adem, waardoor er iets van de spanning uit de veer weg leek te lopen, en hij sprak met een stem die oprecht en gespannen klonk.

'Verbindingen met chloor zijn riskant. Daar heb ik ervaring mee opgedaan toen ik bij de antiterrorisme-eenheid werkte. Een van mijn collega's maakte tijdens het doen van een heel andere proef per ongeluk stikstoftrichloride. Hij besefte het niet eens en raakte een duim kwijt. Het is niet zo gemakkelijk als je misschien denkt om chemicaliën met behulp van een sprinklerinstallatie te verspreiden. Ik weet niet eens of jij dat wel kunt.'

'Verspil toch niet uw tijd, inspecteur, u kunt me toch niet in de val laten lopen. U klinkt alsof u iets uit het handboek van de politieschool probeert. Wat staat daar eigenlijk? "Spreek twijfel uit over het plan van de verdachte, zet vraagtekens bij zijn vermogens, probeer hem zo ver te krijgen dat hij meer details verstrekt"? Als u meer wilt weten, hoeft u er niet zo omheen te draaien, dan kunt u het me gewoon vragen. Ik heb geen geheimen. Wat ik wel heb, en dat wil ik u best vertellen, zijn twee hogedrukvaten van elk honderdvijftig liter, gevuld met chloor en ammoniak, aangedreven door een industriële compressor en rechtstreeks aangesloten op de hoofdleiding van de sprinklerinstallatie die door het hele huis loopt. In deze kamer zitten twee schuiven verborgen die ik maar hoef te openen om de inhoud van de tanks samen te voegen en een enorme hoeveelheid gas in uiterst geconcentreerde vorm door het systeem te verspreiden. Indien de gasvorming tot een explosie leidt, dan zal ik dat als een bijkomstig voordeel zien, maar ik ben er ook tevreden mee als het voltallige korps van Wycherly simpelweg stikt. Het zou heerlijk zijn om iedereen de lucht in te zien vliegen, maar soms moet je blij zijn met wat je hebt. Het beste mag niet de vijand van het goede worden.'

'Meneer Dermott, wat heeft dit in vredesnaam allemaal te betekenen?'

Dermott trok zijn wenkbrauwen op, als in een parodie op iemand die serieus over een vraag nadenkt.

'Vanmorgen vond ik een briefje bij de post: "Hoed je voor sneeuw, voor nacht, dag en zon/er komt snel een eind aan wat je zelf begon.."' Hij droeg de regels van Gurneys gedichtje overdreven dramatisch voor en wierp hem ondertussen een onderzoekende blik toe. 'Loze bedreigingen, maar ik moet de afzender bedanken. Het herinnerde me eraan hoe kort het leven kan zijn, en dat ik nooit tot morgen moet uitstellen wat ik vandaag kan doen.'

'Ik begrijp het nog steeds niet helemaal,' zei Nardo, die nog steeds ernstig klonk.

'Doe gewoon wat ik zeg, dan wordt het vanzelf duidelijk.'

'Goed, geen probleem. Ik wil alleen niet dat iemand onnodig gewond raakt.'

'Nee, natuurlijk niet.' Het uitgerekte wormenlachje kwam en ging. 'Dat wil niemand. Sterker nog, om onnodige kwetsuren te voorkomen, zou ik u nu echt willen verzoeken om op de vloer te gaan liggen.'

Ze hadden in een rondje gedraaid. De vraag luidde: wat nu? Gurney speurde Nardo's gezicht af naar aanwijzingen. Wat had hij allemaal begrepen? Had hij al door wie de vrouw in de stoel was, of wie de glimlachende psychopaat met de whiskyfles en het vuurwapen was?

Als hij dat allemaal nog niet besefte, moest hij in elk geval wel tot de conclusie zijn gekomen dat Dermott Sissek had gedood. Dat zou een verklaring zijn voor de haat in zijn blik die hij niet kon verhullen. Opeens was de spanning terug in de veer. Nardo leek vervuld van adrenaline, van die woeste, primitieve emoties waarbij de gevolgen er niet langer toe doen en die sterker zijn dan gezond verstand. Dermott zag het ook, maar hij leek er niet van onder de indruk. Het leek hem juist aan te moedigen, energie te geven. Zijn hand sloot zich iets steviger om het wapen en voor het eerst toonde de slijmerige glimlach een deel van een glanzend gebit.

Minder dan een tel voordat een kogel uit de .38 een einde aan het leven van Nardo zou hebben gemaakt en minder dan twee tellen voordat een tweede kogel dat van hem zou hebben beëindigd, verbrak Gurney de stilte met een woedende kreet, diep uit zijn keel.

'Doe wat hij zegt! Ga godverdomme op de vloer liggen! Ga verdomme op je buik liggen, nu!'

Het effect was verbijsterend. De tegenstanders leken te verstijven en de trage bewegingen van hun confrontatie leken te zijn verbroken door Gurneys onbeheerste uitbarsting.

Het feit dat niemand het leven had gelaten overtuigde hem ervan dat hij op de goede weg was, al wist hij niet precies waarheen. Voor zover hij Nardo's emoties van diens gezicht af kon lezen, kon hij vaststellen dat die zich bedrogen voelde. Dermott was minder doorzichtig, maar hij leek enigszins verontrust. Gurney was er zeker van dat Dermott vastbesloten was om zich niet door de onderbreking uit zijn concentratie te laten halen.

'Dat is een zeer wijze raad,' zei Dermott tegen Nardo. 'Als ik u was, zou ik maar doen wat rechercheur Gurney zegt. Hij heeft er verstand van. Een erg interessant persoon. Beroemd ook. Het is onvoorstelbaar hoeveel je over iemand te weten kunt komen als je simpelweg op internet zoekt. Het is verbazingwekkend hoeveel informatie je alleen al met een naam en een postcode kunt opduikelen. Privacy stelt niets meer voor tegenwoordig.'

Gurney voelde een golf van misselijkheid opkomen toen hij het sluwe toontje van Dermott hoorde. Hij probeerde zichzelf eraan te herinneren dat het Dermotts specialiteit was om mensen ervan te overtuigen dat hij meer over hen wist dan in werkelijkheid het geval was. Maar het idee dat hij Madeleine in gevaar kon hebben gebracht omdat hij zo stom was geweest om niet aan het poststempel te denken, was niet te negeren en bijna onverdraaglijk.

Nardo liet zich aarzelend op de vloer zakken en eindigde in de houding van een man die elk moment een push-up kan doen. Dermott gaf aan dat hij zijn handen op zijn rug moest leggen. 'Als het niet te veel gevraagd is.' Een vreselijk moment lang vreesde Gurney dat dit de opmaat voor een executie was, maar in plaats daarvan keek Dermott de liggende inspecteur even tevreden aan en zette toen de whiskyfles op de cederhouten dekenkist, naast de stoffen vogel. Een stoffen gans, besefte Gurney opeens. Er ging een koude rilling door hem heen toen hij aan een detail uit het verslag van het lab dacht. Ganzendons. Toen greep Dermott Nardo's rechterenkel vast, trok een klein automatisch pistool uit de holster aldaar en stak het in zijn eigen zak. Weer verscheen en verdween de humorloze grijns.

'Wie een tragedie wil vermijden, dient te weten waar wapens worden gedragen,' legde hij met een angstaanjagende ernst uit. 'Zo veel vuurwapens.

Zo veel in de verkeerde handen. Natuurlijk wordt er vaak beweerd dat het niet de vuurwapens zijn die doden, maar de mens. En je moet toegeven dat daar een zekere waarheid in schuilt. De mens is degene die doodt. Maar dat weten de mannen in uw vak natuurlijk als geen ander.'

Gurney voegde een feit aan zijn korte lijstje van zekerheden toe: de puntige voordrachten waarop Dermott zijn geboeide publiek trakteerde – met hun beleefde bewoordingen, meedogenloze beminnelijkheid en elementen uit de briefjes aan zijn slachtoffers – hadden slechts één belangrijk doel: het voeden van de fantasie dat hij onoverwinnelijk was.

Dermott bewees Gurneys gelijk toen hij zich tot Gurney wendde en als een begrafenisondernemer fluisterde: 'Zou u misschien daar tegen de wand plaats willen nemen?' Hij wees naar een stoel met rugleuning met spijlen die aan de linkerkant van het bed stond, naast het tafeltje met de ingelijste cheques. Gurney liep zonder aarzelen naar de stoel en ging zitten.

Dermott richtte zich weer tot Nardo. Zijn ijzige blik was in tegenspraak met zijn bemoedigende toon. 'U zult weldra weer op de been zijn. We wachten nog op een laatste deelnemer. Nog even geduld, alstublieft.'

In het deel van Nardo's gezicht dat Gurney kon zien, verstrakte een kaakspier. Een rode blos kroop vanuit zijn nek omhoog.

Dermott liep snel naar de andere hoek van de kamer, boog zich over de fauteuil heen en fluisterde de vrouw iets in het oor.

'Ik moet plassen,' zei ze. Ze hief haar hoofd op.

'Dat is niet zo, hoor,' zei Dermott met een blik op Gurney en Nardo. 'Dat is gewoon irritatie, veroorzaakt door de katheter. Ze heeft al jaren een katheter. Aan de ene kant een ongemak, aan de andere kant een zegen. De Heer geeft en neemt. Kop of munt. Je krijgt het niet cadeau. Is dat geen liedje?' Hij hield even op, alsof hij zich iets probeerde te herinneren, neuriede toen opgewekt een deuntje en hielp, met het wapen nog steeds in zijn rechterhand, de vrouw met zijn linkerhand uit de stoel omhoog. 'Kom maar, lieverd, naar bedje toe.'

Hij leidde haar met kleine, aarzelende stapjes naar het bed en hielp haar een halfzittende houding tegen de kussens aan te nemen. Ondertussen bleef hij met een kinderstemmetje herhalen: 'Bedje toe, bedje toe, bedje toe, bedje toe.'

Hij hield de loop ergens halverwege tussen Nardo op de vloer en Gurney in de stoel gericht en keek onbekommerd om zich heen, zo te zien naar niets in het bijzonder. Het was moeilijk te zeggen of hij de kamer zelf zag of iets anders wat zich op een ander moment of een andere plek had afgespeeld. Toen keek hij op dezelfde manier naar de vrouw op het bed en zei, op een toon alsof hij een figuur uit het sprookje was: 'Het komt allemaal goed. Alles wordt precies zoals het altijd al had moeten zijn.' Hij begon heel zachtjes een paar onsamenhangende noten te neuriën, en even later herkende Gurney een vertrouwd kinderversje. Zoals altijd kreeg hij een ongemakkelijk gevoel bij het horen van zo'n versje, of misschien kwam het door de verwarrende beelden die de tekst opriep, of door het feit dat een versje hier zo misplaatst leek. Wat het ook was, hij kreeg het gevoel dat hij moest overgeven.

Toen begon Dermott woorden te zingen, maar het was niet de tekst die bij het versje hoorde. Hij zong, als een kind: 'Nu gaan we weer naar bed, naar bed, nu gaan we weer naar bed.'

'Ik moet plassen,' zei de vrouw.

Dermott bleef zijn eigenaardige deuntje zingen, alsof het een slaapliedje was. Gurney vroeg zich af hoe afgeleid Dermott eigenlijk was: zo afgeleid dat hij het kon wagen hem onderuit te halen? Het leek hem niet. Zou er later nog een moment van kwetsbaarheid volgen? Als Dermott inderdaad van plan was chloordampen te laten ontsnappen, hoeveel tijd hadden ze dan nog? Niet veel, schatte hij.

Het huis boven hen was akelig stil. Er was geen enkele aanwijzing dat de andere leden van het korps al hadden ontdekt dat hun inspecteur was verdwenen of dat ze begrepen wat zijn afwezigheid kon betekenen. Er klonken geen luide stemmen, geen snelle voetstappen, er was geen enkel teken van activiteiten buitenshuis – en dat betekende dat Gurney zijn leven en dat van Nardo alleen kon redden als hij binnen de komende vijf tot tien minuten een manier kon bedenken om de psychopaat af te leiden die nu bezig was de kussens op het bed op te schudden.

Dermott hield op met zingen. Toen liep hij langs de zijkant van het bed totdat hij een plek had bereikt waar hij zijn wapen gemakkelijk op Nardo of Gurney kon richten. Hij bewoog het als een dirigeerstokje heen en weer, ritmisch, van de een naar de ander. Gurney kreeg, misschien door de bewegingen die Dermotts lippen maakten, de indruk dat hij het wapen heen en weer zwaaide op de maat van een aftelversje. *Iene miene mutte, tien pond grutten.* Het leek opeens helemaal niet meer vergezocht dat deze stilzwijgend voordracht binnen een paar tellen kon worden onderbroken door een kogel die zich door een van hun hoofden zou boren. De kans leek Gurney in elk geval zo groot dat hij besloot een verbale klap uit te delen.

Op de zachtste, meest achteloze toon die in zijn vermogen lag, vroeg hij: 'Draagt ze die rode schoentjes wel eens?'

Dermotts lippen hielden op met bewegen. De uitdrukking op zijn gezicht maakte plaats voor een intense, gevaarlijke leegte. Het wapen bewoog niet langer in een bepaald ritme. De loop draaide langzaam naar Gurney toe, als een roulette die tot het verliezende nummer vertraagt.

Het was niet de eerste keer dat hij in de loop van een vuurwapen keek, maar in al zijn zevenenveertig jaar had hij de dood nog nooit zo dichtbij gevoeld. Het voelde alsof alle warmte uit zijn huid wegsijpelde en het bloed een veiligere plaats opzocht. Toen voelde hij zich gek genoeg opeens kalm. Hij moest denken aan verhalen over mannen die overboord waren geslagen en in de ijzige zee waren gevallen, over de hallucinerende rust die ze hadden ervaren voordat ze het bewustzijn verloren. Hij keek naar Dermott aan de andere kant van het bed, in die ogen die elk zo'n verschillende emotie uitdrukten: het ene als het oog van een lijk op een slagveld van lang geleden, het ander brandend van haat. Aan dat tweede oog met die meer doelbewuste blik zag hij dat de ander snel nadacht. Misschien had Gurneys opmerking over de schoentjes die uit The Laurels waren gestolen zijn doel bereikt en vragen opgeroepen die om een antwoord vroegen. Misschien vroeg Dermott zich af hoeveel hij wist en in welk opzicht die kennis van invloed kon zijn op zijn grote finale.

Als dat zo was, dan kwam Dermott ontmoedigend snel tot een conclusie. Hij grijnsde en toonde voor de tweede maal een glimp van kleine, glanzende tanden.

'Hebt u mijn berichtjes ontvangen?' vroeg hij speels.

De rust die Gurney zo-even nog had gevoeld, verdween. Hij wist dat hij het juiste antwoord moest geven omdat het anders vreselijk mis kon gaan. Niet antwoorden zou net zo erg zijn. Hij hoopte dat Dermott zinspeelde op wat ze in The Laurels hadden gevonden en wat met enige overdrijving twee berichtjes konden worden genoemd.

'Die verwijzing naar *The Shining*?'

'Dat is één,' zei Dermott.

'En natuurlijk de vermelding als de heer en mevrouw Scylla.' Gurney klonk verveeld.

'Dat is twee. Maar het derde was het beste, hè?'

'Ik vond het derde maar stom,' zei Gurney, die tijd probeerde te rekken en terugdacht aan de excentrieke bed and breakfast en aan een van de eigenaren, Bruce Wellstone.

Zijn opmerking riep een korte vlaag van woede op bij Dermott, gevolgd door een zekere argwaan. 'Ik vraag me af of u wel weet waar ik het over heb, meneer de rechercheur.'

Gurney onderdrukte de neiging om tegen hem in te gaan. Hij had geleerd dat zwijgen vaak de beste manier van bluffen was, en zwijgend kon hij beter nadenken.

Het enige wonderlijke wat hij zich kon herinneren, was dat Wellstone iets over vogels had gezegd, of vogelkijken, en dat dat niet paste bij de tijd van het jaar. Wat voor vogels waren het ook alweer geweest? En hoeveel? Er was iets met het aantal…

Dermott begon onrustig te worden. Het was wederom tijd voor een slag in de lucht.

'De vogels,' zei Gurney sluw. Hij hoopte in elk geval dat hij sluw klonk, en niet dom. In Dermotts blik was iets te zien wat hem vertelde dat hij er niet ver naast zat. Maar wat was het? En hoe verder? Waarom waren die vogels zo belangrijk? Wat was de boodschap? De verkeerde tijd van het jaar voor wat? Roodborstkardinalen! Dat was het! Maar dan? Wat hadden roodborstkardinalen te betekenen?

Hij besloot te bluffen en maar te zien waar het schip strandde. 'Roodborstkardinalen,' zei hij met een geheimzinnige knipoog.

Dermott probeerde een zweem van verbazing achter een neerbuigende glimlach te verbergen. Gurney wou dat hij wist wat dit allemaal te betekenen had, wou dat hij wist wat hij voorwendde te weten. Welk aantal had Wellstone genoemd? Hij had geen idee wat hij nu moest zeggen, hoe hij op een volgende vraag zou moeten antwoorden. Maar er kwam geen vraag.

'Ik had gelijk,' zei Dermott zelfvoldaan. 'Bij uw allereerste telefoontje besefte ik al dat u slimmer bent dan de meeste andere leden van uw bavianenstam.'

Hij zweeg even en knikte in zichzelf, duidelijk vergenoegd.

'Dat is goed,' zei hij. 'Een intelligente aap. U zult wel kunnen waarderen wat u te zien krijgt. Per slot van rekening is dit een bijzondere avond, een volmaakte avond voor magische schoentjes.' Terwijl hij dat zei, liep hij achteruit naar een ladekast die aan de andere kant van de kamer tegen de muur stond. Zonder zijn blik van Gurney los te maken deed hij de bovenste la open en haalde er uiterst voorzichtig een paar schoenen uit. Ze deden Gurney denken aan de nette schoenen met open teen en halfhoge hak die zijn moeder altijd tijdens kerkbezoek had gedragen, alleen waren deze schoenen gemaakt van robijnrood glas, glas dat in het gedempte licht glansde als doorzichtig bloed.

Dermott duwde de la met zijn elleboog dicht en wendde zich met de schoenen in zijn ene hand en het wapen in de andere hand tot het bed, maar hij hield de loop op Gurney gericht.

'Ik kan uw inbreng heel erg waarderen, rechercheur. Als u de schoentjes niet had genoemd was ik ze vast vergeten. De meeste mannen in uw positie zouden lang niet zo behulpzaam zijn.'

Gurney nam aan dat Dermott met de onverhulde spot in die opmerking duidelijk wilde maken dat hij alles zo strak in de hand had dat het niet uitmaakte wat een ander zei of deed. Hij boog zich over het bed heen, trok de versleten corduroy pantoffels van de voeten van de oude vrouw en verving die door de glanzende rode schoentjes. Haar voeten waren klein en de schoentjes gleden er gemakkelijk omheen.

'Komt Dickie Duck naar bed?' vroeg de oude vrouw, op de toon van een kind dat haar lievelingszin uit een sprookje opzegt.

'Hij bijt de slang zijn kop eraf/En komt dan snel, op een draf,' antwoordde hij op zangerige toon.

'Waar was mijn kleine Dickie dan?'

'Hij redde de kip en deed de haan in de pan.'

'Zal Dickie Duck de eerste zijn?'

'Rood is de kleur van bloed/als een roos van karmozijn./Wie slecht doet, slecht ontmoet,/en wie kwaad zaait, oogst venijn.'

Dermott keek de oude vrouw verwachtingsvol aan, alsof de rituele uitwisseling nog niet voorbij was. Hij boog zich naar haar toe en begon haar luid fluisterend voor te zeggen: 'En wat doet Dickie deze keer?'

'Wat doet Dickie deze keer?' vroeg ze, eveneens fluisterend.

'Hij roept de kraaien en schiet ze neer.'

Ze streek dromerig met haar vingers over haar Goudlokje-pruik, alsof ze zich voorstelde dat ze haar haar op een deftige manier schikte. De glimlach op haar gezicht deed Gurney denken aan die van een junkie tijdens een trip.

Dermott keek haar ook aan, met een blik die weerzinwekkend ongepast was voor een zoon die naar zijn moeder kijkt. Het puntje van zijn tong gleed als een kleine, kronkelende parasiet tussen zijn lippen heen en weer. Toen knipperde hij en keek om zich heen.

'Ik denk dat we kunnen beginnen,' zei hij opgewekt. Hij kroop op het bed en daarna over de benen van de oude vrouw heen naar de andere kant, waarbij hij de gans van de dekenkist pakte. Hij ging naast haar zitten, met zijn rug tegen de kussens, en legde de gans op zijn schoot. 'Bijna klaar.' Zijn opgewekte verzekering paste eerder bij iemand die een kaarsje op een verjaardagstaart zette, maar wat hij deed, was de loop van zijn revolver in een diep gat steken dat in de achterkant van de gans was uitgesneden, met zijn vinger nog steeds rond de trekker.

God nog aan toe, dacht Gurney, is dat de manier waarop hij Mark Mellery heeft gedood? Zijn er daardoor restjes dons in de wond in zijn nek en in het bloed op de grond terechtgekomen? Is dat echt waar? Staarde Mellery op het moment van zijn dood echt naar een godverdomde gans? Het beeld was zo bespottelijk dat hij de bezopen neiging tot lachen in moest slikken. Of was het een spiertrekking, veroorzaakt door angst? Wat voor emotie het ook was, het gevoel was plotseling en krachtig. Hij had in zijn leven al de nodige gekken ontmoet – sadisten, lustmoordenaars in alle soorten en maten, psychopaten met ijspriemen, zelfs kannibalen – maar nog nooit eerder was hij gedwongen geweest een uitweg uit een nachtmerrie te bedenken terwijl hij elk moment een kogel door zijn hoofd kon krijgen.

'Inspecteur Nardo, wilt u alstublieft gaan staan? Het is tijd voor uw opkomst.' Dermotts toon was onheilspellend, theatraal, ironisch.

De oude vrouw begon te mompelen, met een stem die zo zacht was dat Gurney aanvankelijk niet wist of hij haar echt hoorde of dat het zijn verbeelding was: 'Dickie-Dickie-Dickie Duck. Dickie-Dickie-Dickie Duck. Dickie-Dickie-Dickie Duck.' Het klonk eerder als het tikken van een klok dan als een menselijke stem.

Gurney zag dat Nardo zijn handen van elkaar haalde en zijn vingers strekte en weer boog. Hij kwam met de veerkracht van een man met een bijzonder goede conditie overeind uit zijn positie aan het voeteneind van het bed. Zijn harde blik ging van het ongewone tweetal op het bed naar Gurney en weer terug naar het bed. Als het tafereel hem al verbaasde, dan verraadde zijn ijzige gezicht dat niet. Het enige wat duidelijk was, gezien de manier waarop hij naar de gans en Dermotts arm erachter keek, was dat hij begreep waar het wapen zich bevond.

Bij wijze van antwoord begon Dermott met zijn vrije hand de gans te aaien. 'Voordat we beginnen, inspecteur, wil ik u voor een laatste keer naar uw motieven vragen. Bent u van plan te doen wat ik zeg?'

'Ja, natuurlijk.'

'Dat zal ik dan maar voor waarheid aannemen. Ik ga u een reeks aanwijzingen geven. Die moet u heel precies opvolgen. Is dat duidelijk?'

'Ja.'

'Het is dat ik zo goed van vertrouwen ben, want anders zou ik nog gaan twijfelen aan uw ernst. Ik hoop dat u begrip hebt voor de situatie. Ik zal al mijn kaarten op tafel leggen, zodat er geen misverstanden kunnen ontstaan. Ik heb besloten u te doden. Daarover is geen discussie mogelijk. De vraag is alleen wanneer ik dat zal doen. Hoe het antwoord luidt, ligt geheel en al aan u. Kunt u me tot nu toe volgen?'

'U gaat me doden. Maar ik besluit wanneer.' Nardo sprak met een verveelde minachting die Dermott vermakelijk leek te vinden.

'Dat klopt, inspecteur, u besluit wanneer. Maar tot op zekere hoogte, natuurlijk, want uiteindelijk zal aan alles een gepast einde komen. Tot het zover is, kunt u in leven blijven door te zeggen wat u van mij moet zeggen en te doen wat u van mij moet doen. U kunt me nog steeds volgen?'

'Ja.'

'Vergeet niet dat u ervoor kunt kiezen op elk moment te sterven. Daarvoor hoeft u alleen maar te weigeren om mijn instructies op te volgen. Door mee te werken, kunt u uw leven met kostbare minuten verlengen. Verzet zal tot verkorting leiden. Kan het eenvoudiger?'

Nardo staarde hem zonder te knipperen aan.

Gurney schoof zijn voeten een paar centimeter verder naar achteren, in de richting van de poten van zijn stoel, zodat hij een positie kon aannemen van waaruit hij zich op het bed kon storten. Hij verwachtte dat de emotionele spanning tussen beide mannen binnen een paar tellen tot een uitbarsting zou komen.

Dermott hield op de gans te strelen. 'Zet uw voeten weer terug waar ze stonden, alstublieft,' zei hij, zonder zijn blik van Nardo los te maken. Gurney deed wat hem werd gezegd, met hernieuwd respect voor Dermotts scherpe opmerkingsvermogen. 'Als u zich weer beweegt, zal ik u beiden zonder nog een woord te zeggen doden. Goed, inspecteur,' vervolgde Dermott kalm, 'luister naar wat ik zeg. U bent een acteur in een toneelstuk. U heet Jim. Het stuk gaat over Jim en zijn vrouw en haar zoon. Het toneelstuk is kort en eenvoudig, maar heeft een krachtig einde.'

'Ik moet plassen,' zei de vrouw op vage toon. Haar vingers gingen weer naar haar blonde krullen.

'Rustig maar, lieverd,' zei hij zonder haar aan te kijken. 'Het komt allemaal wel goed. Alles zal worden zoals het altijd al is geweest.' Dermott verschoof de gans op zijn schoot; waarschijnlijk, zo vermoedde Gurney, om Nardo beter onder schot te kunnen nemen. 'Zijn we er klaar voor?'

Als Nardo's blik had kunnen doden, was Dermott al drie keer gestorven. Nu trok er even iets rond zijn mond, een glimlach, een zenuwtrekje, of misschien een zweem van opwinding.

'Ik zal uw zwijgen deze keer als ja opvatten, maar ik wil u toch even waarschuwen. Mochten er meer reacties volgen die voor een dubbelzinnige uitleg vatbaar zijn, dan betekent dat het onmiddellijke einde van het stuk én van uw leven. Begrijpt u dat?'

'Ja.'

'Mooi. Het doek gaat op. Het toneelstuk begint. Het jaargetijde is de late herfst. Het loopt tegen het einde van de avond, het is allang donker. Het is somber weer, buiten ligt wat sneeuw, het is glad. Sterker nog, het is bijna net zo'n avond als vandaag. U hebt een vrije dag. Die hebt u in een kroeg doorgebracht, waar u met uw dronken vrienden hebt zitten drinken. Zo brengt u al uw vrije dagen door. Wanneer het stuk begint, komt u net thuis. U stommelt de slaapkamer van uw vrouw in. Uw gezicht is rood en kwaad. Uw blik is dof en stompzinnig. U hebt een fles whisky in uw hand.' Dermott wees naar de Four Roses op de dekenkist. 'U kunt die fles daar gebruiken. Pak hem.'

Nardo stapte naar voren en pakte de fles. Dermott knikte goedkeurend. 'U begrijpt instinctief dat dit een potentieel wapen is. Mooi zo. Dat betekent dat u een natuurlijke affiniteit met het karakter van uw personage hebt. Gaat u nu met die fles in uw hand bij het voeteneinde van het bed van uw vrouw staan en zwaai ermee heen en weer. U kijkt verblind van stompzinnige woede naar haar en naar haar zoontje en naar zijn kleine knuffelgans op het bed. U ontbloot uw tanden, als een dolle hond.' Dermott zweeg even en keek naar Nardo's gezicht. 'Ontbloot uw tanden eens.'

Nardo's lippen verstrakten en weken toen uiteen. Gurney zag dat er niets gespeelds aan de woede op zijn gezicht was.

'Ja, uitstekend!' riep Dermott enthousiast uit. 'Perfect! U hebt hier echt talent voor. Kunt u nu daar gaan staan, schuimbekkend en met bloeddoorlopen ogen, en tegen uw vrouw in het bed schreeuwen: "Wat is hier godverdomme aan de hand?" U wijst naar mij. Mijn moeder zegt: "Rustig maar, Jim, hij laat mij en Dickie Duck alleen maar zijn prentenboek zien. U zegt: "Ik zie dat kutboek nergens." Mijn moeder zegt tegen u: "Kijk, daar ligt het, op het nachtkastje." Maar u hebt een verdorven geest, en dat is aan uw verdorven gezicht te zien. Uw verdorven gedachten kruipen als vettig zweet door uw stinkende huid naar buiten. Mijn moeder zegt tegen u dat u dronken bent en in de logeerkamer moet gaan slapen. Maar u begint uw kleren uit te trekken. Ik gil dat u weg moet gaan. Maar u trekt al uw kleren uit en blijft daar naakt staan en kijkt ons met een verlekkerde blik aan. Ik heb het gevoel dat ik moet overgeven. Mijn moeder schreeuwt tegen u, schreeuwt dat u niet zo naar moet doen en dat u de kamer uit moet gaan. U zegt: "Hoe durf je dat tegen me te zeggen, gore slet?" U slaat de whiskyfles stuk tegen het voeteneinde en springt als een naakte aap op het bed, met de fles in uw hand. Het stinkt naar whisky, een misselijkmakende stank die de kamer vult. Uw lijf stinkt. U noemt mijn moeder een vieze slet. U…'

'Hoe heet ze?' onderbrak Nardo hem.

Dermott knipperde twee keer met zijn ogen. 'Dat doet er niet toe.'

'Natuurlijk wel.'

'Ik zei dat dat er niet toe doet.'

'Waarom niet?'

Dermott leek van zijn stuk gebracht door die vraag, maar het duurde maar even. 'Het doet er niet toe hoe ze heet omdat u haar toch nooit bij haar naam noemt. U scheldt haar uit, in vreselijke bewoordingen, maar u noemt haar nooit bij haar naam. U toont nooit enig respect. Misschien is het wel zo lang geleden dat u haar naam voor het laatst hebt genoemd dat u zich die niet eens meer kunt herinneren.'

'Maar jij weet wel hoe ze heet, hè?'

'Ja, natuurlijk. Ze is mijn moeder. Natuurlijk weet ik hoe mijn moeder heet.'

'Hoe heet ze dan?'

'Dat is voor u niet belangrijk. Dat kan u niet schelen.'

'Toch wil ik graag weten hoe ze heet.'

'Ik wil niet dat haar naam door uw vunzige gedachten gaat.'

'Als ik moet spelen dat ik haar man ben, moet ik weten hoe ze heet.'

'U hoeft alleen maar te weten wat u volgens mij moet weten.'

'Ik kan dit niet doen als ik niet weet wie die vrouw is. Het slaat gewoon nergens op als ik niet weet hoe mijn vrouw heet.'

Gurney begreep niet wat Nardo hiermee wilde bereiken.

Besefte hij eindelijk dat hij de dronken aanval van Jimmy Spinks op Felicity Spinks moest naspelen die vierentwintig jaar geleden in dit huis had plaatsgevonden? Was het tot hem doorgedrongen dat de Gregory Dermott die een jaar eerder dit huis had gekocht wel eens hun zoon zou kunnen zijn, het kind dat na het familiedrama door de kinderbescherming in een pleeggezin was ondergebracht? Was het bij hem opgekomen dat de oude vrouw in het bed, de vrouw met het litteken in haar hals, vrijwel zeker Felicity Spinks was? Door haar volwassen zoon weggehaald uit het verpleeghuis waarin ze na haar vreselijke ervaring was opgenomen?

Hoopte Nardo soms de moorddadige dynamiek van dit toneelstukje te verstoren door duidelijk te maken waar het over ging? Probeerde hij voor een psychologische afleiding te zorgen, in de hoop zo een uitweg te vinden? Of tastte hij maar wat rond in het duister en probeerde hij zo veel mogelijk tijd te rekken voordat Dermott zou doen wat hij voor hem in petto had?

Natuurlijk was er nog een andere mogelijkheid. Misschien was er wel geen logische verklaring voor Nardo's daden en Dermotts reactie. Jongetjes gingen elkaar elke dag om niets in de zandbak met plastic schepjes te lijf, en hetzelfde gold voor volwassen kerels die elkaar tijdens dronken vechtpartijen in de kroeg doodsloegen. De moed zonk Gurney in de schoenen toen hij besefte dat het heel goed mogelijk was dat er helemaal geen reden voor dit gedrag was.

'Het doet er niet toe of het ergens op slaat,' zei Dermott, die de gans weer een halve centimeter verschoof, zijn blik onophoudelijk op Nardo's keel gericht. 'Het doet er helemaal niet toe wat u ervan vindt. Het is tijd om uw kleren uit te trekken.'

'Zeg me eerst hoe ze heet.'

'U moet nu uw kleren uittrekken en de fles stukslaan en als een naakte aap op het bed springen. Als een achterlijk, kwijlend, lelijk monster.'

'Hoe heet ze?'

'Het is zover.'

Gurney zag bijna onmerkbaar een spier in Dermotts onderarm bewegen, wat betekende dat de vinger zich om de trekker spande.

'Zeg nou gewoon hoe ze heet.'

Gurney twijfelde niet langer aan wat er nu zou gaan gebeuren. Nardo had zijn hakken in het zand gezet en zijn hele man-zijn – sterker nog, zijn leven – gewijd aan de taak om zijn tegenstander zo ver te krijgen dat hij haar naam zou noemen. Dermott was op zijn beurt vastbesloten de controle te behouden. Gurney vroeg zich af of Nardo begreep hoe belangrijk controle was voor de man die hij probeerde te slim af te zijn. Volgens Rebecca Holdenfield – volgens iedereen die iets over seriemoordenaars wist – diende controle tot elke prijs te worden bewaard, ongeacht de risico's. Algehele controle, en daarmee het gevoel alles te weten en alles te kunnen, zorgde voor de ultieme euforie. Wie ongewapend wilde proberen om die controle te ondermijnen tekende zijn doodvonnis.

Nardo was wederom door een gebrek aan inzicht akelig dicht bij de dood gekomen, en deze keer wist Gurney dat schreeuwen niet zou helpen. Die tactiek werkte geen tweede keer.

Moordzucht schoot als een onweerswolk door Dermotts ogen. Gurney had zich nog nooit zo hulpeloos gevoeld. Hij kon geen enkele manier bedenken om de vinger rond die trekker tegen te houden.

Op dat moment hoorde hij de stem, zuiver en koel als puur zilver. Het was, zonder twijfel, de stem van Madeleine, die iets zei wat ze jaren geleden tegen hem had gezegd, toen hij zich even gedwarsboomd had gevoeld door een schijnbaar uitzichtloze zaak.

'Er is maar één uitweg uit een doodlopende straat.'

Natuurlijk, dacht hij. Zo belachelijk voor de hand liggend. Loop gewoon de andere kant op.

Wanneer je een man wilde tegenhouden die werd verteerd door het verlangen om alles onder controle te houden, die bereid was te doden teneinde die controle te behouden, dan moest je precies het tegenovergestelde doen van wat je instinct je vertelde. En nu de uitspraak van Madeleine even helder als bronwater door zijn gedachten ging, besefte hij wat hij moest doen. Het was bespottelijk, overduidelijk onverantwoordelijk, en het zou juridisch onverdedigbaar zijn als het niet zou werken. Maar hij wist dat het wel zou werken.

'Nu, Gregory, nu!' siste hij. 'Schiet hem neer!'

Er was even een gezamenlijk moment van onbegrip toen beide mannen leken te verwerken wat ze zo-even hadden gehoord. Het was alsof ze wijs probeerden te worden uit een donderslag bij heldere hemel. Dermotts dodelijke blik was even iets minder strak op Nardo gericht, en de loop van het wapen in de gans schoof een klein stukje in de richting van Gurney in zijn stoel tegen de wand.

Dermotts mond vertrok in een morbide imitatie van een grijns. 'Pardon?'

Gurney hoorde een zeker ongemak in zijn overdreven nonchalante toon. 'Je hebt me gehoord, Gregory,' zei hij. 'Ik zeg dat je hem moet neerschieten.'

'Dat... zeg... jij?'

Gurney zuchtte overdreven geërgerd. 'Verspil nu niet mijn tijd.'

'Verspil ik... Waar ben je in godsnaam mee bezig?' Het wapen in de gans schoof verder in de richting van Gurney. De nonchalante houding was verdwenen.

Nardo sperde zijn ogen open, maar Gurney kon niet zeggen welke emoties er achter zijn verbazing schuilgingen. Hij wendde zich tot Nardo, alsof die degene was die om een uitleg had gevraagd, en zei zo achteloos als hij maar kon: 'Gregory maakt graag mannen dood die hem aan zijn vader doen denken.'

Er ontsnapte een gesmoord geluidje aan Dermotts keel, als het begin van een woord of kreet dat daar bleef steken. Gurney bleef zijn aandacht op Nardo richten en ging op dezelfde onaangedane toon verder: 'Het punt is alleen dat hij af en toe even moet worden aangemoedigd, anders raakt hij de draad kwijt. En helaas maakt hij fouten. Hij is niet zo slinks als hij denkt. Ach, hoor je dat?' Hij zweeg even en keek met een berekenend glimlachje naar Dermott, wiens kaakspieren nu zichtbaar gespannen waren. 'Dat klinkt goed, hè? "Kleine Gregory Spinks, die is niet zo slinks." Wat vind je ervan, Gregory? Iets voor een nieuw versje?' Hij had bijna naar de ontzette moordenaar geknipoogd, maar dat leek hem een stap te ver.

Dermott staarde hem aan, vervuld van haat, verwarring en nog een andere emotie. Gurney hoopte dat het een mengeling van vragen was waarop een controlefreak antwoord zou willen hebben voordat hij de enige zou doden die er antwoord op kon geven. Het volgende woord dat Dermott over de lippen rolde, gespannen en afgemeten, gaf hem hoop.

'Fouten?'

Gurney knikte berouwvol. 'En behoorlijk veel, ben ik bang.'

'Je liegt. Ik maak geen fouten.'

'Nee? Hoe zou je het anders willen noemen? Dickie Duck gaat op zijn bek?'

Even vroeg hij zich af of hij niet te ver was gegaan. Als dat zo was en de kogel zou hem treffen, dan zou hij dat nooit weten. Wat er ook gebeurde, er was verder geen veilige uitweg meer. Rond Dermotts mondhoeken was een bijna onzichtbare rimpeling te zien. Hij leunde achterover op het bed en leek Gurney vanuit een plek in de hel aan te staren.

Gurney kon in elk geval één fout noemen die Dermott had gemaakt, een fout die de cheque van Kartch betrof. Dat was pas een kwartier geleden tot hem doorgedrongen, toen hij de ingelijste kopie op het tafeltje had zien staan. Maar stel dat hij zou zeggen dat hij de fout en de betekenis ervan al in het begin had ontdekt? Welk effect zou dat hebben op de man die zo graag wilde geloven dat hij alles onder controle had?

Weer dacht hij aan de stelregel van Madeleine, maar nu in een omgekeerde variant. Als je niet achteruit kunt, ga dan met volle kracht vooruit. Hij wendde zich tot Nardo, alsof het helemaal geen kwaad kon om de seriemoordenaar in hun midden te negeren.

'Hij heeft zich ongelooflijk vergist toen hij de namen noemde van de drie mannen die een cheque hadden opgestuurd. Een van die namen was Richard Kartch. Maar Kartch had zijn cheque in een onbedrukte envelop opgestuurd, zonder begeleidend schrijven, dus de enige aanwijzing betreffende de afzender was de cheque zelf. En die stond op naam van R. Kartch. Zo was hij ook ondertekend. De R kon voor alles staan: Robert, Ralph, Randolph, Rupert, noem maar op. Maar Gregory wist dat het voor Richard stond, terwijl hij op hetzelfde moment beweerde dat hij de afzender helemaal niet kende, dat hij niets meer over hem wist dan de naam en het adres op de cheque. En die cheque heb ik zelf bij Kartch thuis in Sotherton zien liggen. Dus ik wist meteen dat hij had gelogen. En de reden voor zijn leugen was duidelijk.'

Dat werd Nardo te veel. 'Je wist het? Waarom heb je dat dan niet gezegd, dan hadden we hem kunnen oppakken.'

'Omdat ik wist wat hij deed en waarom hij het deed, en ik was niet van plan hem tegen te houden.'

Nardo zag eruit alsof hij een parallel universum had betreden waar vliegen de mensen doodsloegen, en niet andersom.

Gurney hoorde een scherp, tikkend geluid dat zijn aandacht naar het bed trok. De oude vrouw tikte met haar rode glazen schoentjes tegen elkaar, net als Dorothy op weg naar huis uit Oz had gedaan. Het wapen in de gans op Dermotts schoot wees nu recht naar Gurney. Dermott deed zijn best – dat hoopte Gurney althans – om onaangedaan te blijven onder de onthulling over Kartch. Hij zei op overdreven zorgvuldige toon: 'Ik weet niet wat voor spelletje je speelt, Gurney, maar ik ga er een einde aan maken.'

Gurney putte uit al zijn ervaring met undercoverwerk waarover hij beschikte en probeerde te spreken met het zelfvertrouwen van een man die een verborgen uzi op de borst van zijn vijand richt. 'Voordat je dreigementen uit,' zei hij zacht, 'moet je er eerst voor zorgen dat je de situatie begrijpt.'

'Of ik die begrijp? Ik schiet, jij sterft. Ik schiet weer en hij sterft. De bavianen komen door die deur naar binnen en sterven ook. Dat is de situatie.'

Gurney sloot zijn ogen en liet zijn hoofd tegen de wand achter hem rusten. Hij uitte een diepe zucht. 'Heb je enig idee… enig idee…?' begon hij, maar toen schudde hij vermoeid zijn hoofd. 'Nee, nee, natuurlijk niet. Dat kan ook niet.'

'Waar moet ik enig idee van hebben, rechercheur Gurney?' Dermott sprak zijn naam en functie overdreven sarcastisch uit.

Gurney lachte. Het was een ongebreidelde lach, die bedoeld was om nieuwe vragen bij Dermott op te roepen, een lach die werd aangedreven door een opwellende emotionele chaos in hemzelf.

'Raad eens hoeveel mensen ik heb gedood,' fluisterde hij, terwijl hij Dermott met een woeste blik aankeek, biddend dat de ander niet zou beseffen dat hij met zijn improvisatie tijd probeerde te rekken, biddend dat de collega's van Nardo snel zouden ontdekken dat hij nergens te vinden was. Waarom hadden ze dat nog niet gemerkt? Of hadden ze dat wel? De glazen schoentjes bleven tikken.

'Er worden voortdurend mensen door domme smerissen gedood,' zei Dermott. 'Het laat mij volledig koud.'

'Ik bedoel niet zomaar mensen. Ik bedoel mannen als Jimmy Spinks. Raad eens hoeveel van dat soort mannen ik heb gedood.'

Dermott knipperde met zijn ogen. 'Waar heb je het in godsnaam over?'

'Over het doden van dronkenlappen. Over de wereld bevrijden van dronken beesten, over het uitroeien van verachtelijk tuig.'

Weer trilde er iets rond Dermotts mond, bijna onmerkbaar. Het was duidelijk dat hij de aandacht van de man had getrokken. Maar wat nu? Hij kon weinig anders doen dan met de stroom meegaan. Dat was de enige optie. Tijdens het spreken bedacht hij wat hij wilde zeggen.

'Toen ik nog maar pas bij de politie werkte, moest ik op een avond een stel dronkaards bij de achteringang van het busstation bij de Port Authority wegjagen. Eentje wilde niet vertrekken. Ik kon de whisky van meters afstand ruiken. Ik zei keer op keer dat hij het gebouw moest verlaten, maar dat deed hij niet, hij kwam naar me toe. Hij haalde een keukenmesje uit zijn zak, zo'n klein gekarteld mesje waarmee je een sinaasappel zou schillen. Hij begon er nogal dreigend mee te zwaaien en wilde het niet laten vallen, hoewel ik hem dat beval. Twee getuigen die bij de lift stonden en alles konden zien, durfden te zweren dat ik hem uit zelfverdediging had neergeschoten.' Hij zweeg even en glimlachte. 'Maar dat was niet zo. Als ik had gewild, had ik hem zonder al te veel inspanning kunnen overmeesteren. Maar in plaats daarvan schoot ik hem recht in zijn gezicht zodat zijn hersens aan de andere kant van zijn hoofd naar buiten spatten. Weet je waarom ik dat deed, Gregory?'

'Dickie-Dickie-Dickie Duck,' zei de vrouw in een ritme dat sneller klonk dan het tikken van haar schoenen. Dermotts lippen weken een paar millimeter uiteen, maar hij zei niets.

'Ik deed het omdat hij op mijn vader leek,' zei Gurney met een steeds luidere, kwade stem. 'Hij zag er net zo uit als mijn vader op de avond dat die een theepot op het hoofd van mijn moeder kapotsloeg. Een stomme rottheepot met een stom clownsgezicht erop.'

'Uw vader was niet echt een goede vader,' zei Dermott op kille toon. 'Maar dat was u evenmin, rechercheur Gurney.'

Door die gemene, beschuldigende toon twijfelde Gurney niet langer aan wat Dermott allemaal wist. Op dat moment overwoog hij serieus of hij bereid was een kogel door zijn keel te krijgen, alleen maar omdat hij zijn handen rondom Dermotts keel wilde sluiten.

Het werd nog erger. Wellicht merkte Dermott hoe ongemakkelijk Gurney zich voelde. 'Een goede vader zou zijn vierjarige zoontje moeten beschermen en moeten voorkomen dat hij onder een auto komt. En dat de bestuurder van die auto ontsnapt.'

'Vuile gore klootzak,' mompelde Gurney.

Dermott giechelde en leek door het dolle heen van vreugde. 'Wat grof, wat grof, en ik dacht nog wel dat u ook een dichter was. Ik had gehoopt dat we verzen konden uitwisselen. Ik had al een versje voor onze volgende correspondentie. Vertel me eens wat u ervan vindt. "Had maar beter opgelet/dan was hij nog in leven/'t Was niet bepaald je slimste zet/heeft zijn mama het je vergeven?"'

Een akelige, dierlijke kreet kwam in Gurneys borstkas omhoog, een gesmoorde uitbarsting van woede. Dermott leek uitermate geboeid door zijn reactie.

Nardo had blijkbaar op zo'n moment van afleiding zitten wachten, want hij stak zijn gespierde rechterarm uit, tot hoog boven zijn hoofd, en smeet de ongeopende fles Four Roses met een ongelooflijke kracht naar Dermott. Die keek geschrokken op en draaide de gans met het wapen naar Nardo toe, en op hetzelfde moment maakte Gurney een snoekduik in de richting van het bed en landde met zijn bovenlichaam op de gans. Hij zag dat de dikke glazen bodem van de volle fles Dermott recht op zijn slaap raakte en voelde het vuurwapen onder hem afgaan. Een wolk van dons stoof op. De kogel schoot onder Gurney door, in de richting van de wand waarvoor hij had gezeten, en versplinterde de tafellamp, de enige bron van licht in de kamer. In het donker hoorde hij Nardo zwaar ademen, tussen opeengeklemde tanden door. De oude vrouw maakte een zwak jammerend geluidje, hoog en bevend, een geluid als een deels vergeten slaapliedje. Toen klonk er opeens een vreselijke dreun. De zware metalen deur van de kamer vloog open en raakte met een bons de wand, en een reusachtige man rende naar binnen, met een kleinere gestalte op zijn hielen.

'Geen beweging!' brulde de reus.

52

Dood voor de dageraad

De cavalerie was eindelijk gearriveerd. Een tikje aan de late kant, maar dat was niet erg. Gezien Dermotts zuivere schoten uit het verleden en zijn verlangen om de berg kraaien nog hoger te maken, was het heel goed mogelijk dat niet alleen Nardo en Gurney, maar ook de hulptroepen met kogels in de keel zouden zijn geëindigd als ze eerder waren geweest. Stel dat ze dan allemaal door het geluid van de schoten naar binnen waren gelokt en Dermott de schuif had geopend, zodat het chloor en de ammoniak onder hoge druk door de leidingen waren gestuwd...

Nu waren de enige slachtoffers de lamp, het kozijn en Dermott zelf. Nardo had de fles in al zijn woede met zo veel kracht naar Dermott geworpen dat die buiten bewustzijn was geraakt. En er was nog een gewonde: toen de fles Dermott had geraakt en uiteen was gesprongen, had een scherf zich in Gurneys hoofd had geboord, vlak onder zijn haargrens.

'We hoorden een schot. Wat is hier verdomme aan de hand?' snauwde de reus, die in de grotendeels duistere kamer rondkeek.

'We hebben alles onder controle, Tommy,' zei Nardo, wiens rafelige stemgeluid aangaf dat hij nog niet helemaal de oude was. In het gedempte licht dat vanuit de kelder naar binnen viel, herkende Gurney de kleinere gedaante die op de hielen van Big Tommy naar binnen was gestormd als Pat met het stekeltjeskapsel en de ogen als een lasvlam. Ze hield een negen millimeter pistool in de aanslag en bleef het nare tafereel op het bed nauwlettend in de gaten houden toen ze naar de verste hoek van de kamer sloop en de lamp naast de oorfauteuil aandeed.

'Mag ik misschien opstaan?' vroeg Gurney, die nog steeds op de gans in Dermotts schoot lag.

Big Tommy keek even naar Nardo.

'Ja, hoor,' zei Nardo met zijn kaken nog steeds deels opeengeklemd. 'Laat hem maar gaan.'

Gurney stond voorzichtig op van het bed en voelde het bloed over zijn gezicht stromen. Het was waarschijnlijk de aanblik van het bloed die Nardo ervan weerhield om zich meteen op de man te storten die nog maar een paar minuten geleden een seriemoordenaar tot vuren had aangemoedigd.

'Jezus,' zei Big Tommy, starend naar het bloed.

Door een overdosis adrenaline voelde Gurney de wond niet eens. Hij raakte zijn gezicht aan en voelde tot zijn verbazing dat het nat was; toen keek hij naar zijn hand en zag hij dat die opvallend rood was.

Pat keek Gurney zonder enige emotie met haar lasvlam-ogen aan. 'Moet ik een ambulance laten komen?' vroeg ze aan Nardo.

'Ja, bel maar,' zei hij zonder veel overtuiging.

'Ook voor hen?' vroeg ze met een snel knikje naar het vreemde stel op het bed. Haar blik viel op de rode glazen schoentjes, en ze kneep haar ogen even dicht, alsof ze een optische illusie probeerde te verdrijven.

Na een lange stilte mompelde hij vol afkeer: 'Ja.'

'Moet ik de auto's terughalen?' vroeg ze, met een fronsende blik op de schoenen die toch verontrustend echt bleken te zijn.

'Wat?' zei hij na weer een stilte. Hij staarde naar de resten van de kapotte lamp en het kogelgat in de gipswand erachter.

'Er rijden surveillancewagens door de buurt en onze jongens zijn bezig met een huis-aan-huisonderzoek. Moet ik ze terug laten komen?'

De beslissing leek hem moeilijker te vallen dan zou moeten. Ten slotte zei hij: 'Ja, haal ze maar terug.'

'Goed,' zei ze. Ze beende de kamer uit.

Big Tommy bekeek de schade aan Dermotts slaap met overduidelijke afkeer. De fles Four Roses was op zijn kop neergekomen op het kussen tussen Dermott en de oude vrouw, wier blonde pruik half van haar schedel was gezakt, zodat het nu leek alsof iemand haar hoofd een kwartslag had gedraaid.

Toen Gurneys blik op het etiket met de bloemen viel, kwam er een antwoord bij hem op dat hem eerder niet was ingevallen. Hij herinnerde zich wat Bruce Wellstone had gezegd: dat Dermott (oftewel de heer Scylla) had beweerd dat hij vier roodborstkardinalen had gezien en daarbij erg veel nadruk op het aantal van vier had gelegd. Vier. Rood, net als de vier rode rozen op het etiket, besefte Gurney nu, en kardinalen, een functie uit dezelfde kerk als een van de eerste slachtoffers. Het was, net als de inschrijving als de heer en mevrouw Scylla in The Laurels, weer een van die slimmigheidjes waarmee Gregory Dermott had willen aantonen dat hij veel slimmer was dan de politie. Pak me dan, als je kan.

Een minuut later kwam Pat weer binnen, meedogenloos efficiënt. 'Ambulance komt eraan, surveillancewagens op weg hierheen. Huis-aan-huisonderzoek gestaakt.' Ze wierp een kille blik op het bed. De oude vrouw maakte af en toe geluidjes die het midden hielden tussen kermen en neuriën. Dermott lag er dodelijk stil en bleek bij. 'Zeker weten dat-ie nog leeft?' vroeg ze zonder al te veel bezorgdheid.

'Geen idee,' zei Nardo. 'Misschien moet je even kijken.'

Ze kneep haar lippen opeen, liep naar het bed en zocht naar een polsslag. 'Ja, die leeft nog. Wat is er met haar?'

'Dat is de vrouw van Jimmy Spinks. Heb je ooit van Jimmy Spinks gehoord?'

Ze schudde haar hoofd. 'Wie is dat?'

Hij dacht even na. 'Laat maar.'

Ze haalde haar schouders op, alsof dergelijk commentaar in haar werk normaal was.

Nardo haalde een paar keer diep en langzaam adem. 'Ik wil dat Tommy en jij naar boven gaan om daar de boel te bewaken. Nu we weten dat dit stuk vreten de dader is, moet de TR de stofkam door het hele huis halen.'

Pat en Tommy keken elkaar even ongemakkelijk aan, maar liepen zonder weerwoord de kamer uit. Toen Tommy Gurney passeerde, zei hij, even achteloos alsof het roos op een kraag betrof: 'Er steekt een glasscherf uit uw hoofd.'

Nardo wachtte totdat de twee de trap op waren gelopen en de deur boven aan de keldertrap werd gesloten en zei toen: 'Kom bij dat bed vandaan.' Zijn stem trilde een beetje.

Gurney wist dat Nardo eigenlijk bedoelde dat hij bij de wapens vandaan moest gaan – de revolver van Dermott die in de aan stukken gereten vulling van de gans stak, het pistool uit Nardo's enkelholster dat Dermott in zijn zak had gestoken, de zware whiskyfles op het kussen – maar hij gehoorzaamde zonder tegenwerping.

'Goed,' zei Nardo, die blijkbaar moeite had zichzelf de baas te blijven. 'Ik geef je een kans om het uit te leggen.'

'Mag ik daar even bij gaan zitten?'

'Voor mijn part ga je op je kop staan. Voor de draad ermee.'

Gurney ging op de stoel naast de kapotte lamp zitten. 'Hij stond op het punt je neer te schieten. Twee tellen later, en je had een kogel in je keel, je hoofd, je hart gehad. Er was maar één manier om hem tegen te houden.'

'Je probeerde hem niet tegen te houden. Je zei dat hij me moest neerschieten.' Nardo balde zijn vuisten met zo veel kracht dat Gurney witte vlekken op zijn knokkels kon zien.

'Maar dat deed hij niet, hè?'

'Maar je zei dat hij dat moest doen.'

'Omdat er maar één manier was om hem tegen te houden.'

'Maar één manier… Ben je helemaal van de pot gerukt?' Nardo staarde hem woedend aan, als een vechthond die dolgraag losgelaten wilde worden.

'Feit is dat je nog leeft.'

'Wil je beweren dat ik nog leef omdat jij tegen hem zei dat hij me moest neerschieten? Wat is dat voor gestoorde redenering?'

'Bij seriemoorden gaat het om controle. Totale controle. Voor gekke Gregory betekende dat niet alleen controle over het heden en de toekomst, maar ook over het verleden. Hij wilde dat je een gebeurtenis naspeelde die vierentwintig jaar geleden in dit huis heeft plaatsgevonden, met één belangrijk verschil. Vierentwintig jaar geleden was de kleine Gregory niet in staat zijn vader tegen te houden toen die zijn moeder de keel doorsneed. Ze is er nooit echt helemaal van hersteld, en hij ook niet. De volwassen Gregory wilde het bandje terugspoelen en het opnieuw beleven, zodat hij de uitkomst kon veranderen. Hij wilde dat je alles deed wat zijn vader heeft gedaan, tot aan het moment waarop de fles wordt ingezet. Op dat moment wilde hij je doden, wilde hij zich ontdoen van de verschrikkelijke zuipschuit zodat hij zijn moeder kon redden. Daar ging het bij al die andere moorden ook om: het waren pogingen om Jimmy Spinks naar zijn pijpen te laten dansen en te doden, en dat deed hij door andere alcoholisten naar zijn pijpen te laten dansen en te doden.'

'Gary Sissek was geen alcoholist.'

'Misschien niet, maar Gary Sissek werkte wel bij dit korps toen Jimmy Spinks er ook werkte, en ik weet zeker dat Gregory hem als een vriend van zijn vader beschouwde. Misschien zelfs een vriend met wie hij soms een borrel pakte. En het feit dat jij hier toen ook al werkte, maakte je volgens de logica van Gregory waarschijnlijk de perfecte invaller. Het was de perfecte manier om zijn vader terug te pakken en de loop van de geschiedenis te veranderen.'

'Maar je zei tegen hem dat hij moest schieten!' Nardo klonk nog steeds aanvallend, maar tot Gurneys opluchting ook wat minder overtuigd.

'Ik zei dat hij moest schieten omdat dat de enige manier is waarop je een seriemoordenaar kunt tegenhouden als je alleen maar woorden tot je beschikking hebt: je moet iets tegen hem zeggen waardoor hij eraan gaat twijfelen of hij alles wel onder controle heeft. Zijn drang naar controle behelst onder andere het nemen van alle beslissingen; hij wil almachtig zijn, niemand kan hem vertellen wat hij moet doen. De beste manier om iemand die zo denkt aan het twijfelen te brengen, is tegen hem zeggen dat hij moet doen wat jij wilt. Als je hem tegenspreekt, zal hij je doden. Als je om je leven smeekt, zal hij je doden. Maar als je tegen hem zegt dat hij precies moet doen wat jij wilt, ontstaat er kortsluiting in zijn hoofd.'

Nardo keek alsof hij zijn uiterste best deed om een zwak punt in de redenering te vinden. 'Je klonk alsof... je het echt meende. Ik hoorde de haat in je stem, alsof je me echt dood wilde hebben.'

'Als ik niet had geklonken alsof ik het meende, dan hadden we hier nu niet gezeten.'

Nardo veranderde van onderwerp. 'En die schietpartij op het busstation?'

'Wat is daarmee?'

'Heb je echt een zwerver neergeknald omdat die je aan je dronken vader deed denken?'

Gurney glimlachte.

'Wat is er zo grappig?'

'Ten eerste: ik heb nooit in de buurt van dat busstation gewerkt. En ten tweede: in al die vijfentwintig jaar bij de politie heb ik nog nooit een schot gelost.'

'Dus je kletste uit je nek?'

'Mijn vader dronk te veel, dat is waar. Dat was erg moeilijk. Ook als hij er was, was hij er niet echt. Maar het zou niet echt hebben geholpen als ik een vreemde had neergeschoten.'

'Maar waarom heb je dan zo'n lulverhaal opgehangen?'

'Waarom? Daarom.'

'Jezus, wat bedoel je daar nu weer mee?'

'Ik probeerde alleen maar Dermotts aandacht te trekken, zodat jij iets kon doen met die fles van een kilo die je in je hand had.'

Nardo staarde hem nietsziend aan, alsof al die informatie niet echt goed paste in de hokjes die zijn hersens daarvoor beschikbaar hadden.

'Dat verhaal over dat aangereden kind... Was dat ook allemaal gelul?'

'Nee, dat is echt gebeurd. Hij heette Danny.' Gurneys stem werd schor.

'Ze hebben de dader nooit gepakt?'

Gurney schudde zijn hoofd.

'Geen aanknopingspunten?'

'Eén getuige had de auto waardoor mijn zoontje was aangereden, een rode BMW, de hele middag voor een kroeg verderop in de straat zien staan en had ook gezien dat de man die de kroeg uitkwam en in die auto stapte duidelijk dronken was.'

Nardo dacht hier even over na. 'En niemand in die kroeg wist wie hij was?'

'Beweerden dat ze hem nooit eerder hadden gezien.'

'Hoe lang geleden is dat gebeurd?'

'Veertien jaar en acht maanden geleden.'

Ze zwegen allebei een paar minuten, en toen nam Gurney met lage, aarzelende stem opnieuw het woord: 'Ik was met hem op weg naar het speeltuintje in het park. Voor hem op het trottoir liep een duif, en Danny ging het beest achterna. Ik was er niet echt bij; ik zat met mijn gedachten bij een moordzaak. De duif liep de straat op en Danny liep erachteraan. Tegen de tijd dat ik besefte wat er gebeurde, was het te laat. Het was voorbij.'

'Heb je nog meer kinderen?'

Gurney aarzelde. 'Niet met de moeder van Danny.'

Toen sloot hij zijn ogen en zwegen ze allebei lange tijd. Ten slotte was het Nardo die als eerste iets zei. 'Dus er is geen twijfel mogelijk? Dermott is degene die je vriend heeft vermoord?'

'Geen enkele twijfel,' zei Gurney, getroffen door de vermoeidheid die hij in de stemmen van hen allebei hoorde.

'En de andere slachtoffers ook?'

'Het ziet ernaar uit van wel, ja.'

'Waarom nu?'

'Hoe bedoel je?'

'Waarom heeft hij zo lang gewacht?'

'Gelegenheid. Inspiratie. Gelukkig toeval. Ik denk dat hij op het idee kwam toen hij bezig was een grote medische database te beveiligen. Hij moet hebben beseft dat hij de namen van alle mannen die ooit voor alcoholverslaving waren behandeld uit het systeem kon filteren, en dat kan het begin zijn geweest. Ik vermoed dat hij geobsedeerd raakte door alle mogelijkheden die hem ter beschikking stonden en uiteindelijk op het doorwrochte idee kwam om al die mannen aan te schrijven. Hij was op zoek naar mannen die zo bang en kwetsbaar waren dat ze hem een cheque zouden sturen, mannen die hij kon kwellen met zijn nare versjes. Op een bepaald moment heeft hij zijn moeder uit het verpleeghuis gehaald waar de staat haar had geplaatst na die aanval die haar invalide had gemaakt.'

'Waar heeft hij in de tussentijd dan al die jaren uitgehangen?'

'Als kind zal hij in een tehuis of in een pleeggezin hebben gezeten. Dat kan een nare tijd zijn geweest. Op een bepaald moment begon hij zich voor computers te interesseren, mogelijk via spelletjes, en daar bleek hij talent voor te hebben. Veel talent zelfs, want hij is afgestudeerd aan het MIT.'

'En op een bepaald moment heeft hij zijn naam veranderd?'

'Waarschijnlijk toen hij achttien werd. Ik durf te wedden dat hij het niet kon verdragen dat hij dezelfde naam droeg als zijn vader. Het zou me niets verbazen als Dermott de meisjesnaam van zijn moeder is.'

Nardo trok zijn lip op. 'Het zou leuk geweest als je zijn naam eerst even door de database met naamsveranderingen had gehaald voordat we in deze klerezooi belandden.'

'Ik had helemaal geen reden om dat te doen. En ook al hadden we dat wel gedaan, dan had niemand die zich met de zaak-Mellery bezighoudt reden gehad om de naam Spinks daarmee in verband te brengen.'

Nardo trok een gezicht of hij dit allemaal wilde onthouden om er later, met een helder hoofd, nog eens goed over na te denken. 'Waarom is die gek eigenlijk teruggekeerd naar Wycherly?'

'Omdat zijn moeder hier vierentwintig jaar geleden is aangevallen? Omdat hij geobsedeerd was door het idee dat hij het verleden moest herschrijven? Misschien hoorde hij dat het huis te koop stond en kon hij er geen weerstand aan bieden? Misschien omdat hij zo niet alleen de kans had om wraak te nemen op alcoholisten, maar ook op het politiekorps van Wycherly? Ik denk dat we dat pas zeker zullen weten als hij bereid is ons het hele verhaal te vertellen. Aan Felicity zullen we niet veel hebben.'

'Niet echt, nee,' was Nardo het met hem eens, maar hij had ook iets anders aan zijn hoofd en zag er bezorgd uit.

'Wat is er?' vroeg Gurney.

'Wat? O, niks. Niet echt. Ik vroeg me alleen af… of je het heel erg vervelend vond dat iemand korte metten maakte met dronkenlappen.'

Hij wist niet wat hij moest zeggen. Het gepaste antwoord luidde wellicht dat niemand mocht oordelen of een slachtoffer zijn lot had verdiend, maar het cynische antwoord was misschien dat hij meer om de uitdaging van het spel dan om de morele uitkomst gaf, dat het spel voor hem belangrijker was dan de mensen. Hij had geen zin om het verder met Nardo te bespreken, maar hij had het gevoel dat hij toch iets moest zeggen.

'Als je me vraagt of ik deze misdrijven zag als plaatsvervangende wraak op de dronken automobilist die mijn zoontje heeft doodgereden, dan luidt het antwoord nee.'

'Zeker weten?'

'Zeker weten.'

Nardo keek hem sceptisch aan en haalde toen zijn schouders op. Gurneys antwoord leek hem niet te overtuigen, maar hij leek evenmin zin te hebben om er verder op in te gaan.

Blijkbaar was de lont uit de explosieve inspecteur gehaald. De rest van de avond waren ze bezig vast te stellen welke zaken onmiddellijke prioriteit hadden en bogen ze zich over de details waarmee het afronden van een grote moordzaak steevast gepaard ging.

Gurney werd naar het algemene ziekenhuis in Wycherly gebracht, net als Felicity Spinks (meisjesnaam Dermott) en Gregory Dermott (oorspronkelijke naam Spinks). Terwijl Dermotts onsamenhangend pratende moeder, met haar rode glazen schoentjes aan haar voeten, door een opgewekte maar onopvallende arts werd onderzocht, werd de nog steeds bewusteloze Dermott ijlings naar de afdeling radiologie gebracht.

Gurneys hoofdwond werd ondertussen schoongemaakt, gehecht en verbonden door een verpleegster wier manier van doen opvallend intiem leek te zijn, een indruk die nog werd versterkt door haar ademloze manier van spreken en de geringe afstand die ze hield toen ze met de wond bezig was. Het was de indruk van onmiddellijke beschikbaarheid die hij onder deze omstandigheden bijzonder opwindend vond. Hoewel het duidelijk geen verstandig idee was (het was zelfs gevaarlijk, volkomen geschift en eigenlijk ook zielig), besloot hij op een andere manier gebruik te maken van haar vriendelijkheid. Hij gaf haar zijn mobiele nummer en vroeg of ze hem direct wilde bellen als er sprake was van grote veranderingen in Dermotts toestand. Hij wilde graag op de hoogte blijven, maar geloofde niet dat Nardo hem op de hoogte zou houden. Ze zei glimlachend ja, waarna een zwijgzame jonge agent hem terug naar het huis van Dermott bracht.

Onderweg belde hij naar het nummer dat Sheridan Kline voor noodgevallen had aangewezen en kreeg hij een bandje te horen. Hij sprak een korte boodschap met de belangrijkste details in. Toen belde hij naar huis, kreeg zijn eigen antwoordapparaat aan de lijn en liet een bericht voor Madeleine achter, met dezelfde informatie, maar minus de kogel, de fles, het bloed en de hechtingen. Hij vroeg zich af of ze niet thuis was of dat ze gewoon naast het apparaat stond te luisteren en hem niet wilde spreken. Hij had geen idee meer hoe het goede antwoord luidde, daar had hij haar griezelig accuraat inzicht voor nodig.

Tegen de tijd dat ze bij het huis van Dermott aankwamen, was er ruim een uur verstreken en stond de straat vol met politieauto's. Big Tommy en Pat met de vierkante kaak stonden op wacht op de veranda. Gurney werd naar het kleine kamertje naast de hal geleid waar hij zijn eerste gesprek met Nardo had gevoerd. Nardo zat aan dezelfde tafel. Twee technisch rechercheurs in witte overalls, laarzen en latex handschoenen liepen net de kamer uit, op weg naar de keldertrap.

Nardo schoof een geel schrijfblok en een goedkope pen over tafel naar Gurney toe. Als er nog een gevaarlijke emotie in hem sluimerde, dan wist hij die goed verborgen te houden onder een dikke laag bureaucratische wollige taal.

'Ga zitten. We hebben een verklaring nodig. Begin bij het moment dat u vandaag op de plaats delict arriveerde, inclusief de reden voor uw aanwezigheid. Vermeld alle relevante handelingen die u hebt verricht en de handelingen van anderen die u in eigen persoon hebt waargenomen. Voeg een tijdlijn bij en maak duidelijk welke gebeurtenissen echt hebben plaatsgevonden en wat vermoedens zijn. U mag uw verklaring besluiten met het moment dat u naar het ziekenhuis werd vervoerd, tenzij daar tijdens uw behandeling nog iets heeft plaatsgevonden dat van belang kan zijn voor het onderzoek. Nog vragen?'

Gurney besteedde de volgende drie kwartier aan het opvolgen van deze aanwijzingen. Hij zat het grootste deel van de tijd alleen in de kamer en vulde vier gelinieerde vellen met een klein, keurig handschrift. Op de tafel tegen de verste wand stond een kleine kopieermachine, die Gurney gebruikte om twee kopietjes te maken van de ondertekende en gedateerde documenten. Pas daarna gaf hij het origineel aan Nardo.

Het enige wat die zei, was: 'U hoort nog van ons.' Zijn stem professioneel, neutraal. Hij maakte geen aanstalten hem de hand te schudden.

53

Einde, begin

Toen Gurney eenmaal de Tappan Zee Bridge was overgestoken en aan de lange rit over Route 17 naar huis was begonnen, begon het harder te sneeuwen en kromp het zichtbare deel van zijn wereld behoorlijk ineen. Om de paar minuten draaide hij zijn raampje open voor een vlaag koude lucht die hem bij de les moest houden.

Een paar kilometer buiten Goshen raakte hij bijna van de weg. Pas toen hij zijn banden voelde trillen op de ribbels van de vluchtstrook besefte hij wat er gebeurde en wist hij te voorkomen dat hij van het talud reed.

Hij probeerde al zijn aandacht te richten op zijn auto, op het stuur, op de weg, maar het lukte hem niet. In plaats daarvan begon hij te denken aan het mediacircus dat weldra zou losbarsten, te beginnen met de persconferentie waarop Sheridan Kline zichzelf ongetwijfeld zou feliciteren met zijn rol als leider van een onderzoeksteam dat Amerika weer een klein beetje veiliger had gemaakt door een einde te maken aan de bloederige bezigheden van een moordzuchtige maniak. De media werkten Gurney sowieso op de zenuwen. De idiote manier waarop ze verslag deden van misdrijven was een misdrijf op zich. Ze maakten er een spelletje van, maar dat deed hij natuurlijk ook, op zijn manier. Hij beschouwde moord doorgaans als een puzzel die hij moest oplossen en een moordenaar als een tegenstander die hij te slim af moest zijn. Hij bestudeerde de feiten, bekeek de zaak van alle kanten, zette een val en wachtte tot zijn prooi erin liep, zodat hij hem aan de malende kaken van justitie kon voeren. En daarna was het door naar het volgende onnatuurlijke sterfgeval dat baat kon hebben bij een scherpe geest. Soms zag hij dingen echter op een andere manier: wanneer hij zich niet echt tegen een zaak opgewassen voelde, wanneer het om hem heen zo duister was dat hij de puzzelstukjes niet langer van elkaar kon onderscheiden of ze helemaal geen stukjes leken te zijn, en wanneer zijn geplaagde geest afdwaalde van het regelmatige rasterwerk en een primitiever pad insloeg waar hij af en toe een glimp opving van de echte verschrikkingen van de zaak waarin hij zich vrijwillig had ondergedompeld.

Aan de ene kant was er de logica van de wet, de wetenschap van de criminologie, het proces dat leidde tot een juridisch oordeel. Aan de andere kant had je Jason Strunk, Peter Possum Piggert, Gregory Dermott, pijn, moordzucht, woede, dood. En ergens tussen die twee werelden lag de venijnige, verontrustende vraag wat het een met het ander te maken had.

Hij draaide nogmaals zijn raampje open, zodat de harde wind de sneeuw in zijn gezicht kon blazen.

Diepgravende en onzinnige vragen, innerlijke monologen die nergens toe leidden, speelden in zijn gedachten een even vertrouwde rol als de sportprestaties van bepaalde clubs dat in het leven van andere mannen deden. Het was een nare gewoonte, dat nadenken, en het leidde nooit tot iets goeds. Tijdens de zeldzame gelegenheden dat hij er koppig op stond zijn gedachten met Madeleine te delen, kon hij steevast op een verveelde of ongeduldige reactie rekenen.

'Waar denk je nu echt aan?' vroeg ze hem soms. Dan legde ze haar breiwerkje neer en keek hem recht aan.

'Hoe bedoel je?' antwoordde hij dan, wat niet eerlijk was omdat hij precies wist wat ze bedoelde.

'Het kan niet zo zijn dat je ook maar iets om die onzin geeft. Probeer eens na te gaan wat je nu echt dwarszit.'

Probeer eens na te gaan wat je nu echt dwarszit.

Gemakkelijker gezegd dan gedaan.

Wat zat hem eigenlijk dwars? Dat de rede steevast tekortschoot wanneer primitieve instincten de kop opstaken? Dat de rechtspraak een kooi was die de duivel net zo min in bedwang kon houden als een windvaan de wind het waaien kon beletten? Het enige wat hij wist, was dat er iets was, ergens in zijn achterhoofd, dat als een rat aan zijn andere gedachten en gevoelens knaagde.

Toen hij temidden van alle chaos van die dag probeerde het probleem te vinden dat hem het meest dwarszat, merkte hij dat hij verdwaalde op een zee vol ronddrijvende beelden.

Toen hij zijn hoofd leeg probeerde te maken, toen hij probeerde te ontspannen en aan niets te denken, waren er twee beelden die weigerden te verdwijnen.

Het ene was de wrede vreugde die hij in Dermotts ogen had gezien toen die zijn walgelijke versje over Danny's dood had opgezegd. Het andere was de echo van de beschuldigende woede waarmee hij zijn eigen vader had zwartgemaakt in het verzonnen relaas over de aanval op zijn moeder. Dat was niet gespeeld geweest. Die vreselijke woede was diep uit zijn binnenste naar boven gekomen en had al het andere doordrenkt. Stond dat oprechte gevoel gelijk aan een intense haat jegens zijn vader? Was de woede die hij tijdens het vertellen van dat verhaal had gevoeld een gevoel geweest dat hij al die tijd had onderdrukt, sinds hij in de steek was gelaten? Was dat gevoel het felle verwijt van een kind dat vindt dat zijn vader alleen maar werkt en slaapt en drinkt en zich altijd uit alles terugtrekt en daardoor onbereikbaar is? Gurney schrok toen hij merkte hoe veel, en hoe weinig, hij met Dermott gemeen had.

Of was het soms omgekeerd? Was het een rookgordijn voor het schuldgevoel dat hem niet losliet omdat hij die kille, op zichzelf gerichte man op zijn oude dag in de steek had gelaten en niet meer naar hem had omgekeken?

Of was het een misplaatst gevoel van zelfhaat, het gevolg van zijn eigen dubbele falen als vader? Hij had gefaald: hij had zijn ene zoon niet kunnen redden en schonk geen aandacht aan de ander.

Madeleine zou waarschijnlijk zeggen dat elk antwoord het juiste kon zijn, of dat ze dat allemaal waren, of geen van alle, maar dat deed er ook niet toe. Het enige wat ertoe deed, zou ze zeggen, was dat je deed wat juist was, zoals je diep in je hart ook wist, en dat je dat hier en nu deed. En als hij dat te overweldigend zou vinden, zou ze wellicht voorstellen dat hij om te beginnen Kyle eens zou terugbellen. Niet omdat ze nu zo bijzonder dol op Kyle was – ze leek hem zelfs niet eens echt aardig te vinden en vond zijn Porsche maar mal en zijn echtgenote overdreven – maar omdat ze persoonlijke gevoelens altijd minder belangrijk vond dan doen wat volgens haar juist was. Gurney verbaasde zich er altijd over dat iemand die zo spontaan was er zo veel principes op na kon houden. Het maakte haar tot wie ze was. Het zorgde ervoor dat zij het baken in zijn troebele bestaan was.

Doen wat juist was, hier en nu.

Aangemoedigd zette hij zijn auto stil bij de brede, rommelige oprit van een boerderij en pakte zijn portefeuille om Kyles nummer op te zoeken. (Hij had nooit de moeite genomen om Kyles naam in het geheugen van zijn telefoon te zetten, iets waarover hij zich nu heel even schuldig voelde.) Het leek gekkenwerk om hem om drie uur 's nachts te bellen, maar het alternatief was nog erger: dan zou hij het blijven uitstellen en een reden vinden om helemaal niet te bellen.

'Pa?'

'Heb ik je wakker gemaakt?'

'Eh, nee, ik was nog op. Is alles goed?'

'Ja, hoor. Ik, eh, wilde je alleen even spreken, je terugbellen. Dat had ik veel eerder moeten doen. Volgens mij probeer je me al een hele tijd te bereiken.'

'Is er echt niets?'

'Ik weet dat het heel erg laat is, maar nee, er is echt niets aan de hand.'

'Mooi.'

'Ik heb een zware dag achter de rug, maar alles is goed gekomen. De reden waarom ik je niet eerder heb gebeld... Ik zat midden in een uitermate ingewikkelde zaak. Maar dat is geen excuus. Waar wilde je het met me over hebben?'

'Wat voor zaak?'

'Wat? O, het oude liedje. Een moordzaak.'

'Ik dacht dat je bij de politie weg was.'

'Dat was ik ook. Dat ben ik, bedoel ik. Maar ik raakte erbij betrokken omdat ik een van de slachtoffers kende. Lang verhaal. Ik zal het je wel eens vertellen als we elkaar weer zien.'

'Wauw! Je hebt het hem weer geflikt!'

'Wat?'

'Je hebt weer een seriemoordenaar gepakt, hè?'

'Hoe weet je dat?'

'Omdat je het net over een van de slachtoffers had. Meervoud. Hoeveel waren het er?'

'Vijf die ons bekend zijn, plannen voor nog eens twintig.'

'En je hebt hem gepakt. God, ze maken ook geen schijn van kans als jij in de buurt bent. Je lijkt Batman wel.'

Gurney lachte. Dat had hij de laatste tijd niet zo veel meer gedaan. En hij kon zich niet herinneren wanneer hij voor het laatst tijdens een gesprek met Kyle had gelachen. Sterker nog, dit was in meerdere opzichten een ongewoon gesprek, zeker wanneer hij in overweging nam dat ze nu al minstens twee minuten met elkaar aan de lijn hingen en dat Kyle nog niet was begonnen over iets wat hij had gekocht of wilde kopen.

'In dit geval had Batman aardig wat hulp,' zei Gurney. 'Maar daarvoor belde ik niet. Ik wilde gewoon terugbellen, vragen hoe het met je gaat. Heb je nog nieuws?'

'Niet echt,' zei Kyle droogjes. 'Ik ben mijn baan kwijt. Kate en ik zijn uit elkaar. Misschien ga ik wel iets anders doen, rechten studeren. Wat lijkt jou het beste?'

Na een korte, geschokte stilte moest Gurney nog harder lachen. 'Jezus christus!' zei hij. 'Wat is er in godsnaam gebeurd?'

'De financiële sector is ingestort, zoals je waarschijnlijk al weet, en daardoor ben ik ook mijn baan en mijn vrouw en mijn twee appartementen en mijn drie auto's kwijt. Het is gek, maar je raakt heel snel gewend aan een ramp waarvan je je nooit een voorstelling hebt durven maken. Maar goed, wat ik me nu dus afvraag, is of ik rechten zal gaan studeren. Daar wilde ik het met je over hebben. Wat denk je, zou ik daar geschikt voor zijn?'

Gurney stelde voor dat Kyle dat weekend langs zou komen, zodat ze er net zo lang en net zo uitgebreid over konden praten als hij maar wilde. Kyle zei dat hij dat zou doen, hij klonk zowaar enthousiast. Nadat ze het gesprek hadden beëindigd, bleef Gurney nog zeker tien minuten zitten, vol verbazing.

Hij moest nog meer telefoontjes plegen. Morgenochtend zou hij de weduwe van Mark Mellery bellen en haar vertellen dat het allemaal voorbij was, dat Gregory Dermott Spinks in hechtenis was genomen en dat de bewijzen voor zijn schuld duidelijk, concreet en overweldigend waren. Tegen die tijd zou ze waarschijnlijk al door Sheridan Kline en wellicht ook door Rodriguez zijn gebeld. Maar hij wilde haar evengoed zelf bellen omdat hij Mark persoonlijk had gekend.

En dan was Sonya Reynolds er ook nog. Volgens hun overeenkomst had ze recht op nog minimaal een van zijn speciale, op arrestatiefoto's gebaseerde portretten. Dat leek nu allemaal zo onbeduidend, zo'n verspilling van tijd. Toch zou hij haar bellen en er in elk geval met haar over praten en doen wat hij had beloofd. Maar niet meer. Sonya's aandacht was fijn en streelde zijn ego, het was zelfs een tikje opwindend. Maar de prijs was te hoog, en dingen die belangrijker waren, liepen te veel gevaar.

De rit van ruim tweehonderdvijftig kilometer van Wycherly naar Walnut Crossing duurde vanwege de sneeuw vijf uur in plaats van drie. Toen Gurney de doorgaande weg verliet en het weggetje opreed dat al slingerend heuvelopwaarts naar zijn boerderij voerde, reed hij als verdoofd, op de automatische piloot. Het raampje stond al een uur op een kier, en alleen door de kou op zijn gezicht en de zuurstof in zijn longen was hij in staat auto te rijden. Toen hij bij de glooiende weide aankwam die tussen de grote schuur en het huis lag, zag hij dat de sneeuwvlokken die eerder horizontaal over de weg waren geblazen nu in een rechte lijn naar beneden dwarrelden. Hij reed langzaam over de weide omhoog en sloeg voor het huis af richting het oosten voordat hij de auto stilzette, zodat de warmte van de zon later zou voorkomen dat zijn voorruit zou bevriezen. Hij leunde achterover, niet in staat te bewegen.

Hij was zo uitgeput dat het even duurde voordat hij het geluid van zijn rinkelende mobieltje herkende.

'Ja?' Het had net zo goed een happen naar adem kunnen zijn.

'Ik ben op zoek naar David.' De vrouwenstem klonk bekend.

'Daar spreekt u mee.'

'O, u klonk... heel anders. Met Laura. Uit het ziekenhuis. U vroeg of ik wilde bellen als... als er iets zou gebeuren,' voegde ze er na een korte stilte aan toe, alsof ze hoopte dat er een ander, dieperliggend verlangen was dan de reden die hij had genoemd.

'Ja, dat hebt u goed onthouden, bedankt.'

'Graag gedaan.'

'Is er iets gebeurd?'

'Meneer Dermott is overleden.'

'Wat? Kunt u dat nog eens herhalen?'

'Gregory Dermott, de man die u bedoelde, die is tien minuten geleden overleden.'

'Waaraan?'

'Er is nog geen officiële oorzaak vastgesteld, maar uit de scan die ze meteen na opname hebben gemaakt, is gebleken dat er sprake was van een fractuur in de schedel en een fikse bloeding.'

'Ik snap het. Dan komt het dus niet echt als een verrassing, bij een dergelijke verwonding.' Hij merkte dat hij iets voelde, maar het gevoel was ver weg en niet te benoemen.

'Nee, bij zo'n verwonding niet.'

Het gevoel was zwak, maar verontrustend, als een zwakke kreet bij harde wind.

'Nee. Nou, bedankt voor je telefoontje, Laura. Dat kan ik erg waarderen.'

'Graag gedaan. Kan ik verder nog iets voor u doen?'

'Ik geloof van niet,' zei hij.

'U moest maar eens lekker gaan slapen.'

'Ja. Goedenacht, en nogmaals bedankt.'

Eerst zette hij zijn mobieltje uit en daarna de koplampen van zijn auto. Hij leunde achterover tegen de rugleuning, te vermoeid om nog te bewegen. De plotselinge afwezigheid van licht maakte alles om hem heen aardedonker.

Langzaam wenden zijn ogen aan het donker en veranderde het inktzwart van de hemel en de bossen in een donker grijs en de besneeuwde weide in een lichter. Hij kon nog net de oostelijke heuvelrug onderscheiden, waar de zon over een uur zou opkomen en waar een vage streep licht zichtbaar leek te zijn. Het sneeuwde niet langer. Het huis naast de auto was massief, koud en stil.

Hij probeerde in de allersimpelste bewoordingen te begrijpen wat er was gebeurd. Het kind dat bij zijn eenzame moeder in de slaapkamer zat en de gestoorde dronkenlap van een vader… Het gegil en het bloed en het gevoel van hulpeloosheid… De vreselijke, levenslange lichamelijke en geestelijke schade… De moordzuchtige waanideeën over vergelding en verlossing. De kleine Spinks was uitgegroeid tot de gek Dermott die vijf mannen had vermoord en nog zeker twintig man op zijn lijstje had staan. Gregory Spinks, wiens vader de keel van zijn moeder had doorgesneden. Gregory Dermott, wiens schedel was ingeslagen in het huis waar het allemaal was begonnen.

Gurney staarde naar de amper zichtbare omtrek van de heuvels en wist dat er nog een tweede verhaal was dat aandacht verdiende, een verhaal dat hij beter moest leren te begrijpen; het verhaal van zijn eigen leven, van de vader die hem geen aandacht had geschonken, de volwassen zoon die hij op zijn beurt had genegeerd, de carrière die een obsessie was geworden en hem zo veel lof en zo weinig vrede had gebracht, het jongetje dat was gestorven omdat hij niet had opgelet, en Madeleine, het licht dat hij bijna had verloren. Het licht dat hij in gevaar had gebracht.

Hij was nu te moe om ook maar een vinger te bewegen, te slaperig om ook maar iets te voelen, en zijn geest raakte vervuld van een heerlijke leegte. Heel even – hij wist niet hoe lang – was het alsof hij niet bestond, alsof alles in hem was gekrompen tot een enkel puntje bewustzijn, zonder afmetingen, een speldenprikje, meer niet.

Hij kwam plotseling bij en opende zijn ogen op hetzelfde moment dat de zon boven de kale bomen op de heuvelrug verscheen. Hij zag de stralende nagel van licht aanzwellen tot een grote witte halve cirkel. En toen werd hij zich bewust van iemand anders.

Madeleine stond, in de knaloranje parka die ze ook had gedragen op de dag dat hij haar de heuvel op was gevolgd, door het zijraampje van de auto naar hem te kijken. Hij vroeg zich af hoe lang ze daar al stond. Kleine ijskristalletjes kleefden aan de donzige rand van haar capuchon. Hij draaide het raampje naar beneden.

Eerst zei ze niets, maar op haar gezicht zag hij – of misschien voelde hij het; hij wist niet via welke weg haar emotie hem bereikte – een mengeling van aanvaarding en liefde. Aanvaarding, liefde, en een diepe opluchting omdat hij weer heelhuids thuis was gekomen.

Ze vroeg met een ontroerende nuchterheid of hij trek had in ontbijt.

Met de levendigheid van een opvlammend vuur ving haar oranje parka het licht van de opkomende zon. Hij stapte uit en sloeg zijn armen om haar heen, en hij hield haar vast alsof ze het leven zelf was.

Dankwoord

Dank aan mijn voortreffelijke redacteur Rick Horgan, die telkens weer met goede ideeën kwam en onder wiens bezielende en inspirerende leiding alles veel gemakkelijker werd. Hij bedacht de perfecte titel en had de moed om in de moeilijke wereld die de hedendaagse uitgeverij is te kiezen voor de eerste roman van een auteur die nog niet eerder iets had gepubliceerd. Ook dank aan Lucy Carson en Paul Cirone voor hun steun en enthousiasme; aan Bernard Whalen voor zijn advies en aanmoediging sinds het prille begin; aan Josh Kendall voor zijn gefundeerde kritiek en een prachtige suggestie, en ten slotte dank aan Molly Friedrich, simpelweg de beste en slimste literair agente die er is.